EXCALIBUR

Herausgegeben von
Melissa Andersson
und
Gerd Rottenecker

Die Saga von den letzten Drachenlords bei Excalibur:

1. Der letzte Drachenlord (70139)
2. Drachenherz (70187)
3. Das Lied des Phönix (70188)

Weitere Bände in Vorbereitung.

Joanne Bertin

DRACHENHERZ

Zweiter Roman von den letzten Drachenlords

Ins Deutsche übertragen von
Regina Winter

Knaur

Die amerikanische Originalausgabe erschien 1999 unter dem Titel »Dragon and Phoenix/Part 1« bei Tor Books, New York

Besuchen Sie uns im Internet:
www.droemer-knaur.de

Deutsche Erstveröffentlichung 7/2000

Umschlagkonzept: Melissa Andersson
Umschlaggestaltung: Agentur Zero, München
Umschlagillustration: Geoff Taylor, »The Red Dragon«
Lektorat: Ralf Reiter
Satz: Ventura Publisher im Verlag
Druck und Bindung: Clausen & Bosse, Leck
Printed in Germany
ISBN 3-426-70187-1

2 4 5 3 1

Hi Mom – das hier ist für dich!

Ich danke ...

Den Navajo für ihre gute Laune und die Geduld, die sie mit einer Reisenden in ihrem Land hatten, und für ihre Großzügigkeit, die Schönheit ihres Landes mit Fremden zu teilen.

Jennifer Lindert, die mich bei meinem Aufenthalt im Navajo-Reservat gastfreundlich aufgenommen hat.

Dee »Ardelis die Blutrünstige« Dreslough und Paul Galinis, weil sie zugelassen haben, daß ich einen Teil ihrer Namen für meine Charaktere verwendete.

Und wieder einmal gilt, wie stets, mein größter Dank Sam Gailey, der jedesmal meinen Computer repariert hat, wenn er versuchte, mir einen Streich zu spielen, und der mir hilft, den Verstand nicht (vollkommen) zu verlieren.

PROLOG

Mittwinter im Jahr des Phönix
988
Jehanglan

Der alte Drache regte sich, als etwas wie ein Komet durch seine Träume schoß.

Etwas Neues. Etwas ... Unglaubliches.

Er driftete auf das Erwachen zu. In seinem ganzen langen Leben hatte er so etwas noch nie erfahren, und er zitterte vor Freude. Das Wasser des tiefen Sees über ihm bebte und spiegelte seine Bewegung wider.

Dann war es verschwunden wie Morgennebel und abermals vor ihm verborgen.

Er sank wieder in den Schlaf und träumte die nächsten Jahrhunderte davon.

1. KAPITEL

Das Jahr des Phönix
1008
Im Harem des kaiserlichen Palastes
Jehanglan

Lura-Sharal war tot. Shei-Luin senkte den Kopf, als man die Leiche ihrer Schwester auf einer Sänfte aus Ebenholz, getragen von vier kräftigen Eunuchen, zum Verbrennen brachte. Ein Tuch aus goldener Seide bedeckte die schlanke Gestalt des Mädchens, aber was zählte das noch?

Lura-Sharal war tot.

Shei-Luin wußte, sie sollte stolz sein auf dieses Zeichen der Gunst des Kaisers. Aber sie wollte nur ihre ältere Schwester zurück. Was sollte sie ohne die weisen und sanften Worte Lura-Sharals, die sie führte, nur tun?

Sie schaute der Sänfte nach, die durch die Tür verschwand. Tränen liefen ihr über die Wangen; am liebsten wäre sie schreiend hinterhergerannt und hätte sich auf die Leiche ihrer Schwester geworfen und Lura-Sharal angefleht, ihr zu sagen, daß es nur ein Scherz war, sie zu umarmen und wieder mit ihr zu singen und zu tanzen. Mit ihr davonzurennen und wieder mit ihr als Zharmatianer über die weiten, offenen Ebenen zu reiten, zusammen mit Yesuin, ihrem Kindheitsfreund.

O Phönix, wenn sie nur noch einmal wieder frei sein könnten ...

Aber nun war Yesuin eine Geisel, um den unsicheren Frieden zwischen dem Stamm seines Vaters und den Jehangli zu gewährleisten.

Und Lura-Sharal war tot.

Eine Hand fiel ruckartig auf Shei-Luins Schulter. Sie zuckte zusammen, und als sie sich umdrehte, sah sie das maskenhafte Gesicht von Fürstin Gei.

»Komm«, sagte die Fürstin. Sie kannte kein Mitleid. »Komm, der Phönixkaiser hat dich gesehen und gewährt dir die Gunst seiner Gesellschaft. Denn auch du bist eine Tochter von Kirano; es ist an der Zeit, daß du deine Pflicht tust, Mädchen. Mit dreizehn bist du alt genug.«

»Aber ich bin ...« Shei-Luin hielt inne. Die Wahrheit zu sagen hätte den Weg verschlossen, den sie plötzlich offen vor sich sah. Shei-Luin drehte sich um, um sich nichts mehr anmerken zu lassen.

Die Hand packte ihre Schulter wie Stahlkrallen. Überwältigt von einem Gefühl vollkommener Leere ging Shei-Luin, wohin man sie führte. Blicke voller Eifersucht und Haß folgten ihr, als sie sich tiefer in das parfümierte Heiligtum des Harems begab, um vorbereitet zu werden.

Und danach ...

Sie senkte den Kopf. Aber nur einen Augenblick lang; sie würde nicht vor ihrem Schicksal zurückschrecken und auch nicht vor Xiane ma Jhi, dem Phönixkaiser des Himmels. Denn sie wußte etwas, woran sich sonst niemand erinnern konnte.

Sie starrte geradeaus, und ihre Augen waren trocken.

2. KAPITEL

Drachenlords – jene, die sowohl Menschen als auch Drachen sind. Sie kommen nach Jehanglan. Sie werden dem Phönix Krieg bringen.

Das waren die Worte des Orakels gewesen. Und die Worte des Orakels waren die Wahrheit.

Aber nun war sein Orakel tot. Sie würde nie wieder für ihn in die Zukunft schauen.

Fürst Jhanun dachte noch einmal über die Prophezeiung nach. Wenn er gewußt hätte, daß das Mädchen ein schwaches Herz hatte, hätte er nicht befohlen, ihr eine so große Dosis der verbotenen Drogen zu geben. Aber ihre Worte waren so verlockend gewesen ...

Er strich mit den Fingern über das rote Papier auf dem Schreibtisch, spürte seine Struktur, schätzte das genaue Gewicht ein. Jedes Stück *Sh'jin*-Papier war auf subtile Weise anders. Ein wahrer Schüler wußte solche Individualität zu schätzen.

Er faltete es zum ersten Mal.

»Es gibt sie also wirklich, diese ...« Er zögerte vor dem ungelenken, fremden Wort. » ... Drachenlords?« Er warf einen Blick auf den Mann, der ein paar Schritte vor dem Schreibtisch kniete.

»Ja, Herr. Sie sind nur wenige, weit im Norden, und sie werden mit den vereinigten Seelen von Drache und Mensch geboren«, erklärte Baisha.

Falten, biegen, falten. »Und diese Werdrachen – sie sind imstande, die Gestalt zu verwandeln, ebenso wie die Wertiger, die die Berge heimsuchen?« fragte Jhanun.

»Ja, Herr. Aber sie können die Gestalt verwandeln, wann immer sie es wünschen, nicht nur bei Vollmond.«

Jhanun zog ein Ende seines langen Schnurrbarts durch die Finger und schauderte. Entsetzlich! Er mußte sich beruhigen, sonst würde das Papier spüren, wie verstört er war. Falten, falten, das Blatt im rechten Winkel wenden ... »Das Geschöpf, das unter dem Berg ruht – ist es einer von ihnen ...?«

»Nein, Herr, dies ist ein echter Drache aus dem Norden, sonst hätte er schon die Gestalt verwandelt und wäre als Mensch geflohen.«

»Ich verstehe«, sagte Jhanun nachdenklich.

Nur wer verborgen ist, bringt das Ende des Phönix. Aber vier werden euch den Thron geben ...

Schade, daß das Mädchen bei diesen Worten gestorben war; es wäre nützlich gewesen, mehr zu hören. Wie konnte einer gefährlicher sein als vier? Er würde nichts mehr erfahren, er mußte mit dem zurechtkommen, was er hatte. Das rote Papier zischte, als er mit dem Daumennagel über eine Falte fuhr.

Jhanun sagte: »Der Phönix muß weiterleben. Du wirst diese widernatürlichen Geschöpfe ins heilige Reich locken. Du kennst die Prophezeiung; du weißt, was getan werden muß, und wie.«

Wenn man der Prophezeiung folgte, würden diese schrecklichen Geschöpfe hierherkommen, ganz gleich, was sie unternahmen. Er würde einfach dafür sorgen, daß dies auf die für ihn vorteilhafteste Weise geschah.

Drehen, falten, glätten, falten.

Baisha lächelte in genau jenem Maß, das ein bevorzugter Diener sich gegenüber seinem Herrn erlauben kann. Er drehte die Hände, die auf den Oberschenkeln lagen, mit den Handflächen nach oben. Sie waren leer. Dann preßte er die Handflächen zusammen und hob die Hände, um mit den Fingerspitzen die Stirn zu berühren. Danach legte er sie wieder mit den Handflächen nach oben in den Schoß.

Diesmal lag eine Silbermünze in jeder Hand.

Der Jehangli-Adlige nickte verständnisvoll: Die feindlichen

Geschöpfe würden betrogen werden. »Bist du sicher, daß sie kommen?« fragte Jhanun.

»Ja«, erwiderte Baisha. »Sie werden kommen, diese edlen Narren.«

»So soll es sein.« Er betrachtete diesen Mann, einen seiner drei treusten und vertrautesten Diener.

Helle Haut, nun leicht gelblich, faltig und gezeichnet; ein kahler Kopf mit einem dünnen, weißen Haarkranz, gebleicht vom mächtigen Phönix der Sonne. Tatsächlich ein *Baisha*, ein Fremder.

Der Jehangli-Adlige fuhr fort: »Ich habe dich aus der Sklaverei erhoben. Ich habe dich mit dem Saum meines Gewandes bedeckt, obwohl du nicht zu den Kindern des Phönix gehörst. Ich habe dir gegeben, was dein eigenes Volk dir verweigerte. Nun stelle ich dir diese Aufgabe. Die Reise wird lang und schwer, die Arbeit schwierig. Versage nicht.« Ein letztes Falten, ein letztes Biegen, und ein Papierlotus eines bestimmten Stils lag vor Jhanun.

»Es wird geschehen, Herr. Ich werde Euch die erforderliche Anzahl von Drachenlords bringen.« Baisha erhob sich und verbeugte sich. Seine Augen glühten vor Eifer. »Ich weiß, was sie hierher locken wird. Ich werde nicht versagen.«

Gerührt von solcher Ergebenheit erhob sich Jhanun hinter seinem Schreibtisch, ging um ihn herum, beugte sich leicht vor und berührte die Schulter seines Dieners mit den Fingerspitzen – ein Zeichen größter Gunst. »Ich weiß, daß du dich bewähren wirst. Und nun geh, es gibt viel zu tun.« Er ließ die Hände wieder an die Seiten sinken.

Baisha verbeugte sich abermals, ging die drei erforderlichen Schritte rückwärts, drehte sich dann um und verließ den Raum.

Mit einem zufriedenen Lächeln steckte Jhanun die Hände in die weiten Ärmel.

Es begann.

Shei-Luin fächerte sich Luft zu, während sie den Akrobaten mit ihren dressierten Hunden und Affen zusah, die auf der offenen Fläche zwischen den beiden Lauben eine Vorstellung gaben. Sie saß am Geländer der Lotuslaube, am besten Platz, wie es ihrer derzeitigen Stellung als Lieblingskonkubine entsprach. Ihr Eunuch Murohshei stand links hinter ihr, damit die geringeren Frauen ihr nicht zu nahe kamen.

Die Lotuslaube und ihr Gegenstück, die Laube der Drei Goldenen Irisse, standen im Herzen des Gartens des Ewigen Frühlings. Hier wurde es niemals Winter; die Blätter der Pflaumen- und Pfirsichbäume welkten nie von der Kälte, das helle Grün des Grases wich niemals Gelb- oder Brauntönen. Die Macht des Phönix regierte hier, ein Geschenk an seinen königlichen Favoriten, den Phönixkaiser des Himmels. So behaupteten zumindest die Priester, die hier bei den Sonnenwenden ihre Rituale vollzogen.

Auf einer Seite saßen die Singvögel des Gartens, eine Gruppe von kleinen Jungen und Eunuchen, die wegen der unglaublichen Reinheit und Schönheit ihrer Stimmen ausgewählt worden waren und deren einzige Aufgabe darin bestand, für den Kaiser zu singen, wann immer er den Garten aufsuchte. Sie schwiegen nun, wenn man von gelegentlichem Kichern absah, während sie den Akrobaten zusahen. Sie waren immerhin nichts anderes als Jungen.

Shei-Luin verbarg ein Lächeln hinter ihrem Fächer, als sie zu den Kindern hinschaute. Sie wiegten sich hin und her und verbissen sich das Lachen, damit es seine Majestät in der Laube der Drei Goldenen Irisse nicht störte. Ein kleiner Eunuch, Zyuzin, der Edelstein des Gartens, hatte beide Hände auf den Mund gedrückt und fiel beinahe vornüber; seine dreiseitige *Zhansjen* lag vergessen im Gras neben ihm.

Einer der Akrobaten rannte im Kreis herum, fuchtelte mit den Armen und stieß übertriebenes Gejammer aus, während ein schlappohriger, häßlicher gefleckter Hund ihn jagte. Jedesmal, wenn der Hund zusprang und nach dem Hinterteil des Mannes schnappte, packte dieser seine Hinterbacken, sprang hoch in die Luft und quiekte dabei wie ein Schwein, dem man den Schwanz eingeklemmt hatte.

Die Singvögel kicherten und kniffen einander vor Entzücken.

Ein lautes, dröhnendes Lachen zerriß die Luft. Shei-Luin zuckte ein wenig zusammen – aber vorsichtig, damit niemand es sehen konnte – und warf einen Blick zu der gegenüberliegenden Laube.

Xiane ma Jhi hing über dem Geländer und lachte, als der häßliche Hund seinen Herrn verfolgte. Er rief ihm ermutigende Worte zu, schlug dabei dem Mann, der neben ihm stand, auf die Schulter und zeigte auf die Akrobaten. Der Mann grinste und erwiderte etwas.

Shei-Luins Herz zog sich beim Anblick des zweiten Mannes zusammen. Yesuin, zweiter Sohn des *Temur* der Zharmatianer, des Pferdevolkes. Yesuin, einstmals die Liebe ihrer Kinderzeit und nun Geisel für das Wohlverhalten seines Vaters. Wie sie geweint hatte, als er damals in den Palast kam, denn sie wußte, was es für ihn bedeutete, die Freiheit der weiten Ebenen zu verlieren! Sie erinnerte sich nur zu genau daran, was sie selbst empfunden hatte, als sich die Mauern des kaiserlichen Palastes um sie schlossen. Aber sein Unglück hatte sie schließlich gerettet.

Es bestand eine gewisse Ähnlichkeit zwischen dem Phönixkaiser und Yesuin; die Konkubine, die Xiane zur Welt gebracht hatte, war eine Frau von den Stämmen gewesen.

Aber was für ein Unterschied! Yesuin war ganz Feuer und Anmut; Xiane ... *an Xiane will ich lieber nicht denken*, sagte Shei-Luin sich selbst. *Er sieht aus wie ein Pferd und hat die Stimme eines Esels.*

Als hätte er gespürt, daß sie an ihn dachte, schaute Xiane über den Rasen hinüber in das vergoldete Gebäude, wo Shei-

Luin mit den anderen Konkubinen und ihren Eunuchen saß, den einzigen männlichen Wesen, die dort außer dem Kaiser selbst gestattet waren. Ihre Blicke begegneten sich. Demonstrativ leckte er sich die Lippen und starrte sie begierig an. Shei-Luins Magen zog sich zusammen; sie kannte diesen Blick. Falls er sich heute abend nicht bewußtlos saufen würde, würde er in ihre Kammer kommen.

Sie täuschte bescheidene Verwirrung vor und verbarg sich hinter dem Fächer, den Blick gesenkt. Später würde sie Murohshei ausschicken, um Xianes Mundschenk zu bestechen, damit er dafür sorgte, daß der Weinkelch des Phönixkaisers stets voll war.

Die anderen Konkubinen zwitscherten. Shei-Luin hätte sie gerne alle auspeitschen lassen. Aber nein; dazu hatte sie noch nicht die Macht. Sie mußte *noh* werden, eine Würdenträgerin des Ersten Ranges; sie mußte Xiane einen Erben schenken.

Und diesen Erben konnte er nicht selbst zeugen. Aber sie hatte eine Möglichkeit gefunden, denn sie allein kannte das uralte Geheimnis des Palastes. Und dann ...

Die Szene vor ihr veränderte sich. Akrobaten und Tiere machten einer der weiblichen Ringertruppen Platz, für die Xiane sich derzeit so begeisterte. Shei-Luin setzte sich aufrechter hin.

Nicht, weil ihr das Spektakel gefiel. Alles andere als das. Sie hielt diese Frauen für unsäglich. Sie waren so häßlich wie die Soldatinnen, die den Harem bewachten – große, dicke Frauen, stark wie Ochsen und ebenso muskulös.

Aber das hier war die vierte Ringerinnentruppe in der letzten Spanne von Tagen, und wenn Xiane so weitermachte ... Sie beobachtete die Frauen, die, nackt bis auf Lendenschurze und Brustbänder, miteinander kämpften, und wartete dabei so geduldig, wie sie konnte.

Endlich! Xiane erhob sich. Ein Diener lief zu ihm, um ihm das Gewand abzunehmen, das er abschüttelte. Als nächstes zog er die weiten Kniehosen darunter aus, und dann stand der Kaiser von Jehanglan im Lendenschurz da. Er sprang über das Geländer und rief über die Schulter: »Laßt uns ein wenig Spaß haben!«

Lachend folgten ihm die anderen jungen Männer in der Laube. Dieses eine Mal waren sie frei von den Einschränkungen des kaiserlichen Hofs, wo jede Bewegung einem uralten Ritual entsprach, jedes Wort und jeder Blick bemerkt, debattiert und im Hinblick auf Beleidigungen oder Schwächen seziert wurde.

Nur in diesem Garten und unter den Schaustellern, an denen er sich erfreute, konnte der Kaiser von Jehanglan, der Phönixkaiser des Himmels und Herrscher der vier Viertel der Erde, sich entspannen. Shei-Luin verspürte beinahe so etwas wie Mitgefühl. Der Phönix war grausam, diesen Mann auf den Phönixthron gesetzt statt ihn zu einem Gaukler gemacht zu haben.

Aber der Hauch von Mitgefühl verging ihr, als sie zusah, wie Yesuin über den Rasen lief, um sich neben den Kaiser zu stellen. Das Herz klopfte ihr heftig in der Brust, es war ein Wunder, daß nicht alle es hören konnten.

Sie könnten beinahe Brüder sein, so ähnlich sehen sie einander!

Aber so ähnlich sie sich auch von der Gestalt her waren, es war der Gedanke an Yesuin, der sie erregte. Die Erinnerung an Xianes Körper auf ihrem bewirkte nur Übelkeit. Es erstaunte sie, wie unterschiedlich sie auf zwei so ähnliche Männer reagieren konnte.

Sie waren beide nicht sonderlich groß, aber gut gebaut und sportlich. Xianes Haut war heller – das Erbe seines kaiserlichen Vaters – und glatt; Yesuin hatte hier und da Narben von den Kämpfen, die er ausgefochten hatte, bevor er als Geisel an den kaiserlichen Hof gekommen war. Einige Höflinge warfen Blicke auf diese Narben, in denen sich Bewunderung und Abscheu mischten; wenn diese Blicke allerdings auf den Oberschenkel des Zharmatianers und das braune Geburtsmal dort fielen, waren sie reine Verachtung.

Ja, das Pferdevolk bringt seine Kinder nicht wegen jedes kleinen Makels um, dachte Shei-Luin wütend und tat die verächtlichen Blicke mit einem unbewußten Schnippen ihres Fächers ab. *Sie sind nicht so feige wie ihr. Sie fürchten eure Dämonen nicht.*

Sie beobachtete ihn und ihn allein, als er zunächst mit den Frauen rang, dann mit jedem der Höflinge, der tapfer – oder dumm – genug war, ihn herauszufordern. Sie wußte, was geschehen würde.

Es geschah alles innerhalb eines Herzschlags. Yesuin und Ulon, einer der Höflinge, rollten beim Ringen über den Rasen; Yesuin hielt seinen Gegner im Würgegriff. Wie zufällig blickte er über Ulons Kopf in die Lotuslaube, wohin kein Mann außer dem Kaiser seinen Blick wenden durfte. Shei-Luin war bereit.

Sie senkte den Fächer. *Heute nacht*, flüsterte sie lautlos, schnell wie ein Gedanke. Er blinzelte. Dann zuckte Ulon, und er und Yesuin rollten wieder davon.

Es genügte. Sie würde bereit sein.

3. KAPITEL

Haoro, Priester des zweiten Ranges, saß im äußeren Raum seiner Privatgemächer im Eisentempel und wärmte sich an dem Kohlebecken zu seinen Füßen, als er den Boten empfing.

Der Mann verbeugte sich vor dem kleinen Abbild des Phönix, das die Wand des schlicht möblierten Raums schmückte, bevor er vor Haoro niederkniete. Er griff in seinen weiten Ärmel und holte vorsichtig etwas heraus.

Es war ein einzelnes Blatt Reispapier, gefaltet in der Form, die als ewiger Lotus bekannt war. Ein *roter* Lotus. Er war exquisit. Jede anmutige Linie kündete von der Berührung eines *Sh'jin*-Meisters.

Aha, dachte Haoro, als der Mann die Botschaft ihm mit beiden Händen entgegen streckte und darauf achtete, sie nie unter Augenhöhe sinken zu lassen, *die Zeit ist reif*.

Er griff nach dem Papierlotus, hob ihn hoch und bewunderte ihn. Diesmal hatte sein Onkel sich selbst übertroffen. Er würde Jhanun gratulieren müssen. Mit Augen nur für die Blüte, die auf seiner Handfläche ruhte, warf Haoro dem Mann ein Geldstück zu und sprach einen kurzen Segen. »Du darfst dich im Gasthaus der Pilger erfrischen«, sagte er nachlässig. »Du hast auch meine Erlaubnis, an der morgendlichen Zeremonie im inneren Tempel teilzunehmen. Sage den geringeren Priestern, es sei mein Wunsch.«

Der Bote strahlte. Das Lied hören zu dürfen, ohne zuvor die vollständige Pilgerreise durchführen zu müssen, war ein seltenes Privileg. Der Mann berührte den Boden dreimal mit der Stirn. »Ich danke Euch, Herr, für Eure Großzügigkeit!«

Er kroch rückwärts und berührte dabei immer wieder mit

der Stirn den Boden, bis er an der Tür war. Dann stand er auf und ging.

Sobald der Bote verschwunden war, umschloß Haoro den Papierlotus mit beiden Händen.

Die Farbe verkündete die Botschaft so deutlich, als wäre sie wie in bester Kalligraphie niedergeschrieben.

Sei bereit.

Die Zeit war also gekommen, um den Ehrgeiz, den er und sein Onkel teilten, in die Tat umzusetzen. *Und was*, überlegte Haoro, *hat mein ehrwürdiger Onkel beschlossen?*

Es war gleich; er würde es erfahren, wenn sein Onkel zum Eisentempel pilgerte. Jhanun vertraute seine Intrigen niemals dem Papier an; seine Pläne würde er Haoro nur direkt mitteilen. Wieder fragte sich der Priester, was sein Onkel vorhatte. Was immer es war, es würde waghalsig sein.

Der Priester sah den Lotus noch einmal an. Hatte der Bote die Bedeutung seiner Botschaft erraten? Der ewige Lotus wurde normalerweise nur in Papier aus dem reinsten Weiß ausgeführt. Daher durfte dies hier nicht existieren. Mit unendlichem Bedauern ließ Haoro das Meisterstück ins Kohlebecken segeln und sah zu, wie es verbrannte.

Viele Spannen von Tagen nach Beginn seiner Reise stand Baisha neben einem grob gezimmerten Kanu auf einem verlassenen Strand am Nordufer von Jehanglan. Er rieb sich die Stirn, als könne er die Auswirkungen der Krankheit wegwischen, die ihn aufgehalten hatte. Verflucht sollte er sein, sich jemals angesteckt zu haben! Es hatte bewirkt, daß er Jehanglan erst so spät verlassen konnte.

»Bist du sicher, daß das assantikkanische Schiff bald in See stechen wird?« sagte er zu dem zitternden Mann, den die Tempelsoldaten neben ihn niedergeworfen hatten. »Antworte mir, oder sie sterben.« Er riß seinen Kopf herum.

»Sie« waren die verängstigte Familie des Mannes – eine

Frau und kleines Kind –, die innerhalb eines Rings von Soldaten hinter ihm standen. Schwerter waren auf die Kehlen der Geiseln gerichtet.

»Ja, Herr«, stotterte der Mann, »sie bleiben niemals sehr lange – ein paar Handbreit der Sonne. Ihr müßt Euch beeilen.« Er blickte zurück zu seiner Familie. Ein Soldat packte ihn am langen schwarzen Haar und riß seinen Kopf wieder herum. Tränen des Schmerzes traten dem Mann in die Augen.

Es war Baisha gleich. Er schaute den Priester des Eisentempels an. »Hat Euer Herr euch gegeben, was ich brauche?«

Der Priester nickte und griff in sein Gewand. Als er die Hand wieder herausholte, hielt er darin eine Kristallkugel. Darin trieb ein goldenes Abbild des Phönix. Der Gefangene wimmerte bei diesem Anblick.

Baisha nahm die Kugel entgegen und verbarg sie in den abgetragenen, salzfleckigen Gewändern, die er vor einer Weile angelegt hatte. »Der Rest?«

Wieder griff der Priester in seine Gewänder. Diesmal holte er einen Tiegel mit Salbe heraus. »Reibt dies auf Gesicht und Hände und auf den Rest der Haut, die nicht vom Gewand bedeckt ist. Die Salbe wird die Haut reizen und röten, so daß es aussieht, als hättet Ihr Tage in dem Boot verbracht. Vergeßt nicht, sie Euch auch auf die Lippen zu reiben; sie müssen geschwollen und gerissen sein, als hättet Ihr lange nichts getrunken.«

Baisha verzog das Gesicht, nahm den Tiegel entgegen und entfernte den Deckel aus geöltem Papier. Es war notwendig, daß er ebenso elend aussah, wie er sich fühlte. Mit einem Seufzen rieb er sich die Salbe auf den nackten Arm. Der Priester wies die Schüler, die neben ihm standen, an, Baisha zu helfen.

Bald war alles bereit. Baisha stieg in das Kanu; zwei Soldaten eilten sich, ihn ins Wasser zu schieben. Baisha griff nach dem einzelnen Paddel und machte sich an die Arbeit, wobei er leise vor sich hin fluchte. Die verdammte Salbe wirkte viel zu rasch und zu gut.

Der Priester rief ihm nach: »Was ist mit diesem Vieh?«

Baisha warf kaum einen Blick über die Schulter. »Tötet sie. Wir brauchen keine Zeugen.«

Er ignorierte die Schreie hinter sich und konzentrierte sich auf seine Arbeit.

4. KAPITEL

Das Herz des Phönixkaisers zu beherrschen – das war Macht. Aber was bedeutete Macht, wenn man eine Gefangene war; die Gitter des Käfigs mochten aus geschnitzter Jade sein, mit Gold umwunden und mit Seide bespannt, aber es waren immer noch Gitter.

Shei-Luin *noh* Jhi wandte sich von dem mit einem Schirm versehenen Fenster ab. Ihre seidenbeschuhten Füße machten kaum ein Geräusch auf dem Boden, als sie abermals zum Schreibtisch ging, um die Botschaft zu lesen.

Solch ein unbedeutendes Stück Papier; kaum ein Streifen, der um das Bein einer Brieftaube passen würde. Aber die ganze Welt hing von den Worten darauf ab.

Der Kaiser stirbt. Kommt sofort

– Jhanun.

Shei-Luin betrachtete das Papier und folgte den Worten mit einem langen, polierten Fingernagel. Ihr Finger hielt über der Unterschrift inne: *Jhanun.* Nur dies. Kein Titel, kein Siegel, nicht einmal ein Daumenabdruck.

Wäre ich wirklich so dumm, wie Ihr hofftet, Jhanun, hätte es funktioniert. Und Ihr hättet angesichts meines Todes die Hände gerungen und Rache gegen jeden geschworen, der Euren Namen benutzt hat, und im stillen gegrinst wie der Hund, der Ihr seid.

Sie konnte sich gut vorstellen, daß Xiane behauptete, er liege im Sterben; das überraschte sie nicht. Es brauchte nur die Magenschmerzen, die man vom Verzehr von grünen Mangos bekam, und Xiane ma Jhi, durchlauchtigster Kaiser der vier Viertel der Welt und Phönixherrscher des Himmels, quäkte, man habe ihn vergiftet.

Sie hatte es zu oft miterlebt, um sich davon noch ängstigen zu lassen.

Aber ob Xiane nun starb oder nicht, es wäre ihr Tod, wenn sie sich ihm vor Ablauf ihrer Reinigungszeit näherte. Und das war es genau, was Jhanun erreichen wollte. Er hatte viel von seinem früheren Einfluß auf den Phönixherrscher verloren, seit Xiane so bezaubert von ihr war.

Hatte Jhanun den Verstand verloren, daß er glaubte, sie würde gehorchen – oder hielt er sie für dumm? Ganz gleich. Er würde es lernen. Sie würde sich von solchen Intrigen nicht hinters Licht führen lassen. Es war dumm von ihm, mir eine solche Waffe in die Hände zu geben; sollte Xiane diese Botschaft sehen, würde Jhanun seiner Strafe kein zweites Mal entgehen. Sie würde dieses Papier sicher aufbewahren, um es, wenn nötig, eines Tages zu benutzen.

Aber daß der ehemalige Kanzler des Kaisers glaubte, sie herumschikanieren zu können, als wäre sie immer noch eine einfache Konkubine – das war reine Arroganz.

Und Arroganz brauchte sie sich nicht bieten zu lassen. Nicht einmal von einem so mächtigen Mann wie Jhanun *nohsa* Jhi – Jhanun, Würdenträger des zweiten Ranges der Jhi. Nicht, nachdem sie nun selbst *noh* – vom ersten Rang – war. Nicht, nachdem sie die Mutter des einzigen *Erben* des Phönixherrschers war, den sie vor nicht ganz drei Wochen zur Welt gebracht hatte.

Ihr schwarzes Haar fiel ihr über die Schultern, als sie plötzlich erschreckt den Kopf senkte. Ihre Hand krampfte sich um den Fächer neben der Botschaft.

War mit ihrem Sohn alles in Ordnung? Xahnu befand sich mit seinem Gefolge am Fuß der Korushinberge, weil man ihn dort sicherer vor den Tieflandfiebern glaubte, die in der heißen Jahreszeit so viele Kinder dahinrafften. Er sollte in Sicherheit sein. Selbst ehrgeizige Männer wie Jhanun oder die Gruppe, die er anführte, würden es nicht wagen, dem Erben des Kaisers Schaden zuzufügen – der Phönix würde sie vernichten.

Dennoch, sie wollte ihr Kind bei sich haben. Tränen traten ihr in die Augen.

Nein! Sie durfte nicht schwach werden. Sie biß die Zähne zusammen. Sie mußte vom kältesten Stahl sein – besonders, falls der Kaiser tatsächlich starb. Wenn dies geschah, würde der Thron leer stehen. Ein Thron, auf den Shei-Luin bereits Absichten hatte.

Und sie mußte Jhanun eine Lektion erteilen. Daß er glaubte, sie mit einem so durchsichtigen Trick hinters Licht führen zu können, erzürnte sie. Er mußte aus diesem Spiel, das der kaiserliche Hof darstellte, entfernt werden. Ohne ihn wären die Vier Tiger herrenlos, würden verwirrt umherhuschen wie ein Hundertfüßler, dem man den Kopf abgeschlagen hat. Sie würden mit ihren endlosen Versuchen, den willensschwachen Kaiser für sich zu gewinnen, endlich aufhören. Und was wichtiger war, sie würden aufhören, *sie* loswerden zu wollen.

»Murohshei!« rief sie. Ihre Stimme klang in dem geräumigen Pavillon wie eine Glocke. Sofort antwortete das Geräusch nackter Füße auf dem polierten Holzboden des Flurs, als der Eunuch ihrem Ruf nachkam.

Murohshei – Sklave der Shei. Sie fragte sich, ob er sich noch an den Namen erinnerte, den er vor so langer Zeit getragen hatte, bevor man ihn Shei-Luin schenkte, die damals noch ein Kind war.

Der Eunuch betrat das Zimmer. Er fiel vor ihr auf die Knie, drückte die Stirn auf den Boden. Sie blieb einen Augenblick lang schweigend stehen, die bleichen Hände verschränkt, und hielt den Fächer aus kunstvoll geschnitztem Sandelholz und bemalter Seide wie einen Dolch.

»Murohshei.« Ihre Stimme war klar und süß.

Der Eunuch blickte zu ihr auf.

»Murohshei, ich will den Kopf von Jhanun.«

»Favoritin des Phönixherrschers, Blüte des Westens«, sagte Murohshei. »Es soll geschehen. Wie lange es auch dauern mag, es soll geschehen.« Abermals berührte er mit der Stirn den Holzboden.

Shei-Luin lächelte. Sie stellte sich Jhanuns Kopf auf einem Speer vor ihrem Fenster vor. Das würde ihr tatsächlich gefallen.

Dann begann, wie es in letzter Zeit häufig war, die Erde zu beben. Shei-Luin taumelte und wäre gestürzt, hätte Murohshei sie nicht festgehalten.

Der Phönix war wieder zornig.

5. KAPITEL

Der Drache flog rasch nach Norden, und seine schnellen Flügelschläge kündeten von Eile. Bald schon war er nur noch als winziger Fleck am heller werdenden Himmel zu erkennen.

Maurynna blieb an der Tür zum Balkon stehen und fragte sich, welcher Drachenlord schon so früh und so eilig unterwegs war. Sie wußte, daß es einer ihrer Art war und kein Echtdrache; wer immer es sein mochte, er – oder sie – war viel kleiner als ihr Seelengefährte Linden in Drachengestalt. Und selbst er, hatte man ihr gesagt, war erheblich kleiner als ein Echtdrache.

Sie wickelte sich fester in den leichten Morgenmantel und trat hinaus in den neuen Tag.

Sie hatte nicht viel von dem Drachen gesehen, nur genug, um zu wissen, daß er dunkel war, entweder schwarz oder braun. Jekkanadar oder Sulae? Sie wußte, daß sie beide in Drachengestalt schwarz waren, aber das traf auch für ein paar andere zu. Sollte der Drache braun gewesen sein, gab es zu viele, um raten zu können. Maurynna kniff gereizt die Lippen zusammen. Sie war zu neu hier im Drachenhort, um die anderen Drachenlords in beiden Gestalten vom Sehen zu erkennen.

Nun, sie würde es zweifellos irgendwann herausfinden. Sie würde einfach nicht mehr daran denken und den frühen Morgen genießen. Es war immer ihre liebste Tageszeit gewesen.

Der Gedanke brachte Erinnerungen ans Meer und an das Gefühl von Schiffsplanken unter ihren Füßen; sie schob diese Erinnerungen weg und konzentrierte sich auf das, was vor ihr lag. Dies war nun ihr Leben.

In der Bergluft hing immer noch die Kühle der vergangenen Nacht; sie schauderte, ging aber nicht wieder nach drinnen.

Statt dessen staunte sie über die Farben der Berge, als das Licht sich über sie ausbreitete und schimmernde Finger über das große Plateau hinweg zum Schloß ausstreckte.

Zunächst kam das Grau der Granitknochen der Berge, die durch die dünne Haut der Erde ragten. Dann, als das hellere Licht die Abhänge hinabfiel, enthüllte es die Kiefernwälder, die zwischen den eisbedeckten Gipfeln und dem lebendigen Tal darunter, das noch im Morgennebel verborgen war, Wache standen. Unter ihrem windgepeitschten grünen Ring glühten die Herbstblätter von Ahorn, Eichen, Espen und vielen anderen Bäumen, die Maurynna nicht benennen konnte, und verwandelten die Talseiten in einen Wandteppich erstarrten Feuers, der sich tagtäglich tiefer schob.

In ihrer Heimat, in Thalnia, hatte sich der Herbst nie mit einer solchen Fanfare von Farben angekündigt, und er hatte auch nicht so früh begonnen. Maurynna wollte lieber nicht daran denken, was folgen würde: Schnee, der die Pässe unter sich begrub, und jene, die nicht fliegen konnten, bis zum Frühling im Drachenhort gefangenhielt. Sie wollte *nicht* daran denken; sie würde sich auf die Schönheit konzentrieren, die vor ihr lag.

Erinnere dich, wie du von diesem Ort geträumt hast, als du noch ein Kind warst und vor dem Feuer Otters Geschichten lauschtest.

Ja, sie hatte geträumt – und nun war es Wirklichkeit geworden. Freude glühte in ihrem Herzen. Sie, Maurynna Erdon, gehörte zu den gewaltigen Werdrachen.

Maurynna Kyrissaean, korrigierte sie eine verschlafene Stimme im Geist. *Deine Drachenhälfte möchte nicht vernachlässigt werden,* fügte die Stimme kichernd hinzu. *Sie ist eine sehr hochnäsige Dame – immerhin spricht sie weder mit mir noch mit Rathan, noch mit irgendwem sonst.*

Maurynna verzog bei diesem Gedanken das Gesicht, dann konzentrierte sie sich; die lautlose Sprache der Gedanken war ihr ebenfalls noch sehr neu. *Es tut mir leid. Habe ich wieder herumgebrüllt?* Wie immer, wenn sie in Gedanken sprach, verspürte sie etwas, was sie nur als »Echo« in ihrem Kopf bezeichnen konnte. Es bewirkte, daß sie sich am liebsten den Schädel geöffnet und gekratzt hätte.

Nur ein wenig; außer mir hat es niemand gehört. Du wirst sehr viel besser. Was machst du schon so früh, meine Liebste?

Im Gefolge seiner Worte erschien nun ihr Seelengefährte Linden Rathan barfuß auf dem Balkon. Lindens langes, blondes Haar war zerzaust, seine dunkelgrauen Augen immer noch ein wenig verquollen vom Schlaf. Gähnend rieb er sie. Maurynna warf einen Blick auf das weinfarbene Geburtsmal, das sich auf seiner rechten Schläfe bis zum Augenlid zog – sein Zeichen. Er trug nur ein Paar Kniehosen gegen die Kälte.

Maurynna schauderte bei diesem Anblick und wickelte den Mantel wieder fester um sich.

Er sah sie lächelnd an und zog eine Braue hoch. »Ist dir kalt? Dumme Gans, hast du denn vergessen, daß du jetzt einen Wärmezauber heraufbeschwören kannst? Komm her.«

Glücklich schmiegte sie sich in seine Arme und drehte sich dann so, daß sie wieder auf die Berge hinausschauen konnte. Manchmal hatte es Vorteile zu vergessen, daß man ein Drachenlord war, sagte sie sich zufrieden und drückte den Rücken gegen die breite Brust ihres Seelengefährten. Linden mußte sich des Wärmezaubers bedient haben, noch bevor er aus dem Bett stieg. Eines Tages würden auch ihr solche Dinge zur zweiten Natur werden, aber im Augenblick war sie zufrieden, Lindens Kinn auf ihrem Hinterkopf und seine Arme warm um ihren Oberkörper zu spüren und auf die Berge hinauszuschauen, die nun ihr Zuhause waren.

Aber sosehr sie es auch versuchte, sie konnte sie nicht als Zuhause betrachten. Ja, sie waren schön. Aber sie waren nicht die Zuflucht ihres Herzens. Sie mußte es zugeben: sie wollte die *Seenebel* zurück.

Ich war gerade erst Kapitän geworden, dachte sie betrübt. *Es war alles immer noch glänzend und schimmernd und neu.*

Der Gedanke daran, nun für den langen nördlichen Winter in diesem Schloß und den Bergen festzusitzen, hätte sie beinahe vor Panik laut aufschreien lassen.

Obwohl sie wußte, daß es ihr nicht mehr nützen würde als der Versuch, mit dem Kopf gegen die sprichwörtliche Wand zu rennen, mußte sie es noch einmal probieren. »Müssen wir denn hierbleiben? Ich würde meine Familie und meine Freunde in Thalnia gerne ein letztes Mal sehen. Ich hatte nie Gelegenheit, mich von ihnen zu verabschieden.«

Linden seufzte und rieb seine Wange gegen ihr Haar. »Es tut mir leid, mein Herz, aber du weißt, was die Herrin entschieden hat. Sie macht sich Sorgen, weil du dich nicht verwandeln kannst; sie spürt, daß es hier für dich sicherer ist. Außerdem dürfen wir Kyrissaean nicht vergessen.«

O ja, Kyrissaean. Diese widerspenstige, unerklärliche Drachenhälfte ihrer Seele. Die sich weigerte, mit irgendeinem Drachenlord oder sogar einer anderen Drachenseele zu sprechen, aber immer in Maurynnas Hinterkopf lauerte. Die es nicht zuließ, daß Maurynna sich verwandelte, die sie fest auf dem Erdboden und damit im Drachenhort gefangenhielt.

Verflucht sollte sie sein. Es würde lange, wahrhaftig lange dauern, bevor sie ihrer Drachenhälfte verzeihen konnte.

Maurynna schnaubte. »Ich hasse es, wenn man mich verhätschelt. Und das tut ihr alle – ihr verhätschelt mich.«

»Ja«, stimmte Linden ihr gleichmütig zu. Maurynna fragte sich, ob er wohl ahnte, wie gern sie ihn dafür getreten hätte. »Das tun wir, das tue ich«, fuhr er fort. »Es ist so lange her, seit ein neuer Drachenlord zu uns gekommen ist. Und ich habe viel zu lange auf dich warten müssen, Liebste. Nimm es uns nicht übel.«

Und wenn ihr mich zur Verzweiflung treibt, weil ihr mich einfach erdrückt? Was dann? Aber sie hielt den Mund, denn sie wollte sich ganz bestimmt nicht so früh am Morgen schon mit Linden streiten. Besonders dann nicht, wenn er so sanft an ihrem Nacken knabberte.

Sie schloß die Augen und ließ den Kopf an seine Schulter sinken, um es ihm leichter zu machen. Seine Hände glitten hinauf zu ihren Brüsten. O ja; der Streit konnte noch warten bis nach dem Frühstück.

Aber als sie sehr viel später die große Halle erreichten, wo die Mahlzeiten serviert wurden, vertrieb etwas anderes jeden Gedanken an Streit aus Maurynnas Kopf.

Ein junger Mann stand mit dem Rücken zu ihr. Er war so hochgewachsen wie Linden, aber nicht so breit in Schultern und Brustkorb, und unterhielt sich gerade mit Tamiz, einer der *Kir*, der Diener der Drachenlords. Sein Haar schimmerte rötlichgolden im späten Morgenlicht, das durch die hohen, schmalen Fenster der Halle fiel. Er trug es in der Art der Yerrin, ebenso wie Linden: schulterlang bis auf einen langen, schmalen Clanzopf, der ihm über den Rücken hing. Aber während Lindens Zopf aus vier Strähnen geflochten war, wie es sich für einen Adligen gehörte, und mit dem Blau, Weiß und Grün des Schneekatzenclans gebunden war, zeigte dieser Mann den dreisträhnigen Zopf eines Gemeinen und das Schwarz und Grün des Marderclans.

Lockiges, rötliches Haar war bei den Yerrins weit verbreitet, und der Marderclan hatte viele Söhne. Es hätte jeder sein können. Dennoch ...

Tamiz nickte, und ein plötzliches Grinsen erschien auf ihrem Gesicht. Sie winkte dem Mann, ihr zu folgen. Die Haltung von Schulter und Kopf war charakteristisch, aber es war der Reitergang, der ihn ohne jeden Zweifel verriet.

»Raven!« rief Maurynna. Dann lauter: »Raven – was machst du hier?« Sie lief ihm hinterher.

Raven hielt inne und warf einen Blick über die Schulter;

seine Miene hellte sich bei ihrem Anblick beträchtlich auf. »Bohnenstange!« rief er und nahm sie in die Arme.

Maurynna erwiderte die Umarmung und vergaß, daß sie jetzt viel stärker war denn als Echtmensch. »Uff!« keuchte Raven überrascht.

»O Ihr Götter, Raven – es tut mir leid. Ich habe es vergessen«, sagte Maurynna und lachte vergnügt. Was machte ihr bester Freund auf der ganzen Welt hier?

Raven wich ihrem Blick aus. »Ich auch«, meinte er schließlich. »Es tut mir leid, Euer ...«

Maurynna wurde kalt. Nicht Raven. Nicht der Junge, mit dem sie ihr Leben lang blaue Augen und die tiefsten Geheimnisse geteilt hatte. Sie konnte es nicht ertragen.

»Sprecht das zu Ende, Junge, und Ihr habt Glück, wenn sie Euch nur grün und blau prügelt«, sagte Linden hinter ihr. Er legte Raven die Hand auf die Schulter. »Erinnert Ihr Euch an mich? Wir sind uns einmal begegnet, als Ihr ein Kind wart. Wann seid Ihr hier eingetroffen?«

»Spät letzte Nacht, Drachenlord.« Raven verbeugte sich, dann starrte er Linden einen Augenblick lang an, bevor er sagte: »Aber Ihr seid nicht so groß, wie ich Euch in Erinnerung habe, Herr.«

Linden lachte. »Und Ihr nicht so klein, wie ich mich an Euch erinnere. Ich werde Euch bestimmt nicht mehr auf den Schoß nehmen. Otter hat mir schon vor einiger Zeit erzählt, daß Ihr gewachsen seid. Und wo wir gerade davon sprechen, ist Euer unmöglicher Großonkel schon wach?«

»Ich habe ihn letzte Nacht lange wach gehalten«, sagte Raven lächelnd.

»Das ist keine Entschuldigung – nicht heute«, sagte Linden. »Fauler Mistkerl. Tamiz, falls Otter vorhat, an einem so schönen Tag im Bett zu bleiben, sag ihm, ich hätte dir befohlen, ihm einen Eimer kaltes Wasser überzugießen. Befehl eines Drachenlords.«

Lachend ging Tamiz davon. Sie hatte ein boshaftes Glitzern im Blick.

Das wird sie doch nicht wirklich tun? Als Maurynna sich umdrehte, bemerkte sie, daß Raven sie immer noch anstarrte.

»Es ist also wahr«, sagte er.

»Ja.« Sie schluckte. Warum war ihr Mund plötzlich so trokken? Linden sagte nichts, er verlagerte sein Gewicht nur ein wenig, so daß ihre Schultern sich berührten.

»Ich habe dich immer wegen deiner Augen geneckt und behauptet, sie wären ein Zeichen, weil sie unterschiedliche Farben haben«, sagte Raven. Seine Stimme war tonlos und angespannt. »Ich hätte nie gedacht, daß ich recht haben könnte.« Langes Schweigen folgte und dann: »Das heißt, du wirst wohl nie wieder nach Hause kommen, oder?«

In diesen Worten lag Schmerz und Ablehnung. Aber am meisten schmerzten die ungeweinten Tränen. Raven wandte sich Linden zu. Sie sahen einander lange an.

»Ah«, sagte Linden schließlich. In ihrem Kopf hörte sie ihn sagen: *Ich glaube, Raven hatte mehr als nur Freundschaft im Sinn, Liebste. Ihr solltet lieber miteinander sprechen. Bringe ihn in eine Ecke, wo ihr ungestört seid, ich werde dafür sorgen, daß euch niemand unterbricht.*

Verwirrt fragte Maurynna: *Was meinst du mit »mehr als ...«*

Sprich mit ihm, Maurynna.

Und dann ließ Linden sie allein. Maurynna betrachtete Raven forschend; es war, als stünde sie einem Fremden gegenüber. »Hier entlang; wir können dort drüben in Ruhe sprechen.« Sie hoffte, daß sie sich nicht so einsam und verloren anhörte, wie sie sich fühlte.

Er folgte ihr wortlos. Sie führte ihn an den Tischen der Drachenlords und Besucher vorbei bis zu einer der kleinen Nischen am Rand der großen Halle. Gepolsterte Bänke boten hier gemütlichen Platz für vertrauliche Gespräche. Es kam ihr wie Hohn vor. Sie setzte sich; Raven zögerte, als wäre er nicht sicher, ob er sich in Anwesenheit eines Drachenlords einfach setzen durfte.

Maurynna starrte ihn wütend an. Er setzte sich. Er rückte ihr nicht so nahe, wie er es früher getan hätte, aber er war auch nicht so weit entfernt, wie sie es befürchtet hatte.

Einen langen, unangenehmen Augenblick schwiegen beide. Dann fragte Raven abermals: »Wirst du je zurückkommen?«

Maurynna biß sich auf die Lippe. »Irgendwann werden sie mich gehen lassen müssen – das hoffe ich doch.«

Raven war verblüfft. »Sie halten dich gegen deinen Willen hier fest?«

Sie zuckte die Achseln. Wie sollte sie das erklären? Sollte sie es überhaupt? Sie wußte, daß die Drachenlords Geheimnisse vor den Echtmenschen bewahrten, damit die Feinde der Werdrachen keine Schwäche finden konnten, um sich ihrer zu bedienen.

Aber das hier war Raven. Sie hatte sich entschieden, und jeder, der etwas dagegen hatte, sollte verflucht sein. »Nicht ganz. Die Herrin sagt, es sei zu meiner eigenen Sicherheit. Die Herrin wäre wahrscheinlich auch der Ansicht, daß ich es dir nicht sagen soll, aber ... ich ... ich kann mich nicht verwandeln, wann ich will. Beim ersten Mal ist ... etwas geschehen. Es hat schrecklich weh getan, und es sollte nicht so sein. Nun läßt Kyrissaean, meine Drachenhälfte, nicht zu, daß ich zum Drachen werde. Sie hält mich auf, wann immer ich es versuche. Hast du gehört, was vor ein paar Monaten in Cassori geschehen ist – der Streit um die Regentschaft?«

Raven nickte. »Ja, wir haben davon gehört, als die *Seenebel* nach Sturmhafen zurückkehrte. Daß man die Drachenlords als Schiedsrichter angerufen hat, daß du dich mit deinem Schiff dort aufhieltest und daß du ...« Seine Stimme brach beinahe. Einen Augenblick später fuhr er fort. »Meister Remon hat es mir selbst erzählt.«

Maurynna hielt den Atem an, als er Remon, ihren ehemaligen Ersten Maat, erwähnte. Sie fragte sich, was er wohl gedacht hatte, als ihn das Schiff aus Cassori mit seinen erstaunlichen Neuigkeiten einholte. Aber das war gleich; was hatte der arme Mann gedacht, als er feststellte, daß sie nicht mehr an Bord der *Seenebel* war? Sie stellte sich vor, wie sich Remon gefühlt haben mußte, als er ihre Kabine betrat und sie leer vorfand, das offene Fenster schweigender Zeuge des Verschwindens seines Kapitäns.

Raven fuhr fort: »Großonkel Otter hat mir gestern nacht mehr erzählt; deshalb waren wir so lange auf. Aber er hat mir nicht alles gesagt; er meinte, einiges davon müsse er dir überlassen.«

Es dauerte einen Augenblick, bevor sie sprechen konnte. »Wir haben das Problem nicht bemerkt, während wir in Casna waren. Dann beschlossen wir zurückzureiten, weil Lindens llysanyanischer Hengst Shan geflohen war und sich aufgemacht hatte, in der Stadt nach Linden zu suchen. Es schien die beste Lösung zu sein. Shan hatte deutlich gemacht, daß er keinen anderen Reiter akzeptieren würde, und Linden befürchtete, ich hätte mich auf meinem ersten Flug überanstrengt. Die beiden anderen Drachenlords, die zusammen mit Linden als Schiedsrichter gedient hatten, Kief Shaeldar und Tarlna Aurianne, waren derselben Ansicht. Sie flogen an dem Tag nach Hause, als wir uns auf den Weg machten.

Es schien alles in Ordnung zu sein, aber eines Tages unterwegs wollte mir Linden etwas aus der Luft zeigen. Es sollte nur ein kurzer Flug sein, nichts Schwieriges – und dann ist es geschehen. Ich konnte mich nicht wieder verwandeln.«

Wieder schluckte Maurynna – schon die Erinnerung an die Schmerzen bewirkte, daß ihr übel wurde. »Damals nicht und auch nicht bei den anderen Gelegenheiten, wenn ich den Mut gefunden hatte, es zu versuchen. Niemand kann sich erinnern, daß so etwas je geschehen ist, und auch in den Aufzeichnungen wird nichts dergleichen erwähnt. Sowohl die Herrin von

Schloß Drachenhort als auch ihr Seelengefährte Kelder, ebenso wie die Archivare Jenna und Lukai, alle ihre *Kir*-Schreiber, Linden und ich haben Unmengen von Kerzenmarkierungen mit der Suche nach Aufzeichnungen verbracht. Ich hoffe immer noch, daß es eine Antwort gibt ...«

»Das tut mir leid«, sagte Raven. »Es tut mir wirklich leid.« Und dann: »Du und ... Linden Rathan ...«

Wieder dieser schmerzliche Unterton. Maurynna verstand es plötzlich. »Raven – hast du ... hast du jemals gedacht, daß wir ...?«

Er lief dunkelrot an. »Äh ... ja. Das habe ich. Wir sind so gut miteinander ausgekommen. Und wir haben uns immer wieder versöhnt, wenn wir uns gestritten haben. Wir hätten uns nicht erst aneinander gewöhnen müssen.«

»Raven, du denkst doch nicht wirklich, daß *das* ein guter Grund zum Heiraten ist, oder?« Der Gedanke verblüffte sie. Sie hatte zweifellos nie so empfunden.

Raven sagte: »Ich habe schlechtere Gründe gehört.«

Sie mußte zugeben, daß er recht hatte; tatsächlich war es auch ein besserer Grund als viele, die sie gehört hatte.

Aber es war immer noch nicht gut genug. »Es schien so einfach. Wir sind immer gut miteinander ausgekommen«, schloß er kläglich.

Hätte sie etwas in der Hand gehabt, dann hätte sie es geworfen. Sie zu heiraten, weil sie miteinander auskamen, weil es bequem war wie ein Paar alte Stiefel? Weil es der leichteste Ausweg war? Sie dachte daran, ihn zu schlagen, erinnerte sich aber diesmal rechtzeitig an ihre größere Kraft. »Was!«

Aus den Augenwinkeln bemerkte sie, daß Leute sich nach ihnen umdrehten. »Oh ...! Ja, Raven, ich liebe dich, du Idiot, aber als Freund.« Sie beruhigte sich, als sie seinen gequälten Blick sah. Sanfter sagte sie: »Siehst du das denn nicht? Wir hätten nie eine Chance gehabt. Selbst wenn wir geheiratet hätten, hätte ich dich gehen lassen müssen, nachdem ich mich das erste Mal verwandelt hatte. Versuche es zu verstehen; ich liebe Linden nicht nur, er ist ein Teil von mir – buchstäblich. Das bedeutet es, Seelengefährte zu sein. Ich hätte zu ihm gehen müssen, ganz gleich, was geschah.«

Er nickte. Seine Stimme zitterte. »Ich versuche ja ... es zu verstehen. Ich verstehe es hier«, er berührte seine Stirn. Dann legte er die Hand aufs Herz. »Aber hier habe ich Probleme. Ich habe immer geglaubt, wir würden heiraten und dann zu meiner Tante nach Yerrih gehen. Du weißt, daß sie will, daß ich ihr beim Züchten und bei der Ausbildung ihrer Pferde helfe.«

Maurynna war schockiert. Es ging nicht um *seine* Pläne; sie hatte seit Jahren gewußt, was er vorhatte. Aber sie hatte nie von seinen Plänen für *sie* gewußt.

Sie spürte, wie sich die Mauern enger um sie schlossen, und erhob sich langsam. Plötzlich bekam sie nicht mehr genug Luft. »Du hast geglaubt, ich könne das Meer so leicht aufgeben? Das hast du gedacht?«

Sie konnte es nicht glauben. Raven war derjenige, der von allen Menschen am besten hätte wissen müssen, was ihr eigenes Schiff ihr bedeutete. Auch er hatte Träume. »Das alles aufgeben! Versteht das denn niemand?« Maurynna drehte sich um und rannte quer durch die große Halle. Sie lief durch die Flure des Schlosses und ignorierte alle, die sie unterwegs ansprachen, lief wie ein Stück Wild auf der Flucht vor den Jagdhunden, entfloh jenen, die sie lebendig begraben wollten.

Es war albern und kindisch – das wußte sie. Aber sie konnte auch nicht mehr stillsitzen. Sie wäre erstickt.

Eine der hinteren Türen stand offen, um die frische Morgenluft hereinzulassen. Maurynna schoß wie ein Blitz auf der Suche nach einem Ziel hindurch.

Sie blieb nicht stehen, bis sie die Weide hinter dem Stall der Llysanyaner erreicht hatte. Ein Sprung, von dem sie vor ein paar Monaten nicht einmal zu träumen gewagt hätte, trug sie über den Zaun in den Auslauf ihres llysanischen Hengstes. Sie landete, verlor beinahe das Gleichgewicht, fing sich aber wieder, bevor sie flach im Dreck landete.

Boreal kam auf sie zugetrabt und schnaubte besorgt, weil sie so aufgeregt war. Maurynna vergrub ihr Gesicht in seiner Mähne und schlang die Arme um den gefleckten grauen Hals. Sie kämpfte gegen Tränen des Zorns und der Enttäuschung an.

Ich kann kein richtiger Drachenlord sein, ich kann kein Kapitän mehr sein, und alle wollen mich entweder in Watte packen wie eine Glaskugel oder mich davonschleppen, damit ihre *Träume wahr werden. Verdammt, es ist einfach ungerecht!*

Boreal hängte ihr den Kopf über die Schulter und zog sie näher an sich. Ermutigt vom Mitgefühl des intelligenten Tieres, holte sie tief Luft, um ihre Liste von Klagen fortzusetzen. *Bei meinem Glück wird er der einzige sein, der mich versteht.* Bei diesem Gedanken brach sie in trockenes, schluchzendes Lachen aus.

»Den Göttern sei Dank«, erklärte eine wohlklingende – wenn auch ironische – Stimme hinter ihr, »du weinst nicht. Nach der Art, wie du Boreal um den Hals gefallen bist, hatte ich das schon befürchtet. Denn du bist tatsächlich ein wenig zu groß für mich geworden, Kleine, als daß ich dich zum Trost noch auf den Schoß nehmen könnte.«

Raven hockte bedrückt auf der Bank und starrte auf den Steinboden. Er hatte alles verdorben. Er hätte nicht gedacht, daß Maurynna es so aufnehmen würde.

Und das Schlimmste war, daß er nicht einmal genau wußte, was er falsch gemacht hatte.

Er blickte auf, als er zwei Gestalten am Eingang der Nische bemerkte. Der eine war ein schweigender Linden Rathan; die Miene des hochgewachsenen Drachenlords war unergründlich. Der andere war sein Großonkel, der Barde Otter Heronson. Und er war alles andere als still.

»Du konntest wirklich immer schon mit Worten umgehen, Junge«, meinte sein Verwandter vergnügt.

Raven erinnerte sich an die schweren Strafen, die darauf standen, einem Barden den Hals umzudrehen. Dann erinnerte er sich an die Strafen dafür, einen Verwandten umzubringen. Es genügte kaum, um ihn zurückzuhalten. »Danke«, fauchte er.

»Bist du den ganzen Weg hierhergekommen, nur um noch einmal mit Maurynna zu streiten?« fragte Otter mit gekünstelter Unschuld.

»Nein«, erwiderte Raven. »Nein, selbstverständlich nicht. Verflucht sollst du sein!« Dann erinnerte er sich tatsächlich an den Grund für seine Reise zum Drachenhort und biß sich besorgt auf die Lippen. Mit einem Blick zu Linden Rathan sagte er: »Drachenlord, ich bin nur als Eskorte hier. Der Mann, den ich hierhergebracht habe, behauptet, daß in Jehanglan ein Echtdrache gefangengehalten wird!«

»Wie bitte?« rief Otter. Er schüttelte den Kopf. »Junge, du hast deinen Beruf verfehlt – du hättest Barde werden sollen!«

Linden Rathan riß die Augen auf. »Ein Echtdrache? Das ist unmöglich.«

Raven schüttelte den Kopf. »Nein, Drachenlord. Es ist wahr. Mein Wort darauf. In Jehanglan wird ein Echtdrache gefangengehalten – und sie versuchen, ihn zu töten.«

Es geschah nicht häufig, daß die vollständige Saethe – der Rat der Drachenlords – so hastig zusammentrat. Aber die wenigen Worte, die die Herrin spät am vergangenen Abend mit diesem Fremden gesprochen hatte, hatten sie bewogen, die Versammlung einzuberufen und ihren Seelengefährten Kelder auf raschen Flügeln nach Norden zu schicken.

Die Mitglieder der Saethe kamen nacheinander in die Ratskammer. Jeder warf dem Mann, der zur Linken der Herrin saß, einen neugierigen Blick zu. Sie wußte, was sie sahen – einen offensichtlich kranken Menschen, dessen Haarkranz strähnig um sein bleiches Gesicht hing und der sich ein warmes Tuch um die gebeugten Schultern geschlungen hatte – und sie fragte sich, was die anderen Drachenlords dachten und welche Gerüchte im Umlauf waren.

Als alle versammelt waren, erhob sich die Herrin und erklärte: »Das hier ist Taren Olmeins, ein Kelnethi, der in Jehanglan Schiffbruch erlitten hat. Er ist in den vergangenen dreißig Jahren dort Sklave gewesen. Aber vor kurzem hat er etwas erfahren, das ihn zu einer Verzweiflungstat veranlaßte: Er ist aus Jehanglan geflohen, um uns die Nachricht von einem großen Unrecht zu bringen, das dort geschieht.«

Sie wartete darauf, daß das Gemurmel sich wieder legte. Gut – wenn man von der Überraschung sowohl in Mienen als auch Stimmen ausging, hatten sich die Gerüchte bisher noch nicht sonderlich weit verbreitet. Sie fragte sich, was ein gewisser kleiner Drachenlord wohl von der Sache gehört hatte.

»Und was ist das für ein Unrecht?« fragte Kyralin Sanraelle.

»Taren, ich denke, es wäre das Beste, wenn Ihr es ihnen selbst erklärtet«, meinte die Herrin.

Taren nickte, stützte sich auf die Armlehne des Stuhls und kam mühsam auf die Beine. Einen Augenblick lang befürchtete die Herrin, die Anstrengung würde zuviel für ihn sein. Sie streckte eine Hand aus, um ihn zu stützen.

Er bedachte sie mit einem erstaunlich liebenswerten Lächeln. »Nein, Herrin, macht Euch um mich keine Sorgen. Diese Krankheit und ich sind alte Feinde. Es ist nur eine Schwäche, und es wird mir bald wieder bessergehen. Wenn ich erst sehe, daß der Gerechtigkeit Genüge getan wird.«

Zustimmendes Murmeln erklang bei Tarens mutigen Worten. Die Herrin sah, wie sich die Mitglieder der Saethe vorbeugten, um der Geschichte dieses unwahrscheinlichen Helden zu lauschen.

»Wie Eure Herrin Euch bereits mitgeteilt hat, erlitt ich vor vielen Jahren in Jehanglan Schiffbruch und wurde zum Sklaven. Es war ein schweres, grausames Leben, denn mein Herr war kein sanfter Mensch, aber ich wagte es nicht, mich noch einmal auf die Meerenge von Cansunn – die die Jehangli als das Tor des Phönix bezeichnen – hinauszuwagen. Das Leben mochte zwar schwer sein, aber es ist immer noch süß, und ich fürchtete, dieses Gewässer nicht ein zweites Mal lebend überqueren zu können.

Also lebte ich weiter, so zufrieden ich konnte, und diente als Aufseher einer der Salzminen des kaiserlichen Hofes, für die mein Herr zuständig war. Denn Ihr müßt wissen, daß dort alles Salz dem Phönixherrscher gehört. Jene Minen sind ein beliebter Ort der Strafe für Menschen, die sich die Mißbilligung des Throns zugezogen haben. Die so Bestraften leben häufig nicht lange; die Arbeit ist schwer.

Auf diese Weise kam eines Tages ein aufrührerischer Priester zur Arbeit in die Minen. Weil er sowohl gelehrt als auch alt war, bat ich darum, ihn als Schreiber einsetzen zu dürfen. Zu meiner Überraschung wurde mir die Bitte gewährt. Wir wurden gute Freunde, und Taorun erzählte mir vieles, was ich zuvor nicht gewußt hatte – zum Beispiel, was die wahre Quelle der Macht hinter dem Phönixthron ist.«

Taren hielt inne und wischte sich mit zitternder Hand die Stirn. Die Herrin winkte ihrem persönlichen Diener Sirl, dem einzigen, der bei diesem Treffen zugelassen war. Der *Kir* brachte einen Kelch mit schwerem pelnaranischem Wein, der bereits für diesen Fall eingegossen war. Er reichte ihn Taren mit einer Verbeugung. Taren flüsterte kaum hörbar »Danke« und trank einen Schluck.

Eine Spur Farbe kehrte in seine Wangen zurück. Taren trank noch einen Schluck und fuhr, diesmal mit etwas kräftigerer Stimme, fort: »Euer Gnaden, habt Ihr je von dem Jehangli-Phönix gehört? Es heißt, er sei ein riesiger Vogel, schöner als die Dämmerung, der tausend Jahre lang lebt. Wenn diese tausend Jahre vergangen sind, baut der Phönix ein großes Feuer auf dem Rivasha und wirft sich hinein. Dann wird er von den Flammen verschlungen und vernichtet – oder es scheint zumindest so. Denn aus der Asche des alten Vogels erhebt sich ein neuer, junger Phönix.

Taorun sagte mir, daß vor etwas mehr als tausend Jahren eines der Jehangli-Orakel – Kinder, die in die Zukunft schauen können – einem Jehangli-Adligen prophezeit hatte, er werde eine Dynastie gründen, die ewig andauert. Denn es gibt einen kurzen Zeitraum, bevor seine Federn fest genug zum Flug geworden sind, in der man einen jungen Phönix fangen kann, wenn man nur genug Macht hat.

Taorun wollte mir nicht alles sagen, denn er hielt sich immer noch an den tiefsten seiner Schwüre, aber dieser Adlige fing einen jungen Phönix und wurde dadurch Kaiser. Der Anker dieses Käfigs aus Magie jedoch, in dem sich der Phönix befindet, ist laut Taorun ein Ungeheuer, ein Geschöpf aus einem Alptraum. Er hatte es einmal gesehen und fürchtete sich, darüber zu sprechen. Aber ich war neugierig, und ich muß gestehen, daß ich ihn eines Abends mit Reiswein bewirtete, um ihm die Zunge zu lösen. Endlich beschrieb er also dieses ›schreckliche Ungeheuer‹, das unter dem Eisentempel auf dem Kajhenral angekettet ist. Könnt Ihr Euch mein Entsetzen vorstellen, als mir klar wurde, daß er von einem Drachen aus dem Norden sprach? Er wußte nicht, was es war, denn es gibt in Jehanglan keine Drachen. Und noch schlimmer ...«

Taren hielt inne und biß sich auf die Lippe, als wären seine nächsten Worte unerträglich schmerzlich. Schweigen senkte sich über den Raum. Endlich holte er schaudernd Luft und fuhr im Flüsterton fort: »Ich habe dem jungen Mann, der mich hierhergebracht hat, nichts davon gesagt, denn ich fürchtete, es würde ihn zu sehr aufregen. Ihr müßt wissen, daß eine Freundin von ihm ein Drachenlord ist.

Aber Taorun sagte mir auch, daß in den ältesten Aufzeichnungen Andeutungen existierten, daß das Geschöpf sich von einem Menschen in einen Drachen verwandeln könne!«

Aufruhr brach aus.

Einen Arm immer noch um Boreals Hals geschlungen, sah Maurynna sich um und mußte nun wirklich lachen. Es entsprach dem Brauch, den jüngsten Drachenlord – in diesem Fall sie – mit »Kleine« anzureden, aber im Fall dieses besonderen Werdrachens war das eine ausgesprochene Absurdität.

Lleld Kemberaene hockte auf dem Zaun wie ein Vogel mit roter Mütze und betrachtete Maurynna mit übertriebener Unschuld. »Ah. Schon viel besser. Ja, es würde wirklich albern aussehen, oder? Wenn du dich in deiner ganzen Länge auf meinem Schoß zusammenrollen würdest, meine ich.«

Die winzige junge Frau stellte sich auf die oberste Stange des Geländers und stolzierte dort so unbeschwert darauf entlang, als wäre sie auf der Straße zum Schloß. Sie sprang in die Luft, vollführte einen Salto, landete dann auf dem Boden und richtete sich wieder zu ihrer vollen Größe auf, die etwa der eines zehnjährigen Kindes entsprach – eines etwas klein geratenen zehnjährigen Kindes.

Maurynna klatschte Beifall; Boreal stampfte auf und schnaubte bewundernd.

»Ich danke Euch, Euer Gnaden, und dem edlen llysanischen Hengst«, erklärte Lleld und verbeugte sich mit großer Geste.

Maurynna wußte, daß Lleld, bevor sie sich zum ersten Mal verwandelt hatte, Akrobatin in einer Gruppe umherreisender Schausteller gewesen war. »Du hast deine alten Fähigkeiten nicht verloren, nicht wahr?« fragte sie mit einem Hauch von Neid, als sie sich an ihre eigene ungeschickte Landung erinnerte. Würde sie selbst auch dieses Glück haben, oder würde sie, wenn sie zu lange im Drachenhort eingeschlossen war, nach einiger Zeit vergessen, wie man Wind und Wellen las? Das plötzliche Bedürfnis, einen Möwenschrei zu hören, erschütterte Maurynna bis in die Seele. Wieder konnte sie kaum atmen.

»Nein, das habe ich nicht vergessen«, meinte Lleld. »Es ist zu nützlich, wenn ich als Echtmensch reise.« Sie warf ihre Mähne feuerroten Haares zurück. »Ist Linden wieder widerwärtig zu dir?« fragte der winzige Drachenlord, die Hände auf die Hüften gestützt.

Maurynna schluckte gegen den Kloß in ihrem Hals an und lächelte dünn. »Das ist nicht ganz seine Schuld, Lleld, und das weißt du auch. Obwohl ich mir wirklich wünschte, daß er sich bei der Herrin für mich einsetzen würde; mir hört sie nämlich nicht zu.

Nein«, fuhr Maurynna fort. Sie hielt inne und begann, ein paar Strähnen von Boreals langer schwarzer Mähne zu flechten. »Im Augenblick geht es um etwas anderes. Einer meiner Freunde aus der Zeit, bevor ich mich verwandelt habe – mein ältester Freund, wir sind zusammen aufgewachsen –, ist hier. Mir ... mir ist nie klar gewesen, daß er erwartet hat, wir würden eines Tages heiraten. Ich hätte das wohl wissen sollen; ich habe ihn allerdings nie als etwas anderes als einen Freund betrachtet.«

»Das konntest du auch nicht«, sagte Lleld. »Unsere Drachenhälften wissen, daß wir auf einen anderen warten, und halten uns zurück. Man muß uns zum Heiraten drängen.«

Der Zopf wollte nicht so recht gelingen. Maurynna löste ihn wieder. »Wie man Linden vor vielen hundert Jahren gezwungen hat.«

»Genau.« Lleld legte den Kopf schief. »Aber ich nehme an, es geht dir nicht um die verletzten Gefühle deines Freundes; so hat es jedenfalls nicht ausgesehen, als du über diesen Zaun gesprungen bist. Was ist es also?«

Unter Maurynnas ungeschickten Fingern wurde die Mähne des Hengstes nur noch wirrer. Verbittert sagte sie: »Mein *bester Freund* Raven glaubte ebenfalls, mich vom Meer fernhalten zu können.« Der Verrat tat weh. Sie wußte, daß es noch lange weh tun würde. Sie erklärte, welche Pläne Raven für sie beide gehabt hatte.

Lleld lauschte und schüttelte ungläubig den Kopf. »Maurynna, wir müssen eine Möglichkeit finden, daß du wieder auf dein Schiff kommst. Um aller Götter willen, du warst schließlich Kapitän! Ich muß ehrlich zugeben, daß ich nicht verstehe, wieso du die Berge verlassen möchtest – ich habe noch nie von einem Drachenlord oder einem Echtdrachen gehört, der sie nicht liebte –, aber verdammt, es ist einfach ungerecht.«

Trotz des Trostes, den es ihr gab, daß ihre Gefühle ernst genommen wurden, hatte Maurynna plötzlich eine üble Vorahnung, als sie das boshafte Lächeln auf den Lippen des kleinen Drachenlords bemerkte. Sie kannte Lleld erst seit ein paar Monaten, aber auf der Reise zum Drachenhort hatte Linden ihr viele Geschichten über diese kleine Unruhestifterin erzählt. »Niemand, der so klein ist«, hatte er sich wieder und wieder beschwert, »sollte derart boshaft sein.«

»Lleld«, sagte Maurynna erschrocken, denn wenn selbst nur die Hälfte von Lindens Geschichten der Wahrheit entsprachen, war dieser Drachenlord zu Recht als »Lady Unruh« bekannt. »Was hast du jetzt schon wieder vor?«

»Oh, nichts«, meinte Lleld leichthin. Und dann: »Hast du gesehen, wie Kelder heute früh nach Norden geflogen ist? Ich habe so eine gewisse Ahnung, was das angeht.«

Noch ein Grund, sich Sorgen zu machen: Lleld und ihre »Ahnungen« – oder »Spekulationen«, wie die anderen sie nannten, wenn sie höflich sein wollten – waren im Schloß nur zu gut bekannt. Und wie Lleld Linden bei jeder nur möglichen Gelegenheit erinnerte, entsprachen sie manchmal sogar der Wahrheit.

Nun wußte Maurynna auch, welchen Drachenlord sie an diesem Morgen erblickt hatte. Aber was sollte Kelder Oronin, den Seelengefährten der Herrin des Drachenhorts, so eilig nach Norden führen? Alles, was ihr zu sagen einfiel, war ein lahmes »Oh?«

Lleld ließ sich nicht lange bitten. Sie stürzte sich begeistert in ihre letzte unglaubliche Theorie. Maurynna konnte nur den Kopf schütteln, während sie zuhörte, denn sie war zu verblüfft, um zu widersprechen.

Ein Schatten glitt über sie und war dann wieder verschwunden. Sie blickten auf; Maurynna erkannte den Drachenlord, den sie vor Stunden hatte nach Norden fliegen sehen. Der Anblick Kelder Oronins hatte Lleld ein wenig gebremst. Sie fuhr ein wenig langsamer fort.

Dann schwieg sogar die geschwätzige Lleld.

Maurynna schnappte nach Luft. Fünf riesige Gestalten flogen in dichter Formation über sie hinweg, und ein zweiter Schatten glitt über sie und brauchte diesmal nur Herzschläge dazu. Im plötzlichen Wind flatterte ihr Haar auf. Boreal schnaubte erschrocken und zitterte unter Maurynnas Arm.

»Ich dachte, sie würden kaum je ihre Berge verlassen«, flüsterte Maurynna ehrfurchtsvoll.

»Das tun sie auch nicht«, meinte Lleld. Es sah aus, als würden ihr die Augen gleich aus dem Kopf fallen. »Was wollen sie also hier?«

Shei-Luin schlich wie ein Gespenst durch die Geheimgänge des Palastes; ihre Pantoffeln aus schwerem Filz ließen sie lautlos über den glatten Holzboden gleiten. Hier und da hielt sie inne, wenn etwas in einem Gespräch ihre Aufmerksamkeit erregte. Sie lauschte, solange es sie interessierte – oder solange es ihr nützen konnte. Dann ging sie weiter. Sie hatte nicht viel Zeit, bevor sie im Garten erscheinen mußte, und sie mußte sich noch baden und ankleiden. Was, wenn Xiane es sich in seinen dummen Kopf setzen würde, in ihre Gemächer zu kommen, bevor die Versammlung zu Ehren des Riya-Akono-Festtages stattfand? Diese Spur von Gefahr ließ ihre einzige Möglichkeit der Freiheit noch aufregender erscheinen. Sie kicherte hinter vorgehaltener Hand.

Diese verborgenen Tunnel waren *ihr* Palast, seit sie sie entdeckt hatte, als Lura-Sharal Herrin der Gemächer der Lieblingskonkubine gewesen war. Sie und ihre Schwester hatten sie bis zu Lura-Sharals Tod gemeinsam erforscht.

Nun gehörten diese Gemächer – und das damit verbundene Geheimnis – ihr. Sie hielt einen Augenblick inne, um sich zu fragen, welcher Kaiser die Geheimgänge wohl geplant hatte und warum, während sie das Auge an das geheime Guckloch in ihrem Schlafzimmer drückte.

Niemand war dort außer Murohshei, der den offiziellen Eingang bewachte, und ihrer Zofe Tsiaa. Shei-Luin löste den Riegel und öffnete die Tür.

Murohshei sprang auf und half ihr, sich des alten zharmatianischen Hemdes und der Kniehosen zu entledigen, die sie bei ihren geheimen Expeditionen trug. Tsiaa schnalzte tadelnd, als sie die schmutzigen Hände ihrer Herrin sah, und begann, ihr eine Wange abzuwischen.

»Sofort in die Wanne mit Euch, Begünstigte«, schimpfte die Zofe. »Daß Ihr hier herumlaufen müßt wie ein zharmatianischer Schlingel! Ihr seid wirklich eine Prüfung! Seht Ihr, wie weiß mein Haar um Euretwegen ist?«

Aber die Tadel waren zärtlich gemeint. Shei-Luin tätschelte Tsiaas Wange und erklärte mit falscher Unschuld: »Aber ich *bin* ein zharmatianischer Schlingel, Tsiaa! Hast du das vergessen?«

Lachend ließ sie sich von der einzigen Frau, die sie als Freundin betrachtete, ins Badezimmer scheuchen.

Augenblicke später war Tsiaa damit beschäftigt, ihr den Rücken zu schrubben. Shei-Luin ließ Murohshei die neuen Gewänder bereitlegen, die Xiane für diesen Tag geschickt hatte – die schönsten Kleider, die sie je besessen hatte.

Denn heute würde Xahnu zum ersten Mal aus der Beinahe-

Festung des kaiserlichen Kinderzimmers herausgebracht und dem Hof vorgeführt werden.

Insbesondere einem Mitglied des Hofes.

Der Tumult war endlich verklungen. Nun waren ein Dutzend Diskussionen im Gange, und es klang nach hundert Streitigkeiten. Taren, der sich wieder gesetzt hatte, lehnte sich zurück und schloß die Augen.

Gerade als die Herrin bereits daran dachte, ihn in sein Zimmer bringen zu lassen, spürte sie eine Berührung im Geist. Sie erkannte diese Berührung und hob die Hand; als die meisten Anwesenden aufmerksam geworden waren, berührte sie mit zwei Fingern die Stirn – das Zeichen der Drachenlords für Gedankensprache. Die letzte Unruhe erstarb.

Ich bin hier, Jessia, sagte die Gedankenstimme.

Ich danke Euch, Morlen, daß Ihr so schnell gekommen seid.

Ihr habt nichts zu danken. Ich und die anderen werden Euch auf dem Versammlungsfeld erwarten.

Die Stimme verklang. Die Herrin erhob sich. »Früh an diesem Morgen habe ich Kelder nach Norden geschickt, um Morlen den Seher zu bitten, zu uns zu kommen und uns in dieser Angelegenheit zu beraten. Er ist hier.«

Mit zustimmendem Nicken erhob sich der Rest der *Saethe* ebenfalls. Die Herrin winkte Sirl zu sich und sagte: »Taren, wir müssen zum Versammlungsfeld gehen. Sirl wird Euch helfen.«

Taren runzelte die Stirn und fragte: »Versammlung ...? Herrin, wer ist dieser Morlen?«

»Einer der weisesten Echtdrachen und ein guter Freund der Drachenlords. Ich schätze – Taren, ist etwas nicht in Ordnung?« Die Miene des Mannes zeugte von Panik.

»Ich möchte lieber nicht ...«

Unklares Mißtrauen stieg auf wie Nebelschwaden. Die Herrin fragte: »Und warum nicht?«

»Weil ...« Ein plötzliches, schüchternes Lächeln von unglaublicher Liebenswürdigkeit ließ das Mißtrauen wieder verblassen. »Weil ich nur ein Sklave bin, der Geringste der Geringen, und nicht würdig, dem Herrn des Himmels zu begegnen, Herrin. Ich bin nicht würdig.«

Gerührt erklärte die Herrin: »Ihr seid kein Sklave mehr, und daß Ihr es einmal wart, bedeutet einem wie Morlen nichts. Was zählt, ist Euer Mut, mit dem Ihr zu uns gefunden habt, damit wir uns um dieses Unrecht kümmern können. Aber ich möchte, daß er die Geschichte von Euren eigenen Lippen hört. Er hat vielleicht Fragen, die ich nicht beantworten kann.«

Einen Augenblick lang befürchtete sie schon, Taren würde sich weigern; er konnte ihr nicht in die Augen sehen. Dann sagte er so leise, daß sie, wäre sie ein Echtmensch gewesen, bezweifelt hätte, ihn gehört zu haben: »Wie Ihr wünscht, Herrin«, und zog das Tuch fester um sich, als suchte er Trost in seiner Wärme.

Als sie ihm hinterhersah, wie er schwer auf Sirls Arm gestützt aus dem Zimmer schlurfte, wurde es ihr klar: Der Mann war nicht an Drachen gewöhnt! Selbstverständlich hatte er Angst; die meisten Echtmenschen hatten Angst, wenn man von jenen absah, die im Schloß aufgewachsen waren.

Es war wirklich schon zu lange her, seit sie sich in der Welt außerhalb vom Drachenhort aufgehalten hatte! Sie folgte den anderen und schüttelte nachdenklich den Kopf.

»Erklärt mir das«, sagte Linden barsch. Er war nicht in der Laune, diesem Jungen gegenüber großzügig zu sein. Er wußte nicht, was Raven zu seiner Seelengefährtin gesagt hatte, aber er hatte gesehen, wie sie aus der Halle geflüchtet war. Der Junge hatte sie schrecklich aufgeregt.

Und nun versuchte er, ihnen eine Geschichte zu erzählen, die noch wilder war als die eines betrunkenen Barden. Linden verschränkte die Arme vor der Brust und wartete.

Zunächst wurde der junge Mann vor Zorn rot; dann erbleichte er. Er hatte die Herausforderung also bemerkt. Also gut, sollte er seine unbedachten Worte wiedergutmachen.

Langsam erhob sich Raven. Er ging auf Linden zu und blieb kaum einen Schritt vor dem Drachenlord stehen. Die Hände am Gürtel, starrte er Linden in die Augen und verzog zornig das Gesicht.

Linden erwiderte den Blick. Aber bei all seinem Zorn mußte er zugeben, daß der Junge Mut hatte. Nur wenige hätten es gewagt, sich den Zorn eines Mannes von seiner Größe zuzuziehen, selbst jene nicht, die ihn für einen Echtmenschen hielten. Aber einen Drachenlord herauszufordern, einen, von dem bekannt war, daß er stärker und schneller war als die Menschen, erforderte mehr Tapferkeit, als die meisten für sich beanspruchen konnten. Oder, dachte Linden, erheblich weniger Verstand.

Aber welch andere Fehler er auch haben mochte, Raven machte keinen dummen Eindruck. Er sah so aus, als wollte er tatsächlich sein Glück in einem Kampf versuchen. Linden hielt sich bereit, den Faustschlag abzufangen, mit dem er sicher rechnete. Aus dem Augenwinkel sah er, wie Otter die Arme hob, um die Kontrahenten voneinander zu trennen.

Statt dessen verdiente sich Raven Lindens widerstrebende Hochachtung, indem er seinen Zorn beherrschte und ruhig, wenn auch mit wütendem Unterton erwiderte: »Wie Ihr wünscht, Drachenlord. Ich weiß nicht, ob Maurynna Euch irgend etwas von mir erzählt hat, oder was Ihr noch von der Begegnung mit meinem Vater vor so langer Zeit wißt, aber er ist nun Wollhändler in Thalnia.«

Linden nickte. »Ich erinnere mich.« Und er erinnerte sich tatsächlich sehr gut; die Bilder standen deutlich vor seinem geistigen Auge. Was aus Ravens echtmenschlicher Perspektive so lange her schien, war für Linden noch nicht allzulange vergangen. »Ihr wart drei oder vier Jahre alt. Es war, bevor Euer Vater Yerrih verließ und nach Thalnia ging; er glaubte, da

Thalnia so viel näher an Assantikk liegt, dort besser zurechtkommen zu können. Hatte er Erfolg?«

»Ja«, erwiderte Raven. »Und deshalb bin ich heute hier und niemand sonst – falls überhaupt jemand sonst Taren geglaubt hätte.

Bevor Maurynna Thalnia im letzten Frühjahr verließ, schickte mein Vater mich ins Hochland, um die frisch geschorene Wolle von unseren Herden zu holen. Ich war wütend; er hatte versprochen, ich könne mit Rynna und meinem Großonkel an Bord der *Seenebel* gehen. Aber im letzten Augenblick wurde unser Mann Schwarzeiche – er hatte die Wolle holen und sie nach Tanlyton bringen sollen – krank. Statt meinen Stiefbruder Honigan zu schicken, der ganz versessen darauf war, bestand mein Vater darauf, daß ich anstelle von Schwarzeiche gehen sollte.«

Zorn zuckte über Ravens Züge. »Ich glaube nicht einmal, daß Schwarzeiche je krank gewesen ist, und es gab auch keinen Grund, Honigan so zu übergehen. Ich glaube, mein Vater dachte, ich würde nie nach Hause zurückkehren, sollte ich je nach Yerrih gelangen. Also hat er sein Wort gebrochen.«

Im Geist wandte sich Linden an Otter: *Würde er so etwas tun?*

Wer – Raven oder Rotfalk? Es besteht für beides eine gute Möglichkeit. Der Junge haßt den Wollhandel, und er ist kein Kaufmann. Er kann gut mit Pferden umgehen, und er hat eine Tante in Yerrih, die ihn und seine Begabung jederzeit willkommen heißen würde. Und was Rotfalk angeht ... sosehr es mich bekümmert, das von einem Verwandten zu sagen, ja, er würde sein Wort gegenüber dem Jungen brechen. Er würde ein solches Versprechen nicht als bindend betrachten; er würde behaupten, er wisse am besten, was gut für den Jungen sei.

Trotz seines Zorns verspürte Linden klammheimliches Mitgefühl für Raven. Er hatte vor langer Zeit Pferde ausgebildet und beschäftigte sich hier im Drachenhort immer noch damit.

Und obwohl er und sein Vater sich gestritten hatten wie Schneekatze und Wolf, hatte sein Vater zumindest seine Begabung anerkannt und ihn tun lassen, was er wollte. *Außerdem,* dachte Linden, *hat der Vater dabei nicht schlecht abgeschnitten.*

Raven fuhr zornig fort: »Ich habe meine Pflicht getan. Ich habe die Wollkarawane nach Tanlyton gebracht, zu dem großen Hafen an der Südküste, und dafür gesorgt, daß die Wolle an unsere assantikkanischen Geschäftspartner, das Haus Mimdallek, geliefert wurde. Zum Ausgleich übergaben sie mir einen Verrückten – wie sie behaupteten –, den man in einem Kanu in der Meerenge von Cansunn aufgelesen hatte.«

Otter runzelte die Stirn. »Cansunn klingt irgendwie vertraut.«

»Cansunn?« fragte Linden überrascht – er wußte, daß er schon von der Meerenge gehört hatte. Aber ein anderer Name lag ihm auf der Zunge, etwas, was Jekkanadar, Llelds Seelengefährte, vor langer Zeit über seine Vergangenheit erzählt hatte. Was war das noch gewesen ...?

Ein Teil der Geschichte fiel ihm wieder ein: daß es schon Unglück brachte, auch nur den Namen der tödlichen Gewässer zwischen Assantikk und dem legendären Land Jehanglan auszusprechen. Daß nur Verrückte und ein paar vom Glück Begünstigte versuchten, sie zu besegeln. Daß die Verrückten nie zurückkehrten und manchmal auch nicht die Begünstigten. Und man hatte diesen Taren dort gefunden?

Nun erinnerte er sich an die andere Bezeichnung. »Die Verfluchte Meerenge?«

»Genau«, erwiderte Raven. Stück für Stück verschwand der Zorn aus seiner Stimme, als er fortfuhr, und er schien sich ein wenig zu entspannen. »Es ist eine lange Geschichte, aber Taren ist irgendwann bei Iokka, meinem Freund aus dem Haus Mimdallek, gelandet, der die Wolle von mir gekauft hat. Iokka wollte Taren loswerden, bevor irgend jemand in Assantikk von ihm erfuhr. Also hatte er den Mann mitgenommen, als er nach Thalnia segelte.«

»Warum?« fragte sich Linden. *Und warum hatte er den Mann nicht einfach getötet? Das wäre einfacher gewesen.* »War es so wichtig? Warum hat er Euch dann das Geheimnis anvertraut?« fragte er und versuchte, nicht allzu skeptisch zu klingen.

Ein Achselzucken. »Iokka war verzweifelt; er hat an anderes zu denken. Wir haben einander schon öfter ausgeholfen. Er hatte wenig Zeit und keine Wahl.«

»Und es ist dieser Taren, den Ihr hergebracht habt?« fragte Linden. Im Geist sagte er zu Otter: *Wenn sein Vater so viel dagegen hat, daß Raven auch nur in die Nähe von Yerrin gerät, ist es überraschend, daß er den Jungen hat gehen lassen.*

Darüber wundere ich mich auch, war die träge Antwort.

Ah. Laut sagte Linden: »Es war also Taren, der Euch von dem ... Echtdrachen erzählt hat, der in Jehanglan gefangengehalten wird?«

Diesmal gelang es ihm nicht, seinen Zweifel zu verbergen. Einen Echtdrachen gefangenzunehmen? Nein und nochmals nein. Für so etwas würde man nicht nur eine ganze Bande von Magiern brauchen, sondern eine Armee von ihnen.

Und das war unmöglich. Es lag einige Wahrheit in der alten Kindergeschichte über die sechs albernen Magier, die sich über die beste Möglichkeit, Sahne zu Butter zu schlagen, stritten. Von Meistern und ihren Schülern einmal abgesehen, waren Magier berüchtigterweise Einzelgänger und streitsüchtig. Man könnte ebensogut versuchen, eine Herde Frettchen zu hüten, wie eine Gruppe von Magiern zu friedlicher Zusammenarbeit zu veranlassen; das Unternehmen mit den Frettchen hätte größere Aussichten auf Erfolg, wäre erheblich weniger anstrengend und viel amüsanter.

Nein, das hier klang nach dem Geschwätz eines Menschen, der den Verstand verloren hatte. Es mußte einfach so sein.

»Ihr haltet mich für dumm, weil ich glaube, daß in Jehanglan ein Echtdrache gefangengehalten wird, nicht wahr?« Der Zorn war wieder da.

Linden holte Luft, um zu antworten. Er war nicht sicher, wie er seine Worte mildern könnte, oder ob er es auch nur sollte. Aber bevor er noch etwas sagen konnte, wurde er unterbrochen.

»Wenn es darum geht, dann gibt es hier mehr Dumme als dich.«

Maurynna kam auf sie zu, Lleld kaum einen halben Schritt hinter ihr. Der kleinste Drachenlord hatte die Augen weit aufgerissen, und sie schwieg ausnahmsweise. Tatsächlich schien sie zu verblüfft zu sein, um ein Wort herauszubringen.

Das war kein gutes Zeichen. Überhaupt nicht. Linden holte tief Luft.

Maurynna fuhr fort: »Soeben sind fünf Echtdrachen gelandet.«

Begleitet von Murohshei und Tsiaa begab sich Shei-Luin zu jenem Flügel des Palastes, in dem sich die kaiserlichen Kinderzimmer befanden. Die Wachen am Eingang starrten sie an; dann erinnerten sie sich, daß es ihnen nicht gestattet war, eine kaiserliche Konkubine anzuschauen, und sie wandten verwirrt den Blick ab. Als einer dazu ansetzte, seinen Speer quer über den Eingang zu halten, um ihr den Weg zu verstellen, schlug sie ihm mit dem Fächer aufs Handgelenk.

»Ich komme, um meinen Sohn abzuholen«, sagte sie kühl.

Der Speer wurde langsam zur Seite gezogen.

Aber eine der Frauen drinnen hatte sie gehört. Hami, Gattin des kaiserlichen Ministers Musahi, kam zur Tür.

»Ihr solltet nicht hier sein«, erklärte sie mißbilligend. »Die Kinderfrau des Erlauchten Xahnu wird ihn in den Garten bringen.«

»Nein«, sagte Shei-Luin. »Ich werde meinen Sohn selbst holen, und nun tretet beiseite, damit ich das tun kann.«

»Aber ...«

Shei-Luin starrte sie nieder. Die Gattin des Ministers verzog die Lippen zu einem dünnen Strich, aber sie trat beiseite. Shei-Luin betrat das Kinderzimmer.

Das Hauptgemach war ein helles Zimmer, dessen Wände Bilder mit Frühlingsmotiven zierten. In einer Ecke saßen Musiker und spielten leise, um mögliche kindliche Wutanfälle zu beruhigen. Zofen huschten umher und hoben Spielzeug auf.

Inmitten des Zimmers stand Xahnus Kinderfrau, eine Frau mittleren Alters, und kommandierte die Zofen herum. Sie hielt den Erben des Phönix auf der Hüfte.

Xahnu entdeckte seine Mutter und krähte entzückt. Die Kinderfrau drehte sich um und runzelte die Stirn, als sie Shei-Luin entdeckte.

»Ich trage meinen Sohn selbst«, sagte Shei-Luin und streckte die Arme aus. Xahnu beugte sich auf sie zu.

Die Kinderfrau riß ihn zurück. »Das ist nicht die richtige Art«, schnaubte sie. »Ich bin seine Kinderfrau und ...«

Shei-Luin lächelte, ganz Seide und Stahl. »Und ich sage, daß du heute frei hast. Gib mir Xahnu. Oder muß ich erst mit dem Erlauchten Phönixherrscher sprechen?«

Angst stahl sich in den Blick der Kinderfrau; alle im Palast wußten, daß Shei-Luin der Augapfel des Kaisers war. Man machte sich die Erste Konkubine nicht zur Feindin, wenn man es vermeiden konnte. Die Frau reichte Xahnu seiner Mutter.

Shei-Luin küßte ihren Sohn auf die Stirn, als der Kleine seine kräftigen Arme um ihren Hals schlang. »Komm, kleiner Phönix, heute ist ein Feiertag«, sagte sie liebevoll zu ihm.

Als sie das Kinderzimmer verließen, fragte Shei-Luin sich, ob sie Xiane wohl dazu überreden könnte, zuzulassen, daß sie Xahnu besuchte. Der Brauch verlangte, daß eine Konkubine, die Mutter eines Erben war, nichts mit ihm zu tun hatte, damit sie den künftigen Kaiser nicht beeinflussen konnte.

Man hatte es Xianes eigener Mutter gestattet, ihn aufzuziehen, aber nur, weil sie eine Favoritin des alten Kaisers gewesen war und weil Xiane zwei ältere Brüder gehabt hatte; niemand hatte je damit gerechnet, daß er einmal Kaiser werden würde.

Während Shei-Luin ihre kostbare kleine Last den Flur entlang trug, schwor sie sich, dafür zu sorgen, daß dieser Brauch geändert würde.

»Die Götter mögen uns helfen«, sagte Linden, als ihm klar wurde, was die Ankunft der fünf Echtdrachen bedeuten könnte.

Otter fragte bedächtig: »Es könnte also wahr sein?«

»Die Echtdrachen glauben es offenbar«, antwortete Maurynna. »Ansonsten könnte ich mir keinen Grund vorstellen, wieso sie ihre Berge verlassen sollten – nicht nach allem, was ich gehört habe, seit ich hier eingetroffen bin.«

»Einer von ihnen ist Morlen der Seher«, erklärte Lleld mit kaum hörbarer Stimme.

»Was!« rief Linden. »Morlen? Aber warum ist er ... warum sind sie überhaupt hier?« Hätte Lleld nicht so entsetzt dreingeschaut, hätte er sie verdächtigt, daß sie sich nur einen Spaß mit ihm machte.

»Ich weiß es nicht«, sagte Maurynna. »Wir haben nur gesehen, wie sie mit Kelder zurückkamen.«

»Kelder?« fragte Linden jetzt verwirrt. Wann hatte sich Kelder auf den Weg gemacht, um die Echtdrachen zu holen?

Maurynna starrte ihn verwundert an. »Hast du denn nicht gesehen – oh, selbstverständlich nicht. Er war schon außer Sichtweite, als du heute früh auf den Balkon kamst. Und ich habe es vergessen, weil ...« Sie hielt inne. Linden hoffte nur, daß er nicht ebenso errötet war wie seine Seelengefährtin.

Otter hüstelte und verbarg sein Lächeln hinter der Hand.

Raven verzog ärgerlich den Mund. Llelds verblüffte Miene wich einem wissenden Grinsen.

»Du warst ... abgelenkt?« spottete sie.

»Lleld!« sagte Linden warnend. Es hielt sie nicht von ihrem Kichern ab. Er ignorierte sie in der Hoffnung, daß sie aufhören würde. Wenn die Götter Gnade hätten, würde es vielleicht funktionieren.

Und vielleicht würden auch die Flüsse sich bergaufwärts wenden.

Vielleicht – »Ich muß mich entschuldigen, Raven. Es tut mir leid. Wenn Ihr wollt, würde ich gerne die ganze Geschichte hören – alles, was Ihr über den gefangenen Echtdrachen wißt«, sagte Linden zu dem jungen Yerrin.

Das half. Wenn es etwas gab, was Lleld wichtiger war als alles andere, dann waren das Neuigkeiten; sie wandte Raven ihren gierigen Blick zu. »Der gefangene Echtdrache – Ihr wißt davon?«

Linden hob warnend die Hand. »Nicht so schnell, Lleld. Wir müssen immer noch beweisen ...«

Lleld ignorierte ihn, griff nach oben und packte Raven am Ellbogen. »Habt Ihr schon gefrühstückt, Junge? Nein? Ich bin Lleld Kemberaene. Kommt und erzählt m... erzählt *uns* alles, während Ihr frühstückt.«

Überraschung verbannte den glühenden Zorn aus der Miene des jungen Mannes. »Wie Ihr wünscht, Drachenlord«, sagte er höflich zu Lleld, und sie führte ihn zu einem Tisch.

Es dauerte eine Weile, bis sich alle niedergelassen hatten und man ihnen das Essen brachte. Dann gesellte sich auch Jekkanadar zu ihnen, und sie mußten einen Platz für ihn finden, während Lleld ihm aufgeregt von den Echtdrachen erzählte. Schließlich waren alle bereit. Zu Llelds offensichtlicher Enttäuschung begann Raven zu essen. Auf Lindens Nicken hin nahm sich Otter Llelds an und erzählte ihr, Maurynna und Jekkanadar, was er und Linden bereits wußten.

Während sein Großonkel sprach, griff Raven nach einem Stück Brot aus einem Korb und sah sich suchend um; ohne ein Wort und beinahe ohne den Blick von Otter zu wenden, schob Maurynna dem jungen Yerrin einen der drei kleinen Tontiegel zu, die auf dem Tisch standen. Den blau glasierten, nicht den grünen mit der Holundermarmelade oder den braunen mit den Hagebutten. Raven nahm den Tiegel entgegen, ohne dem Inhalt auch nur einen Blick zu gönnen, und tröpfelte Honig auf sein Brot. Es war offensichtlich, daß er genau das erwartet hatte.

Es erfüllte Linden mit unvernünftiger Eifersucht, daß Maurynna wußte, was Raven mochte, daß sie sich seiner so bewußt war und daß Raven es ohne Überraschung akzeptierte. *Sei nicht so dumm*, sagte er sich. *Selbstverständlich weiß sie, was er gerne zum Frühstück ißt, ebenso wie er zweifellos weiß, was ihr liebster Brotaufstrich ist. Sie sind zusammen aufgewachsen, verdammt!* Aber die kalte Vernunft nützte wenig, um das Feuer der Eifersucht zu löschen. Wütend starrte er den jüngeren Mann an.

Raven wählte ausgerechnet diesen Augenblick, um von seinem Essen aufzublicken. Zunächst schien er überrascht, dann lächelte er selbstzufrieden. *Du magst zwar ihr Seelengefährte sein, Drachenlord, aber selbst du kannst die Vergangenheit nicht ungeschehen machen,* schien dieses Lächeln zu sagen. Und als Maurynna die Hand an den grünen Tiegel legte, sagte Raven: »Hagebutte?«

Sie lächelte und löffelte die Marmelade auf ihr Brot, dann sagte sie: »Selbstverständlich, was sonst?«, bevor sie ihre Aufmerksamkeit wieder Otter zuwandte.

Otter beendete seinen Bericht und wandte sich seinem eigenen Frühstück zu. Linden spürte das Kribbeln in seinem Kopf, das bedeutete, daß Otter versuchte, sich im Geist mit ihm zu unterhalten. Er machte den Kontakt möglich. *So wie dein Neffe zulangt, ist er kein Barde,* sagte Linden in einem halbherzigen Scherz, angestrengt versucht, sich die Eifersucht nicht anmerken zu lassen. Daß ihm das nicht ganz gelungen war, war deutlich an Otters verwirrtem Blick zu erkennen.

Zum Glück entschied sich Otter, keine unangenehmen Fragen zu stellen. *Kein Hauch davon,* war alles, was er sagte. *Jeder echte Barde mit so begierigen Zuhörern wäre lieber verhungert, statt sie zu enttäuschen. Nun gut.* Er begann, genüßlich seinen Haferbrei zu löffeln.

Ein Barde in der Familie ist ohnehin genug, erwiderte Linden.

Linden, ist alles in Ordnung? fragte Otter und hielt inne, bevor er sich einen weiteren Löffel in den Mund schob.

Linden ignorierte die Frage. Schweigen senkte sich über den Tisch.

Als Raven schließlich zu sprechen begann, war es so plötzlich, daß sie beinahe alle zusammenzuckten. »Das Haus Mimdallek hat Taren von gewissen, äh, Kaufleuten erhalten, die hin und wieder im Norden Jehanglans tätig sind.«

Linden zog eine Braue hoch. Nun gut; es schien, daß auch einige der weniger Begünstigten – und zweifellos Offiziellen und mit schweren Steuern Belasteten – es nach Jehanglan und zurück schafften.

»Kaufleute, wie?« meinte Lleld. Und dann trompetete sie genüßlich: »Schmuggler! Was für ein Spaß.« Vergnügt rieb sie sich die Hände.

Raven betrachtete die kleine Drachenlord-Frau überrascht, dann lachte er. Plötzlich erkannte Linden den Jungen wieder, mit dem er vor Jahren gespielt hatte.

»Gilliad al zefa'Mimdallek«, fuhr Raven fort, »ist die Zweite ihres Hauses in Nen Dra Kore, dem assantikkanischen Hafen an der Meerenge. Sie ist ebenso gierig wie abergläubisch; eins davon führte beinahe zum Tod von Taren, das andere hat ihn gerettet. Sie hat Taren aus Nen Dra Kore weggebracht, bevor das Haus Mhakkan – und ihre eigene Erste, Bendakkat –

von ihm erfuhr. Das Haus Mhakkan ist ein sehr mächtiges Haus, das einzige, das mit Jehanglan Handel treibt, das einzige, dem dies offiziell gestattet ist. Sie haben das kaiserliche Monopol.

Man hat Taren von einem Mimdallek-Stützpunkt zum anderen quer durch Assantikk weitergereicht und ihn schließlich auf ein Schiff nach Thalnia geschafft. Mein Freund Iokka hat ihn mir hier in Tanlyton übergeben; er und alle anderen, die mit ihm zu tun gehabt haben, waren davon überzeugt, daß Taren den Verstand verloren hatte. Und so klang er auch.«

»Das war sein Glück«, meinte Jekkanadar. »Es bringt Unglück, einen Verrückten zu töten.«

»Genau, Drachenlord. Das war vermutlich alles, was Gilliad davon abgehalten hat, Taren umbringen zu lassen – das und die Tatsache, daß er zwischen seinen Anfällen wahnsinnigen Geredes zu Danashkar betete, ihn zu rächen, wenn sie ihn umbringen ließe. Das hat Gilliad veranlaßt, sich zurückzuhalten, aber es mußte sie beinahe umgebracht haben, Taren nicht irgendwo unterwegs die Kehle durchschneiden zu können. Es ist ihr sehr wichtig, daß ihre Verbindungen zu diesen bestimmten Handelspartnern sehr ... äh ... diskret behandelt werden.«

Otter schnaubte. »Das kann ich mir vorstellen.«

Linden rieb sich das Kinn und fragte sie, warum. »Ist das so wichtig?«

Maurynna, die neben ihm saß, hätte sich beinahe an ihrem Tee verschluckt. »Sehr«, sagte sie.

Raven stützte die Ellbogen auf den Tisch und sagte freundlich – zu freundlich: »Drachenlord, Ihr wißt doch sicher von den Monopolen, die der Kaiser der Dämmerung ...«

Bevor Linden dem unverschämten Burschen eine Abreibung verpassen konnte, warf Lleld ein: »Offensichtlich weiß er das nicht, und ich ebensowenig. Ich war niemals in Assantikk, und ich glaube auch nicht, daß Linden jemals dort war, und keiner von uns war jemals Kaufmann. Also hört auf mit dem

Unsinn und erklärt uns einfach, warum es so wichtig ist. Und wer ist Danashkar?«

»Danashkar«, meinte Jekkanadar, »ist ein besonders widerwärtiger assantikkanischer Dämon, dessen Unwillen sich niemand zuziehen möchte. Niemand würde es wagen, sich grundlos auf ihn zu berufen. Die Verrückten sind seine Kinder, und er verfolgt dich, wenn du eines von ihnen tötest. Alle Geschichten stimmen darin überein, daß man Glück hat, wenn man nur ein paar Jahre braucht, um zu sterben. Ich überlasse es denen, die sich im Geschäftsleben besser auskennen, die Sache mit den Monopolen des Kaisers zu erläutern.«

Raven setzte mit einem höhnischen Blick zu Linden zu einer Antwort an, zuckte aber plötzlich zusammen und schloß wieder den Mund. Er warf einen zornigen Blick zu seinem Großonkel zu seiner Linken und dann, quer über den Tisch, zu Maurynna. Linden verbarg sein zufriedenes Grinsen großzügig hinter seiner Teetasse.

Maurynna sagte: »Zum größten Teil mischt sich der Kaiser der Dämmerung nicht in die Angelegenheiten der großen Handelshäuser ein. Es ist der Rat der Zehn, der, wie sich mein assantikkanischer ›Vetter‹ beschwert, die Gesetze verfaßt und all den Ärger macht. Aber manchmal gewährt ein assantikkanischer Herrscher aus Gründen, die nur ihm oder ihr bekannt sind, einem Handelshaus das Monopol für eine bestimmte Ware oder einen bestimmten Hafen. Meine Familie hat enge Verbindungen mit dem Haus Bakkuran, Lleld, und derselbe ›Vetter‹ erzählte mir einmal, daß sich das Reich Jehanglan vor langer, langer Zeit von der Außenwelt abgeschlossen hat.«

Jekkanadar nickte zustimmend. »Ja, vor langer Zeit für Echtmenschen; nach der Zeitrechnung von Drachenlords ist es nicht allzulange her. Es geschah zu Zeiten meines Vaters; er war noch ein Kind, aber er hat sich daran erinnert. Selbst an den Lagerfeuern der einfachsten Leute erzählte man sich, wie ein Kaiser von Jehanglan sein Land gegenüber der Welt abgeriegelt hat und zum ersten Erlauchten Phönixherrscher wurde. Niemand wußte, warum. Und offenbar ist es auch bis heute unbekannt geblieben.«

Raven stieß einen anerkennenden Pfiff aus. »Ihr habt Euch schon vor so langer Zeit verwandelt, Euer Gnaden? Aber das ist ...«

»Ein wenig mehr als tausend Jahre her«, schloß Jekkanadar. »Für einen Drachenlord bin ich immer noch relativ jung, mein Freund. Das Reich von Assantikk war nach Jahrzehnten der Kriege mit den Hexenkönigen immer noch in Unordnung, die Kämpfe waren noch nicht vollkommen zu Ende, als ich mich zum ersten Mal verwandelte. Ich war damals nur ein Ziegenhirte, aber selbst einfache Leute wie ich waren in die Kämpfe verwickelt.« Jekkanadar hielt nachdenklich inne und berührte die dünne Narbe an seiner dunklen Wange. »Es dauerte noch beinahe hundert Jahre, bis ein Mann den Thron bestieg und dafür sorgte, daß seine Kinder und die Kinder seiner Kinder ihn nach ihm erhielten. Das war Nerreklas der Schwarze, der erste Kaiser der dritten Dynastie. Nerreklas' Ururenkel versuchte, die Isolation von Jehanglan zu durchbrechen. Er war habgierig, und die Geschichten über den Reichtum von Jehanglan waren im Lauf der Jahrzehnte nicht weniger geworden. Er hat eine Flotte aufgestellt, um das Kaiserreich zu erobern. Diese Flotte wurde vernichtet. Nur ein einziger Seemann kehrte aus der Meerenge von Cansunn zurück. An eine Planke gebunden, wurde er von Fischern aufgelesen und zum Kaiser gebracht. Er lebte lange genug, die Botschaft zu überbringen, die man ihm mitgegeben hatte, dann starb er.«

Jekkanadar hielt inne. Seine letzten Worte hingen noch in der Luft.

»Und?« fragte seine Seelengefährtin schließlich.

»Wie lautete die Botschaft?« fragte Maurynna gleichzeitig.

»Gut gemacht«, hörte Linden Otter leise flüstern. »Aus dem Mann könnte noch ein Barde werden.« Otter hatte so leise gesprochen, daß seine Worte nur dem unnatürlich scharfen Ohr eines Drachenlords vernehmbar waren. Aus Jekkanadars Zwinkern schloß Linden, daß er sie ebenfalls gehört hatte.

»Die Botschaft? Sehen wir mal, ob ich mich erinnern kann ... ah! Jetzt fällt es mir wieder ein!«

Und das ist gut so, sagte Linden in Gedanken zu Otter, *oder Lleld hätte ihm die Haut abgezogen und sich daraus Stiefel machen lassen.*

Jekkanadar fuhr mit tiefer, unheilverkündender Stimme fort. »Nach allem, was ich gehört habe, als ich viele Menschenleben später nach Assantikk zurückkehrte, war es offensichtlich, daß der Mann unter einer Art Bann stand, der ihn so lange am Leben erhielt, bis er seine Botschaft abliefern konnte. Denn er sagte: ›Jene, die den Phönix herausfordern, werden durch die Macht des Phönix sterben‹, und dann starb er, und sein Fleisch verfaulte auf der Stelle.«

»Igitt«, sagte Lleld und verzog das Gesicht. »Das ist gruselig.«

Ihr Seelengefährte lächelte boshaft. »So habe ich es gehört. Am besten wirkt diese Geschichte allerdings mitten in der Nacht an einem Lagerfeuer. Dann kann man sich alle möglichen schrecklichen Dinge vorstellen.« Er tastete mit einer Hand über den Tisch und ahmte die Bewegungen einer riesigen Spinne nach, zuckte mit den Fingern hierhin und dahin, als ob er etwas suchte. »Ungeheuer und Gespenster kriechen dann aus dem Dunkel auf einen zu.«

Einen Moment lang herrschte Schweigen, dann sagte Lleld »Bah« und schob ihren Teller weg. »Ich habe keinen Hunger mehr.«

Linden stimmte ihr aus ganzem Herzen zu.

Vier der Echtdrachen standen zusammen auf einer Seite des Feldes; sie waren die Ehrengarde, sie waren Verwandte des fünften und größten Echtdrachen, der sowohl von seiner Art als auch von den Drachenlords geehrt und geachtet wurde. Morlen der Seher schwang seinen langen Hals herum, als die Drachenlords und Taren sich näherten. **Guten Tag, Vettern* *, sagte Morlen, **und guten Tag auch dir, Echtmensch Taren Olmeins; wir danken dir für die Opfer, die du gebracht hast, um uns diese Botschaft zu übermitteln.**

Tarens Gesicht wurde beunruhigend grau. *Sei sanft zu ihm, Morlen,* bat die Herrin den Seher insgeheim. *Wie die meisten Echtmenschen hat er schreckliche Angst vor Drachen, und er ist außerdem krank gewesen.* Laut sagte sie: »Taren, berichtet Morlen alles, was Ihr zuvor schon der *Saethe* erzählt habt.«

Abermals sagte Taren Olmeins, was er zu sagen hatte. Aber diesmal tat er es schneller, berichtete nur die nackten Tatsachen. Hin und wieder fügte die Herrin in Gedanken eine Ergänzung für Morlen hinzu.

Als der Mann fertig war, dachte Morlen eine Weile nach und fragte dann: **Hast du irgendeine Idee, wer es sein könnte, Jessia?**

Taren schaute zwischen ihnen hin und her.

Die Herrin erwiderte: »Kelder und ich haben gestern abend darüber gesprochen. Taren sagt, der gefangene Drache sei ein Drachenlord, aber das ist nicht bewiesen. Wir wissen alle, alter Freund, wie rasch falsche Gerüchte entstehen. Es könnte ebensogut ein Echtdrache sein. Von eurer Art sind mehr verschwunden als von der meinen. Daher habe ich euch hierher gebeten.«

Dennoch, es könnte auch der Wahrheit entsprechen. Außer den vielen Echtdrachen, die verschwunden sind, gibt es auch einige wenige Drachenlords, die nie wieder auftauchten – Drachenlords, von denen niemand weiß, was mit ihnen geschah. Es könnte einer von ihnen sein. Aber ich bin derselben Meinung wie du – wahrscheinlich handelt es sich um einen von meiner Art.

»Ich sage Euch, wer immer unter dem Eisentempel gefangengehalten wird, *ist* ein Drachenlord!« unterbrach Taren. Dann hob er bestürzt die Hand zum Mund, als wolle er sich für seine Unhöflichkeit schlagen. Eine leichte Röte kroch ihm in die Wangen.

Die Herrin nickte und nahm die wortlose Entschuldigung entgegen. »Das ist möglich. Und es gibt einen, von dem wir das für wahrscheinlicher halten als von allen anderen, denn er interessierte sich sehr für die Erforschung unbekannter Orte, bevor ...«

Bevor seine Seelengefährtin Carra starb. Schau nicht so überrascht drein, Jessia; du hast doch an Dharm Varleran gedacht, nicht wahr? Ich erinnere mich daran, wie er nach ihrem Tod die nördliche Wildnis durchstreifte. Ich habe damals mit ihm gesprochen; Dharm sprach davon, sein Leben aufzugeben, so daß Varleran ihn ganz übernehmen könne, dann wäre er frei, um Carra auf die andere Seite zu folgen. Es würde auch eine Vision erklären, die ich vor langer Zeit hatte; ich konnte sie damals nicht verstehen, denn sie war wirr und schwach, aber nun ...

»Sollte es sich um Dharm handeln, dann ist es eine Angelegenheit der Drachenlords.«

Nein, Jessia, selbst wenn es sich um jenen handelt, den wir einmal als Dharm Varleran kannten, dann ist Dharm bereits zur anderen Seite gegangen. Das bedeutet, es handelt sich um Varleran, der dort gefangen sitzt – und dann ist es eine Angelegenheit der Echtdrachen. Und selbst wenn er es nicht sein sollte, dann gibt es andere Echtdrachen. Wie du schon sagtest, einige von uns sind verschwunden. Ganz gleich, ich denke, wir sollten diese Bürde für uns beanspruchen. Ich werde mit unserem Rat darüber sprechen, und wir werden entscheiden, was zu tun ist.

Ein Keuchen Tarens führte dazu, daß die Herrin ihre Aufmerksamkeit wieder dem Mann zuwandte. »Ihr werdet doch Drachenlords schicken, oder?« wollte er wissen.

Sie sah ihn an, überrascht über seine Vehemenz. »Morlen beansprucht ...«

»Nein! Dort, wo man ihn gefangenhält, könnten die Echtdrachen ihn nicht erreichen. Ihr müßt Drachenlords schicken!«

Und dann begann Taren zu taumeln, als wäre dieser letzte Ausbruch zuviel für ihn gewesen, und er wäre gestürzt, hätte Sirl ihn nicht am Arm gepackt. »Es tut mir leid, ich habe kein Recht, so zu sprechen. Es ist nur ... ich ... ich muß mich hinlegen«, flüsterte er.

Die Herrin nickte und gab Sirl ein Zeichen. Sie sah zu, wie der *Kir* Taren zurück in die Festung half. »Warum ...?«

In ihrem Geist hörte sie Morlens leises Lachen. **Hast du nicht gesagt, er hätte Angst vor meiner Art? Vielleicht hat er befürchtet, du würdest ihn als unseren Führer mitschicken, und daß einer von uns ihn im Dunkeln für ein Kaninchen halten könnte.**

Wieder dachte die Herrin einen reuigen Augenblick darüber nach, daß sie zuviel ihres Wissens über Echtmenschen vergessen hatte – besonders, wenn ein Echtdrache sie an ihre Empfindlichkeit erinnern mußte!

»Was hältst du von Tarens Behauptung, daß ihr nicht imstande wärt, die Gefangenen zu erreichen?«

Wo ein Drache ist, können andere folgen. Dies ist nicht die Aufgabe der Euren, Jessia. Hoffen wir, daß das niemals so sein muß.

»Ich würde vorschlagen, du hörst auf, dein Glück auf die Probe zu stellen, junger Mann«, sagte Otter, als er die Gemächer betrat, die ihm zur Verfügung standen, wann immer er sich in Schloß Drachenhort aufhielt. Er zog hinter sich die Tür zu. »Das war feige; du wußtest, daß Linden dir nichts antun wird, weil du mein Großneffe und Maurynnas Freund bist.«

Raven blickte von seinem Gepäck auf, in dem er herumwühlte, und seine Augen blitzten zornig. »Ach – weil er ein

Drachenlord ist, muß ich auf Linden Rathans Gefühle Rücksicht nehmen? Soll ich einfach ruhig bleiben und akzeptieren, daß er mir mein Mädchen weggenommen hat? Hast du nicht immer gesagt, er zöge es vor, wie ein Mann behandelt zu werden und nicht wie ein Halbgott? Also gut, ich behandele ihn besser, als ich jeden anderen behandelt hätte, der mir Maurynna genommen hat. Immerhin habe ich ihn nicht herausgefordert.«

Otter schüttelte angewidert den Kopf. War der Junge wirklich so dumm? Das war nicht mehr der Raven, den er kannte. »Du Idiot. Glaubst du wirklich, daß du in einem Duell auch nur die geringste Chance gegen Linden hättest? Wahrscheinlich hätte er schon vor seiner Ersten Verwandlung den Stallboden mit dir schrubben können. Oder hast du vergessen, daß er von Kind an zum Krieger ausgebildet wurde, mein dummer Neffe, und du nur ein Kaufmann bist, der ein paar Kunstgriffe mit dem Schwert beherrscht? Vergiß nicht, daß er einmal Söldner war, unter ... dieser Frau, die zur größten Königin wurde, die Kelneth je hatte, und daß seine Herrschaft als Oberhäuptling für Yerrih ein goldenes Zeitalter war. Selbst damals hättest du nicht gegen ihn bestehen können. Und jetzt könnte er dich einfach hochheben und gegen eine Wand werfen, und du wärst erledigt. Aber darum geht es nicht. Ich habe nicht von Linden gesprochen. Ich sprach von Maurynna. Glaubst du denn, ihr ist nicht aufgefallen, wie du dich den ganzen Morgen Linden gegenüber verhalten hast? Kurz bevor ich sie alleinließ, hatte sie vor, eine kleine ... Unterredung mit dir zu führen.«

Zumindest war der Junge vernünftig genug, nur gequält das Gesicht zu verziehen. Es bestand also noch Hoffnung für ihn. Eine Begegnung mit Maurynnas Zorn war nichts, was jemand leichtfertig riskieren sollte. Maurynna würde nicht zögern, diesem Idioten eine Kopfnuß zu verpassen, wie der Idiot selbst wohl wußte. Sie hatte es schon häufig genug getan.

»Immer mit der Ruhe; als ich mich von ihnen verabschiedete, war Linden gerade dabei, es ihr auszureden. Ich weiß nicht, warum. Ich habe ihm immer schon gesagt, er sei zu umgänglich.« Otter ging zu seinem Lieblingssessel und setzte sich hin. Er sah Raven an, der am Boden vor seinem Gepäck hockte und sich nervös am Bart zupfte. »Hast du eigentlich ein einziges verfluchtes Wort von den Geschichten verstanden, die ich dir und Maurynna erzählt habe, als ihr noch Gören wart? Linden hat dir Maurynna nicht ›gestohlen‹. Die Götter haben die beiden einander vor mehr als sechshundert Jahren übergeben.«

Der Barde seufzte. »Wenn du nur verstehen würdest, wie einsam er war, während er darauf wartete, daß seine Seelengefährtin endlich geboren wurde, und wie sehr er fürchtete, es könnte nie geschehen.«

»›Der letzte Drachenlord‹«, zitierte Raven leise. »In den Geschichten wurde er immer so genannt, nicht wahr?«

»Zumindest daran erinnerst du dich also«, sagte Otter. »Und wage nicht zu behaupten, daß du in deiner Sehnsucht nach Maurynna ebenso einsam sein würdest. Es ist etwas anderes, als wenn einem buchstäblich die halbe Seele fehlt. Etwas ganz anderes.«

Ein verlegenes Grinsen sagte ihm, daß Raven tatsächlich tief in seinem Herzen solch romantischem Blödsinn nachgehangen hatte.

»Idiot«, sagte Otter abermals, aber diesmal beinahe liebevoll. »Es wird andere für dich geben. Und nur, um meine Neugier zu befriedigen – hast du deinem Vater und deiner Stiefmutter erzählt, daß du hierher kommen würdest?«

Raven biß sich auf die Lippe. Nach einem Augenblick des Zögerns sagte er: »Nein.«

»Sie müssen vor Sorge beinahe umkommen, besonders Vienne«, sagte Otter leise.

»Sie sollten den Brief inzwischen erhalten haben. Erinnerst du dich, was ich darüber gesagt habe, wie verzweifelt Iokka war? Du wirst besser verstehen, wie schlimm es war, wenn ich dir jetzt erzähle, daß er sich bereit erklärt hat, Vater den Brief persönlich zu übergeben, im Austausch dafür, daß ich Taren so weit von Assantikk und jedem Mitglied des Hauses Mhakkan wegbringe, wie ich kann«, meinte Raven selbstzufrieden.

Otter lachte, bis ihm die Tränen kamen. Der Junge mochte nicht der Kaufmann sein, der sein Vater war, dachte der Barde, aber diesmal hatte er den Handel seines Lebens abgeschlossen. »Das war grausam von dir, Junge«, meinte er mit echter Bewunderung.

»Iokka war derselben Ansicht«, erklärte Raven grinsend. »Aber ich habe meinen Teil des Abkommens eingehalten. Das Haus Mhakkan treibt so weit nördlich keinen Handel. Und wie hätte ich den armen Taren einem anderen anvertrauen können? Er war in den Klauen der Schüttelkrankheit und so froh, jemanden zu haben, mit dem er noch einmal Yerrin sprechen konnte ...« Er hielt inne und fluchte leise.

»Er ist ein Yerrin?« fragte Otter überrascht. Taren war kein Yerrinname.

»Ja«, meinte Raven. Die Worte kamen nur widerstrebend. »Er heißt eigentlich Taren Weidensohn ...«

»Weidensohn?« unterbrach ihn Otter und zupfte sich am Bart, »irgend etwas ist da – bah! Jetzt ist es wieder weg. Ich fürchte, ich werde alt. Entschuldige – erzähl weiter.«

»Seine Mutter war Kelnethi, aber sein Vater war Yerrin, und er ist in Yerrih aufgewachsen. Bergadlerclan. Er ist ebensosehr Yerrin wie du oder ich oder wie zum Beispiel Linden Rathan. Es ist nur ...«

Bei Ravens Zögern kam Otter ein Verdacht. »Kein Clanzopf? Er ist ein Ausgestoßener?«

»Man hat ihm ihn in Jehanglan abgeschnitten; er war dort Sklave. Bitte, sag niemandem, daß er Yerrin ist«, bat Raven. »Er möchte gerne als Kelnethi durchgehen. Es war nicht sein

Fehler, aber er hat das Gefühl, daß seine Ehre vor seinem Clan nichts mehr gilt. Er schämt sich, ihnen zu begegnen. Deshalb hat er auch seine Verwandten nicht benachrichtigt.«

»Ich verstehe«, sagte Otter. Und das tat er. Unwillkürlich tastete er nach dem langen, schmalen Clanzopf, der ihm über den Rücken hing. Er seufzte erleichtert. Albern – selbstverständlich war er noch da.

Ihr Götter – nicht einmal mein schlimmster Feind würde mir den Clanzopf abschneiden. Den Kopf vielleicht, dachte Otter. *Aber nicht den Zopf.*

Der Gedanke schon bewirkte, daß ihm übel wurde. Das Abschneiden des Clanzopfs brandmarkte einen als *Parna*, als Außenseiter, als unrein. Man tat es, um einen Mann oder eine Frau vollkommen zu zerbrechen, und erklärte sie damit dem Clan und jeglicher Ehre gegenüber für tot. »Aber das wissen die Jehangli selbstverständlich nicht«, sagte er. Ob er damit allerdings sich selbst oder Raven trösten wollte, wußte er nicht genau.

»Sie wußten es. Er hat es ihnen gesagt, aber sie haben den Zopf trotzdem abgeschnitten«, meinte Raven. Auch er sah nun ganz elend aus. »Taren sagte, sie haben gelacht, als sie es taten.«

»Ihr Götter«, murmelte Otter. Es war gleich, daß es den Jehangli nicht dasselbe bedeutete wie jedem Yerrin und selbst jedem anderen in den fünf Königreichen. Der Gedanke drehte ihm immer noch den Magen um.

Raven griff nach seinem Gepäck und stand auf. Heiser sagte er: »Wenn es dich nicht stört, Großonkel Otter, würde ich gern in dieses Schlafzimmer draußen umziehen. Die Aussicht gefällt mir, aber es geht tief abwärts, nicht wahr?«

»Sehr tief«, erwiderte Otter. »Dieses Ende des Schlosses steht direkt am Rand des Abgrunds. Zwischen dir und dem Talboden befindet sich nichts außer Luft, aber davon eine ganze Menge. Du solltest also lieber nicht auf die Idee kommen, dich auf die Weise davonzuschleichen, wie du es getan hast, wenn du in Sturmhafen auf den Jahrmarkt wolltest.«

Raven lachte. »Ich dachte immer schon, daß du das wüßtest. Danke, daß du mich nie an Vater verpetzt hast.«

Otter sah seinem Großneffen nach, als er das Wohnzimmer verließ. Ja, der Junge war verletzt, aber er würde sich wieder erholen. Er war jung, und obwohl er es hitzig leugnen würde, war er nie wirklich verzweifelt in Rynna verliebt gewesen. Es würde irgendwo ein anderes Mädchen geben, dessen Leben Raven zur Hölle machen würde, dachte Otter mit einem Lächeln.

Aus dem kleinen Schlafzimmer drang Ravens Stimme herein. »Er nennt sich Taren Olmeins. Das ist der Name seiner Mutter. Bitte sag niemandem, daß du weißt, daß er ein Yerrin ist. Er wird sich in deiner Gegenwart wie ein Ausgestoßener fühlen, weil du ein Barde bist, und das hat er nicht verdient. Er ist ein guter Mann, so sein Leben aufs Spiel zu setzen, um diesem Drachen zu helfen.«

»Ihr kommt zu spät, Lleld«, sagte Nevra, einer der *Kir*-Wächter, der den Weg zum Versammlungsfeld hinter der Festung abriegelte.

»Wie meinst du das?« fragte Lleld. Verdammt sollte er sein, sie hatte gewußt, daß sie lieber versucht hätte, sich von der anderen Seite anzuschleichen. Dort gab es einen gut verborgenen Pfad durch die Felsen, der so schmal war, daß nur ein Kind – oder ein sehr kleiner Drachenlord – hindurchpaßte. Die Pest sollte Jekkanadar holen, ihr dieses Versprechen abzuringen! Wie sollte sie nun erfahren, was die Echtdrachen mit der *Saethe* besprochen hatten?

Sie versuchte, an dem untersetzten Wachtposten vorbeizuspähen. »Wo ist der Mann aus Jehanglan – Taren?«

Nevra sagte: »Der Echtmensch ist vor einiger Zeit in die Festung zurückgekehrt. Er sah krank aus. Die Herrin und einige von der *Saethe* unterhalten sich immer noch mit Morlen und den anderen Echtdrachen, aber die meisten sind gegangen. Die Versammlung ist vorüber, hat man uns gesagt.«

Verflucht, verflucht, verflucht! »Und was haben sie gesagt? Wird tatsächlich ein Echtdrache in Jehanglan gefangengehalten? Oder ist es einer von uns? Ganz gleich, wer ist es?« wollte Lleld zornig wissen. Es brachte sie schier um den Verstand! Sie konnte die Echtdrachen und ein paar Drachenlords sehen, die sich unterhielten, aber sie waren zu weit entfernt, um selbst mit ihren scharfen Drachenlordohren verstehen zu können, was da gesprochen wurde. »Was sagen die Echtdrachen?«

Nevra zuckte die Achseln. »Die Echtdrachen tun, was ihnen paßt. Ich denke, sie werden – da, jetzt fliegen sie!«

Fünf gewaltige Gestalten erhoben sich vom Boden. Mit mächtigen Flügelschlägen waren sie rasch in der Luft. Während sie sie aufsteigen sah, fiel Lleld etwas ein.

Sie rannte davon. Ein schneller Lauf über die Pfade am Rand des Plateaus des Drachenhorts brachte sie zu der Steintreppe zur weißen Landeklippe. Sie sprang diese Treppe hinab wie eine Bergziege, die den Verstand verloren hat.

Die Landeklippe war leer; niemand hatte daran gedacht, ihr diesen Weg zu versperren. Sie ließ sich in die Verwandlung fließen. Einen kurzen Augenblick später stürzte Lleld, nun ein kleiner Drache vom feurigen Rot ihres Haars, sich von der Klippe.

Es dauerte nicht lange, bis sie die Echtdrachen im Blickfeld hatte. Sie folgte ihnen in diskretem Abstand.

Was um alles in der Welt machen sie da? fragte sich Lleld eine Weile später überrascht. Denn die Echtdrachen waren nur so weit geflogen, bis sie von Schloß Drachenhort aus nicht mehr zu sehen waren, und dann landeten sie auf einer Wiese in der Nähe. *Sie halten vermutlich inne, um etwas miteinander zu besprechen. Vielleicht könnte ich mich anschleichen ...*

Anschleichen? Wie? Du wirst dich von diesem grünen Gras

wie ein Leuchtfeuer abheben. Dann muß sich einer von ihnen nur auf dich setzen, und alles ist vorbei, sagte Jekkanadar. *Denk an dein Versprechen.*

Das bezog sich nur auf die Beratung auf dem Feld, beschwerte sie sich, drehte aber bei. Es wäre einfach zu peinlich, wenn ihr Seelengefährte erschiene und sie davonschleppte. Besonders angesichts der Echtdrachen. Und Jekkanadar wäre tatsächlich dazu imstande.

Aber auf die eine oder andere Weise würde sie schon herausfinden, was los war.

6. KAPITEL

Die Götter mögen die Erlauchte Riya-Akono segnen, dachte Shei-Luin. An diesem einen Tag des Jahres wurden alle Frauen geehrt; an diesem einen Tag des Jahres konnten sich die Konkubinen des Harems frei im Palastgarten unter die Adligen und Höflinge mischen.

Außerdem hatte sie sich der Kaiserin immer verwandt gefühlt. Kamen sie nicht beide aus dem Westen? Nein, die Legende sagte nichts über Riya-Akonos Herkunft, aber sie mußte aus dem Westen stammen, denn nur dort wurden diese beiden Namen verwendet. Und dann war da die Tapferkeit und der Erfindungsreichtum der Dame. Das war für Shei-Luin der endgültige Beweis. Jehangli-Frauen hatten kein Rückgrat.

Ja, es war nur richtig, die Herrin des Mondes zu ehren.

Und es war nur richtig, daß sie selbst unter den Frauen des Erlauchten Phönixherrschers den Ehrenplatz einnahm. Die Höflinge und die Adligen und ihre Ehefrauen machten Platz für Shei-Luin, als sie mit aufgesetzem Gleichmut durch den wunderschönen Garten schritt. Denn an ihrer Seite trug Tsiaa den kleinen Xahnu, ihren Sohn, den Erben des Phönixthrons. Hinter ihr kam Murohshei.

Ihr Sohn – aber nicht Xianes. Liebevoll wandte sie den Blick ihrem Kind zu. In Gewänder im kaiserlichen Gelb gehüllt, sah sich der kleine Xahnu ernsthaft um, die dunklen Augen groß in einem Gesicht, das bereits die kindhafte Rundlichkeit verlor. Sein Haar glänzte schwarz in der Sonne, als er sie mit seinem süßen Kinderlächeln bedachte.

Shei-Luins Herz entflammte vor Liebe zu ihrem Sohn. Er war jede Gefahr wert, die sie dabei auf sich genommen hatte, ihn zu empfangen. Sie dankte dem Phönix, daß sie imstande gewesen war, dieses Kind des Mannes, den sie liebte, zur Welt zu bringen – desselben Mannes, der nun auf sie zukam, zusammen mit Xiane, der ihm den Arm um die Schultern gelegt hatte. Shei-Luin sank anmutig vor dem Kaiser zu Boden. Ihre Diener taten dasselbe. Sie beobachtete sie unter gesenkten Lidern.

Die Männer hatten sie beinahe erreicht, als ein schwarzroter Blitz auf Xianes Kopf zuzuckte. Zu Shei-Luins Erstaunen wurde der Kaiser so weiß wie gebleichte Seide und wich zitternd zurück. Yesuin schlug nach dem Insekt. Es flog davon.

Sie hörte, wie Yesuin beruhigend murmelte: »Nur eine Fliege, Xiane, von der Art, die wie Bienen aussehen. Macht Euch keine Sorgen. Es ist alles in Ordnung.«

Und was hat das zu bedeuten? dachte Shei-Luin erstaunt. *Phönix! Erzähl mir nicht, daß der Mann sich vor einer Biene fürchtet!*

Nur mühsam konnte sie ihre Verachtung verbergen, als die Farbe langsam in Xianes Wangen zurückkehrte.

Einen Augenblick später war es, als wäre nichts geschehen. »Hast du meinen Sohn schon gesehen, Vetter?« prahlte Xiane, legte Yesuin den Arm wieder auf die Schultern und führte die zharmatianische Geisel dorthin, wo Shei-Luin mit gesenktem Blick wartete.

Nun wagte sie es aufzublicken. Yesuin sah ihr direkt in die Augen.

»Er ist hübsch, nicht wahr?« fuhr Xiane fort.

»Er sieht so gut aus wie sein Vater«, erklärte Shei-Luin.

Xiane lachte entzückt. »O kostbare Blüte! Sagt mir, Yesuin, bin ich nicht ein glücklicher Mann? Ich habe einen gesunden, gutaussehenden Sohn, und die schönste Frau von ganz Jehanglan ist seine Mutter und meine Konkubine. Was kann ein Mann mehr erwarten?«

Yesuin sagte: »Ihr könnt Euch tatsächlich glücklich schätzen, Herr.« In seiner Stimme schwang ein Hauch von Schmerz mit, den Xiane – das wußte sie – nie bemerken würde.

Tatsächlich, noch im selben Augenblick drehte der Kaiser sich um und klatschte in die Hände, damit sich ihm alle zuwandten. »Zum Garten des Ewigen Frühlings!« rief er. »Ich habe zu Ehren meines Sohnes dort besondere Vergnügungen angeordnet!«

Shei-Luin senkte abermals den Blick. Es wäre unangemessen gewesen, laut loszulachen. Aber noch während sie das Lachen unterdrückte, erstarb es von selbst. In Yesuins Stimme hatte mehr als einfacher Schmerz gelegen. Aber was?

Sie hielt den Atem an, als sie glaubte, es zu erkennen.

Es ... es konnte doch kein Bedauern sein? Oder doch?

Maurynna konnte sich nicht entscheiden, wer ihr mehr auf die Nerven ging, Linden oder Raven. Wie konnte Raven es wagen, ihrem Seelengefährten gegenüber so widerwärtig zu sein! Es war schließlich nicht, als wäre er jemals mehr als ihr Freund gewesen. Soweit sie wußte, hatte Raven sich nie an ihren Onkel Kesselandt gewandt, um ihn um ihre Hand zu bitten, oder seinen Vater gebeten, das zu tun. Welches Recht hatte er also zu solcher Bosheit?

Sie packte Boreals Sattel und die Decke, nahm das Zaumzeug vom Haken und ging zum zweiten Mal an diesem Tag in den Auslauf hinaus. Sie pfiff, und der Hengst kam auf sie zu. »Wie wäre es mit einem schönen langen Ritt, Junge? Bevor ich einen gewissen besten Freund in den Hintern trete.«

Boreals Ohren zuckten, als er ihr den Kopf zuneigte. Aber dann ließ er sich friedlich die Satteldecke auf den Rücken legen.

Und Linden war beinahe noch schlimmer, dachte Maurynna. Raven hatte Prügel verdient, oder zumindest Schelte. Aber Linden hatte sich geweigert, das zu tun.

Am ärgerlichsten war sie allerdings auf sich selbst, weil sie sich von Linden hatte überreden lassen, Raven keine Standpauke zu halten. Vorsichtig legte sie den Sattel auf Boreals

Rücken und schnaubte, während sie mit Schnallen und Riemen herumnestelte, an die sie immer noch nicht gewöhnt war; normalerweise sattelte einer der Stallknechte Boreal für sie. Zumindest brauchte sie sich keine Gedanken zu machen, wie sie ihm das Gebiß ins Maul schieben sollte.

Sie konnte sich von dem Streit einfach nicht losreißen ...

... »Warum?« hatte sie wissen wollen. »Er hat den ganzen Morgen versucht, mit dir Streit anzufangen. Warum hast du ihm nicht einfach eine Tracht Prügel verpaßt?«

»Weil«, erwiderte Linden, »ich verstehe, wie er sich fühlt. Er hat dich verloren, Maurynna; er hat dich vollkommen verloren, und das weiß er.«

»Er hat mich nie besessen«, fauchte Maurynna zurück, »er war einfach mein Freund. Verdammt noch mal, zwischen uns ist nie mehr gewesen. Falls mich jemand je besessen hat, dann war es mein Haus. Nur sie hatten das Recht, mir mein Leben vorzuschreiben. Was für eine Unverschämtheit von Raven, von mir zu erwarten, daß ich freudig mein Schiff aufgebe und ihm nach Yerrin folge.«

Linden setzte dazu an, etwas zu sagen, und schloß den Mund dann wieder.

»Sprich es nicht aus«, warnte sie ihn. »Ich habe nicht versucht, auf die *Seenebel* zurückzukehren, weil die Herrin es befohlen hat. Nun, da ich ein Drachenlord bin, ist sie für mich, was Onkel Kesselandt für das Haus Erdon ist – das Oberhaupt dieses, meines neuen ›Hauses‹.«

Sie stolzierte im Zimmer herum, dann blieb sie stehen und arrangierte die Äpfel in der großen Steingutschale mit einer Heftigkeit, die dazu führte, daß zwei von ihnen auf den Tisch fielen. Sie starrte sie wütend an, griff dann nach einem und biß hinein, warf den anderen in die Schale zurück; dann ging sie weiter auf und ab, als könnte sie die Quelle ihrer schlechten Laune in eine Ecke drängen und dort niedertrampeln. Plötzlich blieb sie stehen. »Linden, hättest du mich gezwungen, die *Seenebel* aufzugeben, wenn es die Herrin nicht getan hätte?«

»Dich gezwungen? Nein«, hatte Linden gesagt und bedächtig den Kopf geschüttelt. »Ich hätte vielleicht versucht, dich zu überreden.« Und dann: »Es tut mir leid, aber das hätte ich getan.«

Bei diesen Worten hatte sie ihre Gemächer verlassen. Er war ihr nicht gefolgt ...

Die letzte Schnalle war geschlossen; Maurynna schwang sich in den Sattel und griff nach den Zügeln. »Machen wir uns auf den Weg.«

Boreal trabte los.

Also gut, dachte Lleld. *Zweifellos würde es Morlen und den anderen Echtdrachen nicht gefallen, wenn ich mich ihnen aufdrängte. Aber was, wenn ich ihnen zufällig begegne, wenn sie weiter nach Norden fliegen? Ich bin nur unterwegs, um mich ein bißchen zu bewegen, das ist alles, und was für ein Zufall, wenn ich ihnen auf ihrem Heimweg begegnen sollte!*

Sie flog einen großen Bogen um das Tal, so daß niemand, der sich dort aufhielt, sie sehen konnte, und flatterte nach Norden, so schnell ihre Flügel sie trugen.

Hier war sie also, auf ihrem Lieblingspfad – allein. Nein, nicht ganz allein, mußte Maurynna zugeben. Aber so gern sie Boreal hatte, er war doch nicht Linden.

Jedenfalls ist er nicht die Gesellschaft, die Linden üblicherweise für mich ist. Ich frage mich, dachte Maurynna, *wie sehr er sich angestrengt hätte, um mich zu überreden, mein Schiff aufzugeben.* Sie freute sich darüber, daß sie sich gegen ihn abgeschottet hatte, als sie zuvor gespürt hatte, daß er nach ihr »suchte«. Sie war noch nicht bereit, mit ihm zu sprechen. Vielleicht würde sie das längere Zeit nicht sein. Man würde sehen.

Der Weg wurde steiler. Maurynna konzentrierte sich darauf,

sich leicht aus dem Sattel zu heben, um Boreal die Bewegung einfacher zu machen. *Richtig so; komm in einen Halbsitz – nein! Nicht in den Steigbügeln stehen,* konnte sie Linden »hören«, weil er das an dieser Stelle immer sagte.

Das war der schlimmste Teil des Weges – besonders auf dem Rückweg –, aber die Bergwiese auf der anderen Seite war es wert. Einen Augenblick später würde sie sich vor ihr öffnen, ein grünes Paradies mit üppigem Gras und wilden Blüten, umgeben von einem Kreis von Hügelkämmen. Sie und Boreal würden von dieser Quelle trinken, die aus den Felsen an einer Seite entsprang, dann würde sie dem Hengst das Zaumzeug und den Sattel abnehmen und ihn umherschlendern lassen, während sie über die Felsen am Rand der Wiese kletterte. In einigen dieser Felsen gab es Abdrücke von Muscheln. Sie hatte keine Ahnung, wie die dorthin geraten waren, sie konnte es sich nicht vorstellen, aber sie hoffte immer noch, eines Tages eine zu finden, die klein genug war, daß sie sie mit zurücknehmen konnte. Irgendwie fühlte sie sich in diesen Felsen nicht so weit von den Meeren entfernt, die sie so liebte; dieselben Meere hatten einmal bis hierher gereicht.

Sie versuchte, nicht daran zu denken, wie diese Ausflüge normalerweise endeten, wenn Linden bei ihr war. Statt dessen konzentrierte sie sich auf den Ritt. Nur noch um diese Biegung des Weges und dann wieder abwärts ...

Boreal hielt inne und wieherte überrascht. Er wirbelte halb herum, bereit davonzurennen, bevor Maurynna die Lähmung abschütteln konnte, in die ihr Erstaunen sie versetzt hatte. »Nein!« rief sie und drückte die Beine fest an den Pferderumpf. Sie wußte, wenn Boreal sich seiner Angst ergab, würde sie nie im Sattel bleiben können, nicht auf diesem Weg hier. »Sei nicht albern – sie werden dich nicht fressen!« Sie hoffte, daß der Hengst zuhörte.

Das tat er. Boreal blieb stehen, an allen Gliedern zitternd, aber so unbeweglich wie die Felsen ringsumher. Maurynna tätschelte ihm die Schulter, die plötzlich dunkel von Schweiß war, und stieg ab. Irgendwie kam ihr das höflich vor.

Die fünf Echtdrachen schienen noch überraschter zu sein als sie. Beinahe in einer einzigen Bewegung waren sie zurückgewichen, hatten die Köpfe erhoben und beobachteten sie, während sie sich näherte und den Hengst dabei am Zügel führte. Boreal folgte, denn er vertraute darauf, daß er nicht gefressen würde.

Irgend etwas stimmte nicht, bemerkte Maurynna. Die mißtrauische Haltung, die Blicke, die sie einander zuwarfen, erstaunten sie. Verwirrt blieb sie stehen, unsicher, was sie nun tun sollte. Diese Herren des Himmels wußten doch sicher, daß sie keine Bedrohung darstellte?

Ich grüße dich, sagte der größte von ihnen schließlich.

»Ich grüße Euch, Ihr Drachen«, erwiderte Maurynna. »Ich hoffe, ich störe Euch nicht.«

Der Echtdrache, der gesprochen hatte, trat ein paar Schritte vorwärts. Maurynna nahm an, daß es sich um Morlen den Seher handelte. Er war riesig, größer als jedes lebende Geschöpf, das sie je gesehen hatte; sie fragte sich, ob selbst die großen Wale, die es angeblich im Nordmeer gab, sich mit diesem Echtdrachen vergleichen ließen. Das schräge Sonnenlicht fiel auf seine dunkelgrünen Schuppen. Auch die anderen vier kamen näher, bis Maurynna sich in einem Kreis von Echtdrachen befand. Sie sah einen nach dem anderen an und drehte sich dazu weit um. Boreal drängte sich an ihren Rücken und war sich zweifellos nicht sonderlich sicher, ob er eine kluge Entscheidung getroffen hatte.

Wie Drachenlords hatten auch Echtdrachen unterschiedliche Farben. Morlen war von einem tiefen Moosgrün; von den anderen waren zwei braun, ein weiterer saphirblau, und der vierte hatte die Farbe von Amethyst. Maurynna wußte, daß sie der Blüte des Drachenvolks gegenüberstand, Morlens Enkelin Talassaene.

Eine plötzliche ... Erinnerung? ... an eine weißhaarige junge Frau mit violetten Augen traf Maurynna. Jemand, den sie nicht erkannte, dem sie nie begegnet war, den sie aber dennoch kannte. Der Blick der violetten Augen ließ sie nicht mehr los. Sie wußte, wenn diese Frau (Wer ist sie? Und wieso kenne ich sie?) ein Drachenlord gewesen wäre, hätte sie in Drachengestalt dieselbe Farbe gehabt wie der Echtdrache, der hier vor ihr stand ...

Maurynna schüttelte den Kopf, um das ungebetene Bild loszuwerden, und wandte sich wieder der Betrachtung der ersten Echtdrachen zu, die sie von nahem sah. Wie bei Drachenlords hatten die Schuppen am Bauch der Drachen die Farbe alten Elfenbeins, und in ihren Augen schimmerte ein rubinrotes Feuer. Sie waren über alle Maßen schön und gefährlicher als alles, das sie je erlebt hatte.

Wieder schaute sie Morlen an. **Nein, du störst uns nicht**, sagte Morlen. Seine Geistesstimme war freundlich, wenn auch verblüfft. **Wir haben nur auf dem Rückflug in unsere eigenen Berge eine Pause eingelegt.**

Ah – zweifellos hatten sie sich über das, was sie von Taren erfahren hatten, unterhalten wollen. Das würde ihr ursprüngliches Mißtrauen erklären; Maurynna hatte sie überrascht. Dennoch, der Rauch, der aus den Nüstern zweier der anderen Echtdrachen drang, bewirkte, daß ihr ein Schauder über den Rücken lief. Die Magie, die sie zu einem Drachenlord machte, schützte sie gegen jegliches Feuer – bis auf Drachenfeuer. Wenn diese Geschöpfe sie töten wollten, würde sie hier sterben, und niemand würde es je erfahren. Sollte sie nach Linden rufen? Aber was konnte er schon tun? Selbst der kleinste dieser Echtdrachen war größer als er. Wenn die Götter wollten, daß sie heute hier starb, würde ihr nichts helfen. Sie schluckte, denn plötzlich war ihr Mund ganz trocken.

Aber Morlens Blick war so freundlich, wie seine Geistesstimme gewesen war. Mit einem Grunzen senkte er sich wieder ins hohe Gras und fuhr fort, Maurynna zu betrachten; die anderen folgten seinem Beispiel. Sie fragten sich, was ihr durch den Kopf ging.

Ich heiße Galinis, sagte einer der anderen Echtdrachen plötzlich, der braune links von Morlen. **Die anderen sind Aeld, Aumalaean und Talassaene**, fuhr der Echtdrache fort und zeigte mit dem Kinn dem Sonnenlauf entsprechend nach dem anderen braunen, dem blauen und dann den amethystfarbenen Drachen. **Aumalaean, wir brauchen kein Feuer. Und du bist ...**, bevor Maurynna sich vorstellen konnte, erhob Morlen wieder die Stimme.

Ich sehe dich, sagte der riesige Echtdrache. Seine Geistesstimme war bedächtig und nachdenklich. **Aber ich sehe dich auch nicht.** Wieder betrachtete er Maurynna forschend.

Hinter sich spürte Maurynna, wie Boreal, der vermutlich ihre wachsende Unsicherheit fühlte, sich bewegte. Sie schluckte, dann nahm sie ihren ganzen Mut zusammen und fragte: »Wie meint Ihr das, Herr?«

Diese alten Augen hier sehen dich deutlich vor mir. Morlen streckte seinen Vorderfuß aus, mit dem er ein Brauereipferd hätte zerquetschen können, und berührte ihre Wange mit einer Klauenspitze – eine Berührung so sanft wie der Kuß eines Kindes. **Ich kann dich berühren, aber wenn ich nur mit dem Geist schaue, bist du nicht da. Es ist, als befändest du dich unter einer Wolke. Aber weil ich weiß, daß du da bist, kann ich mit dir sprechen.**

In der Geistesstimme des Echtdrachen lag ein Hauch von ... Angst? Ehrfurcht? Nein, das konnte nicht stimmen. Ein so unbedeutendes Wesen wie sie konnte in einem so riesigen und mächtigen und uralten Geschöpf keine solchen Empfindungen bewirken.

Dennoch, Maurynna hatte das Gefühl, daß Morlen, wenn er es gekonnt hätte, nachdenklich die Stirn gerunzelt hätte.

Talassaene, der Drache zu Morlens Rechter, sagte: **Großvater, vielleicht ist sie diejenige.**

Morlen wandte seiner amethystschuppigen Begleiterin den großen Kopf zu. Sie sahen einander an; Maurynna rührte sich nicht, um dieses lautlose Gespräch nicht zu stören. Dann schaute Morlen sie wieder an und sagte: **Bist du der neueste Drachenlord, diejenige, die keiner von uns gespürt hat?**

»Ja«, erwiderte Maurynna. »Ich bin Maurynna Kyrissaean.«

Ah.

Das Schnauben fegte wie ein Wind durch Maurynnas Kopf. Dahinter glaubte sie einen Hauch von Verstehen zu erkennen. Aber Verstehen von was?

Kleine Verwandte, sagte Morlen, **ich muß zugeben, daß ich sehr neugierig auf dich und deine Drachenseele bin. Ich möchte gerne mit deiner Drachenhälfte, mit Kyrissaean, sprechen. Wirst du mir das gestatten? Es besteht keine Gefahr für dich, aber ich möchte nicht so tief in deinen Geist eindringen, ohne daß du es mir gestattest.**

Maurynna lächelte nervös. »Morlen, wenn es Euch gelingt, Kyrissaean dazu zu bewegen, mit Euch zu sprechen, dann tut das!« sagte sie mit einem traurigen Lachen. Vielleicht konnte dieser Anführer der Echtdrachen mit ihrer verrückten Drachenhälfte ein paar vernünftige Worte wechseln.

Morlen legte den großen Kopf schief und schaute verdutzt drein, dann sagte er: **Also gut, kleine Verwandte. Vielleicht wäre es besser, wenn du dich hinsetzt; es ist das beste, wenn du dich entspannst.**

Maurynna bezweifelte, daß sie sich entspannen könnte, wenn jemand, der sie nicht kannte, in ihren Geist eindrang, aber sie wollte es versuchen. Sie setzte sich im Schneidersitz in das hohe Gras, und als sie ein Grunzen hinter sich hörte, drehte sie sich um und sah, wie Boreal sich neben ihr niederließ. »Danke, Boreal«, sagte sie, lehnte sich gegen den Hengst und schloß die Augen.

Morlens Berührung war sanft wie die Schnurrhaare von Kätzchen, die ihren Geist kitzelten. Maurynna hätte beinahe gelacht. Aber im nächsten Augenblick zuckte ein furchtbarer Schmerz durch Geist und Körper.

Kyrissaean schrie zornig auf, wehrte sich gegen Morlen, gegen die anderen Echtdrachen, gegen Maurynna. Der Atem erstarrte in Maurynnas Lungen; sie sackte zur Seite, schlug um sich, rang nach Luft. Aber der Schmerz wurde nur größer und das Atmen unmöglich. Die Welt wurde grau.

Linden klopfte an die Tür zu Otters Gemächern. Die Stimmen drinnen unterbrachen ihr Gespräch. Dann kam das Klacken von Stiefelabsätzen näher, und einen Augenblick später ging die Tür auf.

»Hallo!« sagte Otter überrascht. »Was machst du denn hier, Jungchen?« Er trat beiseite.

Als Linden hereinkam, sah er Raven in der Tür eines der drei Schlafräume stehen, die vom Wohnzimmer von Otters Suite abgingen. *Bei Gifnus Hölle*, dachte Linden säuerlich. *Ja, es war wohl anzunehmen, daß er inzwischen hier ist.*

»Ich suche Maurynna«, sagte er. »Ist sie hier?«

»Nein«, sagte Otter. »Kannst du nicht herausfinden, wo sie ist? Ich dachte, Seelengefährten wüßten immer, wo der andere sich aufhält und was mit ihm geschieht.«

Raven lehnte sich gegen den Türrahmen, die Arme vor der Brust verschränkt, und lauschte. Seine ganze Haltung schrie geradezu seine Unverschämtheit heraus.

Linden kniff verärgert die Lippen zusammen, bevor er antwortete: »Ich habe versucht, nach ihr zu suchen, aber sie ist wütend auf mich und hat mich ausgeschlossen. Da sie nicht hier ist, werde ich nachsehen, ob Boreal im Stall steht; wenn nicht, dann weiß ich, wohin sie gegangen ist.«

Das nächste gab er diesem selbstzufriedenen Grinsen gegenüber nur ungern zu.

»Ich ... Maurynna scheint mich besser spüren zu können als ich sie«, begann Linden.

»Daran erinnere ich mich«, sagte Otter und schaute nachdenklich ins Leere. »Selbst bevor ihr beiden verbunden wart, wußte sie, daß damals in Casna etwas mit dir nicht stimmte.«

»Genau. Für sie ist es, als würde sie in eine Kristallkugel sehen; ich nehme sie nur verborgen im Nebel wahr. Nichts ist klar und scharf. Ich verstehe nicht, warum das so ist. Aber ... verdammt, ich bin ... unruhig? Erwartungsvoll? Ich denke, etwas beunruhigt sie, aber ich *weiß* es nicht, verdammt noch mal.«

Ravens Augen blitzten zufrieden auf, und Linden wußte, daß der junge Mann gleich eine beißende Bemerkung machen würde. Und sollte er das tun, dann wußte Linden ebenso, daß jetzt die Zeit gekommen war, ihm eine ordentliche Tracht Prügel zu verpassen. Vielleicht hatte Maurynna recht. Er holte tief Luft, bereit, jede Zurückhaltung aufzugeben.

Und fühlte sich, als müßte er ersticken. Er faßte sich an die Brust.

Du mußt sofort herkommen.

Die Worte explodierten in Lindens Geist. Er taumelte unter ihrer Gewalt; nur der Instinkt bewirkte, daß er eine Hand ausstreckte und sich an einer Wand abstützte, bevor er fiel. Die Welt wurde vor seinen Augen grau, und er wußte, er würde bald das Bewußtsein verlieren. Dann konnte er plötzlich wieder atmen. Er schnappte nach Luft, dankbar für das Gefühl in seinen Lungen.

»Die Götter mögen uns beistehen! Linden, was ist los?« rief Otter und versuchte, Linden zu stützen. Selbst Raven, die Augen weit aufgerissen und verängstigt, kam, um ihm zu helfen.

Linden schüttelte den Kopf. »Ich weiß es nicht. Es ist ...« Unfähig weiterzusprechen, berührte er seine Stirn mit Zeige- und Mittelfinger einer Hand.

»Ah. Ich verstehe. Jetzt nicht, Raven.« Der Barde bedeutete seinem Großneffen zu schweigen.

Wer? Was? sagte Linden zu der Präsenz, die er immer noch in seinem Geist spürte.

Morlen der Seher, erwiderte die Stimme. **Deine Seelengefährtin ist krank, vielleicht stirbt sie sogar. Wir wissen nicht, was mit ihr los ist, komm schnell!** Die Angst in der Gedankenstimme des Echtdrachen drang tiefer als Adlerkrallen.

Linden glaubte, sein Herz würde zu Eis werden. *Wo seid Ihr?* zwang er sich mit einer Ruhe zu fragen, die er nicht empfand.

Auf einer Bergwiese. Sie hat die Form einer Schale und ist voller wilder Blüten.

Er wußte sofort, wo Maurynna war. Nun mußte er so schnell wie möglich zu ihr gelangen. Er stolperte zur Tür, nur um wieder gegen die Wand zu rennen. Seine Knie zitterten. Er fluchte. Ihr Götter, es würde zu lange dauern, um zu dem Landeplatz an den Klippen zu gelangen – besonders auf diese Weise. Dann erinnerte er sich an die Lage von Otters Gemächern im Schloß.

Er holte tief Luft, und der größte Teil der Schwäche war vergangen. Linden schob sich von der Wand weg und stieß beide Echtmenschen beiseite. »Etwas ist mit Maurynna geschehen«, sagte er und versuchte verzweifelt, sich genau an den Grundriß von Otters Räumen zu erinnern. Einen Augenblick später rannte er zu dem Schlafzimmer, aus dem Raven gekommen war.

Die Angst drosch weiter auf ihn ein, als er durch das kleine Zimmer stürzte. Er riß das Erkerfenster auf und sprang auf das breite Sims. Der Felsen fiel hier steil ab, als wäre er mit einem Messer abgeschnitten. Der Wind peitschte Linden das Haar in die Augen, er schüttelte den Kopf. Tief, tief drunten konnten seine scharfen Augen das Glitzern eines Baches wie einen Faden ausmachen.

Hinter sich hörte er Otter rufen: »Nein, Linden, das geht nicht! Du hast selbst gesagt, das sei zu gefährlich!«

Linden faßte sich und sprang aus dem Fenster. Seine einzige Chance war, sich weit genug von der Felswand entfernt zu halten, damit der Wind ihn nicht dagegenfegen würde.

Er fiel wie ein Stein in die kalte Bergluft.

7. KAPITEL

Xianes »besonderes Vergnügen« war eine weitere Truppe von Gauklern. Zumindest ersparte man Shei-Luin diesmal die Ringerinnen, obwohl sie annahm, dies könnte noch schlimmer werden; es waren Schausteller aus dem Norden, schauerlich anzusehen mit ihrer hellen Fischbauchhaut und mit Haar, das wie Tierfell entweder gelblich oder bräunlich war. Als das dressierte Pony mit seinen Zählkunststücken fertig war und bevor das Seil für die Seiltänzer aufgespannt werden konnte, nahm Shei-Luin Tsiaa ihren Sohn Xahnu ab und ging mit ihm davon. So etwas war ungehörig, das wußte sie, nie hatte eine Dame des Hofes so etwas getan. Selbst Kinder, die nicht kaiserliche Erben waren, wurden gewöhnlich Zofen oder Dienern übergeben, die sie aufzogen, bis sie alt genug waren, daß man sich mit ihnen unterhalten konnte. Aber Shei-Luin war es gleich, was die Damen bei Hof taten. Sie war eine Frau der Ebenen – so wie Xianes eigene Mutter.

Und das, wußte sie, machte einen großen Teil von Xianes Begeisterung für sie aus. Denn er war besessen von allem Zhamartianischen; dafür war sie dankbar und nutzte es zu ihrem Vorteil. Es bedeutete, daß er Yesuin wie einen Gast und nicht wie einen Gefangenen behandelte. Es bedeutete auch, daß Shei-Luin, wenn sie vorsichtig war und nicht zu weit ging, Xiane in einer Weise beeinflussen konnte, an die eine richtige Jehangli-Frau nicht einmal zu denken gewagt hätte. Noch während sie ihn um den Finger wickelte, bettelte er um mehr.

Nur Murohshei folgte ihr, denn er war ihr Schatten. Shei-Luin ging weiter in den Garten hinein. Hin und wieder blieb sie stehen, um zu lauschen. Xahnu schmiegte sich an sie; sie küßte ihn liebevoll. Er war ein so braves Kind.

»Hör zu«, sagte sie, »und ich erzähle dir eine Geschichte,

kleiner Phönix. Hör die Geschichte der Dame, die wir heute ehren. Ich werde sie dir so erzählen, wie man sie mir erzählt hat.

Vor langer, langer Zeit floh die Erlauchte Riya-Akono, die Gattin des grausamen Drachenkaisers, zum Mond und ließ Silberpfeile auf ihren Mann regnen, um das Volk von Jehanglan zu retten. Aber der Drachenkaiser überlebte ihre Pfeile. Rachelüstern raste er über die magische Brücke, die sie benutzt hatte, um den Mond zu erreichen, und er wollte seine Kaiserin töten.«

Sie hielt inne. Nichts – noch nichts. Also fuhr sie mit ihrer Geschichte fort, weil Xahnu das offenbar mochte.

»Riya-Akono wartete, bis der Drachenkaiser sie beinahe erreicht hatte, dann durchtrennte sie die Brücke mit dem alten Schwert ihres Vaters – und sie wußte, was das bedeutete. Denn der Drachenkaiser stürzte auf diese Weise zwar in den Tod, was seine Grausamkeit nun beendete, aber Riya-Akono konnte den Mond nie wieder verlassen. Obwohl sie gewußt hatte, worin ihr Schicksal bestehen würde, hatte die Kaiserin nicht gezögert. Und daher ist der Thron der Kaiserin als der Thron der Riya-Akono bekannt. Und daher singen an diesem Tag und keinem anderen die Tempelchöre das Loblied der Herrin des Mondes. An keinem anderen Tag wird der Mond erwähnt, nur der Phönix der Sonne.«

Sie sang, woran sie sich von dem Lied an den Mond erinnern konnte. Xahnu quiekte vergnügt. Sie lachte leise. »Vergiß nicht – sie kam aus dem Westen, so wie wir.«

Endlich hörte sie, worauf sie gewartet hatte: eine Stimme, die leise ein zhamartianisches Liebeslied summte. Sie blieb in einer kleinen Grotte stehen, die aus Jasminbüschen gebildet wurde. Süßer Duft hieß sie willkommen; sie pflückte eine Blüte und neckte Xahnu damit. Das Kind gurgelte vor Entzücken, als es danach griff. Murohshei bewachte den Eingang, seine kräftige Gestalt zwischen ihr und der Welt.

Einen Augenblick später trat er beiseite, ohne dem Mann, der an ihm vorbeiging, auch nur einen Blick zuzuwerfen. Shei-Luin reichte Xahnu dem Mann, der die Arme nach ihm ausstreckte.

Yesuin drückte den Jungen an die Brust; Xahnu blickte ins Gesicht seines Vaters und strahlte.

»Er weiß es«, sagte Shei-Luin.

»Du hast mir zwar ausrichten lassen, daß er aussähe wie ich, aber ...« Seine Stimme brach. Dann faßte er sich wieder. »Wir haben wirklich Glück, daß Xahnu seiner Mutter ähnlich sieht. Ansonsten ...«

Er schüttelte den Kopf. Einen Augenblick lang schwieg er; Shei-Luin beobachtete ihn, während er sich in dem Wunder verlor, das ihr Sohn darstellte. Ihr Herz floß beinahe vor Liebe für diese beiden über. Dann sagte Yesuin: »Meine Liebe, ich danke dir für dieses kostbarste aller Geschenke, aber ... es kann nicht so weitergehen.«

Shei-Luins Herz wurde zu Eis. »Wie meinst du das?« wollte sie wissen.

»Xiane auf diese Weise zu betrügen ... Shei, er ist gut zu mir gewesen. Er ist mein Freund. Ihn zu betrügen, als ...«

»Du überläßt mich ihm?« fragte Shei-Luin. »Du überläßt mich einem Mann, der keine Ahnung hat, was eine Frau will oder braucht, einem Mann so ungeschickt wie ein Ochse, der über mich herfällt, als wäre er der Dorfbulle, der sich einer Kuh aufzwingt, einem Mann, den ich zutiefst verachte? Der Feigling hat Angst vor einem Insekt!« Yesuin biß sich auf die Lippe, dann sagte er: »Shei, er hat einen guten Grund, aber ich darf nicht ...«

Sie unterbrach ihn. »Du magst Xianes Freund sein, und aus diesem Grund allein sorge ich dafür, daß er so viel Freude an mir hat, wie ich ihm geben kann – aber ich liebe nur dich. Wirst du dich denn nie wieder in die Geheimgänge wagen, um mich wiederzusehen?«

O Phönix – wenn sie Yesuin verlor ...

Einen Augenblick dachte sie, er würde das Unaussprechliche sagen. Aber dann sah sie an seinem Blick, daß sie gewonnen hatte. Sie beugte sich zu ihm.

»Herrin«, sagte Murohshei drängend. »Jemand kommt!«

Sie durften nicht zusammen gesehen werden! Shei-Luin riß Xahnu aus Yesuins Armen und eilte aus der Jasminlaube.

Sie war nicht schnell genug. Noch während sie den Schutz der Büsche verließ, erschien Fürst Jhanun auf dem Weg vor ihr.

Er sagte kein Wort. Aber sie sah, wie sein Blick vom Gesicht ihres Sohns über ihre Schulter dorthin wanderte, wo Yesuin immer noch im Jasmingebüsch stand, und dann wieder zurück zu Xahnu. Ein dünnes Lächeln umspielte seine Lippen.

Dann verbeugte er sich und wandte sich ab, immer noch ohne ein Wort.

Aber Shei-Luin hatte das Aufblitzen einer Idee in diesen kalten Augen gesehen und fragte sich, was Jhanun wohl gedacht hatte.

»Glaubst du, er wird uns verraten?« fragte Yesuin und kam wieder näher. Er streckte beschützend die Hände nach Shei-Luin aus.

»Nein. Denn er hat schon zuvor versucht, Xiane gegen mich aufzuhetzen, und wäre beinahe verbrannt worden«, erwiderte Shei-Luin. »Und er wird auch niemanden sonst veranlassen können, es für ihn zu tun. Das wird ihm nicht helfen. Jhanun hat keine Beweise, und er weiß genau, daß Xiane mich ohne überzeugende Gründe nie verstoßen würde. Ach – Xiane müßte schon höchstpersönlich über uns stolpern, bevor er so etwas glauben würde. Nein, Jhanun wird kein Wort davon erwähnen, denn sollte eine bestimmte Botschaft in die Hände des Kaisers fallen, dann würde Xiane ihn mit Sicherheit verbannen. Aber was ... nein, geh, wir dürfen kein Risiko mehr eingehen.«

Während sie in den Hauptteil des Gartens zurückkehrte, fragte sie sich, was wohl in Jhanuns verräterischem Geist vorgegangen war.

Ich bekomme keine Luft mehr! schrie Maurynna in Gedanken. Sie lag auf dem Rücken, rang nach Luft und konnte kaum Morlens und Boreals Köpfe sehen, die sich über sie beugten, weil ihr immer wieder schwarz vor Augen wurde. Dann explodierte die Welt in Schmerz.

Ich sterbe, war ihr letzter Gedanke, als sie ins Dunkel fiel.

Es war Wahnsinn. Aber er hatte keine andere Wahl; Maurynna würde vielleicht sterben. Die Luft zischte an Linden vorbei, als er in die Leere taumelte. Die Götter mochten ihm helfen, wenn der Wind, der hier stets heftig war, ihn gegen die Felsen schmetterte ... Linden zwang sich, jegliche Angst zu verdrängen und nicht mehr daran zu denken, daß er in den Tod stürzen könnte, selbst wenn er sich verwandelte. Einen langen, schrecklichen Augenblick geschah nichts. Er konnte sich nicht verwandeln.

Dann spürte er, wie er sich auflöste, zu Nebel wurde. Wie immer war die Verwandlung beunruhigend, aber das war eine alte Angst, willkommen in ihrer Vertrautheit. Und mit ihr kam ein Ende des Sturzes.

Aber die Erholung war nur kurz. Einen Herzschlag lang war er ein roter Nebel, der in der Luft hing, im nächsten Augenblick ein Drache, der weiter nach unten stürzte. Er breitete die Flügel aus. Einen Augenblick glaubte er, der plötzliche Ruck des Windes, der sich darunter fing, würde sie brechen wie Holzspäne; sie wurden hoch- und zurückgerissen, bis er überzeugt war, daß sie ihm aus den Gelenken gebrochen waren.

Er strengte sich an, die Flügel wieder auszubreiten – falls er es konnte. Seine Muskeln kreischten widerstrebend, und er zwang die Flügel abermals auf und versuchte gleichzeitig verzweifelt, sich vom Felsen fernzuhalten.

Es funktionierte. Der Wind blies ihn vom Felsen weg. Aber bevor er noch erleichtert seufzen konnte, kam die nächste Böe auf und schickte ihn wieder direkt auf die Klippe zu. Wieder klappte er die Flügel zu, damit sie nicht am Felsen zerschmettert wurden.

Immer noch fiel er, drehte sich mitten in der Luft, brachte einen größeren Abstand zwischen sich und den Stein. Und nun hatte er keine Wahl; er mußte entweder fliegen – wenn er es denn konnte – oder im Tal zerschmettert werden. Aber er war immer noch nicht weit genug von der Klippe entfernt ...

Als er aus dem Garten kam, winkte Fürst Jhanun einen seiner Diener zu sich. Er flüsterte dem Mann zu: »Schickt nach meiner Nichte Nama, die in Ylunreh wohnt.«

Der Mann blinzelte überrascht, aber Jhanun wußte, daß er keine Fragen stellen würde, obwohl Tausende von ihnen in seinen Augen aufblitzten.

»Sofort, Herr.« Der Mann verbeugte sich und verschwand.

Jhanun blieb stehen, um eine besonders schöne Chrysantheme zu betrachten. Er strich anerkennend über die weißen Blütenblätter und fragte sich wie so oft, wie es wohl Baisha ergangen war und wie sich sein anderer Plan entwickelte.

Dann erinnerte er sich an die Worte des Orakels und erfreute sich daran.

Linden breitete die Flügel wieder aus.

Eine Flügelspitze kratzte über die Felsen und hinterließ eine Blutspur auf dem hellen Granit, aber der Schmerz wurde von dem heftigeren Schmerz seiner angestrengten Muskeln übertroffen. Linden kam schräg in einen Gleitflug, nutzte den Wind, der ihn vor so kurzer Zeit beinahe getötet hätte, und flatterte nach oben, weg vom Talboden, der nun gefährlich nahe war.

Also gut, er stürzte nicht mehr. Aber konnte er jetzt seine Flügel bewegen oder nur gleiten? Er mußte es versuchen. Linden biß die Zähne zusammen – seine langen Reißzähne knirschten, als er seine schmerzenden Flügel erst abwärts schwang, dann wieder nach oben, dann wieder abwärts.

Er kletterte in den Himmel, langsam und unter Schmerzen, und mußte sich so sehr darauf konzentrieren, seine widerspenstigen Flügel in Bewegung zu halten, daß ihm die beiden bleichen Männer am Fenster kaum auffielen. Langsam gewann er an Höhe. Sobald er oberhalb des Plateaus war, bewegte er seine schmerzenden Flügel noch schneller, damit sie ihn so schnell wie möglich zur Bergwiese trugen. Er ignorierte die Wunde an der Flügelspitze. Nun zählte es nur noch, Maurynna rechtzeitig zu erreichen.

Otter und Raven drängten sich zusammen auf dem Fenstersims und starrten voller Entsetzen in die Tiefe, als Linden zum Tal hinabstürzte. Als Otter schon sicher war, daß es zu spät sein würde, löste sich Linden in den vertrauten roten Nebel auf, der sich zur geisterhaften Gestalt eines Drachen verzog. Bevor er noch blinzeln konnte, wurde der Nebel fest.

»Götter, steht uns bei!« stieß Raven hervor, als ein Drache in dem Weinrot von Lindens Geburtsmal unter ihnen auftauchte.

Ein kleiner Teil von Otters Geist kicherte in amüsiertem Mitgefühl; er erinnerte sich, was er empfunden hatte, als er Linden zum ersten Mal bei der Verwandlung gesehen hatte. Der Rest von ihm betete, daß Lindens Flügel nicht brechen würden.

Einen langen, entsetzlichen Augenblick glaubte er, das sei geschehen; die großen Flügel breiteten sich zu ihrem vollen Ausmaß aus und wurden sofort nach oben gerissen. Dann bewegten sie sich wieder, aber erheblich langsamer, als es Otter lieb war.

Nun war alles gut. Otter hauchte: »Dank sei – nein!« Erschrocken wurde er Zeuge, wie der Wind Linden packte und beinahe gegen den Felsen geschleudert hätte. Die nächsten Augenblicke waren die Hölle, während der Barde zusah, wie sein Freund durch die Luft taumelte.

Dann breiteten sich die großen Flügel abermals aus. Otter hatte den Eindruck, daß eine Flügelspitze gegen die Felsen gestoßen war, aber er konnte nicht sicher sein.

Linden glitt eine kurze Strecke abwärts. Otter erinnerte sich wieder daran, zu atmen. Dann begannen die mächtigen Flügel sich schwerfällig zu bewegen. Der rote Drache erhob sich ein Stück weiter in die Luft.

»Er muß sie sich schrecklich gezerrt haben, wenn er sich so ungelenk bewegt«, meinte Otter, aber ihm war ganz elend vor Erleichterung. »Und dennoch, er hat Glück, er hat wirklich Glück gehabt.«

Sie sahen zu, wie der rote Drache aufstieg und über den Rand des Plateaus verschwand.

»Wie meinst du das?« fragte Raven. In seiner Stimme lag keine Spur mehr von der vorherigen Feindseligkeit.

Otter hob die Hand und bemerkte, daß er schwitzte. Er wischte sich die Stirn ab. »Es ist nicht ihre bevorzugte Methode, einen Flug zu beginnen, aber ein Drachenlord kann von einer hohen Klippe springen und sich im Sturz verwandeln. Dies funktioniert allerdings nur mit einer gewissen Sicherheit, wenn es sehr windstill ist. Ein stetiger, milder Wind, der in die richtige Richtung weht, kann sich vielleicht als vorteilhaft erweisen. Aber der Wind am Rand dieses Plateaus läßt niemals nach. Und was noch schlimmer ist, er verändert die Richtung innerhalb eines Herzschlags. Er ist stark genug, einen Drachenlord gegen den Felsen zu schmettern. Das wäre beinahe mit Linden geschehen. Und wenn er …« Otter konnte den Satz nicht zu Ende bringen. Er sackte gegen die Wand und versuchte, nicht daran zu denken, was beinahe geschehen wäre.

»Oh«, sagte Raven. Und dann fügte der junge Mann nach einem kurzen Schweigen, das für den Barden so wirkte, als stritte er mit sich selbst, hinzu: »Er hat es nur wegen Maurynna getan, nicht wahr?«

»Ja. Ich denke, er hatte Angst, daß es zu lange dauern würde, eine offene Fläche zu erreichen – zum Beispiel die Landeklippe – wo er sich verwandeln und sicher losfliegen konnte.« Otter hätte gerne gefragt: *Hättest du dich einer solchen Gefahr ausgesetzt?*, aber er entschied dann, daß dies zu schwerfällig wäre. Solche offensichtlichen Dummheiten überließ er dem Vater des Jungen. Er vertraute darauf, daß Raven die Schrift auf dieser Wand lesen konnte – nachdem man ihn schon mit der Nase darauf gestoßen hatte.

»Was ist mir ihr?« fragte Raven.

»Darüber weiß ich nicht mehr als du, Jungchen«, erwiderte Otter. »Wir müssen einfach warten.«

»Hätte er es uns nicht sagen können? Die Götter mögen ihn verfluchen, es bringt mich um den Verstand, nichts zu wissen!« sagte Raven mit leisem, aber nicht weniger heftigem Zorn.

Otter konnte ihm nur zustimmen.

Was nun? fragte sich Lleld, während sie – oh, so unschuldig! – weit nördlich des Hügelkamms kreiste, auf dessen anderer Seite sich ebenso zufällig eine gewisse Bergwiese befand. Der Anblick, der sich ihr bot, verblüffte den kleinsten Drachenlord dermaßen, daß sie innehielt, in der Luft hängend und mit heftig schlagenden Flügeln.

Das war das letzte, was sie erwartet hätte: Linden raste aus dem Süden auf dieselbe Wiese zu. Und was noch seltsamer war, er flog ungelenk und mit keiner Spur der machtvollen Anmut, die sie normalerweise mit seiner Drachengestalt verband. Er ließ kaum genug Platz zwischen sich und dem südlichen Hügelkamm, um darüber hinwegzukommen, und verschwand sofort in der Senke mit der Wiese.

Lleld spürte, wie die Neugier nur noch heftiger an ihr nagte. Wieso flog Linden so? Hatten die Echtdrachen ihn aus irgendeinem Grund gerufen? Was war los?

Sie knirschte mit den Zähnen. Wenn sie es nur wagen würde, selbst zur Wiese zu fliegen ...

Die Singvögel hatten ihr Lied angestimmt, als sich Shei-Luin wieder dem Hauptgarten näherte. Wie immer erschütterte die unglaubliche Reinheit ihrer Stimmen sie mit ihrer Schönheit. Sie hielt inne, um zu lauschen. Selbst Xahnu wirkte wie gebannt, denn er hörte auf, sich unruhig in ihren Armen zu winden, und lauschte, als die Melodie verklang und Zyuzin das Juwel ein Liebeslied anstimmte.

Sie schaute über die Schulter, als sie hörte, wie jemand plötzlich nach Luft schnappte. Murohshei stand wie angewurzelt da, und in seiner Miene spiegelte sich eine Sehnsucht, die sie dort nie zuvor entdeckt hatte. Es verblüffte sie, und einen Augenblick lang bedauerte sie, ihn stören zu müssen. Aber sowohl ihr als auch sein Leben standen auf dem Spiel, und darüber hinaus das von Yesuin und – noch wichtiger – das ihres Sohnes. Sie würde alles tun, um Xahnu zu schützen. Alles.

Sie winkte Murohshei zu sich. Er kam zu ihr, und sie legte ihm Xahnu in die Arme, als wäre sie müde. Als sie sich vorbeugte, flüsterte sie: »Diese Botschaft von Jhanun – die, mit der er mich hinters Licht führen wollte –, bring sie weg aus meinem Zimmer und in einen Geheimgang, wenn du ...«

Ein grölendes Lachen aus einem nahe gelegenen Pfirsichhain unterbrach sie.

Shei-Luin schloß die Augen. *Nicht schon wieder Xiane!*

Schmerz brachte Maurynna in die Welt zurück, ein heftiges Brennen in den Rückenmuskeln. *Was ist das?* dachte sie trübe, nicht imstande, den Grund zu verstehen. Aber obwohl es weh tat, hieß sie den Schmerz willkommen. Denn er beendete sowohl die Qual, die sie bis in die Knochen durchdrungen hatte, als auch den tödlichen Klammergriff um ihre Lungen.

Sie stöhnte und öffnete die Augen. Morlen und Boreal, die nun aufrecht standen, spähten auf sie hinab, ihre Köpfe Silhouetten vor dem blauen Himmel. Sie setzte sich langsam aufrecht und fragte sich, ob ihr Kopf wohl tatsächlich bersten würde. Zumindest saß sie aufrecht, zusammengezogen und zitternd, aber sie saß.

Die Flut von Schmerzen in ihrem Kopf verebbte. Boreal beschnupperte sie unruhig.

Kleine Verwandte, geht es dir gut? fragte Morlen sanft.

Seine Gedankenstimme tat dennoch weh; selbst Maurynnas Gedanken waren zerschlagen. Aber es gelang ihr zu sagen: »Ich denke schon. Aber was ...?«

Ich glaube, Kyrissaean wollte nicht mit mir sprechen, meinte Morlen trocken.

Maurynna lehnte sich gegen eins von Boreals kräftigen Vorderbeinen und lachte trotz des Schmerzes leise. »So sieht es aus, Herr.«

Achtung! rief Galinis. **Schaut zum Himmel.**

Maurynna blickte gerade noch rechtzeitig auf, um zu sehen, wie eine rote Gestalt wie ein Blitz vom Himmel schoß. Sie hatte Linden erst zweimal in Drachengestalt erblickt – sie nahm an, daß er sich aus Rücksichtnahme nicht verwandelte –, aber sie erkannte ihn sofort.

Vor Zorn brüllend glitt Linden tief über die Gruppe von Echtdrachen. Er landete, Rauch stieg aus seinen Nüstern auf, und er fletschte die langen Reißzähne zum Kampf. Zu ihrem Entsetzen bemerkte Maurynna, daß er an einer Flügelspitze eine blutige Wunde hatte. Blut tropfte qualmend auf Gras, das auf der Stelle verwelkte. In Lindens Augen lag ein wahnsinniges Glimmen.

»Linden, nein! Bitte!« rief Maurynna, und die Angst ließ ihr Herz beinahe stillstehen. *Er kann mich nicht hören,* erkannte sie entsetzt. Aber wenn sie versuchte, in Gedanken zu ihm zu sprechen, ließ sie der stechende Kopfschmerz beinahe wieder umfallen. Sie konnte Linden nicht erreichen.

Der rote Drache griff Morlen an. Die vier kleineren Echtdrachen stapften vorwärts, um sich Linden zu stellen, bereit zum Kampf.

»Morlen! Halte sie auf!« schrie Maurynna.

Das Dröhnen von Feuer in sechs Drachenkehlen erfüllte die Luft, als sich die großen Ungeheuer zum Kampf vorbereiteten. Niemand hörte sie.

»Die Götter mögen ihm beistehen«, flüsterte Maurynna, »denn sonst hat er keine Chance.«

Es war tatsächlich Xiane, der aus dem Pfirsichhain kam, und seiner Miene nach zu schließen, hatte er nur eines im Sinn. Ihr wurde übel, noch während sie niederkniete.

»Kostbare Blüte!« rief er und stolzierte auf sie zu. Sein Lächeln war strahlend und zeigte die langen, weißen Zähne, die denen eines Pferdes nicht unähnlich waren. »Ich habe dich gefunden – jetzt mußt du dich ergeben!«

Sie zwang sich zu einem Lächeln. »Ergeben, Herr? Es ist mir ein Vergnügen!« Sie hob ihm ihre Hände entgegen.

Er zog sie mühelos hoch. »Komm mit.«

»Aber Xahnu ...«, entgegnete sie.

»Murohshei kann ihn zurück zu Tsiaa bringen. *Komm.*«

Es gab keine andere Möglichkeit. An Xianes Hand folgte sie ihm, als er sie tiefer in den riesigen Garten führte, als sie je zuvor dort eingedrungen war.

Sie kamen aus einer geordneten Anpflanzung von Jasmin, Rosen und anderen duftenden Sträuchern, die hier und da von kleinen Pfirsichbirnen und Mandelhainen unterbrochen waren, in eine kleine, waldige Schlucht.

Shei-Luin hielt den Atem an. Es war beinahe zu vollkommen, aber der Künstler, der vor so langer Zeit die Gärten entworfen hatte, hatte Bäume, Moos, Felsen und Wasser mit großer Zurückhaltung arrangiert und dann die Klugheit besessen, der Natur ihren Lauf zu lassen.

Ein Reh hob die triefende Schnauze aus dem von einer Quelle gespeisten Teich und schaute sie ohne Angst an. Sie blieben stehen, um es zu beobachten.

»Ich habe diesen Teil des Gartens als Kind entdeckt«, sagte Xiane leise. »Es gibt immer noch so viel, was ich nicht erforscht habe, diese Gärten sind rie...«

Er keuchte und duckte sich beinahe, bevor Shei-Luin das zornige Summen hörte. Wieder wurde er kreidebleich.

Der Feigling hat Angst vor einem kleinen Insekt! – Shei, er hat einen guten Grund.

Shei-Luin verstand plötzlich. Ihre Hand schoß vor, schloß sich um das schwarz-rot gestreifte Insekt, das auf Xianes Gesicht zuschoß, und zerdrückte es. Schmerz durchzuckte ihre Handfläche wie eine brennende Nadel. Sie schrie auf und warf die tote Biene instinktiv weg, dann starrte sie ihre Hand an. Es war bereits eine zornig rote Schwellung in der Mitte, die schrecklich weh tat.

Xiane hob sie hoch und begann zu laufen. »Wir müssen gehen«, sagte er mit bebender Stimme. »Das war eine rote Biene. Wenn die anderen ihre tote Schwester riechen, werden sie uns jagen.«

Shei-Luin sagte kein Wort, sie drückte nur ihre schmerzende Hand an die Brust und erfreute sich an ihrem neuen Wissen.

Zur Hölle damit, ich muß es einfach wissen! Ich habe Jekkanadar immerhin nie versprochen, daß ich nicht zu der Wiese fliegen würde.

Nach einer fein säuberlich ausgeführten Wende ging Lleld in einen langgezogenen Gleitflug; der Boden schoß nur so unter ihr dahin. Sie blieb bis zum letzten Augenblick im Gleitflug, dann begann sie, nach Süden zu fliegen, so schnell sie konnte, und fluchte dabei leise darüber, daß sie sich gerade am Nordrand ihres Kreises befunden hatte.

Sie werden ihn töten, wenn ich sie nicht aufhalte.

Der Gedanke gab Maurynna neue Kraft. »Boreal«, befahl sie. »Hilf mir auf.«

Der Hengst senkte den Kopf. Maurynna hielt sich an der langen Mähne fest. »Jetzt!« Boreal zog sie nach oben. Sie taumelte einen Schritt vor. Der Llysanyaner ging mit ihr.

»Linden! Linden, um der Götter willen, hör doch zu!« Sie winkte hektisch und versuchte, Lindens Aufmerksamkeit auf sich zu ziehen, aber sie befand sich hinter den Echtdrachen. Er konnte sie nicht sehen. Er wußte nicht, daß sie am Leben war. Er würde vollkommen grundlos von den Echtdrachen zerrissen werden. »Linden!« schrie sie.

Nichts. Dann ... hielten die Drachen inne. Er hatte sie gehört! Als der rotschuppige Kopf sich umdrehte und blitzende Augen suchend an den Echtdrachen vorbeistarrten, packte Boreal Maurynnas Hemd am Rücken mit den Zähnen und zerrte sie zwischen Galinis und Morlen vorwärts.

Sofort umgab roter Nebel den einzelnen Drachen. Er schrumpfte und verschwand, und Linden stand den Echtdrachen in Menschengestalt gegenüber.

Sie taumelte in seine Arme, umklammerte ihn fest, war froh, seine Umarmung zu spüren, obwohl er ihr beinahe weh tat. Nach einiger Zeit bemerkte sie Feuchtigkeit unter ihrer linken Hand, und sie erinnerte sich an das Blut, das sie gesehen hatte.

»Du bist verletzt«, sagte sie und löste sich von ihm. »Was ist geschehen?«

»Denk nicht daran«, erklärte Linden abgehackt. »Was ist passiert?« Er war kreidebleich, und die Angst stand ihm ins Gesicht geschrieben.

»Ich ... ich weiß es nicht«, antwortete sie.

Es war meine Schuld, sagte Morlen. Er ließ die Flügel sinken. Er sackte ins Gras; auch die anderen legten sich nieder, und die Erleichterung über den vermiedenen Kampf war ihnen deutlich anzusehen.

Mit bedrückter Gedankenstimme fuhr Morlen fort: **Ich wollte mit Kyrissaean sprechen. Ich habe deiner Seelengefährtin erklärt, ihr werde nichts geschehen. Ich glaubte, die Wahrheit zu sagen.**

»Es hätte ungefährlich sein sollen«, meinte Linden. »Ihr habt schon zuvor mit Drachenseelen gesprochen und nie jemandem Schaden zugefügt.«

Maurynna ließ den Kopf an Lindens Schulter sacken. »Aber das war nicht Kyrissaean, verflucht soll sie sein.« Sie verbiß sich nur mühsam die Tränen. Wenn sie ihre Drachenhälfte nur selbst erreichen und es mit ihr ausfechten könnte! »Zumindest hat sie mich nicht halb umgebracht, als Rathan versucht hat, mit ihr zu sprechen.«

Kleine Verwandte, sagte Morlen. Seine Gedankenstimme war beinahe nur noch ein Flüstern. **Ich habe dich in Gefahr gebracht –**

»Morlen ...«, erwiderte Maurynna. Sie weigerte sich, vor dem Echtdrachen in Tränen auszubrechen; es war eine Sache des Stolzes. Aber wenn er sich weiter entschuldigen würde, würde sie weinen. »Es ist nicht Eure Schuld. *Bitte.*«

Das ist sehr freundlich von dir, sagte Morlen und nickte ihr zu. Sie fragte sich, ob er ihre Angst gespürt hatte. **Ich danke dir.** Der Seher kam wieder auf die Beine; Sonnenlicht blitzte auf seinen moosgrünen Schuppen. Auch die anderen Echtdrachen erhoben sich.

Maurynna stand reglos da, als Morlen über ihr aufragte. Er

bog den Hals, so daß er mit der Spitze seiner Schnauze ihre Stirn wie bei einem Segen berührte. Seine Schuppen an ihrer Haut waren angenehm kühl.

Ich sehe nicht mehr so deutlich, wie ich es einmal konnte, Kleine, und ich bin nicht ganz sicher,* was *du bist, aber ich denke, du wirst eines Tages wichtig für uns sein. Ich würde bleiben, um mich zu überzeugen, daß es dir gutgeht, kleine Verwandte, aber wir müssen den Unsrigen ernste Nachrichten bringen. Wir dürfen uns nicht länger aufhalten. Leb wohl, Maurynna Kyrissaean.

Morlen riß seinen großen Kopf hoch. Linden packte Maurynna und zog sie rückwärts, als der Echtdrache die Flügel ausbreitete. Die anderen taten es ihm nach.

»Wir müssen ihnen Platz machen«, sagte er und zog sie in stolpernden Laufschritt. Boreal trabte neben ihnen her, als sie zum Rand der Wiese liefen.

Maurynna stand an Lindens Seite, die Arme fest um ihn geschlungen, heftiger atmend, als durch den kurzen Lauf zu erklären war, und erschüttert von Morlens Worten. Es hatte sich so angefühlt, als ob er nur zu ihr gesprochen hatte. Sie sah zu, wie sich die Echtdrachen vor dem Auffliegen duckten.

Lebt wohl, kleine Verwandte! erscholl ein Chor von Drachenstimmen.

Mit einem gewaltigen Sprung seiner Hinterbeine warf Morlen sich in die Luft. Selbst dort, wo sie stand, konnte Maurynna die Luft spüren, die die gewaltigen Flügel aufwirbelten. Dann folgten Galinis und Talassaene ihrem Anführer, ihrerseits gefolgt von Aumalaean und Aeld.

Was hat er gemeint? fragte sich Maurynna, während sie den Echtdrachen hinterhersah.

Sie war beinahe da. Es gelang Lleld, noch rascher mit den Flügeln zu schlagen. Noch einen Augenblick, und dann würde sie den Hügelkamm überfliegen und sehen ...

»Ah!« schrie Lleld. Mehr konnte sie in Drachengestalt nicht äußern – als sie rückwärts durch die Luft geschleudert wurde.

Fünf riesige Gestalten waren plötzlich wie aus dem Nichts vor ihr aufgetaucht. Nur Llelds geringe Größe verhinderte eine Katastrophe; sie war so beweglich wie eine Schwalbe und in der Luft ebenso Akrobatin wie am Boden.

Dennoch, das war knapp gewesen. Der saphirblaue Echtdrache, mit dem sie beinahe zusammengestoßen war, brüllte in zorniger Überraschung auf. Scharlachrote Flammen brachen aus seinem Maul. Lleld klemmte die Flügel fest an den Körper und ließ sich fallen wie ein Stein, bis sie außer Reichweite war.

Diese Flammen waren wirklich zu nahe gewesen.

Ich bitte um Verzeihung, Ihr Herren! rief sie. *Ich wußte nicht, daß Ihr ...*

Der Echtdrache brüllte und folgte ihr; Berserkerwut blitzte in seinen Augen auf. Lleld vollführte eine blitzartige Wendung und flog um ihr Leben.

Das reicht, Aumalaean! Lösch das Feuer. Es war nur ein ehrlicher Fehler, und nichts ist geschehen, sagte Morlen der Seher. **Kleine Verwandte, habt keine Angst!**

Lleld schaute über die Schulter zurück, sah zu, wie Aumalaean mit seinem Zorn rang, sah, wie der Befehl seines Anführers ihn schließlich überzeugte. Er klappte die Kiefer zu, mit einem Geräusch, wie wenn ein Fallgitter niederkracht. Immer noch wütend warf er ihr einen Blick zu.

Trotz Morlens Versicherung wartete Lleld, bis der Rauch, der aus Aumalaeans Nüstern drang, dünner geworden war, bevor sie sich den Echtdrachen in ihrem Kreis anschloß. Es würde unendlich demütigend sein, mit einem angesengten Schwanz in die Festung zurückzukehren. Das würde man ihr ewig vorhalten.

Morlen sagte: **Das war ein sehr geschickter Flug, kleine Verwandte.** Seine Geistesstimme klang amüsiert. **Und wenn es dir gutgeht – wie es mir scheint –, werden wir unsere Heim-*

*reise fortsetzen. Wir bringen schlechte Nachrichten nach Hause.**

Es wird also tatsächlich ein Echtdrache in Jehanglan gefangengehalten! stellte Lleld triumphierend fest, aber nur zu sich selbst. Zu Morlen sagte sie respektvoll: *Es geht mir wirklich gut, Herr, und ich danke Euch für das Kompliment.*

Dann machen wir uns wieder auf den Weg. Aber ich möchte dich bitten, dich um die anderen Drachenlords zu kümmern, die noch auf der Wiese sind. Ich denke, es geht ihnen gut, aber ...

Mehrere Drachenlords? Also nicht nur Linden. Und es geht ihnen jetzt wieder gut?

Llelds Gedanken überschlugen sich. Das einzige, was Linden zu solcher Eile veranlassen würde, wäre eine Bedrohung seiner Seelengefährtin. Also war auch Maurynna dort unten; sie mußte ausgeritten sein. Aber worin bestand die Bedrohung? Zweifellos nicht in den Echtdrachen, selbst wenn dieser Aumalaean ein reizbarer Bursche war. Und wieso war Linden verletzt? Sie konnte es kaum erwarten, alles herauszufinden.

Es wird mir eine Freude sein, Herr.

War das ein unterdrücktes Lachen, das sie da im Geist spürte? Bevor sie noch etwas sagen konnte, wendeten die fünf Echtdrachen und flogen weiter nach Norden.

Ich danke dir, kleine Verwandte, konnte sie noch leise hören. Und diesmal war das Lachen deutlich. Lleld schnaubte; zwei kleine Rauchwolken drangen aus ihren Nüstern.

Was war daran so komisch? dachte sie gereizt. Dann erinnerte sie sich an die Aufgabe, die man ihr übertragen hatte, und ihre Laune besserte sich. Das hier würde besser werden als eine Bardengeschichte.

Diesmal gab es keine Überraschungen, als sie den Hügelkamm überflog. Sie entdeckte nur Linden, Maurynna und Boreal auf der Wiese unter sich. Lleld zog die Flügel an und ging in Sturzflug. Ihre Schuppen kribbelten geradezu von dem Bedürfnis, *alles* zu wissen.

Entferntes Zorngebrüll drang an ihre Ohren.

»Was ist denn?« wollte Maurynna wissen. Sie spannte sich in Lindens Armen an, und ihre Hand zuckte zu dem Dolch an ihrem Gürtel.

»Etwas hat die Echtdrachen angegriffen«, meinte Linden grimmig. Er ging ein paar Schritte rückwärts, um genug Platz zur Verwandlung zu haben, und fluchte, als seine gequälten Muskeln Einspruch erhoben.

»Denk nicht einmal daran, du Narr!« rief Maurynna. »Du bist verletzt.« Sie packte ihn an seinem Hemd und riß ihn zu sich, bis sich ihre Nasen beinahe berührten. »Was immer es ist, es gibt nichts, was ein lahmer Drachenlord unternehmen kann, um fünf Echtdrachen zu helfen, hast du mich verstanden? Wir werden alle anderen rufen ...«

Linden starrte sie wütend an, als sie ihn an seine Verwundung erinnerte. Es half nichts, daß sie recht hatte. Aber es ärgerte ihn unglaublich, hilflos zu sein, wenn ...

Eine entfernte Bewegung hinter Maurynnas Schulter erregte seine Aufmerksamkeit. Einen Augenblick lang konnte er kaum glauben, was er sah, dann sagte er sich: *Wer sonst hätte es sein können?* Er begann zu lachen.

Maurynna wich ein wenig zurück, als glaubte sie, er hätte den Verstand verloren und es könnte ansteckend sein. Sie ließ sein Hemd allerdings nicht los. »Was ist?« sagte sie, dann schaute sie über die Schulter.

»Verlaß dich darauf«, meinte Linden, »daß Lleld die erste sein wird, die es erfährt.«

Maurynna sah mit kaum unterdrücktem Zorn zu, wie Linden ungeschickt sein Hemd auszog und Lleld seinen verletzten Rücken präsentierte. *Sie* sollte diejenige sein, die das für ihn tat, nicht Lleld, kein anderer Drachenlord, nicht einmal ein Echtdrache. Und an allem war nur Kyrissaean schuld!

Sie verzog mitleidig das Gesicht, als sie sah, wie schmerzlich langsam er sich bewegte. Ihr Götter, er mußte sich jeden Muskel in seinem Rücken und den Schultern gezerrt haben, daß er sich so bewegte. Und wie hatte er das getan? Daß er sich weigerte, ihr davon zu erzählen, half weder gegen ihre schlechte Laune noch gegen die Kopfschmerzen.

Also gut, das bedeutete wahrscheinlich nur, daß er sich dumm genug angestellt hatte, um zu wissen, daß er Schelte verdiente. Oder sogar eine verspätete Kopfnuß, dachte sie säuerlich. Nur zur Erinnerung daran, daß er das, was immer es war, niemals wieder tun würde.

Was immer er getan hat, er hat es für dich getan, sagte sie sich dann und wand sich innerlich bei dem Gedanken. *Morlen muß ihn hergerufen haben.*

Lleld beendete ihre Inspektion des tiefen Kratzers auf Lindens Rücken. *Das da*, sagte sie, *war ziemlich dumm von dir, Linden. Du solltest es wirklich besser wissen, als von dort aus zu springen.*

Er hatte Lleld also erzählt, was er getan hatte, und ihr nicht? Ihr Mitgefühl verschwand. Maurynna versprach sich selbst, Linden persönlich kielzuholen, falls sie ihn jemals wieder an Bord eines Schiffes bekam.

»Mach schon«, knurrte Linden über die Schulter hinweg.

Zum ersten Mal hörte Maurynna einen Drachen lachen, ein tiefes *Huffhuffhuff*, unterbrochen von Rauchfahnen aus Llelds Nüstern. Dann öffnete Lleld den Mund, und blaugrüne Flammen zischten über dolchartige Zähne und tauchten Linden in ihr heilendes Feuer.

Als sie fertig war, streckte Linden sich. Maurynna erkannte an seiner erleichterten Miene, daß er wirklich geheilt war; es war nicht einmal mehr eine Spur von dem Kratzer zu sehen, der die helle Haut zerrissen hatte.

Ich bin kein Drachenlord, dachte Maurynna und mußte plötzlich Tränen wegblinzeln. *Nicht wirklich. Ich habe nur die »kleine Magie«. Was nützen Wärmezauber und Kaltfeuer? Was nutzt es, wenn ich meine Hand ins Feuer stecken kann und mich nicht verbrenne? Ich kann mich nicht verwandeln, ich kann nicht fliegen, ich kann nicht einmal meinen Seelengefährten heilen. Wenn Lleld nicht gekommen wäre ...*

Sie kam auf die Beine. *Ich bin nur eine Betrügerin.*

Morlens Worte fielen ihr wieder ein; sie schüttelte in verbittertem Unglauben den Kopf. *Wie könnte ich, die Letzte der Drachenlords, die »Kleine«, für die Echtdrachen wichtig sein?*

Verzweiflung überwältigte sie. Sie senkte den Kopf und wünschte sich, sie könnte sich endlich verwandeln.

Taren goß sich noch einen Kelch des pelnaranischen Weins ein, den Sirl ihm freundlicherweise überlassen hatte. Hätte er gewußt, daß er Echtdrachen gegenüberstehen mußte, dann hätte er sich geweigert, Jehanglan jemals zu verlassen. Rasch trank er den halben Kelch leer.

Aber es schien, daß seine Angst, diese Drachen könnten in die Seele eines Menschen »schauen«, grundlos gewesen war. Sie hatten ihm ebenso geglaubt wie die Drachenlords, genau wie dieser dumme Junge.

Dennoch, er sollte sich lieber so gut wie möglich von allen fernhalten. Diese Krankheit mochte ein Fluch sein, aber sie zu übertreiben gab ihm eine Ausrede, den Einsiedler zu spielen.

Ein Schauder überfiel ihn, und er verzog das Gesicht. Nicht, daß es alles nur Betrug gewesen wäre; sein Blut war zu dünn für diese Höhen. Er trank einen weiteren Schluck und fluchte.

Was, wenn die verfluchten Echtdrachen tatsächlich nach Jehanglan flogen?

Maurynna ritt zitternd und geschwächt zurück. Statt sich zu verwandeln, war es ihr nur gelungen, Kyrissaean noch wütender zu machen; ihre Drachenhälfte hatte abermals zugeschlagen. Der Schmerz war zuviel gewesen; Maurynna war ohnmächtig geworden.

Nun klammerte sie sich an den Sattel, überzeugt, daß es nur Boreal zu verdanken war, daß sie nicht herunterfiel. Boreal bestand darauf, häufig Ruhepausen einzulegen; wie er jedesmal wußte, daß sie kurz vor einer Ohnmacht stand, begriff sie nicht. Sie war nur froh, daß er das tat.

Linden, der aus der Luft über sie wachte, landete, verwandelte sich und half ihr vom Pferd. Keuchend ließ sie sich ins Gras fallen.

»Woher weiß Boreal das?«

Linden sagte: »Er spürt es an der Art, wie du sitzt. Selbst von oben kann ich sehen, wie du zusammensackst, bevor er stehenbleibt. Bist du sicher, daß ich nicht neben dir hergehen soll?«

Sie schüttelte den Kopf und wünschte sich, das hätte sie nicht getan. Plötzlich sah sie alles doppelt; sie schloß die Augen. »Sei nicht albern; nicht mit diesen Stiefeln. Deine Füße wären voller Blasen, noch bevor wir die Festung erreicht hätten. Außerdem sollte Lleld inzwischen zu Hause sein und Shan auf den Weg geschickt haben.«

»Warum bleiben wir dann nicht hier, bis er uns erreicht? Du bist kreidebleich, Liebste.« Er kniete sich neben sie und strich ihr sanft über die Stirn. »Ich könnte versuchen, es dir einfacher zu machen, indem ich einen Teil davon auf mich nehme. Aber ich wage es nicht; ich weiß nicht, was Kyrissaean tun würde, wenn ich eingreife.« In seiner Stimme mischten sich Sorge und Enttäuschung. »Aber versprich mir, daß du nicht wieder versuchen wirst, dich zu verwandeln. Nicht, ehe wir wissen, warum Kyrissaean sich so benimmt, wie sie es tut.«

Kyrissaean soll verflucht sein, dachte Maurynna. *Linden hat so lange gewartet, und was hat er nun als Seelengefährtin – einen jämmerlichen Ersatz für einen Drachenlord, ganz gleich, was Morlen sagt.* »Ich verspreche es.« Die Worte kamen ihr nur schwer über die Lippen.

Wenn sie noch weiter darüber nachdenken würde, müßte sie weinen. »Ich hoffe, Shan wird bald hier sein«, sagte sie, um das Thema zu wechseln.

Und es dauerte tatsächlich nicht lange, bis der große schwarze Hengst den Pfad entlanggaloppiert kam. Er blieb schnaubend vor ihnen stehen, dann beschnupperte er Maurynna. Als nächstes berührte er mit seiner Nase die Nase Boreals; ein Augenblick verging, dann schnaubte Shan abermals, offenbar zufrieden mit dem, was zwischen ihnen vorgegangen war.

»Bist du bereit?« fragte Linden.

»Es wird schon gehen«, sagte Maurynna. »Die Rast hat mir geholfen, aber bei den Göttern, ich möchte mich wirklich bald ins Bett legen.«

Linden half ihr in den Sattel und sprang auf Shans nackten Rücken. Sein Anblick auf dem großen Hengst erinnerte Maurynna daran, wie sie vor kaum zwei Monaten in Cassori mit ihm ausgeritten war; es kam ihr so vor, als wäre das in einem anderen Leben gewesen. Einem Leben, bevor sie wußte, daß sie Lindens Seelengefährtin war, bevor sie auch nur wußte, daß er ein Drachenlord war.

Shan tänzelte neben ihr her. Linden lächelte, und sie wußte, daß auch er sich an diesen Ritt erinnerte. »Wenn dir zu schwindelig wird«, sagte er, »können wir beide auf Shan reiten.«

»Es geht schon«, sagte Maurynna. Schweigend nahm sie sich vor, Schloß Drachenhort ohne seine Hilfe zu erreichen.

»Wo sind sie?« zischte Raven. »Hast du noch nichts gehört?«

»Nein«, entgegnete Otter. »Noch nichts.« Und das beunruhigte ihn. Raven fluchte und schlug sich mit der Faust in die

Handfläche. »Kannst du nicht in Gedanken mit Linden Rathan sprechen? Wieso tust du das nicht?«

»Als erstes kann ich nicht wirklich in Gedanken mit ihm kommunizieren. Das Beste, was ich tun kann, ist, mich sehr darauf zu konzentrieren, daß ich es tun *will*, und hoffen, daß er es ›spürt‹; doch das kann ich nur, weil wir schon so lange Freunde sind. Außerdem muß ich ihm relativ nahe sein«, erklärte Otter gereizt. »Und zweitens – hast du vielleicht einmal daran gedacht, daß es gefährlich sein könnte, ihn jetzt abzulenken? Wir haben immerhin keine Ahnung, was geschehen ist.«

»Genau«, sagte Raven. Er hatte einen Unterton, der Otter nicht gefiel. »Wir haben keine Ahnung.«

Es kostete Maurynna sämtliche verbliebene Kraft, ihrem Vorsatz nachzukommen. Mehr als einmal hätte sie beinahe aufgegeben, aber der Gedanke an die mögliche Reaktion der Herrin hielt sie im Sattel. Es war schlimm genug, im Schloß eingesperrt zu werden wie eine empfindliche Gewächshauspflanze; sollte die Herrin davon hören, daß sie zu krank war, um zu reiten – und warum –, würde sie zweifellos in ihren Räumen bleiben müssen. Und das, so wußte Maurynna, würde sie nicht ertragen können.

Dennoch, als sie das Schloß endlich erreichten, schmerzte Maurynnas Kopf so sehr, daß sie kaum die Augen öffnen konnte; das Licht tat weh, Geräusche waren zu laut und hämmerten in ihrem Schädel, und ihr Geruchssinn war viel zu ausgeprägt, selbst für einen Drachenlord.

Linden half ihr vom Pferd. Sie sackte gegen ihn, nicht mehr imstande, sich zu wehren, als er sie einfach hochhob und davontrug und die Llysanyaner den Pferdeknechten überließ. Sie schloß die Augen und klammerte sich an ihn, um sich zu verankern, weil die Welt sich um sie drehte.

Plötzliche Kühle und das Nachlassen des Lichts, das sie

selbst durch geschlossene Lider spürte, sagten Maurynna, daß sie jetzt innerhalb der Festung waren. Sie zählte die Treppen, als Linden nach oben stieg: eine, zwei – sie seufzte erleichtert, als sie die dritte erreichten. Sie waren beinahe dort. Dann ...

»Rynna!«

Der Ruf war verzweifelt – und viel zu laut. Maurynna war sicher, daß Ravens Stimme ihren Schädel zerbrochen hatte. Und sie konnte sich ein schmerzliches Wimmern nicht verkneifen.

»Rynna – was ist los?«

Linden knurrte: »Geht aus dem Weg. Seht Ihr nicht, daß sie krank ist?«

Raven fauchte zurück: »Selbstverständlich sehe ich das. Aber was ist mir ihr los? Ich habe ein Recht, es zu wissen. Ihr habt kein Wort darüber gesagt, bevor Ihr Euch aus meinem Fenster gestürzt habt.«

Es dauerte einen Augenblick, bis die Worte durch den Schmerz in ihrem Kopf drangen. Linden hatte *was* getan? Er hätte umkommen können! Der Wind auf dieser Seite der Festung war mörderisch. Kein Wunder, daß er es ihr nicht hatte sagen wollen.

Sie öffnete die Augen. Sie warf einen Blick auf Ravens kreidebleiches Gesicht, bemerkte seinen zornigen Blick, hörte Lindens wütendes Fauchen; dann begann die Welt wieder, sich zu drehen, und Maurynna war überzeugt, sich übergeben zu müssen.

»Raven – verschwinde«, gelang es ihr zu sagen. Sie wollte nur noch in ihr Bett. Alles andere mußte warten – selbst Linden zu versichern, daß er so etwas nie wieder tun dürfe, oder sie würde ihn selbst töten. Sie schluckte, drückte die Augen wieder fest zu, und dank allen Göttern blieb ihr Magen, wo er hingehörte.

Sie hörte Ravens Schritte verhallen. Wieder ging Linden weiter nach oben, dann den Flur entlang zu ihren Gemächern.

Er legte sie aufs Bett. Als sie versuchte, sich aufzusetzen, und nach ihren Stiefeln tastete, sagte er: »Laß mich das machen.«

Maurynna sackte wieder in die Kissen, während er ihr die Stiefel auszog. »Fenster«, flüsterte sie und schlug sich die Hände vor die Augen.

»Das Licht tut dir weh?«

»Ja.« Sie hörte, wie er die Vorhänge zuzog; die plötzliche Dunkelheit war wie ein Segen. »Danke.«

Sie spürte, wie er sich aufs Bett setzte.

»Ich habe nach Fiaran gerufen«, sagte er leise. »Du erinnerst dich doch an ihn, nicht wahr? Er ist der Heiler von Schloß Drachenhort. Man sieht normalerweise nicht viel von ihm, er hält sich die meiste Zeit in seinem Kräutergarten auf. Ich habe ihm deine Symptome beschrieben, und er bringt dir einen Trank gegen den Schmerz. Er wird bald hier sein, Liebste – versuche, dich bis dahin auszuruhen.«

»Das werde ich.« Sie ließ ihre Gedanken schweifen, weigerte sich, den Schmerz zur Kenntnis zu nehmen, und hoffte, er würde verschwinden. Die Begegnung auf der Treppe fiel ihr wieder ein.

Ich habe das Recht, es zu wissen, hatte Raven gesagt, als wäre sie seine Seelengefährtin und nicht Lindens.

Sie dachte darüber nach. *Nein, Raven, du hast kein Recht darauf. Du bist ein Freund – mein bester Freund –, aber Linden ist meine andere Hälfte. Ich wünschte, du würdest es verstehen.*

Raven – verschwinde.

Sie hatte ihm befohlen wegzugehen.

Raven konnte es immer noch nicht glauben. Sie hatte ihn weggeschickt, als bedeutete er ihr nichts, als wären all die Jahre ihrer Freundschaft nicht gewesen. Als wäre es ihr gleich, daß er sie liebte.

Daran war nur dieser Mistkerl Linden Rathan schuld. Er

mußte es sein. Sie kannte den Drachenlord erst seit ein paar Monaten; wie konnte das so vollständig den Platz einer beinahe lebenslangen Freundschaft einnehmen?

Die Worte seines Großonkels fielen ihm wieder ein: *Die Götter haben die beiden einander vor mehr als sechshundert Jahren gegeben.* Er schob sie weg. Er schob alles weg, was sein Großonkel ihm jemals über Seelengefährten gesagt hatte, was es bedeutete, selbst wenn er tief drinnen die Wahrheit erkannte.

Glühend vor Zorn stapfte er den Flur entlang. Als er um eine Ecke bog, wäre er beinahe mit Otter zusammengestoßen, der sich lebhaft mit einem schlanken, braunhaarigen jungen Mann unterhielt. Der Fremde sah ihn überrascht an.

Raven hielt ihn für einen der wenigen echtmenschlichen Diener, bis sein Großonkel sagte: »Kief Shaeldar, darf ich Euch meinen Großneffen Raven Rotfalksohn vorstellen?«

Raven hätte sich beinahe vor Überraschung verschluckt, noch während er sich tief verbeugte. *Das* war einer der Drachenlords, die die Regentschaftsdebatte in Cassori entschieden hatten? Der Mann sah so schlicht aus wie der Schreiber eines Kaufmanns. Dann bemerkte Raven die sechsfingrigen Hände.

Und es gab noch etwas anderes, was ihn überraschte, obwohl er seinen Großonkel nicht in Gegenwart des Drachenlords fragen konnte.

»Ah«, sagte Kief Shaeldar. »Ihr seid derjenige, der Taren zu uns gebracht hat, nicht wahr?« Als Raven nickte, fuhr der Drachenlord fort: »Ich muß ehrlich sagen, ich bin nicht sicher, ob ich Euch dafür danken soll; ich hatte in der letzten Zeit eigentlich schon genug Aufregung.«

Raven dachte an den Abend zuvor; sobald man ihn zu seinem Großonkel gebracht hatte, hatte er darauf bestanden, daß Otter ihm die ganze Geschichte von Maurynnas Abenteuer in Cassori erzählte. Es hatte beinahe bis zur Morgendämmerung gedauert.

Und nachdem er wußte, was er wußte, konnte er gut verstehen, daß dieser Drachenlord ein wenig Ruhe vorzog. Über seiner Bewunderung für Kief Shaeldars Bescheidenheit und Zurückhaltung vergaß er beinahe seinen Zorn.

Raven grinste. »Es tut mir leid, Euer Gnaden, aber ich wüßte nicht, was ich sonst mit ihm tun sollte.«

Kief Shaeldar lachte. »Also gut. Ich nehme an, er ist unser Problem, da wir die Brücke zwischen Echtmenschen und Echtdrachen darstellen. Und jetzt muß ich gehen. Guten Tag, meine Herren.«

Otter verbeugte sich, als der Drachenlord sich verabschiedete; Raven tat es ihm nach. Als sie allein waren, sagte Raven: »Mir ist aufgefallen, daß du ihn mit beiden Namen angesprochen hast. Ich dachte, du wärest mit ihm befreundet.«

»Ich stehe mit ihm auf freundlichem Fuß, ja, aber wir stehen uns nicht nahe, obwohl ich ihn sicherlich, wenn die Zeit knapp ist, nur mit ›Kief‹ ansprechen würde. Er ist nicht mein Freund, wie es Linden, Lleld oder Jekkanadar und ein paar andere sind. Vergiß nicht, der Doppelname – Mensch und Drache – ist ebenso ein Titel wie ›Drachenlord‹ oder ›Euer Gnaden‹. Ich würde mir nie herausnehmen, einen anderen Drachenlord nur mit seinem menschlichen Namen anzusprechen, es sei denn, er oder sie erlaubt es mir. Rynna ist selbstverständlich eine Ausnahme; wir waren schon Freunde, bevor sie sich verwandelte.«

Raven verzog nachdenklich das Gesicht. »Nach dem Frühstück heute morgen haben mir sowohl Lleld Kemberaene als auch Jekkanadar Surael die Erlaubnis gegeben, sie mit ihren Menschennamen anzusprechen.«

»Das überrascht mich nicht; sie sind beide wie Linden und Echtmenschen gegenüber sehr unbeschwert«, sagte Otter. In seinem Blick stand eine unausgesprochene Frage.

Raven stellte sich dem. »Linden Rathan hat es nicht getan.«

Otter zog die Brauen hoch. »Warum sollte er? Du warst alles

andere als höflich zu ihm, mein lieber Junge. Nein, so etwas mußt du dir verdienen. Gehst du zurück in dein Zimmer?«

Raven, der genau das vorgehabt hatte, sagte: »Nein.«

»Dann habe ich Glück, daß ich dir begegnet bin. Ich wollte dort auf dich warten.«

»Warum?«

»Um dir zu erzählen, daß es Maurynna gutgeht. Von schrecklichen Kopfschmerzen einmal abgesehen, scheint alles in Ordnung zu sein.

Raven starrte ihn verdutzt an. »Woher weißt du das?« wollte er wissen.

»Linden hat gerade im Geist mit mir gesprochen, selbstverständlich«, meinte Otter überrascht. »Dachtest du, er würde das nicht tun? Er wußte, daß wir uns um sie Sorgen machen.«

Ravens Zorn kehrte zurück. Also hatte Linden Rathan sich mit seinem Großonkel in Verbindung gesetzt, um Otter alles zu erklären, aber an ihn nicht gedacht? Und er hielt einen schlichten Raven Rotfalksohn nicht für gut genug, ihn mit seinem Menschennamen anzusprechen?

Verdammt sollte er sein.

»Wie rücksichtsvoll von ihm.« Raven schob sich an seinem Großonkel vorbei. Über die Schulter rief er ihm zu: »Ich möchte nachsehen, wie es Taren geht. Ich weiß nicht, wann ich zurückkomme.«

Linden fischte das Tuch aus der Schale mit kaltem Wasser, wrang es aus und reichte es Fiaran. Der Heiler nahm es, faltete es und legte es Maurynna auf die Stirn.

»So«, sagte Fiaran. »Wie fühlt sich das an?«

»Gut«, flüsterte Maurynna. »Danke.«

»Nichts zu danken. Und jetzt versucht zu schlafen.« Der rundliche Heiler erhob sich von der Bettkante und winkte Linden zu sich. »Ich habe jetzt alles getan, was ich konnte«, sagte er leise. »Ich lasse die Tropfen hier. Ihr wißt, welche welche sind?«

»Ja«, erwiderte Linden und zählte dann, nur um ganz sicher zu sein, noch einmal auf: »Die in dem blauglasierten Fläschchen sind gegen die Schmerzen; nicht mehr als fünf Tropfen im Wein, alle drei oder vier Kerzenabschnitte. Die in dem grünen helfen, wenn sie sich wieder übergibt.«

»Genau. Ich denke, sie wird einen oder zwei Tage nicht viel essen wollen, und es wäre vielleicht das Beste, wenn Ihr Eure Mahlzeiten anderswo einnehmt. Es passiert hin und wieder, daß der Geruch nach Essen jemandem, der Kopfschmerzen wie diese hat, den Magen umdreht. Aber falls sie sie herunterbringt, wäre heiße Brühe gut für sie. Oh, und laßt die Vorhänge zugezogen; das scheint ihr zu helfen. Und jetzt gehe ich. Ich komme in ein paar Kerzenabschnitten wieder, wenn Ihr möchtet.«

Als er mit dem Heiler zur Tür ging, sagte Linden: »Das wäre mir sehr lieb, Fiaran. Habt Ihr eine Ahnung, wie lange ...?«

»Wie lange es dauern wird? Nein. Es ist einer der schlimmsten derartigen Anfälle, die ich je gesehen habe. Aber in ein paar Tagen wird wieder alles in Ordnung sein.«

Leise schloß Linden die Tür hinter Fiaran.

Tsiaa flatterte um sie herum wie eine verstörte Henne, in der Hand eine Schale mit dem Sud, den sie zubereitet hatte, aber nicht anzuwenden wagte. Shei-Luin, die bequem auf dem Kissen ihres Bettes ruhte, sah amüsiert zu, wie ihre Zofe ein paar Schritte vortrat, dann wieder zurückwich, hin- und hergerissen zwischen dem Bedürfnis, sich um die geschwollene Hand ihrer Herrin zu kümmern, und der Angst vor dem Mann, der diese Hand nun hielt.

Endlich holte Tsiaa tief Luft und sagte bebend: »Erlauchter Phönixherrscher ...«

Xiane blickte auf. Tsiaa zeigte ihm den Sud.

Der Phönixherrscher des Himmels starrte sie einen Augenblick lang begriffsstutzig an, sein Mund weit aufgerissen wie der eines dummen Schuljungen, bevor er »Oh!« sagte und auf die Beine kam. Er legte Shei-Luins Hand mit einer Sanftheit nieder, zu der sie ihn nicht für fähig gehalten hätte, und ging beiseite. Tsiaa machte sich an die Arbeit. Xiane wandte sich der Tür zu. Murohshei beeilte sich, sie zu öffnen, damit der Kaiser sich nicht mit solchen Tätigkeiten besudelte. Und, wie Shei-Luin annahm, aus dem Bedürfnis, Xiane so schnell wie möglich verschwinden zu sehen, damit sie sich alle entspannen konnten.

Der Kaiser blieb in der offenen Tür stehen und sah sie noch einmal an. Auf seinem langgezogenen Gesicht stand eine Ernsthaftigkeit, die Shei-Luin nie zuvor bei ihm bemerkt hatte.

Phönix! dachte sie verblüfft. *Diesmal sieht Xiane tatsächlich wie ein Kaiser aus!*

»Ich weiß, was du getan hast«, sagte er leise. »Und ich werde es nicht vergessen, kostbare Blüte.«

Die Tür ging zu.

Ich auch nicht, Herr, dachte Shei-Luin. *Ich auch nicht.*

Als er zu seinem Haus zurückgekehrt war, gab Fürst Jhanun Befehl, zwei bestimmte Diener aus ihren Quartieren außerhalb der Stadt zu holen. Dann badete er und nahm in seinem Arbeitszimmer sein Abendessen zu sich. Es würde einige Zeit brauchen, bis die Botschaft seine Männer erreichte, und sie würden bis zum Einbruch der Dunkelheit warten, bevor sie kamen. Je weniger sie gesehen würden, um so besser; es gab immer Armeeoffiziere in der kaiserlichen Hauptstadt. Einer von ihnen würde die beiden vielleicht erkennen, und das wäre seinen neuen Plänen nicht zuträglich. Ob Baisha nun Erfolg hatte oder nicht, Jhanun wollte den Phönixthron für sich selbst. Jehanglan mußte vor den Ketzern geschützt werden, die es zerstören würden.

Nachdem die Abendmahlzeit vorüber war, betrat Jhanuns Verwalter das Arbeitszimmer. »Wünscht Ihr noch etwas, Herr?«

»Hat man dem Torhüter Bescheid gesagt?«

»Ja, Herr. Sobald Nalorih und Kwahsiu hier sind, wird man sie hereinlassen.«

»Ist alles für meine Reise morgen vorbereitet? Ich möchte so früh wie möglich aufbrechen; nach dieser Albernheit, eine Frau und den Mond anzubeten, möchte ich ein Opfer im Eisentempel darbringen. Dieses verfluchte Fest sollte abgeschafft werden. Nur der Phönix ist unsere Anbetung wert.«

»Die Frömmigkeit Euer Gnaden ist wohlbekannt und wird überall bewundert. Alles ist bereit.«

»Gut. Dann bring mir eine Kanne frischen Tees, und das wird – warte! Ich hätte es beinahe vergessen. Laß den Jasminpavillon für meine Nichte Nama vorbereiten; ich habe nach ihr geschickt. Wenn sie eintrifft, stelle die besten Lehrer für sie ein. Sie soll für den kaiserlichen Harem vorbereitet werden.«

Nur das geringfügigste Zucken in den Brauen des Verwalters verriet seine Überraschung. Er verbeugte sich. »Wie Ihr befehlt, Herr. Ich bringe den Tee.« Er verbeugte sich abermals und ging.

Nachdem der Verwalter den Tee gebracht und das abendliche Räucherwerk unter dem Abbild des Phönix entzündet hatte, öffnete Jhanun das neue Päckchen mit Sh'jin-Papier, das auf seinem Schreibtisch lag, und holte ein Blatt heraus. Er legte es vor sich hin, betrachtete es genau und fuhr dann mit den Fingerspitzen darüber. Er konnte keinen einzigen Makel finden.

Gildemeister Joon hatte recht gehabt; dies gehörte zu den besten Ergebnissen, die die Papiermachergilde je erreicht hatte. Es würde eine Freude und ein Privileg sein, damit arbeiten zu dürfen. Und um solchem Material die Ehre zu erweisen, die es verdient hatte, mußte er nach jedem Falten meditieren, um sich die entsprechende geistige Ruhe zu erwerben. Er schloß einen Augenblick lang die Augen, um den stillen Mittelpunkt seiner Gedanken zu finden.

Als er bereit war, begann Jhanun mit dem Muster, das als »Der tanzende Phönix« bekannt war.

Die traurige Geschichte war erzählt.

Zur Hölle mit Linden Rathan. Es mußte eine Möglichkeit geben, es dem Mistkerl zurückzuzahlen, dachte Raven und zupfte am Halsausschnitt seines Hemdes.

Es war heiß und stickig im Raum. Die Fenster waren geschlossen, die Vorhänge vorgezogen, und ein tosendes Feuer brannte in der Feuerstelle. In der Luft hingen die beißenden Gerüche nach Krankheit und Arzneien und der Verbitterung in Ravens Herz.

Trotz der Hitze saß Taren so dicht am Feuer, wie es die Sicherheit erlaubte, und hatte einen dicken Schal um die Schultern geschlungen. Er hatte die Augen geschlossen.

Raven betupfte sein Gesicht mit dem Ärmel und dachte daran, vielleicht das Hemd auszuziehen. Es war hier beinahe so heiß wie in einem assantikkanischen Dampfbad.

»Sie hat Euch also weggeschickt«, sagte Taren in das Schweigen herein.

»Wie man einen lästigen Hund tritt«, sagte Raven. Wieder erhob sich sein Zorn.

Die faltigen Lider klafften auf. In Tarens blauen Augen stand nur Mitgefühl. »Es tut mir leid, daß sich jemand zwischen Euch und das Mädchen, das Ihr liebt, gedrängt hat. Ich erinnere mich, wieviel Ihr von ihr erzählt habt. Eure Ergebenheit hat mich gerührt.«

Raven schaute verlegen zu Boden. In Wahrheit hatten sich die Geschichten hauptsächlich um die Abenteuer gedreht, die er und Maurynna als Kinder erlebt hatten. Er hatte doch nicht wirklich sein Herz so bloßgelegt, oder? Oder hatte Taren das

Schweigen zwischen den Worten vernommen, wie es immer hieß?

Der ältere Mann schüttelte den Kopf. »Wie traurig, daß nichts daraus wird – und warum?«

Ja, warum? dachte Raven, wieder zornig geworden.

»Und Ihr könnt auch überhaupt nichts dagegen tun. Oder doch?« fragte Taren.

»Selbstverständlich nicht. Sie sind Seelengefährten«, erklärte Raven.

»Ah.« Seltsamerweise lächelte Taren nun. »Selbstverständlich nicht«, wiederholte er dann Ravens Worte. Er ließ sich tiefer in den Sessel sinken und schloß wieder die Augen. »Verzeiht mir; ich bin dieser Tage eine armselige Gesellschaft. Ich muß mich wieder ausruhen.« Er ließ den Kopf sinken.

Raven stellte die Frage nicht, die ihm auf der Zunge lag. Statt dessen schaute er ins Feuer und dachte daran, *wie* Taren Ravens Einspruch wiederholt hatte; dieselben Worte und doch eine so unterschiedliche Bedeutung.

Gab es eine Möglichkeit, die Beziehung zwischen Seelengefährten zu umgehen? Oder sie zu *beenden?*

Es war schon spät, als zwei Männer in den Kapuzengewändern von Wanderpriestern in Fürst Jhanuns Arbeitszimmer schlüpften. Sie warteten reglos wie Stein, bis er sie zur Kenntnis nahm.

Jhanun blickte nicht von seiner Betrachtung der Papierfigur auf dem Schreibtisch auf. Er hatte noch nie ein solches Meisterwerk geschaffen. Der kleine Phönix hätte beinahe davonfliegen können. Jede Falte, jede Biegung war vollendet, als hätte das Papier selbst keinen Fehler zugelassen. Er mußte sich soviel von diesem Papier beschaffen wie möglich.

Aber nun sollte er lieber seine Aufmerksamkeit den Geschäften zuwenden. »Hat euch jemand erkannt?« fragte er die beiden Männer.

»Nein, Herr«, sagte Kwahsiu. »Wer würde schon bescheidenen Priestern Aufmerksamkeit schenken? Niemand hat uns erkannt.«

»Es ist, wie er gesagt hat, Herr«, fügte Nalorih hinzu. »Seid beruhigt. Welcher Dienst für Euch wird unser Privileg sein?«

»Ihr seid beide vertraut mit dem Aussehen des Kaisers?«

Sie hatten bessere Nerven als der Verwalter; keiner zeigte auch nur einen Hauch von Überraschung über diese seltsame Frage, obwohl Kwahsiu, wie er es häufig tat, grinste, als fände er die Welt unglaublich komisch.

Dann sagte er: »Ja, Herr. Als wir noch Offiziere waren, dienten wir einige Zeit im Palast, und wir ritten oft als Eskorte mit dem Phönixherrscher, wenn er auf die Jagd ging.«

»Gut. Dann könnt Ihr mir auf folgende Art dienen: Ich brauche einen Mann, der Xiane ma Jhi ähnlich genug sieht wie ein Bruder. Bringt ihn zu mir. Sei es ein Sklave, ein freier Mann, ein Gefangener Zhamartianer – das ist mir gleich. Nur findet einen solchen Mann, und zwar so schnell wie möglich.«

Nalorih rieb sich die gebogene Nase und sagte bedächtig: »Das könnte Zeit erfordern, Herr. Wahrscheinlich muß es jemand sein, der halb Jehangli und halb Zhamartianer ist, wie der Kaiser selbst.«

Jhanun nickte. »Ich verstehe. Ich weiß, daß es eine schwierige Aufgabe ist, aber ich weiß auch, wenn sie überhaupt durchführbar ist, werdet ihr beide es schaffen.«

Die ehemaligen Offiziere verbeugten sich. »Wir danken Euch, Herr«, sagte Kwahsiu. »Wir werden Euer Vertrauen nicht enttäuschen.«

»Gut. Ich wünsche, daß ihr euch so bald wie möglich auf den Weg macht. Nehmt Pferde aus meinem Stall.« Jhanun entließ sie mit einer Geste.

Die Männer verbeugten sich abermals, dann drehten sie sich zur Tür um. Sie hatten sie beinahe erreicht, als Jhanun noch etwas Wichtiges einfiel.

»Wartet!«

Sie hielten inne, Nalorih hatte die Hand schon am Riegel. »Ja, Herr?« sagten sie gleichzeitig.

»Der Mann, nach dem Ihr sucht – es ist mir gleich, ob er gesund oder verkrüppelt ist, aber er darf *kein* Eunuch sein. Habt ihr das verstanden?«

»Ja, Herr«, sagte Nalorih einen Augenblick später. Seine Mundwinkel zuckten.

Kwahsiu legte keine solche Zurückhaltung an den Tag. Er grinste gewaltig. »Keine Sorge, Herr. Wir werden uns davon überzeugen.«

Trotz Tsiaas kühlenden Suds hielt der Schmerz in der Hand Shei-Luin wach. Sie fauchte Tsiaa an, als die gute Frau ihr eine Tasse Tee anbot, die ihr schlafen helfen sollte.

Einer Laune folgend, schickte sie Murohshei aus, um einen der unwichtigeren Musiker unter den Eunuchen zu finden. Sie wünschte sich, sie würde es wagen, nach Zyuzin oder einem der anderen Singvögel zu schicken, aber sie sangen nur für den Kaiser.

Das einzig Gute an diesem verfluchten Stich, dachte sie mißlaunig, nachdem der Eunuch gegangen war, bestand darin, daß er ihr Grund gab, in dieser Nacht Xianes Aufmerksamkeit zu entgehen; er hatte sich beinahe entschuldigt, als sie Schwäche und Schmerz als Ausrede vorgegeben hatte.

Sollte eine andere Konkubine ihn ertragen.

Sie wartete ärgerlich auf Murohsheis Rückkehr. Aber als er kam, begleitete ihn nicht nur einer der Musiker, sondern auch Zyuzin. Das runde Gesicht des Jungen war tränenüberströmt.

»Was ist los?« fragte sie verblüfft, als Zyuzin vor ihr niederkniete und mit der Stirn den Boden berührte.

Murohshei winkte den anderen Musiker ins Vorzimmer. Als er gegangen war, sagte Murohshei leise: »Xiane hat befohlen, daß die Gärtner, die für jenen Teil der Gärten zuständig sind, für ihre Nachlässigkeit hingerichtet werden sollen. Aber ...«

Zyuzin setzte sich hin. »Aber sie *wußten* es nicht, Herrin«, jammerte er, »sie wußten nicht, daß dort Bienen waren. Wie sollten sie auch? Bis vor ein paar Tagen waren sie noch für die Wassergärten zuständig! Sie sind in diesem Teil des Gartens neu. Hätten sie es gewußt, dann hätten sie ...« Der Junge brach zusammen. Er schlug die Hände vors Gesicht und weinte.

Gerührt von dem jämmerlichen Schluchzen und verwirrter als je, fragte Shei-Luin: »Woher weiß er das?«

»Sie sind seine Verwandten – zwei Onkel und ein Bruder. So wurde Zyuzins Begabung entdeckt; er kam in den Garten, um dort das Gärtnerhandwerk zu lernen, und der für den Chor zuständige Würdenträger hörte ihn singen, während er Wasserlilien pflanzte.« Murohshei runzelte die Stirn. Er sagte: »Herrin ... Blüte des Westens ... Ihr allein ...« Seine leise Stimme brach. »Herrin ... bitte. Es wird dem Jungen das Herz brechen. Ich fürchte, er wird nie wieder singen.«

Murohsheis Blick flehte vielsagender als seine Worte. *Treuer Murohshei – er hat mich zuvor nie um etwas anderes gebeten als um die Möglichkeit, mir mit seinem ganzen Herzen zu dienen.*

Shei-Luin nickte. »Ich werde morgen mit Xiane sprechen.«

Zyuzin flüsterte hinter den Händen hervor: »Sie sollen im Morgengrauen sterben.«

Shei-Luin schloß die Augen und seufzte. Sie wußte, was zu tun war. »Murohshei, bereite mich für den Kaiser vor. Ich werde jetzt zu ihm gehen.« Sie stand auf.

Zyuzin starrte sie ehrfürchtig an. »Herrin, ich danke Euch! Ich danke Euch! Aber könnt Ihr denn zum Kaiser gehen, wenn er nicht nach Euch geschickt hat? Keine andere Konkubine würde das wagen!«

Sie lächelte boshaft. *»Ich«*, sagte sie, »bin nicht irgendeine Konkubine. Xiane wird erfreut sein, mich zu sehen. Ich werde ihm sagen, daß nur er mich meinen Schmerz vergessen lassen kann.«

Als Murohshei ihr in ihr bestes Gewand half, fragte er: »Glaubt Ihr, der Phönixherrscher wird Euch die Bitte gewähren?«

Sie streckte ihre Hand aus, so daß alle die geschwollene Handfläche sehen konnten, und sagte: »Nach diesem Tag – ja. Geh wieder ins Bett, Zyuzin, und trockne deine Augen; deine Verwandten sind in Sicherheit.«

Und mit einer Haltung wie eine Kaiserin stolzierte sie aus dem Zimmer.

Erst spät am nächsten Morgen kehrte sie zurück. Als sie das Schlafzimmer betrat, blickte Murohshei von den Blüten auf, die er in einer Wasserschale jeden Tag für sie arrangierte.

»Laß meine Frauen ein Bad vorbereiten«, sagte sie müde. Sie sank in ihren Lieblingssessel.

»Sofort, Herrin«, aber in der Tür blieb er zögernd stehen. »Begünstigte?«

Sie war müde, aber nicht zu müde, um ein Lächeln zu finden. »Der kleine Singvogel wird weiter singen, Murohshei.«

Er verbeugte sich. »Ich danke Euch, Blüte des Westens.« Schlichte Worte, aber sie wußte, daß sie aus seinem Herzen kamen.

8. KAPITEL

Wieder einmal brachte Linden Fiaran zur Tür. »Ich danke Euch, daß Ihr Euch in diesen vergangenen Tagen um Maurynna gekümmert habt.«

Der dickliche kleine Heiler drückte sich seine Schriftrolle an die Brust. »Es war mir ein Vergnügen, Linden – nicht, daß ich ihr oder irgend jemandem hier in der Festung etwas Böses wünschte. Aber ohne die Besucher und Diener hätte ich so gut wie nichts zu tun. Ihr Drachenlords seid widerwärtig gesund«, beschwerte er sich mit einem Zwinkern. »Ihr habt nie Schlimmeres als hin und wieder Kopfschmerzen oder hin und wieder Erkältungen.«

»Triefnasen und schlechte Launen, wie?« sagte Linden. Er lachte leise. »Ja, ich fürchte, wir sind eine Enttäuschung. Aber immerhin habt ihr jetzt einen anderen Patienten, nicht wahr? Der Mann, der aus Jehanglan entkommen ist.«

Wenige in der Festung hatten den geheimnisvollen Reisenden gesehen; er war krank hier eingetroffen und so gut wie die ganze Zeit seitdem bettlägerig gewesen und hatte keine anderen Besucher empfangen als Raven und die Herrin und Kelder. Linden hatte den Mann nicht zu sehen bekommen.

Und wenn *er* sich fragte, was es wohl mit diesem Taren auf sich hatte, wurde Lleld vermutlich längst von Neugier zerfressen.

»Wenn ich fragen darf, Fiaran, warum habt Ihr Euch nicht an einen von uns gewandt, um den Mann mit Feuer zu heilen? Ihr wißt, daß wir es gerne tun würden«, sagte Linden.

»Daran habe ich sofort gedacht, aber als ich es Taren gegenüber erwähnte, weigerte er sich. Er sagte, so etwas habe man einmal bei ihm versucht, wegen eines gebrochenen Arms, und er sei danach eine Woche lang todkrank gewesen und hätte auch noch einen Ausschlag bekommen. Man hat uns bei der Ausbildung davor gewarnt«, meinte Fiaran. »Es gibt solch unglückliche Menschen; eine Heilung mittels Drachenfeuer oder bestimmte Lebensmittel, die dem Rest von uns nur nutzen, machen sie nur noch kränker.«

Linden rieb sich nachdenklich das Kinn. »Meine Schwester Fawn konnte keine Erdbeeren vertragen«, erinnerte er sich. »Auch sie hat einen Ausschlag davon bekommen. Und sie liebte Erdbeeren.«

»Ist es nicht immer so? Armes Mädchen. Aber Tarens Unglück bedeutet für mich, daß ich diesmal mehr zu tun habe, als mich um rauhe Hälse und Schnupfen zu kümmern.«

»Jekkanadar sagte, es sei eine in Assantikk weitverbreitete Krankheit«, meinte Linden.

»Ja, diese Schüttelkrankheit. Man ist einen Zehntag oder zwei elend dran oder noch länger, wenn man Pech hat, und dann verschwindet es wieder bis zum nächsten Mal, wann immer das sein mag. Nach allem, was Taren mir erzählt hat, ist es auch in Jehanglan weit verbreitet. Ich habe Tropfen, um ihm das Schlimmste zu erleichtern, und ich muß mich jetzt wieder daranmachen, weitere vorzubereiten. Aber ich werde später zurückkommen, um nach Maurynna zu sehen. Ich denke, sie könnte heute abend richtiges Essen versuchen.«

»Sie wird froh sein, das zu hören. Sie hat genug von Haferbrei und Brühe und davon, im Zimmer zu bleiben.« Linden hob die Hand zum Gruß, und der Heiler ging in seinem seltsamen, wiegenden Gang davon. Linden kehrte in die Gemächer zurück, die er mit Maurynna teilte. An der Tür zum Schlafzimmer blieb er stehen und dachte darüber nach, was Fiaran ihm gerade von Taren erzählt hatte. Armer Kerl, nicht imstande, eine Feuerheilung zu ertragen!

Linden schüttelte mitleidig den Kopf und schlüpfte in das abgedunkelte Zimmer, um sich wieder neben das Bett zu setzen.

»Geht es Eurer Freundin immer noch nicht besser?« fragte Taren und goß Wein in zwei Kelche.

»Sie ist noch nicht wieder aufgestanden«, antwortete Raven. »Obwohl mein Großonkel sagte, es ginge ihr besser. Danke«, sagte er, als Taren ihm einen Kelch reichte. Er legte das Zaumzeug, das er für Lleld flickte, in seinen Schoß und seufzte. »Das ist guter Wein!«

»Ja, es ist pelnaranischer; die Drachenlords trinken nur das Beste. Man hat Eurem Großonkel also gestattet, sie zu besuchen, und Euch nicht?« Taren klang ein wenig empört.

»Äh ... nein. Aber Linden Rathan hat es ihm erzählt und nicht mir«, sagte Raven. Er erwähnte nicht, daß er auch nicht zu den Gemächern der beiden gegangen war, um nachzufragen, wie Otter es getan hatte. Je weniger er von Linden Rathan sah, um so besser. In dem darauffolgenden Schweigen dachte Raven über die Ungerechtigkeiten des Lebens nach. Er fuhr mit dem Daumen über einen Riemen des Zaumzeugs. Löste sich die Naht dort an der Schnalle?

Taren sagte: »Es muß langweilig für Euch sein, da Eure beste Freundin krank ist. Es ist schade, daß Ihr sonst keine Gesellschaft habt, außer Eurem Großonkel, wenn ich zu krank bin, um Euren Besuch zu empfangen.«

Raven blickte auf. »Nein, so ist es nicht. Ich unterhalte mich oft mit Chailen, dem Stallmeister; ich glaube nicht, daß er jemals jemandem begegnet ist, der soviel von Pferden weiß. Und dann sind da Lleld und Jekkanadar. Sie nehmen mich sogar jeden Morgen zum Ausritt in die Berge mit.«

»Sind das auch Stallknechte?«

»Nein«, antwortete Raven mit stolzem Staunen. Wieder warf er einen Blick auf das Zaumzeug. Ja, auch diese Naht mußte ausgebessert werden. Er stellte den Kelch ab und griff nach der Ahle mit dem gewachsten Leinenfaden. »Es sind Drachenlords: Lleld Kemberaene und ihr Seelengefährte Jekkanadar Surael. Das hier ist das Zaumzeug von Llelds Llysanyaner Miki.«

Ein verblüfftes Keuchen war die Antwort auf seine Worte. Raven blickte erstaunt auf. »Ist etwas nicht in Ordnung, Taren?«

Denn in Tarens Miene und in seinen glitzernden Augen lag ein Eifer, der Raven noch nie aufgefallen war. Es bewirkte, daß er sich ein wenig unbehaglich fühlte. Aber Tarens nächste Worte erklärten nichts.

»Ihr seid also gleich mit *vier* Drachenlords befreundet?« fragte Taren.

Raven zuckte die Achseln. »Ich würde Linden Rathan nicht als Freund bezeichnen.«

»Aber Ihr kennt *vier* Drachenlords?« Taren bohrte weiter. Seine Augen blitzten.

Raven runzelte die Stirn. »Wenn Ihr es so ausdrücken wollt ... ja, ich kenne vier – Taren, was soll das?«

Tarens unglaublich liebenswertes Lächeln beendete sein Unbehagen. »Es ist nur, daß so viele Echtmenschen nie auch nur einen einzigen Drachenlord in ihrem Leben zu sehen bekommen – und Ihr kennt vier. Viele würden Euch glücklich schätzen, Raven Rotfalksohn.«

»In dreien dieser Fälle wäre ich derselben Ansicht«, meinte Raven.

»Ich würde diese vier Drachenlords gerne kennenlernen, Raven. Das würde ich wirklich sehr, sehr gern«, sagte Taren leise.

»Sobald es Maurynna bessergeht, werde ich sie fragen«, meinte Raven, denn er war erfreut, etwas für den Mann tun zu können. Taren war ein so geduldiger Zuhörer. »Wäre das in Ordnung?«

»Das würde mich wirklich sehr freuen.«

Wie immer zum Abendessen war überall in der großen Halle das Klimpern von Geschirr und Besteck und vergnügtes Schwatzen zu hören. Zumindest war es üblicherweise vergnügt. Aber heute abend gab es auch Spuren von Spekulationen und nervöser Erwartung.

Maurynna rieb sich das Genick; es fühlte sich so an, als summte die Luft wie eine gezupfte Harfensaite. Es brachte Kyrissaean weiter in den Vordergrund als üblich. Maurynna konnte spüren, wie ihre Drachenhälfte zusah und in ihrem Geist wartete. Es ließ ihr Hirn kribbeln.

Es half auch nicht sonderlich, daß dies der erste Abend war, an dem sie sich gut genug fühlte, um in der großen Halle zu essen. In den vergangenen vier Tagen war sie in ihren Gemächern geblieben, bedient nur von ihren *Kir*-Dienern Varn und seiner Frau Wyone und gepflegt von Linden und hin und wieder Fiaran.

Gegen Fiaran hatte sie nichts gehabt; der arme Mann war lächerlich dankbar, endlich eine Patientin zu haben. Maurynna nahm an, daß er sich im Drachenhort zu Tode langweilte, also hatte sie seine Heiltränke klaglos zu sich genommen. Die meisten hatten sogar recht gut geschmeckt. Fiaran gab seinen wenigen Patienten keinen Anlaß zu Beschwerden.

Linden auf der anderen Seite hatte sich einfach *angestellt.* Ununterbrochen. Er hatte sich geweigert, von ihrer Seite zu weichen, bis sie ihm schließlich wütend ein Kissen an den Kopf geworfen und gedroht hatte, eine Schale Eintopf hinterherzuwerfen. Erst dann hatte er sich überzeugen lassen, daß sie nicht am Sterben war.

Nun fragte sie sich, welche Gerüchte über ihre Krankheit im Umlauf gewesen waren. Zu viele blieben stehen, als Linden und sie vorbeikamen, fragten nach ihrer Gesundheit und betrachteten sie, als würde sie schon von einer Berührung zerbrechen. Als sie endlich ihren Tisch erreichten, war Maurynna schon müde davon, so zu tun, als fühlte sie sich besser, als es tatsächlich der Fall war. Aber sie würde nicht aufgeben; sollte die Herrin ruhig hören, daß alles mit ihr in Ordnung war, und darüber staunen.

Endlich hatten sie den Tisch erreicht, den sie normalerweise mit Lleld und Jekkanadar teilten. Die anderen Drachenlords saßen bereits, und bei ihnen saß Otter. Erfreutes Lächeln begrüßte sie.

»Wo ist Raven?« fragte Maurynna. »Und um der Götter willen, fragt mich *nicht,* wie es mir geht!«

Rings um den Tisch klappten Münder zu.

»Ich weiß es nicht«, sagte Otter nach einem Augenblick. »Nachdem ich euch vor einer Weile verlassen hatte, kehrte ich in meine Gemächer zurück und sagte ihm, daß du heute abend zum Abendessen kommst. Dann ging ich in mein Schlafzimmer, um diese zerrissene Harfensaite zu ersetzen und, nun ja, mein Schläfchen zu halten. Als ich aufwachte, war er weg. Und er hat auch keine Nachricht hinterlassen.«

Geht er mir aus dem Weg? So ein Idiot, dachte Maurynna, als sie sich hinsetzte. *Ich kann nicht glauben, daß er irgendwo sitzt und schmollt, weil ich nach dieser Begegnung mit Morlen und den anderen Echtdrachen nur Linden in meiner Nähe haben wollte und nicht ihn. O Raven,* warum *willst du das nicht verstehen?*

Mehr Drachenlords kamen vorbei. Jeder fragte sie, wie es ihr ginge. Maurynna setzte ein starres Lächeln auf und versicherte allen, daß es ihr, danke, gutging. Kopfschmerzen und Übelkeit, nichts weiter und ja, Fiarans Arzneien hatten geholfen. Ja, war es nicht gut, daß es einen Heiler im Schloß gab? Man konnte schließlich nicht erwarten, daß wegen jeder Kleinigkeit ein Drachenlord zu einer Heilung herangezogen wurde.

Endlich schienen alle überzeugt, daß sie nicht auf der Stelle tot umfallen würde, und ließen sie in Ruhe. Sie sackte zusammen.

Linden streckte die Hand aus und rieb ihr das Genick. *Schon müde, Liebste?* In seinen dunkelgrauen Augen stand Mitgefühl.

Ihr Götter, das fühlt sich gut an, sagte sie und lehnte sich gegen seine kräftigen Finger. *Ein wenig, ja; Kyrissaean ist heute abend sehr wach, und das erschöpft mich immer – nein, hör nicht auf!*

Aber als die Gespräche plötzlich lebhafter wurden, ließ Linden seine Hand sinken; er schaute zur hohen Tafel, wo die Herrin saß. Maurynna reckte den Hals, um herauszufinden, was die Unruhe erregt hatte.

Erschrocken erkannte sie Raven, der langsam auf die hohe Tafel zuging. Er begleitete einen gebrechlich aussehenden Mann, hatte eine Hand unter dessen Ellbogen gelegt und führte seine unsicheren Schritte zu dem Platz zur Rechten der Herrin.

Als der Schein des Kaltfeuers über dem Tisch auf ihn fiel, dachte Maurynna, das Gesicht des Mannes sähe aus wie ein Ball aus verknitterter, vergilbter Seide. Nur Falten und Linien. Was von seinem Haar geblieben war – sein Oberkopf war vollkommen kahl –, war weiß und schütter und ungewöhnlich kurz geschnitten.

Als Raven sich umdrehen und gehen wollte, hielt ihn der Mann am Arm fest. Er sprach kurz mit der Herrin und mit Kelder. Am Ende setzte sich Raven auf der anderen Seite des Mannes nieder. Er schaute halb verlegen, halb erfreut drein und vollkommen verblüfft, sich am Tisch der Herrin von Schloß Drachenhort zu finden.

»Zumindest hat er heute abend sein bestes Hemd angezogen«, seufzte Otter, und dann sagte er bedächtig: »Das ist also Taren Olmeins.«

»Der Mann, der aus Jehanglan geflohen ist?« fragte Lleld. Einen Augenblick lang befürchtete Maurynna, sie würde auf den Tisch klettern, um besser sehen zu können.

»Genau«, erwiderte Otter. »Raven hat ihn mir beschrieben. Es sieht so aus, als hielte man seine Geschichte für wahr, wenn man ihn dadurch ehrt, am Tisch der Herrin zu sitzen.«

Ein Drachenlord beugte sich von einem anderen Tisch herüber. »Barde Otter, das ist doch Euer Großneffe, nicht wahr«, rief Merlet Kamenni.

»Das ist er, Drachenlord«, sagte Otter.

»Nun, das erklärt natürlich auch, wer der andere Mann ist.«

Der Drachenlord nickte. Ihr langer brauner Zopf fiel ihr über die Schulter. »Seltsam, daß er zuvor nicht hier erschienen ist.«

»Das Wiederaufflackern einer alten Krankheit, Euer Gnaden, die Taren aus Jehanglan mitgebracht hat. Das hat Raven mir zumindest erzählt. Es scheint, als sei dies der erste Abend, an dem sich Taren wohl genug fühlt«, erklärte Otter.

Maurynna sah, wie Merlet die Stirn runzelte und rief: »Es ist nicht ansteckend, Merlet. Man kennt es auch im Süden von Assantikk, wo die Sümpfe sind. Ich habe den assantikkanischen Namen dafür vergessen ...« Sie warf Jekkanadar einen Blick zu.

»*Degwa n'soor*«, sagte dieser und wandte sich ebenfalls Merlet zu. »Die ›Schüttelkrankheit‹. Manchmal dauern die Anfälle einen Zehntag oder so. Raven sagt, Taren sei den größten Teil des Rittes nach Norden krank gewesen. Es kommt und geht und ist sehr unangenehm, aber wie Maurynna schon sagte, es ist nicht ansteckend.«

Merlet schien erleichtert. »Er kann froh sein, daß Euer Großneffe sich um ihn gekümmert hat, Barde Otter. Nun, nehme ich an, werden wir alle abwarten müssen, was die Echtdrachen entscheiden.«

»So sieht es aus, Drachenlord, aber dieses Warten beunruhigt mich«, sagte Otter.

»Es beunruhigt uns alle«, meinte Merlet. »Mögen die Götter sie leiten«, schloß sie dann und wandte sich wieder ihrem Tisch zu.

»Ihre Worte in die Ohren der Götter«, murmelte Linden.

Maurynna machte unter dem Tisch das Zeichen der Seeleute für Glück. Sie hoffte tatsächlich, daß die Götter sehr gut zugehört hatten.

Dann kamen die Diener mit Tabletts voller Essen aus der Küche. Einer unausgesprochenen Regel folgend, wandte sich das Gespräch anderen, weniger bedrückenden Themen zu.

Die Herrin, Kelder und die Gäste an der hohen Tafel, waren schon längst gegangen, ebenso wie die meisten anderen Drachenlords und Besucher, die zuvor in der Halle gewesen waren. Nur ein paar kleine Gruppen verweilten noch über Käse und Obst, mit denen die Mahlzeiten im Schloß beendet wurden.

Maurynna schnitt Scheiben von dem würzigen, gelben Käse ab, den sie am liebsten aß, während Linden ihr einen Apfel teilte. Er hatte ihr gerade ihre Hälfte gereicht, als ein Diener, ein Echtmensch, sich dem Tisch näherte.

»Drachenlords, Barde«, sagte der Mann, »der junge Echtmensch, der an diesem Abend am Tisch der Herrin saß, hat mich geschickt, um Euch auszurichten, daß Taren Olmeins gern seine – Ravens – Freunde und seinen Großonkel kennenlernen möchte. Er läßt fragen, ob Ihr in einem Kerzenabschnitt zu Meister Olmeins' Gemächern kommen könntet.«

Maurynna befürchtete, daß Lleld laut johlen würde.

»Ja! Selbstverständlich, Melian«, erklärte der kleine Drachenlord begierig. »Wir werden alle kommen – oder nicht?«

Mit plötzlicher Unsicherheit wandte sie sich Linden zu.

Maurynna hörte Lindens zustimmendes Grunzen. »Freunde, wie? Ich frage mich«, meinte er so, daß nur sie es hören konnte, »ob das auch mich einschließt.«

»Wenn das nicht so ist«, erklärte sie erbost, »dann wird Raven dafür eine Tracht Prügel beziehen, ganz gleich, was du sagst.« Zu Melian gewandt, erwiderte sie: »Ja, wir werden selbstverständlich kommen. Sag das Raven Rotfalksohn bitte: Wir werden *alle* kommen.«

Melian verbeugte sich. »Wie Ihr wünscht, Drachenlord«, sagte er und ging davon.

Sobald die Tür zu Tarens Gemächern aufging, drang eine Welle von Hitze heraus. Linden blinzelte überrascht; ihr Götter, so mußte sich sein Krankenzimmer in Cassori angefühlt haben, als Heilerin Tasha ihn das Gift ausschwitzen ließ! Er empfand neues Mitgefühl für Tarlna und Kief, die Tasha geholfen hatten. Sie hatten die Unannehmlichkeiten, die sie ihm beschrieben hatten, zweifellos untertrieben.

Raven winkte sie hinein. Als Älteste ging Lleld zuerst; Linden sah, wie Taren sich anstrengte, sich aus dem Sessel am Kamin zu erheben. Er ließ sich mit einem dankbaren Seufzer wieder zurücksinken, als Lleld sagte: »Das ist nicht notwendig, Taren, wir sind hier alle Freunde. Ich bin Lleld Kemberaene.«

Linden sah Raven zufällig gerade ins Gesicht, als Lleld das Wort »Freunde« aussprach. Sie tauschten einen ironischen Blick.

»Dann kommt und setzt Euch, meine Freunde, und macht es Euch bequem«, sagte Taren. Er lächelte.

Es war ein wunderbares Lächeln, eines, das einen als echten Freund willkommen hieß und das sagte: »In einer Welt, auf der es Leute wie Euch gibt, ist alles in Ordnung.« Es war ein Lächeln, das man einfach erwidern mußte.

Lleld stellte die anderen Drachenlords und Otter vor, während sie sich hinsetzten. Raven spielte Gastgeber und goß Wein ein.

Nachdem alle ihren Kelch hatten, erkundigte sich Taren höflich nach Maurynnas Gesundheit und tat seine eigene Krankheit als unwichtig ab, als man ihn fragte. »Sie kommt und geht und geht und kommt. Ja, es ist diesmal schlimmer als üblich, aber ich habe Glück, hier zu sein, wo man sich so gut um mich kümmert.«

Sie unterhielten sich eine Weile über unwichtige Dinge; zu Lindens Amüsement nahm sich selbst Lleld zusammen und lauschte, während Jekkanadar und Taren die Ähnlichkeit von Wörtern des Jehangli und des Assantikkanischen diskutierten. Wörter, das wußte Linden, waren Jekkanadars Leidenschaft. Während sich die beiden unterhielten, spielte Taren ständig mit einer Schnur weißer Perlen; Linden erkannte sie als assantikkanische »Sorgenperlen«, obwohl sie nicht blauglasiert waren wie jene, die er zuvor gesehen hatte. Vielleicht war das die Jehangli-Version; vor langer Zeit hatte mehr die Meerengen überquert als nur Worte.

»Trotz aller Unterschiede wird deutlich, daß es einmal engen Kontakt zwischen Jehanglan und Assantikk gab«, sagte Jekkanadar, als sie damit fertig waren, einen bestimmten Begriff auseinanderzunehmen.

»Das erkenne ich nun auch, Euer Gnaden. Ich kannte ein paar Worte Assantikkanisch, aber bis Ihr mir die älteren Formen dieser Worte verrietet, wäre mir nie klar geworden, wie ähnlich sich beide Sprachen sind. Und was bestimmte Wendungen und Sprichwörter angeht, frage ich mich nun, woher sie wohl ursprünglich stammen«, sagte Taren.

Es mußte endlich passieren, nahm Linden an; Lleld hatte sich schon zu lange zurückgehalten – ein für sie sehr unnatürlicher Zustand. Sie sagte: »Wenn Ihr nichts dagegen habt, Taren – wie hat es einen Kelnethi nach Jehanglan verschlagen?«

Aus dem Augenwinkel merkte Linden, daß Otter aufblickte, als wollte er etwas sagen. Aber dann tauschten Großonkel und Großneffe einen Blick aus, und Otter nickte und sagte nichts. Linden wunderte sich, schwieg aber ebenfalls.

Taren lächelte bedauernd. »Ich habe nichts dagegen, meine Geschichte zu erzählen, Herrin, obwohl ich bei dieser Geschichte nicht gut wegkomme. Wenn Ihr mich jetzt seht, auf der falschen Seite der mittleren Jahre und von Krankheit gebeutelt, fällt es Euch vielleicht schwer, Euch mich als jung, dreist und starrköpfig vorzustellen. ›Dumm‹ glaubt Ihr mir vielleicht eher.« Er hielt inne, während sie lachten.

»Aber ich war all das tatsächlich – besonders dumm – und habe mich in ein Mädchen verliebt. Bedauerlicherweise – und zu ihrem Glück, wie ich sagen würde – war sie vernünftig. Sie wollte mich nicht. Und ich war sicher, daß mein Leben vorüber war, und machte mich auf die Wanderschaft. Ich führte das Leben eines Vagabunden, ging erst hierhin, dann dorthin, bis ich mich im Hafen von Tanlyton in Thalnia fand. Ich war ohne jede Hoffnung, mir ein paar Kupferstücke verdienen zu können, und fragte mich schon, wovon ich überleben sollte, als ich hörte, wie zwei Seeleute darüber sprachen, daß sie mehr Männer auf ihrem Schiff brauchten. Ich ließ mich anheuern, und ich bedauere den Tag, als ich das tat, denn der Kapitän des Schiffes wurde von einem Wahnsinn erfaßt und wagte sich ins Tor des Phönix – was Ihr die Meerenge von Cansunn nennt.«

»Die Verfluchte Meerenge«, murmelte Linden.

»Genau, Drachenlord. Tatsächlich gehen dort Gespenster um – und der Tod. Unser Schiff sank in einem Sturm.«

Maurynna fragte: »Die anderen ...?«

Taren wandte den Blick ab, das Gesicht schmerzlich verzogen.

»Es tut mir leid«, flüsterte Maurynna.

»Vielleicht waren sie glücklicher dran«, meinte Taren leise. »Die Jehangli ... Drachenlords, *Ihr* müßt gehen und diesen armen Drachen befreien. Nicht die Echtdrachen. Nach allem, was ich weiß, leidet er viel schlimmer, als ich je gelitten habe, und mein Leben war die Hölle.«

»Das ist eine Angelegenheit der Echtdrachen«, meinte Lleld überrascht. »Selbst wenn es Dharm sein sollte, ist er zweifellos von uns gegangen und hat den Drachen Varleren zurückgelassen.«

»Nein«, sagte Taren. »Nein. Drachenlords müssen sich darum kümmern. *Ihr* müßt es tun. Ihr *vier.*« Seine Augen blitzten, und er zitterte.

Bei seinem Anblick fragte Linden sich, ob der Mann eine Art Seher war – oder einfach nur wieder Fieber hatte.

»Taren, ich verspreche Euch eins«, sagte Lleld. »Wenn Ihr recht habt, dann werden die Drachenlords gehen. Und wenn ich es irgendwie erreichen kann, dann werden wir vier es sein.«

»Euer Gnaden«, sagte Taren und verbeugte sich vom Sessel aus vor ihr, »Ihr habt keine Ahnung, wie glücklich Ihr mich gemacht habt.«

Etwa einen Zehntag, nachdem sie Taren zum ersten Mal begegnet war, ging Maurynna zum Stall. Sie ging den Mittelgang entlang, bis sie zu Boreals Box kam. Sie beugte sich über die Boxentür und pfiff leise.

Boreal hob den Kopf, und Getreidekörner fielen ihm von den Lippen. Der Llysanyaner durchquerte seine geräumige Box und schnaubte Maurynna sanft an. Sein Atem war süß von Gras und Hafer. Maurynna streckte die Hand aus und bewegte die Finger. Er drückte ihr die Nase in die Handfläche, und sie rieb sie einen Augenblick lang, bevor er zu seinem Abendessen zurückkehrte. Sie stützte die Arme auf die Boxentür.

Sie betrachtete den Hengst beim Fressen, verloren in einem Wachtraum, und ließ sich von dem warmen Pferdeduft einhüllen. Ein Stall, entschied sie, war ein tröstlicher Ort. Beinahe so gut wie ein Schiff.

Schritte näherten sich. Ein Blick sagte ihr, daß es Raven war. Sie trat einen Schritt beiseite, um Platz zu machen, damit auch er sich auf die Tür lehnen konnte, und stützte das Kinn auf ihre verschränkten Finger. Ein weiterer Blick zur Seite ließ sie lächeln.

Denn Raven riß den Mund weit auf, während er den grauen

Hengst anstarrte. Sie erinnerte sich, wie ihr zumute gewesen war, als sie Shan zum ersten Mal sah. Denn er war etwas aus einer Legende, aus einem Lied: ein Llysanyaner. Eines der Kinder des Windes, das Pferd eines Drachenlords.

»Ihr Götter, er ist so schön! Sieh ihn dir nur an! Und er gehört dir wirklich?« brachte Raven schließlich hervor.

Boreal hob bei dieser Bemerkung den Kopf. Er drehte sich so um, daß ein großes, dunkles Auge Raven ohne Blinzeln anstarrte.

»Man sollte lieber sagen, daß ich zu ihm gehöre«, sagte Maurynna. »Denn er hat mich auserwählt und nicht ich ihn.«

Boreal nickte. Mit einem großen Huf stampfte er, als wolle er das betonen. Der Stallboden bebte; wie alle von seiner Art hatte Boreal Beine wie junge Baumstämme.

Raven zog die Brauen hoch. Maurynna lachte, weil er dreinschaute wie ein getadeltes Kind.

»Ja, er hat es verstanden. Paß auf, was du über einen von ihnen sagst.«

»Das werde ich nicht vergessen. Ich bitte um Verzeihung«, sagte er zu Boreal.

Boreal legte den Kopf schief, als müsse er überlegen, dann nickte er abermals. Dann war er wieder ganz Pferd, steckte die Nase in die Futterkrippe und schnaubte in die Ecken, damit er auch die letzten Körner noch erwischte. Maurynna warf ihm einen Handkuß zu.

»Du hast doch Miki und Hillel schon gesehen, nicht wahr?« fragte sie und nannte Llelds und Jekkanadars Llysanyaner.

Aus dem Augenwinkel sah sie Raven nicken. »Das ist wahr, aber ich versuche immer noch, mir *dich* mit einem gewöhnlichen Pferd vorzustellen, gar nicht zu reden von einem Pferd wie *ihm*.«

Sie lachte und zog eine Grimasse, dann ließ sie das Kinn wieder auf die Hände sinken, damit sie Boreal weiter betrachten konnte.

Aus den anderen Ecken im weitläufigen Irrgarten des Stalls kamen die Geräusche, die Stallknechte bei der Arbeit machten; sie unterhielten sich miteinander oder sprachen mit ihren Schutzbefohlenen. Maurynna und Raven waren in dieser Reihe von Boxen allein. Sie unterhielten sich im Augenblick nicht, aber sie waren lange genug befreundet gewesen, daß sie nicht jeden Augenblick des Schweigens füllen mußten.

Maurynna war zufrieden. Es schien, als hätte Raven endlich akzeptiert, daß sie nicht mehr als Freunde waren. Sie hatte ihn in der letzten Zeit selten gesehen, denn er verbrachte den größten Teil seiner Zeit mit dem Flüchtling aus Jehanglan. Vielleicht hatte Taren ihn ja zur Vernunft gebracht. Sollte das so sein, war sie dem Mann dankbar.

Zusammen sahen sie zu, wie Boreal Heuhalme aus seinem Vorrat zog. Dann ... hatte sie sich das nur eingebildet, oder war Raven ein wenig näher gerückt? Maurynna nahm an, das sei nur ihre Phantasie.

Raven fragte: »Wie heißt er? Ich glaube, ich habe den Namen einmal gehört, aber er fällt mir nicht mehr ein. Und hast du den Namen gewählt? Er konnte dir wohl kaum sagen, wie er sich selbst nennt.«

Sie nickte. »Ich habe ihm seinen Namen gegeben. Er heißt Boreal.«

»Warum Boreal?« fragte Raven.

Verlegen gab sie zu: »So hieß Bram Wolfsohns Pferd.«

Nun war es an Raven zu lachen, was er laut und ausführlich tat. Endlich wischte er sich die Augen und sagte: »Selbstverständlich, es ist klar, daß du dich noch an Otters Geschichten über ihn und Prinzessin Rani erinnerst. Aber warum hast du ihn nicht nach Ranis Pferd genannt? Du hast nie zugelassen, daß eine andere ihre Rolle spielte, wenn wir zu Hause die Geschichte der beiden und ihrer Söldner nachspielten.«

»Weil ihr Pferd eine Stute war und Boreal klargemacht hat, daß er keinen Stutennamen wollte, das alberne Vieh.«

Boreal schnippte mit dem langen Schweif. »Hör auf damit«, sagte sie und lächelte zärtlich.

Raven grinste sie an, und das Lachen stand immer noch in seinen Augen. Dann zog ein anderer Ausdruck über sein Gesicht, etwas, das sie nicht hätte benennen können, weil es so schnell wieder verschwunden war. »Woher wußtest du, daß das Pferd Boreal hieß? Ich glaube nicht, daß mein Großonkel es je erwähnt hat.«

Sie blinzelte überrascht. »Linden hat es mir selbstverständlich gesagt. Wer sonst? Vergiß nicht – er kannte sie. Und er hat sie nicht vergessen.«

»Ich verstehe.«

Wieder schwiegen beide. Aber es war kein angenehmes Schweigen mehr; wenn sie es hätte berühren können, hätte es Funken gesprüht. Sie seufzte, verloren in düsteren Gedanken.

Seine plötzliche Bewegung überraschte sie. Das hätte nicht sein sollen; sie hätte so etwas erwarten sollen. Raven war ebensowenig wie sie der Mensch, einen Traum einfach aufzugeben.

Bevor sie verstand, was geschah, hatte er den Arm um ihre Taille gelegt und suchte mit seinem Mund den ihren. Entsetzt tat sie überhaupt nichts – sie konnte nichts tun.

Zumindest zu Anfang. Dann riß sie sich mit einem überraschten Ruf los. Mit der Hand packte sie ihn vorn am Hemd. Bevor sie wußte, was sie tat, bevor sie sich an ihre Drachenlordkraft erinnerte, hatte sie zugestoßen. Raven fiel nach hinten.

Zum Glück war es nicht eine der Steinsäulen, die seinen Sturz aufhielt. Statt dessen landete er auf den Strohballen, die die Stallknechte benutzen würden, wenn sie diese Reihe erreichten. Dennoch, einen Augenblick lang zog sich Maurynnas Herz zusammen. Raven lag so still in dem hellgoldenen Stroh, daß sie sicher war, ihn getötet zu haben.

Dann setzte er sich auf. Zunächst sagte er nichts, dann kam

er wieder auf die Beine. Er starrte sie nur an, und in seinen hellblauen Augen blitzte ein Zorn auf, den sie nie zuvor in ihnen gesehen hatte. »Das war nicht notwendig«, sagte er schließlich, seine Stimme zu leise und kalt wie Eis.

Maurynna schüttelte den Kopf. »Es tut mir leid; ich – ich wollte das nicht. Ich vergesse immer wieder ... Raven, du hättest nicht ...«

Er drehte sich auf dem Absatz um und ging davon. Als er die Stelle erreichte, wo der Gang in den Hauptgang des Stalles stieß, wäre er beinahe mit Linden zusammengestoßen, der um die Ecke bog.

Raven blieb stehen und zögerte einen Herzschlag lang, als wollte er etwas sagen. Oder zuschlagen. Aber dann tat er beides nicht; er schob sich nur an seinem verblüfften Rivalen vorbei und stolzierte davon.

Maurynna schlang die Arme um ihren Oberkörper. Ihr war kalt und elend. Sicher, sie und Raven hatten sich in den Jahren, in denen sie miteinander aufgewachsen waren, häufig gestritten, aber sie hatte ihn noch nie so kalt und zornig gesehen.

Und die Götter mochten ihr helfen, sie hätte ihn wirklich verletzen können! Es ging nicht an, daß sie ihre unnatürliche Kraft immer wieder vergaß. Sie war jetzt ein Drachenlord, ganz gleich wie unfähig. Sie ließ sich gegen die Stalltür sinken und wartete darauf, daß Linden fragte, was geschehen war.

Er fragte nicht. Er wußte es bereits – oder er hatte es zumindest erraten. Es war in seinen Augen zu sehen. »Raven versteht es immer noch nicht, nicht wahr?« war alles, was er sagte.

Seine Stimme war leise und ruhig. Nur wer ihn gut kannte, ahnte den Zorn, der unter der ruhigen Oberfläche lauerte wie ein Riff unter dem Wasser.

Maurynna hörte es so deutlich heraus wie eine Schiffsglocke. »Er gehört nicht zu denen, die schnell aufgeben«, sagte sie um Ravens willen. Oder um der Erinnerung an ihre Freundschaft willen; sie war nicht sicher, um was es hier ging. »Das hätte ich eigentlich wissen sollen. Ich hätte es ihm damals sagen können ... wirst du ... etwas unternehmen?«

Bitte tu das nicht, flehte sie ihn lautlos an.

Sein Blick ließ keine Rückschlüsse auf seine Gedanken zu, als er reglos vor ihr stand. Maurynna wartete auf seine Antwort. Und Linden ließ sich Zeit.

»Nein«, sagte er schließlich und seufzte. »Ich denke, das wird alles nur noch schlimmer machen. Ich hoffe nur, der Junge kommt bald zur Vernunft. Außerdem hast du ihm bereits deutlich gemacht, daß er seine Zeit nur verschwendet.«

»Woher weißt du das?«

Mit einem Zwinkern wies Linden mit dem Daumen über die Schulter nach hinten. »Maurynna, Liebste, er hatte einen halben Strohballen an seinem Rücken hängen.«

Sie konnte nicht anders. Sie fiel ihm lachend in die Arme.

Nachdem er auch den letzten Zeremonialring angelegt hatte, bewegte Haoro die beladenen Finger und verzog das Gesicht. Wie üblich drückten die Ringe. Er warf dem Schüler, der ihn angekleidet hatte, einen erbosten Blick zu. Der Junge wurde bleich und duckte sich.

Bevor Haoro den unfähigen Kerl bestrafen konnte, betrat ein weiterer Schüler den Raum. »Euer Heiligkeit«, sagte der zweite Schüler, »Euer Onkel, der ehrenwerte Fürst Jhanun, möchte Euch vor der Zeremonie sehen.«

Haoro seufzte. War es tatsächlich schon ein Jahr her, seit er den roten Lotus erhalten hatte? Es fühlte sich an, als wären nur Tage seit der letzten Pilgerfahrt seines Onkels vergangen – jener, bei der Fürst Jhanun ihm seinen Plan enthüllt hatte. Man konnte sich darauf verlassen, daß es seinem Onkel immer gelang, Frömmigkeit und Geschäft miteinander zu vereinen.

Haoro wünschte sich zumindest noch ein weiteres Jahr. »Gut; führ ihn hierher und nimm diesen Ungeschickten mit und erkläre ihm, wie man einen Priester richtig kleidet. Prügele es ihm ein, wenn es sein muß.«

Der zweite Schüler schaute überrascht drein, verbeugte sich und ging dann. Haoro drückte die Nasenwurzel zwischen Zeigefinger und Daumen. Wahrhaftig, er mußte sich zusammennehmen. Prügel! Solch grobe Bestrafungen waren nicht seine übliche Art. Es war vermutlich der Gedanke, seinen Onkel wiederzusehen. Das würde jeden erschüttern.

Der Schüler kam zurück und führte Jhanun herein. Nach einer Verbeugung verließ er den Raum wieder, diesmal gefolgt von dem zitternden Jungen.

Als sie alleine waren, sagte Jhanun: »Sind deine Priester an Ort und Stelle?«

Haoro nickte und rückte die Ringe zurecht.

»Du bist sicher, daß es funktionieren wird?«

»O ja«, sagte der Priester. »Ich habe mich eingehend mit den Aufzeichnungen über die ursprüngliche Zeremonie beschäftigt, die das Ungeheuer hier bindet und die Schutzsteine in den anderen drei Vierteln geschaffen hat. Es sollte mit vier Machtquellen in jedem Viertel sogar noch besser funktionieren. Ein *Nira* braucht die Qual nicht durchzumachen, die wir alle seit der Bindung durchgemacht haben. Und falls dein Baisha recht hat ...«

»Er weiß, was er tut.« Die Worte klangen wie ein Peitschenknall.

Haoro verbeugte sich zum Zeichen, daß er den Tadel entgegennahm. »Dann wird es einfacher sein, diese Geschöpfe in Menschengestalt gefangenzuhalten als das Ungeheuer unter unseren Füßen.«

»Sind deine Priester in den anderen drei Schutztempeln an Ort und Stelle? Und bist du bereit, dich gegen Pah-ko zu wehren?«

Das war die Frage, die Haoro befürchtet hatte. »Die Priester sind, wo sie sein sollten, aber ...«

»Du bist es nicht.« Ein Blick aus Augen so schwarz und kalt und hart wie Obsidian begegnete dem seinen. »Ich schlage vor, daß du dich darum kümmerst, Neffe, und zwar schnell. Du mußt bereit sein, an Pah-kos Stelle zu treten, wenn ich an die von Xiane ma Jhi trete, sobald Baisha zurückkehrt. Ich muß morgen wieder in die Hauptstadt reisen. Kurz nachdem ich dort eingetroffen bin, erwarte ich von dir zu hören, daß du bereit bist. Hast du das verstanden?«

Haoro kniff die Lippen zusammen, um sich eine Erwiderung zu verbeißen, und verbeugte sich abermals. »Ich verstehe, verehrter Onkel. Aber es ist nicht leicht, eine Waffe gegen Pah-ko zu finden. Er ist sehr beliebt. Und nun muß ich zur Zeremonie in den Tempel.«

»Ah ja. Ich freue mich schon auf den Gesang.«

Mit dieser Bemerkung drehte sich Jhanun um und ging.

Haoro betrachtete noch einmal seine Gewänder, um sich zu überzeugen, daß nichts fehlte, und strich sie unwillkürlich glatt. Plötzlich krallte sich seine Hand in die unbezahlbare Seide und zerknitterte sie.

Es mußte tatsächlich funktionieren, den Phönix mit einem Schutz zu binden, der von diesen vier ... Drachenlords ... Geschöpfen verankert wurde. Und es würde eine Bindung sein, die wirklich tausend Jahre dauerte und sich nicht abnutzte, wie jene, die das Ungeheuer in der gewaltigen Höhle unterhalb des Tempels hielt. Denn sie nutzte sich tatsächlich ab; manchmal spürte selbst er die Qualen, die das Ungeheuer erlitt, und er war nicht einmal der *Nira*.

Aber das würde er sein. Und dann würde seine Familie nicht mehr um die Gefallen bitten müssen, die Jhanun ihnen zukommen ließ.

Fürst Jhanun schloß die Augen und ließ sich von der unglaublichen Schönheit des Gesangs überwältigen.

Ja, Phönix, wenn ich Jehanglan beherrschte, würde ich dafür sorgen, daß du angemessen geehrt wirst – nicht wie es dieser ketzerische, dekadente Kerl tut, der auf dem Thron sitzt. Gib mir den Thron, gib mir Macht, und ich werde diese Macht benutzen, um deine Anbetung auf der ganzen Welt zu verbreiten.

Er würde dafür sorgen, daß die alten Bräuche wieder Einzug hielten. Und wenn das soweit war, würde niemals einer Konkubine gestattet werden, solchen Einfluß auf einen Kaiser zu erhalten, wie ihn diese kleine Hure Shei-Luin erhalten hatte. Frauen würden wieder wissen, wo sie hingehörten.

Er schauderte. Zu denken, daß die Tochter des Ketzers eine solche Position am Hof hatte, bewirkte, daß ihm übel wurde. Kein Wunder, daß es Erdbeben gab, Feuersbrünste, Hochwasser, Dürren und alle möglichen anderen Katastrophen. Der Phönix hatte recht, zornig zu sein; daß ein Kind Kiranos Mutter des Erben sein sollte, verhöhnte das Opfer des Phönix.

Hätte der Kaiser nur auf ihn gehört und dieses Geschöpf verstoßen! Wäre sie nur auf seinen kleinen Kunstgriff hereingefallen ... aber nein; dieses Mädchen war so schlau wie eine Schlange.

Und das wiederum erinnerte ihn daran, daß er so bald wie möglich in die Hauptstadt zurückkehren mußte. Wenn schon nichts anderes, mußte er einen Finger am Puls des Hofs halten.

Aber nun würde er sich zunächst von der Heiligkeit des Phönix erfüllen lassen.

Haoro lauschte zusammen mit den anderen und wartete ungeduldig auf das Ende der Zeremonie. Nein, er mußte zugeben, daß seine Ungeduld nicht der Zeremonie galt, sondern sich selbst. Denn er mußte immer noch den Makel in der Rüstung des Hohen Priesters und *Nira* Pah-ko finden. Er mußte immer noch seinen Teil zu dem Plan beitragen. Und das mußte geschehen, bevor der Diener seines Onkels zurückkehrte.

Als wäre der Gedanke an den *Nira* ein Magnet, wanderte Haoros Blick dorthin, wo der alte Mann in einer eigenen Loge der Zeremonie beiwohnte, umgeben von Schülern, seinem neuen Orakel und Dienern. Gewohnheitsmäßig konzentrierte Haoro seine Aufmerksamkeit nur auf den *Nira*. Dann fiel ihm etwas auf: Der stumme Junge an Pah-kos Seite, derjenige, der das alte Orakel ersetzt hatte, als der andere zu alt geworden war. Die Suche nach dem neuen war lange und schwierig gewesen; Haoro erinnerte sich daran, gehört zu haben, daß man den Jungen in einer Familie von Salzminensklaven zweihundert Ta'vri entfernt gefunden hatte und daß er ein Orakel von ganz besonderer Kraft sei.

Wie hieß er noch? O ja – Hodai.

Aber es war nicht der Junge selbst, auf den Haoro aufmerksam geworden war – der sah aus wie ein gewöhnliches Kind. Nein, es war seine Miene. Haoro hatte nie solchen Hunger gesehen. Während der Chor sich zum Finale steigerte und triumphierend den Phönix der Sonne pries, schmerzte es geradezu, solch rohe Begierde zu sehen.

Haoro wußte, daß er gefunden hatte, was er suchte.

Shei-Luin blickte von ihrem Buch auf, als Murohshei hereinkam, ein *Zhansjen* in der Hand. Sie blinzelte überrascht, denn ihm folgte Zyuzin, der Singvogel, und *er* kämpfte mit einem großen Steingutkrug. Es war schlichte Arbeit, die Art von Krug, die arme Leute benutzten, aber Zyuzin strahlte, als trüge er etwas sehr Kostbares. Shei-Luin und Tsiaa wechselten einen verblüfften Blick. Auf Shei-Luins Nicken hin legte die Zofe ihre Näharbeit nieder und kam näher, kniete sich hinter ihre Herrin.

So vorsichtig, wie es mit seiner Last möglich war, kniete Zyuzin sich vor ihr nieder. Murohshei kniete an einer Seite und betrachtete sie beide. Shei-Luin fand, daß er aussah wie jemand, der ein wunderbares Geheimnis erfahren hat.

Zyuzin setzte den Krug ab, legte eine Hand auf dessen Dekkel und sagte stolz: »Blüte des Westens, ich habe ein Geschenk für dich. Bitte verzeih den einfachen Krug, in dem ich es bringe; es war das Beste, was meine Familie sich leisten konnte.«

Neugierig fragte Shei-Luin: »Was ist es denn, kleiner Singvogel? Es würde doch sicher niemand Blüten in einem versiegelten Krug schicken.«

»Oh, die meisten Mitglieder meiner Familie sind keine Gärtner, Begünstigte des Phönix. Nur zwei meiner Onkel und einer meiner Brüder sind Gärtner – die, deren Leben du gerettet hast. Die anderen wohnen ein paar Ta'vri vor der Stadt.« Sein rundes, ernstes Gesicht verzog sich zu einem Lächeln. Er tätschelte den Krug wie ein stolzer Vater ein besonders wohlgeratenes Kind. »Das hier ist Honig von roten Bienen.«

Shei-Luin hätte beinahe das Buch fallen lassen. Hinter ihr keuchte Tsiaa. Honig von roten Bienen wurde wegen seines zarten Geschmacks und seiner Seltenheit überall in Jehanglan geschätzt. Shei-Luin hatte seit jenem Tag im Garten versucht, mehr über rote Bienen zu erfahren; Xiane hatte ganz recht gehabt, sich zu fürchten. Rote Bienen waren aggressive Geschöpfe; wenn man sie störte, griff der gesamte Schwarm an – eine Gewohnheit, die, wie sie entdeckte, zu grausamen Zwekken genutzt wurde.

Jehangli-Adlige durften offiziell nicht über Leben und Tod ihrer Diener entscheiden; die Todesstrafe zu verhängen war einzig das Recht des Kaisers. Aber eine beliebte Möglichkeit, diese Einschränkung zu umgehen, bestand darin, den unglücklichen Sünder auszuschicken, die Waben aus einem Stock roter Bienen zu holen. Wenn man schnell genug war, konnte man den wütenden Bienen entkommen – so hieß es zumindest.

»Deine Verwandten haben dir diesen Honig gegeben?« fragte sie neugierig. Auf Zyuzins Nicken hin betrachtete sie das schlichte Tongefäß genauer. Es war nicht einmal geglättet; die Abdrücke der Finger des Töpfers waren noch deutlich zu sehen. Wenn dies der beste Krug war, den sie sich leisten konnten, konnten sie sich dann Honig von roten Bienen leisten? »Kommt er aus dem Bienenstock im Garten?«

»Nein, Begünstigte, nicht von diesem – dieser Bienenstock wurde vernichtet. Der Honig kommt aus den Bienenstöcken meiner Familie. Sie sind nämlich Imker«, sagte Zyuzin, »und gehören zu den wenigen, die rote Bienen halten können. Ein anderer Onkel und mein Großvater können sie in den Schlaf summen. Sie haben dir den Honig geschickt, um ihre Dankbarkeit für die Rettung von Padlen, Vui und Akaro zu beweisen.«

Shei-Luin war gerührt. Dies hier mußte ein großer Teil ihrer Ernte sein; Zyuzins Familie hatte ein mageres Jahr vor sich. Sie würde ihnen viel gute Hirse und Trockenfleisch schicken und den einen oder anderen Ballen festen Tuchs. »Ich danke ihnen für ihre Großzügigkeit«, sagte sie. »Aber du hast mich bereits mit deinen wunderschönen Liedern im Garten ausreichend für meine Hilfe belohnt.«

Zyuzin errötete und senkte bescheiden den Blick. Murohshei lächelte.

Dann fiel Shei-Luin etwas ein. »Wir sollten dies mit seiner Kaiserlichen Majestät teilen«, sagte sie.

Zyuzin verzog erschrocken das Gesicht.

»Keine Sorge, kleiner Singvogel, ich werde einen angemesseneren Behälter finden«, sagte sie und lachte, als der junge Eunuch erleichtert seufzte. »Und wir werden einen guten Teil des Honigs für uns selbst behalten; das wird unser Geheimnis sein, ja?« fügte sie mit einem verschwörerischen Zwinkern hinzu.

Lachen begrüßte diese »Intrige« gegen den Kaiser.

Xiane wird sehr erfreut sein, dachte sie. Er war auf Honig

und andere Süßigkeiten so versessen wie ein Kind. Jedesmal, wenn er etwas von diesem Honig aß, würde er an sie denken. Und genau das wollte sie – daß Xiane sie nie vergaß.

Und sie durfte Zyuzins Familie und ihre Bienen nicht vergessen.

9. KAPITEL

Hodai stand im Schatten und sah den rezitierenden Priestern zu. Hier, in diesem kleinen Flur, der zur Privatloge des *Nira* führte, konnte das junge Orakel dem Gesang lauschen, ohne selbst gesehen zu werden. Die Stimmen des Chors erhoben sich wie Vögel aus Wolken von Räucherwerk, während sie dem Phönix huldigten. Viermal am Tag stärkte der große Chorus die Macht: In der Morgendämmerung, zu Mittag, bei Sonnenuntergang und zu Mitternacht, wenn die Macht des Sonnenphönix am geringsten war. Viermal am Tag, wann immer er konnte, kam Hodai hierher, mit seinem Herrn, dem *Nira,* oder ohne ihn – in letzter Zeit überwiegend ohne ihn; Pah-ko war zu krank und müde –, und jedesmal lauschte er mit seinem ganzen Herzen.

Der Gedanke an seinen Herrn, der den Schmerz der Gefangennahme des großen Ungeheuers erlitt, verfinsterte Hodais Stimmung einen Augenblick lang. Dann erinnerte er sich daran, wo er war und besonders an die Tageszeit.

Sonnenaufgang. Die Wiederkehr des Sonnenphönix.

Die Zeremonie im Morgengrauen war die beste von allen. Es schien, als wären die Stimmen zu diesem Zeitpunkt schöner und freudiger, wenn sie den Sonnenphönix ein weiteres Mal in der Welt willkommen hießen, auf daß er sie in seiner Wärme und seinem Licht badete. Hodai stellte sich die Stimmen wie die Farben der Morgendämmerung vor, rot und aprikosenfarben und kupfern und golden. Sein Herz bebte.

Die Rezitation erhob sich nun zu *dem* Lied. Es hatte keine andere Bezeichnung, es hieß nur das Lied, und es brauchte keinen Namen. Es wurde nur gesungen, um den Sonnenphönix nach dem kleinen Tod der Nacht willkommen zu heißen, und war das Schönste, was er je gehört hatte, das Wunderbarste auf der ganzen Welt. Er stellte sich gerne vor, daß er, wenn er seine Visionen hatte und sprechen konnte, mit seiner eigenen Stimme ein Echo jener Schönheit darstellte.

Wie immer, wenn er das Lied hörte, schlug etwas in ihm gegen seine Brust, flatterte in seiner zugeschnürten Kehle wie ein Schmetterling gegen ein verschlossenes Fenster. Er wollte so gerne singen – er, der nur grunzen konnte wie ein Tier. Aber vielleicht, nur vielleicht, würde der Phönix ja diesmal seine Gebete erhören ...

Er holte tief Luft, um sich mit den anderen in Schönheit zu erheben. Abermals kam nur schreckliches Krächzen heraus. »Gu«, versuchte er. »Gugukk.«

Hodai stöhnte und schlug die Hände vors Gesicht. Er sackte an der Wand zusammen. Würden seine Gebete denn nie erhört werden? Sicher diente er dem Phönix doch gut! Er weinte verzweifelt.

Er weinte so schrecklich, daß er die Schritte erst bemerkte, als sie vor ihm innehielten. Hodai blickte erschrocken auf und rieb sich die tränennassen Wangen.

Einer der Oberpriester, Haoro, schaute auf ihn hinab, ein freundliches Lächeln auf den Lippen. Hodai kannte Haoro, kannte dieses Lächeln, und er wußte, daß es eine Lüge war. Aber bevor er davonhuschen konnte, schob Haoro den Fuß vor und verstellte ihm den Weg.

»Es tut dir weh, nicht wahr, Kind, daß du nicht singen kannst? Ich habe dich gesehen, Hodai, während der großen Zeremonie, wenn die Chorlieder für den Sonnenphönix gesungen werden. Ich habe den Schmerz und die Sehnsucht in deinen Augen gesehen, und ich leide mit dir.«

Hodai bekam vor Staunen einen Schluckauf. Haoro hatte ihn bemerkt? Hodai, den Unwichtigen? Oh, Hodai wußte gut, wie wichtig er für Pah-ko war. Er war Pah-kos Orakel. Aber er würde nie für Haoro weissagen können. Oder für sonst jemanden, was das anging; wer immer nach Pah-ko *Nira* wurde, würde sein eigenes Orakel brauchen. Ein Orakel, das seine oder ihre Zunge nur für einen einzigen Herrn fand.

Nein, das mußte Betrug sein. Hodai wußte nur zu gut, wie ehrlich Haoro wirken konnte, selbst wenn er den Sturz eines Rivalen plante oder einen unglücklichen Diener verspottete – zum Beispiel ein gewisses Orakel. Hodai machte sich bereit zu fliehen.

»Es tut mir leid, daß du so leidest – aber ich kann dir helfen.«

Hodai sackte zusammen. Ungelenk auf dem Boden sitzend, blickte er zu dem Priester auf. *Warum tust du das? Verspotte mich nicht.* Aber wie immer fingen sich die Worte in seinen Zähnen und starben dort. »Ahwu?« flehte er unglücklich.

Haoro kniete nieder, so daß seine Augen auf gleicher Höhe wie Hodais waren. Hodai vergaß in seiner Angst sogar zu atmen. Was hatte der Priester vor, daß er sich zu ihm, einem Sklaven, niederbeugte? Und der Blick in diesen schwarzen Augen, der Schmerz ... Haoros Mitgefühl war deutlich zu erkennen.

Hodai sah es. Er wußte, daß er ihm nicht vertrauen sollte; solche Tränen bedeuteten nicht mehr als jene, die eine Kaiwun-Schlange angeblich weinte, bevor sie ihre Beute vergiftete. Aber er wußte auch, daß Haoro nicht log. Das brauchte er nicht; er benutzte die Wahrheit als Waffe.

Nein, er sollte ihm nicht vertrauen. Aber Haoro hatte gesagt, er könne ihm helfen.

Und Haoro lügt nicht.

Hodai starrte den Priester flehend an.

»Ja«, sagte Haoro. »Ich kann dir helfen. Ich kann die heilende Macht des Phönix heraufbeschwören; das weißt du. Was mit deiner Stimme geschehen ist, kann ungeschehen gemacht werden. Aber als Ausgleich dafür, Hodai, brauche ich *deine* Hilfe.«

Wie? fragte Hodai mit seinen Augen. Alles – er würde alles für eine Stimme tun, die er dann zum Lied erheben konnte.

Haoro lächelte. »Ich brauche nur ein paar Informationen, Junge. Das ist alles. Nur ein paar ... Informationen.« Er beugte sich vor. »Ich will, daß du auf folgendes achtest«, sagte er und flüsterte etwas in Hodais Ohr.

Hodai verzweifelte. Das konnte er nicht; er konnte es einfach nicht. Aber dann kam das Lied zu seinem triumphierenden, wundervollen Ende. Eine Stimme erhob sich über alle anderen, herzzerreißend rein, wie ein Sonnenstrahl, der durch die Wolken bricht.

So singen zu können ...

»Verstehst du, was ich brauche?« fragte Haoro.

Hodai nickte.

»Und wirst du es tun?«

Einen langen Augenblick, währenddessen ihm sein Herzschlag bis in die Ohren dröhnte, kämpften die Gefühle in ihm. Dann nickte Hodai. Ein einziges Mal.

»Gut«, sagte Haoro und erhob sich. »Gut.«

Er hatte keine Tränen mehr in den Augen. Nur noch den Sieg.

10. KAPITEL

Ein paar Tage nach seiner Rückkehr aus dem Eisentempel, als er aus einer Besprechung mit anderen Adligen kam, zog Jhanun die Vorhänge seiner Sänfte bei einem ungewohnten Geräusch im Hof seines Herrenhauses zurück. Der Hof schien voller Leute zu sein.

»Bleibt stehen!« rief er den Trägern zu.

Sie blieben stehen, und er zog den Vorhang weiter zurück. Beim näheren Hinsehen bemerkte er, daß es nicht so viele Menschen waren, wie er gedacht hatte; nur ein paar ältere Männer mit Schwertern oder Speeren und zwei Frauen, eine von ihnen verschleiert. Und ein alter Reisewagen, der ein Leben oder zwei zuvor bessere Tage gesehen hatte, verschwand gerade um die Ecke; einer seiner Stallknechte führte geduldig den Ochsen, der ihn zog. Ein junger Mann – zweifellos der Fuhrmann – trabte hinterher.

Der Gruppe war eins gemeinsam: Ihre Haltung und alles, was sie besaßen und trugen, zeugte von stolzer Armseligkeit. Die Gewänder waren sauber, aber geflickt, die Farben verblaßt, die Stickereien abgewetzt. Das Leder der Schwertscheiden war abgetragen, an einigen Stellen bis auf das darunterliegende Holz. Die Wachen sahen, wie er hinschaute, und verbeugten sich. Ebenso die Frauen.

Ah – das war seine Nichte Nama. Jhanun gab den Trägern ein Zeichen, die Sänfte abzusetzen. Er stieg aus und wartete.

Der kleine Kreis von Wachen öffnete sich, und die Frauen kamen auf ihn zu. Die Verschleierte ging voran; die andere, eine Frau mittleren Alters, folgte. Ihr Gesicht war unverschleiert; sie war nur eine Dienerin.

Nama verbeugte sich tief vor ihm. »Ich bin hier, wie Ihr befohlen habt, Onkel«, sagte sie. Ihre Stimme zitterte.

Jhanun streckte die Hand aus und zog ihr den Schleier vom Gesicht. Die Zofe schnappte nach Luft; ihre Hand zuckte vorwärts, als wolle sie ihn aufhalten. Sie wich erst zurück, als er ihr einen wütenden Blick zuwarf. Aber ihre Augen blitzten immer noch zornig über diese Beleidigung.

Die Zofe, dachte Jhanun, mußte gehen. Sie versuchte Nama zu sehr zu beschützen. Selbst jetzt zuckten ihre Finger, als sehnten sie sich danach, ihre Herrin wieder vor neugierigen und unverschämten Blicken zu verhüllen. Gut, daß er für einen solchen Fall vorgesorgt hatte.

Aber es war die Reaktion seiner Nichte, um die es Jhanun ging. Ließ sich das Mädchen seine Verärgerung über eine so grobe Beleidigung anmerken? Lag ein Funke von Widerspenstigkeit in den dunklen Augen?

Nichts. Er fand sich nur Furcht und Verwirrung gegenüber. Sie wand sich ein wenig, als erwartete sie einen Schlag. Das war gut, wirklich gut. Nama war immer noch die verängstigte kleine Maus, an die er sich erinnerte. Er konnte seine Pläne fortführen; sie würde nie ein Wort darüber sagen, was man ihr angetan hatte.

»Willkommen, Nichte«, sagte er freundlich. »Komm, ich zeige dir selbst dein neues Zuhause.«

Er drehte sich um und ging rasch davon. Einen Augenblick später hörte er, wie sie ihm folgte.

»Du gehst mir aus dem Weg, Hodai.«

Die Stimme kam von hinten, wie ein Angreifer im Dunkeln. Hodai schnappte nach Luft und zuckte zusammen. Er fuhr herum, sein Herz schlug heftig; eine Hand zuckte zur Kehle. Unter seinen zitternden Fingern war das Gold seines Sklavenkragens fest – und so hart wie der Blick des Mannes, der ihm gegenüberstand.

Haoro trat aus einer Mauer von Schatten. Oder hatte der Mann sich mit einem Mantel aus Dunkelheit umhüllt? Denn die Schatten fielen von ihm ab und huschten davon wie Insekten. Der Tunnel für die Diener war wieder von dem warmen, gelblichen Licht der Öllampen erfüllt, die in Nischen an den Wänden hingen. Es war kein sonderlich helles Licht, aber es gab auch keine Pfützen der Finsternis wie jene, aus der Haoro aufgetaucht war.

Hodai spähte verzweifelt den schmalen Gang entlang. Er hatte geglaubt, hier in Sicherheit zu sein, er war davon ausgegangen, daß Haoro sich niemals dazu herablassen würde, solche Wege zu benutzen. Sie waren nur für die niedrigsten Sklaven. Selbst er, Hodai, hatte das Recht, die Hauptflure durch den Tempel zu benutzen.

Aber er hatte geglaubt, hier sicherer zu sein ...

Haoros Hand schoß so rasch vor wie eine zuschlagende Schlange. Lange, kühle Finger griffen nach Hodais Kinn, kippten seinen Kopf nach oben, um ihm in die Augen zu sehen. Ein Teil von Hodai war überrascht, daß die Hand des Priesters mit Haut bedeckt war, wie die jedes anderen Menschen; er hatte beinahe erwartet, rauhe Schuppen an seinem Kinn zu spüren.

Der Rest von ihm war nur noch verängstigt.

»Nun?« sagte Haoro. »Hast du mir nichts zu sagen, Junge?«

Hodai schüttelte hektisch den Kopf. Oder er versuchte es zumindest; die Finger des Priesters hielten ihn wie ein Schraubstock. Er bewegte erschrocken die Hände.

»Ich weiß, daß er die Regeln des Phönix in Frage stellt, Junge. Ich *spüre* es. Weshalb sonst gibt es so viele Botschaften, die zwischen ihm und den Sehern der Zharmatianer und der Tah'nehsieh hin- und hergeschickt werden? Ich glaube nicht, daß es nur darum geht, zu lernen, wie dein Herr sagt. Aber Pah-ko ist schlau; er erzählt uns geringeren Priestern nicht, was er wirklich denkt oder was in seinem Herzen vorgeht. Aber du ... ich weiß, daß er dir Dinge sagt, die er sonst niemandem anvertrauen würde. Wem solltest du es schon berichten? Nur wenige kennen die Fingersprache der Orakel.« Er lächelte, kaum ein Verziehen der Lippen, und senkte die Stimme, weich wie Seide und kalt wie Jade. Der Priester fuhr fort: »Wie ich sie kenne. Ah – das wußtest du nicht, kleines Orakel? Aber ich kenne sie. So erzähle es mir; sag mir alles.«

Hodai zwang seine zitternden Finger, sich zu bewegen. *Nichts. Der Herr hat nichts Schlechtes gesagt.*

Haoros Fingernägel bissen in Hodais Gesicht; Tränen traten dem Jungen in die Augen. Er drückte die Augen fest zu.

»Sieh mich an!« forderte der Priester.

Mit einem leisen Wimmern begegnete Hodai dem Blick der schwarzen Augen, der sich tief in seine Augen bohrte. Haoros Blick brannte mit einer Kälte, die Geist und Seele versengte, die ihn zerriß, als sie durch jede Faser seines Wesens raste.

Nach einer Ewigkeit ließ Haoro ihn gehen. Hodai ließ sich keuchend gegen die Mauer fallen. In seinem Schrecken hatte er vergessen, Luft zu holen. Die Welt tanzte grau und trüb vor seinen Augen. Seine schmale Brust hob sich, als er tief einatmete.

»Du hast nicht gelogen«, meinte der Priester. »Pah-ko hat dir nichts gesagt. Aber er wird es tun, Orakel. Er wird. Und wenn er es tut ...«

Haoro wandte dem Stummen sein strahlendes Lächeln zu. »Wenn er das tut und du mir davon erzählt hast, dann sollst du deine Belohnung haben, tapferer kleiner Hodai. Dann sollst du singen. Hör hin.«

Wie aus dem Nichts kam geisterhafter Gesang. Die Stimme war leise und klar und schöner selbst als die Stimme, die das Lied anführte. Hodai zitterte bei diesem Klang und streckte die Hände aus, als könnte er ihn aus der Luft holen.

Ohne ein weiteres Wort verschwand der Priester in dem Schatten, aus dem er gekommen war. Der Gesang verstummte. Hodai sackte am Boden zusammen. Er weinte.

Wie konnte er den Mann verraten, der für ihn Vater und Mutter gewesen war?

Dann erinnerte er sich an die Stimme, die man ihm versprochen hatte.

Wie konnte er es nicht tun?

Das Anwesen ihres Onkels war riesig, dachte Nama, als sie hinter ihm hereilte. Es gab das Haupthaus und eine ganze Anzahl kleinerer Häuser, viele von ihnen umgeben von eigenen Gärten. Häuser für Gäste? Begünstigte Diener? Sie hatte nicht die Zeit, stehenzubleiben und sich alles genau anzuschauen.

Sie wollte es auch nicht. Jemand hätte sie sehen können. Denn sie wagte es nicht, ihren Schleier wieder vorzuziehen; ihr Gesicht war immer noch unbedeckt. Aus dem Augenwinkel bemerkte sie, wie Diener stehenblieben und sie anstarrten. Zu ihrer äußersten Erniedrigung glotzten einige der Männer sie gierig an, sobald Jhanun vorübergegangen war. Der Phönix sollte ihr helfen, glaubten sie denn, sie sei eine von Jhanuns Kurtisanen? Sie wünschte sich, der Boden würde sie verschlingen. Sie wünschte sich, der Phönix würde sie mit seinem heiligen Feuer treffen und ihr die Schande ersparen. Aber sie konnte nichts anderes tun, als mit gesenktem Kopf und tränenfeuchten Augen hinter ihrem Onkel herzueilen. Zu weinen wagte sie nicht.

Zumindest war Moya bei ihr. Sie konnte hören, daß die Zofe und ein paar der Diener ihres Onkel hinter ihr folgten.

Bitte, laß uns bald da sein! Und bitte *laß Onkel nicht lange bleiben.* Wenn sie erst einmal allein waren, würde Moya sie in die Arme nehmen, während sie weinte.

Dank der Gnade des Phönix waren es nur noch Augenblicke, bevor sie ihr Ziel erreicht hatten, einen Ort, der so weit von den anderen Häusern entfernt war, daß er beinahe nicht mehr zum Anwesen gehörte. Jhanun blieb vor einem Tor in einem Zaun aus kräftigem Bambus stehen, der höher war als der Kopf eines Mannes. Er griff in seinen Ärmel und holte einen Schlüssel heraus. Der Schlüssel drehte sich ohne einen Laut im

Schloß. Jhanun drückte das Tor auf und führte sie nach drinnen.

Nama blieb in der Tür stehen. Ein einziger Blick ließ sie Angst und Verwirrung vergessen. Es war zauberhaft hier!

Jasminranken wuchsen am Zaun entlang, ließen ihn weicher wirken und entsandten ihren Duft in die Luft. Überall wuchsen andere Blüten, ein Tumult von Farben, der die Augen entzückte. Ein kleiner Bach zog sich durch die Landschaft und gurgelte vergnügt vor sich hin, während das Sonnenlicht auf seinen Wellen glitzerte. Eine Brücke bog sich darüber. Dahinter lag ein Haus, klein, aber vollendet, wie ein Edelstein in seiner Fassung.

Entzückt ging Nama ein paar Schritte auf diese unerwartete Zuflucht zu. Sie klatschte vor Freude in die Hände.

Wie ein Echo aus einem Alptraum erscholl das Geräusch des zufallenden Tores und Moyas Schrei. Nama fuhr herum; hinter dem Tor erklangen Geräusche wie von einem Handgemenge.

»Herrin! Meine Herrin!« jammerte Moya. »Laßt mich zu meiner Herrin!« Ihre Schreie wurden leiser.

»Moya!« Aber sie erhielt keine Antwort. Nama befürchtete, aus schierem Entsetzen das Bewußtsein zu verlieren. »Onkel?« flüsterte sie.

»Ich werde sie mit deinen Wachen wieder nach Hause schicken. Du brauchst den Dienst einer solchen Zofe nicht mehr«, erwiderte ihr Onkel und zog die Brauen hoch. »Ich habe bessere Diener für dich.«

Er hob die Hand und zeigte zum Haus.

Nama schaute dorthin. Die Tür des kleinen Hauses ging auf, und eine Frau kam heraus. Ihre Kleidung bestand zwar aus dem einfachen Tuch, wie es Diener verwendeten, aber die Sachen waren elegant geschnitten, und sie trug sie mit so königlicher Haltung, daß es genausogut hätte Seidenbrokat sein können. Von ihrer vollendeten Frisur bis zu den eleganten

Pantoffeln war dies eine Zofe, wie sie einer Dame bei Hof angemessen war.

Aber ihre Miene war so hart und grimmig wie eine Steinmauer, und in ihrem Blick stand kein Willkommen, nur kalte Gleichgültigkeit. Sie war eine hochgewachsene Frau, so groß wie manche Männer. Nama wäre bei ihrem Anblick beinahe zurückgewichen.

»Das ist Zuia«, sagte Jhanun. »Sie wird sich um dich kümmern. In zwei Tagen, nachdem du dich von deiner Reise erholt hast, werden deine ersten Lehrer eintreffen. Und nun geh.«

Nama zögerte, verängstigt von der grimmigen Frau.

»Geh.« Die Stimme ihres Onkels war leise, aber kalt wie eine Messerklinge an der Kehle in einer Winternacht.

Umgeben von einer Wolke aus Verzweiflung überquerte Nama die kleine Brücke.

11. KAPITEL

Die Herrin von Schloß Drachenhort erwachte aus einem Traum. Tränen liefen ihr über die Wangen, als sie sich im Bett aufrecht hinsetzte – vorsichtig, um Kelder nicht zu stören. Sie wischte sich die Tränen ab.

Ihr Götter, was für ein trauriger Traum, so voller Schmerz und Bedauern! Aber sie konnte sich nicht erinnern, was es gewesen war, nur daß eine Stimme, in der aller Schmerz der Welt lag, in ihrem Geist erklungen war. Schaudernd holte sie Luft.

Dann erklang die Stimme wieder, diesmal in ihrem wachen Geist, nicht im Traum.

Angst ergriff sie. Sie kannte diese Stimme. *Morlen? Morlen, was ist?*

Wir haben entschieden, was geschehen muß, Jessia.

Hat sich einer von Euch freiwillig gemeldet, nach Jehanglan zu gehen, um den Gefangenen zu befreien? Aber wenn dem so war, wieso war Morlen so ... die Herrin biß sich auf den Fingerknöchel. War es Talassaene? Das würde erklären ...

Nein, meine liebe Freundin. Ich versuche, die Aufgabe selbst auf mich zu nehmen, denn wenn ich diese Vision vor so vielen Jahren verstanden hätte, hätte das Elend vielleicht vermieden werden können.

Kummer fegte durch ihren Geist wie ein Sturm, dann fuhr der Echtdrache fort: **Die anderen wollten nichts davon hören. Statt dessen ...**

Eine Flut von Trauer brachte neue Tränen in die Augen der Herrin. Sie weinte lautlos, gefangen in Morlens Gefühlen. *Was ...*

**Wir ziehen in den Krieg, meine liebste Freundin. Selbst ich darf, obwohl meine Magie nicht mehr ist, was sie einmal war, mein Volk nicht verlassen, also werden wir in ein paar Ta-*

*gen ... daß ich diesen Tag erleben muß! Jessia, liebste Freundin – ich flehe dich an, für uns zu beten. Ich fürchte, wir werden deine Gebete brauchen, denn es gibt noch schlimmere Nachrichten.**

Sie lauschte, als er ihr von seiner Angst erzählte, und ihr wurde kalt.

Nira Pah-ko saß am Fenster und beobachtete, wie der Morgennebel durch das Tal unter ihm wirbelte. Sein lauter, rascher Atem war in dem stillen Turmzimmer deutlich zu hören. Er war kein alter Mann, aber er sah aus wie einer, die Glieder verrenkt und ausgemergelt davon, die Kraft zu leiten, die Jehanglan nährte. Tief in seinen müden Knochen spürte er den Schmerz des Gefangenen, der in den Höhlen unter dem Tempel angekettet war.

Er war der *Nira*, der Konzentrationspunkt, das Achsenlager des heiligen Gefängnisses, in denen das finstere Ungeheuer saß; er war das lebendige Opfer für Jehanglan. Vor so vielen Jahren war es eine Ehre gewesen, auserwählt zu werden, aber es war eine schwere Pflicht.

Es erging jedem *Nira* so, dachte Pah-ko, als er versuchte, seinen Geist dem letzten Schmerz gegenüber zu verschließen. Am Anfang war es entsetzliche Qual gewesen. Nach langer Übung hatte er es leichter ignorieren können; der Priester schob den Gedanken von sich, daß der Schmerz dieser Tage heftiger wurde und schwieriger beiseite zu schieben war. Ihm gefiel nicht, was das ankündigen mochte – das und die Erdbeben im Osten, von denen die Boten sprachen.

»Die Vorzeichen sind schlecht«, keuchte er laut den bunten Finken zu, die in dem Käfig nahe seinem Sessel saßen, und zu dem Kind hin, das auf dem Boden neben ihm hockte. »Sehr schlecht. Der Kaiser ist schwach und sündig. Wäre er das nicht, wären Himmel und Erde im Gleichgewicht. Statt dessen ist er während der Zeremonien unaufmerksam, falls er überhaupt daran teilnimmt, und er ehrt seine Urahnen nicht, wie es angemessen wäre.« Traurig schüttelte der Mann den Kopf. »Daß ich das noch erleben muß, Hodai«, sagte er zu dem Jungen zu seinen Füßen.

Der Junge nickte, die großen Augen auf seinen Herrn gerichtet, aber ansonsten reagierte er nicht. Die Finken hüpften in ihrem Käfig aus vergoldetem Bambus von einer Stange zur anderen. »Bibibi«, riefen sie und drängten sich auf einer Seite des Käfigs, weil sie auf etwas warteten.

Pah-ko tastete in der Schale auf dem Tisch herum. Mit einigen Schwierigkeiten zwang er seine verkrampften Finger dazu, eine kleine Menge Körner aufzuheben und sie in den Käfig zu werfen. Wie kleine, lebendige Blüten sprangen die Finken nach unten und pickten begierig. Als *Nira* war ihm gestattet, Nachtigallen für sich singen zu lassen, wie es sonst nur der Kaiser durfte; aber ihr süßer Gesang schien Hodai zu quälen, und er wollte dem jungen Sklaven nicht noch mehr Schmerz verursachen. Statt dessen hielt er Finken und freute sich über ihre Dreistigkeit.

Armes, armes Kind; er möchte so gerne singen können und kann nicht einmal sprechen.

Der Junge machte die Zeichen für *hübsch* und *gierig* und lächelte.

»Nicht wahr? Es gibt Feuersbrünste und Hochwasser, Dürren und Krankheit – aber euch ist das gleich, nicht wahr, meine kleinen Edelsteine? Das Land wird von Erdbeben erschüttert, die Läufer berichten von zweiköpfigen Kälbern in den Dörfern; man hat Tote wiederauferstehen sehen, und es gibt Gerüchte von Blutpfützen in Tempelhöfen – aber was bedeutet euch das schon?«

Er drohte den Vögeln mit dem Finger. Einer oder zwei warfen ihm einen Blick zu, aber der Rest kümmerte sich weiter um die Körner. »Aha«, sagte er amüsiert, als sein Liebling, Kleine Jade, hinauf auf die nächste Stange flog und ihn beobachtete, den hellgrünen Kopf schief gelegt. »Dies allerdings sollte euch interessieren.«

Der Junge legte den Kopf ebenfalls schief, den Vögeln ganz ähnlich, und lauschte. Sein Gesicht wurde ernst, und so etwas wie Furcht stand in seinen Augen.

Der Priester senkte die Stimme, obwohl niemand sonst im Zimmer war. »Meine Kräfte lassen nach, Hodai, und Haoro hat ein Auge auf den gefiederten Mantel des *Nira* geworfen – *meinen* Mantel. Und wenn Haoro *Nira* wird, dann – bah! Seine Familie war immer schon gierig, und nun sind sie arm – eine gefährliche Kombination. Und die Ehre – und die Macht –, die das dem Bruder seiner Mutter, Jhanun, bringen würde ...«

Hodai nickte, zunächst zögernd, dann heftiger. Seine klugen Finger sagten: *Schlechte Macht*, dann machte er sein eigenes Zeichen für einen der anderen Oberpriester, Deeh.

»Ja«, ächzte der Priester und begann zu husten. Sofort sprang Hodai auf, holte ihm eine Tasse bitteren Tee und half ihm trinken. Als der Anfall vergangen war, zupfte der junge Sklave eine Decke über dem Priester zurecht und kniete sich wieder vor ihn. »Ja«, wiederholte Pah-ko und genoß die Wärme der dicken Wolle. »Wirklich schlechte Macht. Der Phönix sollte sich für Deeh entscheiden. Das wäre besser.«

Zustimmung überspülte Hodais Miene wie eine Flut. Seine Hände erklärten: *Haoro lügt nicht. Aber Deeh spricht die Wahrheit.*

Pah-ko schaute aus dem Fenster noch einmal zum Nebel hin. *Solch einfache Worte und so wahr,* dachte er. *Ist es nicht schon schlimm genug, daß Haoros Großvater väterlicherseits so tief in Intrigen verstrickt war, den Kaiserpalast zu zerstören? Man hat der Familie beinahe alles genommen – und das war recht so. Aber nun besteht eine Möglichkeit, daß sie wieder an die Macht gelangen. Der alte Kaiser war zu nachgiebig; er hätte sie vollkommen vernichten sollen. Zumindest hätte man Haoro niemals gestatten dürfen, innerhalb der Priester-*

schaft aufzusteigen. Vielleicht ist es ein Fehler, daß der Familie eines Mannes, der zum Nira *auserwählt wird, soviel Macht und Wohlstand zufließt. Aber wenn das nicht der Fall wäre, wer würde es schon tun?*

Pah-ko war ehrlich zu sich selbst. Alles, was Jehanglan nutzte, konnte ertragen werden – besonders, wenn es Reichtum, Rang und Ehre für die Familie brachte. Er hätte Jahre zuvor niemals zugestimmt, *Nira* zu werden, wäre es nicht zum Nutzen seiner Familie gewesen. Es war ein Opfer, das jeder ehrenhafte Jehangli bringen würde; das Wohlergehen der Familie war wichtiger als alles andere.

Nun war sein Bruder ein Herzog, und eine Schwester war Konkubine des alten Phönixherrschers gewesen, nun im ehrenvollen Ruhestand auf einem eigenen Landsitz mit vielen Dienern. Eine andere Schwester hatte einen kaiserlichen Richter geheiratet. Die Asche seiner Eltern – Ehre sei ihnen! – wurde im großen Tempel des Phönix selbst aufbewahrt, und jeden Tag wurde Räucherwerk für ihre Seelen verbrannt. Er hatte viel Gutes für seine Familie getan; es war nur ein geringer Preis gewesen, verglichen mit ihrer Erhebung aus schrecklicher Armut.

Wieder drang der Schmerz auf ihn ein; er verbarg es vor Hodai, so gut er konnte. Pah-ko verlagerte vorsichtig das Gewicht im Sessel. Ich hoffe, daß Deeh der Auserwählte ist. Deeh ist Waise; Haoro hat eine Familie von Schakalen, die bereit sind, sich auf Jehanglan zu stürzen – und das Schlimmste war, daß seine Mutter Fürst Jhanuns Schwester war!

Die Wahl seines Nachfolgers war allerdings nicht alles, was Pah-ko dieser Tage bedrückte. Die unangenehmen Zweifel, die ihn in der letzten Zeit plagten, tobten in seinem Geist wie Krähen, die einem Fuchswelpen, der in der Falle saß, näher rückten.

»Alles löst sich auf«, flüsterte er. Hodai lehnte sich an sein Knie und bot ihm lautlosen Trost; Pah-ko strich über das glatte, dunkle Haar. »Alles. Gaolun, der verehrte Ahnherr unseres Tempels, sagte, die Herrschaft des Phönix werde tausend mal tausend Jahre dauern. Nun sind nur ein paar Handvoll Jahre mehr als tausend vergangen, und die Welt zerfällt vor meiner Nase. Und was ist mit der Prophezeiung meines anderen Orakels, Hodai, das sagte, wir sollten die Abkömmlinge Fürst Kiranos zum Kaiser bringen? Shei-Luin hat Xiane ma Jhi einen schönen Sohn geboren, und immer noch hören die Katastrophen nicht auf!«

Der Junge bewegte unruhig die Hände, und wieder stand Angst in seinem Blick. Er grunzte vor Anstrengung zu sprechen.

Mit einiger Gewalt hielt Pah-ko die Hände fest, die in die Luft schlugen wie verängstigte Schmetterlinge. »Nein, nein, mach dir keine Sorgen, Kind. Es war nicht einmal deine Prophezeiung. Ihr Orakel sagt uns, was ihr seht, und ihr seht die Wahrheit. Alles, was wir Sterblichen tun können, ist zu versuchen, den göttlichen Worten des Phönix zu folgen. Aber tun wir das wirklich?«

Der Junge schluchzte leise. Er legte den Kopf an Pah-kos Knie. Er hob suchend die Hand.

Pah-ko griff in dem Versuch, den zitternden Jungen zu trösten und zu beruhigen, nach der Hand. Er dachte: *Ich muß mit dem, was ich Hodai erzähle, vorsichtiger sein; manchmal vergesse ich, wie jung er ist und daß er alle Zweifel der Jungen hat. Er ist zu klug für ein Kind.*

Wieder starrte er aus dem Fenster. Die Krähen des Zweifels kehrten zurück, um an seinem Geist zu picken. Plötzlich sagte er: »Einige behaupten, der erste *Nira* hätte nicht tun sollen, was er getan hat. Einige glauben auch, die Bindung sollte rückgängig gemacht werden. Hodai – sollen wir Kleine Jade fragen, was er denkt? Ehre uns mit deiner Weisheit, o winziger Weiser!«

Hodais Hand verkrampfte sich. Sie zuckte einmal.

»Bi«, sagte der kleine Fink. »Bibibi.«

Pah-ko nickte. »Du bist auch der Ansicht, daß der Phönix frei sein sollte? Gut! Und was sagst du da? Ja, ich glaube auch, daß das arme Ungeheuer unter uns befreit werden sollte, möge der Phönix mir meine Ketzerei vergeben.«

Die Hand des Jungen, plötzlich eiskalt, entglitt seinem Griff wie ein toter Gegenstand.

Linden kam aus dem Badezimmer und zog die Finger durch das nasse Haar seines Clanzopfs, um es zu entwirren. Dampf stieg von seinem nackten Körper auf, als er summend durchs Schlafzimmer schlenderte. Maurynna, zufrieden damit, warm und faul unter den Decken zu liegen, sah ihn anerkennend an, als er vor dem Feuer stehenblieb, um sich mit einem besonders widerspenstigen Knoten zu beschäftigen.

Ich glaube, ich werde nie müde werden, ihm zuzusehen, dachte sie. Dann lächelte sie. *Oder ...*

Ein Klopfen an der Zimmertür unterbrach diese angenehmen Gedanken. Sie setzte sich überrascht hin.

»Linden? Maurynna?« Varn, ihr *Kir*-Diener, rief durch die Tür; er hatte gelernt, nicht einfach hereinzustürzen, der arme Kerl. Seine Stimme war so gereizt, wie Maurynna sie nie zuvor gehört hatte. Beunruhigt griff sie nach dem Nachthemd, das am Abend zuvor zu Boden gefallen war, und zog es sich über.

»Ja. Herein«, rief Linden, als sie fertig war. Er wandte sich ihr zu. Sie hatte seine Kniehosen in der Hand und warf sie ihm zu. Er zog sie sich über, als Varn das Zimmer betrat. Maurynna sprang aus dem Bett und ging zu ihrer Kleidertruhe am Fußende. Sie griff nach dem erstbesten Hemd und den ersten Hosen, die ihr in die Finger kamen, und richtete sich dann wieder auf, um zu lauschen.

Der üblicherweise stets gutgelaunte *Kir* schaute beunruhigt drein. »Ich dachte, Ihr wolltet vielleicht wissen«, meinte er, »daß die *Saethe* zusammentritt. Jetzt.«

So früh? Sie müssen die Hälfte der Mitglieder aus dem Bett geholt haben, dachte Maurynna überrascht.

»Warum?« fragte Linden.

»Das weiß ich nicht mit Sicherheit«, meinte Varn bedächtig.

»Dann erzähl uns die Küchengerüchte«, forderte Linden.

Maurynna erinnerte sich, wie Linden einmal gesagt hatte, daß in neun von zehn Fällen die Nachrichten aus den Dienerquartieren richtig waren.

Varn nickte. »Es heißt, die Echtdrachen glaubten, der in Jehanglan gefangene Drache sei entweder Dharm Varleran oder ein Echtdrache namens Pirakos. Morlen hatte eine Vision: Es wird Magie oder magische Wesen brauchen, den Gefangenen zu befreien, also hat es keinen Sinn, eine Gruppe von Echtmenschen zu bitten, etwas zu unternehmen, selbst wenn sie in dieses Land gelangen könnten.«

Der *Kir* hielt inne; er rieb sich das Gesicht. Die nächsten Worte waren kaum mehr als ein Flüstern.

»Es heißt, es wird ein paar Tage brauchen, bis sie bereit sind, aber ... die Echtdrachen ... die Echtdrachen ziehen in den Krieg.« Tränen liefen ihm über die pelzigen Wangen.

»Bei Gifnus Höllen«, fluchte Linden leise. Er wandte sich ab.

Die Kleidungsstücke entglitten Maurynnas Händen, und sie legte eine Hand über die Eisgrube, zu der ihr Magen geworden war. »Ihr Götter, nein«, war alles, was sie sagen konnte.

12. KAPITEL

Es begann.

Sulae Shallanan – in Drachengestalt, weil sie einer abgelegen lebenden Familie von *Kir*-Hirten Arznei bringen wollte – sah sie als erste. Sie setzte sich sofort im Geist mit den anderen Drachenlords im Schloß in Verbindung. Die Nachricht verbreitete sich rasch, und bald waren alle, die konnten, draußen, um zuzusehen.

»Jetzt kommen sie!« rief jemand. Der Himmel im Norden wurde schwarz. Viele weinten ganz offen. So etwas war in Jahrhunderten nicht mehr geschehen, nicht seit dem Schamanen-Krieg, dessen wilde Magie die Drachenlords geschaffen hatte. Und niemand hatte es jemals wieder sehen wollen.

Die Echtdrachen zogen in den Krieg.

Linden stand mit Maurynna, Otter und Raven zusammen. Taren stand auf der anderen Seite. Angst zeichnete die Miene des Mannes. Angst und – Zorn.

Nun, Taren hatte allen Grund, zornig zu sein. Auch Linden war zornig, daß die Echtdrachen so etwas tun sollten, obwohl es ihrem Wesen so heftig widersprach. Aber sie hatten alle kein Recht, sich in die Angelegenheiten dieser gewaltigen Herren des Himmels einzumischen.

Die Echtdrachen waren nun beinahe über ihnen. Wie ein Schwarm riesiger Heuschrecken flogen sie einer hinter dem anderen, alle entschlossen, dieses schreckliche Unrecht aus der Welt zu schaffen. Der Himmel über ihren Köpfen wurde dunkel, und jene am Boden sahen schweigend zu. Aber nur zu bald schon erschien der hellblaue Herbsthimmel wieder.

»Morlen konnte sie nicht aufhalten?« flüsterte Maurynna.

»Nein.« Lleld trat zu ihnen. »Er ist überstimmt worden.« Dieses Mal war Lleld überhaupt nicht glücklich, Neuigkeiten bringen zu können. In ihren braunen Augen standen Tränen. »Alle bis auf die sehr Alten, die sehr Jungen und die Kranken sind mit der Armee gezogen.«

»Auch Morlen?« fragte Maurynna. »Ich dachte, ich ...« Ihre Stimme bebte.

»Auch Morlen, meine Liebste«, sagte Linden. Er strich ihr übers Haar. »Ich habe ihn erkannt.«

»Er würde es nicht den anderen überlassen, sich dieser Gefahr zu stellen; er ist alt, und seine Magie ist nicht mehr so stark wie früher – das waren seine eigenen Worte, hat die Herrin gesagt –, aber er hat immer noch Kraft. Er stimmt diesem Plan nicht zu, aber er wird sie nicht allein lassen«, sagte Lleld. Auch ihre Stimme bebte nun, und sie wandte sich ab, um den Echtdrachen hinterherzuschauen.

»Mögen die Götter ihnen beistehen«, sagte Otter, nachdem der letzte Echtdrache hinter der Bergkette südlich der Drachenfestung verschwunden war.

»Und sie sicher wieder nach Hause bringen«, sagte Linden. Zu sich selbst murmelte er: *Ich wußte nicht, daß es so wenige sind. Gott helfe uns allen – was, wenn die Magie der Jehangli stärker ist als die ihre?*

Es konnte das Ende der Echtdrachen bedeuten. Er schloß die Augen vor diesem Gedanken. »Bitte nicht«, flüsterte er gegen Maurynnas Haar. »Bitte nicht.«

Sein Herr schlief. Hodai stand in der Tür und lauschte Pah-kos tiefen, gleichmäßigen Atemzügen, hin und wieder unterbrochen von einem Wimmern, bedingt durch den Schmerz, der der stetige Gefährte eines *Nira* war. Er war froh, daß sein Herr im Schlaf zumindest ein wenig Erleichterung fand. Daß Pahko eingeschlafen war, bedeutete auch, daß Hodai eine Weile nach draußen gehen konnte.

Wie eine Maus schlüpfte Hodai aus den Gemächern des *Nira* und durch die Flure des Tempelkomplexes, der den

Kajhenral krönte. Wann immer er es nicht vermeiden konnte, daß ihn jemand sah, trabte das kleine Orakel zielstrebig voran, in der Hoffnung, daß jedermann glaubte, er erledigte einen Botengang für den Heiligen. Niemand würde ihn dann aufhalten.

Nicht einmal Haoro. Hodai ging die gewundene Treppe hinab, die zu dem Hinterausgang bei den Vorratskammern führte.

Aber als hätte der Gedanke an ihn ihn herbeigerufen, stand Haoro am Fuß der Treppe und sprach dort mit einem der geringeren Priester, der die Aufsicht über die Vorratskammern hatte.

»Ich wünsche, daß mehr von dem neuen Räucherwerk in meine Gemächer geschickt wird. Der Duft ist sehr angenehm.«

Stolpernd kam Hodai zum Stehen. Er versuchte sich umzudrehen, aber in seinem Schrecken verrieten ihn seine Beine. Sie gaben nach, und er fiel so heftig hin, daß sich ihm ein gequältes Grunzen entrang.

Sofort schaute Haoro die Treppe hinauf und entdeckte ihn. Das Orakel konnte nur zurückstarren, zu verängstigt, um sich zu rühren. Der Priester sah ihn einen Augenblick lang an, und dieser Augenblick schien eine Ewigkeit zu dauern, während Hodais Blut in seinen Ohren wie Donner grollte. Er befürchtete, ohnmächtig zu werden. Als er das Lächeln sah, das schließlich über Haoros Lippen glitt, wäre das auch beinahe passiert.

Haoro *wußte* es.

Mit einer Geste entließ Haoro den geringeren Priester. Der Mann eilte davon. Hodai zwang seine Beine, ihm wieder zu gehorchen, er wollte davonlaufen, aber sie hatten nur die Kraft geschmolzenen Wachses. Er konnte nichts anderes tun, als hilflos zuzusehen, wie der Priester die Treppe hinaufkam, jeder Schritt so langsam und entschlossen wie der eines Kriegers, der sich anschleicht.

»Du hast mir etwas zu sagen.«

Hodai zitterte. *Nein!* wollte er schreien, er wollte aufspringen und davonrennen. Aber ihm war das Sprechen nicht gegeben, und sein Körper gehorchte ihm nicht. Das Beste, was er tun konnte, war, die Finger so fest zu verschränken, daß es weh tat, und sich vorzunehmen, nicht zu ...

Der Priester machte eine Geste. Abermals sang die geisterhafte, wunderschöne Stimme. Abermals traf der Klang Hodai mitten ins Herz. Er lauschte begierig; sie verklang zu bald, und er sehnte sich nach mehr.

»Das könnte deine Stimme sein, Hodai. Deine, solange der Phönix lebt.«

Immer noch im Bann der Stimme, löste Hodai die verschränkten Finger, und wie jemand, der in Trance gefallen ist, begann er mit zitternden Fingern Worte zu formen.

Als Hodai fertig war, sagte Haoro: »Aber er hat nichts darüber gesagt, tatsächlich die Bindung lösen zu wollen?«

Hodai schüttelte heftig den Kopf, nachdem die Schrekkensstarre endlich von ihm gewichen war. *Nein,* signalisierte er wieder und wieder.

»Dann soll er sich diese Tigergrube noch ein wenig tiefer graben.« Zu Hodais Erleichterung ging Haoro weiter die Treppe hinauf, an ihm vorbei. Das junge Orakel starrte geradeaus, und er wünschte sich, Haoro wäre weit, weit fort.

Aber er sollte nicht lange Ruhe haben. Denn Haoro blieb direkt hinter ihm stehen und sagte: »Du bist Pah-ko sehr treu, nicht wahr, kleines Orakel? Denn dies ist nicht heute geschehen, oder?«

Hodai erstarrte. Woher ...?

»Ich weiß es immer, Junge. Also denke nicht einmal daran, Pah-ko zu warnen, Hodai. Und wenn du das tust, werde ich es ebenfalls erfahren. Und dann wirst du sterben. Hast du verstanden?«

Hodai nickte starr, denn er wagte es immer noch nicht, sich umzudrehen. Nicht ehe das letzte Echo der Schritte verhallt war, nicht ehe sein Hinterteil beinahe so kalt war wie die Steine, auf denen er saß, wagte Hodai sich zu regen.

Als er es endlich tat, schlurfte er die Treppe wieder hinauf, alle Gedanken an Spiel vergessen, innerlich so leer wie ein Gespenst.

Taren saß nach einem Abendessen, zu dem er wenig Appetit gezeigt hatte, dicht am Feuer, einen dicken Schal um die Schultern gewickelt und eine Decke über dem Schoß. Sein ausgemergeltes Gesicht sah im Feuerlicht noch gelblicher aus. Die weißen Sorgenperlen blitzten auf, als er sie endlos durch die Finger zog.

Es muß in Jehanglan tatsächlich warm sein, daß Tarens Blut so dünn geworden ist, dachte Linden, als er sich nahe dem Sessel des ehemaligen Sklaven auf das Kaminsims stützte. Er spähte zu Otter hin, der am kühlen Herbstabend nur ein Wollhemd und Kniehosen trug. *Selbst Otter fühlt sich wohler, und er ist älter als Taren.*

Sein Blick glitt über die anderen in der Halle. Der Barde saß auf dem Sessel auf der anderen Seite der Feuerstelle Taren gegenüber, betrachtete den Kelch in seiner Hand und schaute ernst drein. Seine Harfe lehnte an der Wand. Linden fragte sich, ob Otter heute abend wohl das Herz haben würde zu singen. Raven saß auf einem niedrigen Hocker am Knie seines Großonkels, stützte das Kinn auf die Hände und starrte ins Feuer. Stirnrunzelnd betrachtete er, was immer er dort sah.

Lleld und Jekkanadar hatten sich auf den einzigen Doppelsessel des Raums zusammengerollt. Der feuerrote Kopf Llelds ruhte an der Schulter ihres Seelengefährten; Jekkanadar hatte den Arm um sie gelegt. Beide sagten kein Wort.

In all den Jahren, seit ich sie kenne, habe ich Lleld nie so unglücklich gesehen. Ich weiß, ich habe mir oft gewünscht, sie wäre nicht ganz so ... überschwenglich, aber verflucht! Wenn das die Erfüllung meines Wunsches ist, dann hätte ich sie lieber zehnmal schlimmer als zuvor.

Maurynna saß im Schneidersitz auf dem Boden. Sie zupfte an den langen Seidenfransen der assantikkanischen Schärpe, mit der sie ihr Hemd gegürtet hatte, flocht die Fransen und löste das Flechtwerk wieder. Ihr Weinkelch stand unbemerkt neben ihrem Knie.

»Ich kann nicht glauben, daß sie es wirklich versuchen wollen«, sagte Lleld und brach damit das lastende Schweigen.

Linden trank einen Schluck Wein. »Sie können doch Pirakos oder Varleran, oder wer immer es sein mag, nicht einfach dort lassen! Was sonst hätten sie tun können?« Er hob die Hand, um den Zorn des kleinen rothaarigen Drachenlords abzuwehren. »Nein, ich glaube auch nicht, daß es das richtige war. Ich sehe nur keinen anderen Weg ...«

»Das ist, weil du immer noch wie ein Soldat denkst«, fauchte Lleld. »Es gibt andere Möglichkeiten, an die Waben zu gelangen, als mit dem Kopf gegen den Bienenstock zu rennen.«

»Was würdest du denn vorschlagen?« konterte Linden.

Mit vorgeschobener Unterlippe meinte Lleld: »Ich weiß es nicht. Aber ich weiß, daß es einen besseren Weg geben muß.«

Raven blickte auf. »Ich habe zuvor nie darüber nachgedacht, wie viele Echtdrachen es wohl geben mag, aber es schienen weniger zu sein, als ich angenommen hatte. Warum?«

Linden schaute zu den beiden anderen Drachenlords hin. *Das habe ich mich auch schon gefragt. Glaubt ihr, viele von ihnen haben sich entschlossen weiterzuziehen?*

Vielleicht, kam nach einiger Zeit eine Antwort von Jekkanadar. *Und wenn das so ist, was hat es zu bedeuten?*

Nichts, was mir gefallen würde, sagte Lleld.

Linden war derselben Ansicht und sagte laut: »Wir sind nicht sicher. Vielleicht weiß die Herrin etwas darüber.«

Niemand sagte etwas; die anderen schauten so grimmig

drein, wie Linden sich fühlte. *Wie drückt Maurynna das immer aus, wenn sie zornig ist oder traurig – »ein schwarzer Hund auf meiner Schulter«? Nun, jetzt schleicht dieser schwarze Hund hier im Zimmer herum,* dachte er. Das Schweigen dauerte an und wurde nur vom Knistern der Flammen gebrochen.

Es dauerte so lange, daß Linden, als Otter schließlich etwas sagte, erschrocken zusammenzuckte und beinahe seinen Wein verschüttet hätte.

»Taren.« Der Barde starrte seinen Kelch nicht mehr an, aber seine Miene war noch ernster als zuvor. »Taren, womit werden es die Echtdrachen zu tun haben? Welche Art von Magie gibt es in Jehanglan?«

Das leise Klicken der Sorgenperlen hörte auf. »Sie haben keine Magie wie wir hier«, antwortete Taren. »Es gibt keine Magier. Es gibt auch niemanden wie zum Beispiel eine Melkerin, die die Butter mit einem Wort gerinnen lassen kann. Versteht ihr? Diese seltsamen kleinen Begabungen.«

Maurynna meinte: »Ja. Diese kleinen Zauber. An Bord des Schiffs meiner Tante Maleid gibt es einen Seemann ... ganz gleich, wie naß und verknotet die Taue sind und wie fest die Knoten, wenn er es wirklich will, lösen sie sich sofort, sobald er sie anfaßt. Meine Onkel versuchten schon vor Jahren, ihn von Tante Maleid abzuwerben.« Sie lächelte. »Aber sie hat auch den besten Schiffskoch.«

Darüber lachten alle bereitwillig; die Atmosphäre lockerte sich ein wenig auf. Aber Tarens Bemerkung ließ Linden nicht los.

»Überhaupt keine Magie?« sagte er. »Wie wird denn das Land geschützt? Denn nach allem, was ich gehört habe, steht es unter einer Art Schutz.«

Taren zuckte die Achseln und wandte ihm ein wohlwollendes Lächeln zu. »Ich war nur ein einfacher Sklave, Drachenlord. Ich weiß nur, daß man mir gesagt hat, es gäbe keine Magie in Jehanglan, und der Phönix allein schütze das Land mit seiner heiligen Macht. Ich habe nie von Magiern gehört; und es gibt auch keine Geschichten über sie.«

Ein Land ohne Magie. Das kam Linden unvorstellbar vor. Es gab doch schließlich überall Magie – oder nicht? Bilder einer Welt ohne Zauber zogen durch seinen Kopf; er war nicht sicher, ob er in einer solchen Welt leben wollte. In seinem Hinterkopf sagte eine Stimme: *Würdest du an einem solchen Ort leben, wärst du vor sechshundert Jahren gestorben.*

Kein angenehmer Gedanke; er bekam eine Gänsehaut. Er murmelte: »Jemand geht über mein Grab.« Und dann sagte er lauter: »Gibt es denn auch keine magischen Geschöpfe in Jehanglan? Der Phönix ist doch sicher ein solches Geschöpf. Was ist mit Drachen oder anderen?«

Das Feuerlicht tanzte auf Tarens kahlem Kopf, als er ihn schüttelte. »Keine Drachen. Die Priester des Phönixtempels lehren, daß die Drachen böse waren und der Phönix sie alle vor langer Zeit getötet hat.«

»Was sagen die Priester anderer Tempel?« fragte Otter.

»Es gibt keine anderen Tempel.«

Die anderen sahen einander verblüfft an.

Otter gab nicht nach. »Wollt Ihr damit sagen, daß es nur eine Religion gibt? Keine Wahl, an welche Götter man glauben will?«

»Die Zharmatianer – ein Stamm von Pferdehirten, die über die westlichen Ebenen ziehen – haben einen anderen Glauben. Ebenso wie jene, die die Jehangli als ›Barbaren‹ bezeichnen, zum Beispiel die Tah'nehsieh. Sie sind nur wenige und ohne große Macht, kleine Stämme ohne Bedeutung.«

Er machte eine abfällige Geste, dann begann das Klicken der Sorgenperlen wieder. »Manchmal kommen Soldaten oder Priester in ein Dorf und nehmen eins oder mehr Kinder mit sich. Niemand weiß, warum diese Kinder auserwählt werden. Die Jungen werden dem Tempel gegeben, um Priester zu werden. Ich weiß nicht, was aus den Mädchen wird.«

»Ich glaube nicht, daß ich Jehanglan mag«, murmelte Lleld leise.

Wie nach einer wortlosen Übereinkunft wandte sich das Gespräch dann anderen, angenehmeren Themen zu.

Die Klippe verlockte ihn. Hodai kroch auf allen vieren zum Rand und spähte hinüber. Das Tal unten lag schon im Dunkeln.

Aber nichts war finsterer als sein Herz. Er hatte den Mann verraten, den er wie einen Großvater liebte und der ihn seinerseits wie einen Enkel betrachtete. Er erinnerte sich, wie freundlich der *Nira* ihn behandelt hatte, als sie sich zum ersten Mal gesehen hatten. An diesem Tag hatte er dem alten Mann sein Herz geschenkt.

Er hatte den Tod verdient. Aber er war jung, und der Gedanke ans Sterben machte ihm angst.

Dann sang der Wind in den Felsen unter ihm, und er hörte ein Echo der Stimme des Phönix. Eines Tages würde diese Stimme ihm gehören.

Hodai kroch wieder zurück.

Tarens Kopf sackte nach vorn; im nächsten Augenblick döste er ein, wie es viel ältere Männer oft taten, schnell und mühelos, ebenso rasch wieder zu wecken, wie er in seinen Traum verfiel. Linden streckte Maurynna die Hand hin.

»Komm«, flüsterte er und zog sie vom Boden hoch. »Ich will mehr über Jehanglan erfahren, da Taren in der Mitte unserer Fragen eingeschlafen ist.«

Jekkanadar hatte das gehört und flüsterte seinerseits: »Ah. Denkst du vielleicht an dasselbe wie ich?« Er zeigte zur Decke.

Linden lächelte. »Ja.«

Er verließ das Zimmer als erster, Maurynnas Hand warm in seiner. Lleld zupfte den Schal ein wenig fester um Tarens Schulter, als sie auf ihrem Weg zur Tür an ihm vorbeikam. Sobald sie im Flur waren, ging Jekkanadar voraus und verstreute eine Handvoll Kaltfeuer vor ihnen.

»Wohin gehen wir?« hörte Linden Raven Otter zuflüstern.

»In die Bibliothek«, sagte der Barde. »Ich wette, Lukai und Jenna sind noch wach und herrschen über ihr Königreich.«

Jekkanadar grinste über die Schulter zurück. »Du wirst niemanden finden, der dagegen wettet, Barde, nicht im gesamten Schloß. Wir kennen unsere Archivare zu gut.«

Taren lauschte, als die leisen Schritte im Flur verklangen. Fluchend warf er den Schal zu Boden. *Verdammt* sollten sie sein, daß sie so viele – und so neugierige – Fragen stellten! So müde er es war, sich krank zu stellen, er war doch froh, eine solche Zuflucht zu haben. Er würde sie so oft wie notwendig nutzen.

Ein plötzlicher Schauder erinnerte ihn daran, daß es nicht nur Betrug war. Die Krankheit hatte ihn immer noch in den Klauen. Er griff wieder nach dem Schal und wickelte ihn sich um die Schultern.

Diese da waren die Vier. Er *spürte* es. Sie würden seinem Herrn den Thron von Jehanglan geben – falls die verfluchten Echtdrachen keinen Erfolg hatten.

Aber das ist unmöglich. Das Orakel hat nichts von einer solchen Katastrophe gesagt.

Taren ging im Zimmer auf und ab und stieß dabei die übelsten Beschimpfungen aus, die ihm einfielen. Die Echtdrachen mußten einfach versagen, das sagte er sich wieder und wieder. Wenn sie nicht versagten, würde das Fürst Jhanuns Orakel vollkommen in Frage stellen. Und das war unmöglich.

Aber kein Orakel sah alles, nicht einmal das eines *Nira*.

Verflucht sollten sie sein!

Er hoffte allerdings, daß, was immer geschehen mochte, bald vorüber wäre. Dieses Warten brachte ihn um den Verstand.

Jekkanadar führte sie den Flur entlang zu einer Holztür. Als er sie öffnete, war dahinter eine schmale Steintreppe zu sehen. Sie führte in Spiralen nach oben; und bei jedem Schritt spürte Linden die glatten Senken in den Steinstufen, Zeugen der vielen Drachenlords, die hier in den Jahrhunderten seit der Erbauung des Drachenhorts Wissen oder einfach nur Ruhe gesucht hatten.

Und wie viele von uns sind voller Unruhe hier heraufgekommen, weil wir die Aufgaben, die unsere Lehrer uns gestellt haben, nicht bewältigen konnten? fragte er sich, und er erinnerte sich daran, wie es gewesen war, neu im Schloß zu sein und jene Sprachen der fünf Königreiche lernen zu müssen, die er noch nicht beherrschte. Jetzt konnte er darüber lächeln, aber der alte Brithian – sein Lehrer des Pelnaranischen – hatte ihm immer schreckliche Angst eingejagt; ein Gespenst längst vergangener Unruhe nagte an ihm, als er die letzte Stufe erreichte. Er hielt inne, um die Tür am oberen Ende der Treppe zu schließen, bevor er den anderen den Flur entlang folgte.

Sie betraten die Bibliothek. Jenna, die *Kir*-Archivarin, saß an einem Tisch nahe dem Fenster; sie blickte überrascht von ihrem Buch auf. Lukai, ihr echtmenschlicher Kollege, kam mit einem Staubwedel in der Hand aus einem der kleinen Zimmer, die für den Unterricht benutzt wurden. Er blinzelte sie eulenhaft an. *Kir* und Echtmensch wechselten einen Blick, dann starrten sie die Besucher mit offener Verblüffung an. Die einzigen beiden anderen Anwesenden hier waren zwei weitere Echtmenschen, jeder an einem anderen Tisch.

Einer dieser beiden war eindeutig einer der Gelehrten, die manchmal nach Schloß Drachenhort kamen; die weiche, viereckige Mütze eines Akademikers lag auf dem Tisch nahe seinem Ellbogen. Er runzelte angesichts der Unterbrechung kurz die Stirn und beugte sich dann wieder über seine Bücher und die vielen Notizen auf Pergament, die er sich gemacht hatte. Er murmelte leise vor sich hin und zog seine kleine Öllampe näher heran. Drachenlords interessierten ihn nicht. Das machte er mit dieser Geste vollkommen deutlich.

Der andere Mann blickte ebenfalls auf, als sie hereinkamen. Er trug den Reif eines Barden. Linden hörte Otters verblüfftes, aber leises »Was macht der denn hier?«, als er langsam eine Hand zum Gruß hob. Zunächst tat der Fremde nichts weiter, als Otter kühl anzustarren. Dann nickte er und wandte sich wieder seinem Buch zu.

Jemand, den du kennst? fragte Linden. *Und so, wie es aussieht, kein Freund.* In diesem Blick hatte Gift gelegen. Bei sich selbst dachte Linden: *Wer sollte Otter so feindlich gesinnt sein?*

Otter erwiderte: *Beide Male ja; er ist ein Bardenkollege, einer der Meister der Bardenakademie; normalerweise reist er nicht viel. Ich habe dir von ihm erzählt.* Er hatte die Lippen grimmig zusammengepreßt.

Linden wußte plötzlich, wen er vor sich hatte. *Leet?* fragte er. Das würde einiges erklären.

Ja. Eine ganze Reihe von Emotionen begleiteten Otters unsichere Geiststimme. *Ich frage mich, was ...*

Otters Worte wurden von Raven unterbrochen.

»Ihr Götter!« rief Raven und sah sich um. »Ich wußte nicht, daß es so viele Bücher auf der Welt gibt!«

Vom Tisch des Gelehrten kam ein mürrisches Schnauben. Leet las weiter, als hätte er nichts gehört.

Linden sah sich um und erinnerte sich an sein eigenes Staunen, als er zum ersten Mal die Bibliothek von Schloß Drachenhort gesehen hatte. Über sämtliche Wände des Raums zogen sich Regale, gefüllt mit Büchern, einige bunt eingebunden, die meisten aber in nüchternem Braun; einige waren Geschenke von Königinnen und Königen, andere von dankbaren Gelehrten, die in dieser Sammlung lange gesuchtes Wissen gefunden hatten, wieder andere hatten Drachenlords auf ihren Reisen erworben. Der freundliche, ein wenig schale Geruch von altem Leder hieß ihn willkommen; Linden hatte vergessen, was für eine Zuflucht diese Bibliothek gewesen war, als er zum ersten Mal im Drachenhort weilte, ein Mann frisch aus den Bergen von Yerrih, ungelenk und nervös und erschrocken über das, was aus ihm geworden war.

Jenna lachte leise. Sie erhob sich und sagte: »Es kann gut sein, daß es keine andere Sammlung wie diese gibt, junger Echtmensch. Königreiche kommen und gehen, aber die Bibliothek von Schloß Drachenhort hatte längeren Bestand – und selbstverständlich auch das Schloß selbst.«

Ein boshaftes Lächeln zuckte über ihre kurze Schnauze. »Es ist ein wenig spät am Abend, um nur noch ein wenig Lesestoff zu suchen, meine Freunde. Darf ich raten, was ihr sucht?« Sie legte eine Hand auf die Seite, die sie gelesen hatte.

»Oh«, meinte Lleld, »es waren also schon andere vor uns hier?«

Ein weiteres, diesmal lauteres Schnauben des Gelehrten.

Lukai blinzelte; die Lachfältchen um seine großen, wäßrigen Augen wurden tiefer. »Viele, Lleld. Wir waren in der Tat überrascht, *dich* noch nicht gesehen zu haben. Und auch du hast uns gefehlt, Jekkanadar. Wir haben in einer alten Geschichte von Assantikk ein paar Worte gefunden, bei denen wir deine Hilfe bräuchten.«

»Wartet«, sagte Jenna. Sie klappte ihr Buch zu und tätschelte es. »Gehen wir in einen der Unterrichtsräume und lassen Meister Pren in Frieden.«

Da das Buch schwer aussah, nahm Linden es der zierlichen *Kir*-Archivarin ab und folgte ihr in einen kleinen Raum neben dem Hauptbibliothekszimmer. Sobald sie alle drinnen waren, schloß Jekkanadar die Tür hinter ihnen; sie setzten sich hin. Linden legte das Buch vor die beiden Archivare und setzte sich neben Maurynna.

Bevor jemand noch etwas sagen konnte, nickte Jenna Raven zu. »Ihr seid derjenige, der Taren Olmeins zur Drachenfestung gebracht hat, nicht wahr, junger Echtmensch?«

»Ja«, gab Raven zu.

»Als wir die Neuigkeiten hörten«, sagte Jenna, »erinnerten wir uns an dieses Buch und begannen es zu lesen.«

»Kennt ihr jedes Buch in der Sammlung?« fragte Lleld.

Kir und Echtmensch lächelten. »Ja«, sagten sie gemeinsam.

»Wißt ihr«, erklärte Jenna, »sie sind für uns wie alte Freunde.«

»Alte und vertraute Freunde«, sagte Lukai. »Wie können wir euch helfen?«

»Erzählt uns von Jehanglan«, meinte Lleld. »Wir wissen, daß der Phönixkaiser sein Königreich vom Rest der Welt abgeriegelt hat. Es geschah zu Zeiten von Jekkanadars Vater.«

»Das ist wahr«, sagte Jenna, und Lukai nickte. »Und von da an bis vor etwa hundert Jahren hat niemand, außer angeblich ein paar Schmugglern, auch nur Handel mit Jehanglan getrieben, und auch von diesen Schmugglern gab es wohl nicht viele. Dann kam ein Botschafter zum Kaiser der Dämmerung und erklärte, sein Bruderkaiser von Jehanglan erbitte sich einen Gefallen, denn es hatte einmal viele Verbindungen zwischen den beiden Reichen gegeben. Es war das erste Wort aus dem Phönixreich seit langer Zeit.«

»Seltsam«, meinte Linden. »Warum haben sie es sich plötzlich anders überlegt?«

In ihrem Blick lagen viele alte Geschichten, aber Jenna sagte einfach nur: »Seide.«

Drachenlords und Echtmenschen sahen einander an.

»Seide?« wiederholte Maurynna.

»Genau«, sagte Lukai. »Es steht alles hier in diesem Tagebuch der Gräfin Ardelis von Kelneth. Sie war eine große Reisende und suchte immer nach neuen Dingen. Sie besuchte den assantikkanischen Hof, vielleicht ein Jahr nachdem der Pakt abgeschlossen wurde. Hier, laßt mich das vorlesen.«

Er holte ein Tuch aus seinem Ärmel und betupfte sich die Augen. »Ich bitte um Verzeihung, aber der Staub auf diesen alten Büchern ...«, murmelte er und blätterte vorsichtig um.

»Ah! Hier ist es. Gräfin Ardelis schreibt: ›Heute sah ich, wie ein ausgesprochen seltsames Schiff in den Hafen von Nen dra Kore einlief. Es ist nicht wie die Koggen bei uns im Norden und auch nicht wie die Galeeren des Kaisers der Dämmerung. Ich weiß nicht genug über Schiffe, um mehr sagen zu können, als daß ich so etwas noch nie gesehen habe. Jeder Zoll davon ist bemalt und geschnitzt, als wäre der Anblick guten, schlichten Holzes eine Beleidigung für die Augen. Es war ein richtiger Regenbogen von Farben! Und über all dem war auf die Segel das Abbild eines großen, flammenden Vogels gemalt; am Mast hing allerdings die dreieckige Flagge eines assantikkanischen Handelshauses – des Hauses Mhakkan, wie mein Begleiter Merreb mir erklärte. Man sagte mir, dies sei eines der Schiffe aus dem legendären Jehanglan. Als ich anmerkte, ich habe gehört, das Land sei Fremden verschlossen, meinte Merreb, das sei früher einmal so gewesen. Aber offenbar wurden vor einiger Zeit die Seidenraupen von Jehanglan von einer Seuche befallen und alle ausgerottet, und das Phönixreich hatte keine Seide und keinen Seidenbrokat mehr. Das ist aber alles, worin sich ihre Adligen und Herrscher kleiden. Bevor Jehanglan sich von der Welt abgeriegelt hatte, hatte es rege Handelsbeziehungen zwischen den beiden Ländern gegeben, sogar bis zu dem Punkt, Tempel der jeweiligen Götter im anderen Land zu errichten, damit die Kaufleute dort beten konnten, und so kamen auch Seidenraupen eines Tages von Jehanglan nach Assantikk. Sie gediehen dort nie so gut wie in ihrem Heimatland, aber genügend, daß die Assantikkaner nun Seide nach Jehanglan verkaufen konnten – im Gegenzug für bestimmte Handelsmonopole. Der Phönixkaiser stimmte zu, und der Kaiser der Dämmerung gewährte das Monopol für den Handel mit Jehanglan dem Haus Mhakkan, das in Assantikk den größten

Teil der Seidenherstellung beherrscht. All dies erfuhr ich von Merreb vom Haus Azassa, der das Haus Mhakkan nicht beim Namen nennen kann, ohne auszuspucken.‹«

Lukai fuhr mit dem Finger über die Seite. »Und hier bemerkt Gräfin Ardelis – sehr vorsichtig –, daß sie später gehört hat, der Kaiser der Dämmerung verdanke dem Haus Mhakkan viel.«

»Was bedeutet, daß sie ihn gekauft hatten«, meinte Raven barsch. »Nach allem, was ich über dieses Haus jetzt weiß, blieb dem Kaiser vermutlich nichts anderes übrig, als Mhakkan das Monopol zu überlassen. Ansonsten hätten sie ihn gestürzt. Ich frage mich, was sie gegen ihn in der Hand hatten. Was immer es war, sie haben im Laufe der Jahre nicht viel von ihrer Macht verloren, ganz im Gegenteil. Sie sind stärker als je und immer noch gierig. Nun beherrschen sie die *gesamte* Seidenherstellung in Assantikk. Es ist typisch Mhakkan, selbst damals zur rechten Zeit am rechten Ort gewesen zu sein.« Angewidert schüttelte er den Kopf. Es war mehr als deutlich, daß Raven für das Haus Mhakkan nicht mehr übrig hatte als der lange verstorbene Merreb vom Haus Azassa.

»Ich verstehe jetzt besser«, sagte Linden, »warum Gilliad al zefa'Mimdallek Taren aus dem Weg haben wollte.« Er starrte die Bücher an den Wänden an, ohne sie wirklich zu sehen. »Nein, das Haus Mhakkan wäre nicht sehr erfreut darüber, wenn Schmuggler ihnen das Geschäft abspenstig machten, nicht wahr? Wenn sie vielleicht sogar eine neue Route erschlössen? Was, wenn jemand einen sicheren Weg durch die Verfluchte Meerenge fände? Und falls bekannt würde, daß es so etwas gäbe ...« Er warf Lleld einen Blick zu.

»Dann würde der Kaiser etwas dagegen tun müssen, denn schließlich verstießen jene, die es tun, gegen eine kaiserliche Anordnung«, schloß Lleld.

Maurynna nickte. »Genau; er hätte keine andere Wahl, als dieses Haus zu vernichten. Und das möchte Gilliad al zefa'Mimdallek nun wirklich nicht. Denn wenn die Kaiser der Dämmerung sich gegen ein Haus wenden, dann bleibt nichts übrig. Schiffe, Lagerhäuser, Waren, Wagen, Wohnhäuser, alles, was das Haus besitzt. Ihre Felder werden mit Salz unfruchtbar gemacht, ihr Vieh geschlachtet. Die Erwachsenen werden getötet und die Kinder in die Sklaverei verkauft. Selbst der Name des Hauses wird verboten und darf nicht mehr benutzt werden.«

»Ist so etwas schon einmal geschehen?« fragte Linden.

»O ja«, sagte Maurynna. Sie schauderte. »Es ist geschehen.«

»Dann hat Taren wirklich Glück gehabt, noch am Leben zu sein«, meinte Linden. »Gut für ihn, daß Gilliad zu abergläubisch ist.«

Lleld, die das Kinn auf die Hand gestützt hatte, fragte nun: »Sagt Gräfin Ardelis etwas darüber, was die Jehangli außer Seide kaufen? Es muß doch mehr geben.«

Leise vor sich hin murmelnd blätterte Lukai weiter durch das Tagebuch. »Hm, hm, ich weiß doch, daß es hier irgendwo war ... ah – ›Sie kaufen Seide‹ – das wußten wir bereits – ›und Koschenille und Scharlachfarben, Myrrhe aus Assantikk, Bernstein und das Harz des süßen Balsabaumes aus dem Norden, ebenso wie andere Farben und Räucherwerk und Edelsteine. Weizen und andere Getreide und assantikkanische Datteln, Orangen und Ingwer. Sie kaufen auch Yerrin-Pferde, wenn sie sie bekommen können – Merreb sagte, die Jehangli liebten Pferde so leidenschaftlich wie jeder Yerrin –, und seltsam genug interessieren sie sich auch für Gauklertruppen. Diese Schausteller sind die einzigen Fremden, denen erlaubt wird, in Jehanglan zu reisen. Vielleicht haben die Jehangli keine eigenen Gaukler? Ich fand das seltsam und fragte nach dem Grund.‹«

Das uralte Pergament knisterte, als Lukai vorsichtig und liebevoll die Seite umblätterte. Er fuhr fort: »›Aber ich fürchte, ich werde es nie erfahren. Keiner der Gaukler, meinte Merreb, hat je berichtet, was sie gesehen haben; es ist, als fielen, sobald sie die Ufer von Jehanglan hinter sich ließen, ihre Erinnerungen von ihnen ab. Er hat versucht, mehrmals mit den Mitgliedern solcher Truppen zu sprechen, sagte er, und keiner konnte sich erinnern, was dort geschehen war.‹«

Blinzelnd blickte Lukai wieder auf. »Die Liste geht noch ein wenig weiter; soll ich fortfahren?«

»Nein«, meinte Lleld. »Ich glaube, ich habe genug gehört.« Sie räkelte sich auf ihrem Stuhl.

Der Archivar nickte und klappte das Buch wieder zu.

Linden rutschte unbehaglich hin und her. Kein Akrobat, der in Jehanglan gewesen war, konnte sich erinnern, was sie dort gesehen hatten? Das gefiel ihm nicht; es stank geradezu nach Magie – der Magie, die es angeblich in Jehanglan nicht gab. Er sah sich am Tisch um. Als die anderen seinem Blick begegneten, schüttelten sie den Kopf oder verzogen das Gesicht, weil ihnen das, was sie gehört hatten, ähnlich unangenehm war wie ihm.

Bis auf Lleld. Sie starrte über alle hinweg und kaute an einem Daumennagel. Schließlich sagte sie: »Nur reisende Schausteller?«

»Das hat Gräfin Ardelis geschrieben«, sagte Lukai. »Ich nehme an, es ist immer noch so.«

»Oh«, war Llelds einzige Antwort. »Tatsächlich.«

Einstmals waren die Geheimgänge ihr und Lura-Sharals Geheimnis gewesen, eines der wenigen, die sie vor Fürstin Geis neugierigem Blick verbergen konnten. Fürstin Gei hatte eine Nase für Geheimnisse wie eine Ratte für Fressen, dachte Shei-Luin, als sie in einen bestimmten Gang einbog. Dank sei dem Phönix, daß sie sich um die Herrin des Harems keine Gedanken mehr machen mußte. Die Frau ging ihr jetzt aus dem Weg, wie eine Katze das Wasser mied. Shei-Luin hielt am Beginn des neuen Tunnels einen Augenblick inne.

Der Geheimgang fühlte sich an wie ein Grabmal. Staub lag dick unter ihren schweren Filzstiefeln und dämpfte jeden vorsichtigen Schritt. Das Schweigen umgab sie wie der Kokon einer Seidenraupe. Nach einem scheinbar unendlich langen Weg hatte Shei-Luin ihr Ziel erreicht.

Zitternd legte sie die Finger auf den Riegel. Es war Jahre her, seit sie gewagt hatte, hierherzukommen. Ängstlich senkte sie die Hand wieder; dann griff sie ein weiteres Mal zu und zögerte, bevor sie endlich mit plötzlicher Entschlossenheit den verborgenen Riegel aufschob. *Klick*.

Ein leises Geräusch, nicht lauter als das Zirpen eines Heimchens, aber so, wie ihr Herz klopfte, hätte es auch ein Donnerschlag sein können. Shei-Luin hielt den Atem an und lauschte.

Nichts. Niemand rief nach den Wachen, niemand rief »Wer ist da?«, nicht einmal das Rascheln von Seidenbrokat war zu hören, niemand hatte sich umgedreht, um zu lauschen. Es gab nur Schweigen, schwer und bedrückend wie die Luft vor einem Gewitter. Shei-Luin stieß einen tiefen, erleichterten Seufzer aus.

Sie schob die Tür auf.

Der Raum war riesig; dunkle Formen ragten darin auf wie Ungeheuer aus einem Alptraum. Shei-Luin hob die winzige Laterne, die sie benutzte, um sich in den Geheimgängen den Weg zu beleuchten, und ging ein paar Schritte. Die nächstgelegenen Schatten zogen sich vor dem Lichtschein zurück und enthüllten einen kunstvoll geschnitzten Sessel und einen Trommelrahmen. Ein genauerer Blick sagte ihr, daß der Sessel aus Elfenbein bestand, das mit Gold und Edelsteinen eingelegt war. Sie fuhr staunend mit den Fingern darüber. Wie hatte sie das vergessen können?

Die Schnitzereien an der Rückenlehne erregten ihre Aufmerksamkeit: eine Frau, die auf dem Mond stand, ein Schwert in der Hand, aber den Kopf bekümmert gesenkt. Shei-Luin verbeugte sich vor dem Bild. Dann ging sie durch das Zimmer und staunte erneut über den Reichtum hier, der selbst von dem in den Gemächern des Kaisers kaum übertroffen wurde. Es war alles noch so, wie sie sich aus jener Nacht erinnerte, als sie und Lura-Sharal dieses Zimmer gefunden hatten. Sie hatten sich so etwas nicht vorstellen können, als sie die langen, vergessenen Geheimgänge nur ein paar Tage zuvor entdeckt hatten.

Shei-Luin schlang die Arme um ihren Oberkörper und schloß die Augen, um besser ins Dunkel lauschen zu können. Erinnerungen kamen auf ...

Sie unterhielten sich nur flüsternd in dem dunklen Zimmer, leise und geheimnisvoll, obwohl niemand hier war, der sie hätte hören können.

»Der Kaiser mag dich«, kicherte Shei-Luin, »aber er sieht aus wie ein Pferd.«

»Still – das tut er nicht.« Selbst im Mondlicht konnte Shei-Luin ihre Schwester erröten sehen.

»Was – mag er dich nicht, oder sieht er nicht wie ein Pferd aus? Er mag dich wirklich. Hat er nicht in diesen vergangenen drei Monden nur dich gerufen? Glaubst du wirklich, du bist ...?«

Freude brachte das geliebte Gesicht zum Strahlen. »Ja.«

»Dann wird dieser Raum«, Shei-Luin zeigte auf all die Schätze, »dir gehören. Du wirst Kaiserin sein.«

»Ich – Kaiserin? Es hat seit hundert Jahren keine Kaiserin mehr gegeben. Sei nicht ...« Lura-Sharal bekam einen Hustenanfall. Sie vergrub ihr Gesicht im Ärmel, um das Geräusch zu dämpfen.

Erschrocken über die Heftigkeit des Anfalls, umarmte Shei-Luin ihre Schwester und stützte sie, als sie zu Boden sank. Endlich ging der Anfall zu Ende; Lura-Sharal ließ erschöpft den Arm sinken.

Es waren Blutflecken auf dem Ärmel.

»Du hast mir doch gesagt, es wäre besser geworden«,

schluchzte Shei-Luin, die entsetzt war über die Menge des Blutes. Es war viel mehr als üblich. Viel, viel mehr.

»Das dachte ich auch«, keuchte Lura-Sharal. »Wir müssen zurück.«

Sie waren nie in die kaiserlichen Gemächer zurückgekehrt. Drei Wochen später war Lura-Sharal gestorben. Und nicht einmal die falkenäugige Fürstin Gei hatte Lura-Sharals letztes Geheimnis erfahren.

Tränen tropften unter Shei-Luins geschlossenen Lidern vor, und sie schluchzte leise. Sie biß sich auf die Knöchel gegen die Trauer, die sie verzehrte, aber sie konnte nicht aufhören zu weinen. Heute vor drei Jahren war Lura-Sharal gestorben.

Endlich versiegten die Tränen. Sie wischte sich die Augen und sah sich ein letztes Mal in den Gemächern der Kaiserin um.

»Sie werden mir gehören, Schwester – das schwöre ich! –, und ich werde jeden Tag zu Ehren deiner Seele Räucherwerk verbrennen«, flüsterte sie.

Einen Augenblick später befanden sich wieder nur Geister im Raum.

Das einzige Licht im Schlafzimmer kam von den zuckenden Flammen der Feuerstelle, die im Dunkeln rot, gelb und blau tanzten. Ein Scheit verrutschte und spuckte eine glühende Kohle heraus.

Linden griff danach und betrachtete sie einen Augenblick, bevor er sie ins Feuer zurückwarf. Bei dem unterdrückten Keuchen, das hinter ihm erklang, drehte er sich um.

»Daran solltest du inzwischen wirklich gewöhnt sein«, meinte er lächelnd. »Du hast es sogar selbst schon getan.« Er zog sein Hemd aus und warf es auf eine der Kleidertruhen am Fußende des Bettes.

Maurynna saß aufrecht, die Arme um die Knie geschlungen.

Langes, schwarzes Haar fiel ihr über die nackten Schultern und den Rücken.

»Das stimmt«, sagte sie. »Aber ich muß mich dazu zwingen. Ich denke immer noch, daß Feuer mich verbrennt. Ich weiß nicht, ob ich mich je daran gewöhnen werde.«

Er setzte sich auf die Bettkante und zog die Stiefel aus. »Das wirst du. Es braucht eine Weile, das ist alles«, meinte er.

»Linden ...« Ihre verschiedenfarbigen Augen waren in dem trüben Licht riesengroß. »Linden, ich mache mir Sorgen um die Echtdrachen. Ich habe so viel über die Magie gehört, die Jehanglan schützt ...«

»Und wenn Taren recht hat? Wenn es dort keine Magie gibt?«

Sie strich sich eine vorwitzige Haarsträhne über die Schulter zurück. »Vielleicht verbergen sich die Magier dort. Er war ein Sklave; vielleicht haben sie ihn belogen. Vielleicht – oh, ich weiß es einfach nicht. Aber ich habe Angst. Ich habe zu viele Geschichten gehört. Almeid kannte jemanden an Bord eines Schiffes, das in dieser Meerenge verschwunden ist.«

Sie streckte die Hand nach ihm aus. Linden griff danach und gab nach, als Maurynna ihn zu sich zog. In der Bewegung, mit der sie seinen Rücken streichelte, lag etwas Verzweifeltes, ebenso wie in den Lippen, die die seinen suchten.

Er reagierte mit seinem eigenen Unbehagen und suchte Zuflucht in Maurynnas Armen und ihrer Liebe.

Haoro traf sich mit einigen anderen Oberpriestern auf dem nachtdunklen Gelände des Eisentempels. Als sie sicher waren, daß niemand in der Nähe lauschte, stellten sie sich in einem Kreis auf, eine kleine Laterne in der Mitte war ihr einziges Licht. Sie hatten sich gegen die Nachtkälte in Kapuzengewänder gehüllt, und nur ihre Gesichter waren zu sehen, die nun wie Gespenster im Lampenlicht trieben.

Er erzählte ihnen von Hodais Geständnis.

»Der Phönix möge uns helfen!« sagte ein Priester entsetzt. »Kein Wunder, daß es so viele Katastrophen gab! Ist es nicht schon schlimm genug, daß der Kaiser in seiner Pflicht versagt? Aber daß der *Nira* bezweifelt ...«

»Als nächstes wird er noch nach Kirano dem Ketzer schicken«, meinte ein anderer verbittert.

Hände bewegten sich unwillkürlich zu der Geste, die Unglück abwehren sollte. Nach längerem Schweigen meinte der erste Priester: »Was sollten wir tun, Haoro? Gehen wir gegen ihn vor, obwohl wir nur das Wort des Jungen als Beweis haben? Das wird nicht leicht sein.«

Nein, das wird es nicht, dachte Haoro. Diese Männer waren zwar fromm, aber nicht daran interessiert, selbst die Rolle des *Nira* zu übernehmen, und sie hatten auch nicht den Mut, sich Pah-kos zu entledigen, ehe sie sich ihres Erfolges sicher sein konnten. Sie stammten aus armen Familien, die sie nicht beschützen konnten. Er auf der anderen Seite hatte Fürst Jhanun als Schild – und er war der einzige, der den gefiederten Mantel für sich wünschte. Wenn die Zeit gekommen war, würden sie ihn unterstützen.

»Wir gehen noch nicht offen gegen ihn vor«, meinte Haoro bedächtig. »Zunächst warten wir, ob er noch mehr sagt. Wenn wir einen jüngeren Priester oder einen der älteren Schüler dazu bringen könnten, Pah-ko wegen eigener Zweifel um Rat zu fragen, und dieser Mann dann so tun könnte, als sei er derselben Meinung wie Pah-ko ...«

Die anderen nickten.

»Es könnte funktionieren.«

»Ich werde nach einem solchen Mann Ausschau halten.«

»Unter den Schülern, die sich um das Räucherwerk des Hauptaltars kümmern, sind einer oder zwei, die es vielleicht tun würden.«

»Dann horcht sie aus«, befahl Haoro. »Wir sollten lieber zurückkehren; es ist bald Zeit für die Mitternachtszeremonie.«

Sie verstreuten sich wie ein Schwarm erschrockener Krähen, und jeder nahm einen anderen Weg zurück zum Tempel.

Linden lag im Bett, einen Arm hinter dem Kopf, den anderen über der bis zur Brust hochgezogenen Decke. Er ignorierte die kalte Nachtluft an seinen nackten Schultern und Armen; er hatte zuviel, worüber er nachdenken mußte, und die Kälte würde ihm vielleicht helfen, wach zu bleiben. Neben ihm atmete Maurynna tief und leicht und zufrieden; sie hatte sich so zusammengerollt, daß ihr Rücken seine Seite berührte. Er nahm an, daß sie bereits schlief. Das half ihm nicht; am liebsten hätte er sich an ihren warmen Körper geschmiegt und wäre selbst eingeschlafen. Aber er mußte nachdenken.

Er blinzelte und gähnte. Verflucht; etwas, was Taren an diesem Abend gesagt hatte, beunruhigte ihn. Aber er wußte einfach nicht, was, und nun wurde er zu müde, um es herauszufinden. Aber es war etwas Wichtiges, etwas, was sehr ...

... er war in der großen Halle von Schloß Drachenhort. Daran lag nichts Seltsames, aber neben ihm stand der Mann seiner Schwester, Fischer. Obwohl ein Teil seines Geistes Linden sagte, daß Fischer schon vor Jahrhunderten gestorben war, schien es vollkommen richtig, daß sein Schwager anwesend war.

»Gehen wir heute auf die Jagd?« fragte Fischer. »Ich habe ein paar schöne neue Frettchen für die Kaninchenjagd.« Er tätschelte den Weidenkorb, den er sich über die Schulter gehängt hatte, und grinste. Von drinnen war eifriges Kratzen und Schnattern zu hören. Linden grinste zurück. Wenn es eins gab, was Fischer immer gern tun wollte, dann war es die Jagd mit seinen Frettchen. Linden fragte sich, ob Fischers wohlbekannte Vorliebe für Kanincheneintopf das Ergebnis der Frettchenjagd oder der Grund dafür war.

»Also gut«, sagte er. »Es gibt einen Bau in dem Obstgarten hinter den jüngeren Bäumen. Aber ich warne dich, es ist weit von hier.«

Aber als sie das Schloß verließen, fanden sie sich sofort im besagten Obstgarten. Dennoch war Linden dank der Logik der Träume nicht überrascht. Die Dinge waren so, wie sie sein sollten. Fischer setzte den Korb mit den Frettchen ab.

»Halte dich bereit, Linden«, warnte Fischer. »Wir werden sie alle in die Karnickellöcher scheuchen müssen.«

Bevor Linden ihn fragen konnte, was er meinte – sicher konnten doch nicht mehr als ein, zwei Frettchen in dem Korb sein, und wo waren überhaupt die Netze für die Kaninchenlöcher? –, klappte Fischer den Deckel auf und kippte den Korb um. Frettchen sprangen heraus und liefen und hüpften umher. Das heisere Stakkato-ah,ah,ah-»Lachen« aufgeregter Frettchen erklang. Schon waren es viel mehr, als im Korb hätten gewesen sein können, und immer noch kamen weitere herausgesprungen.

»Schnell! Schnell! Scheuch sie in die Löcher!«

Verblüfft stand Linden inmitten dieser Armee schlanker, geschmeidiger Tiere, die um seine Füße herum spielten. »Frettchen scheuchen? Hast du den Verstand verloren? Es sind zu viele!«

»Ja!« rief Fischer entzückt. »Eine ganze Herde von ihnen! Noch besser – eine ganze Armee! Und es gibt noch mehr.«

Damit kippte er den Korb um, und die letzten Frettchen kamen herausgefallen. Es waren sechs, die alle kleine Gewänder mit magischen Zeichen trugen. Sie setzten sich in eine Reihe vor Linden auf die Hinterbeine, die Vorderpfoten feierlich verschränkt. Ein weißes Frettchen betrachtete Linden aus rubinroten Augen und verkündete: »Wir haben uns auf die beste Möglichkeit zum Buttermachen geeinigt.« Dann bewegte der weiße Frettchenmagier eine Pfote, und alle herumflitzenden Frettchen trugen Gewänder. Im nächsten Augenblick rasten sie alle in die Kaninchenhöhlen. Linden konnte ihnen nur verblüfft hinterherstarren. »Was zum ... Fischer, ich verstehe nicht ...«

»Ich verstehe das nicht«, murmelte Linden. Er schüttelte den Kopf und stützte sich auf die Ellbogen. Dunkelheit umgab ihn. In der Feuerstelle glühten nur noch matt ein paar Kohlen.

»Mh?« Maurynna drehte sich um und schlang den Arm um ihn. Nach einem gewaltigen Gähnen fragte sie schläfrig: »Hattest du einen Alptraum?«

Linden blinzelte den Schlaf weg und sagte: » Nein. Es war eigentlich ein sehr alberner Traum. Fischer, der Mann meiner Schwester, kam darin vor, und Hunderte von Frettchen. Und es gab ein Frettchen, das auch ein Magier war – nein, es gab sechs Frettchen, die angezogen waren wie Magier in einer Kindergeschichte, mit diesen albernen Gewändern mit magischen Symbolen, die kein ernsthafter Magier wirklich tragen würde. Im nächsten Augenblick waren alle Frettchen so gekleidet und rannten in die Karnickellöcher.«

Maurynna kicherte. »Das klingt wirklich albern. Aber witzig. Ich frage mich, warum du das geträumt hast.«

»Ich auch ...«

Sein Mund war plötzlich trocken. Im Kopf war er wieder mit Raven und Otter in der großen Halle, hörte Ravens Geschichte über einen gefangenen Echtdrachen und erinnerte sich an seine Gedanken von diesem Tag.

Plötzlich verstand er seinen Traum. Die Jehangli hatten gelernt, wie sie ihre Frettchen scheuchen mußten.

Ausnahmsweise war Linden schon vor Maurynna wach. Nachdem er sich leise angezogen hatte, verließ er ihre Gemächer und ging zu denen der Herrin. Die Tür öffnete sich auf sein Klopfen; Sirl, der Diener der Herrin, schien überrascht, ihn zu sehen. Der ältere *Kir* verbeugte sich.

»Drachenlord«, sagte er und bat Linden mit einer Geste, einzutreten. »Was kann ich für Euch tun?«

»Ist die Herrin bereits wach?« fragte Linden.

Kelder Oronin, der Seelengefährte der Herrin, erschien in

der Tür zum Schlafzimmer. »Wir sind wach, Linden, und wollten jetzt frühstücken. Frühstückt Ihr mit?«

»Vielleicht eine Tasse Tee. Ich möchte wieder in meinem Zimmer sein, bevor Maurynna erwacht«, sagte Linden, als er Kelder in die Privatgemächer der Herrscherin des Drachenschlosses folgte.

Die Herrin stand am Tisch. Sie trug einen dicken Morgenmantel gegen die Kälte, dunkelblau mit grünen Efeuranken bestickt, die das eisige Weiß ihrer Haut und ihres Haares betonten. Er erinnerte Linden an die Gewänder, die die Frettchenmagier in seinen Träumen getragen hatten.

»Herrin«, sagte er. Als er zum Niederknien ansetzte, hielt sie ihn mit einer Geste auf. Statt dessen verbeugte er sich tief. »Es tut mir leid, Euch so früh schon zu stören.«

Das Lächeln der Herrin war freundlich, wenn auch ein wenig mißtrauisch. »Ich hoffe, es ist alles in Ordnung? Oder wolltest du noch einmal mit mir streiten, damit ich Maurynna das Reisen erlaube?«

»Diesmal nicht.« Linden erwiderte das Lächeln, als Sirl ihm einen dampfenden Becher reichte. »Obwohl ich mir wirklich wünschte, Ihr würdet es Euch anders überlegen. Sie ist an die Freiheit des Meeres gewöhnt; hier in der Festung zu sitzen fällt ihr schwer. Sie hat Angst, den ganzen Winter hierbleiben zu müssen, glaube ich. Manchmal höre ich es in ihrer Stimme.«

In den hellen Augen stand Mitgefühl. »Weiß sie, was für einen tapferen Vertreter ihrer Sache sie in dir hat?«

»Nein, Herrin«, Linden seufzte und trank. »Ich möchte nicht, daß sie jedesmal Hoffnung schöpft, wenn ich zu Euch gehe, damit die wiederholte Enttäuschung sie nicht verbittert. Dennoch flehe ich Euch an, noch einmal darüber nachzudenken.«

Die Herrin schüttelte den Kopf. »Nicht, bevor sie sich verwandeln kann, Linden. Sie wäre einfach zu verwundbar. Du hast sicher nicht vergessen, wie nahe die Bruderschaft daran war, dich und Tarlna in Casna zu vernichten.«

Das war nicht mehr als die Wahrheit; Linden mußte sich beugen. Die Debatte um die Regentschaft in Cassori hatte den uralten Feinden der Drachenlords eine seltene Gelegenheit zu einem magischen Angriff auf die drei dorthin entsandten Drachenlord-Richter gegeben. Und beinahe hätten sie Erfolg gehabt. Kas Althume, der Magier, der hinter allem steckte, hatte sich Ankarlyn, dem größten Feind, dem die Drachenlords bis dahin gegenübergestanden hatten, als ebenbürtig erwiesen. Sein mörderischer Angriff auf Tarlna Aurianne hatte nur von ihrem Seelengefährten Kief Shaeldar abgewehrt werden können.

Linden wäre dann wahrscheinlich der nächste gewesen. Hätte sich seine ehemalige Geliebte, Sherrine von Colrane, nicht geopfert, wäre Linden durch Kas Althumes Magie umgekommen. Die Bruderschaft hätte dieses Gefecht in ihrem Krieg zur Vernichtung aller Drachenlords beinahe gewonnen.

Dennoch, dabei hatte es ihm selbst nicht geholfen, ein vollständig entwickelter Drachenlord zu sein. Es würde Maurynna vielleicht auch nicht helfen können. Dies war allerdings nicht der Zeitpunkt, um über so etwas zu streiten. Aus diesem Grund war er nicht hier.

»Ich bin nicht dieser Ansicht, aber das wissen wir beide, Herrin. Heute früh bin ich aus einem anderen Grund hier.« Er leckte sich die Lippen und betete, daß er sich geirrt hatte. »Herrin – wissen die Echtdrachen, was ihnen in Jehanglan gegenübersteht?«

Die Herrin wechselte einen raschen Blick mit ihrem Seelengefährten. »Wie meinst du das?« fragte sie vorsichtig.

»Taren glaubt vielleicht, daß es keine Magie in Jehanglan gibt, aber das ist durchaus der Fall; der Phönix selbst muß allemal ein magisches Geschöpf sein. Das bedeutet auch, daß die Jehangli-Priester in Wahrheit Magier sind. Und da sie derselben Religion angehören, arbeiten all diese Priester-Magier auf dasselbe Ziel hin – es handelt sich um eine ganze Armee von Magiern.«

»Dann hast du diesen Knoten also auch gelöst? Ja, Linden, sie wissen es. Und sie sind dennoch losgezogen, in vollem Bewußtsein dessen, was ihnen geschehen könnte. Sie konnten den Drachen dort nicht der Folter überlassen.«

Linden stöhnte. »Mögen die Götter ihnen beistehen.«

»Mit all ihrer Macht«, erwiderte die Herrin, und es war klar, daß sie nichts Gutes erwartete. »Ich fürchte, die Echtdrachen werden es brauchen.«

13. KAPITEL

*_Wir werden hier eine Rast einlegen_*, sagte Morlen. *_Verteilt euch in kleinen Gruppen, so daß wir für dieses Land keine allzu große Last sind._*

Die assantikkanische Einöde, die als das Samarrakh bekannt war, war ausgedehnt, aber kein fruchtbares Land. Wenn sie sich alle im selben Teil drängten, würden sowohl Drachen als auch das Land leiden. Es gab ohnehin kaum genug Wild, die Drachen zu ernähren, und was es gab, würde dezimiert werden.

*_Dann werden wir Zeit brauchen, um uns wieder zu formieren_*, warf einer der jüngeren Heißsporne ein. *_Und das wäre Zeitverschwendung. Fliegen wir weiter nach Jehanglan!_*

Morlen bedachte den jungen Drachen mit einem erbosten Blick. *_Ich bin der Anführer, Nalarae, nicht du, und wenn ich sage, wir legen eine Rast ein, dann brauchen wir sie. Wir kommen von weit her. Ja, es wird dauern, bis alle hierher zurückgekehrt sind. Das betrachte ich als einen notwendigen Nachteil. Oder wäre es dir lieber, wenn wir zu müde in Jehanglan eintreffen, um uns dem stellen zu können, was uns dort entgegentritt?_*

Nalarae knurrte, gab aber nach. Er flog davon und nahm eine kleine Gruppe seiner Freunde mit. Andere taten dasselbe; bald waren nur noch ein paar Drachen geblieben.

Talassaene sagte: *_Ruhe dich hier aus, Großvater. Galinis und ich werden für dich jagen._*

Morlen, dankbar für die Gelegenheit, seine müden Flügel auszuruhen, nickte und ließ sich auf den festen, nackten Boden sinken. _Ich bin zu alt für so etwas,_ dachte er, _so wie viele andere auch. Aber wir haben ein gutes, langes Leben gehabt; es_ *sind die Jungen, die mir das Herz brechen. Wie viele von uns werden unsere Berge nie wiedersehen?*

Das hektische Flattern winziger Flügel gegen dünne Bambusstäbe des Käfigs weckte Pah-ko. Er blickte verwirrt auf. Die Finken zwitscherten wild, als sie sich abermals gegen die Käfigstäbe warfen.

»Ein Erdbeben?« fragte sich Pah-ko schläfrig.

»Ah, *ah!*«

Die erstickten Geräusche kamen aus dem Nebenzimmer.

Pah-ko warf das Bettzeug zurück. Hodai! Der Junge stand kurz vor einer Prophezeiung!

Der *Nira* kam auf die Beine. Nun waren die Rollen umgekehrt; nun war er der Diener des Sklaven. Pah-ko griff nach der Schale und dem Tintenfaß, die immer am kleinen Schrein des Phönix bereitstanden, und trug sie ins Nebenzimmer.

Der Strohsack auf dem Boden war leer. Der Junge stand nackt mitten im Zimmer, die ersten Sonnenstrahlen umspielten ihn, er hatte die dunklen Augen weit aufgerissen, ohne etwas zu sehen. Sein Mund bewegte sich; das Grunzen wurde deutlicher. Pah-ko konnte die Worte beinahe verstehen.

Pah-ko stellte die Schale neben den Finkenkäfig. Er nestelte am Verschluß der Tintenflasche, konnte ihn endlich lösen und füllte die Tinte in die Schale. Dann ging er zu Hodai, legte die Hände sanft auf die Schultern des Jungen, führte ihn zum Tisch und bog den Kopf des Jungen vor, so daß die ausdruckslosen Augen auf die Tinte gerichtet waren. Er kniete sich neben den Jungen, blickte in diese leeren Augen und betete, daß er rechtzeitig gekommen war.

Der Blick des Jungen konzentrierte sich; Pah-ko sprach ein lautloses Stoßgebet zum Phönix. Hodai starrte in die Tinte, als sähe er dort die Geheimnisse des Himmels. Sein Mund bewegte sich; die Worte wollten heraus.

Dann erklang die Stimme des Phönix aus dem Mund des jungen Orakels wie ein Lied, wild und klar und frei.

»Drachen«, sang sie. »Drachen fliegen rasch auf Jehanglan zu. Sie wollen dem Phönix den Tod bringen.«

Pah-ko erstarrte. Er wollte den Phönix befreien, nicht töten! »Wie lange haben wir noch?«

Hodai verzog das Gesicht. »Sie kommen in zwei Tagen im Morgengrauen.«

Die goldene Stimme verklang bei dem letzten Wort zu einem Flüstern. Pah-ko wußte, daß die Prophezeiung vorüber war.

Mit sicheren Bewegungen, die niemand von seinen schmerzenden Gliedern erwartet hätte, erhob sich der Priester und griff nach dem Gewand am Fußende des Strohsacks. Er warf es dem nackten Jungen über; die Luft war um diese Tageszeit immer noch kühl. Dann verließ er das Zimmer mit dem zielsicheren Schritt eines viel jüngeren Mannes und rief nach dem Tempelsoldaten, der draußen Wache hielt.

Es gab viel zu tun, und sie hatten nur noch wenig Zeit.

Maurynna war damit beschäftigt, einen Brief an ihre Base Maylin zu schreiben, also ging Linden in der Festung umher. Er begegnete Lleld, die auf dem Weg zur großen Halle war. Da er nichts Besseres zu tun hatte, begleitete er sie.

»Hallo, Kl...« Sie hielt mit einem müden Grinsen inne.

»Ha – so kannst du mich jetzt nicht mehr nennen, wie?« neckte Linden. Während der mehr als sechshundert Jahre, in denen er der jüngste Drachenlord gewesen war, hatte sich die winzige Lleld immer daran entzückt, ihn bei seinem traditionellen Spitznamen zu rufen.

»Hmpf«, schnaubte sie. Dann fügte sie vergnügt hinzu: »Nun, zumindest ist auch Maurynna immer noch größer als ich.«

»Das ist nicht gerade schwierig, du Kobold.« Linden wich vor einer raschen kleinen Faust zurück und folgte Lleld weiter in die Halle.

»Hm«, sagte Lleld nachdenklich und nickte zum anderen Ende der Halle hin. »Da stimmt etwas nicht, oder?«

Linden folgte ihrem Blick. An der Feuerstelle saß Otter. Der Barde hatte nachdenklich die Stirn gerunzelt.

»Du siehst aus, als könntest du Hilfe brauchen«, sagte Linden, als sie sich zu Otter gesellten und sich auf die gegenüberliegende Ofenbank setzten. »Fällt dir kein Reim ein?«

»Ich reime nicht«, sagte Otter, »aber ich denke tatsächlich angestrengt nach. Erinnert ihr euch an Leet?«

»Leet?« fragte Lleld. Dann schnippte sie mit den Fingern. »Ah! War das nicht der andere Barde, der gestern abend in der Bibliothek saß?«

»Genau.«

»Ein, äh, Freund von dir?« fragte Lleld taktvoll.

Otter lächelte. »Äh, nein. Vor langer Zeit war er einer meiner Rivalen um Jaida, eine Bardin. Als sie mich wählte, hat Leet mir das übelgenommen. Und als Jaida im Kindbett starb, hat er mir selbstverständlich die Schuld gegeben«.

Otters Blick machte deutlich, daß Leet nicht der einzige gewesen war. »Jaida war so ein zierliches Ding; wir wußten, daß es dumm war, es zu versuchen, aber sie wollte Kinder. Also«, gab Otter zu, »war es tatsächlich meine Schuld.«

Linden kannte dieses Bedürfnis; er kannte es seit sechshundert Jahren. Und er wußte, daß es für ihn und Maurynna als Drachenlords unwahrscheinlich war, daß sie je Kinder haben würden. Ihre Art vermehrte sich nicht leicht.

Und das ist gut so, sagte er sich. *Denn sonst wäre bei unserer Lebenserwartung die Welt voller Drachenlordkinder.* Es tat dennoch weh.

Er sagte: »Ich wollte nie fragen, aber ... du hast nie wieder geheiratet. Gab es nie mehr ...«

»Nein«, sagte Otter. Er schüttelte den Kopf. »Nein. Ich habe wieder begonnen zu reisen, und das ist kein Leben für eine Familie.«

Linden widersprach ihm nicht. Statt dessen erinnerte er sich daran, wie Otter nach Thalnia gereist war, erinnerte sich daran, wie oft es den Barden dorthin gezogen hatte, und nun verstand er, warum. Denn in Thalnia gab es zwei Kinder, die die Stelle des Kindes eingenommen hatten, das mit Jaida gestorben war. Maurynna erinnerte sich immer noch gern daran, wie sie mit Raven zusammen am Herd gesessen und Otters Geschichten zugehört hatte.

Nach einer Weile fuhr Otter fort: »Ich kann nicht behaupten, daß Leet und ich noch Feinde sind, aber wir sind auch keine Freunde. Tatsächlich hat er Schloß Drachenhort zuvor immer gemieden, weil er weiß, daß ich häufig hierherkomme. Deshalb war es so seltsam, ihn in der Bibliothek zu sehen. Aber noch seltsamer war, was er las.«

Lleld richtete sich ein wenig gerader auf. »Oh? Hat er sich keine Sammlungen von Bardenliedern oder so etwas angesehen?«

»Nein.« Otter zupfte sich am Bart; er sah schon wieder so verwundert aus. »Ich dachte das auch, aber so war es nicht. Vor einer Weile wollte ich ihn besuchen. Wir sind vielleicht keine Freunde, aber wir sind beide Barden. Wir sollten austauschen, was immer wir wissen. Aber die Diener sagten mir, er sei früh an diesem Morgen abgereist. Und dann – ich weiß nicht, warum – ist mir eingefallen, ich könnte mich erkundigen, welche Balladen er sich angesehen hat; berufliche Neugier, nehme ich an.«

»Selbstverständlich«, murmelte Linden.

Otter warf ihm einen Blick zu, dann lachte er und gab mit einer hilflosen Geste zu, besiegt zu sein. »Also gut. Es war schlicht und ergreifend *nur* Neugier. Jenna gab mir die Bücher, die Leet während seines Aufenthalts gelesen hat, und wir blätterten sie durch. Es war eine recht grausige Angelegenheit.«

Linden zog erstaunt die Brauen hoch. Das war in der Tat nicht zu erwarten gewesen. »Wirklich?«

»Ein gewisser Culwen aus Cassori hatte unangenehmes Interesse an Blutmagie, Heimsuchungen, Morden und anderen solchen Dingen; er versuchte, so viele dieser alten Geschichten wie möglich zu sammeln und aufzuzeichnen. Unangenehmer Lesestoff, wie ich schon sagte, wenn man es überhaupt schafft, sich durch sein ganzes Geschwätz zu den Geschichten selbst vorzuarbeiten. Einige seiner Bücher sind schließlich hier gelandet.«

Otter zuckte zusammen, als wäre ihm plötzlich kalt. »Ihr wißt schon, welche Geschichten ich meine – Der Geisterwolf aus dem Lachlanwald, Die graue Carra, Die schleichende Hand –, all diese Geschichten, mit denen man kleinen Kindern Alpträume verschafft. Culwen schien sich besonders für die Geschichten über Gull den Blutsäufer zu begeistern.«

»Ich *wünschte*, es wäre nur eine Geschichte gewesen«, murmelte Lleld.

»Er war kein Mythos, Otter«, sagte Linden auf Otters überraschten Blick hin. »Dieser Mann hat tatsächlich existiert und hat wirklich so viele umgebracht. Ich erinnere mich, daß ich davon gehört habe, als sie ihn schließlich erwischten; es ist nur etwa zweihundert Jahre her.«

Otter schauderte. »Er hat tatsächlich Blut getrunken, um jung zu bleiben? Ihr Götter, das ist ja widerlich.«

»Das ist es. Und noch schlimmer, er hat es genossen, diese Menschen zu foltern und zu töten.« Linden rieb sich das Kinn. »Also gut – hoffen wir, daß die Hexenfichte, die sie auf sein Grab gepflanzt haben, seine Seele immer noch dort drinnen hält. Wenn diese Bäume sich tatsächlich, wie es in den Geschichten heißt, vom Bösen ernähren, dann sollte das Ding inzwischen riesengroß sein.«

»Aber wieso sollte dieser Leet sich mit derartigen Geschichten befassen? Um ein Lied über eine von ihnen zu schreiben?« fragte Lleld.

»Der doch nicht«, meinte Otter. »So etwas wäre ihm nicht gut genug. Geschichten von tapferen Königen und schönen Königinnen, Helden des Schlachtfelds oder durch ein schreckliches Schicksal getrennte Liebende – *adlige, junge Liebende* – passen besser zu ihm. Schade, daß er nie mit Taren gesprochen hat, wenn ihm solche Dinge gefallen.«

»Wie meinst du das?« fragte Linden.

»Ich habe mich mit ihm hin und wieder über Jehangli-Legenden unterhalten. Einige von ihnen sind *sehr* unheimlich«, erklärte der Barde. »Dennoch, es kommt mir irgendwie seltsam vor.«

Lleld seufzte. »Ja, das mit Leet ist wirklich merkwürdig. Aber ich fürchte, wir werden nie erfahren, warum er es getan hat.«

»Wahrscheinlich nicht, nein«, stimmte Linden zu.

»Verflucht«, meinte Lleld. »Ich hasse es, etwas nicht zu wissen.«

»Sind die Tauben schon bereit?« fragte Pah-ko Deeh, während er beobachtete, wie die Schreiber die letzten Botschaften auf kleine Streifen kritzelten. Auf jedem standen dieselben rätselhaften Worte: *Graues Land – weiterleiten.*

»Das Taubenmädchen setzt sie jetzt in ihre Körbe, Heiliger.«

»Gut«, sagte Pah-ko. »Dann werde ich auf dem Turm auf sie warten.« Er machte eine Geste, und zwei kräftige Diener kamen auf ihn zu. Sie bildeten mit Händen und Unterarmen eine Sänfte; er setzte sich und stützte sich mit beiden Händen auf die Schultern der Männer. Er haßte es, sich innerhalb des Tempels so zu bewegen, aber er hatte dieser Tage zu viele Schmerzen für lange Wege wie den zum Turm, von den steilen Treppen nicht zu reden. Sie machten sich auf den Weg, und Hodai stapfte hinter ihnen drein.

Als sie das Turmdach erreichten, war das Taubenmädchen bereits mit den Helfern dort. Kleine Körbe bedeckten den größten Teil des Bodens. Leises Gurren hing in der Luft; Hodai lächelte entzückt, kniete sich neben den nächststehenden Korb und spähte durch die kleine Öffnung im Deckel.

Das Mädchen und ihre Helfer verbeugten sich, als sie den *Nira* sahen. Pah-ko wies die Männer an, ihn abzusetzen. Es war kühl hier oben; es belebte ihn, obwohl er auch wußte, wenn er zu lange blieb, würde die Kälte sich in seinen verrenkten Gliedern niederlassen.

In diesem Augenblick erschien einer der Schreiber und brachte die schmalen Streifen für die Taubenbeine in einer kleinen, offenen Schachtel. Das Mädchen griff nach einem und band ihn an das Bein einer Taube, die einer ihrer Helfer sanft aus dem Korb geholt hatte.

»Wohin, Heiliger?« fragte sie und wiegte die Taube in ihren Händen. Der Vogel schmiegte sich vertrauensvoll an sie.

Pah-ko sagte: »Zum Tempel auf dem Rivasha.«

Das Taubenmädchen nickte, dann hielt sie den schlanken Vogel vors Gesicht. Die Taube wandte sich ihr zu und begegnete ihrem Blick mit dunklen Augen. Lange Zeit standen sie dort, und das Mädchen trillerte leise. Dann warf sie den Vogel in die Luft. Er kreiste einmal um den Turm und flog dann schnell wie ein Pfeil davon. Sobald er Rivasha erreichte und die Botschaft gelesen wurde, würden weitere Tauben zu den nächsten Tempeln in der Reihe ausgeschickt werden, bis am Ende jeder Tempel, groß oder klein, in ganz Jehanglan in Alarmbereitschaft versetzt war.

Die Helfer hatten den nächsten Vogel bereit und die Botschaft schon um sein Bein gebunden. Wieder nannte Pah-ko einen Tempel; wieder »sprach« das Mädchen mit der Taube und teilte ihr das Ziel mit.

»Heiliger«, sagte Deeh leise, »es wird kälter. Ich bitte Euch, geht hinein, wo es warm ist, und ruht Euch aus. Ihr werdet alle Eure Kraft brauchen, wenn ihr Euch heute nacht ins Graue Land begebt. Ich kenne die Ziele.«

Der junge Priester hatte recht; Reisen in die obere Welt, an den Ort zwischen Wachen und Schlafen, an den ein geübter Geist sich begeben konnte, waren ermüdend, besonders wenn man dort lange Zeit verbrachte.

Und genau das würde er tun, wenn alle Tempel die Botschaft erhalten hatten und jeder Oberpriester sich in die notwendige Trance versetzt hatte. Es würde dabei nicht helfen, daß die Nachrichten, die er hatte, schlecht waren.

Das Herz wurde ihm schwer, und Pah-ko winkte wieder seinen Trägern. »Zu meinen Gemächern«, sagte er. »Komm, Hodai.«

Als sie auf dem Weg zu seinen Räumen waren, fragte sich der *Nira*, wie viele wohl sterben würden und ob er einer davon sein würde.

Was wird dann aus dem armen Hodai werden?

14. KAPITEL

Morlen verstand das nicht. Und es gefiel ihm noch weniger.

Der große Echtdrache stieg über die Drachenarmee auf, die sich in der kalten Morgendämmerung Jehanglan näherte, und trieb auf den Luftströmungen, die sich seinen Flügeln darboten. Er glitt dahin und dachte nach, während seine Armee unter ihm weiterflog.

Die Kriegerischsten spuckten bereits Flammen, besonders Aumalaean und Nalarae.

Talassaene trennte sich aus der Gruppe und flog auf ihn zu. Im verblassenden Sternenlicht sahen ihre amethystfarbenen Schuppen beinahe schwarz aus.

Du bist beunruhigt, sagte seine Enkelin.

Das bin ich, sagte er. **Ich weiß, daß es keine andere Möglichkeit gibt, Pirakos oder Varleran zu befreien, aber in den Krieg zu ziehen ...**

Zumindest bekriegen wir nicht unsere eigene Art, sagte sie. **Und für diese kleine Gnade können wir den Göttern danken. Diese Echtmenschen hatten nicht das Recht zu tun, was sie getan haben, und Pirakos' oder Varlerans Magie auf diese Weise zu nutzen und ihn und den anderen, den Phönix, so einzusperren.**

Ihre Worte spiegelten ihren gerechtfertigten Zorn. Er seufzte zustimmend. **Das ist wahr. Und es ist ebenso wahr, daß die Echtmenschen manchmal für ihre Schwarze Magie unser Blut wollen. Dennoch bin ich nicht froh über das, was wir tun. Aber noch mehr fühle ich, daß etwas nicht stimmt, daß etwas ganz und gar falsch ist. Ich sollte spüren können, um welchen Drachen es sich handelt. Aber sosehr ich es auch versuche, kann ich nicht einmal sagen, wo er ist. Ich habe eine*

Ahnung – aber nur das. Ich weiß *es nicht. Und das beunruhigt mich gewaltig.**

Du glaubst, er wird geschützt.

Nein, mein Kind, ich* weiß, *daß er geschützt wird. Dennoch ... Morlen schüttelte sich, bis seine Schuppen raschelten. **Dennoch sollte ich ihn spüren können.** Er streckte die Flügel und flog abermals zur Spitze der Armee.

Talassaene folgte ihm. **Du machst dir zu viele Sorgen.**

Vielleicht. Aber etwas war nicht in Ordnung, und solange er nicht wußte, was, würde er weiter unruhig sein. Und seine Umgebung sowohl mit den Augen als auch mit Magie beobachten.

Der *Nira* stand vor dem Altar im heiligsten Gemach des Tempels auf dem Kajhenral. Es bildete den symbolischen Mittelpunkt des Gefängnisses des Ungeheuers, so wie er *Nira* Pahko, der lebendige Mittelpunkt war.

Vom Sockel des Altars gingen Symbole der Macht aus, eingelegt in Gold, dem heiligen Metall des Phönix. Diejenigen, die sich unter seinen Füßen befanden, waren bereits warm und bebten vor Macht. Wolken von Räucherwerk wirbelten um ihn her.

Sein Orakel kauerte sich neben sein rechtes Bein; Pah-ko brauchte nicht hinzusehen, um zu wissen, daß Hodai sich in den Krallen des Phönix befand. Er spürte, wie das Kind bebte und zuckte.

Der *Nira* hatte die Augen geschlossen und zeichnete mit geistigen Fingern die Linien der latenten Macht der geringeren Priester nach, die für diesmal sich im selben Raum aufhalten durften. Überall im Reich waren die Priester alarmiert worden, ihm von ihren eigenen Tempeln aus bei dieser Zeremonie zu helfen. Jene, die hier bei ihm waren, waren die glücklicheren. Sie hatten das Privileg, sich direkt im Herzen der Zeremonie zu befinden, an der sie teilhaben durften. Der wichtigste unter ihnen war Deeh, der Mann, von dem Pah-ko glaubte, er sei Jehanglans einzige Hoffnung, wenn er einmal sterben würde.

Als Hodais Atem sich veränderte, legte Pah-ko die Hände auf den Altar. Ebenso wie seine Brudersteine vor mehr als tausend Jahren aus einem einzigen riesigen Block weißen Quarzes in der Höhle unter dem Tempel geschnitten, war dies der größte Schutzstein; die anderen ruhten in Türmen im Süden, Osten und Westen. Nun bebte er unter Pah-kos Händen und zog Energie aus der Magie der unheiligen – *unglückseligen*, verbesserte Pah-ko im Geist – Kreatur, die in der Höhle angekettet war.

Pah-ko begann mit seiner Rezitation. Einer nach dem anderen schlossen sich die übrigen Priester in einem sorgfältig orchestrierten Tanz der Stimmen an. Vor seinem geistigen Auge sah der Priester die Stimmen als Fäden, als Bestandteil eines Wandbehangs, den nur er weben konnte.

Mit einem Teil seines Geistes begab er sich in die obere Welt, in das Graue Land, das man normalerweise nur in Träumen oder in Trance besuchte. Während er auf die Macht aus den anderen Tempeln wartete, spürte er erst die eine, dann die andere Präsenz in der oberen Welt.

Bist du sicher, daß du das tun willst, fragte eine körperlose Stimme. Pah-ko erkannte Zhantse, den Seher der Tah'nehsieh, einen Freund und Gegner.

Das ist nicht der Weg, fauchte eine weitere Stimme in seinem Kopf; Ghulla, die Zharmatianerin, war erheblich weniger sanft. *Gib ihnen doch ihren Verwandten zurück.*

Mach ein Ende, drängte Zhantse. *Gib es zu, Pah-ko, du hast schon lange daran gedacht, sowohl den Drachen als auch den Phönix zu befreien.*

Das habe ich, stimmte Pah-ko zu. *Aber nicht auf diese Art; das wäre zu schnell. Katastrophe auf Katastrophe würde folgen ...*

Ghulla sagte: *Es gibt keine sanfte Art, dies zu tun. Die wilde*

Magie ist viel zu lange schon gefangen gewesen. Die Dinge müssen sich entfalten, wie sie sollten.

Ich tue, was ich tun muß, erwiderte Pah-ko. *Ich schütze Jehanglan.* Er wandte den Geist von ihnen ab, denn nun »sah« er die Stränge der Macht, die in anderen Tempeln für ihn heraufbeschworen wurden. Zhantse und Ghulla blieben noch einen Augenblick, dann verschwanden sie. Obwohl er wußte, daß sie recht hatten, war Pah-ko erleichtert; er brauchte all seine Aufmerksamkeit für die Aufgabe, die vor ihm lag.

Faden um Faden wob er die Magie, um Jehanglan vor der sich nähernden Invasion zu schützen. Es war schwer, so viel Macht zu beherrschen – Macht, die sich ihm zu widersetzen schien. Was, wenn er versagte? Der Rückschlag würde ihn und jeden anderen in diesem Raum töten. Schweiß lief ihm über den Rücken, als er sich Hodais verkohlte Leiche vorstellte.

Der Wandteppich der Macht begann sich aufzulösen. Hier und da wurde eine Stimme schwächer. Hodai wimmerte verängstigt.

Keuchend verbannte Pah-ko das schreckliche Bild vom Tod seines Orakels aus seinem Kopf und griff nach den Fäden der Magie. Die Stimmen kehrten wieder, wahr und stark, und schwollen zu einem Gesang, der ihn vor sich her trug. Die Hände seiner Vorstellung flogen sicher und rasch hin und her, Kettfäden und Schußfäden, und der Wandteppich wuchs, bis das Abbild des Phönix seinen Geist erfüllte und sang wie die Sonne.

Und wie die Sonne wärmte und brannte es zugleich. Er ertrug den Schmerz ohne Klage. Er war der *Nira*. Er würde die Macht halten. Für immer, falls das notwendig sein sollte, bis sein Orakel ihn anwies, sie gehen zu lassen.

Oder bis er zu Asche verbrannte.

Shei-Luin erwachte, als der Mann neben ihr sich rührte. Er drehte sich um und legte ihr einen Arm um die Taille.

»Geliebter«, flüsterte sie ihm ins Ohr und schmiegte sich an ihn. »Es dämmert bald.«

Yesuin öffnete blinzelnd die Augen. »Und ich muß wieder durch diese Geheimgänge schleichen. Ich hasse es, wenn wir einander verlassen müssen, Shei-Luin.« Er küßte ihren Hals.

»Ich hasse es ebenso. Aber komm, Liebster, wir haben noch ein wenig Zeit.«

Sie ließ ihre Hand abwärts gleiten und begann, ihn zu streicheln.

Einen Augenblick später war er über ihr. Shei-Luin lachte leise und kam ihm entgegen wie eine Tigerin ihrem Gefährten.

Bilder, schreckliche Bilder wie Alpträume, und dabei war er wach.

Morlen schloß die Augen ein paar Herzschläge lang im Flug und tastete mit anderen Sinnen weiter, suchte eine Essenz, die nur er kannte. Sie kam in quälenden Mengen, nie genug, um ihn zufriedenzustellen, niemals genug, daß er hätte sagen können »dort!« und pfeilschnell auf sein Ziel zuschießen. Aber hier und da fing er etwas auf, etwas, das aufblitzte wie Sonnenlicht hinter vorbeihuschenden Wolken und ebenso schnell wieder verschwunden war. *Hier,* sagte es. Kaum genug, um ihm eine Richtung anzugeben; und dennoch, es genügte. Es mußte genügen.

Er kippte eine Flügelspitze und wendete.

Die Rezitation ging weiter, wallte rings um ihn her auf wie Wasser in einem Brunnen. Pah-ko hielt die Macht des Phönix; und obwohl er das Gefühl hatte, daß ihm jeden Augenblick das Fleisch von den Knochen fallen würde, ließ er sich die Macht nicht wieder entgleiten.

Ihr Ziel: ein Gipfel, der sich über vielen anderen erhob und steil in ein schmales Tal abfiel, das sich zwischen den Bergen hindurchzog. Es erinnerte Morlen an Drachenhort, obwohl es hier kein Schloß gab, sondern einen Komplex von Gebäuden unvertrauter Architektur.

Die Ähnlichkeit wurde jedoch zum Hohn durch das, was von diesem Ort ausging. Denn nun spürte er die ganze Qual des Gefangenen, den Schmerz eines Drachen, der für mehr als tausend Jahre vom Wind, dem Himmel und der Freiheit ferngehalten worden war. Ein Drache, der wie ein Tier an den Boden gekettet war. Nein, nicht einmal das – *unter* der Erdoberfläche hatte man ihn von der lebensspendenden Sonne und der Luft ferngehalten und es ihm unmöglich gemacht, durch die mondbeleuchteten Wolken und auf dem Wind der Dämmerung zu fliegen.

Angst und Zorn und Schrecken brannten in Morlens Geist. Ihm wurde schwindlig unter diesem Andrang der Gefühle, und am heftigsten traf ihn der Wahnsinn, der unter all den wirbelnden Gedanken des Gefangenen lag.

Aber unterhalb des Sturms spürte Morlen einen winzigen Geistesfaden, den er einmal gekannt hatte: Pirakos, ein Echtdrache. Soviel für die alten Geschichten von Jehanglan, dachte er.

Rettemichrettemichrettemichrettemich. Erschreckende, wirre Visionen davon, unter Tonnen von Erde erdrückt zu werden, Ketten so fest, daß sie sich durch die Schuppen in das weiche Fleisch darunter geschnitten hatten. Das leidenschaftliche Bedürfnis, noch einmal im Wind zu segeln. Eine Alptraumgestalt: ein riesiger, goldener Vogel, der den Himmel erfüllte, Smaragdaugen voller Haß, feuertriefende Flügel, der die Krallen in seine Brust senkte und riß und zerrte ... *(Nein! Nicht meine – Pirakos!* schrie Morlens Geist), ein krankhafter, tobender Wunsch, sich im Blut dieses Feindes zu wälzen. Sein Herz mit rachsüchtigen Klauen zu zerfetzen.

Aber noch schlimmer als der Wahnsinn war der kurze Augenblick der Wahrheit.

Töte mich. Es ist die einzige Möglichkeit.

Hätte ein Drache weinen können, dann hätte Morlen das nun getan. Seine alten Flügel, bereits müde, versagten ihm beinahe vor Trauer den Dienst.

Entsetztes Geschrei brach um ihn her aus. Morlen war nicht der einzige Drache, den Pirakos' Qualen trafen. Geschwader um Geschwader der riesigen Geschöpfe schoß auf den Berg nieder und schrie seinen Zorn in die Morgendämmerung.

So plötzlich, daß der *Nira* zusammenzuckte, erklang eine neue Stimme. Sie erhob sich über die anderen wie reines, geschmolzenes Gold über die Schlacke seiner Verfeinerung. Dieses Lied kannte keine Worte, aber es brauchte auch keine. Hoch und wild erklang es, herzzerreißend in seiner Süße. Es war der Schrei des Phönix, den Pah-ko in seinen gesegnetsten Träumen gehört hatte. Er zitterte vor so viel Schönheit.

Die Stimme brach ab, und ihr Schweigen war Schmerz. Plötzlich erklang sie abermals; diesmal waren Worte darin. »Es ist Zeit«, sang Hodai. »Laß den Phönix frei.«

Niemals war es so gewesen. Ja, sich mit Yesuin zu vereinen war immer eine Freude gewesen, aber das! Es war Macht hier, das fühlte sie. Sie spürte, wie diese Macht in ihr aufstieg, spürte sie in den Stößen des Mannes, der sie nahm.

Diese Macht erhob sich, und es gab nichts, was sie tun konnte, sie aufzuhalten. Und sie wollte es auch nicht.

Shei-Luin gab sich hin, wie sie es noch nie zuvor getan hatte.

Eine Vision wurde in seinem Geist zu Flammen. Niemals zuvor war es so gewesen; das war der reinste Schmerz, wie Drachenfeuer in seinem Kopf.

Zurück! schrie Morlen. *Zurück, oder es ist unser Tod! Sie wissen es!*

Aber es war schon zu spät. Viel zu spät. Denn die Luft oberhalb der Drachen bewegte sich, und Farben der Dämmerung verschmolzen. Wie ein Geist erschien die schimmernde Gestalt eines riesigen Vogels, wie ihn Morlen noch nie gesehen hatte.

Der Phönix von Jehanglan.

Seine Schwingen umspannten den Himmel; zornig glitzerten die Smaragdaugen. Er war von unbeschreiblicher Schönheit und gleichzeitig unvorstellbar erschreckend. Dann fiel er mit einem Wutschrei über sie her, und seine Flügel und sein Schweif schienen zu glühen.

Wie üblich ging Jenna schon vor dem Frühstück zur Bibliothek, um die Vorhänge zurückzuziehen. Zu ihrer Verblüffung saß eine einzelne Gestalt an einem der Tische und beugte sich über ein Buch. Es war tatsächlich selten, daß jemand so früh hierher kam.

Und noch erstaunlicher war es, um wen es sich handelte.

»Guten Morgen, Jenna«, sagte Lleld und blickte von ihrem Buch auf.

Jenna sah den geröteten Augen des kleinen Drachenlords und ihren hängenden Schultern an, daß Lleld sich offenbar den größten Teil der Nacht hier befunden hatte. Sie erkannte auch das Buch, das Llelds Interesse erweckt hatte: das Tagebuch der reisenden Gräfin Ardelis.

Bevor Jenna noch antworten konnte, klappte Lleld das Buch zu und trug es an seinen Platz zurück.

»Hast du die Antwort gefunden?« fragte Jenna, und sie wunderte sich gleichzeitig, was wohl die Frage gewesen sein mochte.

»Ja«, erwiderte Lleld. »Das habe ich.«

Nie hatte Morlen solchen Schmerz gekannt. Und er war vom Angriff des seltsamen Vogels kaum berührt worden. Andere hatten nicht soviel Glück gehabt.

Denn das Feuer, das von den Schwingen des Phönix tropfte, klebte und brannte sich durch Schuppen und Haut und die Muskeln darunter und drang dann durch die Knochen wie die Erntefeuer, die die Echtmenschen benutzten, um das Stroh von den Feldern zu brennen, wenn sie das Korn geerntet hatten. Wie dieses Stroh verbrannten die Knochen zu Asche.

Viele – zu viele – Drachen starben schon beim ersten Angriff, fielen wie Sternschnuppen vom Himmel und beendeten ihr Leben in einem Schauer von Asche auf den kalten, festen Boden. Der Rest flog verwirrt in alle Richtungen davon.

Alle bis auf Aumalaean. Rote Flammen spuckend, flog er direkt auf den Phönix zu. Einen Augenblick lang glaubte Morlen, der junge Drache könnte Erfolg haben; Aumalaean senkte die Krallen in die Brust des Phönix ...

Und drang hindurch. Wie auch der Rest Aumalaeans, der seinen Flug nicht mehr bremsen konnte. Mit einem Schmerzensschrei von einer Art, die Morlen betete nie wieder hören zu müssen, ging Aumalaean in Flammen auf. Er stürzte, wirbelte durch die kühle Morgenluft, brennend wie eine öldurchtränkte Fackel. Dann endete sein Schreien gnädig. Augenblicke später zerschmetterte er.

Ein letztes Stoßen, und es war vorüber.

Yesuin brach auf ihr zusammen, schwer atmend, sein Körper heiß und verschwitzt auf ihrem. Shei-Luin keuchte. Sie tastete wie blind mit den Händen über den Rücken ihres Geliebten.

Dann rollte sich Yesuin von ihr herunter und fiel schwerfällig in die Kissen. Er hatte die Augen immer noch geschlossen und rang nach Atem.

Sie drehte den Kopf auf dem Kissen, um ihn anzusehen. Ihr Blick verschlang ihn, denn sie wollte nie vergessen, wie er in diesem Augenblick aussah, die Linie seiner dunklen, schweren

Augenbrauen, eine Strähne seines langen schwarzen Haares, die an der verschwitzten Wange klebte ...

Wie sie diesen Mann liebte ...

Ein plötzlicher scharfer Schmerz in ihrem Leib bewirkte, daß Shei-Luin sich aufrecht hinsetzte und die Hände auf den Bauch legte.

»Oh!«

Sofort war Yesuin neben ihr auf den Knien. »Shei – was ist los?«

Staunen nahm ihr die Worte. Unter ihren Händen war es, als glühte die Sonne einen Augenblick lang in ihrem Leib, und sie *wußte* es. Freude stieg in ihr auf.

»Yesuin«, flüsterte sie, vor reinem Entzücken kaum in der Lage zu sprechen, »ich bin wieder schwanger. Es ist gerade jetzt geschehen – ich weiß es!«

»Bist du sicher? Kann denn so etwas ...«

Ein drängendes Klopfen an der Tür unterbrach ihn. »Herrin«, rief Murohshei leise, »jemand kommt!«

Sofort war Yesuin aus dem Bett gesprungen. Er griff nach den Kleidern, die er am Abend zuvor auf den Boden geworfen hatte, und rannte zum Eingang des Geheimgangs, bevor sie noch ein Wort sagen konnte. Sie sah, wie die rote und goldene Lacktäfelung unter seinen Fingern zurückglitt, beobachtete schweigend, wie Yesuin im Dunkeln dahinter verschwand und die Täfelung sich wieder an ihren Platz bewegte.

Geblieben war nur das Wissen darüber, was unter ihren Händen lag und was es ihr bringen mochte.

Endlich verstand Morlen, was ihnen gegenüberstand. Dies war nicht der Phönix selbst. Dies war ein Bild aus Magie, aus gemeinsamer Anstrengung von einer Art, die er für unmöglich gehalten hatte und die die magischen Kräfte sowohl des Phönix als auch Pirakos' benutzte. Sein Herz wurde eiskalt.

Magier schlossen sich doch nicht auf diese Weise zusammen und arbeiteten im Einklang! Das war unmöglich, das konnten sie nicht!

Aber der tödliche Beweis hing vor ihm am Himmel. Der geisterhafte Vogel wendete, und das Feuer sprühte abermals. Wieder versuchten die Drachen zu flüchten. Ein paar mehr wurden erfaßt. Sie stürzten nieder, verbrannten zu Tode wie andere vor ihnen. Der Phönix wandte sich der größten Gruppe Überlebender zu. Sie flohen. Es war hoffnungslos. Die Drachen waren zum Untergang verurteilt. Verzweiflung überfiel Morlen. Sie könnten nichts gegen einen Feind erreichen, den sie nicht einmal berühren konnten. Ihre einzige Hoffnung lag in einem Rückzug hinter eine Entfernung, die die Priester mit dieser Erscheinung nicht erreichen konnten.

Rückzug! Sofort! Hinter die Berge! brüllte Morlen seinen Verwandten zu. Denn er wußte plötzlich, wenn die Drachen das rote Land erreichen konnten, das sie zuvor überquert hatten, wären sie in Sicherheit. Er erinnerte sich an das angenehme Gefühl, das dieses Land ausgestrahlt hatte, und übermittelte es den anderen.

Einer nach dem anderen reagierten sie, gaben das erschrockene, fruchtlose Ausweichen auf und rasten, so schnell sie konnten auf die Berge zu. Einige waren kaum mehr imstande zu fliegen. Andere eilten zu Hilfe, achteten nicht auf ihre eigene Sicherheit und begaben sich in Todesgefahr, als der Phönix erneut angriff.

Er wählte zwei Drachen aus; mit einem verzweifelten Schrei erkannte Morlen, daß es sich um Lurione handelte, einen der jüngsten Drachen, schwer verwundet ... und Talassaene, deren amethystfarbene Schuppen im Licht der Morgensonne wie Edelsteine glitzerten. Er strengte sich an, sie zu erreichen; was er dann tun wollte, wußte er nicht. Aber er war zu alt, zu müde und außerdem verwundet.

Und es gab ohnehin nichts, was er tun konnte. Dieses Wissen schmerzte am meisten.

Aber irgendwie gelang es Talassaene, die Krallen in den jüngeren Drachen zu schlagen, sich in der Luft zu drehen und in Sturzflug zu gehen. Das Feuer des Phönix verfehlte sie nur um ein paar Zoll. Einen Augenblick lang glaubte Morlen, sie könnte entkommen; dann traf sie das Feuer auf Rücken und Flügeln.

Sie schrie auf, konnte Lurione aber festhalten, und durch ein Wunder blieben sie in der Luft. In taumelndem Flug entkam Talassaene der Reichweite des Phönix und flog, immer noch Lurione tragend, auf die Berge zu.

Erleichterung überflutete Morlen; sie würden in Sicherheit gelangen. Er wandte seine Aufmerksamkeit den anderen Drachen zu und drängte sie, sich zu beeilen. Sie gehorchten und flogen, so rasch sie konnten, auf den Bergkamm zu, hinter dem das rote Land lag.

Abermals setzte der Phönix zur Verfolgung an. Die letzten Nachzügler flatterten hektisch, was Morlen für einen vergeblichen Versuch hielt. Er stieß einen Warnschrei aus, als der Phönix über sie hinwegflog; einer der Drachen schaute über die Schulter, als der Phönix sich näherte, Verzweiflung in den rubinroten Augen. Aber gerade, als das Feuer von seinen Flügeln sich nach dem Drachen ausstreckte, verschwand der riesige Vogel. Wie Dunst über einem Feuer verschwand er und ließ nur klaren, blauen Himmel zurück.

Morlen wurde schwach vor Erleichterung. Die Götter allein wußten, wieso es gerade jetzt geschehen war – hatten die Magier das Ende ihrer Kraft erreicht? –, aber er hinterfragte es nicht. Nun mußte er sein Volk in Sicherheit bringen.

Der Flug war ein Alptraum. Sein Schmerz wurde mit jedem Schlag der verletzten Flügel heftiger. Er konnte nicht nachgeben, durfte sich nicht ausruhen; er konnte es auch keinem der anderen gestatten. Morlen wußte nicht, wie die Jehangli vom Angriff der Drachen erfahren hatten oder wie lange sie davon gewußt hatten. Vielleicht warteten drunten

Soldaten, um jeden verwundeten Drachen, der landete, zu töten oder gefangenzunehmen. Sie mußten weiterfliegen. Morlen flehte, bettelte, drohte und brachte seine Verwandten immer weiter, wenn sie sich schon aufgeben wollten. Er ließ es nicht zu.

Endlich hatten sie die Berge überquert. **Ruht euch aus**, sagte er zu den anderen. **Hier sind wir in Sicherheit.**

Qual! Tod!

Der alte Drache wand sich und schlug im Schlaf um sich, seine Träume waren nun zur Folter geworden. Er stöhnte, ohne es zu wissen, und floh vor den Alpträumen, die ihn verfolgten, tiefer in seinen Geist.

Das Wasser des Sees wirbelte um ihn, als wolle es den Schmerz wegwaschen.

Es war Heilan, einer der Eunuchen, die Xianes Botschaften zum Harem brachten. Shei-Luin empfing ihn, nachdem sie sich angemessen gekleidet hatte.

»Der Erlauchte Phönixherrscher wünscht heute zum Pavillon der Drei Kiefern zu reiten, Herrin«, sagte Heilan. »Er wünscht, daß Ihr ihn begleitet.«

Obwohl er ein Eunuch war, hielt Heilan den Blick fest auf ihre bestickten Pantoffeln gerichtet. Es dauerte einen Augenblick, bevor Shei-Luin das bemerkte; sie hatte immer noch an das denken müssen, was zuvor geschehen war.

Aber als es ihr auffiel, hob sie den Fächer, um ein Lächeln zu verbergen. Es traf zwar zu, daß sie die derzeitige Favoritin des Kaisers war, aber sie war immer noch nur eine Konkubine, und der Palasteunuch durfte sie ansehen. Tatsächlich waren die Eunuchen die einzigen Männer im Palast, denen es erlaubt war, Frauen ins Gesicht zu sehen – sowohl adligen als auch anderen.

Allen Frauen, außer denen vom höchsten Rang wie der

Mutter eines Kaisers, seinen Schwestern oder ... seiner Kaiserin.

Sie war nicht Xianes Schwester und zweifellos nicht seine Mutter. Aber daß Xianes Eunuch sie unbewußt mit solcher Hochachtung behandelte, sagte ihr, wie sein Herr wirklich von ihr dachte.

Sie ließ den Fächer mit einer anmutigen Geste sinken. »Sage dem Erlauchten Phönixherrscher, es wäre mein größtes Vergnügen, heute mit ihm auszureiten, und ich danke ihm für dieses Zeichen seiner Gunst«, sagte Shei-Luin. Und dann fuhr sie sehr waghalsig fort: »Und sage ihm, ich danke ihm auch, daß er an den Pavillon der Drei Kiefern gedacht hat. Dort ist es sehr ... romantisch«, fügte sie mit tiefer, seidiger Stimme hinzu. Einen Augenblick später hätte sie beinahe laut gelacht. Obwohl der Blick des Eunuchen fest auf den Zehen ihrer Pantoffeln verweilte, hatten sich seine Ohren leuchtend rot verfärbt.

»Du wirst deinem Herrn wiederholen, was ich gesagt habe – und *wie* es ausgesprochen wurde«, befahl Shei-Luin mit boshaftem Entzücken. Sie wußte, daß Heilan ein schlechter Schauspieler war.

Die Ohren wurden noch röter. »Das werde ich tun, Augenlicht unseres Kaisers.« Der Eunuch kroch rückwärts zur Tür, dann stand er auf und machte sich an seinen Auftrag.

Erfreut erhob sich Shei-Luin aus ihrem Sessel und gestattete Tsiaa und Murohshei, sie fürs Bad zu entkleiden. »Benutzt das Jasminparfüm, das hat Xiane am liebsten.«

Obwohl sie bezweifelte, daß Xiane, sobald er ihre Botschaft erhielt, noch Parfüm brauchen würde. Sie würden den Palast vielleicht nicht einmal verlassen.

Sie dankte dem Phönix für dieses Glück.

Die Drachen ruhten sich auf dem kleinen Plateau aus, das sie gefunden hatten. Nur wenige waren unverletzt, viele hatten zumindest kleinere Wunden, einige waren schwer verletzt. Und zu viele von ihnen konnten nicht gerettet werden. Einige, wie Lurione, starben schon, bevor die Helfer sie erreichten.

Morlen nahm tatsächlich an, daß Lurione gestorben war, bevor sie auch nur diese armselige Zuflucht erreicht hatte. Es war eine Gnade, dachte er, daß Talassaene das Bewußtsein verloren hatte, sobald sie den Boden berührte. Sie wußte noch nicht, daß ihr Opfer umsonst gewesen war. Er warf seiner Enkelin noch einmal einen Blick zu und fragte sich, wie es ihr bei ihren schweren Verwundungen gelungen war, sich selbst hierherzuschleppen, von Lurione überhaupt nicht zu reden.

Die Drachen taten für ihre Verwandten, was sie konnten, und erschöpften sich, indem sie immer wieder ihr Heilfeuer einsetzten. Morlen half, wo immer er konnte. Aber für ihn war alles, was ihm möglich war, nicht genug, und es erschöpfte ihn noch mehr, zu wissen, daß sie hier nicht bleiben konnten. Wenn sie verweilten, würden die Priester-Magier eine Möglichkeit finden, den Geist des Phönix noch einmal auf sie zu hetzen.

Diese Vision nahm ihm den letzten Rest seiner Kraft. *Ich bin alt und nutzlos*, dachte er verbittert und sah zu, wie ein vollkommen erschöpfter Galinis Talassaene noch einmal in Heilfeuer badete. Die blaugrünen Flammen umschlangen sie, glitten um ihrem bewußtlosen Körper – und erstarben in einem Flackern. Galinis' Kopf sank zu Boden, sein Blick matt vor Erschöpfung.

Ich habe getan, was ich konnte, sagte der jüngere Drache. Selbst seine Geistesstimme bebte vor Müdigkeit. **Ich kann nicht mehr.**

Du hast tapfer gekämpft, erwiderte Morlen, aber er fürchtete, das würde nicht genügen. Talassaene hat das Bewußtsein nicht wiedererlangt. **Ruh dich nun aus; wir müssen heute abend noch weiter.**

Stöhnen erklang bei dieser Ankündigung. **Warum?** fragte

ein Drache namens Beracca kläglich. Eines ihrer Augen war zugebrannt und würde nie wieder sehen.

Galinis hob den Kopf. **Eine Vision?**

Ja.

Seufzer erklangen in seinem Kopf, und es folgte Resignation. Sie würden sich ausruhen, so lange sie konnten. Morlen streckte sich neben seiner Enkelin aus und wünschte sich aus ganzem Herzen, daß sie überlebte.

Der *Nira* war immer noch wie betäubt, und es dauerte einen Augenblick, bevor er wieder zu Bewußtsein kam. Er blinzelte wie eine Eule, die man ins Tageslicht gezwungen hat, und war nicht imstande, sich zurechtzufinden. Dann gab er auf und ließ sich in die Arme sinken, die ihn stützten – man hatte einem der Schüler erlaubt hereinzukommen, um zu helfen. Ein anderer hielt ihm eine Tasse Tee hin.

»Trinkt, Heiliger«, sagte der junge Mann. Sein Gesicht war bleich, die Augen groß und ängstlich. Ob es etwas damit zu tun hatte, was an diesem Ort geschehen war, oder mit dem Ort selbst, hätte der *Nira* nicht sagen können.

Seine Verwirrung verging; mit jedem Augenblick wurden die Erinnerungen deutlicher. Aber er war immer noch schwach und hatte Schmerzen. Pah-ko schob den Becher beiseite. »Wo ist mein Orakel?« flüsterte er und hielt mit reiner Willenskraft die willkommene Erleichterung der Bewußtlosigkeit zurück.

»Hier, Heiliger.« Die Stimme erklang hinter ihm. Pah-ko drehte sich im Schutz der ihn umgebenden Arme halb um.

Ein junger Priester des ersten Ranges hielt Hodai auf dem Arm und an die Brust gedrückt. Hodai hatte die Augen geschlossen, die dunklen Wimpern zeichneten sich deutlich gegen sein bleiches Gesicht ab. Ein Schüler wischte dem Jungen den Mund sanft mit einem feuchten Tuch ab. Auf dem Tuch war ein roter Fleck.

Pah-ko keuchte erschrocken. Sein Herz zuckte und hämmerte in seiner Brust. Er streckte eine welke Hand aus.

»Sei beruhigt, Heiliger«, eilte sich der junge Priester zu sagen, »er hat sich die Lippe aufgebissen, das ist alles. Er schläft jetzt vor Erschöpfung.«

»Ah. Ah.« Pah-ko entspannte sich. »Bring ihn in meine Gemächer und leg ihn in sein Bett ...« Er runzelte nachdenklich die Stirn. »Yalin, nicht wahr?«

Der junge Priester strahlte entzückt, daß sein Name einem Mann dieses Ranges bekannt war. »Jawohl, Heiliger. Ich bringe ihn sofort hin.«

»Bleib bei ihm, bis er aufwacht.«

Nachdem der junge Priester seine kostbare Last davongetragen hatte, wandte Pah-ko seine Aufmerksamkeit seiner Umgebung zu. Zum ersten Mal bemerkte er den Gestank entleerter Gedärme unter dem Räucherwerk. Dann sah er die reglosen, zugedeckten Gestalten auf dem Boden.

Andere waren nicht so reglos. Pah-ko hörte lautes Gemurmel, als die jüngeren Priester sich anstrengten, ihre wild um sich schlagenden Brüder niederzuhalten.

»Was ist das?« fragte Pah-ko einen derer, die ihn immer noch stützen.

»Der Rückstoß ... es war für einige zuviel. Es sieht aus, als fieberten sie heftig. Ob sie sich erholen werden ...«

Der junge Mann rasselte ein paar Namen herunter, aber der einzige, der in Pah-kos wirren Geist eindrang, war der von Haoro. Aha – Jhanuns tückischer Neffe spielte also nicht mehr mit im großen Spiel des Tempels. Pah-ko fragte sich, wie lange der Aufschub dauern würde; er hoffte, für immer.

Aber welchen Preis hatten sie dafür gezahlt? »Deeh?« keuchte er.

Zur Antwort zeigte der Schüler auf eine der zugedeckten Gestalten, eine, deren tote Hand unter der Decke hervorgerutscht war. Ein einfaches geflochtenes Band, wie es unter

Landbewohnern beliebt war, umschlang das Handgelenk, die leuchtenden Farben lebhaft vor der grauen Haut.

Pah-ko erkannte das Band. *Phönix, bitte – nicht Deeh,* aber er war es; das wußte er im Herzen. Das war zuviel. *Warum Deeh und nicht Haoro? Wie viele der Besten sind überall in Jehanglan gestorben, um das Kaiserreich zu schützen?* fragte er sich und sank in die willkommene Dunkelheit hinab.

Abenddämmerung – das Tor zur Nacht hatte sich schließlich geöffnet. Morlen sah zu, wie die Sonne sich Stück für Stück weiter unter den westlichen Horizont schob, die Schatten zusammenflossen und die Luft rings um sie her und der rote Stein unter ihnen kalt wurde.

Es war Zeit.

Mit einem Rascheln von Schuppen und Flügeln erhob sich Morlen. Rings um ihn her hoben auch die erschöpften anderen Drachen die Köpfe. So müde waren sie, daß sie nicht einmal einen einzigen Wachposten aufgestellt hatten.

Aber einige regten sich nicht. Als Morlen sie sich näher ansah, erkannte er, daß viele gestorben waren. Andere lebten noch, aber der Lebensfunke in ihnen war so schwach, er wußte, sie würden niemals fliegen können.

Er kehrte zurück zu Talassaene. Neben ihr ruhte Galinis, einen Flügel über sie ausgebreitet, als wollte er sie schützen. Sie hob den Kopf, als Morlen sanft seine Nasenspitze an die ihre legte. Galinis zog den Flügel zurück.

Großvater. Ihre Geistesstimme war nur ein Flüstern.

Mein Herz, es ist Zeit zu fliegen, sagte er sanft.

Sie versuchte aufzustehen. Bevor Galinis ihr helfen konnte, brach sie wieder zusammen. **Großvater, ich kann nicht. Bitte; ich habe Angst ...**

Ich werde dir helfen und neben dir fliegen. Du wirst nach Hause zurückkehren, sagte Morlen, wissend, daß er log, und willig, alles aufs Spiel zu setzen, um die Worte dennoch Wahrheit werden zu lassen.

Du weißt, daß es sinnlos wäre. Und ich fürchte den Tod nicht. Ich fürchte, was diese Priester-Magier mit mir tun würden, wenn sie mich noch lebend finden. Ich flehe dich an: Laß nicht zu, daß sie mir antun, was sie Pirakos angetan haben. Denn ich weiß, daß sie das tun würden.

Mit ungeheurer Anstrengung hob sie den Kopf und legte ihn weit zurück. Das Licht der ersten Sterne glitzerte auf den amethystfarbenen Schuppen ihrer Kehle.

Die anderen Drachen, die zu schwer verwundet waren, um fliegen zu können, taten dasselbe und boten ihren Verwandten die Kehlen dar.

Rette mich, Großvater.

Mit einem Aufheulen von Zorn und Trauer zog Morlen seine rasiermesserscharfen Klauen über Talassaenes Kehle. Ihr Blut floß heiß und qualmend auf den roten Stein, als ihr langer anmutiger Hals zu Boden sackte.

Rings um ihn her taten andere Drachen dasselbe für ihre Verwandten und Geliebten und gewährten ihnen die Gnade eines raschen Todes.

Wahnsinnig vor Schmerz warf Morlen sich in die Luft. Die anderen folgten.

Verwundet, müde und von Trauer erfüllt, begannen die Drachen ihren Rückzug aus Jehanglan.

15. KAPITEL

Die Atmosphäre in Schloß Drachenhort war düster. Vom niedrigsten Küchenjungen bis zur Herrin selbst befürchteten alle das Schlimmste. Noch hatte sie kein Wort von den Echtdrachen gehört, das sie hätte beruhigen können.

Was es in jenen Tagen an Lachen gab, war gezwungen und gekünstelt. Aber nur wenige lachten überhaupt; niemand hatte das Herz für Scherze. Die Zinnen der Festung, normalerweise verlassen, wurden nun von einem endlosen Strom von Besuchern betreten, die ihre Blicke nach Süden wandten.

Diese Beobachter sprachen selten miteinander. Sie standen dort, *Kir* und Drachenlord und Echtmensch, fest in ihre Umhänge geschlungen, um sich gegen den kalten Bergwind zu schützen, der sie umtoste, und warteten und beobachteten.

Die Tage vergingen, und immer noch hörten sie nichts. Angestrengt starrten sie weiter nach Süden, und der geringste Fleck in der Ferne gab ihnen Hoffnung. Aber niemand sah etwas anderes als hin und wieder einen Falken, der am hellblauen Himmel kreiste.

Zu seiner Überraschung fand Linden häufig Taren hier oben auf den Zinnen, mit angespannter Miene, wie er dastand und nach Süden schaute, sooft seine Gesundheit es erlaubte. Manchmal stand Taren dort allein oder stützte sich auf einen Diener; meist war Raven bei ihm und lieh dem Kranken die Kraft seiner Jugend.

Einmal begegnete Linden Taren allein. Der Mann zitterte, seine Zähne klapperten, und er hatte den Umhang fest wie ein Leichentuch um seinen ausgemergelten Körper geschlungen. Er stützte sich schwer auf einen Stock.

»Ihr solltet im Bett sein«, meinte Linden besorgt, als er näher kam.

Der Mann drehte sich zu ihm um; er sah im schwindenden Tageslicht grau aus. »Ich muß sehen«, sagte er. »Ich muß wissen.«

Er wandte sich wieder ab. Der Wind peitschte zwischen ihnen hindurch; Linden wischte sich Kältetränen aus den Augen.

»Das ist meine Buße«, sagte Taren so leise, daß Linden nicht sicher war, ob er ihn verstanden hatte. Dann fügte Taren lauter hinzu: »Es werden viele bei dieser Sache sterben. Und es ist meine Schuld; mir war nicht klar ...« Er schüttelte den Kopf.

Linden legte dem Mann die Hand auf die Schulter. »Sie werden zurückkehren«, sagte er mit einer Sicherheit, die er nicht wirklich spürte. »Und Pirakos wird bei ihnen sein. Ihr werdet schon sehen.«

»Ja«, erwiderte Taren. Seine Augen blitzten in dem schwächer werdenden Licht. »Ja. Wir werden sehen.«

Mit dem Vorrecht eines alten und getreuen Dieners betrat General V'Choun den Garten des ewigen Frühlings ungebeten und ging direkt zur Laube des Kaisers. Er deutete eine Verbeugung vor Xiane an, als der Phönixherrscher von dem Würfelspiel aufblickte, das er mit Yesuin begonnen hatte.

»Ihr seht so grimmig aus«, meinte Xiane überrascht.

»Das bin ich, Majestät. Hier, lest dies.« Er streckte Xiane ein paar gefaltete Briefe hin. »Pah-ko war zu verstört, sie auch nur zu siegeln.«

Neugierig griff Xiane nach den Briefen. V'Choun sah zu, wie das langgezogene Pferdegesicht seines Kaisers beim Lesen bleicher wurde. Ohne ein Wort reichte Xiane Yesuin die Botschaft weiter.

»Ein Angriff von ... Drachen?« fragte Xiane. »Aber wie?« fuhr er verblüfft fort. »Die Drachen sind alle tot!«

»Majestät«, sagte V'Choun. »Nicht alle Drachen. Habt ihr nicht gelesen, daß jene Flügel hatten? Es sind Drachen aus dem Norden, die das Unrecht beheben wollen, das einem ihrer Art angetan wurde.«

Yesuin legte die Briefe auf den Tisch und sagte: »Xiane, wieviel mehr Beweise braucht Ihr noch? Ihr habt doch gelesen, wie viele Priester gestorben sind.«

»Das lag nicht an dem Kampf, in den sie verstrickt waren; Pah-ko hätte diese Macht leicht beherrschen können. Nein, das war der Phönix selbst, der die Gelegenheit nutzte, gegen jene anzukämpfen, die ihn gefangenhalten«, meinte Yesuin.

V'Choun seufzte. »Ich fürchte, ich muß ihm zustimmen, Herr. Pah-ko wagte nicht, es aufzuschreiben, aber ich kenne ihn lange, und ich kann lesen, was er nicht ausspricht. Es ist Zeit für den Tod des Phönix, Majestät, und der Phönix weiß es. Selbst ein solches Wesen muß dieselben Regeln befolgen wie alle.«

Und Yesuin fügte hinzu: »Ihr wißt, daß er recht hat.«

Xiane warf ihm einen gequälten Blick zu.

V'Choun sagte leise: »Wir haben auch andere Berichte aus dem Rest des Landes. Plötzliches Hochwasser, wo es nie Regen gab, Geister, die auf den Friedhöfen jammern, Erdbeben, Tempel, die einstürzen – und *ausschließlich* Tempel –, Quellen, aus denen Feuer oder Blut statt Wasser dringt und Schlimmeres. Und alles ist am Tag dieses Angriffs geschehen, Xiane.«

Kreidebleich erhob sich der Kaiser. »Ich muß darüber nachdenken«, sagte er und verließ die Laube. »Vetter, komm mit mir.«

Yesuin sprang auf, dann hielt er inne. Er wandte sich V'Choun zu und sagte: »Ihr wißt, was wir von ihm verlangen, nicht wahr?`"

»Ja«, meinte V'Choun bedrückt. »Das Ende der Phönix-Dynastie. *Seiner* Dynastie. Ansonsten wird es das Ende von Jehanglan sein.«

»Ich weiß«, sagte Yesuin leise. »Aber Xahnu ...« Er folgte Xiane in den Garten.

V'Choun setzte sich nieder und starrte die Würfel auf dem Tisch an, ohne sie wirklich zu sehen. Er wußte, was gebraucht wurde. Der Kaiser ebenfalls. Aber würde Xiane den Mut haben, den Fehler rückgängig zu machen, den sein Vater gemacht hatte?

Ein schmaler Sichelmond hing hoch am schwarzen Himmel. In dieser Nacht stand Merlet Kamenni Wache, entsprechend einer unausgesprochenen Abmachung der Drachenlords. Sie ging auf den Erkern auf und ab, schaute immer wieder nach Süden und drehte ihren dicken Zopf unruhig in der Hand.

Ein Schatten glitt über den dünnen Sichelmond. Einen Augenblick lang traute Merlet ihren Augen nicht. Sie war beinahe sicher, daß es nur ein Versehen gewesen war.

Aber nein – ein weiterer Schatten folgte, dann noch einer. Merlet warf ihren Umhang ab und ließ sich in die Verwandlung gleiten.

Sie sind wieder da! rief sie allen in der Festung zu. *Die Echtdrachen kehren zurück!* Sie sprang in die Luft.

Und als sie wie ein Pfeil durch den Nachthimmel schoß, dachte sie: *Aber ihr Götter, es sind so wenige!*

Früh am nächsten Morgen saß Maurynna auf Boreals Rücken und sah zu, wie die Viehhirten ihre Herden aufs Versammlungsfeld trieben. Die erschrockenen Tiere drängten sich dort verwirrt zusammen. Irgendwie wußten sie, was ihnen drohte.

Der erste Drachenlord schoß aus dem Himmel, packte ein Tier der Herde und hob es in die Luft. Sie erkannte Kelder Oronin in seiner Drachengestalt. Die Herde geriet in Panik, aber bevor es zu einer Stampede kam, schoß ein zweiter Drachenlord aus der entgegengesetzten Richtung auf sie zu. Wieder wurde eine zu Tode erschrockene Kuh weggetragen.

Maurynna sah zu, wie die Herde Tier um Tier dezimiert wurde. Nur zwei Drachenlords konnten mehr als eine Kuh zur gleichen Zeit tragen: Linden und ein anderer Yerrin-Drachenlord, der beinahe ebenso groß war und Brock Hatussin hieß. Und selbst ihnen fiel das, wie Maurynna sah, schwer.

Lleld, auf Mikis Rücken, gesellte sich zu ihr. Es war ein kleiner Trost, daß es zumindest einen weiteren Drachenlord gab, der nicht helfen konnte; Lleld war zu klein, um eine Kuh sicher tragen zu können. Aber zumindest konnte sie sich verwandeln.

Um ein Gespräch zu beginnen – und sich von ihrer Unfähigkeit abzulenken –, sagte Maurynna: »Das wird ein magerer Winter.« Denn, obwohl dies zweifellos nicht das gesamte Vieh des Drachenhorts war, war es ein großer Teil davon.

Aber was sonst konnten sie tun? Die Echtdrachen, die auf der Bergwiese warteten, bevor sie sich auf den Heimweg in den Norden machen würden, waren zu schwach, um selbst zu jagen. Sie mußten essen oder sterben.

»Ja«, stimmte Lleld zu, dann fügte sie hinzu: »Für einige – aber nicht alle. Machen wir uns auf den Weg?«

Während des Rittes zur Wiese fragte sich Maurynna, was Lleld wohl gemeint hatte. Aber sie wagte nicht zu fragen. Bei einigen Dingen war es sicherer, sie nicht zu wissen – zumindest wenn es um Lleld ging.

16. KAPITEL

E*r ist hier; Morlen der Seher ist hier.*

Die Nachricht verbreitete sich im Drachenhort wie der Wind. Raven hörte sie unten im Stall, wo er Chailen, dem obersten Stallburschen, mit einer jungen Stute half, die ihr erstes Fohlen zur Welt brachte.

Die Stute war verängstigt; die Geburt war schwierig gewesen, und nun war sie nicht sicher, wer dieser kleine Fremde dort war. Oder ob sie auch nur etwas mit ihm zu tun haben wollte.

»Schade, daß sie nur ein Pferd und kein Llysanyaner ist«, murmelte der *Kir* und rieb das Fohlen mit sauberem Stroh trocken. »Denen bräuchte man das nur zu erklären. Und wenn sie es immer noch nicht annehmen würden, dann würden sich zweifellos ihre Mutter oder Großmutter oder die Tanten darum kümmern, es ihr auf ihre Weise zu erläutern.«

Raven strich über den Hals der Stute, versuchte sie zu beruhigen und zu ihrem neuen Sohn zu locken. »Verstehen sie wirklich so viel?«

»Ja. Ich will nicht behaupten, man könnte mit ihnen darüber diskutieren, ob es neun Manifestationen der Göttin gibt oder drei oder siebenundzwanzig, womit sich anscheinend einige Gelehrte die Zeit vertreiben, aber alltägliche Dinge ... o ja – das verstehen sie. Manchmal viel zu gut.« Und dann sagte er, zu dem Fohlen gewandt: »Nein, du kleiner Dummkopf – nicht das Stroh! Du bist zu jung, um das zu fressen. Bringen wir dich zu deiner Mutter.«

Raven redete weiter beruhigend auf die Stute ein, während Chailen dem schlaksigen Fohlen quer durch die Box half. Die Stute zitterte unter Ravens Hand, blieb aber stehen, während er weiter auf sie einmurmelte.

»Gut, gut, halt sie ruhig«, sagte Chailen leise und führte das Fohlen zu seiner ersten Mahlzeit.

Es gab einen angespannten Augenblick, als die Stute zusammenzuckte, weil sie die gierige Nase an ihrem Euter spürte, aber Raven sang weiter leise liebevoll und ermutigend auf sie ein. Er erkannte den Augenblick, in dem sie das Fohlen akzeptierte; einen Moment lang war sie noch wie erstarrt unter seinen Händen, im nächsten entspannte sie sich und wieherte ihrem Kind leise zu.

Raven grinste überglücklich, daß jetzt alles mit Stute und Fohlen in Ordnung war. Er folgte Chailen aus der Box.

Der *Kir* schnaubte erleichtert. »Gut gemacht, Raven. Du hast zweifellos eine Hand für Pferde. Ich glaube nicht, daß irgend jemand sonst die Stute so gut hätte beruhigen können. Den Göttern sei Dank, daß das gut ausgegangen ist; ich kann wirklich kein ›Waisenkind‹ mehr brauchen.« Er hob die Hand und schlug Raven anerkennend auf die Schulter. »Gibt es da, wo du herkommst, noch mehr von deiner Sorte? Ich könnte ein weiteres halbes Dutzend brauchen«, meinte er lachend. »Gehen wir frische Luft schnappen.«

Raven folgte ihm, erfreut vom Lob des Stallmeisters. Er hatte zuvor noch niemanden getroffen, der so viel über Pferde wußte wie dieser *Kir*. »Nein, ich bin der einzige – wahrscheinlich sehr zur Erleichterung meiner Stiefmutter. Ich war schon schwierig genug, sagt sie mir jetzt immer. Aber zumindest wußte sie immer, wo sie mich finden konnte.«

»Im nächstbesten Stall, wie?« meinte Chailen. »Ja, du hast wirklich eine Hand für Pferde, daran besteht kein Zweifel.«

Zusammen gingen sie zu den hinter dem Stall gelegenen Weiden. Eine gemischte Herde aus Llysanyanern und normalen Pferden wartete dort. Sie bewegten sich unruhig, und die Llysanyaner stampften mit den von Haarkränzen umgebenen Hufen. Raven beobachtete eine Stallhelferin – diesmal ein Echtmensch –, die sich auf eines der Pferde schwang. Selbst ohne Sattel hatte sie einen guten Sitz, bemerkte er zerstreut. »Bringt sie die Herde auf eine andere Weide?« fragte er.

»Katha?« fragte Chailen. »Nein, sie wird nur die Tore öffnen. Die Llysanyaner nehmen die anderen Pferde mit und sorgen dafür, daß sie alle sicher dort ankommen. Aber es braucht immer noch jemanden auf zwei Beinen, der sich um die Riegel kümmert; leider ist es Aewin, dem Schmied, noch nicht gelungen, einen Riegel herzustellen, den nur ein Llysanyaner öffnen kann.«

Raven schüttelte den Kopf. »Das ist wohl nicht möglich. Wenn man diesen Riegel mit Zähnen und Lippen öffnen kann, dann wird es auch irgendwo ein normales Pferd geben, das es herausfindet. Einigen von denen bin ich schon begegnet.«

Er sah zu, wie Katha den Torriegel öffnete; sah zu, wie die Herde den Pferch verließ, und pfiff leise vor sich hin, als die Llysanyaner sich rings um die gewöhnlichen Pferde aufstellten. Jeder begab sich an einen bestimmten Platz, als bestünde bereits ein Plan, und sie arbeiteten zusammen wie eine gut geübte Mannschaft. Mit dröhnenden Hufen führten die Llysanyaner die Pferde schließlich den Berg hinauf, eine lachende Katha in ihrer Mitte.

»Sie sind wirklich verblüffend«, flüsterte er leise. Er sah ihnen hinterher, solange er konnte, ganz verloren in seinem Traum.

Er kam wieder zu sich, als Chailen beinahe neben seinem Ohr rief: »Hoh, Junge! Wohin so schnell?«

Raven sah sich gerade noch rechtzeitig um, um einen *Kir*-Jungen zu bemerken, der von dem Weg, den er eingeschlagen hatte, abbog, um rutschend vor Chailen zum Stehen zu kommen.

»Weißt du das denn noch nicht, Chailen?« keuchte der Junge.

Der Stallmeister runzelte die Stirn. »Was soll ich wissen?«

»Morlen. Morlen der Seher ist hier. Auf dem Versammlungsfeld.« Die Antwort kam in kurzen Stücken zwischen schweren Atemzügen. Der Junge hechelte einen Augenblick weiter und sagte dann: »Er hat gebeten, daß alle Drachenlords anwesend sein sollen, nicht nur die *Saethe*. Das ist der Rat der Drachenlords, Herr«, erklärte der junge *Kir* Raven höflich. Dann wandte er sich wieder Chailen zu: »Ich muß mich beeilen.«

Chailen entließ ihn mit einer Geste; der Junge rannte weiter.

»Das Versammlungsfeld?« fragte Raven.

Chailen zeigte zu der anderen Seite des Plateaus hin. »Dort drüben. Dort treffen sich die Drachenlords immer mit den Echtdrachen. Ich frage mich, was diesmal dabei herauskommen wird«, meinte er kopfschüttelnd. »Nun gut, Leute wie ich müssen sich weiter an die Arbeit machen. Und du?«

Raven meinte leichthin: »Ich gehe zurück zur Festung und frühstücke.«

Aber essen war das letzte, woran er wirklich dachte. Erfüllt von einer Neugier, die er selbst nicht erklären konnte, ging Raven den gepflasterten Weg zum Versammlungsfeld entlang.

Zunächst stand er ganz hinten in der Menge, wo niemand etwas gegen seine Anwesenheit einwendete – *um ehrlich zu sein*, sagte er sich, *ich glaube nicht, daß sie mich auch nur bemerken würden, so, wie sie sich alle auf Morlen konzentrieren* –, aber dann drängte er sich weiter vor, hielt dabei nach Maurynna Ausschau und versuchte einen besseren Blick auf den Echtdrachen zu erhaschen.

Er konnte Maurynna allerdings nicht finden und wagte auch nicht, sich weiter vorzuschieben. Dennoch, er war nahe genug, um den kleinen rothaarigen Drachenlord zu hören, als er seine Ansprache hielt.

»Wir brauchen Akrobaten und Schausteller, um nach Jehanglan hineinzukommen«, sagte Lleld gerade, als er in Hörweite kam. »Eine solche Truppe erhält überall Zugang – niemand achtet wirklich auf sie, sie sind so gut wie nicht vorhanden, es sei denn, sie geben eine Vorstellung. Zweifellos ist das in Jehanglan nicht anders als in den fünf Königreichen. Und Gaukler sind die einzigen Leute aus dem Norden, die nach Jehanglan einreisen dürfen.«

»Das mag sein, Lleld«, wandte die Herrin ein, »und wir könnten zweifellos eine Truppe finden, die dorthin reisen will und dich mitnimmt. Aber du wirst nicht als einziger Drachenlord nach Jehanglan ziehen, und das ist mein letztes Wort. Und ich möchte auch keine Echtmenschen bitten, für uns diese Gefahr auf sich zu nehmen.«

Lleld winkte ungeduldig ab. »Wir brauchen keine Truppe. Wir könnten eine eigene bilden.«

Amüsiertes Murmeln und Widerspruch erklangen aus der Menge der versammelten Drachenlords. Die Herrin schüttelte lächelnd den Kopf.

Wartet, sagte Morlen und verblüffte alle damit. **Ich möchte mehr von diesem Plan hören.** Er wandte den großen Kopf, um Lleld forschend zu betrachten. Der kleine Drachenlord begegnete seinem Blick mutig. **Fahr fort, kleine Verwandte.**

»Ich kann turnen, seiltanzen und jonglieren. Das wißt ihr alle. Jekkanadar kann auch jonglieren, und wir könnten zusammen etwas einstudieren. Ich werde ihm alles beibringen, was ich kann, und andere, die mitkommen wollen, dasselbe lehren.«

Hmm ..., grollte die Geistesstimme. **Das hat etwas für sich, Jessia.**

Die Versammlung wartete, während die Herrin über Llelds Worte nachdachte. Schließlich sagte sie bedächtig und mit einem Kopfschütteln: »Ich weiß es nicht ... Morlen, darüber werde ich nachdenken müssen.«

»Ich könnte es wirklich«, beharrte Lleld.

Ein weiterer Drachenlord, eine Frau mit blonden Locken,

die ihr lang über den Rücken fielen, hatte einen Einwand: »Aber werdet Ihr anderen, die mitkommen wollen, genug für eine Vorstellung beibringen können?«

Als sie vortrat, bemerkte Raven, daß sie leicht hinkte, und erkannte sie nach Maurynnas Beschreibung als Tarlna Aurianne, eine der Drachenlords, die vor ein paar Monaten mit Linden Rathan in Cassori gewesen waren. Die Kennmarkierung, die sie als Drachenlord gekennzeichnet hatte, war ein verkrüppeltes Bein.

Das erklärte das Hinken. Nun hatte Tarlna Aurianne den Rand der Menge erreicht und wandte sich ihnen zu. »Vergeßt nicht – die Angehörigen einer echten Akrobatentruppe haben jahrelang geübt, seit sie Kinder waren. Kann irgend jemand hier etwas so schnell lernen? Und zweifellos haben die Jehangli ihre eigenen Gaukler. Was könnte eine Truppe halb ausgebildeter Drachenlords bieten, um gegen solche Konkurrenten ankommen zu können?«

Raven sah Nicken, hörte zustimmendes Gemurmel. Und selbst von dort, wo er stand, konnte er erkennen, wie enttäuscht der kleinste Drachenlord war. Er war selbst nicht sicher, ob dieser Plan funktioniert hätte, aber sie tat ihm leid; wenn er doch nur etwas tun könnte, um ihr zu helfen ...

Der Gedanke an die Llysanyaner, die die Pferde den Berg hinaufführten, schoß ihm wieder durch den Kopf.

»Benutzt die Llysanyaner.« Er hatte die Worte ausgesprochen, ohne nachzudenken. Ein Teil von ihm war entsetzt, daß er gewagt hatte, in einer Versammlung der Drachenlords zu sprechen; er hätte nicht einmal hiersein sollen. Dennoch, was getan war, war getan. Er konnte also ebensogut weiterreden. »Ich habe einmal gesehen, wie die besten Truppen eines Lords auf dem Paradeplatz in Formationen geritten sind. Das war schon mit normalen Pferden beeindruckend; und überlegt nur, was eine Gruppe von Llysanyanern tun könnte.«

Die Herrin schaute forschend in die Menge. »Ihr, der Ihr gesprochen habt – Ihr seid Raven Rotfalksohn aus Thalnia, nicht wahr? Ihr seid derjenige, der Taren hergebracht hat. Kommt her, junger Mann.« Ihre Stimme war kalt.

Mehr Gemurmel war zu hören, einiges davon mit einem zornigen Unterton, der ausdrückte *Was hat dieser Echtmensch bei unserer Beratung zu suchen?* Einige in der Menge lachten. Es war kein freundliches Lachen. Raven schluckte seine Angst hinunter und zwang sich, an den Drachenlords, die ihm Platz machten, vorbei nach vorn zu gehen, um sich dem eisigen Blick der Herrin zu stellen.

Er schaute kurz Lleld an, die lautlos flüsterte: *Es war den Versuch wert. Danke.*

»Er hat recht«, sagte plötzlich eine tiefe Stimme hinter ihm. Raven zuckte zusammen; aus *dieser* Richtung hatte er keine Unterstützung erwartet. Er schaute über die Schulter zurück.

Aber es war tatsächlich Linden Rathan, der sich aus der Menge drängte, Linden Rathan, der nun neben ihn trat und so laut sprach, daß alle ihn hören konnten, während sie weiter auf die Herrin der Drachenfestung zugingen.

Vor ihr blieben sie stehen. Linden wandte sich zur Versammlung um. »Ich habe gesehen, wovon Raven gesprochen hat, und es könnte tatsächlich genügend Spektakel sein, um eine gute Vorstellung abzugeben. Es braucht Jahre intensiver Ausbildung, einem gewöhnlichen Pferd die Bewegungen beizubringen – und neun von zehn Pferden schaffen es nie über ein bestimmtes Niveau hinaus. Deshalb sieht man auch keine Gaukler, die so etwas vorführen. Normalerweise haben diese Truppen bestenfalls ein Pferd, das gelernt hat zu *zählen* oder sich auf Befehl hinsetzt – einfache Tricks dieser Art. Aber mit Llysanyanern ... es wäre leicht, ihnen zu erklären, was notwendig ist, und etwas mit ihnen zusammen auszuhecken. Und man müßte sie dabei nicht einmal reiten.« Linden Rathan schob die Daumen in seinen breiten Ledergürtel. »Denkt doch nur, wie beeindruckend das aussehen würde.«

Raven wagte einen Seitenblick; er schaute direkt in Linden Rathans dunkelgraue Augen. »Danke, Drachenlord«, murmelte er.

Ein Lächeln umspielte die Mundwinkel des Drachenlords. »Es ist eine gute Ergänzung von Llelds Plan, Raven«, sagte er ruhig. »Tarlna hat recht. Keiner von uns wäre imstande, rasch genug zu lernen, um mehr als eine Vorstellung für eine zweitrangige Bauernkirmes geben zu können. Aber eine Vorstellung mit Llysanyanern ... das wäre wirklich ein Anblick. Erinnert Ihr Euch, was Gräfin Ardelis geschrieben hat? Das könnte uns freies Geleit verschaffen, wenn die Jehangli sich tatsächlich so für Pferde interessieren wie wir Yerrins.«

Linden Rathans Worte überraschten Raven. *Er betrachtet sich also immer noch als Yerrin; ich hätte angenommen, daß er uns inzwischen vergessen hat, wo er so hoch über uns steht.* Irgendwie war ihm dieser Gedanke unbehaglich; es bereitete ihm das unangenehme Gefühl, dem Drachenlord unrecht getan zu haben.

Nein, es war er, *der* mir *unrecht getan hat.* Aber der Gedanke nagte weiter an ihm. Er wandte seine Aufmerksamkeit wieder Lleld zu.

»Es ist eine wunderbare Idee«, sagte Lleld jetzt. »Genau was wir brauchen; glaub mir, ich weiß es.«

»Ich halte es nicht für klug«, meinte die Herrin.

Morlens großer Kopf ragte über ihnen auf und wandte sich abwechselnd den Sprechenden zu. Es war klar, daß die beiden Frauen den Echtdrachen vollkommen vergessen hatten, obwohl er höflich einen Flügel ausbreitete, um sie vor der Sonne zu schützen. Der rothaarige kleine Drachenlord fuchtelte wild in der Luft herum, und die Herrin, mit ihrer majestätischen Haltung, dem hellen Haar und der bleichen Haut wie die Eiskönigin der Legende, schüttelte den Kopf zu Llelds überhandnehmender Begeisterung. Raven glaubte, ein Zwinkern in dem rubinroten Auge des Echtdrachen zu erkennen.

»Ah«, meinte Linden Rathan leise. »Lady Unruh wird bekommen, was sie will.« Und auf Ravens verwirrtes »Wer?« erklärte er: »Lleld.«

»Lady Unruh«, nun gut, Raven konnte sehen, wieso man sie so nannte. Er grinste über den Spitznamen. »Aber wie kommt Ihr darauf ...«

»Morlen nickt jedesmal, wenn Lleld – still!«

Es ist ein guter Plan; der einzige, der vielleicht funktionieren könnte.

Eine Trauer, die sich in Worten nicht ausdrücken ließ, erfüllte seine Rede und floß über in Ravens Seele. Nie hätte er sich solchen Schmerz vorstellen können. Und diesem Schmerz folgte Bitterkeit: **Anders als unser Plan.**

Raven dachte an all die Echtdrachen, die gestorben waren, um ihren Bruder zu retten. Morlens Trauer spülte wie eine Welle über alle hinweg. Jemand hinter Raven weinte leise; in seinen eigenen Augen brannten ebenfalls die Tränen.

In das bedrückte Schweigen hinein sagte die Herrin: »Aber wer sollte gehen? Wer immer es tut, wird sich in große Gefahr begeben; wenn du recht hast, Seher, können die Priester-Magier in Jehanglan die Drachenmagie spüren. Zweifellos würden sie doch auch die Magie eines Drachenlords ausmachen können. Wie sollen wir also auf dieses Rätsel reagieren? Wir brauchen Magie, um Pirakos zu befreien, aber kein Echtdrache oder Werdrache kann sich seinem Gefängnis nähern. Ein Echtmensch könnte es vielleicht, hat aber nicht die Magie, die benötigt wird, um euren Verwandten zu befreien. Wir können uns in keine Richtung bewegen, Morlen, und ich sehe keinen Ausweg.«

Dennoch gibt es eine, die vielleicht die Antwort zu deinem Rätsel birgt, Jessia, sagte Morlen.

Sie schauten einander an, wie zwei Krieger, die den Gegner nach Schwächen erforschen. Die Herrin wandte als erste den Blick ab.

»Ich weiß es nicht«, seufzte sie. »Ich muß darüber nachdenken.«

Sie ging davon, allein, zurück zur Festung. Als Kelder dazu ansetzte, ihr zu folgen, hielt sie ihn mit einer Geste auf. Die Versammlung löste sich in kleine Gruppen auf, die diskutierten, sich fragten, debattierten, stritten.

Raven fragte sich, ob Morlen mit seinen geheimnisvollen Worten Lleld und ihren Vorschlag gemeint hatte und warum die Herrin so unglücklich war.

Xiane saß starr auf dem Phönixthron. Sein Gesicht war die Maske, die man vom Kaiser erwartete, aber sein Blick schweifte durch den Audienzraum. Minister und Höflinge warteten an der Wand, entweder um ihm vorgestellt zu werden und Bericht zu erstatten oder einfach, um an diesem Ort der Macht gesehen zu werden.

Vor ihm kniete R'sao, der Minister der kaiserlichen Salzminen. R'sao redete und redete. Xiane warf einen Seitenblick zum kaiserlichen Minister Musahi, seinem alten Lehrer, der auf seinem gewohnten Platz an dem kleinen Schreibtisch neben dem Thron saß. Musahis Schreibpinsel flog über das Reispapier vor ihm, während R'sao Ziffern wie trockene Staubwolken ausspuckte.

Dem Phönix sei dank für Musahi. Xiane wußte, daß der kaiserliche Minister ihm einen Bericht liefern würde, der durch die Schichten blütenreicher Sprache ins Herz jeder Angelegenheit drang. Xiane ließ abermals Aufmerksamkeit und Blick schweifen.

Der Raum erstreckte sich weit vor ihnen. Deckenbalken aus dunklem, geschnitztem Holz bogen sich deutlich abgesetzt gegen die Blattgolddecke, die sie stützten. Ihre Sockel teilten die rotlackierten Wände in Nischen. Und in jeder Nische hing ein goldenes Abbild des Phönix.

Haben V'Choun und Yesuin recht?

Der Gedanke bewirkte, daß ihm kalt wurde. Es war besonders erschreckend, daß nun auch V'Choun an diese Ketzerei glaubte – oder zumindest so tat. Daß Yesuin es tat, wußte Xiane seit Jahren, und er hatte es von dem Mann, den er wie einen Bruder liebte, akzeptiert. Selbstverständlich riefen die barbarischen Stämme nach der Befreiung des Phönix; es war die Macht des Phönix, die den Armeen Jehanglans ihre Macht gab. Ohne diese Macht ...

Also wollte Yesuin selbstverständlich an die Ketzerei des Weges glauben. Aber V'Choun? Xiane wußte, daß er mit Fürst Kirano, dem Ketzer – Shei-Luins Vater – befreundet gewesen war, bevor man Kirano ins Exil schickte; aber ihm war nie klar gewesen, daß der alte General demselben Glauben anhing wie Kirano.

Daß die beiden Männer, denen er auf der Welt am meisten vertraute, so dachten, erschütterte Xiane gewaltig.

Wenn es nur jemanden gäbe, der ebenso stark an das Opfer des Phönix glaubt, wie ich es tue – oder getan habe? –, um mir beizustehen.

Xiane wußte, daß er in mancherlei Hinsicht schwach war. Er fürchtete, daß V'Choun und Yesuin, die für ihn mehr Vater und Bruder gewesen waren als seine Blutsverwandten, ihn schließlich mit der reinen Kraft ihres Glaubens zermürben würden. Er spürte, wie ihre Fragen schon jetzt Risse in dem Damm seines eigenen Glaubens bewirkt hatten.

Wenn nur ...

Fürst R'sao hatte seinen Bericht beendet. Xiane tauchte lange genug aus seinem inneren Chaos auf, um den Sandelholzfächer, den er in der Hand hielt, in der erforderlichen Geste zu heben, die bedeutete, daß der Minister entlassen war.

R'sao drückte dreimal seine Stirn auf den Boden, dann wich er auf Händen und Knien in die vorgeschriebene Entfernung zurück, bevor er sich erhob und abermals tief verbeugte. Xiane wartete auf den Bericht des nächsten Ministers.

Wenn nur …

Die großen Tore am anderen Ende des Raums schwangen auf, was alle überraschte. Wer wagte es, die Berichte der Minister an den Erlauchten Phönixherrscher zu unterbrechen? Dieses eine Mal war die Schicklichkeit vergessen; jene, die an den Wänden standen, reckten die Hälse und schubsten einander wie Bauern bei einem Hahnenkampf, um zu sehen, wer hereingekommen war. Xiane, dankbar für eine Unterbrechung in der tödlich langweiligen Routine, spürte dennoch, wie sein Magen sich vor Angst zusammenzog.

Nicht noch eine Invasion!

Aber zu seinem größten Staunen und zu seiner ungeheuren Erleichterung war die Gestalt, die den Raum betrat, Shei-Luins Eunuch, Murohshei. Ihm folgten einige der geringeren Eunuchen des Harems. Als sie ein paar Schritte weit gekommen waren, knieten sie nieder und warfen sich auf den Boden, um seine Worte zu erwarten.

Zischendes Flüstern breitete sich von Minister zu Höfling und wieder zurück aus. Es klang wie ein Nest zorniger Schlangen. Xiane schnippte mit dem Fächer und schlug heftig mit dem Sandelholz auf die Armlehne des Throns. Der Fächer zerbrach mit einem lauten Knacken, das von den Wänden widerhallte. Das Flüstern hörte augenblicklich auf. Bleiche Gesichter wandten sich ihm zu, entsetzt über diese Zurschaustellung kaiserlicher Laune. Xiane ließ die Reste des Fächers fallen. Der Duft nach Sandelholz stieg auf.

»Ich hoffe, es gibt einen guten Grund für dieses Eindringen, Murohshei?« sagte er in die bleierne Stille hinein.

Überall an der Wand entlang sah man weit aufgerissene Münder und staunend vorgequollene Augen. Aus dem Augenwinkel bemerkte Xiane, daß viele der älteren Anwesenden sich an die Brust faßten, als wäre der Schock darüber, daß der Kaiser einen einfachen Eunuchen in der Öffentlichkeit ansprach, zuviel für sie.

Murohshei hob den Kopf. »Den gibt es, Erlauchter Phönixherrscher. Darf meine Herrin sich nähern?«

Hoffnung flackerte in Xianes Herz auf. Shei-Luin war waghalsig, aber so etwas würde sie nicht zum Scherz tun. Bedeutete das –? »Ja«, antwortete er, und es gelang ihm irgendwie, das Wort mit fester Stimme auszusprechen.

Die Eunuchen erhoben sich. Eine schlanke Gestalt, schwer verschleiert, erschien hinter ihnen in der Tür. Während die Garde von Eunuchen sich um sie herum aufstellte, ging die verschleierte Frau weiter vorwärts. Murohshei wich zurück an seinen angemessenen Platz, einen Schritt hinter seiner Herrin.

Die seltsame Gruppe bewegte sich durch den Audienzsaal langsam vorwärts. Sie schritten würdevoll einher und ignorierten die entsetzten Mienen an ihrem Weg. Sie kamen direkt auf ihn zu, bis schließlich die geringeren Eunuchen zur Seite traten, niederknieten und mit der Stirn den Boden berührten. Shei-Luin kam zur ersten Stufe des Phönixthrons und kniete dort. Murohshei sank direkt hinter ihr auf die Knie.

Xiane vergaß beinahe zu atmen, als er auf die schlanke Gestalt niederstarrte, die dort, in beste Seide gehüllt, vor ihm kniete. Sich ihm so zu nähern, hier im Audienzsaal, erforderte einen Mut, der undenkbar war bei einer Frau. Aber *diese* Frau hatte offensichtlich den Kampfgeist eines Tigers.

Diese Frau hatte die Kraft, ihn gegen die Zweifel, die V'Choun und Yesuin ihm ins Herz gesenkt hatten, zu festigen. Und falls sie ihm die Neuigkeiten brachte, auf die er kaum zu hoffen wagte ...

»Sprich«, sagte er, nachdem er endlich seine Zunge gefunden hatte.

»Erlauchter Phönixherrscher des Himmels«, sagte Shei-Luin, ihre wohlklingende Stimme von Schleiern gedämpft, »ich bringe Euch eine freudige Botschaft. Durch die Gnade des Phönix bin ich erneut schwanger.«

Xiane wurde schwindlig. Ein weiteres Kind? Vielleicht sogar ein weiterer Sohn? Freude glühte in seinem Herzen. Ungeachtet des Rituals des Audienzsaales stand Xiane auf. Verblüfft über seine eigene Waghalsigkeit ging er die neun Treppenstufen hinunter, die zum Thron führten, und sein schweres, steifes Gewand zwang ihn, majestätisch zu schreiten, wo er doch lieber gesprungen wäre.

Endlich stand er vor Shei-Luin. Eine Bewegung der Schleier sagte ihm, daß sie den Kopf zurückgelegt hatte, um zu ihm aufzublicken. Mit zitternder Hand schob er die Schleier weg. Die Blüte des Westens schaute ihn an, die dunklen Augen groß.

»Schenk mir noch einen Sohn«, sagte er mit leiser, vor Leidenschaft bebender Stimme, »und ich werde dich über deine wildesten Träume hinweg belohnen.«

Ein Surren der Spekulationen erfüllte den Audienzsaal, als jene, die in der Nähe standen, seine Worte weitergaben.

Shei-Luins Lächeln betäubte ihn beinahe. Er wollte nichts anderes, als in ihm zu ertrinken. Und irgendwie wußte er nun, daß es nach mehr als hundert Jahren wieder eine Kaiserin in Jehanglan geben würde.

An jenem Abend schaute Otter beim Abendessen über den Tisch und sagte: »Raven hat mir zuvor erzählt, was du planst, Lady Unruh, und du hast mich während des ganzen Abendessens angestarrt. Du brauchst einen Barden für deinen kleinen Plan, nicht wahr?« Er hob den Kelch an die Lippen.

»Ja«, antwortete Lleld sofort. »Danke, daß du dich freiwillig meldest, Otter.«

Als Otter sich an seinem Wein verschluckte, zwitscherte sie: »Denk doch nur daran, welche Lieder du darüber schreiben können wirst – der einzige Barde, der jemals im berühmten Reich des Phönix weilte!«

»Wenn mein Großonkel geht, gehe ich auch«, sagte Raven

und schlug selbigen Großonkel auf den Rücken, als der verblüffte Mann weiter hustete und ächzte.

»Also gut!« sagte Lleld. »Jetzt sind wir zu viert – ich, Jekkanadar, Otter und du.« Sie schaute über den Tisch hinweg Linden und Maurynna an. »Wir brauchen noch mindestens zwei weitere Drachenlords und ihre Llysanyaner.«

»Nein«, sagte Linden entsetzt. »Um aller Götter willen, Lleld, Maurynna kann sich nicht einmal verwandeln!«

»Und genau aus diesem Grund muß sie gehen, Linden«, sagte Jekkanadar. »Glaub mir, Lleld und ich haben nach unserer Rückkehr lange darüber gesprochen. Du hast gehört, was Morlen zur Herrin gesagt hat – daß es ›eine gibt, die die Antwort zu dem Rätsel darstellt‹. Wer könnte das sein, wenn nicht Maurynna? Weil wir in der Drachenfestung *wissen*, daß sie unter uns ist, können wir im Geist zu ihr sprechen, obwohl wir ihre Gegenwart nicht spüren. Aber die Priester-Magier der Jehangli werden nichts von ihr wissen, wie sollen sie sie also spüren können, wenn selbst du, ihr Seelengefährte, es kaum kannst?«

»Nein«, erklärte Linden abermals, diesmal verzweifelt, denn das, was Jekkanadar sagte, klang erschreckend schlüssig. »Nein und nochmals nein und ...«

»Ja.«

Die leise Unterbrechung ließ ihn erstarren. Verblüfft wandte er sich Maurynna zu. Ihr Gesicht war bleich, ihre Miene entschlossen.

»Ja«, sagte sie wieder. »Ich muß gehen, nicht wahr?«

»Nein, das mußt du nicht«, setzte Linden an. Er sah ihr in die Augen. Ihr Blick war nie so entschlossen, so kalt gewesen.

Sie sagte erneut: »Ich muß gehen«, ohne seinem Blick auszuweichen. Nun hörte er auch einen Hauch Verzweiflung in ihren Worten.

Er verstand. Es ging ihr nicht nur um den gefangenen Drachen. Es ging ihr auch um sich selbst.

Er hätte sich an die Herrin wenden und fordern können, daß sie Maurynna verbot zu gehen, denn er wußte, daß die Herrin nach jeder Möglichkeit suchte, genau dies zu tun.

Aber ihm wurde auch klar, daß dies das einzige war, das er sich nie zugestehen könnte. Maurynna war kein Kind, dem man etwas verbieten konnte, und er war nicht ihr Gefängniswärter. Es stand ihm nicht zu, ihr zu sagen, was sie tun und lassen sollte, wenn es ihr Gefühl von Ehre, von Richtig und Falsch betraf, ganz gleich, wie gefährlich es war, ganz gleich, wie sehr es *ihn* ängstigte. Es stand ihm nicht zu, ihr Leben für sie zu leben; er war ihr Seelengefährte, nicht ihr Herr.

»Ja, Liebste«, sagte er schließlich. Und dann mußte er zumindest hinzufügen: »Aber ich komme mit!«

Als hätte sie das die ganze Zeit schon geplant, sagte Lleld: »Gut, dann ist das ja in Ordnung. Da Otter aussieht, als wäre er der Älteste, sollte er unser ›Anführer‹ sein ...«

Versunken in seinen Ängsten, hörte Linden nur mit einem Ohr zu, als Lleld weiter über ihre Pläne schwatzte. Maurynna lauschte konzentriert.

Die Götter mögen ihr helfen, sie kann sich nicht einmal verwandeln! Was hat Morlen sich dabei gedacht?

Er hatte nur noch eine letzte Hoffnung »Vergeßt nicht – es mag sein, daß die Herrin noch zu allem ›nein‹ sagt«, meinte Linden.

»Die Herrin vielleicht«, erwiderte Lleld. »Aber Morlen nicht. Du wirst schon sehen.«

17. KAPITEL

*Hast du noch einmal nachgedacht, Jessia?**
Die Stimme war sanft, aber entschlossen. Sie konnte sie nicht ignorieren, sosehr sie es auch wollte. Statt dessen kämpfte sie damit, versuchte auszuweichen, versuchte Zeit zu gewinnen, versuchte ...

Sie war nicht einmal sicher, wonach sie suchte. Diese Unentschlossenheit beunruhigte sie; es war neu für sie. Sie tadelte sich selbst: *Du bist die Herrin der Drachenfestung; du kannst dir so etwas nicht leisten.*

Und dann zu dem Echtdrachen: *Ihr habt mir nicht viel Zeit zum Nachdenken gelassen, Morlen.*

Die hattest du seit gestern morgen auf dem Versammlungsfeld, mahnte die Stimme sanft. **Wieviel länger muß Pirakos noch warten?**

So wenig Zeit ... Der Gedanke zog ihr durch den Kopf.

Pirakos hat nur noch wenig Zeit, bevor ihn die Finsternis endgültig verschlingt. Und falls Lleld Kemberaenes Plan gelingen soll, muß ihre Truppe Zeit zum Üben haben. Und du weißt, wer gehen muß.

Die Herrin seufzte und begann, in ihrem Turmzimmer auf und ab zu gehen. Der Echtdrache hatte selbstverständlich recht; sollten sie überhaupt eine Chance haben, dann mußte Llelds Truppe soviel wie möglich von der Jehangli-Sprache lernen, sie mußten neue Fähigkeiten lernen und eine Vorstellung mit den Llysanyanern einüben. Sie blieb an dem Fenster stehen, das zum Plateau hinausging.

Ein grauer, trüber Tag, passend zu ihrer Stimmung. Weiche Wolken hingen vor der Sonne; bald würden die Herbstregen ernsthaft einsetzen. Nebel verbarg das Tal.

Verstehst du denn nicht, hätte sie am liebsten gerufen. Ich

muß mehr über Maurynna wissen. Es mag gut sein, daß sie die Letzte von uns ist!

Der Gedanke, daß ihre Art ausstarb, war wie kalter Stahl im Herzen der Herrin.

Jessia?

Warum konnte niemand von uns sie spüren? Wieso mußten wir zwischen Linden und Maurynna so lange ohne Hoffnung warten? Oder gab es andere – andere, die gestorben sind, ohne zu wissen, daß sie je geboren waren, fragte sie sich. *Warum, Morlen, ich habe tausend Warums.*

Das verstehe ich, liebste Freundin. Aber ich habe keine Antworten für dich.

Es ist zu gefährlich für sie; sie kann sich nicht verwandeln. Ich kann ihr nicht gestatten zu gehen. Die Herrin ballte die Fäuste, als könne die Geste Maurynna vor Schaden schützen.

Sie muß gehen. Ich habe es in einer Vision gesehen. Sie ist die einzige, die Drachenmagie hat und dennoch keinen anderen magischen Schatten wirft als ein Echtmensch.

Auf diese schlichte Wahrheit gab es keine Antwort. Maurynna mußte gehen; das Mädchen war die einzige, die sich Pirakos' Gefängnis nähern konnte – zumindest in der Theorie.

Ihr wollt also, daß ich ihr Leben für ein »Vielleicht« aufs Spiel setze? fragte die Herrin zornig.

Du würdest sie hier gegen ihren Willen begraben.

Diese barschen Worte waren wie ein Peitschenschlag. Die Herrin wandte sich ab, als wäre sie tatsächlich geohrfeigt worden.

Er fuhr fort: **Sie ist ein Seefalke, Jessia, sie ist gefangen und flattert gegen den Käfig an. Ich habe es in diesen wenigen Augenblicken gespürt, in denen ich mich in ihrem Geist befand. Es wäre zu leicht für sie, in Verzweiflung zu versinken, wenn sie keine Hoffnung auf Freiheit hat. Es geht jetzt nicht nur um Pirakos, meine Herrin des Drachenhorts, es geht auch um Maurynna selbst.**

Ihr wollt, daß ich sie in die Welt hinausschicke, wo sie so verwundbar ist? Also gut, Morlen. Und es wird Eure Schuld sein, wenn sie stirbt.

Und mit diesen verbitterten Worten schloß sie ihren Geist ab.

»Sirl«, rief sie. Als ihr Diener erschien, sagte die Herrin: »Ruf die Saethe zusammen, bitte, wir werden uns einen Kerzenabschnitt von jetzt ab im alten Turm treffen. Und bitte auch Lleld, Linden und Jekkanadar hinzu.«

Sie würde Maurynna so lange schützen, wie sie konnte.

Sirl verbeugte sich und verließ das Zimmer. Die Herrin starrte aus dem Fenster, ihr Herz so grau wie der Nebel.

Noch immer keine Veränderung.

Leise vor sich hin schimpfend warf Fürst Jhanun die Botschaft ins Feuer. Sie flackerte auf und glühte in einem kurzen Augenblick des Ruhms.

Haoro hat also immer noch Fieber, und Pah-ko herrscht immer noch im Eisentempel. Verflucht!

Es war unter seiner Würde, wie ein Tiger auf und ab zu gehen, obwohl er das gerne getan hätte. Ein Jehangli-Adliger der alten Schule gab seinen Gefühlen nicht auf solche Weise nach. Disziplin war in allem erforderlich.

Konnte sein Orakel sich denn geirrt haben? Hatte er ihre Worte falsch verstanden? Es war unmöglich; irgendwie würde er am Ende siegen, denn der Sieg stand ihm zu.

Dennoch, es war gut, einen weiteren Pfeil im Köcher zu haben. Er griff nach dem kleinen geschnitzten Stock neben dem Gong, der auf dem Kaminsims stand, und schlug einen einzigen klaren Ton an.

Noch beinahe bevor das Echo verhallte, kam sein Verwalter herein. »Ja, Herr?«

»Die Lehrer meiner Nichte erstatten dir Bericht. Was haben sie zu sagen?«

»Sie berichten, daß sie in ihren Studien gute Fortschritte macht, Herr. Ihre Kalligraphie ist besser geworden, ebenso wie ihr *Zhansjen*spiel. Sie ist inzwischen recht versiert in den fraulichen Dingen wie Stickerei und Parfümzubereitung. Sie hat zwar wenig Begabung für Feder und Tintenzeichnungen, aber Meister Kialen, ihr Kunstlehrer, erklärt, sie lege bei der Beurteilung der Arbeiten anderer einen hervorragenden Geschmack an den Tag.«

»Gut«, murmelte Jhanun. »Gut; so sollte es bei einer Frau sein. Fahre fort.«

Der Verwalter setzte seine trockene Aufzählung fort. »Ihre Gedichte sind zwar im Hinblick auf formelle Richtlinien angemessen, aber nicht sonderlich originell. Sie ist allerdings imstande, eine lebhafte und intelligente Konversation über die Klassiker und die neueren beliebten Werke zu führen.«

»Dekadente Werke, meinst du wohl«, meinte Jhanun verächtlich. »Dennoch, es ist gut, daß sie das kann. Xiane liebt die Arbeiten einiger dieser jungen Emporkömmlinge.« Er strich sich nachdenklich über den Schnurrbart, während sein Verwalter geduldig wartete. Plötzlich sagte er: »Kann sie schon *Ulim-Choi* spielen? Ich habe befohlen, daß man es ihr beibringt, obwohl Frauen das im allgemeinen nicht können.«

»Sie lernt, Herr.«

»Und wie gut spielt sie?«

Der Verwalter machte eine vage Geste. »Man hat ihr die Regeln beigebracht, Herr, und sie begreift die Theorie gut. Aber sie ist eine furchtsame Spielerin. Sie geht keine Risiken ein.«

»Und deshalb verliert sie.«

Auf das Nicken des Verwalters hin lächelte Fürst Jhanun. Die Art, wie jemand dieses alte Spiel von Krieg und Strategie anging, gab oft wichtige Hinweise auf den Charakter einer Person. Er wollte nicht, daß Nama eine mutige, draufgängerische Spielerin war. Das würde überhaupt nicht zu seinen Plänen passen. »Sehr, *sehr* gut.«

Die Mitglieder der *Saethe* trafen sich erneut. Die Herrin sah zu, wie sie hereinkamen und ihre Plätze einnahmen, und sie verspürte eine große Müdigkeit. Sie sah nur zwei andere Möglichkeiten, und keine war erfreulich. Als erstes konnten sie Pirakos seinem Schicksal überlassen – und das war undenkbar. Als zweites konnten sie andere Drachenlords aussenden, um nach Jehanglan zu gelangen. Das wäre möglich, das wußte sie; aber es würde ihnen niemals gelingen, sich dem Gefängnis des Echtdrachen zu nähern, ohne die Priester-Magier zu alarmieren. Was sollte das also nützen?

Maurynna war die einzige Wahl. Und weil sie sich nicht verwandeln konnte und weil Jehanglan ein abgeschlossenes Land war, hatte nur Llelds Plan wirklich eine Chance auf Erfolg.

Als letzte kamen Linden, Jekkanadar und Lleld herein.

»Ihr habt zweifellos erraten, wieso ihr hierherbestellt wurdet«, sagte die Herrin zu den dreien. »Llelds Plan ist unsere einzige Hoffnung.«

Sie nickten. »Also«, sagte sie zu Lleld, »hast du gesiegt.«

Der kleine Drachenlord begegnete ihrem Blick berührt. »Habe ich?« entgegnete Lleld. »Ich glaube nicht.«

Die Herrin dachte darüber nach. »Das ist wahr. Ganz gleich, wie es ausgeht, niemand wird dieses Spiel gewinnen. Aber ihr solltet nun die Regeln vernehmen, an die ihr euch halten müßt ...«

Und wenn es ihnen nicht gelingt? fragte sie sich.

Dann müssen wir den armen Pirakos seinem Schicksal überlassen, kam die Antwort.

»Erstens, wenn ihr bestimmte Hilfe nicht erhaltet ...«

Ein paar Blüten, widerstandsfähiger als die meisten, blühten noch störrisch weiter, aber zum größten Teil war der Garten von Schloß Drachenhort zum Winter übergegangen. Nur die Bäume entzückten den Blick mit ihren bunten Blättern, von denen sich die meisten noch an die Zweige klammerten. Der Rest raschelte auf dem Boden, als Taren zusammen mit Raven, Otter, Lleld, Linden, Maurynna und Jekkanadar über die gewundenen Pfade ging. Er fragte sich, wieso man ihn hinzugebeten hatte, und lauschte zunächst höflich, dann mit wachsender Erregung, als Lleld ihren Plan erläuterte.

Er klatschte in die Hände. »Eine wunderbare Idee – eine Gauklertruppe!«

»Könnten wir nicht als Kaufleute reisen?« fragte Maurynna ihn. »Ich bin sicher, wenn die Herrin ihn bäte, würde der Kaiser der Dämmerung dem Haus Mhakkan nur zu gerne befehlen, uns auf einem ihrer Schiffe mitzunehmen.«

Raven lachte leise. »Würde ihm das nicht die Zehen verbrennen?« murmelte er.

Taren sagte kopfschüttelnd: »Ja, aber als Kaufleute – selbst unter dem Schutz des Hauses Mhakkan – würde Euch nicht gestattet werden, das Viertel für Fremde in Jedijeh zu verlassen, dem einzigen Hafen, der mit der Außenwelt Handel treibt. Nur Gauklern ist es erlaubt, im Land umherzureisen.«

Das wird die Angelegenheit für Fürst Jhanun einfacher machen. Es wäre schwierig gewesen, diese vier aus Jedijeh entführen zu lassen, aber sobald sie erst einmal irgendwo auf dem Land sind, können die Haustruppen meines Herrn sie problemlos gefangennehmen.

Wie freundlich von diesen Dummköpfen, seine Arbeit leichter zu machen. »Eine wunderbare Idee«, wiederholte er ausgesprochen ehrlich.

Jekkanadar fragte: »Taren – wird es uns erlaubt sein, in Jehanglan Waffen zu tragen? Ich weiß, daß Linden sein Schwert Tsan Rhilin mitbringen möchte, und ich würde mich zweifellos besser fühlen, wenn wir bewaffnet wären.«

Für diese Antwort brauchte er nicht zu lügen oder auch nur die Wahrheit ein wenig zu beschönigen. »Schaustellern ist es nicht erlaubt, Schwerter zu tragen. Im besten Fall dürftet ihr lange Messer mitnehmen«, meinte Taren. Selbstverständlich brauchten sich diese vier nur zu verwandeln, und welche Waffen würden sie dann noch brauchen?

Dann fiel ihm etwas ein – eine so waghalsige Idee, daß er beinahe gestolpert wäre. Aber wenn es funktionierte ...

»Es gibt allerdings eins, das ich Euch sagen muß, meine Freunde«, erklärte er. »Sobald Ihr in Jehanglan seid, werdet Ihr nicht imstande sein, Eure Magie zu benutzen. Es heißt, daß Drachenlords sich im Geist unterhalten könnten – ist das so?«

»Ja«, sagte Lleld nach einem Blick zu ihren Mitdrachenlords. »Das können wir.«

»Tut das nicht, sobald wir in Jehanglan sind«, sagte Taren ernst. »Denn die Priester-Magier können Magie aufspüren, selbst wenn sie es nicht so nennen, und im Geist miteinander zu sprechen – und selbstverständlich die Verwandlung – wird bewirken, daß sie sich auf uns stürzen wie ein Rudel Wölfe.«

Auf diese Ankündigung reagierten die anderen mit erstaunten Blicken.

»›Uns‹«, sagte Maurynna, »Taren, Ihr habt doch nicht vor ...«

Er lächelte sie liebenswert an. »Ja, ich habe vor, mit Euch zu kommen.«

»Aber habt Ihr denn keine Angst, daß man Euch wieder zum Sklaven macht, Taren? Was, wenn jemand Euch erkennt?« fragte Lleld besorgt.

»Macht Euch um mich keine Gedanken; es wird schon alles gutgehen. Jehanglan ist ein großes Land, und wir kommen nicht einmal in die Nähe der Salzminen«, erklärte Taren, was vollkommen der Wahrheit entsprach. »Ich muß mit Euch kommen, um Euch zu führen. Noch einmal – macht Euch keine Sorgen um mich. Ich tue das aus eigenem, freiem Willen.«

18. KAPITEL

Die Gärten des assantikkanischen Kaisers waren so schön, wie überall behauptet wurde. Sulae Shallanan bewunderte sie und fuhr mit den Fingern über eine duftende Jasminblüte. Sie war zwar selbst Assantikkanerin, hatte die Gärten aber nie gesehen, als sie noch in diesem Land lebte; Eselhirten wurden selten als Besucher bei dem Kaiser der Dämmerung zugelassen. Drachenlords schon. Besonders, wenn sie dringende Botschaften der Herrin von Schloß Drachenhort brachten. Sie strich die schwarze Seide ihres Gewandes glatt und nickte dem Diener zu. »Ich bin bereit«, sagte sie.

Der Mann verbeugte sich. So tief, nahm Sulae an, wie er sich für den Kaiser der Dämmerung selbst verbeugen würde, wenn man von der Ehrfurcht ausging, die sie in seinem Blick bemerkt hatte. Ein Kaiser war etwas, was er jeden Tag sah; ein Drache, der in einem Hof landete und sich in eine Frau verwandelte, nicht. Der Diener ging auf katzenleisen Füßen und in einem Wirbel von Seidengewändern davon. Sulae schlenderte weiter im Garten umher, während sie wartete.

Als der Kaiser der Dämmerung kam, war das eine Überraschung. Es gab kein Gefolge, nicht einmal die ehrfurchtsvollen Wesire, die sie gegrüßt hatten, als sie gelandet war. Es war nur Chakkarin selbst, der rasch und entschlossen auf sie zukam. Sie betrachtete ihn neugierig.

Er war groß und schlank wie die meisten Assantikkaner und hatte das Haar in den traditionellen »hundert Zöpfen« der Mitglieder des königlichen Hauses geflochten. Chakkarin erinnerte Sulae an seine Urgroßmutter, eine abenteuerliche Dame, die nach Maßstäben von Echtmenschen vor langer, langer Zeit die Reise zum Drachenhort unternommen hatte. Sein schwarzer Bart war kurz und ordentlich geschnitten und hier und da grau gefleckt. Mehr Grau zeigte sich an seinen Schläfen. In einem dunklen, schmalen Gesicht blitzten lebhafte Augen.

Er ist Famissa wirklich sehr ähnlich. Der Gedanke freute sie. Chakkarins Urahnin war eine wahre Freude gewesen, eine junge Frau mit raschem, zupackendem Geist und einer Begabung für *Riyudal*, eine Art traditioneller assantikkanischer Dichtkunst. Sulae, auf der anderen Seite, war eine Zuhörerin, die die Nuancen, die eine Meisterin in dieser komplizierten Kunst erreichen konnte, zu schätzen wußte. Famissa war eine ihrer wenigen echtmenschlichen Freunde gewesen.

Nun stand Famissas Urenkel vor ihr und betrachtete sie einen Augenblick lang. Dann erhellte ein freundliches Lächeln seine Miene, und er verbeugte sich. »Drachenlord«, begrüßte er sie. »Sulae Shallanan. Es ist mir eine Ehre und eine Freude, Euch kennenzulernen, Euer Gnaden.«

Sulae knickste. »Ihr ehrt mich, Euer Majestät«, sagte sie. »Dafür danke ich Euch, und dafür, daß Ihr jetzt schon Zeit für mich habt.«

»Wir hören so weit im Süden selten vom Drachenhort, Euer Gnaden, also bin ich entzückt über diesen unerwarteten Besuch. Die Botschaft sagte, Ihr hättet eine Bitte der Herrin zu überbringen?«

Sulae nickte. »Ja. Vor drei Tagen ist die Saethe zusammengetreten; mein Auftrag ist das Ergebnis dieser Sitzung.«

»Und es geht um etwas sehr Dringendes und Vertrauliches, wie Eure Botschaft mir mitteilte. Deshalb habe ich vorgeschlagen, daß wir uns hier treffen.« Er machte eine Geste, die den Garten umfaßte. »Hier kann uns niemand belauschen.« Er bot ihr den Arm. »Sollen wir ein wenig umhergehen, meine Dame?«

Sie hakte sich bei ihm ein. »Gerne, mein Herr.«

Als sie weiter in den Garten hineingingen, sagte der Kaiser der Dämmerung: »Ich habe gehört, daß vor nicht allzu langer

Zeit im Ödland Drachen – viele Drachen – gesichtet wurden. Jäger waren die ersten, die sie erblickten; sie haben Berichte weitergegeben. Die Drachen jagten und ruhten sich aus, dann flogen sie weiter. Das nächste hörten wir von der Küste – Drachen landeten in der Abenddämmerung und flogen lange vor dem Morgen wieder weiter. Dann kehrten sie nur einen Tag später zurück.« Chakkarin blieb stehen. Er senkte die Stimme. »Und es waren erheblich weniger als zuvor. Drachenlords oder Echtdrachen?«

»Echtdrachen.«

»Und jene, die nicht zurückkehrten?«

Sulae Shallanan holte tief Luft. »Tot. Die meisten sofort. Jene, die zu schwer verwundet waren, um weiterfliegen zu können, wurden von ihren Verwandten getötet, weil sie sie nicht in Jehanglan zurücklassen wollten.«

Er schloß einen Augenblick lang die Augen und schauderte. »Mögen die Götter ihnen gnädig sein«, sagte Chakkarin. »Hat Euer Besuch etwas mit dieser Tragödie zu tun?«

»Ja«, erwiderte Sulae. Sie entzog ihm ihren Arm und ging weiter, die Arme fest vor der Brust verschränkt, um sich die Tränen zu verkneifen. Sie sagte nichts. Sie konnte nicht sprechen. Er hielt schweigend Schritt mit ihr.

Selbst als sie ihre Gefühle wieder beherrschen konnte, wartete sie, bis sie weit von den Hecken entfernt waren, in denen sich ein Spion verstecken konnte. Als sie annahm, daß sie einen sicheren Abstand erreicht hatten, blieb sie stehen, legte die Finger an die Lippen und lauschte. Chakkarin regte sich nicht.

Nein; keine Geräusche, die in einem stillen Garten ungewöhnlich gewesen wären. Nur eine entfernte Zikade, die in der heißen, süß duftenden Luft zirpte, und in größerer Nähe das Summen von Bienen, verschlafen und zufrieden. Sulae wußte, wenn irgendwer nahe genug gewesen wäre, sie zu belauschen, wenn sie leise miteinander sprachen, dann war sie selbst auch nahe genug, um die Atemzüge mit ihrem ungewöhnlich scharfen Gehör wahrnehmen zu können.

Der Kaiser der Dämmerung legte fragend den Kopf schief.

Sulae lächelte. »Wir sind tatsächlich allein. Wir können jetzt sprechen. Zuerst habe ich eine Frage an Euch, Euer Majestät: Dürfen fremde Gauklertruppen immer noch durch Jehanglan reisen?«

Sie hätte beinahe laut gelacht, als sie seine erstaunte Miene sah. Was immer der arme Mann erwartet hatte, das war es ganz bestimmt nicht.

»Ja, sicher«, brachte er schließlich hervor. »Sogar mehr als in früheren Jahren; Xiane ma Jhi, der gegenwärtige Phönixherrscher, hat viel für Jongleure und Akrobaten und ähnliches übrig, und viele seiner Adligen haben sich seinem Geschmack angepaßt. Es besteht immer Bedarf nach neuen Schaustellern. Das Haus Mhakkan stellt häufig größere Truppen zusammen, indem es mehrere kleinere anheuert oder manchmal bestimmte Nummern aus unterschiedlichen Truppen zusammenfügt.«

Das paßte zu dem, was Taren der Saethe mitgeteilt hatte. Und Lleld hatte ausnahmsweise das Richtige getroffen. Nein, mußte Sulae zugeben, Lleld hatte *wieder einmal* das Richtige angenommen; sie würde sich freuen. Die Herrin nicht. Die Herrin hatte Llelds Plan zwar widerstrebend zugestimmt, aber Sulae hatte die Ablehnung in ihrer Stimme vernommen, als sie sie gebeten hatte, sich auf diese Gesandtschaft zu begeben. Der geringste Rückschlag, und die Herrin würde die ganze Idee ablehnen.

Aber welche andere Möglichkeit hatte Pirakos? Dieses Mal hatte die Herrin sich geirrt. *Und die Götter mögen Pirakos gnädig sein, wenn seine einzige Chance einer von Llelds verrückten Plänen ist.*

»Gut. Sehr gut«, fuhr sie fort. »Dann vernehmt, um was die Herrin von Schloß Drachenhort Euch bittet. Im Frühling wird ein Schiff mit einer ganz besonderen Truppe von Gauklern hier eintreffen. Die Herrin bittet darum, daß ihr ihnen alle erdenkliche Hilfe gebt und dafür sorgt, daß sie nach Jehanglan kommen und sicher wieder zurückgelangen.«

Der Kaiser der Dämmerung warf ihr einen neugierigen Blick zu. »Das ist alles?«

»Das ist alles«, erwiderte Sulae.

»Und werdet Ihr mir sagen, worum es geht, Euer Gnaden?«

»Es ist besser, wenn Ihr das nicht wißt, Euer Majestät.« Es war deutlich zu sehen, daß der Mann von seiner Neugier schier verschlungen wurde; er war Famissa wirklich sehr ähnlich! Aber der Kaiser von Assantikk bettelte nicht oder versuchte nicht, sie auszuhorchen. Er schaute allerdings sehr enttäuscht drein. Sulae lächelte, sagte aber nichts.

Er verzog den Mund zu einem ironischen Lächeln. »Darf ich die Geschichte hören, wenn alles vorüber ist?«

»Also gut«, sagte Sulae, und sie klatschte in die Hände, wie es das traditionelle Zeichen eines abgeschlossenen Handels war. Sie hob dann die rechte Hand hoch, Handfläche nach vorn.

»Also gut.« Er legte seine Handfläche auf die ihre. Sie war erfreut, daß er mit keiner Wimper zuckte, als er die »Schwimmhäute« zwischen ihren Fingern sah. Er war seiner Urgroßmutter wirklich sehr ähnlich, und sie fragte sich, ob auch er *Riyudal* komponierte. Sie würde ihn fragen, wenn sie zurückkehrte.

Er sagte: »Ich werde dafür sorgen, daß alles für diese ... Gaukler vorbereitet wird. Wie lange werden wir die Gunst Eurer Anwesenheit haben, Herrin?«

»Ich habe getan, was zu tun war, und wir haben wenig Zeit«, sagte Sulae bedauernd. »Ich muß sofort nach Schloß Drachenhort zurückkehren.«

»Dann mögen die Götter mit Euch sein«, sagte Chakkarin,

»und der Wind unter Euren Flügeln singen, Sulae Shallanan. Kommt bald zurück und erzählt mir alles.«

»Das werde ich«, versprach sie. »Das werde ich.«

Hodai trabte zwischen zwei Priestern her und lauschte, als sie beschrieben, wie es ihren beim Angriff der Drachen verletzten Genossen ging. Sie achteten nicht auf ihn. Es war überraschend, dachte er, wie viele ihn auch für taub hielten, nur weil er stumm war.

Ganz gleich; es war hin und wieder sehr dienlich, wie zum Beispiel jetzt.

»Was ist mit Nisse?« fragte einer der Priester.

»Diejenigen, die sich um ihn kümmern, sagen, er hätte gestern die Augen geöffnet. Sie hoffen, er wird sich bald erholen, wie schon Teurun und Cham zuvor. Offensichtlich verläuft es so. Wenn sie aus diesem unnatürlichen Schlaf erwachen, dann leben sie. Wenn nicht, ist es wie bei Domhion – direkt zum Phönix. Und je länger sie schlafen, desto unwahrscheinlicher ist es, daß sie erwachen.«

Der erste Priester schnalzte mit der Zunge. »Wer schläft denn immer noch? In der Halle der Pilger hörte man nicht viel davon.« Hodai dachte, daß dieser Priester aussah wie eine Glucke, die in den Regen geraten war.

Der andere rasselte eine Namensliste herunter, aber der einzige Name, der Hodai auffiel, war der von Haoro. Er blickte zu Boden und verbarg ein Lächeln, als der Mann weitersprach.

»Es heißt, sein Onkel sei wütend, obwohl niemand weiß, warum. Es ist nicht so, als ob sie sich sonderlich nahegestanden hätten, obwohl Fürst Jhanun häufig als Pilger hierherkommt, und dann sprechen sie stundenlang miteinander. Nach allem, was ich weiß, hat Fürst Jhanun die Ehen seiner Schwestern mißbilligt und nicht das geringste getan, um ihnen und ihren Familien zu helfen, als es ihnen schlechtging.«

»Ich habe immer gehört, Fürst Jhanun sei ein sehr frommer

Mann«, meinte die Glucke, als sie in einen anderen Flur einbogen.

»Warum geht er dann nicht zum Rivasha statt hierher? Der Tempel dort ist heiliger und liegt viel näher an der Hauptstadt, wo er den größten Teil seiner Zeit verbringt«, beschwerte sich sein Freund, und seine Stimme wurde in der Ferne leiser. »Mir wird immer kalt, wenn ich diese eisige Miene sehe.«

Hodai ging weiter geradeaus. Nun brauchte er sein Lächeln nicht mehr zu verbergen. Er sollte vielleicht sehen, ob er Haoro in seinem Krankenzimmer besuchen konnte. Er wollte sich selbst überzeugen, daß der Feind seines Herrn immer noch schlief wie ein Toter.

Als der nächste Flur abzweigte, folgte Hodai diesem Weg.

19. KAPITEL

Sulae war endlich von ihrer geheimnisvollen Reise zurückgekehrt; nicht einmal ihr Seelengefährte hatte gewußt, wohin sie unterwegs war, so schnell hatte sie aufbrechen müssen. Oder vielleicht verteidigte sich Janno nur auf diese Weise gegen Llelds Neugier. Wenn das der Fall war, konnte Linden es ihm nicht übelnehmen.

Aber nun war Sulae wieder da. Und nach einer kurzen Besprechung mit ihr hatte die Herrin nach Linden, Lleld und Jekkanadar geschickt.

Die Besprechung war kurz und heftig. Als sie vorüber war, war die Herrin zornig und Lleld begeistert. Jekkanadar sagte nichts. Linden wußte nicht, ob er erfreut oder verängstigt sein sollte, als er die Gemächer der Herrin verließ.

Eine Weile ging er durch die Flure von Schloß Drachenhort, ganz in Gedanken versunken, bis er schließlich an einem Fenster stehenblieb.

Ein weiterer grauer Tag; sie würden das Schloß und den Norden sehr bald verlassen müssen, um nicht eingeschneit zu werden, denn Maurynna, Otter und Raven konnten nicht fliegen. Und das bedeutete, sie mußten Reittiere für die drei Echtmenschen finden. Llysanyanische Reittiere. Linden hoffte, es würde sich nicht als vollkommen unmöglich erweisen. Er sandte seine Gedanken aus, um Otter vorzuwarnen.

Shei-Luin räkelte sich auf den Kissen ihres Bettes, während Tsiaa ihr die Zehennägel mit Henna bemalte. Sie hatte vergessen, wie müde sie zu Beginn von Schwangerschaften immer war. Sie schloß die Augen und döste. Wenn Yesuin heute abend wagte, durch den Geheimgang zu ihr zu kommen, wollte sie wach sein!

Stimmengemurmel brachte sie vom verlockenden Ufer des Schlafes zurück. Blinzelnd setzte sie sich auf, als Murohshei das Zimmer betrat. Die Miene des Eunuchen war so seltsam, daß es Shei-Luin zunächst verängstigte. Dann wurde ihr klar, daß er versuchte, ein Lachen zu unterdrücken.

»Was ist denn?« fragte sie mißtrauisch.

»Blüte des Westens, seine kaiserliche Majestät schickt Euch diese Köstlichkeit«, sagte Murohshei. Nachdem er das getan hatte, trat er zur Seite und verbeugte sich tief, als ein weiterer Eunuch – einer der ältesten, die Shei-Luin je gesehen hatte, und das bedeutete, daß er von einiger Wichtigkeit war – das Zimmer betrat. Als sie das blaßgelbe Gewand und die goldene Schärpe erkannte, die einen Leibdiener des Kaisers kennzeichnete, sank Tsiaa auf die Knie und verbeugte sich vor dem Eunuchen. Er ignorierte sie.

In seinen Händen trug er ein goldenes Tablett, das mit etwas zugedeckt war; der Griff auf dem Deckel war ein Phönix. Ehre über Ehre – dies kam direkt vom Tisch des Kaisers selbst. Der Duft nach gekochtem Fleisch stieg auf. Shei-Luin hätte sich beinahe übergeben müssen; sie schluckte wieder und wieder, bis die Schwäche vorüber war.

Der Eunuch des Kaisers schlurfte vorwärts und stellte das Tablett auf den kleinen Tisch, den Murohshei eilig ans Bett geschoben hatte. Dann kniete sich der alte Mann nieder und drückte die Stirn auf den Boden. Endlich nahm er den Deckel ab. Auf einem Teller lag ein seltsam geformter, unangenehm aussehender Klumpen von *etwas* in einer Soße aus Wolkenpilzen. Der Geruch erfüllte das Zimmer aufs heftigste.

Shei-Luin drückte die Hand auf den Mund. Nein, sie würde sich nicht übergeben. Einen Augenblick später konnte sie die Hand weit genug wegnehmen, um zu fragen: »Was ist das?«

Der Kopf des Eunuchen kam hoch, und er öffnete die Lippen zu einem beinahe zahnlosen Grinsen. Mit einer so hohen, zittrigen Stimme wie der einer alten Frau verkündete er stolz: »Tigerleber, Blüte des Westens. Tigerleber, damit es ein männliches Kind wird und ein starkes Kind. Seine kaiserliche Majestät hat den Tiger persönlich für Euch gejagt, wie sein Vater es für seine Mutter tat. Ich hatte die Ehre, auch ihr damals das Gericht zu bringen.«

Shei-Luin schloß die Augen. Sie fand Leber widerlich. Aber es war typisch für Xiane, daß er sich nicht daran erinnerte – oder nicht auch nur daran gedacht hatte, sie danach zu fragen. Daß Tigerleber ein traditionelles Gericht für die Mütter von kaiserlichen Erben war, tröstete sie wenig. Sie konnte nur dem Phönix danken, daß sie ihr bei ihrer ersten Schwangerschaft entkommen war. Aber nun ...

Sie würde dieses widerliche Zeug essen müssen, und das unter dem wohlwollenden Blick von Xianes Eunuchen, der dann Xiane Bericht erstatten würde.

Denk an den Thron der Riya-Akono.

Der Gedanke war alles, was ihr half. Sie öffnete die Augen wieder – wandte aber den Blick ab – und winkte Murohshei, ihr Besteck zu bringen.

Der alte Eunuch strahlte so stolz, als hätte er den Tiger selbst erlegt. Murohshei schnitt ein kleines Stück ab und reichte es ihr. Irgendwie gelang es ihr, die Leber herunterzuwürgen.

Was immer ich tun muß, um um meiner Kinder willen Kaiserin zu werden, werde ich tun. Ganz gleich, was es ist.

Linden schlüpfte in die kleinste Kammer neben der Bibliothek; er setzte sich auf einen Stuhl neben der Tür. Maurynna blinzelte ihm zu. Kharine grüßte ihn zerstreut, die Aufmerksamkeit auf ihre Schülerin gerichtet. Er warf einen raschen Blick auf die Kerze, die im Halter auf dem Tisch brannte.

Es war beinahe nahe dem sechzehnten Kerzenabschnitt; Maurynnas Unterricht sollte bald vorüber sein. Er beobachtete sie, den dunklen Kopf, den sie über das Buch beugte, das zwischen ihr und Kharine lag. Mit leiser Stimme las sie vor. Hier und da unterbrach die *Kir*-Lehrerin sie, korrigierte hier die Aussprache, erklärte da ein Wort, wenn Maurynna ins Stocken geriet. Manchmal griff Maurynna nach der Feder und machte sich auf dem Pergamentstreifen, der vor ihr lag, Notizen. Sie las weiter. Ihr Akzent war gut, bemerkte Linden, viel besser als der seine. Sie hatte auch rasch das Arolan gelernt, die Sprache der Drachenfestung. Er, auf der anderen Seite, war seinen yerrinischen Akzent nie losgeworden – nicht, daß er es ernsthaft versucht hätte. Manchmal war es ganz nützlich, daß die Leute ihn tatsächlich für das Landei hielten, nach dem er sich anhörte.

Aber Maurynnas Leichtigkeit mit den Nuancen der Sprachen zeigte, was für eine gute Erziehung sie genossen hatte. Als Abkömmling einer reichen Kaufmannsfamilie hatte sie zweifellos Lehrer gehabt, die ihr zumindest einige der Sprachen der fünf Königreiche beibrachten, ebenso wie Assantikkanisch, und dafür gesorgt hatten, daß sie sie so gut wie möglich aussprach.

Sie muß diese Lehrer dennoch mit ihren Fähigkeiten überrascht haben, dachte Linden, denn schließlich hatten Drachenlords eine angeborene Sprachbegabung. *Genauso überrascht, wie es Bram und Rani waren, als ich ihre Söldnersprache, das* Meijas, *so schnell lernte.*

Es war erstaunlich, dachte er, was eine Truppe von Soldaten aus unterschiedlichen Ländern sich als gemeinsame Sprache zusammengestoppelt hatte.

Eine Promenadenmischung, das Bastardkind von fünf Sprachen und einem Dutzend Dialekten, hatte ebenso gut funktioniert wie die kultivierte Sprache der Drachenlords nach Jahrhunderten der Vollendung. Er verlor sich in Erinnerungen an die Vergangenheit, während die leisen Stimmen weiter murmelten. Erst das Zuklappen des Buchs brachte ihn aus seinem Halbschlaf.

»Sehr gut, Maurynna«, sagte Kharine. »Mach so weiter, und du wirst problemlos als eine durchgehen, die auf der Drachenfestung geboren ist.« Sie steckte das Buch in ihre Tasche, die auf dem Tisch lag.

Maurynna lächelte. »Nur, weil ich eine so gute Lehrerin habe.« Sie stand auf und streckte sich ein wenig. »Ah, ich bin vollkommen starr!«

Kharine griff nach ihrer Tasche, erwiderte das Lächeln und ging zur Tür. »Ein Ritt würde dir guttun; du hast heute viel gelernt.« Sie nickte freundlich, als sie an Linden vorbeikam. Er erwiderte ihren Gruß.

Als sie allein waren, sagte Linden: »Sie ist eine gute Lehrerin, nicht wahr?«

»Sehr gut«, erwiderte Maurynna. »Sie ist geduldig und kann Dinge so erklären, daß ich mir sie merken kann. Der Unterricht bei ihr macht mir viel mehr Spaß als der bei einigen anderen Lehrern.«

Er grinste, denn er wußte, daß sie von ihrem Lehrer für das höfische Assantikkanisch sprach. Gaddo konnte tatsächlich unangenehm hölzern sein. »Dann tut es mir leid, daß ich dir sagen muß, daß dein Unterricht bei ihr vorerst zu Ende ist«, meinte Linden.

»Was – wieso?« fragte Maurynna bedrückt. »Du wirst Doppelstunden bei Gaddo nehmen müssen.« Er lachte über ihren entsetzten Blick. »Liebste, du bist so leicht zu necken. Nein, es liegt daran, daß du von nun an von Taren unterrichtet wirst«, erwiderte Linden ernsthafter. »Wir alle – du, Lleld, Jekkanadar, Otter, Raven und ich – werden von ihm unterrichtet.«

Er nickte, als sie langsam begriff. »Genau. Die Herrin hat endlich Llelds Plan zugestimmt.«

Es würde also alles so gehen, wie Lleld es wünschte. Die Herrin rieb sich die Stirn und versuchte damit, die heraufziehenden Kopfschmerzen zu vertreiben.

Sirl trat zu ihr, als sie am Fenster des Eßzimmers ihrer Privatgemächer stand. »Herrin, Taren Olmeins ist hier, wie gerufen«, sagte er. »Wollt ihr ihn jetzt sehen?« Der Tonfall des *Kir* war tadelnd, und seine großen Augen sagten deutlich »Ihr solltet jetzt ausruhen«.

Die Herrin lächelte ihn an. Es gab keine schlimmeren Tyrannen als treue Diener. »Ja«, sagte sie. »Ich werde jetzt mit ihm sprechen.« Sie hob die Hand, als Sirl die Lippen mißbilligend über die Reißzähne zog. »Ich verspreche dir, es wird nicht lange dauern. Ich habe eine Bitte an ihn, das ist alles.«

Sirls Nicken sagte ihr, daß er daran denken würde. Er ging, um Taren zu holen.

Wieder rieb sich die Herrin die Stirn. Wenn dieses Gespräch vorüber war, würde sie nach Fiaran, dem Heiler der Festung, schicken; vielleicht hätte der Kräutermann etwas für ihren schmerzenden Kopf.

Wieder kam Sirl herein, gefolgt von Taren. Der Echtmensch verbeugte sich vor ihr, wie es die Kelnethi tun, mit der Hand auf dem Herzen. Es überraschte sie ein wenig. Sie kannte seine Geschichte, sie wußte, daß er als Yerrin aufgewachsen war.

Aber dank den Jehangli als Yerrin ohne Clanzopf. Ich denke, daher spielt er die ganze Zeit den Kelnethi, wenn er nicht seine Rolle vergißt. Zu ihm gewandt, sagte sie: »Willkommen, Taren. Ich wollte Euch von dem Beschluß erzählen, den die *Saethe* getroffen hat.«

Seine Augen blitzten auf.

»Es werden tatsächlich Drachenlords ausgesandt werden, um Pirakos zu befreien, wie Lleld Kemberaene es vorgeschlagen hat. Sie müssen allerdings die Sprache lernen.«

Einen Augenblick lang starrte er sie erstaunt an. »Ihr wollt, daß ich den Drachenlords Jehangli beibringe?« fragte Taren ungläubig.

»Ja«, sagte die Herrin. »Lleld hat darum gebeten, und ausnahmsweise sind sie und ich in dieser Angelegenheit derselben Meinung.«

Der Schrecken, der sich auf Tarens Miene abzeichnete, überraschte sie. Es schien ihr eine ganz logische Bitte zu sein; das hatte dieser Mann doch sicher erwartet?

»Aber Herrin, es ist eine sehr schwierige Sprache, und ich werde als Dolmetscher mit ihnen kommen. Warum müssen sie es lernen?«

»Weil man nie weiß, was die Pläne der Götter sind. Ihr werdet feststellen, daß die Drachenlords fähige Schüler sind; es gehört zu unseren Begabungen. Was die beiden Echtmenschen angeht, Otter und Raven, die ebenfalls mitkommen werden – bringt ihnen bei, was Ihr könnt.« Dann fiel ihr etwas ein, das sein Zögern vielleicht erklärte. »Wird es sehr anstrengend für Euch sein, Taren? Ich will nicht, daß Ihr wieder krank werdet, aber ich halte diesen Unterricht wirklich für nötig. Und obwohl wir Euch alle sehr dankbar sind, daß Ihr Llelds Truppe begleiten wollt, solltet Ihr vielleicht noch einmal darüber nachdenken. Ich möchte nicht, daß Ihr wieder in Sklaverei geratet.«

Der Schrecken wich der Angst. »Nein, Herrin! Ich muß mitgehen«, rief Taren. Er leckte sich die Lippen. »Ich ... ich muß es zu Ende bringen. Es gibt so vieles, woran die Drachenlords scheitern könnten. Ich kenne das Volk und die Bräuche. Ich muß mit ihnen nach Jehanglan gehen.«

Gerührt sagte die Herrin: »Ihr seid ein tapferer Mann, Taren. Ich danke Euch.«

Taren lächelte sein liebenswertes, strahlendes Lächeln. »Ich tue nur meine Pflicht, Herrin.«

Otter saß in einem der Sonnenzimmer von Schloß Drachenhort, hatte seine kleine Reiseharfe auf dem Schoß und ließ die Finger über die Saiten gleiten, während seine beunruhigten

Gedanken einander jagten. Er spielte kein Lied, nur die zufälligen Akkorde, die ihn immer irgendwie trösteten.

Es sah so aus, als fänden auch andere sie tröstlich. Drachenlords kamen herein und gingen wieder; die meisten lauschten einige Zeit. Einige blieben, schlossen die Augen, ließen sich von der Musik wegtragen. Viele lächelten friedlich.

Otter wünschte sich, er könne ebenfalls so unbeschwert sein. »Verstört« war eine sehr milde Beschreibung des Zustands, in dem er sich im Augenblick befand. Eine *sehr* milde Beschreibung. Lleld hatte häufig diese Wirkung, selbst wenn sie keine beunruhigenden Nachrichten brachte. Und die Nachricht, daß die Herrin kapituliert hatte, war tatsächlich beunruhigend gewesen.

Wenn man dann noch Lindens Bitte hinzufügte, daß er Raven und Taren bitten sollte, sich für einen Ausflug auf die oberen Weiden bereitzuhalten, war es eigentlich ein Wunder, daß die Musik seiner Harfe nicht jedem die Nerven in dieselben angespannten Knoten zog wie seine eigenen. Raven war begeistert gewesen, Taren hatte Müdigkeit vorgeschützt und wäre beinahe in seine Kammer geflohen.

Tarens Idee war vielleicht gar nicht so übel, dachte Otter finster. Er wußte, was der Ausflug zur Weide bedeutete, selbst wenn Raven das nicht tat. Es war der erste Schritt ihrer Reise; ein erster Schritt, der vielleicht auch das Ende darstellte.

Nama legte den Schreibpinsel hin. Sie bewegte die Schultern, um sie zu lockern, dann betrachtete sie das Papier, das vor ihr lag. Blatt um Blatt war mit Schriftzeichen bedeckt. Sie griff nach dem letzten und betrachtete es kritisch.

Ja, ihre Kalligraphie wurde tatsächlich besser. Onkel würde erfreut sein – das hoffte sie zumindest. Es war nicht leicht, seinem Vorbild nachzueifern; als echter Jehangli-Adliger war er kundig in allen Künsten: Poesie, Malerei, Kalligraphie und vor allem *Sh'jer.* Sie wäre nie imstande gewesen, Papier mit solcher Geistestiefe zu falten, dachte sie sehnsuchtsvoll.

Wieder griff sie nach dem Schreibpinsel. Sie nahm ein frisches Blatt Papier und kopierte ein kurzes Gedicht von einem der Lieblingsdichter ihres Onkels.

Winterweißer Tiger
Der die alten Herbstmänner fällt
Beute der Kinder des Frühlings.

Ob sie es wohl wagen sollte, ihm das Blatt zu schenken? Nein, es war eine solche Kleinigkeit, verglichen mit allem, was er für sie getan hatte, daß sie sich nicht traute. Dennoch, sie mußte ihm zeigen, wie dankbar sie für seine Großzügigkeit war; sie mußte sich bei der Arbeit mit ihren Lehrern mehr anstrengen, so daß sie der Heirat, die er ihr versprochen hatte, würdig war.

Wenn sie nur nicht innerhalb dieses kleinen Häuschens und des winzigen Gartens hätte bleiben müssen,

Versteckt innerhalb seines Anwesens. Onkel Jhanun war so altmodisch! Es wäre so schön gewesen, außer Zuia, der Kalten, und den Lehrern auch noch andere Menschen zu sehen. Sie fragte sich, ob überhaupt jemand wußte, daß sie sich hier aufhielt. Niemand kam je zu Besuch.

Nama rollte die Schultern noch ein wenig und bereitete sich darauf vor, weiter Kalligraphie zu üben.

Das Klicken der Sorgenperlen war in der Stille seines Zimmers laut zu hören. Taren ging auf und ab, und die Perlenschnur zog sich endlos durch seine nervösen Finger.

Von allem erdenklichen Pech! Die beiden letzten Dinge, an die er gedacht hätte – den verfluchten Drachenlords Jehangli beizubringen und eines ihrer elenden Tiere zu reiten –, und beides in kaum mehr als einem einzigen Kerzenabschnitt.

Dennoch, er hätte diesen Weg ahnen müssen, bevor er gewarnt war. Beides folgte dem Beschluß, die Drachenlords nach Jehanglan zu schicken, so logisch und unvermeidlich, wie Donner dem Blitz folgte. Diese Farce, ständig den demütigen, heroischen, gequälten Beinahe-Eremiten spielen zu müssen, hatte ihn verdummt. Und das war etwas, was er sich auf keinen Fall leisten konnte. Er hatte hier keine anderen Waffen außer seinem Geist.

Die Perlen bewegten sich jetzt so rasch, daß sich ihr Klicken anhörte wie die kleinen Knochen in einer zharmatianischen Rassel. Das war kein tröstlicher Vergleich. Taren ließ die Perlen in den Beutel an seinem Körper fallen. Aber er hörte nicht auf, auf und ab zu gehen.

Was konnte er also tun? Ihnen Unsinn beibringen? Nein, das würde nur auffallen; einer von ihnen würde sich schon daran erinnern, daß *Oogfa* nicht dasselbe bedeutete wie zwei Tage zuvor, sollte der Phönix doch seine Krallen in sie schlagen! Es mochte dumm von den Drachenlords sein, diesen Drachen retten zu wollen, aber so dumm waren sie nun auch wieder nicht.

Sollte er ihnen statt dessen einen obskuren Jehangli-Dialekt beibringen? Er kannte ein paar davon, dank seiner Arbeit für Fürst Jhanun. Eine nette Idee, aber auch die würde sich schließlich gegen ihn wenden; sobald ihnen klar wurde, daß die meisten Jehangli sie nicht verstanden oder sie nicht die meisten Jehangli, wäre er entlarvt.

Nein, er würde diesen verfluchten Werdrachen beibringen müssen, Jehangli richtig zu sprechen. Der Gedanke hinterließ ihm einen säuerlichen Geschmack im Mund.

Ein Problem war also wenn schon nicht gelöst, so doch beiseite geschoben. Das nächste bestand darin, einen Llysanyaner zu reiten. Es war ihm bis jetzt gelungen, Echtmenschen, Echtdrachen und Drachenlords hinters Licht zu führen, aber diese Tiere waren etwas anderes. Taren erinnerte sich, wie der Hund seines Bruders ihn jedesmal angeknurrt und die Zähne gefletscht hatte, wenn er ihn sah. Ein kluges Tier – viel klüger, als sein Herr gewesen war.

Also wie ...

Die Antwort kam so plötzlich und war so schlicht, daß Taren beinahe laut gelacht hätte. Baisha war vermutlich der Ansicht, daß ein Llysanyaner ihm zustand, aber Taren, der ehemalige Sklave, würde sich nie erdreisten, das Pferd eines Drachenlords zu reiten.

Um diese Erkenntnis zu feiern, ging Taren zum Tisch und goß sich einen Kelch pelnaranischen Weins ein. Dies, dachte er, als er zusah, wie der dunkelrote Wein aus der Karaffe floß, wäre das einzige, was ihm fehlen würde, hätten sie den Norden erst einmal verlassen.

Er hob den Kelch und prostete sich selbst zu. Dann rief er seinen Diener aus dem Vorzimmer herein und sagte: »Ich möchte dich bitten, seiner Gnaden Linden Rathan eine Botschaft zu überbringen ...«

An diesem Abend hing der Geruch nach Regen schwer in der Luft; die Herde würde früh hereinkommen. Linden führte die Truppe in der Abenddämmerung auf die Weide hinaus. Kugeln aus Kaltfeuer beleuchteten ihnen den Weg und tanzten in der kühlen Luft.

Linden blieb am Tor stehen. Er rief eine der Feuerkugeln herunter, um mehr Licht auf den Riegel zu werfen. Lleld und Jekkanadar lehnten sich oben auf den Zaun und spähten auf die Weide hinaus; Maurynna folgte ihrem Beispiel. Hinter sich hörte Linden, wie Otter sich zum dutzendsten Male räusperte, seit sie den Weg zu den oberen Weiden eingeschlagen hatten. Er drehte sich um.

»Spuck es endlich aus«, sagte er, eine Hand immer noch auf dem Riegel. »Was ist los?«

Großonkel und Großneffe wechselten einen Blick. Raven riß den Kopf abrupt zu seinem Großonkel herum, als wollte er sagen: *Du kannst es erklären*, und betrachtete dann forschend einen Holunderbusch an dem Bach, der über die Weide floß. Aber bei all seinem scheinbaren Gleichmut bemerkte Linden die Anspannung in der Haltung des jungen Mannes, die starre Haltung der Schultern unter dem blauen Umhang, die geballten Fäuste.

Otter warf einen unbemerkten – und säuerlichen – Blick zu seinem Großneffen. »*Du* bist doch derjenige, der so begierig war, wenn ich dich erinnern darf.«

Raven ignorierte ihn. Er konzentrierte sich jetzt vollkommen auf das Kaninchen, das unter dem Busch saß, als wollte er es für immer in seinem Gedächtnis einbrennen. Linden bezweifelte, daß er je zuvor ein Kaninchen so faszinierend gefunden hatte.

»Das werde ich nicht vergessen, Jungchen«, murmelte der Barde schließlich. »Nun, Linden – Shan hat zwar ein paarmal zugelassen, daß ich ihn reite, aber ich weiß, daß die Llysanyaner normalerweise nur Drachenlords tragen. Bist du sicher, daß ...?«

Linden zog amüsiert die Braue hoch. »Daß wir welche finden werden, die euch beide tragen wollen? Nein, ich bin nicht sicher. Deshalb sind wir hier. Ich gebe zu, es wäre viel einfacher, wenn ihr wie Taren darauf bestehen würdet, gewöhnliche Pferde zu reiten. Aber wir brauchen zumindest noch einen weiteren Llysanyaner; Miki ist so klein, daß sie in einer Caelah albern aussehen würde.«

»Was ist das?« fragte Maurynna.

»Das ist ein Yerrin-Wort für eine Art Tanz zu viert; es wird auch für eine Schrittkombination von vier Pferden benutzt.«

»Nun, Otter und Raven – als erstes werde ich der Herde erklären, was wir wollen; dann werdet ihr beide euch unter die Tiere mischen. Sie werden euch wählen, nicht umgekehrt. Vergeßt das nicht.« Er schob das Tor auf und ging voran. »Und vergeßt nicht, daß die meisten – wenn nicht alle – sich entscheiden werden, es *nicht* zu tun.«

Die gemischte Herde von Llysanyanern und normalen Pferden, angeführt von Shan, Boreal und Llelds und Jekkanadars Llysanyanern Miki und Hillel, kam den Hügel hinab auf sie zugetrabt. Sobald alle von der Truppe drinnen waren, verriegelte Linden das Tor wieder sorgfältig und ging den Tieren entgegen. Shan kam begierig auf ihn zu und schob die Nase unter Lindens Umhang, um den Beutel an seinem Gürtel zu beschnuppern.

»Keine Äpfel«, sagte Linden.

Der Hengst legte die Ohren zurück.

»Hör auf damit, Dummkopf«, sagte Maurynna und trat näher zu Linden. Sie hielt inne und streichelte die schwarze Nase. »Es gab nicht genug für alle; es wäre unhöflich gewesen.« Boreal ließ sein Kinn auf ihrer Schulter ruhen. Auch Miki und Hillel gesellten sich zu ihren Drachenlords.

Shan zuckte mit den Ohren, als wollte er sagen, das könne zwar so sein, er erwartete aber später, wenn sie allein wären, mehr. Er gestattete es Linden, ihm den Hals zu streicheln; Linden lächelte und konzentrierte sich boshaft auf die kitzligste Stelle am Ansatz der Mähne. Einen Augenblick später reckte Shan die Nase zum Himmel und streckte die zitternde Oberlippe. Er sah bemerkenswert albern aus.

Linden betrachtete die gemischte Herde. Zwei Llysanyaner fehlten, eine Stute und einer ihrer vielen Enkel. Linden beschloß, ihnen noch ein wenig Zeit zu lassen. Er streichelte weiter Shans Hals. Die beiden fehlenden Llysanyaner tauchten nicht auf. Als er der Ansicht war, daß genug Zeit vergangen war, hielt Linden inne und ließ die Hand auf der Schulter des Hengstes ruhen.

»Das genügt. Wir haben etwas Ernsthaftes mit euch zu besprechen«, verkündete er.

Jeder Llysanyaner, der bisher weitergeweidet hatte oder ansonsten beschäftigt gewesen war, hielt inne, und alle wandten Linden ihre Aufmerksamkeit zu. Viele schauten auch die Echtmenschen in der Gruppe an und dann einander. Wie immer fragte Linden sich, wieviel die Tiere wirklich denken konnten; er hätte schwören können, daß viele dieser Blicke sagten *Was haben diese Echtmenschen mit uns zu tun?* Einige drängten die normalen Pferde weg. Es ging sie nichts an, und sie würden nur ablenken.

Als beinahe alle Llysanyaner versammelt waren, begann Linden mit seiner Ansprache und hielt dabei weiter nach den fehlenden Llysanyanern Ausschau. Sie waren immer noch nicht da, aber er konnte nicht mehr warten. »Ihr habt gesehen, wie die Echtdrachen nach Süden geflogen sind, nicht wahr?«

Allgemeines Nicken. Die Llysanyaner warteten.

»Ihr habt gesehen, wie sie zurückkehrten.«

Ein paar Köpfe wurden abgewandt. Linden wußte, daß die intelligenten Llysanyaner erkannt – und wahrscheinlich verstanden – hatten, was es bedeutete, als der geschlagene Rest dieser einstmals so stolzen Armee auf dem Heimweg wieder vorbeikam. Und zweifellos hatten viele Llysanyaner gelauscht, wenn ihre Drachenlords oder die Stallhelfer über die Angelegenheit gesprochen hatten.

»Es wurde beschlossen, daß Drachenlords ins ferne Jehanglan ziehen, um dem gefangenen Echtdrachen Pirakos zu helfen. Und dabei brauchen wir eure Hilfe.« Nun sah er die beiden, die zuvor gefehlt hatten, am Rand der kleinen Herde stehen und sprach lauter, damit auch sie ihn hören konnten. »Wir brauchen zwei Llysanyaner, die bereit sind, Echtmenschen zu tragen« – einige wandten sich sofort ab; also gut, gab Linden zu, das hatte er erwartet ... »und die so tun wollen, als wären sie nichts anderes als normale Pferde.« Er hielt inne, damit die verbliebenen Llysanyaner über seine Worte nachdenken konnten.

Shan, Miki und Hillel waren an solche Verstellung gewöhnt, das wußte er; Linden war nicht immer ganz offen als Drachenlord unterwegs, ebensowenig wie Lleld oder Jekkanadar. Der unerfahrene Boreal würde ihrem Vorbild folgen und schnell lernen.

Die Stute und ihr Enkel kamen ein wenig näher. Lindens Hoffnungen wuchsen mit jedem bedächtigen Schritt; die beiden schienen als einzige interessiert zu sein. Keiner von ihnen hatte bisher einen Drachenlord erwählt, obwohl viele versucht hatten, sie zu verlocken; es waren wunderschöne Tiere, schwarz mit eisengrauen Mähnen und Schweifen. Linden hatte schon viele ihrer Art gesehen, aber das waren echte Graue gewesen, deren Fell und Mähnen im Lauf der Jahre weiß geworden waren. Die beiden hatten die ungewöhnliche Farbe behalten; Linden glaubte nicht, daß andere als Llysanyaner das konnten.

Und noch mehr als ihre ungewöhnliche Farbe trennte sie von anderen. Chailen, der Stallmeister, bezeichnete sie als eine Art Eremiten unter Pferden oder Llysanyanern. Sie interessierten sich wenig für andere, zogen es vor, allein zu grasen, und wandten sich demonstrativ ab, wenn ein anderer Llysanyaner oder ein Pferd ihnen zu nahe kam. Und immer bewegten sie sich im Gleichklang, als teilten sie ihre Gedanken.

»Seltsame Tiere«, hatte Chailen erklärt. Und das kam von einem *Kir,* der mit Llysanyanern und ihrer Art gearbeitet hatte, seit er jung gewesen war.

Hoffen wir, daß diese »Seltsamkeit« auch einschließt, daß sie Echtmenschen tragen würden, dachte Linden. »Ihr solltet noch mehr wissen«, fuhr er fort. »Wir werden auf einem Schiff reisen müssen.«

Mehr Llysanyaner gingen. Miki versuchte davonzuhuschen; Lleld packte sie am Schwanz. Die kleine Fuchsstute ließ den Kopf hängen.

»Man sollte glauben, wir drohen euch mit dem Abdecker«, meinte Lleld angewidert. »Es wird Spaß machen.«

Miki starrte sie über die Schulter hinweg an.

»Wirklich«, verkündete Lleld. »Wir werden wieder Gaukler sein.«

Dieses Versprechen erheiterte Miki zwar, aber Linden sah, daß viele den Kopf empört hoben. »Lleld Kemberaene«, verkündete er, »wird euch sagen, was ihr noch wissen müßt.«

Lleld war zwar verblüfft, erholte sich aber rasch, wie Linden gewußt hatte. Sie machte einen Handstand auf Mikis breitem Rücken und ließ sich dann langsam herunter, bis sie saß. Als sie die Aufmerksamkeit aller Llysanyaner hatte, begann sie.

Typisch Lleld, dachte Linden und trat ein paar Schritte zurück, *eine Vorstellung daraus zu machen.*

Glaubst du, einer von ihnen wird bereit sein, mitzumachen? fragte Maurynna ihn im Geist, als Lleld begann, auf die Llysanyaner einzureden. Wie immer war dieses seltsame Summen im Hintergrund ihrer Geistesstimme. Diesmal war es stärker als üblich; Kyrissaean mußte heute abend sehr wach sein.

Ich weiß es wirklich nicht, Liebste, keiner von ihnen sieht sonderlich begeistert aus, gab Linden zu.

In Wahrheit wirkten die Llysanyaner kein bißchen begeistert. Ein paar mehr wanderten davon. Andere blieben, aber, wie Linden annahm, nur aus Höflichkeit. Nicht einer wirkte, als hätten sie je auch nur davon geträumt, mit einer Truppe von umherziehenden Schaustellern zu reisen. Die Stute und ihr Enkel starrten erst Lleld an, dann die Echtmenschen; sie berührten einander einen Augenblick lang mit den Nasen, als besprächen sie etwas. Aber einen Herzschlag später senkten sie die Köpfe und grasten. Lindens Hoffnung sank ebenfalls.

Als Lleld fertig war, wartete Linden, um zu sehen, ob sich einer der Llysanyaner freiwillig melden würde. Nichts geschah. Dann erhoben sich die beiden schwarzen Pferde mit den grauen Mähnen gleichzeitig auf die Hinterbeine, wirbelten herum und trabten davon. Mit einem Seufzen winkte Linden Otter und Raven vorwärts. Vielleicht würden ja ein paar Llysanyaner es sich noch einmal überlegen, wenn sie den Menschen direkt gegenüberstanden.

»Geht«, sagte Linden. »Geht ein wenig unter ihnen umher.«

Otter zögerte einen Augenblick; Raven ging in die Mitte dessen, was von der Herde übriggeblieben war. Otter folgte, seinen roten Bardenumhang fest um sich gezogen. Linden hielt sich zurück und bedeutete den anderen Drachenlords, dasselbe zu tun.

Die Llysanyaner betrachteten die beiden Menschen. Lindens Hoffnungen wuchsen, als eine junge Stute tief in Ravens Augen schaute und seine Schultern mit der Nase berührte. Aber dann wandte sie sich ab; es war deutlich, daß sie nichts weiter getan hatte, als ihm Glück zu wünschen.

Es begann zu regnen, und die Llysanyaner wurden weniger. Einige machten sich auf, um die Pferde zurück in den Stall zu treiben. Andere standen am Tor und warteten darauf, daß einer der Zweibeiner es für sie öffnete. Lleld, die immer noch auf Miki saß, tat ihnen den Gefallen. Pferde und Llysanyaner trabten durch das Tor und machten sich auf zur Wärme und Trockenheit des Stalles.

Es war inzwischen vollkommen dunkel, aber noch standen Drachenlords und Menschen auf der Weide und warteten, bis alle Pferde durch das Tor gegangen waren. Besorgt, daß Otter im regnerischen Dunkel stolpern könnte, warf Linden noch ein paar Kaltfeuer in die Luft. Dann bat er die anderen Drachenlords in Gedanken, dasselbe zu tun, und ging zum Tor. Sofort glühten weitere Leuchtkugeln auf wie winzige Sonnen und tanzten im Regen. Ein Dutzend von ihnen wirbelten in der Luft und reihten sich auf, um die Echtmenschen von der Weide zum Tor zu führen.

Raven und Otter folgten ihnen. Keiner sagte ein Wort. Linden drängte ihre Llysanyaner durchs Tor. Sobald alle Zwei- und Vierbeiner die Weide verlassen hatten, verriegelte Linden das Tor. Sie gingen den Weg zur Festung entlang, Shan, Boreal und Hillel voraus.

Lleld sprang von Mikis Rücken und versetzte der Stute einen Schlag aufs Hinterteil. »Geh mit«, sagte sie. Miki trabte den anderen hinterher. Bald schon waren die Llysanyaner außer Sichtweite.

Finster folgten ihnen Drachenlords und Echtmenschen.

»Warum?« fragte Raven schließlich. Kaltfeuer beleuchtete sein nasses Gesicht. Regen? Oder Tränen? Der Schmerz in seiner Stimme schien zu schneiden, scharf und hart, wie ein Messer. »Schätzen sie Echtmenschen so gering?«

Linden hatte keine Antwort für ihn. Er glaubte nicht, daß irgend jemand es wußte oder je wissen würde.

Dann schaltete sich Jekkanadar ein; ein Ball goldenen Kaltfeuers beleuchtete sein schmales, dunkles Gesicht. »Ich glaube nicht, daß das der Grund ist.« Seine Worte hatten das schüchterne Zögern von jemandem, der zum ersten Mal laut über seinen Glauben spricht. »Sie gehen eine sehr, sehr feste Verbindung mit ihren Reitern ein.«

»Das habe ich bei Shan gesehen«, sagte Otter. »Aber was hat das zu tun mit ...«

Die Kaltfeuer schwebten in die Nacht davon. »Stell dir vor, du könntest dreihundert Jahre leben, vielleicht sogar länger. Denk an den Schmerz, dein Herz jemandem zu schenken, der nur einen Bruchteil dieser Zeit leben wird. Wie oft kannst du das tun, ohne daß dir das Herz bricht?«

Sie gingen weiter und wickelten sich fester in ihre Umhänge gegen die feuchte Kälte. Linden fragte sich, ob Jekkanadar der Wahrheit nicht tatsächlich nahegekommen war.

Lleld ergänzte mit ungewöhnlicher Nüchternheit: »Das ist derselbe Grund, weshalb so viele Drachenlords sich nicht wirklich mit Echtmenschen anfreunden können. Es tut einfach zu weh.«

»Wir kommen und gehen so schnell, nicht wahr?« sagte Otter. Er sprach als Mann, der viele Jahre gelebt hatte, der wußte, daß er sich dem Ende der Zeitspanne näherte, die einem Echtmenschen zustand, und er akzeptierte diese Wahrheit.

»Wie Motten in einer Flamme«, flüsterte Lleld.

Maurynna, die neben Linden herging, gab ein unterdrücktes Geräusch von sich. Erkannte sie nun vielleicht zum ersten Mal, was es bedeutete, ein Drachenlord zu sein? Daß sie jeden, den sie in ihrem Leben als Echtmensch gekannt hatte, überleben würde; all ihre Freunde, ihre gesamte Familie? Jeder Echtmensch, den sie nun kannte, würde zu Staub zerfallen, und sie wäre immer noch unverändert.

Sie würde jedes Kind, das ihre Verwandten noch nicht einmal zur Welt gebracht hatten, aufwachsen, alt werden und sterben sehen, und ihre Kinder nach ihnen.

Er schob seinen Umhang beiseite und griff nach der Hand, von der er wußte, daß sie sich nach ihm ausstreckte. Kalte Finger schlossen sich um seine, als ob sie ihn nie wieder loslassen wollten.

Wir haben einander, sagte er ihr und legte soviel Trost wie möglich in diese Worte.

Den Göttern sei Dank, kam die zutiefst empfundene Antwort.

Raven hielt inne und hob die Hand. »Was ist das?« fragte er scharf.

Linden blieb stehen, ebenso die anderen. Er war so in das Gespräch und in Maurynnas Kummer versunken gewesen, daß er nichts gehört hatte. Jetzt tat er es. Einen Augenblick später identifizierte er das Geräusch.

»Hufe«, sagte er. »Galoppierende Pferde.«

»Und sie kommen näher«, sagte Maurynna. »Sie kommen auf uns zu – unsere Llysanyaner?« Der Zweifel in ihrer Stimme machte deutlich, wie wenig sie das glaubte.

»Ärger?« fragte Otter leise.

»Ich weiß es nicht«, erwiderte Linden und setzte Kaltfeuerkugeln rings um sie her. Die anderen taten es ihm gleich. Sie warteten unruhig und angespannt auf dem Weg.

Einen weiteren Augenblick lang kam das Geräusch direkt auf sie zu. Dann teilte es sich nach beiden Seiten – es waren zwei Pferde, wie Linden bereits angenommen hatte – und umkreiste sie abermals.

Neue Hoffnung regte sich in seiner Brust. »Seht doch!« rief er.

Direkt vor ihnen, von jeder Seite des Weges, kamen zwei Llysanyaner ins Licht. Sie waren so schwarz wie die Nacht, aber ihre grauen Mähnen und Schweife schimmerten im Licht des Kaltfeuers. Sie schienen aufeinander zuzurasen; im letztmöglichen Augenblick drehten sie sich der wartenden Gruppe zu. Wie in einer einzigen Bewegung hoben sie die Vorderbeine vom Boden, eine langsame, beherrschte Bewegung. Beide sprangen direkt in die Luft und traten mit den Hinterbeinen aus. Als sie den höchsten Punkt des Sprungs erreicht hatten, schienen sie einen magischen Augenblick lang zu schweben.

Linden sah ihnen voller Ehrfurcht zu. Er wußte, was er gesehen hatte, ebenso wie Raven: das *Aelarhan*, das Schlachtenmanöver, das dazu gedacht war, einen Fußsoldaten zu köpfen oder einen anderen Reiter aus dem Sattel zu schleudern – ein ebenso tödliches wie schönes und verflucht schwieriges Manöver.

Die Llysanyaner standen wieder jeder an der Stelle, von der sie abgesprungen waren, waren wieder Geschöpfe der Erde geworden. Der große Hengst ging direkt zu Raven; seine Großmutter kam ohne Zögern, wenn auch langsamer, auf Otter zu.

Einen Augenblick lang war der Barde zu verblüfft, um etwas zu sagen. Was Raven anging – Linden mußte sich von der nackten Freude abwenden, die auf der Miene des jungen Mannes deutlich zu sehen war, als er eine Hand auf den Hals des Hengstes legte. Er wollte sich in diesem vertraulichen Augenblick nicht einmischen.

Das nächste, was er sah, war Lleld, die im Regen tanzte. Ihr rotes Haar klebte naß am Kopf, und der Umhang flatterte wie die Flügel eines betrunkenen Vogels.

»Wunderbar!« rief sie. Sie packte Jekkanadars Hände und begann mit ihnen im Kreis herumzutanzen. »Wir haben unsere Truppe! Wir haben unsere Truppe!«

Ein paar Tage später, an einem Tag, als die Sonne stark genug war, um selbst Tarens Knochen zu wärmen, brachte ihn Linden zur Bergwiese, damit er sich ein Pferd aussuchte.

»Seit Ihr sicher, daß Ihr es nicht einmal versuchen möchtet?« fragte Linden. »Ja, Drachenlord«, erklärte der Mann mit bescheidenem Lächeln. »Ein gewöhnliches Pferd ist genug für einen ehemaligen Sklaven wie mich.«

»Das war wirklich nicht Euer Fehler«, sagte Linden schärfer, als er vorgehabt hatte.

»Wer möchte schon dem Willen der Götter widersprechen?« erwiderte Taren sanft, und seine Freundlichkeit war in sich eine Art Tadel. »Ich nicht. Ich bin zufrieden damit, Herr, wenn Ihr mir ein kräftiges, vernünftiges Tier auswählt.«

Reuevoll erklärte Linden: »Shan und ich werden uns darum kümmern.«

Also ging er davon, die Hand auf dem Hals des großen Lysanyaners, und er erzählte Shan, was er suchte. Der Hengst kannte die Pferde so gut, wie jeder Zweibeiner es nur konnte, selbst Chailen, der kaum etwas anderes sah als seine Schutzbefohlenen. Zusammen würden sie ein »richtig gutes« Pferd für Taren finden, wie es die Bewohner der Hügelregion von Yerrih ausdrücken würden.

»Nun?« fragte Otter leise.

Linden ging einen Schritt beiseite und zog Otter aus dem Gedränge derjenigen, die sich zur Abendmahlzeit in die große Halle aufgemacht hatten.

»Ich habe versucht ihn zu überreden, daß er es wenigstens einmal mit einem der Llysanyaner versucht«, berichtete Linden, »aber er hat sich geweigert. Er war sogar der Ansicht, daß ein Halbblut zu gut für ihn sei. Also hat er nun ein ganz gewöhnliches Pferd. Einen kräftigen Wallach, stark und vernünftig, mit Hufen wie Eisen. Selbst Chailen hat der Wahl zugestimmt, und das hat einiges zu bedeuten.«

Die Lachfalten um Otters Augen wurden ausgeprägter, als er grinste. »So ist es. Und hier kommt deine Geliebte und sucht nach dir; wir sollten lieber alle zum Abendessen gehen.«

Linden nahm die Hand, die Maurynna ihm entgegenstreckte, und zog sie an sich, schlang ihr den Arm um die Taille. Mit Otter auf der anderen Seite gingen sie zu ihrem gewohnten Tisch. Ihre Nähe tröstete ihn, aber seine Gedanken waren weit, weit weg.

Stück für Stück wurde Llelds verrückter Plan Wirklichkeit. Und Stück für Stück wurde die Gefahr größer.

20. KAPITEL

Am Tag, an dem auch das letzte Mitglied der Truppe ein Pferd gefunden hatte, stieg Lleld die Treppe zur Bibliothek hinauf, um noch weiter in Gräfin Ardelis' Buch zu lesen, als ein sanftes »Zupfen« an ihrem Geist sie innehalten ließ. Die Hand noch am Geländer, fragte sie: *Wer ...?*

Ich bin es, Morlen, kleine Verwandte. Ich muß dir von einer neuen Vision berichten. Willst du mich anhören?

Lleld hielt den Atem an. *Selbstverständlich, Herr!*

Ich glaube nicht, daß es dir gefallen wird, und Jessia wird noch mehr daran auszusetzen haben. Es ist alles sehr unklar; etwas blockiert meine Vision.

Oje; das klang nicht sehr ermutigend. Lleld sagte: *Und was habt Ihr gesehen, Herr?*

Sie lauschte, und während sie lauschte, wurde sie immer hoffnungsloser. Morlen hatte recht gehabt. Es gefiel ihr überhaupt nicht. Die Herrin würde vermutlich ihren Entschluß, sie gehenzulassen, wieder zurücknehmen. Und Linden ...

Daran würde sie später denken. Als Morlen fertig war, fragte Lleld: *Habt Ihr der Herrin schon davon erzählt?*

Langes Schweigen, dann ein verlegenes **Nein**.

Lleld wartete.

Sie ist bereits sehr böse auf mich, sagte Morlen.

Lleld gestattete sich eine Grimasse, weil Morlen sie nicht sehen konnte. Das hieß ja wohl, daß er *ihr* die unangenehme Arbeit überlassen würde.

Also gut, es war von Anfang an ihre Idee gewesen. Sie konnte sich vermutlich nicht beschweren.

Was nicht hieß, daß sie es gern getan hätte. Statt dessen sagte sie: *Ich danke Euch für Eure Nachricht, Herr. Ihr habt zwar recht, wenn Ihr sagt, die Vision war nicht klar, aber alles, was wir erfahren können, ist uns eine große Hilfe. Und ja, ich werde es der Herrin berichten.*

Ein erleichtertes Seufzen erklang in ihrem Kopf. **Ich danke dir, kleine Verwandte Lleld. Ich wünschte nur, ich könnte mehr tun, um dir zu helfen. Mögen die Götter mit Euch allen sein und die Winde unter Euren Flügeln singen.**

Sie spürte, wie er sich aus ihrem Geist zurückzog. Sie ließ sich an die Wand sinken und versuchte, einen Ausweg aus diesem Dornengebüsch unangenehmer Möglichkeiten zu finden, aber ganz gleich, woran sie dachte, alles führte nur dazu, daß sie Kratzer abbekam.

Nun gut – dann sollte sie es lieber hinter sich bringen. Unter leisem Gemurmel über feige Echtdrachen setzte sie sich im Geist mit der Herrin, mit Jekkanadar und nach einem langen Augenblick des Zögerns mit Linden in Verbindung.

Dann drehte sie sich um und ging so langsam, wie sie konnte, die Treppe wieder hinunter. Sie erlaubte sich zwar nicht, feige zu sein, aber zweifellos mußte sie sich auch nicht beeilen, sich den Kopf abreißen zu lassen.

»Wie bitte?« dröhnte Linden, sobald Lleld mit Morlens Nachricht fertig war. »Maurynna soll allein zu diesem verfluchten Berg gehen? Hast du den Verstand verloren, Lleld?«

»Nein, wenn überhaupt, dann hat Morlen den Verstand verloren«, korrigierte sie. »Und er hat nicht gesagt, sie müsse allein sein. Er sagte nur, du könntest nicht mit ihr gehen, wie wir ursprünglich angenommen hatten. Du wußtest immer, daß du nicht imstande sein würdest, mit ihr in die Höhle zu gehen, Linden.«

»Ja, das wußte ich«, fauchte er. »Aber ich hatte immer angenommen, daß ich zumindest den größten Teil des Weges bei ihr bleiben könnte – vielleicht sogar bis zum Berg, wenn auch nicht hinein. Und nun sagst du mir, sie müsse alleine gehen?«

»Sie wird nicht allein sein, nicht wirklich. Ich habe dir doch gesagt, daß Morlen glaubt, dort warte Hilfe auf sie.«

Linden warf ihr nur einen wütenden Blick zu. Bei den Göttern, dachte Lleld, so hatte sie ihn noch nie gesehen. In all den langen Jahren, in denen sie Linden kannte, hatte sie selten erlebt, daß er die Nerven verlor. Sie hätte nicht geglaubt, daß er zu solchem Zorn, zu solcher Wut überhaupt fähig sei. Aber da saß er und starrte sie kalt an.

»Morlen hat aber nicht gesagt, sie müsse *alleine* zum Berg gehen, Linden«, wandte die Herrin unerwartet ein. »Sicher kann doch einer der Echtmenschen sie begleiten.«

Lleld wäre bei diesem Zeichen der Unterstützung aus solch unerwarteter Richtung beinahe umgefallen. Bei den Göttern, nie wieder würde sie etwas so überraschen können!

»Das ist wahr«, meinte Jekkanadar.

Sie sah ihn an. *Otter?* fragte sie ihn vertraulich.

Wer sonst? Willst du *ihn vielleicht noch mit der Nase darauf stoßen?* erwiderte er trocken.

Äh ... nein. Das ist eine großartige Idee. Otter kann mit Rynna gehen und ...

»Nein«, erklärte Linden in einem Tonfall, der keinen Widerspruch zuließ. »Nicht Otter. Und zwar aus folgendem Grund ...«

Maurynna fragte sich, welche Neuigkeiten es wohl gab, daß Lleld Otter, Raven und sie in die Gemächer bestellt hatte, die sie mit Jekkanadar teilte. Vielleicht würden sie jetzt über die letzten Einzelheiten ihres Auftrags sprechen. Sie fragte sich auch, warum man sie nicht zu der Besprechung mit der Herrin gerufen hatte. Das, so dachte sie, ließ nichts Gutes erwarten.

Und was noch schlimmer war, Linden hatte sich nicht mit ihr in Verbindung gesetzt, um ihr davon zu erzählen; sie hatte es erst gehört, als sie in ihre Wohnung zurückgekommen war und die Diener davon gesprochen hatten.

Sie schaute von Lleld zu Jekkanadar und dann zu Linden, der aussah wie ein Gewitter kurz vor dem Ausbruch. »Ihr drei habt euch lange Zeit mit der Herrin eingeschlossen. Habt ihr über die letzten Einzelheiten gesprochen? Werden Linden und ich uns vom Rest trennen müssen, weil vier Drachenlords wahrscheinlich die Priester-Magier aufmerksam machen?«

Niemand sagte etwas.

Maurynna wurde noch unsicherer und fragte: »Ihr *habt* doch über die letzten Einzelheiten gesprochen, oder?«

Lleld weigerte sich, sie anzusehen. »Äh ... ja. Es gibt nur eine Möglichkeit, es zu tun. Es gefällt mir nicht, es gefällt Jekkanadar auch nicht.«

»Und mir gefällt es erst recht nicht«, fauchte Linden. Er krampfte die Hand zusammen; der Zinnkelch, den er hielt, verbog sich. Er warf ihn beiseite. Wein spritzte über den Tisch wie Blut. Mit einem lauten Fluch trat er seinen Stuhl beiseite und verließ Llelds und Jekkanadars Wohnung.

Maurynna war erschüttert von der Heftigkeit dieses Ausbruchs. Sie hatte Linden noch nie so gesehen. Sie warf einen raschen Blick auf Otter, schließlich kannte er Linden seit mehr als vierzig Jahren. Kam es häufiger vor, daß er so aufbrausend war? Aber der Barde schien ebenso verblüfft zu sein, wie sie sich fühlte.

Unsicher erhob sie sich halb von ihrem Stuhl. »Lleld, Jekkanadar – was ...«

Jekkanadar umfaßte ihr Handgelenk, um sie aufzuhalten. Maurynna sah sich die dunkelbraune Hand an, die sich um das immer noch helle Stück ihres Armes schlang, wo sie einmal das Rangarmband eines Kapitäns getragen hatte. Plötzlich wußte sie, was als nächstes kommen würde. »Ich muß wissen, was mit Linden los ist«, sagte sie statt dessen in einem vergeblichen Versuch, Jekkanadar aufzuhalten.

»Ich kann dir sagen, was mit Linden los ist«, erwiderte der assantikkanische Drachenlord. »Linden hat Angst um dich.

Denn wie du ebenfalls schon festgestellt hast, müssen wir uns trennen, sobald wir in Jehanglan sind.«

Lleld sagte: »Du wirst uns verlassen müssen, Maurynna. Oder wir dich. Soweit wir – und Morlen – wissen, bist du der einzige Drachenlord, der sich dem Kajhenral nähern kann, ohne überall in der Umgebung Alarm auszulösen. Linden wird bei der Truppe bleiben, und wir werden versuchen, die Aufmerksamkeit von dir abzulenken.«

Sich von Linden trennen? Nur die Götter wußten, wie lange – vielleicht, um ihn niemals wiederzusehen?

Nein. Nein und nochmals nein und wieder nein, versuchte sie zu sagen. Sie waren nur so kurze Zeit zusammen gewesen, aber bereits miteinander verbunden wie zwei Bäume, die ineinander verwachsen waren. Der Gedanke, sich von ihm zu trennen, schmerzte, und zwar beängstigend.

Aber es mußte sein. Es gab keine andere Möglichkeit; das verstand sie. Eine Welle der Verzweiflung schwappte über sie.

»Ich muß alleine gehen?«

Das wäre wahrscheinlich das beste. Linden konnte ohnehin niemand ersetzen ...

Aber Lleld schüttelte den Kopf. »Nein, du brauchst jemanden, der dir Rückendeckung geben kann. Wir haben wieder und wieder darüber gesprochen und beschlossen, daß es am besten wäre, wenn Raven mit dir kommt.«

Maurynna fuhr zu ihm herum. Wenn er das gewußt hatte oder wenn er irgend etwas damit zu tun hatte, daß sie von ihrem Seelengefährten getrennt werden sollte, dann würde sie ...

Otter hatte zuvor schon verblüfft ausgesehen, aber Raven schien vollkommen verdutzt zu sein. Dies war ebenso eine Neuigkeit für ihn wie für sie. Maurynna verbiß sich die barschen Worte, die ihr schon auf der Zunge lagen.

»Ich?« stotterte er. »Wieso das?«

»Weil Rynna immer noch keine sonderlich gute Reiterin ist«, meinte Lleld schlicht. »Sie braucht jemanden in ihrer

Nähe, der sich mit Pferden auskennt, jemanden, dem sie vertrauen kann – und dem wir ebenfalls vertrauen können. Und was das wichtigste ist, sie braucht jemanden, dessen Gegenwart nicht dafür sorgt, daß in den Ohren jedes Priester-Magiers ein Kriegshorn ertönt. Dadurch sind wir anderen ausgeschlossen. Wir haben an deinen Großonkel gedacht, aber dann kamen wir zu der Ansicht, daß jemand gebraucht würde, der jung und stark genug ist, um mit Maurynna Schritt halten zu können. Mit anderen Worten, Raven – du.«

»Ist Linden Rathan deshalb so aufgeregt?« wollte Raven wissen. »Ist er eifersüchtig, daß ich statt meines Großonkels Maurynna begleiten werde?«

Lleld kniff die braunen Augen zusammen. In ihrem Blick erkannte Maurynna eine Verachtung und einen Zorn, wie sie sie bei dem kleinen Drachenlord zuvor noch nie gesehen hatte. Lleld verzog ein wenig den Mund.

Aber bevor sie ein Wort sagen konnte, mischte Jekkanadar sich wieder ein. Obwohl er mit sanfter Stimme sprach, waren seine Worte ein brennender Verweis. »Es war Linden, der darauf bestanden hat, daß du es sein sollst, Raven Rotfalksohn. Weil wir wissen, wie er empfindet, hatten Lleld und ich vorgeschlagen, daß Otter mit Maurynna geht. Aber Linden hat sich für deine Jugend und deine Kraft ausgesprochen und für deine Pferdekenntnis. Und er hat uns auch noch an etwas anderes erinnert. Da er Barde ist, darf Otter nicht töten, es sei denn, wenn es sich zur Selbstverteidigung absolut nicht vermeiden läßt. Um Maurynna helfen zu können, mag es aber durchaus sein, daß du jemandem die Kehle durchschneiden mußt.« Er legte den Kopf fragend schief. »Hast du jemals getötet, Raven?«

Raven starrte auf den Tisch. »Nein«, sagte er. »Niemals.«

Jekkanadar nickte. »Glaub mir, es ist nicht einfach. Besonders, wenn es darum geht, dein Leben zu retten – es ist nicht leicht. Ich weiß es. Ich hoffe, daß du es tun kannst, wenn es notwendig wird. Hast du auch nur die geringste Vorstellung, wie schwer es für Linden ist, seine andere Hälfte – die Hälfte, die er mehr liebt als alles andere – einem jungen Mann anzuvertrauen, der nicht einmal ein Krieger ist? Der nie als Krieger ausgebildet wurde? Linden war Soldat; jetzt als Drachenlord ist er an Geschwindigkeit und Kraft mehr als jedem Menschen ebenbürtig. Er ist die bestmögliche Leibwache für Maurynna. Und er kann es nicht sein. Sobald wir in Jehanglan sind, werden wir es nicht einmal wagen können, uns im Geist miteinander zu unterhalten, nachdem ihr beide euch von uns getrennt habt. Er wird nicht einmal sicher wissen, was mit euch beiden geschieht. Und du fragst mich, wieso er zornig und bedrückt ist? Und du führst das auf banale Eifersucht zurück?« Jekkanadar schnaubte angewidert und wandte sich ab.

Niemand sagte ein Wort. Unfähig, die Anspannung – oder Ravens elende Miene – weiter zu ertragen, stand Maurynna auf und ging. Diesmal versuchten weder Lleld noch Jekkanadar sie aufzuhalten.

Vor der Wohnung der anderen Drachenlords blieb sie im Flur stehen und suchte Linden mit dem Geist. Sie spürte, daß er ganz in der Nähe war, ein Aufkochen von Zorn, Ablehnung und ja, auch von Eifersucht. Aber mächtiger als all das war hilflose Angst.

Es wird alles gutgehen, sagte sie im Geist zu ihm. Sie intensivierte ihre geistige Suche nach ihm ein wenig mehr und wußte zumindest, in welche Richtung er gegangen war.

Ein tiefes Seufzen, und dann: *Mögen die Götter uns gnädig sein. Maurynna, Liebste, du hast keine Ahnung, wie weh das tut.*

Sie drückte die Tür auf, die zu der schmalen Treppe führte. Linden saß auf einer der Stufen, den Rücken an der Wand, die langen Beine vor sich ausgestreckt. Er blickte müde auf, dann drehte er sich um und machte Platz für sie.

»Ich weiß es«, sagte sie und setzte sich neben ihn. »Erinnerst du dich an die Nacht, als ich mich verwandelt habe? Als du an diesem Altar mit Kas Althume gekämpft hast? Ich wußte nur, daß ich bei dir sein mußte, daß ich dich irgendwie schützen mußte. Ein Teil von mir wußte, daß das dumm war; ich glaubte damals immer noch, ein Echtmensch zu sein. Du warst einmal Soldat und nun Drachenlord. Welche Hilfe konnte eine nicht ausgebildete Frau dir geben? Aber es war gleich. Ich mußte da sein.« Sie lehnte den Kopf an seine Schulter. »Ich hatte Glück; ich war in der Lage, bei dir zu sein.«

»Und das war verdammt gut so; ich möchte lieber nicht daran denken, was Kas Althume getan hätte, nachdem sein erster Plan in sich zusammengebrochen war«, sagte Linden.

»Und dafür bin ich Sherrine immer noch dankbar«, meinte Maurynna mit einigem Widerstreben. Die junge cassorinische Adlige hatte Linden vor Kas Althumes Schwarzer Magie geschützt, indem sie sich selbst opferte, aber zu Sherrines Lebzeiten hatten die beiden Frauen nichts füreinander übrig gehabt. Unwillkürlich hob Maurynna eine Hand zu dem Auge, das Sherrine einmal beinahe mit der Peitsche ausgeschlagen hatte.

Statt dessen zwang sie sich, die Hand aufs Knie zu legen. Linden würde wissen, wieso sie ihr Auge berührte. Sie wollte diese Erinnerungen nicht zurückbringen. Nicht in diesem Augenblick.

Er legte seine Hand auf ihre beiden Hände und drückte sie. »Ach, Liebste, es wäre nicht so schlimm, wenn Raven sich besser auskennen würde. Wenn ich nur auswählen könnte, wer mit dir geht.« Linden seufzte. »Könnte ich nur in der Zeit zurückgreifen ...«

Sie wußte, an wen er dachte: seinen Vetter Bram Wolfsohn, den Anführer der Söldnertruppe, zu der Linden gehört hatte. Der Mann, der Rani eo'Tsan zu ihrem Thron in Kelneth verholfen hatte und der dann seinerseits Oberhäuptling von Yerrih wurde. Der Reiter des ersten Boreal und der Held so vieler alter

Geschichten und Legenden, die Otter ihr und Raven erzählt hatte, als sie noch Kinder gewesen waren. Ein Schauder überfiel sie. Für sie waren Bram und Rani Legenden aus weit entfernter Vergangenheit, Geschichten, die man an einem Winterabend am Feuer erzählt. Aber der Mann, der hier neben ihr saß, der nun den Arm um sie legte und sie näher an sich zog, hatte sie gekannt, hatte zusammen mit ihnen gekämpft. Er war selbst eine Legende gewesen.

Und nun waren sie Seelengefährten.

Und nun mußte sie ihn verlassen.

Wird es für uns nie besser werden? fragte sie wütend die Götter. Sie antworteten nicht. Laut sagte Maurynna: »Worin besteht der Rest des Plans?«

»Es gibt nicht viel mehr zu sagen. Sobald wir in Jehanglan sind, werden wir Jehangli-Führer haben – vermutlich eher Wachen. Irgendwie werden wir sie davon überzeugen müssen, daß du und Raven zum Hafen zurückgeschickt wurdet. Taren meint, er könne das tun; so etwas sei schon öfter geschehen. Oder wir sagen ihnen, ihr wäret zusammen durchgebrannt ... ich weiß es nicht. Diese Würfel werden fallen, wenn es an der Zeit ist. Wir haben bereits beschlossen, daß ihr keinen wichtigen Teil an der Vorstellung bestreiten werdet. Chailen hat mir gesagt, Otters Stute Nachtlied hat zwei weitere ihrer Kinder rekrutiert. Sie hatten ein paar schöne Bißspuren, meinte er. Sie weigern sich, Echtmenschen zu tragen, aber sie werden die Stellen einnehmen, die Boreal und Ravens Sturmwind bei der Vorstellung hatten. So werden die Jehangli keine Ausrede dafür haben, uns nach Hause zu schicken, nachdem ihr verschwunden seid. Wir können weiter versuchen, sie abzulenken, und – vielleicht – dasein, wenn du uns brauchst.«

Sie dachte darüber nach. »Sobald wir uns getrennt haben, wird also alles von Raven und mir abhängen.«

»Ja«, meinte Linden. »Es wird von euch abhängen.«

Die Götter mochten ihr helfen; sie wollte diese Verantwortung nicht! Sie war nicht einmal ein echter Drachenlord.

Er erhob sich und zog sie an sich. Sie vergrub ihr Gesicht an seinem Hals und war froh über diesen Augenblick. Er strich ihr übers Haar.

Die Tür über ihnen ging langsam und knarrend auf. Sie blickten hoch.

Es war Raven. Ein bleicher und bei ihrem Anblick zorniger Raven. Seine blauen Augen blitzten; einen Augenblick lang glaubte Maurynna, er würde sich auf Linden stürzen. Dann veränderte sich etwas in seiner Miene, und der Zorn verschwand.

»Drachenlord«, sagte er mit heiserer Stimme und hielt inne. Dann räusperte er sich und fuhr fort: »Aus den Geschichten, die mein Großonkel mir erzählt hat, als wir noch klein waren, weiß ich, daß Ihr Soldat wart.« Wieder konnte er nicht weitersprechen. Er bewegte lautlos die Lippen, als fielen ihm die nächsten Worte sehr schwer.

»Das stimmt«, sagte Linden in das Schweigen hinein.

Worum geht es hier? fragte sich Maurynna.

Raven holte tief Luft. »Ich bin kein Soldat. Ich bin nicht, was Maurynna für dieses Unternehmen braucht. Ich bin nur das Beste, was Ihr im Augenblick habt. Aber ich ... ich ...« Er richtete sich gerade auf. »Linden Rathan, ich weiß, ich kann nicht alles lernen, das würde zu lange dauern, aber würdet Ihr mir bitte soviel wie möglich über das Kämpfen beibringen?«

Zunächst glaubte Maurynna, Linden würde sich weigern, weil seine Antwort so lange brauchte. Er strich ihr weiter übers Haar. Und dann ...

»Das würde ich gerne tun, Raven«, sagte er leise.

Raven hob das Kinn ein wenig. »Danke, Drachenlord. Ich tue mein Bestes.«

Linden lächelte, ein trauriges, dünnes Lächeln. »Das weiß ich. Deshalb habe ich darauf bestanden, daß Ihr mitkommt.

Und da wir alle in Lady Unruhs elendem kleinem Plan zusammenarbeiten, nennt mich bitte Linden. Die Ausbildung wird schwer werden, das könnt ihr mir glauben, aber ich werde gerecht sein.« Er streckte die Hand aus. »In Ordnung?«

Maurynna hätte am liebsten gejubelt, als Raven die paar Treppenstufen hinunterkam und Lindens Hand ergriff.

»In Ordnung ... Linden«, sagte Raven. »Wann fangen wir an?«

»Morgen früh«, sagte Linden. »Früh.« Sein Lächeln war plötzlich reine, kindliche Bosheit – eine Miene, die Maurynna nur zu genau kannte. »*Sehr, sehr* früh. Und du, meine Liebste«, lächelte er auf sie herab, »wirst ebenfalls mitmachen.«

Ihr zorniges »Wie bitte!« hatte nur Lachen zur Folge. Sie schaute ihn wütend an; er lachte nur noch mehr. »Verflucht sollst du sein!« murmelte sie. »Du weißt, daß ich so etwas nicht mag.«

»Ich werde ein wenig ruhiger sein, Liebste, wenn ich weiß, daß du dich so gut wie möglich verteidigen kannst«, meinte er schließlich ernst. »Ja, ich weiß, du kennst dich ein wenig aus, aber das genügt nicht.« Seine Hand an ihrem Rücken verkrampfte sich. »Es genügt nicht«, flüsterte er.

Der Arbeitstag war endlich zu Ende! Liasuhn ging von einem Tisch zum anderen, einen Eimer mit frischem Sand in einer Hand, die Bürste in der anderen. Mit geübten Bewegungen streute er den feinen Sand auf jeden Holztisch und schrubbte ihn mit der Bürste, bis er sauber war. Ein letztes Wischen fegte den Rest des Sandes auf den gestampften Boden.

Nur an einem Tisch saßen noch Kunden: zwei Männer, Räucherwerkkaufleute, die in den vergangenen Tagen häufig hiergewesen waren. Gutgelaunte Burschen, die gern scherzten und großzügig waren. Sie ließen ihm immer ein wenig Wechselgeld übrig, wenn sie für ihre Suppe und die Hirse bezahlt hatten. Liasuhn lächelte und winkte ihnen mit der Bürste zu.

»Du hast es heute abend aber eilig«, meinte einer. Er grinste und winkte Liasuhn zu sich.

Mit einem Blick über die Schulter, um sich zu überzeugen, daß sein Vater immer noch in der Küche war, zog Liasuhn sich einen der trommelförmigen Hocker heran und setzte sich zu ihnen.

»Ja«, gestand er. »Hinter dem Fischladen des alten Saji wird es heute abend ein Würfelspiel geben, und sie werden bald damit anfangen. Der alte Mann ist heute abend nicht im Dorf, also nutzen seine Lehrlinge das so gut wie möglich aus. Der alte Saji ist ein Mistkerl.«

Der andere Mann, der mit der gebogenen Nase, lachte. »Du hast verloren, Bruder; es ging also nicht um ein Mädchen.«

Der erste Mann verzog übertrieben das Gesicht. »Zur Hölle! Ich war überzeugt, daß es ein Mädchen war – so gut, wie der Junge aussieht. Aber selbst *ich* habe nicht immer recht«, knurrte er und schnippte seinem Freund eine Münze aus dem Ärmel zu. Sein bereitwilliges Lächeln kehrte einen Augenblick später zurück und zeigte, daß er nicht wirklich zornig war.

Liasuhn hatte eine Idee. »Spielt Ihr?« fragte er.

»Sollen wir darauf wetten, ob die Sonne morgen aufgeht?« konterte der Fröhlichere von beiden.

Liasuhn grinste. »Wollt Ihr mit mir zu dem Würfelspiel kommen? Wir können ein paar mehr Spieler brauchen.«

»Gern, Junge. Ich heiße übrigens Kwahsiu, und dieser häßliche Kerl da ist mein alter Freund Nalorih. Du bist Liasuhn? Ich dachte, ich hätte gehört, wie dein Vater dich so nannte. Und nur damit ich nicht vollkommen zum Lügner werde – wie wäre es, wenn wir drei uns nach dem Spiel ein Mädel suchen?«

Liasuhn hätte sich beinahe verschluckt. Er konnte sich kaum eine Prostituierte leisten, selbst keine aus dem heruntergekommenen Schweinestall, der als »Silberpapagei« bekannt war. Aber der Gedanke daran, daß er heute nacht eine Frau haben könnte, ließ ihn erröten. »Gern, aber ...«

»Hast du Angst, daß dein Geld nicht genügt?« meinte Nalorih mitleidig. »Wir könnten uns das Spiel schenken.«

Liasuhn rutschte unbehaglich auf dem Hocker hin und her und seufzte. »Selbst wenn ... versteht Ihr, mein ... o verflucht.«

»Sag nichts mehr«, meinte Kwahsiu. »Wir verstehen. Dein Vater hat vergessen, wie die Säfte steigen, wenn ein Mann ...«

»Ich bin achtzehn«, ergänzte Liasuhn und war erfreut, daß man ihn einen Mann nannte. Sein Vater hielt ihn immer noch für ein Kind.

»Achtzehn«, wiederholte Kwahsiu. »Zweifellos kann er es sich aus dem Kopf schlagen, daß du noch ein Junge bist. Und ich wette, er ist ein Geizhals, wenn es um Taschengeld geht.«

Noch ein Seufzen. »Ja. Sehr.«

Kwahsiu verdrehte die Augen. »Denk doch nur, Bruder«, sagte er zu Nalorih. »All diese armen Mädchen, denen dieser gutaussehende junge Mann entgeht. Es ist ein Verbrechen, und ich glaube, wir müssen im Namen der Wohltätigkeit gegenüber den armen Mädchen etwas dagegen tun. Sieh ihn dir doch an – er sieht aus, als könnte er der kleine Bruder des Kaisers sein, nicht wahr?«

Tatsächlich.

Liasuhn schlug bescheiden den Blick nieder. Er gestand: »Chiyual, unser alter Dorfpriester, hat einmal dasselbe gesagt – er hat den Kaiser in einem dieser großen Tempel gesehen, als er auf Pilgerfahrt war. Chiyual meinte, das liegt daran, daß ich meiner Großmutter nachschlage. Sie war Zharmatianerin.«

Kwahsius ewiges Lächeln wurde breiter. »So etwas hatte ich mir schon gedacht. Nun, Liasuhn, warum schrubbst du nicht diesen letzten Tisch, und dann machen wir uns auf den Weg? Vergiß das Würfelspiel; ich glaube, ich weiß genau das richtige Mädchen für uns.«

Taren saß am Fenster in seinem Zimmer und sah zu, wie die letzten Spuren des Sonnenuntergangs den Himmel färbten. Sein Herr, dachte er, hätte diesen Anblick genossen. Nur ein Augenblick des Nachdenkens, und Fürst Jhanun hätte ein Gedicht verfaßt, das den rotgestreiften Himmel mit ... mit ... nun, mit *irgend etwas* verglich. Und er würde lauschen, und ihm würde klar werden, wie wahr, wie *angemessen* diese Worte waren und daß der Himmel tatsächlich genauso aussah.

»Was«, dachte er laut, »würde Fürst Jhanun ...«

Er hielt inne, als sein Diener hereinkam. »Herr, Lleld Kemberaene möchte mit Euch sprechen. Sie fragt, ob es Euch gut genug geht, daß ihr sie empfangen könnt.«

Die Götter mögen sie verfluchen! Was wollen all diese Leute jetzt schon wieder?

»Selbstverständlich«, erwiderte er und wandte dem *Kir* eine entzückte Miene zu. »Meine Freunde sind mir jederzeit willkommen!«

Als der kleine Drachenlord hereinkam, erhob sich Taren wie ein wesentlich älterer Mann aus seinem Sessel.

Lleld Kemberaene sagte besorgt: »O Taren, es tut mir leid. Geht es Euch heute nicht gut?«

»Liebe Freundin, Euer Anblick nimmt mir jeden Schmerz«, sagte Taren und bedachte sie mit einem Lächeln. Als sie zurücklächelte, fragte er: »Und welchem Umstand verdanke ich das Vergnügen dieses Besuches, Lleld?«

»Wir brauchen eine Karte von Jehanglan«, sagte sie. »Könnt Ihr uns eine zeichnen? Einer der Schreiber kann Euch dabei helfen, wenn es notwendig sein sollte.«

Verflucht. Das hatte er schon befürchtet. Auch das war, wie der Sprachunterricht, nichts, dessen er sich mit Lügen entledigen konnte. Wenn es einem dieser verfluchten Geschöpfe einfiel, seine Warnung gegen das Verwandeln in den Wind zu schlagen, und sie über Jehanglan flogen, würden sie jeden Irrtum erkennen. Nein, auch das war etwas, wo ihm keine Tricks helfen würden.

In einer Mischung aus Bewunderung und Überraschung sagte er: »Ah – wie dumm von mir! Daran hätte ich schon lange denken sollen. Selbstverständlich werde ich eine Landkarte zeichnen. Es wird mir ein Vergnügen sein.«

Euch alle in Ketten zu sehen, beendete er den Satz für sich.

Nie hätte er sich träumen lassen, einmal ein solch teures Bordell zu betreten! Dies war das einzig gute Bordell in der Stadt, das von Adligen und reichen Kaufleuten besucht wurde, die auf Durchreise waren, wenn die Kapitäne ihrer Flußbarken hier neue Vorräte aufnahmen. Das Bett war mit Seide bezogen, es gab Tintenzeichnungen an den Wänden, und die Becher, aus denen sie guten Reiswein tranken, waren aus feinem, weißem Porzellan. Hier gab es keine geborstenen Bettrahmen, keine Löcher in der Wand, durch die die Ratten hereinkamen. In einer Vase am Bett standen sogar frische Blumen, und die Frau war jung und hübsch und hatte noch all ihre Zähne.

Liasuhn konnte kaum glauben, wieviel Glück er gehabt hatte. Er hoffte wirklich, daß die beiden Männer ihn als Lehrling annehmen würden, wie sie angedeutet hatten. Dann konnte er ebenfalls lernen, für einen erfolgreichen Kaufmann zu arbeiten. Keine Hirse mehr, kein Tischeschrubben ...

Als er ein leises, kehliges Stöhnen hörte, hätte er beinahe die Würfel fallen lassen. Er und Kwahsiu hatten dieses Würfelspiel begonnen, während Nalorih sich als erster mit der Frau beschäftigte. Unwillkürlich schaute Liasuhn hin. Es schien, als bekäme Nalorih wirklich genug für sein Geld. Liasuhn wandte sich verlegen wieder ab.

Der Gedanke, mit einer Frau zu schlafen, wenn andere Männer anwesend waren, stieß ihn gleichzeitig ab und erregte ihn. Er trank noch mehr Wein. Die Flüssigkeit traf seinen Magen mit einem Brennen, das ihm direkt in den Kopf ging. Er wagte einen anderen, raschen Blick; Nalorih störte sich offenbar überhaupt nicht an seinen Zuschauern.

Kwahsiu goß ihm mit einem Blinzeln und einem Grinsen, das deutlich sagte: *Jetzt nicht mehr zuviel!* noch einen Schluck Wein nach. Liasuhn hob den Becher, prostete ihm zu und trank.

Wieder stieg ihm der Wein direkt in den Kopf, und diesmal brannte er den letzten Rest von Angst und Zögern weg. Er vergaß alle Manieren und sah nun ganz offen zu. Er atmete schwer. Die Würfel lagen vergessen auf dem Tisch.

Anblick, Geräusche und Duft überwältigten ihn beinahe. Es war viel zu heiß in diesem Zimmer. Liasuhn zupfte sich das Hemd vom Hals. Es half nichts.

Als Nalorih sich endlich von der Frau wälzte und sie sich auf dem Bett umdrehte und ihm lächelnd zuwinkte, hätte sich Liasuhn beinahe die Kleidung zerrissen, so eilig hatte er es damit, sich auszuziehen. Sie lachte, als er sich auf sie warf.

Als er die Frau in einem Rausch von Lust und Wein nahm, hörte Liasuhn Kwahsiu lachend sagen: »Ein Eunuch ist das ganz bestimmt nicht, wie, Bruder?«

Liasuhn grinste betrunken. Nein, das war er nicht, und er war entschlossen, das mit aller Kraft zu beweisen.

21. KAPITEL

Ein paar Tage später erschienen zur Antwort auf Llelds Ruf Linden und Maurynna vor der Tür der Bibliothek, wo sie Jekkanadar schon vorfanden. Der Drachenlord blieb stehen, die Hand auf dem Riegel, und wartete auf sie. Maurynna winkte zum Gruß.

»Lleld ist schon drin, und Otter und Raven sind auf dem Weg«, sagte er. »Sie sollten bald hier sein.« Er zog die Tür auf und ging hinein.

Die anderen folgten ihm. Wieder saß Meister Pren an seinem Tisch; er bedachte sie mit einem wütenden Blick und einem Schnauben, bevor er sich wieder über seine Bücher beugte, und die Feder in seiner Hand bebte ein wenig empört über eine weitere Unterbrechung.

Die Tür zu dem Studienraum – der nun Zentrum ihrer Planungsbesprechungen sein sollte – ging auf. Jenna spähte hinaus und winkte sie zu sich. »Du bewegst dich heute sehr viel leichter, Maurynna. Kein Muskelkater mehr?«

»Nein – obwohl ich das ganz bestimmt nicht diesem Folterer hier verdanke«, sagte Maurynna und bedachte Linden mit einer mürrischen Miene. Aber die Kampfübungen wurden, das mußte sie zugeben, tatsächlich leichter.

Lleld und Taren standen nebeneinander auf der anderen Seite des Tischs und beugten sich über ein großes Pergament, das sie darauf ausgebreitet hatten; die vier Ecken waren mit Büchern beschwert. Taren fuhr mit dem Finger übers Pergament und erklärte dem kleinen Drachenlord leise etwas. Sie nickte verständnisvoll mit dem feuerroten Kopf.

Was sie betrachteten, stand für Maurynna auf dem Kopf, aber sie konnte raten, was es sein sollte. Llelds nächste Worte bestätigten das.

Lleld blickte auf, als Jekkanadar um den Tisch herumging und sich neben sie stellte. »Sie ist fertig«, sagte sie. »Tarens Landkarte. Kommt und seht sie euch an.«

Mit klopfendem Herzen ging Maurynna um den Tisch herum, dicht gefolgt von Linden. Irgendwie ließ das ihre Pläne viel wirklicher werden. Als wäre zuvor alles nur ein Teil von Otters Geschichten gewesen, aber jetzt ...

Sie brauchte einen Augenblick, bis sie sich orientiert hatte, obwohl sie an Seekarten gewöhnt war. Die Südspitze von Assantikk am *oberen* Ende einer Landkarte zu sehen verwirrte sie. Dies hier war viel weiter südlich, als sie jemals gedacht hätte, reisen zu können.

Jehanglan erstreckte sich über das Blatt, eine komplette Kalbshaut. Große Bereiche waren gekennzeichnet; Wüsten, Berge, Ebenen und anderes. Städte waren in Rot eingezeichnet, und Flüsse zogen sich wie blaue Adern durch das Phönixkaiserreich. Ein gewaltiger Fluß führte von einer Bergkette am Rand einer nördlichen Wüste durch das Herz von Jehanglan zum Meer im Südosten. Sein Name stand an der Seite der blauen Linie.

»Der Schwarze Fluß«, las Linden laut.

»Die Lebensader von Jehanglan«, sagte Taren. »Und hier ist das Herz dieses Landes – der Rivasha, das Heim des Phönix.« Er zeigte auf die Abbildung eines kegelförmigen Bergs, aus dem anscheinend Flammen hervorquollen. Er lag inmitten des Landes. Kleinere Gestalten umgaben den Berg, eine Reihe von Rechtecken.

Gebäude? Ein weiterer Blick, und Maurynna fragte sich, ob die anderen Kringel tatsächlich Flammen darstellten. Konnte der »Phönix« von Jehanglan einfach nur ein aktiver Vulkan sein? Wurde der Echtdrache gefangengehalten, um einen Ausbruch zu verhindern?

Dann wäre der große Feuervogel, von dem Morlen uns erzählt hat, einfach nur die Vorstellung der Jehangli von der

Macht dieses Vulkans. Würde das für ihren Auftrag einen Unterschied machen?

»Wo wird Pirakos gefangengehalten?« fragte sie.

Der verkrümmte Finger zeigte nach Norden, folgte einer der Bergketten, die diesen Teil der Karte begrenzten. »Hier; der Eisentempel auf dem Kajhenral.«

»Der Eisentempel? Besteht er wirklich aus Eisen?« warf Jekkanadar ein. »Und was bedeutet ›Kajhenral‹?«

»Nein, der Tempel besteht nicht aus Eisen.« Nachdenklich kratzte sich Taren am Kopf. »Wißt Ihr, ich habe nie gefragt, wieso er so genannt wird. Ich habe es einfach so hingenommen. Aber ich kann Euch den Rest erklären. *Kajhenral-ch'a Choor* ist der volle Name; es bedeutet Ort der Drachen, Ort der Alpträume.« Taren lächelte dieses liebenswerte Lächeln, das in seinem ausgemergelten, faltigen Gesicht so überraschend wirkte. »Das Zeichen für Drachen – Kajhenral – ist dasselbe wie das für Alptraum. Die Jehangli machen gern solche Wortspiele.«

»Hmm«, war alles, was Lleld hervorbrachte, als sie die Karte noch einmal betrachtete. Dann zeigte sie auf eine Stelle an der Nordostküste. »Ist das der Hafen, wo wir landen werden?«

»Jedjieh. Ja; dort werden wir Führer finden und jemanden, der uns unterstützt«, sagte er.

»Habt Ihr keine Angst, daß man Euch wieder zum Sklaven macht, Taren?« fragte Linden.

»Nein.« Wieder dieses Lächeln. »Jehanglan ist ein großes Land; es gibt Platz genug, sich zu verstecken, selbst für einen *Bai* – selbst für einen Fremden.«

Als Maurynna die Karte ein wenig ausführlicher betrachtete, bemerkte sie, daß es nördlich der Hügelkette, zu der der Kajhenral gehörte, und östlich eines kleineren Flusses weit im Westen, der ein gutes Stück seines Kurses parallel zum Schwarzen Fluß verlief, keine Dörfer oder Städte mehr gab. Der Rest der Karte war mit ihnen überzogen.

»Was ist hier und hier?« fragte sie und zeigte auf die Bereiche.

Taren verzog das Gesicht. »Dort leben Barbaren«, sagte er knapp. »Sie sind unwichtig.«

Maurynna bemerkte, wie Linden Taren einen seltsamen Blick zuwarf. »Wie werden sie genannt?« fragte er.

Taren verzog den Mund, als gefiele ihm der Geschmack der Worte nicht. Er zeigte auf die nördlichen Berge. »Hier leben die Tah'nehsieh. Ihr Land ist trocken und unfruchtbar, und es heißt, sie wohnen in Höhlen.« Dann zog er die Finger zögernd zum Westteil der Landkarte. »Und hier lebt das Pferdevolk, die Zharmatianer.«

»›Pferdevolk‹?« fragte Linden. »Und wieso nennt man sie so?«

»Sie sind Nomaden und ziehen mit ihren Herden von einem Ort zum anderen über das Grasland. Sie wohnen in Zelten und waren einmal Feinde der Jehangli. Sie sind ebenfalls Barbaren.« Er zog nach dem letzten Wort die Lippen zusammen, als wollte er nie wieder darüber sprechen.

»Es herrscht jetzt also Frieden?« hakte Linden trotzdem nach.

Taren lächelte dünn. »Der Lieblingssohn des *Temur* ist als Geisel am kaiserlichen Hof. Es herrscht Frieden.«

Taren hatte sich irgendwie verändert, dachte Maurynna; er war auf eine Art gereizt, wie sie es nie zuvor erlebt hatte. Sie nahm an, daß auch Linden es bemerkte und ebenso neugierig war wie sie, denn er setzte zu einer weiteren Frage an. Aber bevor er etwas sagen konnte, ging die Tür auf, und Otter und Raven kamen herein.

Lleld blickte auf. »Gut. Nun, da wir alle hier sind, werde ich Euch erzählen, was die Herrin mir zuvor gesagt hat. Linden und Maurynna, ihr müßt euch beide die Karte gut merken. Auch wir anderen müssen uns so gut wie möglich damit vertraut machen, aber ihr beiden seid am vertrautesten mit Landkarten, glaube ich. Wir werden diese hier nicht mitnehmen können, wenn wir nach Jehanglan reisen.«

Maurynna nickte, ebenso wie Linden. Das war verständlich. Linden war aus seinen Tagen als Söldner daran gewöhnt, sich Landkarten zu merken, das wußte sie; und sie kannte sich mit Seekarten aus. Ein Kapitän konnte nie wissen, ob er immer alle Karten zur Verfügung haben würde. Es war das beste, auswendig zu wissen, wo sich Riffe und Felsen befanden.

Und sobald sie und Raven allein waren, würde sie sich nicht mehr mit Linden absprechen können. Sie ballte die Fäuste; diese Überfahrt würde sie wagen, wenn es an der Zeit war, und keinen Augenblick zuvor.

Lleld fuhr fort: »Lukai wird Kopien herstellen, die wir alle mitnehmen und in unseren eigenen Zimmern betrachten können. Damit ist das erledigt.« Sie hielt inne.

»Was noch?« fragte Linden.

Der kleine Drachenlord hob den Kopf. »Die Herrin sagt, sollte es zu Kämpfen kommen, wirst du – als Erfahrenster – unser Befehlshaber sein.«

Auch das, dachte Maurynna, war sinnvoll. Weshalb starrte Lleld Linden also so herausfordernd an?

Einen Augenblick später sagte Linden: »Es gibt noch mehr, nicht wahr?«

»Ja. *Du* bist für alles Militärische zuständig; ich *leite* diesen Einsatz.« Lleld verschränkte die Arme vor der Brust.

»Du?« fragte Linden ungläubig. »Du, Lady Spring-bevor-du-hinsiehst? Nicht Jekkanadar der Vernünftige?«

Jekkanadar lächelte dünn, als er nickte. Llelds Lächeln hingegen war selbstzufrieden. »Genau«, sagte sie. »Die Herrin wollte Jekkanadar zum Anführer machen, aber Morlen bestand darauf, daß ich es sein sollte; er hat sich heute früh mit der Herrin in Verbindung gesetzt. Also.«

»Ihr Götter«, war alles, was Linden sagte. Es schien alles zu sein, was er sagen *konnte*. »Ihr Götter.«

Maurynna dachte an die Geschichten, die er ihr über Lleld erzählt hatte, und stimmte ihm im stillen zu. *Ich werde wichtig sein für die Echtdrachen, und Lady Unruh wird diesen Einsatz leiten. Hat Morlen den Verstand verloren?*

»Und in drei Tagen«, fuhr Lleld fort, »reisen wir nach Casna.«

»Fürst Jhanun, eine Taube hat gerade diese Botschaft gebracht.«

Jhanun befahl mit erhobener Hand Schweigen, dann tauchte er den Pinsel wieder in die Tinte. Er hielt inne, um sich zu überzeugen, daß der Augenblick richtig war, dann fuhr er mit dem Pinsel über das Papier auf dem kleinen, tragbaren Zeichentisch, der vor ihm stand. Ein paar rasche Pinselstriche, und ein Pflaumenbaum erschien, karg und zierlich.

Er betrachtete ihn und dann das lebende Modell vor sich, dann kehrte sein Blick zu seinem Bild zurück. Es war gut; es war sehr gut, aber er fürchtete, nicht vollkommen die Essenz des Baums erfaßt zu haben.

Dennoch, viele hätten von einem Meisterwerk gesprochen. Jhanun wußte es besser. »Ja?« sagte er und schaute über die Schulter.

Sein Verwalter kam auf ihn zu, einen kleinen Streifen Papier in der Hand. Jhanun griff danach – »Lehrling gefunden« – und lächelte.

Dann wählte er ein anderes Blatt Papier aus und betrachtete den Pflaumenbaum abermals. Vielleicht würde er diesmal sein wahres Wesen verstehen.

22. KAPITEL

Die Reise nach Casna, der größten Hafenstadt in Cassori, verlief rasch und ereignislos. Linden hoffte, daß dies ein Vorzeichen für den Rest ihres Unternehmens darstellte.

Sie erreichten das Stadttor in der Abenddämmerung. Diesmal betraten die Drachenlords die Stadt ohne großen Empfang, einfach als eine weitere Gruppe von Reisenden.

Genau so, wie es Linden am liebsten war.

Die Wachen hielten sie auf, ebenso wie alle anderen, die in die Stadt wollten. Aber der Harfenkasten auf Otters Rücken, sein roter Umhang und das Aufblitzen seines Bardenreifs genügten ihnen; sie winkten die Reisenden weiter und zogen sich wieder an ihr Feuer im Wachhaus zurück.

Während ein Teil von ihm den Göttern lautlos dafür dankte, störte die Unbeschwertheit den Söldner in Linden. *Sie hatten zu lange Frieden; sie sind verweichlicht. Nun, das ist vermutlich besser als Krieg und Mißtrauen.*

Er zog die Kapuze seines Umhangs noch ein wenig weiter vor, als wollte er sich gegen die Kälte schützen – obwohl es nach Maßstäben der Drachenfestung so weit im Norden bestenfalls ein wenig kühl war –, als sie durch die Straßen ritten, damit nicht ein aufmerksamerer Soldat oder ein Bürger ihn nach seinem vorherigen Besuch in dieser Stadt erkannte. Immerhin war seit der Regentschaftsdebatte nicht viel Zeit vergangen. Zumindest war die Anwesenheit der Drachenlords diesmal ... inoffiziell.

Bei seinem letzten Besuch hatte er genug Pomp und Zeremonien über sich ergehen lassen müssen, daß es für ein oder zwei Jahrhunderte genügen würde. Er war sehr zufrieden, ohne schmetternde Fanfaren zum Haus von Maurynnas Verwandten – die nun auch die seinen waren – hier in Casna reiten zu können.

Ihr Götter, es war schön, wieder Verwandte zu haben. Aber noch besser eine Seelengefährtin. Er verlagerte sein Gewicht ein wenig im Sattel. Shan bewegte sich seitwärts, so daß Lindens Bein kurz Maurynnas streifte, als sie nebeneinander herritten.

Sie bedachte ihn mit einem boshaften Grinsen. »Werden dir deine alten Gemächer nicht fehlen?« fragte sie. »Dieses Haus, das man dir im Adelsviertel zur Verfügung gestellt hat, ist viel größer als das neue Zuhause meiner Tante und meines Onkels.«

»Das mag sein«, meinte Linden und erwiderte ihr Lächeln. »Aber das Bier war nicht so gut.«

»Du kannst dich aber wohl kaum über den Weinkeller beschweren«, rief Otter über die Schulter zurück.

Linden stimmte ihm lachend zu. Es war typisch für den Barden, daß er die Qualität des Weines noch in Erinnerung hatte; aber um ehrlich zu sein, war dieser Wein tatsächlich hervorragend gewesen. Dennoch, er zog Elennas Bier vor.

Er schaute seinerseits über die Schulter. Raven und Taren folgten ihnen, und Lleld und Jekkanadar bildeten die Nachhut mit Jhem und Trissin oder den »zwei armen Schweinen«, wie Chailen die armen Llysanyaner nannte, die von Nachtlied in den Dienst gezwungen worden waren. Lleld bemerkte seinen Blick und winkte. Sie sah sich neugierig um; Linden nahm an, sie fragte sich, welche Ecken der Stadt am Tag für eine Vorstellung von Jongleuren und Akrobaten geeignet sein konnten. Er wußte, daß sie und Jekkanadar, wenn sie unerkannt reisen wollten, schon öfter so aufgetreten waren.

»Weißt du genau, wo sich ihr neues Haus befindet?« fragte Lleld.

Maurynna holte ein gefaltetes Pergament aus dem Gürtelbeutel. »Ja«, sagte sie und ritt weiter. »Maylin hat es mir beschrieben. Hier, Otter – ich glaube, du kennst Casna besser als wir anderen.«

»Zumindest das Casna von heute«, sagte Jekkanadar und sah sich um. Er zeigte auf eine Gruppe von Gebäuden. »Wenn ich mich recht erinnere, befand sich dort vor achtzig Jahren eine Schafweide. Und diese Straße dort ist auch neu.«

»Hmm, hmm«, murmelte Otter und spähte im trüben Licht auf das Pergament. Nachtlied ging ruhig im Schritt weiter, die Zügel locker auf dem Hals.

»Den Göttern sei Dank, daß Maylin deutlich schreibt; dieses Licht ist schrecklich, und wo ...«

»Und wo ist der kleine Brunnen, der noch vor einem Jahrhundert oder so hier war? Die Dinge verändern sich so rasch«, beschwerte sich Lleld.

Linden lächelte, als Raven sich darüber beinahe verschluckt hätte. Selbst Taren, für gewöhnlich ruhig und nicht zu beeindrucken, wirkte ein wenig verstört.

»Da! Jetzt weiß ich, wohin wir uns wenden müssen«, verkündete Otter. Der Barde führte sie durch die Straßen und ohne weitere Schwierigkeiten zum neuen Zuhause der Vanadins, das ihnen Prinz Rann geschenkt hatte. Die anderen folgten, gemäß ihren Rollen als Diener und Gaukler.

Linden wurde in dem Kapuzenumhang unbehaglich warm. Er hätte gern zumindest die Kapuze zurückgestreift, aber es waren immer noch zu viele Menschen unterwegs. Also ritt er weiter und spürte, wie ihm der Schweiß zwischen den Schulterblättern hindurchlief. Er hoffte, daß Elenna viel von diesem guten Dunkelbier übrig hatte.

Endlich hatten sie das Haus erreicht. Sie ritten in den Hof, der größer war als der alte, und die Llysanyaner und Tarens Wallach drängten sich friedlich aneinander. Lleld und Jekkanadar zogen den beiden armen Schweinen die Halfter ab. Die Tür ging auf, und ein Mann, den Linden nicht erkannte, stand darin. Das warme Lampenlicht aus dem Haus umspielte seine Silhouette von hinten.

»Wer ist da?« rief der Mann und blinzelte ins Dunkel.

Als Linden seine Kapuze zurückschob, rief Maurynna: »Onkel Owin! Du bist diesmal ja hier!« und sprang von Boreal.

Der Mann kam die drei Stufen herunter. »Rynna?« sagte er entzückt. »Bist du das wirklich? Was machst du wieder hier in Casna?« Er streckte die Arme aus.

Sie umarmte ihren Onkel fest. »Ich freue mich, daß du nicht wieder unterwegs bist«, sagte sie. »Das letzte Mal habe ich dich verpaßt.«

Linden schwang sich von Shan, als ihr Onkel erwiderte: »Und ich dich – und nach allem, was ich gehört habe, eine ganze Menge Aufregung.« Er schob Maurynna ein Stück weg und betrachtete sie staunend.

Dann bemerkte er wohl aus dem Augenwinkel, daß Linden sich näherte, denn er drehte sich um. Linden bemerkte, daß er die Augen ein wenig weiter aufriß, als er erriet, wem er da gegenüberstand.

»Drachenlord«, sagte Owin förmlich. Dann überzog ein Lächeln sein Gesicht, und er streckte die Hände aus. »Verwandter. Seid in meinem Haus willkommen.«

Mit glühendem Herzen ergriff Linden die dargebotenen Hände. Sie waren fest und warm und kräftig, sehr ähnlich wie der Mann selbst, dachte Linden. »Danke«, sagte er und bemerkte zu seinem Erstaunen, wie schwer ihm das Sprechen fiel. Er räusperte sich. »Noch einmal – danke.«

Dann erregte ein entzückter Schrei aus dem Haus jedermanns Aufmerksamkeit. »Rynna! Linden! Was macht ihr denn hier?« und Maylin versuchte, sie beide gleichzeitig zu umarmen. Sie trat einen Schritt zurück, strich sich die braunen Locken aus dem Gesicht und lachte. »Otter! Du bist auch hier? Und wer ...«

Sie brach so plötzlich ab, daß Linden sich alarmiert umsah,

um festzustellen, was nicht stimmte. Aber er sah niemanden sonst als die anderen, immer noch zu Pferd, und Otter, der sich aus Nachtlieds Sattel schwang: Lleld, Jekkanadar, Taren und ...

Nein. Raven war abgestiegen. Das Licht aus dem Haus fiel auf ihn, glühte in seinem rötlichen Haar, und er sah mit starrer Miene zu, wie Maurynna ihre Familie begrüßte.

Und, wie Linden nun klar wurde, wie sie *ihn* als Verwandten aufnahmen. Zweifellos war Raven einmal davon ausgegangen, selbst eines Tages hier zu stehen und diesen Leuten als Maurynnas Mann gegenüberzutreten. Statt dessen befand sich ein anderer an *seinem* Platz, und nicht nur als Ehemann, sondern als viel, viel mehr.

Seelengefährte.

All das war seinem Gesicht deutlich anzusehen. Dann schwang sich Raven mit einer abrupten Bewegung wieder auf Sturmwinds Rücken.

»Ich habe beschlossen, mit den anderen im Gasthaus zu übernachten«, sagte er. Man mußte Raven lassen, daß seine Stimme ihn nicht verriet.

»Aber Raven ...«, begann Maurynna.

Linden sprach rasch im Geist mit ihr und gestattete Otter zu »lauschen«, damit der Barde keinen weiteren Kommentar abgab. *Laß ihn, Liebste. Mich mit deiner Familie zu sehen macht alles nur noch schlimmer für ihn.*

Ein winziges Nicken zeigte, daß sie verstanden hatte.

»Also gut, Raven. Wir sollten uns auf den Weg machen«, sagte Lleld und fügte mit einem Nicken zu Taren hinzu: »Es war ein langer Ritt. Wir heben uns die Vorstellungen für morgen auf und überlassen euch beide und Otter der Fürsorge deiner Familie, Rynna.« Sie bedachte Owin und Maylin mit einem frechen Grinsen, und die beiden starrten sie neugierig an. Wer konnte es nur wagen, mit zwei Drachenlords so zu sprechen, wie es diese Person tat, die wie ein Kind aussah?

Lleld hob die Hand zum Gruß und wendete Miki. Jekkanadar folgte mit einem Winken und ebenfalls einem Grinsen.

Gute Idee, Lleld, dachte Linden amüsiert. *Zwei Drachenlords im Hof sind genug Überraschung – aber vier?*

Taren, im Sattel zusammengesackt, Müdigkeit in jeder Linie seines Körpers, folgte ihnen. Raven bildete die Nachhut. Selbst sein Rücken kündete noch von glühendem Zorn.

Als die Hufgeräusche im Dunkeln verhallten, sagte Maylin: »Das war dein Freund Raven, Maurynna? Der, mit dem du in Thalnia aufgewachsen bist?«

»Ja«, erwiderte Maurynna.

»Du hast mir nie gesagt, daß er so gut aussieht.«

Einen Augenblick lang war Maurynna überrascht. »Tut er das? Weißt du, ich habe nie darüber nachgedacht. Er war schrecklich schlaksig. Meinst du, er ist herausgewachsen?«

»*Ich* finde schon«, meinte Maylin mit einem katzenhaften Lächeln.

Linden hörte Otters Schnauben und berührte den Geist des Barden.

Ihr Götter – glaubst du, ich sollte meinem armen, dummen Neffen sagen, er solle sich am besten gleich ergeben? fragte der Barde.

Linden erwiderte: *Wie meinst du das?* Obwohl er eine recht gute Vorstellung davon hatte. Er verkniff sich ein Lächeln.

Jungchen, du hast keine Ahnung, wie entschlossen diese junge Dame da sein kann. Erinnere mich daran, daß ich dir von meiner letzten Auseinandersetzung mit ihr erzähle. Was Maylin haben will, bekommt sie auch. Otters Schultern bebten in lautlosem Gelächter. *Raven hat gegen sie keine Chance.*

Maylin sagte: »Ihr drei habt doch bestimmt Hunger. Ich kümmere mich darum, daß Brot und Käse und Bier bereitstehen, wenn ihr mit den Pferden fertig seid.« Immer noch lächelnd drehte sie sich um und ging beschwingt ins Haus zurück.

Ihr Vater räusperte sich. »Unser Stall ist voll«, begann er. »Aber es gibt einen Mietstall in der Nähe, nur ...«

»Wenn es dich nicht stört, Onkel«, meinte Linden, »haben wir Getreide für sie dabei, und sie könnten heute nacht im Garten bleiben.«

Owin glühte geradezu über das »Onkel«, dann verzog er besorgt das Gesicht. »Werden sie nicht durchgehen?«

»Nein, Onkel Owin«, sagte Maurynna. Sie streichelte Boreals Hals. »Es sind Llysanyaner.«

»Oh«, sagte Owin und riß die Augen weit auf. *»Oh.«*

»Genau«, meinte Linden und lächelte über die Ehrfurcht im staunenden Blick seines neuen Verwandten. Er griff nach Shans Zügeln. »Komm, schon Alter, finden wir einen Platz für dich; ich will so schnell wie möglich zu meinem Brot und Bier kommen.« Der Hengst schnappte nach ihm, als er ihn in den Garten hinter dem Haus führte.

»Wie gefällt dir dieses Zimmer?« fragte Maylin, als sie viel später das Bündel Decken aufs Bett legte.

Maurynna sah sich um und schüttelte bewundernd den Kopf. »Diese geschnitzten Dachbalken sind wunderschön! Und sieh dir nur die Kacheln am Kamin an; ein so hübsches Muster habe ich noch nie gesehen. Es ist etwas anders, nicht wahr?«

»Anders als das alte Haus? Ja, viel größer und heller. Kella und ich haben jetzt eigene Zimmer. Aber weißt du, manchmal fehlt mir das alte Haus. Wir haben hier noch nicht alle Ecken und Kanten abgerieben, aber als Prinz Rann anbot ...« Sie zuckte die Achseln. *Wer sind wir, uns einem Prinzen zu widersetzen?* sagte ihr Schulterzucken.

»Wir hätten alle eure Freunde unterbringen können«, fuhr sie fort, »selbst wenn es ein bißchen eng geworden wäre. Zumindest deinen Freund Raven ...«, meinte sie mit sorgfältig berechneter Gleichgültigkeit.

Maurynna schnaubte. »Ich bin froh, daß er heute nacht im Gasthaus bleibt. Er benimmt sich wie ein Idiot«, fauchte sie.

»Ach ja?« Maylin hielt beim Ausbreiten der ersten Decke inne. »Erzähle.«

»Maylin, du wirst es nicht glauben ...«

Maylin setzte sich hin, bereit zuzuhören, bis Linden sie unterbrechen würde.

Es war ein freudiges Wiedersehen gewesen, aber nun waren alle schon vor einem Kerzenabschnitt oder so ins Bett gegangen. Linden und Maurynna standen eng umschlungen im Garten. Das neue Haus war ganz anders als das alte, vertraute. Größer und aufwendiger, aber es fühlte sich noch nicht so bewohnt an wie das alte.

Zumindest der Garten war vertrauter: voller Rosen – die nun langsam verblühten – und dem alten ganz ähnlich, bis hin zu dem Moos auf den Steinen. Eine einzelne Kaltfeuerkugel hing in der Nähe und leuchtete in der kühlen Nachtluft wie ein Kristall. Maurynna hatte den Kopf an Lindens Schulter gelegt; er streichelte ihr übers Haar. Die Llysanyaner standen ganz in der Nähe und dösten. Er war froh, daß sie noch einmal nach draußen gegangen waren, um nach ihren Pferden zu sehen.

Sie standen beisammen und brauchten keine Worte.

Maylin saß an ihrem Fenster, das auf die Straße hinausging, und bürstete sich das Haar. Der Tag hatte so langweilig begonnen, aber was für ein Ende! Es war schön, Rynna und Linden und Otter wiederzusehen. Sie fragte sich, wie lange sie wohl bleiben würden; sie hatten diese Frage jedesmal, wenn sie gestellt wurde, kunstvoll umgangen.

Und noch wichtiger: *Warum* waren sie hier?

Gähnend legte sie die Haarbürste hin. Sie würde es schon bald herausfinden; jetzt war es Zeit zum Schlafen. Aber als sie aufstand, um die Vorhänge vorzuziehen, fiel ihr eine Bewegung in der Straße drunten auf.

Dort unten war jemand.

Sie drückte ihr Gesicht ans Glas, um besser sehen zu können. Die geheimnisvolle Gestalt schlüpfte um das Haus herum in die Gasse, die das Heim der Vanadins vom nächsten Haus trennte.

Ach zum –! Schäumend vor Wut verließ Maylin ihr Zimmer und ging barfuß den Flur entlang und die Treppe hinab. An der Tür nahm sie ihren Umhang vom Haken und zog ihn über das Nachthemd. Dann schob sie den Riegel zurück, öffnete die Tür und schlüpfte hinaus.

Von allen dummen ...

Sie ging durchs Tor und um die Ecke.

»Erinnerst du dich daran, als wir das letzte Mal in einem Garten an einem Brunnen standen?« fragte Linden leise.

»Ihr Götter, ja«, sagte Maurynna.

»Und glaubst du, dein Silber war gut verwendet?« neckte er und erinnerte sie damit daran, daß er zu ihr gekommen war, als sie gerade eine Münze auf das Spiegelbild des Monds im Brunnen geworfen hatte, um sich etwas zu wünschen.

Er spürte ihr Lächeln an seiner Schulter. »Ganz bestimmt«, antwortete sie. »Da stand ich an diesem Brunnen und überlegte, wie ich diesen Dockarbeiter wiederfinden könnte, und siehe! Statt dessen hat ein Drachenlord *mich* gefunden.« Sie hielt einen Augenblick lang inne und fügte dann trocken hinzu: »Ich muß zugeben, das hat mich überrascht.«

Er lachte, erinnerte sich daran, wie verblüfft sie damals gewesen war, und drückte sie plötzlich fest an sich. Sie klammerte sich ebenso leidenschaftlich an ihn. Ganz gleich, wie lange es dauerte, sie würden viel zu früh nach Jehanglan kommen. Wieder einmal würde er ohne seine Seelengefährtin sein, wie schon für so viele lange Jahrhunderte.

Und wer wußte schon, wann sie wieder zusammensein würden?

Sie fand ihn, wie er sich in den Schatten verbarg und über das Gartentor spähte. Leises Murmeln aus dem Garten schwebte unverständlich in die Nacht hinaus, machte aber deutlich, wer dort drinnen stand. Sie konnte auch raten, wo sie sich befanden: am Brunnen.

Den Umhang fest um sich gezogen, beobachtete Maylin Raven, der seinerseits Maurynna und Linden beobachtete. Sie wußte, daß er keine Ahnung von ihrer Anwesenheit hatte – wie könnte er auch? All seine Aufmerksamkeit galt den beiden am Brunnen. Er bewegte sich, um besser sehen zu können, und das Mondlicht fiel ihm aufs Gesicht.

Sie seufzte. Und diese störrische Miene war unmißverständlich. Maurynna hatte recht; Raven gehörte nicht zu den Leuten, die irgend etwas schnell aufgeben, ganz gleich, wie dumm die Idee war. Und diese Idee war tatsächlich ausgesprochen idiotisch.

Außerdem hatte sie ihre eigenen Ideen, die erforderten, daß er seine veränderte. Es würde schwierig werden, aber sie würde dabei bleiben. Maylin war sich sehr sicher. Es würde vielleicht nur ein wenig länger dauern, als sie wollte.

Zunächst einmal mußte sie ihn dazu bringen, sie zu beachten – sie *wirklich* zu beachten. Sie schlich sich hinter ihn.

Dann schubste sie ihn.

Seine Nerven waren gut, selbst wenn seine Manieren zu wünschen übrigließen. Denn obwohl Raven eine gute Handspanne oder zwei in die Luft sprang, gab er keinen Laut von sich, er fuhr allerdings herum und duckte sich kampfbereit, die Hand am Dolch. Maylin bemerkte zufrieden, daß er den Anstand hatte, verlegen dreinzuschauen, als er sie erkannte. Es bestand noch Hoffnung für ihn.

»Seid Ihr mit Eurer Unhöflichkeit fertig?« flüsterte sie.

Er starrte sie wütend an, folgte aber, als sie sich demonstrativ umdrehte und davonging.

Als sie am Anfang der Gasse waren, sagte Maylin: »Ich dachte, Ihr wärt im Gasthaus.«

Raven zuckte die Achseln und gab keine weitere Erklärung. Er murmelte nur: »Es ist nicht gerecht.«

»Gerecht?« fragte Maylin. Sie mußte den Kopf weit zurücklegen, um ihm ins Gesicht schauen zu können. Es war ein entschiedener Nachteil, aber Maylin hatte sich auch früher nie von so etwas aufhalten lassen. Sie verschränkte die Arme vor der Brust. »Gerecht? Seid wann ist irgendwas im Leben *gerecht?* Nicht daß ›Gerechtigkeit‹ irgend etwas damit zu tun hätte. Wenn Ihr Euch Zeit nehmen würdet, über die Spitze Eurer eigensüchtigen Nase hinwegzusehen, würdet Ihr erkennen, wie richtig die beiden füreinander sind. Sie gehören zusammen, Raven.«

»Ich dachte immer, Rynna und ich würden ...« Er brach ab.

»Ach tatsächlich? Habt Ihr je mit Rynna darüber gesprochen? Nein? Dann solltet Ihr Euch nicht sonderlich darüber aufregen, daß sie der Geschichte, die Ihr geschrieben habt, nicht gefolgt ist – wo Ihr sie ihr nicht einmal erzählt habt.« Sie legte ihm die Hand auf den Arm. »Raven, bitte, seht sie Euch doch an! Versucht einmal, sie wirklich zu sehen und nicht das, was Ihr sehen wollt.«

Er schüttelte ihre Hand ab und stakste davon.

»Wo wollt Ihr hin?«

»Zurück zum Gasthaus.« Aber nach drei langen Schritten blieb er stehen. Er schaute halb über seine Schulter zurück und sagte: »Verflucht sollt Ihr sein! Warum müßt Ihr unbedingt recht haben?« Dann ging er weiter, bevor sie noch etwas sagen konnte.

Maylin ging langsam zum Tor, das zu dem Hof vor dem Haus führte, und hindurch. Sie schloß das Tor hinter sich, lehnte sich dagegen und blieb nachdenklich stehen, bis die Kälte der Herbstnacht sie schließlich nach drinnen trieb.

Raven ging rasch durch die Straßen von Casna. *Verflucht* sollte dieses Mädchen sein! Sie hatte recht, und das wußten sie beide.

Maurynna würde niemals ihm gehören.

Der nächste Tag war ruhig. Sie benachrichtigten den Palast von ihrer Ankunft, eine vertrauliche Botschaft an Herzog Beren, den Regenten von Cassori. Eine kurze, rätselhafte Notiz kam zurück, in der sie gebeten wurden, am Abend den Besuch von einem zu erwarten, der sich um alles kümmern würde, was sie brauchten.

Als sich die abendliche Dunkelheit über die Stadt senkte, trafen sie sich daher im Wohnzimmer der Familie Vanadin. Linden sah sich am Tisch um; links von ihm saß Otter, dann Raven, Elenna und Owin. Als nächste kamen Jekkanadar und Lleld mit der kleinen Kella an der Seite ihrer neuen Heldin. Lleld hatte den Tag damit verbracht, dem Mädchen ein paar Akrobatenkunststücke beizubringen, und nun wollte die Kleine nichts mehr als von zu Hause ausreißen und sich ihrer Truppe anschließen. Dem Blick ihrer Mutter nach zu schließen, war es gut möglich, daß Kella gefesselt werden würde, wenn die Zeit gekommen war, Abschied zu nehmen – nur, um auf Nummer Sicher zu gehen. Maylin saß Raven beinahe gegenüber; Linden bemerkte, daß sie den Blick kaum von ihm weichen ließ. Raven andererseits schien sie kaum zu bemerken.

Nur Taren war nicht da; er hatte erklärt, er sei zu müde, und war im Gasthaus geblieben.

»Warum kann ich nicht mitkommen?« fragte Kella Lleld, vermutlich zum hundertsten Mal. »Ich habe es doch gut gemacht, oder? Als nächstes will ich jonglieren lernen.«

»Vielleicht nächstes Mal, Liebes. Diesmal müssen wir eine sehr weite Reise unternehmen, um Rynnas andere Verwandte zu besuchen«, meinte Lleld.

Kella seufzte. »Ich komme niemals irgendwohin. Aber gut, dann werde ich eben Rann das nächste Mal, wenn ich mit ihm spiele, beibringen, was ich heute gelernt habe.«

Linden fragte überrascht: »Du spielst mit Rann?«

»Im Palast«, erzählte Kella stolz. »Wir haben viel Spaß. Er ist mein bester Freund.«

Linden fragte sich, wie es zu diesem Wunder gekommen war. Er hätte geglaubt, daß die cassorinische Aristokratie zuviel Stolz besaß, um ihren Prinzen mit einem Kaufmannskind spielen zu lassen. Dann erkannte er es plötzlich: Kella mochte die Tochter von Kaufleuten sein, aber sie war auch Blutsverwandte eines Drachenlords. Das genügte selbst den eingebildetsten cassorinischen Adligen.

Plötzlich wünschte er sich, daß sie nicht inkognito reisten. Er wäre gerne mit Kella in den Palast gegangen, um den kleinen cassorinischen Prinzen wiederzusehen. Zweifellos war der Junge jetzt bei besserer Gesundheit, nachdem sein verräterischer Onkel Peridaen und Peridaens Magier Kas Althume aufgehört hatten, ihn langsam zu vergiften.

Aber am Ende war es Peridaen, der das Kind gerettet hatte, als Kas Althume es töten wollte, erinnerte sich Linden.

So war es – und dann ist er an Ranns Stelle gestorben, entschuldigte sich Linden lautlos bei Peridaen und dankte dem Mann.

Auf diese Erinnerung folgte ein Klopfen an der Tür. Nach einem Blick zu den Drachenlords erhob sich Owin persönlich, um zu öffnen.

Linden hörte, wie die Tür aufging, hörte leise Stimmen und einen überraschten Ruf. Dann folgten rasche Schritte, und ein Junge in einer Dienerlivree kam ins Zimmer geschossen und warf seinen Umhang zu Boden. Linden kam gerade noch rechtzeitig auf die Beine, um das Kind zu fangen, als der Junge sich auf ihn stürzte.

»Drachenlord! Linden Rathan! Du bist zurückgekommen!« Und Prinz Rann klammerte sich an Linden, die Arme fest um seinen Hals geschlungen.

Aber was für ein Rann war das! Der kleine Junge, den Linden zurückgelassen hatte, war dünn, kränklich und blaß gewesen, denn er hatte mit seiner langwierigen Erholung von der Krankheit gerade erst begonnen. Dieser Junge war gesund und kräftig, mit rosigen Wangen und einem Glitzern in den braunen Augen unter den dichten Stirnfransen.

»Uff! Ihr Götter, helft uns – sieh dich nur an, Junge!« Linden lachte und zauste Ranns ziegelrotes Haar. »Das ist wirklich wunderbar!« Wieder umarmte er den Jungen.

Wie schon früher balancierte Linden Rann auf einer Hüfte. Rann winkte Maurynna zu.

»Hallo, Kapitän Erdon!« begann der Junge, dann hielt er verwirrt inne, als sie lachte und grüßend die Hand hob. »Ich meine selbstverständlich Maurynna Kyrissaean. Hallo, Barde Otter.«

»Guten Tag, Jungchen«, sagte Otter zwinkernd.

Rann strahlte.

Owin und ein anderer Mann kamen herein, der letztere mit einem bedauernden Grinsen. Er war ebenso wie Rann wie ein Diener gekleidet. Es dauerte einen Augenblick, bevor Linden einen der Männer erkannte, die Herzog Beren bei seinen Bemühungen um die Regentschaft vor ein paar Monaten unterstützt hatten. Wie war noch sein – ah, jetzt wußte er es wieder.

»Graf Tyrian, ich bin erfreut, Euch wiederzusehen. Und ich danke Euch, daß Ihr Rann mitgebracht habt.«

Der Mann strahlte vor Freude, daß man sich an ihn erinnerte. Dann kehrte der reuige Ausdruck zurück. »Fragt mich nicht, wie er das herausgefunden hat, Euer Gnaden, aber er wußte es tatsächlich und hat dem armen Beren keine Ruhe gelassen, bis man ihm erlaubte, mitzukommen.«

»Nun, ich bin froh darüber«, sagte Linden und zog sich seinen Stuhl wieder an den Tisch. »Aber ich denke, wir sollten uns sofort um die anderen Angelegenheiten kümmern. Es wäre nicht gut, wenn Ranns Abwesenheit im Palast auffiele.« Er setzte sich hin; Rann kletterte ihm auf den Schoß, den Kopf an Lindens Schulter. Linden hörte, wie der Junge glückselig seufzte; er legte den Arm um das Kind und wünschte, sie müßten Cassori nicht so bald schon wieder verlassen.

Allgemeines zustimmendes Gemurmel erklang. Die Becher wurden wieder mit Elennas Bier gefüllt, und auch für Graf Tyrian wurde einer eingeschenkt.

Dann übernahm Lleld als Leiterin des Unternehmens das Kommando. Nachdem sie sich und die anderen, die Tyrian nicht kannte, vorgestellt hatte, erklärte sie: »Wir und ein weiterer Freund, der heute abend nicht hier ist, müssen so rasch wie möglich nach Thalnia gelangen. Wir müssen dort sein, bevor die ersten Winterstürme beginnen – und Maurynna sagte, es wird nicht mehr lange dauern, bis das der Fall ist.«

»Wieso verwandelt Ihr Euch nicht und fliegt dorthin?« fragte Tyrian unschuldig.

Nur ein leises Keuchen von Maurynna brach die Stille. Aber Tyrian kannte sich aus; Linden sah, wie der Blick des Mannes von einem Drachenlord zum anderen wanderte und die Antwort auf eine ganz andere Frage suchte.

Dann erklärte Otter: »Weil wir zusammen reisen möchten, Herr, und weder mein Neffe noch ich, noch unser anderer Begleiter sind Drachenlords, die sich einfach verwandeln und übers Meer fliegen können. Außerdem dürfen wir die Pferde nicht vergessen.«

»Selbstverständlich«, meinte Tyrian angemessen schuldbewußt. »Wie dumm von mir, zu vergessen, daß Ihr ein Echtmensch seid.«

Otter lachte. Es klang echt, aber das war, wie Linden dachte, nur angemessen. Otter war Barde bis in die Fingerspitzen und daran gewöhnt, anderen etwas vorzumachen.

»Und das ist eine Schande«, meinte der Barde, »wenn ich mich recht an meine letzte Überfahrt von Thalnia hierher erinnere. Ich könnte auf eine weitere Seereise verzichten. Aber zumindest werde ich diesmal nicht der Gnade eines gewissen verrückten Kapitäns ausgeliefert sein.« Er warf Maurynna eine Kußhand zu und zwinkerte.

Ihr Lächeln war ein wenig angespannt, aber recht überzeugend. Dennoch, Tyrian wirkte ein wenig ... mißtrauisch? Beunruhigt? Linden schob Rann auf seinem Schoß zurecht, als wappnete er sich für unangenehme Fragen.

Aber Tyrian schwieg einfach weiter und verfolgte mit dem Zeigefinger ein Muster auf dem Tisch. Linden entspannte sich wieder. Abrupt sagte der Cassorianer: »Darf ich Euer Gnaden fragen, wie es zu dieser hastigen Reise kommt, wieso solche Geheimhaltung notwendig ist?« Wieder wanderte sein Blick von Drachenlord zu Drachenlord und suchte eine Antwort, die über ihre bisherigen Worte hinausging.

Aber wenn Otter schon daran gewöhnt war, anderen etwas vorzumachen, hatte ihm Lleld Jahrhunderte der Übung voraus. Sie lächelte Tyrian strahlend an und legte ihre kleine, bleiche Hand auf die dunklere ihres Seelengefährten. »Manchmal, Euer Gnaden, werden selbst Drachenlords des Drachenhorts müde. Um ehrlich zu sein, Jekkanadar und ich, wir haben uns gelangweilt. Fügt außerdem hinzu, daß Maurynna und Linden Rynnas Familie in Thalnia besuchen wollten und daß Otter und sein Verwandter Raven – gute Freunde von uns allen – ebenfalls in diese Richtung unterwegs sind, und wir haben eine gute Ausrede, uns herumzutreiben.« Sie blickte lächelnd zu Jekkanadar auf, bevor sie fortfuhr. »Und was die Geheimhaltung angeht, nun, das hier ist kein Staatsbesuch, und wir möchten einfach unnötige Umstände vermeiden. Ich weiß, daß Linden das letzte Mal hier Aufruhr genug entfacht hat.«

Tyrian gab ein Hüsteln von sich, das verdächtig nach einem leisen Lachen klang.

Maurynna fügte hinzu: »Und was die Eile angeht, Euer Lordschaft, nun, wir haben uns leider ein wenig spät entschieden, nach Thalnia zu fahren. Bevor ich Drachenlord wurde, war ich Kapitän; ich erinnere mich nur zu gut daran, wie es ist, von einem Wintersturm auf See erwischt zu werden. Diese Erfahrung möchte ich nicht gerne wiederholen. Ich möchte so bald wie möglich unterwegs sein.«

Gut gemacht, sagte Linden, und seine Geistesstimme sagte deutlich, wie amüsiert er war. *Du warst ebenso überzeugend wie Otter und Lleld.*

Der beste Weg, eine falsche Spur zu legen, besteht immer noch darin, die Wahrheit zu erzählen, erwiderte Maurynna. *Und alles, was ich gesagt habe, ist nichts anderes als das. Die Herrin hat uns erst spät gehenlassen. Tyrian muß nicht wissen*, wer *diese Entscheidung gefällt hat. Und diese Stürme sind wirklich kein Witz ...* Sie rieb sich über die Stirn und verzog schmerzlich das Gesicht. *Ich kann nicht ... weitermachen ...* Ihre Geistesstimme wurde leiser. *Kyrissaean ...*

Linden hatte schon bei Maurynnas ersten Worten die Anwesenheit der Drachenseele wie einen Schwarm zorniger Wespen gehört. Ihr Kopf mußte sich anfühlen, als bräche er gleich auseinander.

Immer mit der Ruhe, Liebste, sagte er besorgt, während sie kreidebleich wurde.

»Maurynna Kyrissaean?« flüsterte Prinz Rann und regte sich unbehaglich auf Lindens Schoß. Als niemand etwas sagte, wandte der Junge dem Drachenlord sein besorgtes Gesicht zu. »Geht es ihr gut?«

»Sie ist nur sehr müde, Junge«, versicherte Linden ihm

rasch. »Das ist alles.« Zu Lleld sagte er im Geist: *Bring es rasch zu Ende.*

Und dieses eine Mal tat Lady Unruh, was man ihr sagte.

Es klopfte leise. »Hier ist der Mädesüßtee, um den du gebeten hast«, sagte Maylin auf der anderen Seite der Tür.

Linden öffnete, und Maylin kam herein, einen dampfenden Becher in den Händen. Sie hielt einen Augenblick lang inne, um erstaunt die Kaltfeuerkugeln anzustarren, die das Zimmer erleuchteten, bevor sie sich erinnerte, wieso sie hier war, und den Becher zu Maurynna brachte, die aufrecht im Bett saß. »Haben wir so etwas nicht schon öfter getan?«

»Ja«, sagte Maurynna mit müdem Lächeln. »Danke.« Ihre Hände zitterten, als sie nach dem Becher griff. Linden streckte die Hand aus, um ihr zu helfen, aber sie schüttelte den Kopf und trank.

»Ich weiß nicht, ob ich mich an diese Dinger je gewöhnen kann«, murmelte Maylin und streckte die Hand aus, um eine der schimmernden weißen Kugeln zu berühren. Sie hatte ihre verschiedenfarbigen Augen weit aufgerissen. Das Kaltfeuer bewegte sich unter ihrem vorsichtigen Finger wie ein Korken im Wasser und kehrte an seinen Platz zurück, als Maylin die Hand wieder sinken ließ.

»Ich weiß, was ihr drunten gesagt habt«, begann sie so gleichmütig, als spräche sie über das Wetter, »aber ich weiß auch, daß es nur Unsinn war. Ihr wollt uns nicht wirklich besuchen. Ihr habt irgendeinen Auftrag – und einen gefährlichen, befürchte ich.«

Linden warf Maurynna einen verblüfften Blick zu. »Unsinn«, setzte er an, »was ...«

Maylin stützte die Hände auf die Hüften und starrte ihn nur an, eine Augenbraue hochgezogen.

Er versuchte erst gar nicht, diesem Erzähl-mir-keinen-Unsinn-Blick standzuhalten. »Woher weißt du das?«

»Ah, weil ihr zwar alle unbeschwert tut, aber hin und wieder einer von euch ernst wird«, sagte Maylin. »Und ...« Sie machte ein vage Geste. »Ich wußte es einfach.«

Darauf gab es keine Antwort.

»Wohin?« fragte Maylin schließlich.

Maurynna sagte: »Erinnerst du dich an den Jadekasten von Sherrine? Den, den ich dir gegeben habe?«

Maylin öffnete verblüfft den Mund. Nach einem oder zwei vergeblichen Versuchen keuchte sie: »Jehanglan? Ihr geht nach Jehanglan? Aber *warum?*«

»Um das Unmögliche zu tun«, erwiderte Maurynna, und in ihren dunklen Augen stand Angst.

23. KAPITEL

Graf Tyrian hatte gute Arbeit geleistet. Nur vier Tage später stand ein Schiff für sie bereit.

Maurynna beäugte die Umgebung und ihr Schiff. Sie war nie an diesem Ende der Docks am Uildodd gewesen. In dieser Gegend hielten sich ehrenhafte Kaufleute normalerweise auch nicht auf.

Allerdings, dachte sie, konnte der Augenschein täuschen. Für einen flüchtigen Blick hätte das Dock so gut wie verlassen gewirkt, wenig benutzt und in schlechtem Zustand. Aber ihr geübtes Auge bemerkte, daß das Holz und die Taue trotz Schmutz und Staub in gutem Zustand waren, in *sehr* gutem Zustand, ebenso wie – und das war noch wichtiger – das Schiff, das dort vertäut war: eine unauffällige Kogge namens *Schwanenherz.*

Sie nickte. Sie konnte sich durchaus vorstellen, daß ein Herrscher ein solches Schiff brauchte, um es in delikaten – und sehr vertraulichen – Angelegenheiten auszusenden, und ein solches Schiff wiederum mußte irgendwo vor Anker gehen. Und sie hätte gewettet, daß die Mannschaft der *Schwanenherz* zwar aussah wie die übelste Bande von Halsabschneidern, die ihr je unter die Augen gekommen war, aber daß ohne Zweifel jeder treu zur Krone stand, wußte, wie man den Mund hielt, und vor allen Dingen imstande war, auch noch den Göttern davonzusegeln.

Daher wartete sie, überzeugt, nur in guten Händen zu sein, mit den anderen: Onkel Owin und Tante Elenna, Maylin und Kella, Otter, Lleld und Jekkanadar. Linden und Raven waren an Bord und halfen mit den Tieren. Selbst Rann war hier mit Graf Tyrian, beide als Diener verkleidet. Taren stand ein wenig abgesondert in seine Gedanken versunken. Maurynna fragte sich, ob er es bedauerte, zugestimmt zu haben, wieder mit nach Jehanglan zu kommen.

Der Wind drehte sich; der Geruch nach Docks und Fluß verschwand. Nun kam der saubere Duft salziger Luft, das Versprechen der Freiheit und der See. Nun würden ihre Horizonte wieder grenzenlos sein, das Blau von Wasser und Himmel einander begegnen, und sie wäre nicht mehr von einem gezähnten Zaun aus Bergen umgeben. Sie würde ein lebendiges Schiff unter ihren Füßen tanzen spüren.

Warum fühlte sie sich dann so elend? Danach hatte sie sich doch die ganze Zeit mehr als nach allem anderen gesehnt.

Oder?

Die Seeluft zupfte an ihrem Haar und umspielte sie, gab aber keine Antwort. Seufzend blickte Maurynna auf und sah, wie Tarens Pferd sich in die Luft erhob, als die Arbeiter sich in die Winde stemmten. Kella und Rann, die sich nun an den Händen hielten, starrten das Spektakel an, ihre Münder staunende O. Der Wallach hing in seiner Segeltuchschlinge, still und unglücklich. Zumindest machte er viel weniger Ärger als die Llysanyaner. Der Gedanke an eine Seereise hatte die Pferde alles andere als begeistert. Beim Anblick des Schiffes waren sie alle störrisch geworden. Shan hatte sogar versucht, Linden zu treten, als man ihm am Dock die Segeltuchschlinge umwickelte. Nur Lindens Geschwindigkeit hatte ihn gerettet; dieses Mal hatte Shan keinen Scherz gemacht. Miki war allerdings schneller mit ihren Zähnen gewesen. Maurynna nahm an, Linden würde am Abend einen gewaltigen blauen Fleck auf der Schulter haben.

Sollte Linden jemals herausfinden, wer den Llysanyanern von Seekrankheit erzählt hat, wird er diesen Leuten bei lebendigem Leib die Haut abziehen.

Der Kran schwang über das Wasser, und Tarens Pferd schaute noch elender drein als zuvor. Dann hing es auch schon über dem Schiff. Langsam und vorsichtig drehten die

Männer das große Rad in die entgegengesetzte Richtung. Der Wallach wurde in den Frachtraum abgesenkt, die offene Luke wartete wie ein Maul, das unglückliche Tiere verschlingt. Maurynna schauderte bei dem Gedanken, als das Pferd im Schiff verschwand.

Einen Augenblick später kam Linden aus dem Frachtraum geklettert. Er rief den Seeleuten drunten etwas zu und ging dann übers Deck. Maurynna sah, daß Kapitän Hollens ihn ansprach; Linden lauschte und rieb seine Schulter. Ein Blick auf den Fluß, und sie wußte, was der Kapitän gesagt hatte. Linden nickte und kam die Laufplanke herunter.

»Alles in Ordnung?« fragte Maurynna, als er sie erreichte.

»Nach viel zuviel Theater, ja«, knurrte Linden und zuckte zusammen, als er seine Schulter erneut berührte. »Zur Hölle mit Miki, ich hätte nicht gedacht, daß sie so etwas versuchen würde.« Er warf der Reiterin der kleinen Stute einen erbosten Blick zu.

Lleld starrte in die Ferne und pfiff leise vor sich hin.

»Das geht nicht so weiter, wenn wir an Bord sind«, sagte Maurynna scharf. Auf Llelds überraschten Blick hin schlug sie einen sanfteren Tonfall an. »Es bringt Pech, an Bord eines Schiffes zu pfeifen, wenn man keinen Wind braucht. Und um diese Jahreszeit werden wir keinen brauchen.« Sie drehte sich um, als weitere Schritte auf der Laufplanke ertönten.

Es war Raven – ein Raven, der sich nicht zurückhielt. Maurynna sah, wie er höhnisch über Lindens Unbehagen grinste, und unterdrückte das Bedürfnis, ihm einen Tritt zu verpassen. Statt dessen kniff sie nur ein wenig die Augen zusammen und wartete, bis er ihren wütenden Blick bemerkte.

Dann sah er sie. Er wand sich unter diesem Blick, bis sie – beinahe – zufrieden war. Der Rest würde warten müssen, bis sie in der Lage war, ein paar vertrauliche *Worte* mit ihm zu wechseln.

Dann hörte sie Linden sagen: »Wir müssen an Bord gehen;

Kapitän Hollens sagt, daß die Gezeiten wechseln, und wir müssen uns auf den Weg machen.« Es kam ihr so vor, als versuchte die ganze Familie, sie gleichzeitig zu umarmen, alle murmelten Abschiedsworte, wünschten ihr eine sichere Reise und baten sie, bald zurückzukehren. Sie verkniff sich die Tränen und sagte, was immer ihr einfiel, sinnlose tröstliche Bemerkungen, und sie tat weiterhin so, als wäre sie auf einer Vergnügungsreise.

Plötzlich war Maylin wie ein Wirbelwind vor ihr. Verschiedenfarbige Augen blickten in verschiedenfarbige Augen. Hände packten die ihren; wie konnte so ein kleines Ding wie Maylin einen so kräftigen Griff haben? Maurynna ergab sich ihm.

»Kommt zurück«, flüsterte Maylin heftig. »Alle. Sicher.« Der glühende Blick schoß zu Raven. »Kommt zu mir zurück.«

Dann war Maylin weg, und Linden legte ihr die Hand auf die Schulter. »Zeit zu gehen, Liebste«, flüsterte er, so daß nur sie es hören konnte.

Sie nickte, denn sie war nicht in der Lage zu sprechen; die Götter allein wußten, wann sie all diese Menschen wiedersehen würde. Oder ob überhaupt. Linden reichte Rann zurück zu Tyrian und griff nach ihrer Hand.

Irgendwie schaffte sie es, an Bord zu kommen, ohne die Tränen wirklich zu vergießen. Dann kam das wohlbekannte Ritual des Ablegens. Obwohl sie diesmal keinen Anteil daran hatte, beruhigte es sie, hielt sie durch seine Vertrautheit aufrecht. Sie stand mit den anderen an der Reling und winkte denen zu, die zurückblieben, bis sie sie nicht mehr sehen konnte. Einer nach dem anderen gingen ihre Mitreisenden weiter, bis sie allein dort stand.

Sie verließ die Heckreling erst, als es dunkel wurde und Linden sie suchte. Dann erwachte sie wie aus einem Traum zum wilden Geruch des Ozeans, zum endlosen Gesang der Wellen.

Irgendwie genügte ihr das nicht mehr.

Magie ... Magie auf dem Wasser ...

Der Gedanke wob sich durch die Träume des alten Drachen wie ein abgerissenes Stück von einer Pflanze in die Strömung des Flusses. Und wie ein solches abgerissenes Blatt es tun würde, entglitt es ihm, als er versuchte, danach zu greifen.

Aber es war dagewesen. Er wußte es; in seinem Schlummer, der so tief war wie ein kleiner Tod, brachte ihm dieses Wasser, in dem er schlief, Nachricht von anderen Wassern, die weit entfernt waren, denn am Anfang und am Ende war alles Wasser eins.

Sie hatten Glück. Es war zwar schon kurz vor dem Winter, und Maurynna hatte erwartet, daß ihnen auf ihrer Überfahrt zumindest ein Wintersturm drohte, aber es sah so aus, als lächelten die Götter über ihre Reise. Das Wetter war mild und ruhig, wie selbst Otter es sich nicht besser wünschen konnte, und die Überfahrt angenehm, mit einem guten Wind, der ihnen folgte und Geschwindigkeit gab.

Die einzigen, die sich »beschwerten«, waren die Llysanyaner unter Deck. Nicht, Dank den Göttern, weil sie krank waren – Maurynna konnte sich nichts Schlimmeres vorstellen als ein Pferd, das seekrank war und sich nicht übergeben konnte, weil Pferde das nicht tun können –, sondern weil sie nicht die Sonne und die Luft an Deck genießen konnten wie die Zweibeiner. Maurynna war froh, daß Linden daran gedacht hatte, einen Sack Äpfel mitzunehmen; Bestechung hatte tatsächlich etwas für sich, entschied sie eines Tages, als sie einen zufrieden kauenden Boreal striegelte.

Die Überfahrt war eine bittersüße Erfahrung für sie. Tatsächlich, sie war wieder auf See. Ja, und Linden war bei ihr. Und außerdem begleiteten sie einige der Menschen, die sie auf der Welt am meisten liebte.

Aber dies hier war nicht ihr Schiff. Und vor ihr lag eine

Trennung von ihrem Seelengefährten. Sie zwang sich, das zu vergessen. Diese Tage waren ein angenehmer Traum, der Zeit entzogen, ein Geschenk, das sie von einem Augenblick zum anderen wie einen Schatz hütete.

Aber dennoch, Wachträume oder andere, alle Träume haben ein Ende. So auch dieser, und zwar an dem Tag, als die Docks von Sturmhafen in Sicht kamen. Der Kapitän hatte den Drachenlords und ihren Begleitern erlaubt, bei ihm und dem Steuermann auf dem Quarterdeck zu stehen.

Sturmhafen war so schön wie immer, dachte Maurynna. Der Anblick der goldenen Stadt in der Nachmittagssonne ließ ihr die Augen brennen. Reihe um Reihe von Gebäuden fächerten sich in einem Halbkreis vom Hafen aus und zogen sich über die Kalksteinfelsen, die diesen nördlichsten Teil des großen Thalnischen Plateaus bildeten.

»Es ist wunderschön«, sagte Linden. »Ich verstehe, wieso es dir gefehlt hat.«

Sie nickte, und eine plötzliche Welle von Heimweh machte es ihr unmöglich zu sprechen. Sie hatte solche Angst gehabt, diese Stadt nie wiederzusehen – oder zu spät zu kommen, um ihre Familie noch vorzufinden. Würde sie in Kindern, die in ein paar Jahrhunderten zur Welt kamen, den Widerhall von Gesichtern erkennen, die sie heute kannte?

Den Göttern sei Dank, daß ich hierherkommen konnte, solange alle, die ich kenne, noch am Leben sind.

Es fiel ihr schwer, sich zurückzuhalten, als sie anlegten. Maurynna mußte sich auf die Zunge beißen, um nicht Kapitän Hollens' Platz einzunehmen. Nicht, daß er irgend etwas falsch machte, es war nur so, daß es viele kleine Dinge gab, die sie anders befohlen hätte.

Aber endlich waren sie am Dock der Erdon-Familie, und die Seeleute sprangen an Land, um die *Schwanenherz* festzumachen. Die Dockarbeiter drängten sich vor dem Schiff wie Bienen vor einem Honigtopf. Mehr als einer schien erschrocken über die Bande von Halsabschneidern, die die Mannschaft der *Schwanenherz* bildete.

Einen Augenblick lang noch stand Maurynna mit den anderen in der Mitte des Decks; dann war sie irgendwie an der Reling, beugte sich gefährlich weit vor und hoffte, auf dem überfüllten Dock ein vertrautes Gesicht zu sehen.

Da! Maurynna winkte hektisch. »Keronis«, rief sie und winkte erneut. »Keronis!«

Keronis blickte auf. Er schirmte die Augen ab und versuchte zu sehen, wer ihn gerufen hatte. Seine Miene hellte sich auf, als er sie erkannte, und er winkte begeistert zurück. Aber dann verzog er zu Maurynnas Überraschung das Gesicht, drehte sich um und rannte zu dem Hauptlagerhaus, in dem sich das Hafenbüro befand.

»Was ist denn?« murmelte sie verwirrt.

»Wer war das?« fragte Linden.

»Einer von den viel zu vielen Vettern hier, von denen ich dir erzählt habe«, sagte sie und versuchte, sich ihr Unbehagen nicht anmerken zu lassen.

Sie wartete gequält und ungeduldig, während die Seeleute und Arbeiter das Schiff weiter festmachten. War sie bei der Familie derart in Ungnade gefallen, daß Keronis sich einfach umdrehte und davonrannte, als stünde er plötzlich einer Aussätzigen gegenüber? Verstanden sie denn nicht, daß sie keine andere Wahl gehabt hatte, als ihr Schiff zu verlassen? Ihr alter Erster Maat hatte ihnen doch sicher alles erklärt!

Sobald die Seeleute die Laufplanke befestigt hatten, kletterte Maurynna die Leiter vom Quarterdeck herunter und ließ Linden stehen. Mit einem überraschten Ruf sprang er ihr nach.

Aber Maurynna war bereits über das Unterdeck gerannt und auf halbem Weg die Laufplanke entlang. Ihr Herz klopfte heftig; es fiel ihr schwer zu atmen. Im nächsten Augenblick stand ihr Fuß wieder auf thalnischer Erde. Was immer passieren mochte, sie war wieder zu Hause. Tränen traten ihr in die Augen.

Und nun sah sie weitere vertraute Gesichter unter den Arbeitern. Sie lächelte sie an, aber ihr Lächeln erstarb, als sie zurückwichen, mit weit aufgerissenen Augen, und ihr und den anderen Platz machten. Wie durch Zauber öffnete sich eine Gasse zwischen Schiff und Hauptlagerhaus. Und diese Gasse entlang kamen ihr Onkel Kesselandt und diverse Tanten, Onkel und Vettern, alle bleich und aufgeregt.

Maurynna starrte sie verblüfft und mit wachsender Angst an; sie hatte Kesselandt noch nie so erlebt. Nicht einmal ein zorniger König konnte das Oberhaupt des Hauses Erdon so aus der Ruhe bringen – wie sie bei einer Gelegenheit, die beinahe ihr Herz zum Stillstand gebracht hatte, hatte verfolgen können.

Aber ihr stolzer Onkel, nun kreidebleich und schwitzend, blieb vor ihr stehen. Er betrachtete sie, ließ den Blick dann über die anderen schweifen, die sie hinter sich spürte. »Euer Gnaden«, sagte er. Wieder fiel sein Blick auf sie, obwohl er ihr nicht in die Augen schauen wollte. Er leckte sich nervös die Lippen. »Euer Gnaden«, sagte er abermals und begann mit steifen Bewegungen niederzuknien. Die anderen Erdons und die Arbeiter taten es ihm nach.

»Nein«, flüsterte sie. Nun hätte sie beinahe wirklich geweint.

Hinter sich hörte sie Otter knurren: »Kesselandt, du Idiot! *Nicht!*«

Bevor noch ein einziges Knie wirklich die Planken des Docks berührte, erklang eine spöttische Stimme. »He, nennst du etwa das, was du auf deiner letzten Fahrt gemacht hast, Handel treiben? Den Preis, den du für dieses Lampenöl bezahlt hast! Lächerlich!« grölte Breslin, als er den anderen Erdons folgte. »Vielleicht ist es wirklich besser, daß du den Handel aufgegeben hast.«

Glühender Zorn brannte die Tränen weg. »Ach ja?« rief

Maurynna zurück, umging ihren Onkel und stürzte sich auf ihren am wenigsten geliebten Vetter, während die Familie vor ihr zur Seite wich. »Ich nehme an, du hättest es besser gemacht? Hast du auch nur die geringste Ahnung, wieviel Kaufleute zu diesem Zeitpunkt in Casna waren? Diese Mistkerle von der cassorinischen Lampenölgilde hatten so viele Leute, die verzweifelt nach Fracht – *jeder* Art von Fracht – suchten, daß sie verlangen konnten, was immer sie wollten!«

Breslin lächelte genau in die Krallen ihres Zorns. »Dann hättest du warten sollen, wie ich es getan habe. Ich kam, direkt nachdem die ganzen Dummheiten in Cassori vorüber waren, und habe diese Idioten, die noch nichts verkauft hatten, so gut wie ausgeraubt. Was haben sie sich eingebildet – daß ein solcher Markt ewig anhalten würde? Dummköpfe. Sie waren mir regelrecht dankbar, daß ich ihnen den Kram abgenommen habe.«

Er schaute an ihr vorbei zu Linden, den sie in ihrem Rücken spürte, und tat Maurynna als unwichtig ab, wie er das immer getan hatte. »Ich nehme an, Ihr seid Linden Rathan?« sagte Breslin höflich, eine unverschämte Braue hochgezogen, und verbeugte sich. »Willkommen, Drachenlord.« Sein fragender Blick verharrte auf Taren, Lleld und Jekkanadar, weil er nicht sicher war, was er von ihnen halten sollte; schließlich neigte er königlich das Haupt. Dann nickte er Otter zu und zog beim Anblick von Raven nur die Nase kraus.

Raven entgegnete das Kompliment.

Jahre der Demütigung durch Breslin waren ihr endlich zuviel geworden. »Du ...«, fauchte Maurynna, und am liebsten hätte sie ihn erwürgt. »Du bildest dir wohl ein, einen guten Preis für ein paar Fässer Lampenöl zu bekommen würde uns dafür entschädigen, daß du die *Glückskind* auf eine Sandbank gesetzt hast, oder? Ich habe dir doch *gesagt*, daß diese Sandbank ihre Position verändert hat, aber du wußtest es selbstverständlich besser.«

»Du hast *was* getan, Breslin?« rief Raven von hinter ihr. »Davon habe ich noch gar nichts gehört.«

Das brachte Breslins Hochnäsigkeit zum Wanken. »Sei bloß still!« schrie er zurück und hob die gewaltigen Fäuste. »Halte dich da raus!«

Raven lachte.

Aus dem Augenwinkel bemerkte Maurynna, wie Linden neben sie trat, zweifellos bereit, sie zu schützen, falls Breslin zuschlagen sollte. Verärgert schob Maurynna ihn zurück und bemerkte kaum das schockierte Keuchen rings um sie her. »O nein, das tust du nicht. Du hältst dich auch raus.« Zum ersten Mal hatte sie die Kraft, sich gegen ihren größten, prahlerischsten – und verachtetsten – Vetter zu wehren. Sie würde dem Mistkerl die Prügel seines Lebens verabreichen. Sie hob die eigenen Fäuste ...

Nur um sie bei einem vertrauten Schrei wieder fallen zu lassen. »Kinder! Hört auf damit!«

Schweigen senkte sich über die Menge. Maurynna wagte einen Blick über die Schulter. Sie entdeckte Kesselandt, der auf sie zugerannt kam. Otter und Raven lachten wie die Verrückten, als sie den verblüfften Drachenlords und Taren erklärten, was hier los war.

Onkel Kesselandt spuckte wie ein Teekessel kurz vorm Überkochen. Normalerweise hätte sein Anblick, das Gesicht dunkelrot vor Zorn, Maurynna erschreckt. Nur fühlte es sich einfach nur wie zu Hause an.

Aber er verdarb es, als er stehenblieb, sich die Hand auf den Mund drückte und bebend stotterte: »Drachenlord, es tut ... es tut mir leid. Ich hätte nicht mit Euch ...«

Bitte, wollte sie flehen, *hört doch auf, mich wie eine Fremde zu behandeln und als würde ich nicht hierhergehören.* Aber sie sah in Kesselandts Augen und in den Augen ihrer Tanten und Onkel und Vettern hinter ihm, daß es nie wieder so sein würde wie früher.

»Onkel«, war alles, was sie nun sagte, »ich bin immer noch ich selbst. Wirklich.« Es half nichts. Sie sahen aus wie Spatzen, die zu ihrem kleinen Nest zurückkehrten, nur um feststellen zu müssen, daß aus einem ihrer Eier ein Adlerküken geschlüpft war. »Ich bin immer noch Rynna«, murmelte sie schließlich, besiegt von ihren verängstigten Blicken.

»Eine Schande«, sagte Breslin.

Kesselandt wandte sich ihm empört zu.

Sie schäumte vor Wut. Das war typisch für Breslin, daß er derselbe geblieben war: ein gewaltiger Idiot. Sie warf ihm einen wütenden Blick zu.

Er zwinkerte. Bevor sie noch etwas sagen konnte – zunächst war sie so verblüfft, daß sie kein Wort herausbrachte –, hatte er wieder diese hochnäsige Miene aufgesetzt. Dann drehte er sich auf dem Absatz um und stolzierte inmitten ungläubigen Gemurmels davon.

Aber er hatte seinen Zweck erfüllt. Kesselandt war zu wütend auf ihn, um sich zu erinnern, daß er sich vor ihr verbeugen sollte – zumindest einen Augenblick lang. Ihr Onkel folgte Breslin, immer noch vor Ärger schier platzend.

Sobald sich die Familie von dem Schrecken erholt hatte, daß ihr schwarzes Schaf mit ein paar weiteren Drachenlords zurückgekehrt war, hatten sie sich recht gut gefaßt – selbst wenn ein paar immer noch ein wenig verdutzt dreinschauten, dachte Linden.

Nach einer raschen Besprechung mit Kesselandt und den ältesten Tanten, Onkeln und Vettern im Hafen kam Maurynna dorthin zurück, wo der Rest der Truppe (ohne Raven, der mit ihr gegangen war) in Kesselandts Büro im Hauptlagerhaus wartete.

Linden machte ihr Platz am Rand eines Schreibtischs. Sie setzte sich neben ihn. Man sah ihr die Anstrengung an.

»Wo ist Raven?« fragte Otter.

Maurynna erklärte: »Zur Strafe für seine Sünden hat man Breslin beauftragt, das Abladen der Pferde zu überwachen. Raven ist mitgegangen, um ihn zu ... beaufsichtigen.«

Ihre Miene spiegelte nur die reine Unschuld.

Otter schnaubte. »Um ihn zu verspotten, meinst du. Nicht, daß Breslin es nicht hundertmal verdient hätte.«

»Genau. Jedenfalls, man hat Botschafter ausgeschickt, und ein Mauseloch wird für uns vorbereitet«, berichtete Maurynna. »Es sollte nicht lange dauern.«

»Ein *was?*« fragte Lleld. Sie schüttelte den Kopf, als wäre sie nicht ganz sicher, ob sie richtig gehört hatte.

Linden war auch nicht sicher. Ein Mauseloch? Sie sollten in einem ... *Mauseloch* untergebracht werden? Nein, er mußte sich verhört haben. Er schaute zu Otter hin. Der Barde zuckte nur die Schultern und nickte grinsend.

»Ein Mauseloch«, wiederholte Maurynna. »So werden die Gästehäuser auf dem Anwesen eines Handelshauses genannt. Ich habe keine Ahnung, warum; es ist einfach so.«

»Mauseloch«, wiederholte Jekkanadar leise. Nachdenklich runzelte er die Stirn.

»Wie erstaunlich«, meinte Lleld. »Ich habe nie zuvor in einem Mauseloch gewohnt.« Sie war so verblüfft, wie Linden sie je erblickt hatte.

Ein Punkt für dich, Liebste, sagte er zu Maurynna. *Ausnahmsweise ist Lleld einmal außerhalb ihres Elements.*

»Und ich muß euch warnen«, sagte Maurynna und verkniff sich ein Lächeln. »Sie planen ein Willkommensfest für heute abend. Zum Glück wird es eher klein ausfallen, weil sie nicht genug Zeit hatten – klein für ein Erdonfest, meine ich. Es wird im Großen Haus stattfinden.«

»Und das ist?« wollte Lleld wissen.

Maurynna antwortete: »Das größte Gebäude auf dem Anwesen eines Handelshauses. Es gibt beinahe immer ein Großes

Haus – häufig im Grunde ein eigenes Anwesen –, wo das Oberhaupt wohnt.«

Nun wollte Lleld natürlich mehr darüber wissen, wie die großen Handelsfamilien von Thalnia lebten. »Was sind diese Anwesen? Es klingt alles sehr organisiert und militärisch.«

»Überhaupt nicht«, sagte Maurynna. »Oder zumindest nicht mehr. Sie begannen während des Interregnums, in den Jahren des Chaos, als Häuser und Lagerhäuser hinter Palisaden, wo die größten und mächtigsten Handelsfamilien – die Häuser – und ihre Söldner wohnten und die Waren vor Angriffen schützen. Es war eine schlimme Zeit. Seitdem haben sich die meisten Anwesen über ihre ursprünglichen Mauern hinweg erstreckt. Jedes Haus besitzt Land in seiner Heimatstadt. Das meiste wurde gekauft, einiges ist auch eine königliche Schenkung. Auf diesem Land befinden sich das Große Haus und die Mauselöcher und ein paar kleinere, aber sehr hübsche Häuser für die älteren Familienmitglieder und ihre direkten Angehörigen, ein paar bescheidenere Heime für die verheirateten jüngeren Leute. Diese Häuser stehen gewöhnlich dicht nebeneinander, und der ganze Bereich ist als das Anwesen der Familie bekannt, selbst wenn es keine Mauern mehr gibt, die es von dem Rest der Stadt trennen. Alles gehört dem Handelshaus. Wie ich schon sagte, es sind die älteren Familienmitglieder – diejenigen, die die Entscheidungen treffen – oder die jüngeren mit Familien, die auf einem solchen Anwesen leben. Wenn uns kein Älterer einen Platz gab, mußten wir Jüngeren Unterkünfte finden, wo wir konnten, und häufig ein paar Zimmer mit zwei oder drei anderen teilen. Ich hatte Glück. Da ich das einzige Mädchen unter den jüngeren Vettern war, hatte ich ein Dachzimmer in Tante Maleids Haus für mich selbst.« Maurynna hielt inne. »Es war sehr klein, erdrückend heiß im Sommer und eisig im Winter, aber es war meins.« *Und dann bekam ich mein eigenes Schiff* ... Sie sprach es nicht laut aus, aber die

Worte hingen förmlich in der Luft. Ihre Miene wurde ausdruckslos.

Linden setzte dazu an, etwas zu sagen, dann seufzte er nur. Was hätte er sagen können? Sie hatte die wilde Freiheit des Meeres verloren, und der Himmel war ihr verweigert. Er hatte keine Worte, um sie zu trösten. Schuld nagte an ihm, daß das alles vielleicht um seinetwillen geschehen war. Hatte sie sich beim ersten Mal zu schnell verwandelt, weil er sie in ihrer Drachengestalt brauchte? Quälte Kyrissaean sie aus diesem Grund so – weil man sie gezwungen hatte zu erwachen, bevor die Drachenseele bereit war?

Seine Stimmung war so finster, daß er sich, als Jekkanadar leise lachte, die zornigen Worte kaum verkneifen konnte.

Aber es war deutlich, daß Jekkanadar nicht über ihn oder Maurynna lachte. »Mauseloch«, sagte er entzückt. »Wer hätte das gedacht? Aber es ist selbstverständlich klar, findet ihr nicht?« wandte er sich an die Versammelten.

Linden wechselte einen verwirrten Blick mit Maurynna, bevor er sich umsah und feststellte, daß die anderen ebenso erstaunt dreinschauten wie er. Nun lachte Jekkanadar laut. »Es tut mir leid, ihr wißt es selbstverständlich nicht. Ich kann auch nur raten, aber ... es gibt ein uraltes Wort im Assantikkanischen, so alt, daß ich es beinahe vergessen hätte. *A'mhausloc*. Selbst als ich jung war, wurde es kaum mehr verwendet. Hundert Jahre vor dem Krieg der Hexenkönige, als die Priester und Priesterinnen der Göttin Kirakki für die Justiz zuständig waren, gab es in jedem Tempel einen heiligen Bereich, der eine Art Zuflucht darstellte – genannt *A'mhausloc*. Alle Streitigkeiten wurden zu den Priestern gebracht, alles von einem Streit über den Besitz eines Schweines bis zu Grenzkriegen zwischen zwei Adligen. Jedenfalls standen auf dem *A'mhausloc*-Gebiet Gebäude, die jeder Kläger benutzen konnte, ganz gleich von welchem Rang er war. Schweinehirt oder Herzog, vor Kirakki waren alle gleich. Man konnte selbstverständlich auch in einem Gasthaus bleiben, aber dort riskierte man nur, ein Messer zwischen die Rippen zu bekommen. Nur auf dem *A'mhausloc* war man wirklich in Sicherheit. Genauer gesagt war man das, bis der hohe Priester Hannakulan seine Macht als Kirakkis Richter auf Erden zur persönlichen Bereicherung benutzte. Das führte schließlich zur Zerstörung der Tempel und bereitete das Feld für die Kriege. Es war«, meinte Jekkanadar, »eine sehr finstere Zeit.«

Taren meinte nachdenklich: »Die Zharmatianer haben eine Göttin namens K'rahi; sie hat etwas mit ihren Sehern zu tun. Es sieht so aus, als wären auch, was sie angeht, Gedanken und Worte zwischen Jehanglan und Assantikk hin und her gereist. Glaubt Ihr nicht?«

»Wirklich?« meinte Jekkanadar, und seine Augen blitzten vor Interesse. »Wir werden uns später unbedingt darüber unterhalten müssen. Aber laß mich raten, Maurynna«, fuhr er fort, »jeder Gast, der in einem Mauseloch wohnt, ist vollkommen geschützt, nicht wahr?«

Maurynna nickte. »Selbst wenn er der schlimmste Feind eines Handelshauses wäre – sobald das Oberhaupt ihn als Gast im Mauseloch aufnimmt, darf man ihm nichts tun.« Sie legte den Kopf schief. »Ich habe mich immer schon gefragt, wieso die Gästehäuser so genannt wurden. Aber nun verstehe ich es; im Thalnischen gibt es eine Menge ehemaliger assantikkanischer Wörter.« Ihr Lächeln wurde breiter. »Aber was für eine Albernheit man aus dem armen Wort gemacht hat!«

»In der Tat«, erwiderte Jekkanadar. »Es entstand in Würde zu Zeiten, von denen nur die Götter wissen, wie lange sie vergangen sind, und fiel dann dieser dummen Angewohnheit der Thalnier zum Opfer, Worte zu verdrehen.«

Maurynna zog eine Grimasse.

»Ebenso wie eine ganze Wagenladung aus jeder anderen Sprache, die ich je gehört habe«, neckte Linden sie weiter und zupfte an einer von Maurynnas Locken, erfreut, daß ihre finstere Stimmung zumindest im Augenblick vergangen war.

Für ein Fest, das so kurzfristig zustande gekommen war, ließen es die Erdons wirklich an nichts fehlen, dachte Linden.

Das Große Haus war eines der schönsten, größten und am besten ausgestatteten Gebäude, die er je betreten hatte; auch ein Herzog hätte nicht schlechter wohnen können. Schon der kleinere der beiden Festsäle hätte leicht doppelt so viele Menschen aufgenommen wie jene, die so kurzfristig hatten kommen können.

Linden stand an einem Tisch, der mit Speis und Trank beladen war, und wartete, während ein ehrerbietiger junger Diener ihm einen Kelch mit Wein füllte. Unter dem Adlerauge des Haushofmeisters bot der Junge ihm den Kelch in angemessener Weise dar, die linke Hand darunter, den rechten Daumen und Zeigefinger am Stiel, gerade fest genug, um das Gleichgewicht zu halten.

Linden nahm ihn entgegen. »Ich danke dir, Junge«, sagte er.

Der Junge strahlte; dann spürte er den eisernen Blick des Haushofmeisters und erwiderte: »Es ist mir eine Ehre, Euer Gnaden. Darf ich Euch sonst noch etwas anbieten?« Er zeigte auf die unzähligen Tabletts mit leckeren kleinen Bissen und Gebäck.

Selbst für ein improvisiertes Bankett wie dieses hatten die Erdons viele Möglichkeiten und, wie Linden dachte, hervorragend ausgebildete Köche. Nachdenklich betrachtete er, was ihm angeboten wurde, dann warf er einen Blick über die Schulter.

Es war, wie er befürchtet hatte: Eine weitere Gruppe von Verwandten hatte Maurynna in die Ecke gedrängt, und alle redeten gleichzeitig auf sie ein. Zweifellos ging es ihnen um Handelsverträge mit der Drachenfestung. Er sah, wie Maurynna die Lippen fest zusammenkniff.

Idioten. Sahen sie denn nicht, daß ein Ausbruch bevorstand? Sogar *ihm* war das klar, und er kannte Maurynna nur ein paar Monate. Eine Bemerkung, die Rani vor langer Zeit über einen anderen Offizier gemacht hatte, fiel ihm wieder ein. »Er ist nicht nur dumm genug, sich hinter ein austretendes Maultier zu stellen – er ist dumm genug, sich auch noch eine Zielscheibe auf den Arsch zu malen.«

Nun kniff Maurynna die Augen fester zusammen. Der Ausbruch stand kurz bevor. Und diese habgierigen Idioten machten immer weiter!

Zeit, sie zu retten. *Wehr sie nur noch ein wenig länger ab, Maurynna, Liebste,* sagte er im Geist zu ihr. *Sie werden aufhören, sobald ich dort bin.*

Ein tief empfundenes *Danke!* erklang in seinem Kopf.

Linden wandte sich wieder dem Diener zu. »Such etwas für mich aus, ja, Junge? Genug für zwei, und bring es dann zu mir.«

»Mit Vergnügen, Euer Gnaden!«

Linden schlenderte auf die Gruppe zu, die Maurynna belagerte. Gespräche brachen ab, als die Gäste bemerkten, wer an ihnen vorbeikam. Er schlüpfte neben seine Seelengefährtin, legte ihr den Arm um die Taille und lächelte seine neuen – und unverschämten – Verwandten dreist an. Die diversen Verwandten warfen einander Seitenblicke zu und *hm*ten und *hmpf*ten. Linden hoffte, daß sie die Andeutung verstanden und sich zerstreuen würden, also sagte er nichts, sondern trank nur seinen Wein.

Beim ersten Schluck schon zog er die Brauen hoch. Das war ein anderer Wein als der, den er zuvor getrunken hatte, und einer der besten Weine, die er in sechs Jahrhunderten geschmeckt hatte.

Hm – vielleicht gab es ja gewisse Gespräche über Handel, gegen die er gar nichts haben würde.

Maurynna wandte sich im Geist zu ihm, und ihre Worte

bebten von einer Mischung aus Zorn und Dankbarkeit. *Danke, daß du mich vor ihnen gerettet hast. Aber ich bin wütend, daß sie überhaupt auf die Idee kommen, mich mit so etwas zu plagen, sich aber niemals an dich wenden würden.*

Das liegt daran, daß sie mich immer schon als Drachenlord kannten. Du bist, nachdem die erste Überraschung vorüber ist, einfach zu vertraut für sie, als daß sie in Ehrfurcht erstarren würden.

Sie hielt einen Augenblick inne, dann fuhr sie schnaubend fort: *Die da hatten früher auch nie für mich Zeit; jetzt sieht das anders aus.*

Nun besitzt du einen Rang, der für sie nützlich sein könnte. Gewöhne dich daran, Liebste; es wird nicht aufhören. Deshalb lernst du, die wenigen echten Freunde zu schätzen, die du findest. Und manchmal sind Verwandte am schlimmsten. Du hättest meinen Vater und meine älteren Geschwister sehen sollen, wenn du glaubst, die da sind schlimm.

Oh? sagte sie fragend.

Sie haben darauf bestanden, daß ich ihnen das Recht verschaffe, die Pferde von unserem Besitz an die Drachenfestung zu verkaufen – und nur *ihnen. Es hat mir überhaupt nichts genützt, sie darauf hinzuweisen, daß Drachenlords Llysanyaner reiten, und falls gewöhnliche Pferde gebraucht werden, sie in den Stallungen von Schloß Drachenhort selbst gezüchtet werden. Vater hat es sich in den Kopf gesetzt, ich wollte ihn damit nur für alles bestrafen, was er mir angetan hatte. Er hat beinahe zwanzig Jahre lang nicht mit mir gesprochen.*

Er hörte, wie sie bei dem Gedanken nach Luft schnappte, dann bildete sich eine kleine Blase von Lachen in seinem Kopf. Damit kam ein Gedanke, von dem er nicht ganz sicher war, ob er ihn hätte hören sollen. *Ich frage mich, wie sich das vielleicht in die Wege leiten läßt ...* Sie ließ den Blick über die Gruppe schweifen, die, wie Linden wußte, nur darauf wartete, daß er wieder ging.

In diesem Augenblick kam der Junge mit einem gefährlich überladenen Teller. Linden nahm ihn vorsichtig entgegen, während Maurynna lächelnd sagte: »Danke, Temion. Hast du die Küche jetzt hinter dir? Das ist gut.«

Zu Lindens Vergnügen plusterte sich der Junge sichtlich auf. Ihm war es gleich, daß er Maurynna sein Leben lang gekannt hatte; ihm war es gleich, daß sie damals die unwichtigste Partnerin in dem Familienunternehmen gewesen war.

Er war von einem Drachenlord angesprochen worden, sogar mit seinem Namen! Er würde heute nacht in den Dienstbotenquartieren ordentlich angeben, das sah Linden ihm schon an.

Temion verbeugte sich und ging. Es war, wie Linden bemerkte, eine tiefere Verbeugung, wie er sie sogar Kesselandt gegönnt hätte. Einige der Verwandten reagierten mit empörten Blicken auf die Ehre, die einer einstmals so unwichtigen Person erwiesen wurde. Mit einem weiteren Lächeln und einem Nicken steuerte Linden Maurynna von ihnen weg, bevor sie ihre Ehrfurcht vor ihm verloren und ihre gierigen Zungen wiederfanden.

Sie fanden eine kleine Bank in einer isolierten Ecke des Raums. Maurynna ließ sich mit einem Seufzer, der aus gleichen Teilen aus Müdigkeit und Ärger bestand, darauf nieder. Sie hatte eine sehr entschlossene Miene aufgesetzt. Linden hielt es für das beste, nichts zu sagen; statt dessen bot er ihr den Teller an. Maurynna warf dem Bissen kaum einen Blick zu und griff nach einem kleinen Törtchen. Bevor er sie aufhalten konnte, hatte sie hineingebissen und kaute, wobei sie grimmig vor sich hinstarrte.

Linden wurde klar, daß es schlimmer sein mußte, als er angenommen hatte. Denn das Törtchen, das sie gewählt hatte, hatte als Füllung Marzipan, das Maurynna eigentlich überhaupt nicht mochte. Aber dort saß sie und bemerkte nicht einmal die zu süße, klebrige Füllung, die ihr normalerweise Übelkeit verursachte.

Er entschied, es wäre das Sicherste, sie nicht darauf hinzuweisen. Es würde ihre Laune absolut nicht verbessern.

Phönix, tat ihm der Hintern weg! Er war noch nie zuvor so lange geritten. Aber im Grunde störte Liasuhn sich nicht daran. Er war auf seinem Weg zum Wohlstand! Nun, er mußte zugeben, daß das nicht gleich geschehen würde – aber vielleicht eines Tages. Eines Tages würde er genug Geld haben, um in den besten Gasthäusern zu essen und die besten Bordelle aufzusuchen, wie es Kwahsiu und Nalorih taten.

Dann überfielen ihn plötzlich Zweifel. Er lenkte sein Pferd neben das von Kwahsiu und fragte: »Wird dieser Kaufmann, für den Ihr arbeitet, sich auch nicht daran stören, daß Ihr mich mitnehmt?«

Kwahsiu wandte sich ihm zu, sein allgegenwärtiges Grinsen noch breiter als zuvor. »Ganz bestimmt nicht«, sagte er. »Nein, man hat uns gesagt, wir sollten die Augen nach einem Burschen, der brauchbar aussieht, aufhalten. Unser Herr wird entzückt sein, dich zu sehen. Vollkommen entzückt.«

Liasuhn spürte ein warmes Glühen tief drinnen und fiel wieder an seinen angemessenen Platz zurück. Ihm standen zweifellos große Dinge bevor.

Und eines Tages würde er in seine kleine Flußstadt zurückkehren und sie alle verblüffen, o ja. Lächelnd ritt er weiter, versunken in einen glücklichen Tagtraum, und vergaß seinen schmerzenden Hintern.

24. KAPITEL

Raven erwachte am Morgen nach dem Willkommensfest mit einem Mund, der sich anfühlte wie der Boden einer Dunggrube. Vorsichtig setzte er sich aufrecht hin.

»Oh«, stöhnte er – aber leise, sehr leise. Dennoch wäre sein Kopf beinahe geplatzt.

Mit halb zugekniffenen Augen tastete er nach dem Wasserkrug am Bett und goß ein wenig davon in den Becher daneben. Er trank gierig. Das löschte den größten Teil seines Durstes, aber sein Mund fühlte sich immer noch an, als hätten winzige Drachen darin genistet.

»Bah«, sagte er und schwang die Beine aus dem Bett. Der weiche Teppich stach nach seinen Füßen, und sein Kopf pulsierte. Raven saß da und tat sich schrecklich leid.

Dann fiel es ihm wieder ein, und sein schmerzender Kopf kam ihm plötzlich wie reines Vergnügen vor.

Denn heute mußte er nach Hause zu seiner Familie gehen. Zu seinem Vater. Vielleicht würde er aber auch vorher an seinem Kater sterben.

Nein, dachte er finster. *Solches Glück werde ich nicht haben.*

Mühsam kam er auf die Beine und taumelte zu dem kleinen Badezimmer. Es würde lange dauern, sich darauf vorzubereiten.

Als ob er jemals vorbereitet sein könnte.

Als Raven endlich die Treppe herunterkam, näherte sich ihm ein Diener. Der Mann gab ihm einen vielfach gefalteten Pergamentstreifen. Neugierig griff Raven danach und drehte ihn um; es gab kein Siegel, das den Absender erklärt hätte. Er warf dem Diener einen fragenden Blick zu.

»Es ist vor kurzer Zeit für Euch abgegeben worden, junger Herr«, sagte der Mann. »Einer der Jungen, die sich auf dem Marktplatz herumtreiben, um sich ein paar Kupferstücke zu verdienen, hat es gebracht.«

Raven öffnete den Brief und fragte sich dabei die ganze Zeit, was und wer ...

Das »was« erfüllte ihn mit Erleichterung. Er las: *Dein Vater und dein Bruder sind in der Weberstraße, und es sieht so aus, als würden sie noch einige Zeit dort bleiben. An Deiner Stelle würde ich Deine Mutter jetzt aufsuchen.*

Das »wer« bewirkte, daß er sich fast vor Überraschung verschluckt hätte. »Breslin?« fragte er staunend.

Bei allen Göttern, wenn das kein Trick war, würde er dieser widerwärtigen Kröte am Ende noch die Hand schütteln!

Raven zügelte Sturmwind im Hof vor dem Haus seines Vaters. Er wischte sich die schwitzenden Handflächen an den Hosen ab und dachte daran, wieder davonzureiten. Aber in diesem Augenblick tauchte Corlan, einer seiner vielen Freunde, bei den Pferdeknechten auf. Raven blieb.

»Du hast Glück, Raven; der Herr ist jetzt gerade nicht da«, sagte Corlan und fing die Zügel, die Raven ihm zuwarf. »Oi! Das ist aber ein hübscher Kerl! Schau dir nur die Farbe an! So was habe ich noch nie gesehen.« Er tätschelte dem Llysanyaner den Hals. »Deiner?«

»Eher umgekehrt«, meinte Raven, als er aus dem Sattel sprang. »Das da ist Sturmwind. Er ist ein Llysanyaner aus der Herde von Schloß Drachenhort.«

Was immer Corlan gerade hatte sagen wollen, erstarb zu einem erstickten Krächzen. »Was ...«, stotterte er. Er riß die Augen auf und starrte das Pferd an, das ruhig zurückschaute. »Die Götter seien mir gnädig«, sagte er schließlich. »Also stimmen die Gerüchte? Du warst tatsächlich ... und das hier ist wirklich ...« Er hielt die Zügel, als ob sie ihn beißen könnten.

Raven erbarmte sich schließlich seiner. »Er wird dich nicht fressen, Corlan. Sag ihm einfach, was du von ihm willst, und er wird es tun. Oder, Sturmwind?«

Der Llysanyaner nickte und berührte Corlans Schulter mit der Schnauze.

»Und im Augenblick würde ich wetten, daß er gerne etwas zu trinken hätte, nicht wahr, Junge?«

Genau wie ich ...

Sturmwind schnaubte zustimmend. Raven schob Corlan sanft in die Richtung des Stalles. Der verblüffte Pferdeknecht ging wie ein Schlafwandler davon, und Sturmwind trabte neben ihm her. Kurz bevor sie um die Ecke des Hauses bogen, warf Sturmwind einen Blick zurück. Und blinzelte.

Lachend und ein wenig tapferer geworden, ging Raven ins Haus, um seine Stiefmutter, Virienne, zu suchen.

Taren stand am Fenster des Zimmers, das man ihm im Großen Haus zugewiesen hatte, spähte hinaus und beobachtete die Diener, die in einem anderen Haus auf der anderen Seite des großen Haupthofs ein und aus gingen. Dort befand sich zweifellos das »Mauseloch«, in dem sie wohnen sollten.

Er fragte sich, ob Raven wohl zurückkehren würde, um auf dem Erdon-Anwesen zu wohnen, oder ob er und sein Vater sich versöhnen würden. Taren hoffte das erstere. Es gab irgend etwas an Drachenlords, besonders *diesen* Drachenlords, das der Junge wußte, ihm aber nicht sagte. Und was noch schlimmer war, ohne Raven als Puffer zwischen ihm und den Drachenlords würde er noch mehr Zeit mit ihnen verbringen müssen.

Und das war etwas, das er um jeden Preis vermeiden wollte. Jedenfalls, solange er nicht mehr über sie wußte. Es hieß, daß bestimmte Priester des Phönix eine Unwahrheit wittern konnten, daß sie Verrat wahrnahmen wie einen schlechten Geschmack. Taren wollte nicht feststellen müssen, daß diese Drachenlords dasselbe konnten. Er erinnerte sich an Geschichten über Drachenlords, die er als Kind gehört hatte; man hatte ihnen alle möglichen Arten magischer Kräfte zugesprochen. Bisher hatte er sie täuschen können, aber das wahrscheinlich nur, weil er sich so gut wie möglich ferngehalten hatte. Was in gewisser Weise eine Schande war; er unterhielt sich recht gern mit Jekkanadar.

Er würde sich weiter zurückhalten. Er hatte nicht vor, alles aufs Spiel zu setzen, solange es nicht sein mußte. Nicht, solange er nicht entdeckt hatte, wer von ihnen *verborgen* war.

Mit einem leisen Fluch wandte Taren sich vom Fenster ab.

Drinnen im Haus war es kühl. So früh in der kalten Jahreszeit wurden die Feuer tagsüber noch nicht angezündet. Heute nacht würde gutes Schlafwetter herrschen, dachte Raven, als er durch die Gänge seines Zuhauses trabte.

Es war ein schönes Zuhause; nicht so großartig wie das der Familie Erdon, aber ein angenehmes, bequemes Haus. In mancher Hinsicht war es schön, wieder hier zu sein.

Aber irgend etwas fühlte sich nicht mehr richtig an ...

Er blieb vor der Tür zu dem Wohnzimmer mit dem großen Sonnenfenster stehen. Dann holte er tief Luft, nahm seinen ganzen Mut zusammen und ging hinein.

Seine Stiefmutter saß in ihrem Lieblingssessel, ihre ganze Aufmerksamkeit der Stickerei in ihrem Schoß zugewandt. Ihr braunes Haar, durchmischt mit Grau, war im Nacken zu einem Knoten geflochten. Trotz des Graus sah sie viel jünger aus, als sie war. Neben ihr stand ein Beistelltisch. Darauf befand sich ein Korb, der beinahe überquoll von bunten Garnknäueln. Die Nadel, die sie in der Hand hielt, schoß geschwind in das dunkle Tuch und wieder heraus. Eine Halsverzierung für ein Festtagshemd, nahm er an.

Dann blickte sie auf, weil sie irgendwie aufmerksam geworden war.

»Hallo, Virienne«, sagte Raven kläglich.

Sie schwieg und sah ihn nur an.

Mißtrauisch ging Raven ein paar Schritte vorwärts. »Hast du meinen Brief nicht bekommen?« Sollte Iokka gegen seinen Teil der Übereinkunft verstoßen haben ...?

Virienne schob sich eine Haarsträhne, die sich aus dem Knoten gelöst hatte, aus dem Gesicht. »Er war wütend«, sagte sie müde. »Wie konntest du ihm so etwas antun? Er hatte erwartet, daß du mit dieser Ladung zurückkehrst und sie verkaufst.«

»Virienne, wie hat er das Versprechen brechen können, das er mir gegeben hatte?« entgegnete Raven. »Wie kann er es rechtfertigen, mich zu etwas zu zwingen, nur weil *er* es will? Ich bin kein Kaufmann; das wissen wir alle.«

Er rieb sich die Stirn. Der Weidenrindentee, den er zuvor heruntergewürgt hatte, hatte gegen die Kopfschmerzen geholfen, aber nun drohten sie, mit Verstärkung zurückzukehren.

Virienne warf ihre Handarbeit auf die Bank neben sich; der Stoff rutschte zu Boden. »Du undankbarer Welpe! Man überreicht dir die Welt auf dem Silbertablett, und du weist sie ab. Wie gern der arme Honigan hätte, was du hast! Statt dessen muß er sich mit dem zufriedengeben, was du ihm übriglassen wirst, wenn du das Geschäft einmal erbst.«

Die Verbitterung seiner Stiefmutter verblüffte Raven. Nie hatte Virienne so etwas wie Eifersucht gezeigt oder ihn in irgendeiner Weise abgelehnt, seit sie seinen Vater geheiratet hatte, als Raven acht war. Sie hatte ihn niemals anders behandelt als ihren eigenen Sohn, und Raven war dankbar dafür gewesen. Seine Freunde hatten ihm zu viele Geschichten von bösen Stiefmüttern erzählt, als sich herumgesprochen hatte, daß sein verwitweter Vater wieder heiraten wollte.

»Was ich ihm übriglasse?« sagte Raven, entsetzt über ihre Anklage. »Verflucht, Virienne, was mich angeht, kann Honigan das elende Geschäft haben, ich bin froh, wenn ich es loswerde!«

Sie erhob sich und sah ihn an, und ihr Blick sagte ihm, daß sie ihn für einen Lügner hielt.

Das tat weh. Er sagte: »Ich habe das ernst gemeint. Wenn Vater den Wollhandel Honigan hinterließe, wäre ich wirklich froh. Ich weiß, wie schwer Vater gearbeitet hat, um soviel Erfolg zu haben, und ob du es glaubst oder nicht, es würde mich umbringen, zu sehen, daß all seine Arbeit umsonst gewesen sein sollte. Das ist die Wahrheit, ob du mir glaubst oder nicht. Und es wird verschwendet sein, wenn es mir zufällt. Glaubst du denn, das tut nicht weh? Zu wissen, daß es meine Unfähigkeit ist, die Vaters schwere Arbeit wieder zunichte machen wird? Ich will nicht, daß das geschieht. Aber Honigan liebt den Handel ebenso wie Vater. Er sollte derjenige sein, der das Geschäft erbt. Er ist klug, und die anderen Kaufleute achten ihn. Was mich angeht – zur Hölle, Virienne, sie lachen hinter vorgehaltener Hand über mich, wenn sie mich sehen. Sie wissen, daß sie mich jederzeit rupfen können wie ein Huhn.«

Er griff nach ihrer Handarbeit, hob sie auf und schüttelte den Staub ab. »Hier – es wäre eine Schande, es jetzt zu verderben. Du bist beinahe fertig.«

Er hielt ihr den Stoff hin und fürchtete halb, sie würde seine Hand beiseite stoßen.

Aber sie nahm den Stoff entgegen. »Ja, so ist es«, sagte sie, und die Unruhe war aus ihrem Blick gewichen. Statt dessen sah sie resigniert aus. »Als wir geheiratet haben, hat Rotfalk mir versprochen, wenn ich dich wie meinen Sohn betrachte, würde er Honigan wie seinen eigenen halten.«

Raven lachte – ein barsches, verbittertes Lachen. »Ja, so hält Vater seine Versprechen. Du hast deine gehalten. Weißt du, daß es Zeiten gab, in denen ich vergessen habe, daß du nicht meine richtige Mutter warst und Honigan nur ein Stiefbruder?« Er legte ihr die Hände auf die Schulter und sagte sanft:

»Dafür danke ich dir, Virienne. Ich danke dir für all die Zeiten, wo du versucht hast, den Frieden zwischen den beiden störrischen Männern in dieser Familie aufrechtzuerhalten. Warum setzen wir uns jetzt nicht wieder hin und erzählen uns die Neuigkeiten?« fragte er. »Ich glaube, ich habe eine Überraschung für dich«, fügte er hinzu und versuchte, geheimnisvoll dreinzuschauen.

»Dann muß es mit einem Pferd zu tun haben«, sagte Virienne lächelnd, als sie sich wieder hinsetzte. »Ich kenne dieses Glitzern in deinen Augen.«

Raven zog einen Stuhl heran, um den Flecken Sonnenlicht zu teilen, in dem Virienne saß, und sie unterhielten sich. Virienne bestand darauf, alles zu erfahren, was Raven seit seinem Abschied getan hatte.

Sie legte die Hand an die Kehle, als sie von Tarens Leiden und seiner mutigen Flucht hörte; sie nickte verständnisvoll, als Raven davon sprach, daß ihm nach der Begegnung mit dem ehemaligen Jehangli-Sklaven klargeworden war, worin seine Pflicht bestand; sie staunte, als er Schloß Drachenhort beschrieb und davon sprach, am Tisch der Herrin gesessen und gesehen zu haben, wie Echtdrachen über die Festung hinwegflogen.

Als er über die erste Begegnung mit Sturmwind berichtete, lachte sie. »Ich wußte es!« sagte sie und klatschte entzückt in die Hände. »Ich wußte, es würde noch ein Pferd in dieser Geschichte vorkommen! Und was für ein Pferd!«

Aber dann wurde sie ernst, als sie von dem Versagen bei der Befreiung des gefangenen Echtdrachen hörte und als Raven ihr von Llelds Plan berichtete und daß er daran Anteil haben sollte – obwohl er ihr nicht genau sagte, worin dieser Anteil bestand. Sie war bleich geworden.

»Mußt du das wirklich tun?« fragte sie leise.

»Ja«, sagte er. »Ich muß. Und du mußt schwören, daß du niemandem davon erzählst. Nicht einmal Vater oder Honigan, überhaupt niemandem. Sag einfach, daß ich mit den Drachenlords weiterreisen werde. Wirst du das für mich tun?«

Sie sagte: »Ich schwöre.« Ihre Stimme war beinahe fest. Aber in ihrem Blick stand die Angst einer Mutter.

Raven nickte. Er schaute zu Boden und bemerkte, daß der Fleck Sonnenlicht, in dem sie gesessen hatten, längst weitergewandert war. Sie hatten lange miteinander gesprochen, länger, als er geglaubt hatte. Er hatte Glück, daß sein Vater noch nicht nach Hause gekommen war.

Und wenn er wollte, daß sein Glück andauerte, sollte er lieber gehen. Raven stand auf, den Umhang über dem Arm. »Ich muß jetzt gehen«, sagte er.

Auch Virienne erhob sich. »Ich verstehe. Raven, was ich vorher gesagt habe ... glaub bitte nicht, daß ich nur ehrgeizig für Honigan bin«, flehte sie ihn an. »Ja, ich möchte, daß er eines Tages Rotfalks Geschäft übernimmt – aber nur, weil ich weiß, daß es dir die Freiheit geben würde, deine eigenen Träume zu erfüllen. Welche Mutter könnte sich mehr für ihre Söhne wünschen?«

Raven lächelte. »Was können wir uns mehr wünschen? Frag Maurynna. Ihr Traum hat sich erfüllt – jetzt bin ich dran.«

Sie hob die Hand an den Mund. »Ah«, sagte Virienne. »Es tut mir leid, Raven; ich weiß, daß du gehofft hast ...«

»Es tut nicht mehr richtig weh«, log Raven. »Zweifellos möchtest du sie und Linden gerne sehen. Ich werde sie herbringen ...«

Virienne riß entsetzt die Augen auf. »Drachenlords hier? Raven, ich habe nicht genug Zeit, etwas zu planen ...«

»Virienne!« sagte er. »Es ist Maurynna! Erinnerst du dich an sie? Dieselbe Maurynna, die, als sie zehn Jahre alt war, deine beste und teuerste assantikkanische Teekanne zerbrochen hat. Plane auf keinen Fall irgend etwas Aufwendiges für sie. Bitte. Ich fürchte, wenn du das tust, wird sie doch noch zusammenbrechen und weinen. Gestern hätte ich zum ersten Mal in meinem Leben Breslin umarmen können.«

Und jetzt bin ich ihm um meiner selbst willen etwas schuldig. Er beschloß, das nicht weiter auszuführen. Sollte Virienne doch denken, daß er einfach nur aus Glück zu einem Zeitpunkt aufgetaucht war, als sein Vater nicht anwesend war.

»Breslin?« fragte Virienne erstaunt. »Dieser unangenehme, kleine – warum denn das? Ich hätte eher gedacht, daß du ihm die Nase blutig schlagen wirst.«

Raven nickte. »Ich auch. Aber als wir einliefen, hat sich Rynnas Familie benommen, als wäre eine Fremde unter ihnen erschienen, eine Prinzessin, der sie sich nicht nähern durften. Niemand hat sie umarmt, und Kesselandt wollte sogar vor ihr niederknien. Ich dachte, Rynna würde auf der Stelle in Tränen ausbrechen. Und in diesem Augenblick hat Breslin den Tag gerettet, mögen die Götter diese unsägliche Kröte segnen! Sobald er Maurynna erblickte, hat er angefangen, sich mit ihr zu streiten, als hätte sich nichts gewandelt – besonders Maurynna nicht.« Raven grinste seine Stiefmutter an, denn er wußte, wie sehr sie solche Bemerkungen haßte.

Auch diese ließ sie nicht durchgehen. Sie verzog das Gesicht. »Maurynna – gewandelt. Raven, das war wirklich ekelhaft, sogar für deine Verhältnisse.«

Sie schlug nach ihm.

Raven wich ihr aus und sagte: »Sind wir wieder Freunde, Virienne? Sag Honigan, daß ich mit ihm sprechen möchte und daß ich dabei auf seiner Seite bin. Ich ... ich habe mein Mädchen verloren. Ich will nicht auch noch meine Mutter und meinen großen Bruder verlieren.« Es hatte zu dicht davorgestanden, daß es tatsächlich geschah. Der Gedanke schnürte ihm die Kehle zu.

Sie zog ihn zu sich herunter und küßte ihn so sanft auf die Stirn wie jede andere Mutter. »Ich werde dafür sorgen, daß das nicht geschieht, mein Lieber. Kehrst du aufs Anwesen der Erdons zurück? Das ist vielleicht das beste, zumindest heute abend. Ich werde versuchen, deinem Vater Vernunft beizubringen. Und nun geh, mein Lieber.«

Er küßte ihr die Wange. »Danke«, flüsterte er und umarmte sie fest.

Dann verließ er das kleine Wohnzimmer und ging langsam durchs Haus, wobei er immer noch versuchte festzustellen, was hier nicht stimmte. Es fühlte sich zu klein an, als wäre es in seiner Abwesenheit irgendwie geschrumpft. Er blieb an der Tür zu seinem Schlafzimmer stehen. Was würde er finden, wenn er hineinsah? Ein leeres Zimmer, nachdem sein Vater befohlen hatte, selbst die Erinnerungen an seinen abtrünnigen Sohn entfernen zu lassen? Oder hatte sein Vater es aus Rache zu einem Lagerraum für Wollballen gemacht? Einen Augenblick später gab Raven der Versuchung nach und spähte hinein.

Es war alles, wie er es zurückgelassen hatte, und es roch immer noch nach Lederöl und Holz. Erleichtert ließ er sich gegen den Türrahmen sinken; tausend Erinnerungen drangen auf ihn ein. Die Vorhänge waren offen; die letzten Sonnenstrahlen streckten ihre hellen Finger über die schwarzgrüne Decke auf dem schmalen Bett aus – eine Decke, die Virienne für ihn gewebt hatte, nachdem sie seinen Vater geheiratet hatte. Dort stand die Kleidertruhe am Fuß des Bettes, sein Sattel lag darauf und wartete, daß er die aufgerissenen Nähte reparierte. Er sah den Tisch am Fenster, das Rechnungsbuch, an dem er an dem Morgen, als er das Haus verließ, gearbeitet hatte, noch aufgeklappt. Neben dem Buch waren noch die Feder und das Tintenfaß. Er fragte sich, ob die Tinte wohl vertrocknet war; wie gewöhnlich hatte er vergessen, das Faß zu verschließen. Alles war dasselbe. Es fühlte sich so vertraut an und dennoch ... verändert.

Wie kann es sich fremd anfühlen, überlegte er, immer noch am Türrahmen lehnend, *wenn sich doch nichts ver...*

Er schoß in den Raum wie ein Stein aus der Schleuder. Wo waren seine Pferde? Die Regale an der Wand gegenüber, auf der seine Sammlung geschnitzter Pferde gestanden hatte, waren leer. Er begann zu suchen.

Er fand sie bald. Es war klar, daß jemand sie in einem Zornausbruch vom Regal gefegt hatte. Sie lagen auf dem Boden, verborgen hinter dem Bett – zumindest das, was von ihnen übrig war. Die stolze Herde bestand nur noch aus Stücken zersplitterten Holzes, das man bestenfalls benutzen konnte, um ein Feuer zu machen.

Raven ließ den Umhang fallen und kniete sich neben den jämmerlichen kleinen Haufen. Tränen brannten in seinen Augen, als er hier ein Bein, dort einen geschnitzten Kopf berührte. Er kannte sie alle, er hatte für jedes einen Namen gefunden, er hatte sie jahrelang geliebt. Der Staub lag dick auf ihnen – und nur auf ihnen. Dies hier war schon vor längerer Zeit geschehen und so hinterlassen worden als ... als was? Eine Warnung?

Sein Lieblingspferd lag ganz unten, ein Hengst, der aus dunklem Holz geschnitzt war, das im Lauf der Jahre zu Schwarz gealtert war. Er sah, wie Raven nun überrascht bemerkte, ganz ähnlich wie Shan aus. Oder zumindest hatte es einmal so ausgesehen; nun waren nur noch Splitter übrig. Zweifellos hatte dieses Holzpferd die schlimmste Wut des Zerstörers abbekommen.

Vaters Wut, sagte eine Stimme in Ravens Kopf. Er hätte die Stimme gern der Lüge bezichtigt. Aber er wußte, das war nicht möglich. Nicht ohne selbst zum Lügner zu werden. *Und das werde ich nicht tun.*

Raven stand auf und ging zur Tür. Er wollte nichts sehnlicher als dieses Haus verlassen; dieses Haus, in das er nie zurückkehren konnte.

Das hier war nicht sein Heim. Jetzt nicht mehr.

Gegen Ende des Abendessens kam eine Dienerin herein und flüsterte Onkel Kesselandt etwas zu. Er nickte und schickte die Frau mit einem leisen »Danke« wieder weg.

Als sie das Speisezimmer verlassen hatte, sagte Onkel Kesselandt: »Das Mauseloch steht nun für Euch bereit. Eure Sachen sind hinübergebracht worden, ich hoffe, daß es Gnade vor Euren Augen finden wird, Drachenlords.«

»Solange ich das Zeug nicht selbst packen muß, ist das zweifellos so, Meister Kesselandt«, sagte Lleld mit Nachdruck. »Ich vergesse immer, wie sehr ich diesen Teil des Reisens hasse.«

Kesselandt lächelte.

»Danke, Onkel«, erwiderte Maurynna.

»Gern geschehen, meine Liebe.«

Es war ein wenig steif; sie konnte beinahe das unausgesprochene »Euer Gnaden« hören, das ihr gewissenhafter Onkel sicherlich glaubte hinzufügen zu sollen, aber es paßte schon mehr zu dem Kesselandt, den sie gekannt hatte, als zu dem Mann, der sie im Hafen mit einem Kniefall begrüßen wollte. Jemand mußte mit ihm gesprochen haben.

Sie konnte sich vorstellen, wer. Ein Blick über den Tisch bestätigte das; Linden nickte Kesselandt anerkennend zu. Sie hätte ihm gerne gedankt, aber dies war weder der Zeitpunkt noch der Ort, um Kyrissaean zu reizen.

Nun gut. Sie würde ihm später *danken*, dachte sie und trank schnell etwas, um ihr Lächeln zu verbergen.

Nun sah ihr Onkel sich weiter am Tisch um. Es war nach Erdon-Maßstäben ein kleines Familienessen: nur etwa ein Dutzend Verwandte und die Reisenden.

»Raven bleibt nicht bei euch, Maurynna?« fragte Kesselandt.

Alle sahen sich um, als hielten sie nach dem jungen, rothaarigen Yerrin Ausschau. Taren, der den größten Teil der Mahlzeit über geschwiegen hatte, sagte: »Er meinte, er wolle zum

Haus seiner Familie, Meister Kesselandt. Er ist am späten Vormittag gegangen.«

Otter warf einen Blick über die Schulter zum Fenster. »Anscheinend ist er dort geblieben; es ist schon fast dunkel.«

Maurynna seufzte erleichtert. *Otter hat recht. Den Göttern sei Dank; Meister Rotfalk ist offenbar zur Vernunft gekommen.*

Kesselandt sagte: »Soll ich Euch jetzt zum Mauseloch bringen?«

Die Drachenlords sahen einander an und nickten. »Das wäre schön, Meister Kesselandt«, sagte Lleld mit einem Blick zu Taren. »Es war ein langer Tag für uns.«

Kesselandt erhob sich und ging zur Tür. Die Drachenlords, Otter und Taren folgten.

Als die Sonne unter den Horizont schlüpfte und es kühler wurde, schlang Raven die Arme um den Oberkörper und nannte sich einen neunfachen Idioten dafür, daß er seinen Umhang vergessen hatte. Ein Baumstamm als Rückenlehne hielt einen kaum warm. Außerdem wurde er langsam müde davon, hier zu sitzen und zuzusehen, wie Sturmwind graste. Nun gut, der lange Ritt zurück nach Sturmhafen würde ihn wärmen und die Krämpfe aus den Muskeln lösen.

Raven streckte die Beine aus und ächzte. Verflucht; das war schlimmer, als er befürchtet hatte. Zusätzlich zu diesem Elend knurrte ihm der Magen und protestierte dagegen, den ganzen Tag lang ignoriert worden zu sein. Aber selbst das war noch nicht das Schlimmste. Er fühlte sich vollkommen verloren. Ihm war nicht klar gewesen, wie sehr er doch tief drinnen darauf gezählt hatte, wieder nach Hause zurückkehren zu können. Fühlte sich so ein kleiner Vogel, der aus dem Nest gestoßen wurde?

Nein, er mußte zugeben, daß man ihn nicht gestoßen hatte. Er war gesprungen – und das, ohne hinzusehen. Was geschehen war, war geschehen. Sein Leben gehörte nun ihm selbst. Der Gedanke erschreckte ihn zu Tode.

Es war an der Zeit, sich diesem neuen Leben zu stellen. Als erstes mußte er sich um etwas kümmern und dann ... nun, er würde sehen. Es war später noch Zeit, sich Sorgen zu machen.

Steif kam er auf die Beine, Sturmwinds Zaumzeug in der Hand. Wie immer bewirkte der Anblick ein gewisses Staunen; er war immer noch nicht an ein Zaumzeug ohne Gebiß gewöhnt.

Sturmwind hob den Kopf. Beim Anblick des Zaumzeugs trabte er zu Raven und zupfte an einer seiner Haarlocken.

»Hör auf, du großer Klotz«, sagte Raven lachend. *Zumindest mein Pferd mag mich noch,* dachte er und kniff dem Hengst in die Oberlippe. Er mußte lächeln.

»Ein wenig anders als deine Dachkammer, wie?« neckte Linden, als er und Maurynna das Schlafgemach begutachteten, das man ihnen zugewiesen hatte.

Es war groß und luftig und kündete von Wohlstand und Geschmack. Die Wände waren mit hellem Holz vertäfelt, und die Paneele waren so gut miteinander verbunden, daß man kaum Ritzen wahrnehmen konnte. Eine gemalte Rankenbordüre zog sich unterhalb der Decke über die Wände. Die Malerei war so kunstvoll ausgeführt, daß Linden die Ranken auf den ersten Blick für echt gehalten hatte.

Sämtliche Möbel hatten jene schlichte Eleganz, die von freizügig ausgegebenem Geld sprach. Die Bettvorhänge allein mußten ein kleines Vermögen gekostet haben.

»Ihr Götter, ja«, sagte Maurynna. »Ich hatte nie viel mit den Gästen unserer Familie zu tun, also war ich kaum je in einem der Mauselöcher, und niemals in den oberen Stockwerken. Wie sagt Lleld immer, wenn sie beeindruckt ist? ›Boah!‹«

Linden legte ihr den Arm um die Taille und zog sie an sich. »Das Bett sieht bequem aus – glaubst du, wir haben noch Zeit, bevor wir uns mit Lleld und Jekkanadar treffen, daß wir herausfinden können wie bequem?« flüsterte er ihr ins Ohr.

Sie lachte und sagte: »Wir werden die Zeit schon haben.«

Er hob sie vom Boden hoch. Sie würden sich die Zeit nehmen; ihnen blieb nur noch so wenig.

Sie galoppierten den größten Teil des Weges, der Hengst bewegte sich leicht wie eine Wolke über die Straße. Die ersten Sterne glitzerten am Abendhimmel. Raven überließ sich der Freude des Reitens und lachte laut, als der Wind ihm das Haar aus dem Gesicht peitschte.

Aber nur zu bald schon lag das Stadttor vor ihnen. Sturmwind wurde langsamer und tänzelte in einem gemäßigteren Tempo hindurch. Jetzt war es nicht mehr weit ...

»Verflucht«, flüsterte er.

»Ihr seid spät«, sagte Virienne, als Rotfalk und Honigan in das Zimmer kamen, wo sie am Tisch wartete und das Essen schon aufgetragen war. »Es ist alles kalt geworden.«

»Kaltes Huhn ist vollkommen in Ordnung, wenn es genug grüne Soße dazu gibt«, sagte ihr Mann und setzte sich.

Sie betrachtete ihn forschend, als die kleine Dienerin ihm sein Abendessen vorsetzte. Er schien recht zufrieden, aber auch irgendwie zerstreut, denn obwohl er lächelte, erschien hin und wieder eine kleine Falte auf seiner Stirn, als nagte etwas an ihm. Honigan auf der anderen Seite war einfach nur vergnügt. Es sah so aus, als wäre heute alles gutgegangen.

Hoffen wir das, dachte sie. Damit wird das, was ich zu sagen habe, vielleicht auf fruchtbareren Boden fallen.

Sie beschloß, Rotfalk nichts von Ravens Besuch zu erzählen, ehe das Essen zu Ende war. Statt dessen lauschte sie, als ihr Mann und ihr Sohn den guten Preis feierten, den sie für die Wolle einer ihrer Herden erhalten hatten. Eine Herde, die, wie sie sich stolz erinnerte, auf Honigans Vorschlag hin für beträchtliche Kosten aus dem Hochland von Yerrih hierhergeschafft worden war. Rotfalk war anfangs skeptisch gewesen, aber Honigan hatte seinen Stiefvater überredet, die kleinen Schafe mit der langen, blaugrauen Wolle zu importieren.

Nun hatte sich das bezahlt gemacht, denn Honigan sagte: »Und das Beste ist, daß große Nachfrage besteht. Parmale, die das Tuch für den Tempel von Duirin webt, sagte, sie werde alle Wolle ankaufen, die wir herstellen können. Es ist genau die Farbe, die sie für ihre Gewänder brauchen. Das wird ihr die Mühe und die Kosten des Färbens sparen, sagte sie, nun, da Watt, der alte Färber, tot ist und sein Sohn Derenel seine Arbeit so nachlässig fortsetzt.«

»Dummköpfe ruinieren das Tuch nur«, meinte Rotfalk mit dem Mund voll Hühnerfleisch. »Es ist eine Schande zu sehen, wie ein gutes Geschäft so vor die Hunde geht.« Seine Augen blitzten tückisch. »Ich sag dir eins, Honigan – ich wette, daß Derenel verkaufen will; Watt liegt noch keinen Monat im Grab, und die Leute sehen sich schon anderswo um. In ein paar Monaten wird das Geschäft nichts mehr wert sein. Ich werde es jetzt kaufen, und dann kümmerst du dich um die Wollfärbereien, und Raven ist für alle anderen Sachen zuständig, und wir können ein großes Stück vom Markt für uns beanspruchen. Was hältst du davon?«

Honigan schaute auf seinen Teller. Er sagte leise: »Aber ich interessiere mich nicht für Färberei ...«

»Unsinn, Junge!« entgegnete Rotfalk freundlich, aber mit einer gewissen Schärfe. »Ich werde das verdammte Geschäft kaufen, du betreibst es, und sobald Raven wieder da ist ...«

So hatte sie es nicht machen wollen, aber die Erinnerung an Ravens Worte und Honigans enttäuschte Miene bewirkte, daß ihr die Worte herausrutschten. »Raven ist wieder da«, sagte Virienne.

Eine Stille wie die Pause zwischen Donner und Blitz senkte sich über den Tisch. Am Ende sagte Rotfalk: »Wie bitte? Woher weißt du, daß Raven wieder da ist? Ich habe nichts davon gehört.« Seine Stimme bebte von kaum beherrschtem Zorn.

»Hast du nichts von den Drachenlords gehört?« entgegnete Virienne.

Stirnrunzelnd sagte Rotfalk: »Ja – es hieß heute auf dem Markt, daß Maurynna und ihr Seelengefährte, der, den sie den letzten Drachenlord genannt haben, gestern eingetroffen sind. War Raven bei ihnen? Niemand hat mir etwas gesagt!«

»Ich hörte, daß noch zwei andere Drachenlords sie begleiten«, sagte Honigan und sah Virienne an. »Wer würde Raven schon bemerken, wenn Drachenlords in der Nähe sind?«

»Es sind zwei andere dabei«, bestätigte Virienne, »ebenso wie Otter und noch jemand. Und woher ich das weiß ... er ist hierhergekommen, Rotfalk. Gegen Mittag.« Sie holte tief Luft. »Er ... er wird aber nicht bleiben.«

»Selbstverständlich wird er das.« Ein Priester, der den Willen seines Gottes von den Tempelstufen verkündete, hätte das nicht mit größerer Überzeugung sagen können. Oder mit größerer Sturheit.

Virienne seufzte. »Er sagte, er werde mit den Drachenlords weiterreisen.«

Rotfalk schlug mit solcher Wucht auf den Tisch, daß Teller und Besteck hüpften. An seiner Stirn zuckte eine Ader. »Das wollen wir doch mal sehen!« Er stand auf.

Maurynna hatte nicht lauschen wollen, als sie von einem spätabendlichen Besuch in der Speisekammer auf der Suche nach einem Krug Bier und ein paar Gewürzkeksen zurückkehrte. Aber ihre nackten Füße verursachten kein Geräusch auf dem Holzboden, als sie an dem offenen Fenster vorbeiging; jene, die draußen standen, hörten nicht, wie sie näher kam. Sie sprachen leise genug, daß Maurynna, wäre sie ein Echtmensch gewesen, die Stimmen nicht erkannt und erst recht nicht die Worte verstanden hätte.

Aber nun verfügte sie über das scharfe Gehör eines Drachenlords, und sie kannte sowohl die Stimme als auch die Worte. Es war Raven.

Noch während sie dachte: *Wie seltsam, ich dachte, er wäre schon längst nach Hause gegangen*, begriff sie seine Worte. »Ich kann nicht nach Hause gehen, Meister Kesselandt.« Die Worte kamen schleppend, als wäre Raven sehr erschöpft. »Bitte ...«

»Nein«, sagte eine barsche Stimme. Es war nicht Onkel Kesselandt.

Maurynna kniff die Lippen zusammen. Onkel Darijen war niemals ihr oder Ravens Freund gewesen. Sich zu erinnern, wie er Kesselandt beinahe davon überzeugt hatte, daß sie zu jung war, um Kapitän eines Schiffs zu werden, bewirkte, daß ihr vor Zorn wieder ganz heiß wurde.

»Mit allem Respekt, ich habe das Oberhaupt dieser Familie gefragt und nicht Euch.«

Trotz der Erschöpfung lag Stahl ins Ravens Stimme. Maurynna jubelte ihm lautlos zu.

»Unverschämter Welpe! Ich werde dafür sorgen, daß du das bereust.«

»Meister Kessel...«

Onkel Darijen unterbrach ihn. »Du hast diese Segel selbst gesetzt, nun lebe mit dem Kurs, den du dir gewählt hast. Du wirst hier keine Hilfe finden.«

Ihr Götter, welche Erinnerungen diese höhnische Stimme zurückbrachte! All der Spott und die Entwürdigungen, die dieser Onkel ihr im Laufe der Jahre zugefügt hatte. Maurynna stellte das Tablett mit Bier und Keksen auf den Boden. Dann holte sie tief Luft und suchte nach einer Tür.

Linden fragte sich, wo Maurynna mit dem versprochenen Bier und den Keksen blieb, als er hörte, wie sich Hufschlag rasch näherte. Ein später Gast? Unwahrscheinlich. Neugierig, wer um diese Zeit und in solcher Eile noch vorbeikam, ging er zum Fenster, schob den bestickten Vorhang beiseite und spähte in eine Nacht hinaus, die nur von Sternen und einem Sichelmond erhellt wurde.

Ein Diener erschien, als der Reiter im Haupthof vor den Häusern sein Pferd zügelte. Im Licht der Fackel, die der Diener hielt, sah Linden, daß der Besucher ein Mann von etwa Vierzig war. Jede Bewegung, von der Art, wie er dem Stallknecht die Zügel zuwarf, bis zu dem zornigen Reißen am Saum seines Hemdes, kündeten von Zorn. Linden fragte sich abermals, wer in solcher Eile und mit solchem Zorn hierherkam. Doch sicherlich kein unzufriedener Kaufmann? Lleld trat neben ihn ans Fenster und schob sich unter seinen Ellbogen. »Wer ist das?« fragte sie.

»Ich habe einen Verdacht, aber ich bin nicht sicher. Ich kann sein Gesicht nicht erkennen.«

Jekkanadar spähte über seine Schulter. Während sie zuschauten, zeigte der Diener auf das Mauseloch.

Linden schaute zu Lleld hinab. Sie starrte immer noch aus dem Fenster. Dann begegneten sich ihre Blicke einen kurzen Augenblick, und beide zogen fragend die Brauen hoch.

Wieder sah Linden aus dem Fenster. Drunten spielte das Fackellicht über das Haar des Mannes, als er den Hof überquerte. Auf diese Entfernung und bei so schlechtem Licht konnten nur die scharfen Augen eines Drachenlords das rötliche Schimmern ausmachen. »O zur Hölle!« brummte er und ließ den Vorhang sinken. »Ich weiß, wer das ist.«

Lleld fing den Vorhang ab, spähte noch einmal nach draußen und sagte einen Augenblick später: »Das ist Ravens Vater, nicht wahr? Er sieht so wütend aus wie ein Bär mit einer Biene im Hinterteil.«

»Nicht wahr?« sagte Linden. Tatsächlich hatte er nie jemanden getroffen, auf den dieser alte Satz der Hügelbewohner so gut zutraf. »Das wird häßlich werden.«

»Aber warum ist er hier? Raven ist doch heute früh nach Hause gegangen«, sagte Jekkanadar.

Linden fragte sich dasselbe.

Maurynna eilte durch den Nachtfaltergarten mit seinen duftenden Blüten. Es war zwar schon spät im Jahr, aber ein paar der zartflügligen Insekten kümmerten sich immer noch um die Blüten. Sie flatterten durch das matte Mondlicht, hielten bei einer Blüte nach der anderen inne, bei jedem einzelnen weißen Fleck in den Schatten.

Als sie jünger gewesen war, hatte sich Maurynna häufig aus ihrem Dachzimmer davongestohlen, um im Garten zu spielen. In warmen Sommernächten und bei Vollmond war dies ein magischer Ort, ein Ort, an dem alles geschehen konnte.

Aber nun eilte sie hindurch, ohne ihn auch nur wahrzunehmen. Eine Ranke streifte ihre Schulter. Sie schob sie beiseite. Ihr Ziel war der nächste Garten auf der anderen Seite der Geißblatthecke. Sie hoffte, nicht zu spät zu sein; die nächstliegende Tür hatte sich auf der anderen Seite des Hauses befunden, an der die drei Männer sich gestritten hatten. Unter ihren nackten Füßen war der ziegelgepflasterte Weg kratzig, und der scharfe, trockene Geruch der gebrannten Ziegel stand im Kontrast zu der Süße der Blüten und dem üppigen Duft der Erde. Die kühle Nachtluft streichelte ihre Wange wie Seide.

Lleld legte den Kopf schief. »Sollen wir?«

Linden seufzte und sah sich ein letztes Mal in dem kleinen Wohnzimmer um. Er hatte auf einen ruhigen Abend gehofft und früh ins Bett gehen wollen, aber nun ... einen Moment lang war er versucht, Raven dem Durcheinander zu überlassen, das er selbst angerichtet hatte. Dann überfiel ihn sein schlechtes Gewissen; es war immerhin um eines Echtdrachen willen, daß Raven nun solchen Ärger hatte.

Er seufzte abermals. Die Götter mochten wissen, wo der Sohn sich aufhielt, aber er konnte immerhin versuchen, dem Vater Vernunft beizubringen. »Bringen wir es hinter uns.« Er ging zur Tür.

Maurynna bog um die Hecke und blieb stehen. Vor ihr standen drei Männer: Raven, ohne Umhang, die Schultern ein wenig gebeugt, aber breitbeinig und trotzig und vor Kälte schaudernd; Onkel Kesselandt fuhr sich mit den Fingern beider Hände durchs Haar, wie immer, wenn er einer schwierigen und unangenehmen Entscheidung gegenüberstand. Und Onkel Darijen, so arrogant wie eh und je und warm in einem dicken Wollumhang, starrte Raven höhnisch an.

»Du bist wohl ein wenig hochnäsig geworden, wie, Junge, und rennst denen hinterher, die über dir stehen. Hast du dich bei Maurynna ausweinen wollen, als deine Yerrin-Verwandten vernünftig genug waren, dich rauszuschmeißen? Und jetzt ist sie deiner müde geworden, hat ihren Seelengefährten und hat dich nach Hause zurückgebracht wie einen ausgerissenen Köter.«

Maurynna ballte die Fäuste. Raven mochte sich in der letzten Zeit wie ein Idiot benommen haben, aber bei den Göttern, er war zu lange ihr Freund gewesen, um jemandem so etwas durchgehen zu lassen. Sie holte tief Luft und zwang sich, den ersten Schritt zu tun.

Aber Darijen war noch nicht fertig; er hatte noch nicht annähernd all sein Gift verspritzt. »Ich würde vorschlagen, daß du zu deinem Vater nach Hause kriechst und ihn anflehst, dich wieder aufzunehmen. Er findet vielleicht einen Platz als Schafhirte für dich, obwohl ich dafür keinen Grund sehe, so undankbar ...«

»Das reicht jetzt«, sagte Maurynna. Die Worte – und der Mut, sie auszusprechen – waren von irgendwo tief drinnen gekommen. Sie sprach leise, aber es klang wie ein Peitschenknall. Die drei Männer zuckten zusammen. »Es ist sogar mehr als genug, Onkel Darijen.«

Sie ging auf die drei zu und fühlte sich selbst fremd. Wer war diese Frau, die so selbstsicher den Gartenweg entlangschritt und die einem Mann, von dessen giftiger Zunge sie ihr Leben lang gezittert hatte, befahl zu schweigen? Wer immer sie war, Maurynna hoffte, sie würde sie nicht verlassen, bis es vorüber war.

Sie blieb vor Darijen stehen. Aber als er ihr seinen zornigen Blick zuwarf, brach die mutige Fremde in ihr unter dem Gewicht der Erinnerungen zusammen. Maurynnas Mund wurde trocken, und die Worte erstarben ihr auf der Zunge.

Sie sah Raven hilfesuchend an – und entdeckte nur Verzweiflung in seinem Blick.

»Wo ist er?« Der Mann schob den unglücklichen Diener, der ahnungslos die Tür geöffnet hatte, beiseite. Rotfalk kam in die Vorhalle gestürzt, als Linden gerade das Ende der Treppe erreicht hatte, Lleld an seiner Seite. Jekkanadar blieb hinter ihnen stehen.

Linden sah sich rasch nach Maurynna um. Zum Glück war sie nirgendwo in Sicht; Rotfalk würde vermutlich versuchen, seinen Zorn an ihr auszulassen, bevor er sich erinnerte, was sie nun darstellte.

In diesem Augenblick traf sie Rotfalks Blick. Linden erkannte, daß das Gesicht des Mannes vor Zorn gerötet war; Rache glitzerte in diesen blauen Augen, die Ravens so ähnlich waren. Wo immer der Junge war, Linden hoffte zutiefst, daß er dort bleiben würde. Raven konnte unerträglich sein, aber eine solche Heimkehr hatte er nicht verdient.

Rotfalk schien bereit, durch das Haus zu stürmen und seinen Sohn zu suchen. Zwei große Schritte, und Linden stand beinahe zufällig vor ihm und blockierte ihm den Weg in das obere Stockwerk. Lleld und Jekkanadar blieben auf der

Treppe; sie lehnte sich lässig an das Geländer, er an die Mauer. Aber Linden wußte, falls Rotfalk die kleine Frau und den schlanken Assantikkaner für kein Hindernis hielt, stand ihm ein böses Erwachen bevor. Was eigentlich genau das war, was Ravens Vater für sein bisheriges Verhalten verdient hatte.

»Wo ist mein Sohn?« zischte der Mann und sah alle drei nacheinander an. Die Reitpeitsche, die er in der Hand hielt, bebte, als wolle er nach einem von ihnen schlagen.

»Meister Rotfalk!« keuchte der Diener. »Das da sind Drachenlords! Bitte, Ihr dürft nicht so mit ihnen sprechen.« Aber falls Rotfalk die Warnung und die Besorgnis des Dieners bemerkt hatte, ließ er es sich nicht anmerken. Linden befürchtete tatsächlich, daß der Mann so in seinem Zorn versunken war, daß er nach einem von ihnen schlagen würde – und die Götter mochten ihm helfen, wenn er das tat. Er wollte nicht, daß ein Verwandter von Freunden je erleben mußte, was dann geschah.

Rotfalk ging einen weiteren Schritt, als wolle er Linden wegschieben. Linden blieb stehen und gab nicht nach.

Die blauen Augen glühten vor Zorn, und Rotfalk hob die Peitsche zum Schlag.

Ihr tapferes Ich hatte sie doch nicht vollkommen verlassen. Maurynna fuhr fort: »Alles, was du gerade gesagt hast, ist eine Lüge, Onkel. Ravens Verwandtschaft in Yerrin hat ihn nicht rausgeworfen. Er ist nicht einmal in Yerrin gewesen – er kam direkt nach Schloß Drachenhort. Und er ist auch nicht nur ein Mitläufer. Im Gegenteil, er reist mit uns als Gleicher unter Gleichen. Und was mich angeht, wird Raven entweder als geehrter Gast im Mauseloch wohnen wie wir anderen, oder wir gehen. Ich bin sicher, daß eines der anderen Häuser gerne vier Drachenlords und auch einen Barden aufnehmen würde.«

Sie verschränkte die Arme und starrte Darijen kühl an.

Dann warf sie Kesselandt einen Blick zu. »Onkel? Wie Raven schon gesagt hat, liegt die Entscheidung bei dir.«

Die Peitsche zuckte abwärts, aber nur gegen Rotfalks Stiefel. »Wo ist mein Sohn?« fragte er erneut. Seine Blicke schossen überall hin, als ginge er davon aus, daß Raven sich hinter einem Vorhang verbarg.

Linden schüttelte den Kopf. »Ich weiß es nicht, Rotfalk«, sagte er. »Er ist schon am Vormittag nach Hause gegangen.«

Er hielt inne und wartete darauf, daß Rotfalk ihn erkannte. Der Mann hatte doch sicher nicht vergessen, daß er ihm einmal begegnet war?

Das hatte Rotfalk selbstverständlich nicht getan. Der wütende Blick wandte sich wieder Linden zu und schien ihn erst jetzt wirklich zu bemerken.

Von irgendwo im Haus kam das Geräusch einer Tür, die geöffnet und dann wieder geschlossen wurde. Ein Diener, der Hilfe holte? Linden hatte nicht die Zeit, darüber nachzudenken.

Rotfalk sagte: »Ihr seid Linden Rathan. Wir haben uns vor langer Zeit kennengelernt. Ihr ... Ihr habt Euch überhaupt nicht verändert, nicht wahr?« Ein Hauch von Angst lag in diesen Worten.

Es war eine Angst, mit der Linden nur zu vertraut war. »Nein, das habe ich nicht. Und was Raven angeht, Meister Rotfalk, wir haben ihn nicht gesehen, seit ...«

Stimmen hinter ihm unterbrachen ihn. Eine davon war die letzte, die Linden in diesem Augenblick hätte hören wollen.

Wieder wurde Rotfalks Gesicht rot vor Zorn; eine Ader zuckte an seiner Stirn. »Raven!« brüllte er.

Linden drehte sich um. Tatsächlich standen Raven und Maurynna hinter ihm. Beide waren bleich.

»Ihr Götter«, flüsterte Raven. »Jetzt bin ich dran.«

Aber er versuchte nicht, wie Linden anerkennend feststellte, sich hinter ihm zu verstecken. Statt dessen ging der junge Yerrin an ihm vorbei und trat seinem Vater entgegen. Linden war weniger erfreut, daß Maurynna ihm folgte, aber er verstand es; er wußte, daß sie daran gewöhnt waren, sich allen Strafen gemeinsam zu stellen.

»Ja?« sagte Raven.

»Du undankbarer Welpe!« brüllte sein Vater. »Auf diese Weise zahlst du mir alles zurück, was ich für dich getan habe?« Rotfalk hob die Hand; zu spät erinnerte sich Linden an die Reitpeitsche.

Die Peitsche sauste auf Ravens Kopf zu. Aber bevor sie ihn treffen konnte, sprang Maurynna mit der Geschwindigkeit eines Drachenlords vorwärts und griff nach der schlagenden Hand.

»Nein, Meister Rotfalk!« rief sie.

»Geh mir aus dem Weg, misch dich nicht ein, du dummes Gör!«

Zum ersten Mal, seit sie Drachenlord geworden war, sah Linden, daß Maurynna wirklich an ihren neuen Rang glaubte. Er wußte, daß sie praktisch im Haus dieses Mannes aufgewachsen war. Er wußte, daß Rotfalk ein erfolgreicher Kaufmann war, ein wichtiger Spieler in dem großen Spiel, das diese Kaufleute betrieben. Als sehr junges und geringes Mitglied des Hauses Erdon hätte sie sich jemandem von seiner Stellung beugen müssen oder den Zorn ihrer eigenen Verwandten riskiert. Zur Hölle, ihr wäre vermutlich nie eingefallen, die Hand gegen diesen Mann zu erheben.

Aber sie war nicht mehr, was sie einmal gewesen war. Statt zurückzuweichen, fauchte Maurynna nun: »Es heißt jetzt ›Euer Gnaden‹, Meister Rotfalk! Und ich befehle Euch, diese Peitsche fallen zu lassen!«

Ihre Worte hatten die Kraft eines Schlages. Linden sah, wie in Rotfalks Blick die Wut dem Schock wich, gefolgt von gewaltiger Empörung, als er Maurynna anstarrte. Der Mann sah aus, als würde er beinahe an den zornigen Worten ersticken, die er versuchte, von sich zu geben.

Aber die Reitpeitsche fiel. Ein beinahe unhörbarer Seufzer der Erleichterung drang durch den Raum. Maurynna trat zurück, ihr Gesicht bleich und entschlossen.

»Den Göttern sei Dank, daß wir das hinter uns gebracht haben«, sagte Lleld von der Treppe aus. Auch in ihrer Stimme lag eine Schärfe, wie Linden sie selten hörte.

Sie kam die Treppe herunter und trat Rotfalk gegenüber. »Ich bin Drachenlord Lleld Kemberaene«, sagte sie mit vor Zorn leiser Stimme. »Was hat diese Störung zu bedeuten?«

Sie starrten einander wütend an und versuchten, jeweils den anderen zum Nachgeben zu zwingen. Trotz des Größenunterschiedes, der beinahe absurd war, war an dieser Konfrontation nichts Komisches. Jemand, der unwissend hereingekommen wäre, hätte es vielleicht für einen Streit zwischen Vater und Tochter gehalten, aber sowohl an Llelds Zorn als an der majestätischen Haltung, mit der sie dem viel größeren Mann gegenüberstand, war nichts Kindhaftes.

Es war schließlich Rotfalk, der nachgab. »Euer Gnaden«, sagte er einigermaßen ruhig. »Ich entschuldige mich für die Störung, aber mein Sohn hat mir zum letzten Mal Schande gemacht. Ich bin einfach nur hergekommen, um ihn dorthin zu holen, wo er hingehört, und ihm die Strafe zu verabreichen, die er verdient hat.« Wieder kehrte die Zornesröte zurück.

»Ich glaube nicht«, sagte Lleld. Sie sprach leise, aber ihr Tonfall ließ keinen Widerspruch zu. »Raven wird uns begleiten, wenn wir Thalnia verlassen.«

Rotfalk starrte sie finster an. »Ich befehle dir, nach Hause zu kommen«, sagte er zu seinem Sohn, »und dich nicht mehr wie ein Gauner herumzutreiben.«

»Ich fürchte, Ihr versteht mich nicht. Wir brauchen ihn«, sagte Lleld.

Wieder wurde Rotfalk rot. »Bei allem Respekt, Drachenlord, ich habe meinen Sohn nicht zum Diener erzogen.«

»Nein, Meister Rotfalk, das habt Ihr nicht. Ihr habt ihn dazu erziehen wollen, eine Kopie von Euch zu sein und nicht Raven Rotfalksohn, nicht wahr?« fauchte Lleld.

Einen Augenblick lang sah es so aus, als würde Rotfalk vollkommen die Beherrschung verlieren. Aber obwohl er die Fäuste ballte und die Ader an seiner Stirn noch heftiger zuckte, sagte der Kaufmann kein Wort.

»Aber er ist nicht wie Ihr und hat nicht Eure Interessen und Begabungen. Er ist er selbst, mit seinen eigenen besonderen Fähigkeiten, und diese Fähigkeiten brauchen wir. Raven ist kein Diener für uns, Meister Rotfalk, das versichere ich Euch. Ich kann Euch nicht sagen, *warum* wir ihn brauchen, aber ich kann Euch mitteilen, daß die Herrin von Schloß Drachenhort und unsere Vettern, die Echtdrachen des Nordens, Raven für seine Mitarbeit zutiefst dankbar sind ...« Sie hielt inne, um diese Worte einwirken zu lassen.

Der Blick, den Rotfalk seinem Sohn zuwarf, erinnerte Linden an Maurynnas Verwandte am Hafen.

»... und er wird bei uns bleiben«, fuhr Lleld fort. »Er brauchte dies nicht, um mit uns zu kommen, Meister Rotfalk, aber es sieht so aus, als bräuchtet Ihr es: Es ist der Befehl eines Drachenlords.«

Langes Schweigen folgte, und Rotfalk kämpfte sichtlich damit, daß seine Pläne für Ravens Leben ein letztes Mal zerstört wurden. Als er endlich das Wort ergriff, lag kalter Zorn in seiner Stimme.

»*Dagegen* kann ich selbstverständlich nichts sagen, nicht wahr, Euer Gnaden? Ich bin immerhin nur ein einfacher Kaufmann, und Ihr seid ein Drachenlord. Also sage ich nur eins: Wie Ihr wünscht.«

Er verbeugte sich vor Lleld.

Dann schaute er Raven wieder an. »Aber was *dich* angeht«,

fauchte er, »so sage ich jenes: Ich habe nichts mehr mit dir zu tun. Von diesem Tag an habe ich nur einen Sohn, und sein Name ist Honigan.«

Damit starrte Rotfalk noch einmal störrisch jeden einzelnen Drachenlord an und verbeugte sich höhnisch vor ihnen, bevor er sich auf dem Absatz umdrehte und ohne einen Blick zurück das Mauseloch verließ.

Als die Tür zufiel, wandte sich Lleld Raven mit entsetzter Miene zu. »O Raven! Es tut mir leid! Ich habe gerade dein Leben zerstört, nicht wahr?«

Aber Raven sagte seufzend: »Nein, das hast du nicht, Lleld, das habe ich selbst getan, an dem Tag, als ich mit Taren ging, obwohl mir das damals nicht klar war. Heute habe ich es begriffen.«

Er klang sowohl traurig als auch resigniert, aber dann zuckte ein Lächeln um seinen Mundwinkel. »Zumindest eins ist richtig gelaufen.«

»Was?« wollte Lleld wissen.

»Es wird Honigan sein, der sich mit den blöden Schafen abgeben muß, und nicht ich.«

25. KAPITEL

Am nächsten Morgen traf Linden Otter im Wohnzimmer an, wo der Barde sich eine Auswahl von Handtrommeln ansah, die auf dem Tisch vor ihm lagen.

»Was ist denn das?« wollte er wissen.

Otter blickte auf. »Es gibt hier in Sturmhafen einen verdammt guten Instrumentenbauer. Ich kenne ihn noch aus unseren Studententagen in Bylith. Ein mittelmäßiger Sänger und auch kein sonderlich guter Harfner, aber er hat schon damals seltene Fähigkeiten beim Instrumentenbau an den Tag gelegt. Heutzutage erledigt seine älteste Tochter den größten Teil der Arbeit, aber der alte Merris beschäftigt sich immer noch mit diesen kleinen Trommeln. Sie haben ihm immer am meisten Spaß gemacht, sagt er. Ich war gestern abend noch spät da und habe mir die neuesten Neuigkeiten angehört und diese Trommeln hier mitgebracht. Raven kann ein wenig trommeln, weißt du.«

»Ah – deshalb hast du die ganze Aufregung verpaßt.«

»Oh?«

»Ja. Rotfalk war hier, und er hatte blutunterlaufene Augen.« Linden sah sich die Trommeln an; es war eine beeindruckende Auswahl aus assantikkanischen *Zamlas* bis zu ein paar yerrinischen *Taeresans* und ihren Schlegeln.

Otter ächzte und schlug die Hände vors Gesicht. »Erzähl!«

Als Linden fertig war, zupfte sich Otter nachdenklich am Bart. Endlich sagte er: »Raven hat recht. Es ist am besten so. Honigan liebt das Wollgeschäft ebenso, wie Raven es verachtet. Und nun wird Raven keine andere Wahl haben, als zu seiner Tante zu gehen. Ich habe immer befürchtet, daß er es nicht über sich bringen würde, sich seinem Vater vollständig zu widersetzen, zu tun, was für ihn das Richtige war. Er liebt Rotfalk und hätte lieber gelitten, als seinen Vater gegen sich zu wenden. Aber nun ist es geschehen. Wenn dies hier vorbei ist, kann Raven zu seiner Tante gehen.« Der Barde verzog das Gesicht. »Trotzdem sollte ich lieber noch einmal mit Rotfalk sprechen und sehen, ob ich etwas flicken kann; es ist mir schon öfter gelungen. Es war gut von Lleld, daß sie die Verantwortung für Ravens Entscheidung übernommen hat. Rotfalk wird auf diese Weise nicht das Gesicht verlieren – oder zumindest nicht allzuviel davon –, wenn ich ihn irgendwann überrede, Raven wieder aufzunehmen. Es war dumm von ihm zu sagen, er hätte nur einen Sohn. Aber ich lasse ihm ein wenig Zeit zum Abkühlen.«

»Du wirst noch ein paar Tage haben, bis wir abreisen.« Linden griff nach einem Taeresan und dem Schlegel. Er schlang die Finger um das Holzkreuz im offenen Ende der flachen Trommeln und schlug auf das Trommelfell, bewegte den Schlegel vorwärts und rückwärts, wie er das bei Musikern gesehen hatte – ohne dieselben rhythmischen Resultate. Es klang, wie er dachte, jämmerlich. Aber er machte weiter, entschlossen, es richtig anzupacken.

»Wir haben also einen Platz, wo wir wohnen und üben können?« fragte Otter und nahm ihm Trommeln und Schlegel ab. »Gut. Und bleib lieber bei der Harfe.«

Linden zeigte dem Barden eine lange Nase und sagte: »Lleld hat Kesselandt erzählt, was wir brauchen, und er will sich mit den anderen älteren Familienangehörigen darüber beraten, welcher ihrer Landsitze für unsere Bedürfnisse am besten geeignet wäre. Maurynna hat sie nicht alle gesehen, also kann sie nicht für uns wählen.«

»Wann hören wir mehr darüber?«

»Kesselandt hat heute früh einen Boten zu Maurynna geschickt. Wir werden es heute nachmittag erfahren.«

Linden wartete ungeduldig darauf, daß Kesselandt zu ihnen ins Wohnzimmer kam. Er sollte jeden Augenblick hier sein; dann würden sie erfahren, wo sie den Winter über bleiben – und proben – würden. Er sah sich nach den anderen Drachenlords um.

Lleld und Jekkanadar beugten sich über ein Schachbrett mit einem noch nicht beendeten Spiel und betrachteten die Spielfiguren. Jekkanadar schüttelte den Kopf.

»Ich möchte in diesem Spiel nicht Weiß sein«, sagte er.

»Ah«, sagte Lleld. »Aber was, wenn Weiß das täte?« und bewegte den Springer, um ihr Argument zu illustrieren.

Jekkanadar strich sich übers Kinn. »Hmm, vielleicht. Vielleicht ...« Wieder betrachtete er das Brett, sein Blick schoß hierhin und dahin. »Aber wenn Schwarz auf *diese* Weise reagierte ...«

Lleld krähte: »Dann geschieht *das!*« Und ihre Hand zuckte zum Spielbrett.

Ich hoffe, sie erinnern sich, wo sie angefangen haben, dachte Linden grinsend. *Oder ein paar Leute werden sehr überrascht sein über die Wendung, die ihr Spiel genommen hat.* Lleld war selbst zu ihren besten Zeiten keine sonderlich konservative Spielerin. Der Bosheit in ihrer Miene nach zu schließen, hatte der kleine Drachenlord für dieses Spiel eine ausgesprochen unorthodoxe Strategie ausgeheckt. Linden bemerkte, wie Taren entsetzt zusah.

Sein Lächeln verging ihm, als Maurynna das Zimmer betrat. Irgend etwas stimmte nicht, das wußte er sofort. Manchmal kaute sie tatsächlich an der Unterlippe, aber nur, wenn sie sehr nervös war. Sie stellte sich neben ihn, sagte aber nichts.

»Was ist denn, Liebste?« fragte er.

»Temion hat mich gerade gewarnt, daß mein Onkel Darijen wegen dieser Sache ausgesprochen schlecht gelaunt ist. Temion hörte ihn etwas darüber sagen, daß er kein ›Bauer‹ sei, den man ›einfach aus seinem Haus wirft‹. Ich nehme an, der

Landsitz, den man uns übergeben wird, ist der, den er im Winter für gewöhnlich benutzt. Es ist ein Jagdhaus – nicht sonderlich groß für ein Landhaus, aber im Süden, wo es erheblich wärmer ist. Darijen ist derjenige, von dem ich dir gestern abend erzählt habe.« Sie kniff die Lippen zusammen.

»Ah ja – der mit der bösen Zunge.« Derjenige, der Maurynna so sehr geärgert hatte, daß sie bis zur Morgendämmerung nicht hatte einschlafen können. »Laß dich von ihm nicht aufregen, Liebste. Er kann dir nichts mehr tun.«

Sie glaubte ihm nicht. Sie hatte ihm auch letzte Nacht nicht geglaubt. Darijens Macht über sie war zu sehr Teil ihres Lebens gewesen.

Linden runzelte die Stirn. Wenn er sie davon überzeugen könnte, daß alles gut würde, daß die alten, liebevollen Bande halten würden; aber ein flügger Drachenlord schuldete seiner oder ihrer Geburtsfamilie keinen Gehorsam mehr. Diese Verpflichtung war nun verschwunden, und es gab nur noch die Treue zur Herrin von Schloß Drachenhort.

Es war eine Lektion, die jeder neue Drachenlord selbst lernen mußte: daß es das Schwierigste war, sich gegen die eigene Familie zu wenden. Könige und Königinnen waren im Vergleich dazu ein Kinderspiel.

Alte Gewohnheiten sind zäh. Das mochte ein Klischee sein, aber es war deshalb nicht weniger wahr. Also tat er, was er konnte; er legte ihr den Arm um die Schultern und führte sie, um sie abzulenken, dorthin, wo Otter, Raven und Taren sich die Trommeln ansahen.

Raven griff nach einer *Zamla* und wendete sie hin und her. Er klemmte sie sich unter einen Arm und trommelte einen raschen Rhythmus.

»Sehr nett«, sagte er. »Aber warum sind sie so schlicht? Normalerweise sind *Zamlas* dekoriert.«

»Merris ist gerade erst mit ihnen fertig geworden«, sagte Otter. »Sobald wir uns entscheiden, welche wir nehmen, wird

Merris sie bunter machen als einen Pfau, der in den Farbtopf gefallen ist.«

Maurynnas Lippen zuckten. Es war immerhin ein Anfang.

»Eine Schande«, sagte Raven. Diesmal stimmte Linden ihm zu. »Es sind gute Instrumente.«

»Ich weiß, und Merris wird einen Anfall bekommen, wenn ich es ihm sage, aber es geht nicht anders. Vergiß nicht, wir sind Schausteller und keine Hofmusiker. Es muß alles schrill und bunt sein.«

»Merris soll also auch deine Harfe anmalen?« konnte sich Linden nicht verkneifen zu sagen. »Scharlachrot mit viel Goldblatt? Vielleicht auch ein wenig leuchtendes Grün.«

Otter warf ihm einen zornigen Blick zu. »Es gibt«, verkündete er kühl, »Grenzen.«

Linden lachte leise und spürte unter seinem Arm, wie Maurynnas Schultern zuckten. Ihre finstere Stimmung war zumindest ein wenig gebrochen. Also gut, dachte er; es war ein Anfang.

»Ahem.«

Das leise Räuspern erregte allgemeine Aufmerksamkeit. Alle drehten sich um.

Kesselandt stand in der Tür. Hinter ihm sah Linden ein paar der anderen älteren Erdons, die hereinspähten.

Aber nur einer beanspruchte seine Aufmerksamkeit: Darijen.

Sobald Linden den giftigen Blick des Mannes bemerkte, wußte er, welchen Landsitz sie erhalten hatten – und daß es lange dauern würde, bevor Darijen ihnen das verzieh.

»Was war das?« fragte Tsirus Freund und Mitschüler ihn.

Tsiru war gerade damit fertig, ein wenig Wasser zwischen die Lippen des Mannes zu tröpfeln, den er seit dem Angriff dieser Geschöpfe aus dem Norden gepflegt hatte. »Was war *was?*« fragte er und drehte sich um.

Eine rasche Bewegung an der Tür. »Das!«

»Oh, das ist nur Hodai, würde ich sagen, der nachsehen will, wie es Priester Haoro geht. Hodai!« rief er. »Du kannst ruhig hereinkommen.«

Ein dunkelhaariger Kopf wurde zur Tür hereingestreckt. Tsiru winkte, und das kleine Orakel kam leise wie eine Maus herein. Mit einem schüchternen Lächeln zu den beiden Schülern hin näherte sich Hodai vorsichtig dem Bett, bis er das reglose Gesicht des Mannes darin sehen konnte. Nur die Bewegungen der Brust und hin und wieder der Augen unter den geschlossenen Lidern zeigten, daß der Priester immer noch lebte.

Hodai beugte sich weiter vor, die Hände vor der Brust verschränkt, und betrachtete Haoro lange Zeit. Wie jedesmal fragte Tsiru sich, wonach das Orakel eigentlich Ausschau hielt.

Endlich blickte der Junge auf, lächelte dankbar und schlüpfte so leise heraus, wie er gekommen war.

»Hm – tut er das häufig?«

»O ja – alle paar Tage. Irgendwie rührend, nicht wahr? Mir war nicht klar, daß er Haoro so gern hatte«, sagte Tsiru.

»Ich wußte nicht, daß irgend jemand Haoro gern hatte«, murmelte sein Freund. Ein Murmeln vom Bett ließ sie beide zusammenzucken. Der Priester bewegte die Lippen, aber die Worte, falls es welche waren, waren unverständlich.

Tsirus Freund sprang auf. »O verflucht! Glaubst du, daß er mich gehört hat?« fragte er gequält.

»Immer mit der Ruhe. Er hat es in der letzten Zeit öfter getan. Er murmelte etwas, dann wird er wieder still. Paß auf.«

Wie Tsiru vorhergesagt hatte, hörte das Murmeln bald auf, und Haoro lag wieder wie eine lebende Leiche auf dem Bett.

Tsiru legte den Kopf schief. »Dennoch, ich muß sagen – diesmal hätte ich fast verstehen können, was er gesagt hat.«

Als Otter auf dem Weg zu einem neuen Besuch bei Merris über den Marktplatz ritt, entdeckte er Rotfalk, der vor einer Marktbude stand und sich mit der Besitzerin unterhielt, einer untersetzten Frau in einem langen, farbenfreudigen Gewand im assantikkanischen Stil. Ihre Waren füllten den Tisch hinter ihnen, lange Schärpen in einem wilden Farbspiel, wie ein Blumengarten, der außer Kontrolle geraten ist. Sie waren beinahe so bunt wie ihre Besitzerin.

Nun gut, dachte Otter – er könnte es genausogut gleich hinter sich bringen. Er verkniff sich ein Seufzen und drückte die Zügel gegen Nachtlieds Hals. Die llysanyanische Stute drehte sofort um und zwängte sich durch die lebhafte Menschenmenge.

Als er direkt hinter Rotfalk war, sagte Otter: »Guten Tag, Neffe.«

Rotfalk fuhr herum. Im ersten Augenblick sah er beinahe erfreut aus; da war Otter ganz sicher. Aber dann sah er, wie Rotfalk wieder einfiel, daß sein Onkel zu jenen zählte, die dafür verantwortlich waren, was sein Sohn getan hatte, und die Freude verschwand.

»Onkel«, sagte er kühl. »Ich sehe, du bist wieder in Thalnia.«

»Eine Weile«, erwiderte Otter mit derselben Kühle.

Die Budenbesitzerin schaute von einem zum anderen und zog sich klugerweise wieder in ihre Bude zurück, wo sie sich damit beschäftigte, mehr Schärpen aus den Körben zu holen. Sie warf sie über den Arm, wo sie hingen wie Regenbogenschlangen.

Die Menschenmenge wurde Nachtlied ein wenig lästig; sie schnappte nach jemandem, der ihr zu nahe kam, dann bewegte sie ihre kräftigen Beine in eine standfestere Position.

Rotfalk betrachtete sie stirnrunzelnd. »Ich bin kein Experte, aber ist das nicht eine seltsame Farbe für ein ausgewachsenes Pferd – der Körper schwarz und eine graue Mähne und ein grauer Schweif? Werden sie nicht normalerweise ganz grau?« Er schaute näher hin. »Und warum hat sie kein Gebiß?«

»Die Antwort auf all deine Fragen lautet: weil Nachtlied ein Llysanyaner ist«, sagte Otter.

Auf Rotfalks scharfen, fragenden Blick hin fuhr Otter fort: »Das ist richtig, Neffe. Ein Llysanyaner, der einen Echtmenschen trägt – das bringt dich zum Nachdenken, wie? Und hier gibt es noch etwas, worüber du nachdenken solltest, wenn du schon gerade dabei bist: Ihr Enkel Sturmwind hat Raven auserwählt.«

Rotfalk wurde sehr still.

Otter beugte sich aus dem Sattel vor, damit er seine Worte nicht so herausschreien mußte, daß alle sie hören konnten: »Denk also noch einmal darüber nach, bevor du den Jungen verstößt. Entgegen allem, was du offenbar glaubst, gibt es mehr auf dieser Welt als Schafe und Wolle. Sehr viel mehr. Eines Tages wirst du verdammt stolz sein, Raven deinen Sohn nennen zu dürfen.«

Auf eine Berührung mit dem Bein drehte Nachtlied eine Pirouette auf der Stelle, mit den zierlichsten Schritten ihrer großen, gefiederten Hufe. Als sie dann davonstolzierte, drehte sich Otter noch einmal im Sattel um. »Darauf gebe ich dir mein Wort als Barde.«

26. KAPITEL

Die Truppe sammelte sich auf einer Wiese nahe dem Jagdhaus der Erdons; Echtmenschen und Drachenlords saßen oder lagen in einem Kreis am Boden, die Llysanyaner grasten, ein sanfter Wind spielte mit Grashalmen und Haaren, bevor er über das Feld davonfegte.

Sie hatten Glück, dachte Linden und sah zu, wie das längere Gras sich im Wind bog; das Wetter war selbst für ein Land, das für seine milden Winter bekannt war, immer noch erstaunlich angenehm.

Die Pässe zur Festung müssen inzwischen tief verschneit sein.

Er war zufrieden, hier neben Maurynna im Gras zu liegen, Shan und Boreal grasend hinter ihnen, und in der verblüffenden Wärme zu dösen. Irgendwo in der Nähe sang eine verspielte Grille vom Sommer, während von der anderen Seite das Klicken von Tarens Perlen stetig wie ein Herzschlag erklang. Das Geräusch war hypnotisch.

Dann war das Idyll zu Ende. Lady Unruh gähnte gewaltig und setzte sich. Linden brummte leise; zweifellos ging es jetzt an die Arbeit. Er stützte sich auf die Ellbogen.

»Nun, da wir uns von der Reise erholt haben, sollten wir einmal feststellen, welche Begabungen wir haben?« sagte Lleld. »Ich weiß, wir haben bereits ein wenig darüber gesprochen, und jeder hat darüber nachgedacht, aber nun sollten wir im Ernst damit anfangen. Ich beginne. Ich kann jonglieren und turnen und seiltanzen, ebenso wie Jekkanadar.« Sie schaute nach rechts. »Du kannst die Trommeln schlagen, Raven, die Otter mitgebracht hat, nicht wahr?«

Raven nickte. »Ja. Ich kann meinen Onkel begleiten und auch ein paar recht komplizierte assantikkanische Tanzrhythmen spielen. Oder zumindest konnte ich es einmal; ich muß noch üben.«

»Dafür sind wir hier.«

»Und er kann auch gut genug singen«, meinte Otter, der als nächster dran war. »Ebenso wie Linden.«

»Gut! Jekkanadar und ich auch«, sagte Lleld. »Wir sind keine Barden, aber wir können einen Ton treffen.«

Maurynna meinte bedauernd: »Das könnte *ich* nicht, und wenn es um mein Leben ginge. Aber ich kann einen einfachen Rhythmus auf einer kleinen *Zamla* halten, während Raven die komplizierteren Muster dazu spielt; das haben wir vor Jahren gemacht.«

Lleld verzog nachdenklich das Gesicht. »Gut; ihr beide sollt ohnehin nichts anderes als Diener sein. Also wird es die Vorstellung nicht stören, wenn ihr uns verlaßt.«

Linden spannte sich bei diesen Worten an. Er sah Lleld in die Augen.

Es tut mir leid, Linden, sagte sie in seinem Geist. *Aber das wußtest du schon.*

Ja, das bedeutet allerdings nicht, daß es mir gefällt, daran erinnert zu werden.

Sie zuckte die Achseln. »Und Linden soll unser starker Mann sein. Das würde man angesichts seiner Größe auch erwarten.«

»Aber nicht zu stark«, sagte Jekkanadar. Er zwirbelte einen Grashalm zwischen den Fingern und grinste.

Linden warf einen Kiesel nach ihm. Jekkanadar fing ihn auf, hob noch ein paar mehr auf und jonglierte damit.

»Genau«, sagte Linden und strich sich die roten Locken aus der Stirn. »Du willst das Publikum zum Staunen bringen und es nicht erschrecken.«

Das Bild, das vor seinem geistigen Auge entstand, entlockte Linden ein Lächeln. Nachdem seine gute Laune zumindest zum Teil zurückgekehrt war, sagte er: »Und vergiß nicht, daß ich Otter ebenso auf der Harfe begleiten kann wie singen. Und was wäre mit einem Feuerschlucker? Wir könnten auf jeden Fall unsere Immunität gegen Feuer nutzen.«

»Eine gute Idee, Linden; fügen wir also noch einen Feuerschlucker hinzu. Gut!« sagte Lleld und rieb sich die Hände. »Wir sind ein begabter Haufen, nicht wahr? Das ist besser, als ich erwartet hätte; das zusammen mit den Llysanyanern wird sicherlich genügen.«

»Aber was ist mit mir?« sagte Taren. Er saß nicht direkt bei ihnen, aber auch nicht zu weit von ihnen entfernt. Er lächelte Lleld sanft an, und die weißen Perlen glitten durch seine Finger wie ein kristallener Wasserfall. Linden hatte nicht einmal angenommen, daß er zuhörte; Taren hatte auch zuvor nichts zu dem Gespräch beigetragen. Er hatte einfach nur dagesessen, seine Perlen klicken lassen und war offensichtlich in Betrachtung der kleinen Wiesenblumen vor ihm versunken.

Nun schaute Linden ihn überrascht an. Taren hatte nie auch nur angedeutet, daß er zu den Gauklern gehören wollte. Linden hatte immer angenommen, der ehemalige Sklave wolle so sehr im verborgenen bleiben wie möglich, daß Taren als Dolmetscher dienen, sich aber ansonsten im Hintergrund halten würde, damit man ihn nicht entdeckte und wieder gefangennahm.

Und nun bot er ihnen an, Teil ihrer Vorstellung zu sein?

Linden sah, daß er nicht der einzige war, den Taren überrascht hatte. Llelds Gesicht war eine Studie der Verblüffung.

»Äh«, sagte sie. »Äh, ah – aber was könnt Ihr tun, Taren? Singen? Jonglieren? Akrobatik?«

Die ruhelosen Perlen hielten inne. Taren faltete die Hände darüber. Er schüttelte den Kopf. »Nein, leider nicht, meine Dame«, sagte er betrübt. »In meinem Alter? Ihr verspottet mich.« Taren ließ abermals den Blick sinken. Er öffnete die Hände; die Perlen waren verschwunden. Mit einem leisen

Zungenschnalzen griff Taren hinter Llelds Ohr. Seine Hand erschien wieder, und die Perlen liefen zwischen seinen Fingern hindurch.

»Einen alten Mann verspotten und auch noch seine Sorgenperlen stehlen!« sagte er mit unendlicher Trauer. Aber nun hörte Linden das dahinter verborgene Lachen. »O Drachenlord, Ihr seid nicht nett zu einem alten Mann.«

Damit streckte Taren seine andere Hand aus – eine Hand, von der Linden geschworen hätte, sie sei ebenfalls leer – und griff hinter Lindens Ohr. Diesmal holte Taren eine kleine Blüte hervor.

Er bot sie Lleld an. »Aber seht? Ich verzeihe Euch.«

Lleld johlte vor Entzücken, als sie die Blüte entgegennahm. Nach einem weiteren Augenblick verblüfften Schweigens lachten auch die anderen und applaudierten. Linden konnte sich nicht bremsen; obwohl er wußte, daß es ein Trick war, berührte er dennoch das Ohr, aus dem Taren die Blüte »gepflückt« hatte.

Nein, es gab keine Blüten dort – den Göttern sei Dank. Linden schloß sich dem Applaus und dem Lachen an.

Als sie wieder Luft bekam, sagte Lleld: »Akrobaten, Jongleure, Sänger und Musiker, tanzende Pferde, Feuerschlucker und ein Zauberer! Ich denke, wir werden gut zurechtkommen, meine Freunde. Sehr gut. Und nun an die Arbeit. Linden, während Jekkanadar und ich an unserer Akrobatennummer arbeiten, könntest du mit Maurynna und Raven zurück in den Hof gehen und ein paar Waffenübungen versuchen.«

Überall sonst war es Winter. Hier im Garten des Ewigen Frühlings war die Luft warm und mild. Ein Schmetterling flatterte vorüber, tanzte auf der duftenden Brise. Vögel sangen in einem kleinen Hain von Kirschbäumen, in dem Shei-Luin ruhte, während Murohshei sie fächelte. Sie lag mit geschlossenen Augen halb dösend da und seufzte zufrieden. Es war ein vollkommener Augenblick. Murohshei hatte recht gehabt; das hier war ein guter Platz, um zu warten.

Denn als Xiane die Botschaft erhalten hatte, die sie ihm an diesem Morgen gesandt hatte ... Shei-Luin lächelte in stillem Triumph. Sie hatte recht gehabt, an diesem Morgen zum Palasttempel zu gehen und mit der Botin der Riya-Akono zu sprechen. Eine Botin konnte einer schwangeren Frau nicht immer sagen, ob sie einen Sohn oder eine Tochter zur Welt bringen würde, aber wenn die Botin – das nächste an einer Priesterin, das in Jehanglan möglich war – es tat, hatte sie beinahe immer recht.

Dann erhob sich eine Stimme zu einem leisen Lied, so schön, daß es beinahe schien, als schwiegen selbst die Vögel vor Ehrfurcht. Auch der Wind hörte auf, in den Blüten zu spielen. Shei-Luin hielt den Atem an und lauschte.

Das Lied wurde lauter, als der Sänger näher kam. Es war eine alte Ballade, ein wenig melancholisch, über einen jungen Mann, dessen Herzallerliebste kaum wußte, daß es ihn gab.

Der Fächer hörte auf, sich zu bewegen. Überrascht blickte Shei-Luin auf.

Murohshei ließ den Blick unruhig durch den Garten schweifen. Einen Augenblick lang war Shei-Luin selbst nervös, dann sah sie, wie Murohshei den Mund zu einem winzigen, hoffnungsvollen Lächeln verzog. Sie hob den Kopf hoch genug, um zu sehen, was ihren Eunuchen so erfreute.

Es war Zyuzin, der Singvogel, der unter den Pfirsichbäumen einherschlenderte und dabei sang. Er hatte den Blick züchtig wie eine Jungfrau niedergeschlagen; wenn er an den Blüten vorbeikam, berührte er sie mit den Fingern einer Hand, so leicht wie ein Schmetterling, wie das Streicheln eines Geliebten. In der anderen Hand trug er sein *Zhansjen*.

Noch während Shei-Luin zusah, blieb Zyuzin plötzlich stehen, drückte die Hand an die Brust und riß die Augen weit auf, als wäre er verblüfft, sie zu sehen. Er war wirklich ein guter Schauspieler. Nur seine Grübchen verrieten ihn.

Shei-Luin setzte sich und winkte ihn zu sich. Noch einmal senkte der Singvogel bescheiden den Blick – aber nicht, ohne zuvor Murohshei anzusehen. Dann erschien ein Lächeln auf seinen Lippen, und sein rundes Gesicht strahlte wie der Vollmond. Er kam rasch näher und verbeugte sich vor Shei-Luin als der Mutter des Erben.

»Herrin«, sagte er. Wieder erschienen die Grübchen, und diesmal blieben sie. »Darf ich für Euch spielen?«

Shei-Luin nickte und unterdrückte einen bedauernden Seufzer, daß er nicht für sie singen durfte, aber die Singvögel im Garten des Ewigen Frühlings erhoben ihre Stimmen nur für den Kaiser. Selbst dies war gewagt; einige der konservativen Minister würden nach Strafe rufen. Aber Shei-Luin kannte Xiane. Und noch besser wußte sie ihre Macht über ihn zu nutzen – eine Macht, die nur noch mehr wachsen würde, wie eine Chual-Ranke, die einen Baum überwucherte.

Also legte sie den Kopf zurück in Murohsheis Schoß und lauschte, während Zyuzin sich niederließ und die Saiten seines *Zhansjen* zupfte. Eine süße Melodie erklang.

»Kostbare Blüte!« ertönte eine nur zu vertraute Stimme laut hinter den Pfirsichbäumen. »Kostbare Blüte, wo bist du?«

Diesmal zuckte Shei-Luin nicht beim Klang dieser Stimme zusammen. Tatsächlich hieß sie sie willkommen. Murohshei half ihr, sich aufzusetzen; sie kniete aufrecht auf den Hacken sitzend, wie es ihr Vorrecht war. Beide Eunuchen berührten mit der Stirn den Boden. Aber ebenso wie sie durfte Shei-Luin Xiane in Gegenwart von anderen nicht direkt anschauen. Dieses Recht hatte sie nicht. Noch nicht.

Aber sie würde es bekommen. Sie blickte durch den Vorhang ihrer Wimpern und wartete.

Xiane kam in Sicht, seine Gewänder flatterten um seine langen Arme und Beine, als er auf sie zukam, ein Blatt Reispapier in der Hand. Minister folgten ihm, und auf ihren Mienen spiegelten sich unterschiedliche Grade von Verblüffung und Mißbilligung. Fürst Jhanun, bemerkte sie erfreut, war der Verärgertste von allen. Sie senkte den Kopf demütig, als Xiane vor ihr stehenblieb.

»Ist es wahr, meine Blüte?« fragte er entzückt.

Sie legte die Hände auf den Bauch. »Ja, Erlauchter Phönixherrscher. Ich habe heute früh mit der Botin gesprochen. Wenn sie recht hat, dann trage ich einen weiteren Sohn für Euch.«

Die Minister begannen, leise aufeinander einzumurmeln. Die meisten schienen erfreut – nur ein einziger Erbe konnte Ärger bedeuten; Kinder starben so leicht. Andere schauten säuerlich drein; das würde Shei-Luin noch mehr Macht geben, als sie bereits hatte. Aber nur einer reagierte überhaupt nicht, und daran erkannte Shei-Luin, daß sie Jhanun offenbar ein weiteres, gewaltiges Hindernis in den Weg geworfen hatte. Sie hoffte damit all seine Pläne, worin immer sie bestanden hatten, für immer vereitelt zu haben.

Finger glitten unter ihr Kinn und hoben es. Nun wagte sie es, Xiane anzusehen.

»Ich habe mein Versprechen nicht vergessen, kostbare Blüte. Wenn dieses Kind tatsächlich ein Junge sein sollte, werde ich dich zu meiner Kaiserin machen«, hauchte Xiane.

Shei-Luin ignorierte das überraschte Keuchen der Minister und sagte: »Ich bin sicher, ich werde Euch zu Eurem Ruhm einen weiteren Sohn schenken, Erlauchter Phönixherrscher.«

Ich bin sehr sicher. Yesuin zeugt keine Mädchen.

Sie lächelte Xiane an. Nun würde diese Chual-Ranke klettern wie nie zuvor.

Verflucht, dachte Liasuhn, als Nalorih und Kwahsiu von der Straße abbogen und auf eine Reihe von Bäumen und die Zuflucht für Reisende dahinter zuhielten, *wir sind so nah an der kaiserlichen Stadt, warum schlagen wir auf einmal ein Lager auf, statt weiterzureiten?*

Er konnte es kaum erwarten, die Stadt des Kaisers zu sehen. Kwahsiu hatte gelacht, als Liasuhn ihn fragte, ob die Straßen dort wirklich mit Gold gepflastert waren, aber Liasuhn war immer noch sicher, diese Stadt würde der großartigste Ort sein, den er je erblickt hatte – und ganz bestimmt anders als das kleine Dorf am Fluß, in dem er aufgewachsen war. *Wir sind nur noch ein paar Ta'vri entfernt, hat Kwahsiu gesagt, und das war vor einer Weile. Warum machen wir jetzt Rast? Die Pferde könnten noch weiter.*

Aber er war nur ein Lehrling, also folgte er den anderen gehorsam und schweigend. Weil er so enttäuscht war, murmelte er leise vor sich hin, aber er achtete darauf, daß seine Herren es nicht hörten.

Als sie die Zuflucht erreichten, war Liasuhn überrascht, daß jemand herauskam. Er war noch überraschter, als Kwahsiu sagte: »Hast du sie?« und der Mann kein bißchen erstaunt reagierte und mit »Ja« antwortete.

Nalorih wies mit dem Kinn zur Tür. »Geh rein.«

Liasuhn sagte: »Aber ...«

»Widersprich nicht!« zischte Nalorih. »Beweg dich!«

Eher verblüfft als verängstigt, stieg Liasuhn vom Pferd und gehorchte. Als er das Gebäude betrat, warf ihm der Fremde einen Blick zu, und dieser Blick bot keinen Trost.

Ein unbehagliches Kribbeln machte sich zwischen Liasuhns Schulterblättern bemerkbar. Er blieb ein paar Schritte hinter der Tür stehen und wartete, bis seine Augen sich an das trübe Licht gewöhnten. Er wollte nicht über einen Hocker oder so etwas fallen und sich die Knochen brechen.

Als erstes sah er drei Stöcke, die an der Wand lehnten. Dann erweckte etwas auf dem klapprigen Tisch seine Aufmerksamkeit. Ein näherer Blick zeigte ihm Kleidung – drei Bündel, die vollkommen gleich aussahen. Er griff nach dem nächsten und stellte fest, daß er ein Kapuzengewand in der Hand hatte. Seine Verwirrung wuchs mit jedem Herzschlag mehr.

Das war die Kleidung eines jener Wanderpriester, die ununterbrochen über Land zogen und sich um die Leute in Dörfern kümmerten, die so klein oder so ärmlich waren, daß sie nicht über einen eigenen Tempel verfügten. Sie waren zwar Priester des Phönix, aber die Wanderer waren auch die Geringsten von allen und wurden von anderen Priestern verachtet.

Der Klang davongaloppierender Hufe riß ihn aus seinem Nachdenken. Einen Augenblick lang glaubte er, seine Herren und der andere Mann hätten ihn hier allein zurückgelassen. Der Gedanke brachte sowohl Furcht – was sollte er so weit von daheim entfernt und allein tun? – wie auch eine vage Erleichterung.

Dann kamen Kwahsiu und Nalorih herein, und die Erleichterung verschwand.

»Das war ungerecht!« rief Raven, als ihm das hölzerne Übungsschwert erneut aus der Hand flog. Sein Gesicht war so rot wie sein Haar. »Du bist viel stärker als ein gewöhnlicher Mann und hältst dich nicht zurück!«

Linden seufzte. »Selbstverständlich halte ich mich zurück, Raven. Ich hätte dir die Finger oder das Handgelenk brechen können, wenn das nicht der Fall gewesen wäre. Aber du läßt deinen Daumen immer wieder vorgleiten, als würdest du Zügel halten und keinen Griff, und dadurch wird *jeder* imstande sein, dir das Schwert aus der Hand zu schlagen – sie brauchen nur den richtigen Angriffswinkel.« Er fuhr sich durchs Haar. »Im Augenblick bist du zu wütend, um noch etwas zu lernen. Warum nimmst du nicht eines der bleibeschwerten Metallschwerter und schlägst auf die Übungspuppe ein? Das wird dein Handgelenk stärken und dir Gelegenheit geben, deinen Zorn loszuwerden.«

Einen Augenblick lang befürchtete Linden, Raven würde

sich weigern. Aber dann stakste der jüngere Yerrin über den Sand der Reithalle davon, die sie für die Waffenübungen benutzten. Er wählte sich ein Schwert und ging zum anderen Ende der Halle, wo eine gut gepolsterte Übungspuppe in starres Leder gewickelt auf einem festen Pfosten saß.

Linden schüttelte den Kopf und wandte sich Maurynna zu, die beobachtend an der Seite der Reithalle gesessen hatte. »Jetzt bist du dran, Liebste. Nur ein rascher Kampf – wir sind so gut wie fertig für heute –, und dann bekommst du das Bad, nach dem du dich sehnst.«

Maurynna verzog das Gesicht, kam mühsam auf die Beine und griff nach ihrem Übungsschwert. Sie blieb vor ihm stehen, das Schwert erhoben, die Knie leicht gebeugt.

»Gut, Liebste, gut«, sagte Linden. »Bist du bereit?«

»So bereit, wie ich sein kann.«

»Gut.« Und damit schwang Linden sein Schwert in Richtung ihres Kopfes.

Zu seiner Erleichterung zuckte ihr Schwert nach oben, um den Hieb abzuwehren, sie parierte und griff ihrerseits an. Er wehrte sie ab und erprobte sie wieder und wieder und wieder. Jedesmal gelang es ihr, sein Schwert mit dem eigenen abzufangen. Er wußte, daß er sie nicht schonte; Schweiß tropfte ihr übers Gesicht. Aber bei den Göttern, er würde dafür sorgen, daß sie sich wenn schon nicht auf Raven, dann auf sich selbst verlassen könnte.

Wenn es nur eine Möglichkeit gäbe, daß er mit ihr kommen könnte ...

Taren sah amüsiert aus dem Schatten des Stallgangs zu, der zur Reithalle führte. Heute abend würde er weitere unbemerkte Stachel in diesen jungen Narren treiben und seinen Zorn auf den Drachenlord noch erhöhen. Noch ein klein wenig mehr, und er würde Raven bestimmt dazu bringen können, Linden Rathan zu verraten, sobald sie in Jehanglan waren.

Es versprach, ein amüsanter Abend zu werden. Er glitt tiefer in den Schatten, als der Übungskampf zu einem Ende kam, aber sah weiter zu. Nachdem sie die Schwerter weggelegt hatten, küßte Linden Rathan Maurynna Kyrissaean rasch, und sie verließ die Halle durch eine der anderen Türen. Linden ging zu dem Wassereimer, der auf der Bank an der Mauer stand.

Raven schlug immer noch auf die Übungspuppe ein. Aber als Linden sich vorbeugte, um zu trinken, hielt der junge Yerrin inne und beobachtete ihn. Dann ging er rasch auf ihn zu.

Verwirrt wahrte Taren sein Schweigen. Aber er behielt die Augen offen.

»Du hast es also gefunden«, sagte Kwahsiu. »Gut. Dann zieh es jetzt an.«

»Aber das ist das Gewand eines Wanderpriesters!« erwiderte Liasuhn. »Wieso soll ich das anziehen?«

»Stell keine Fragen«, fauchte Kwahsiu. »Zieh es einfach an.«

Liasuhn überlegte, ob er sich weigern sollte, bevor er eine bessere Antwort bekam. Aber dann ging Nalorih einen Schritt vorwärts, und sein Blick war eisig. Und zur Abwechslung lächelte er nicht.

Plötzlich verängstigt, drückte Liasuhn das Gewand an seine Brust, als könnte es ihn schützen. Was war aus seinen beiden fröhlichen Reisegefährten geworden? Sie waren verschwunden, und an ihrer Stelle befanden sich Männer, so gefährlich wie gereizte Tiger.

»Zieh es an«, wiederholte Kwahsiu.

»Oder ...«, sagte Nalorih. Er hatte ein Messer in der Hand. Es sah kalt und tödlich und blutgierig aus. Ebenso wie Nalorih selbst.

Linden beugte sich über den Eimer und spritzte sich Wasser ins Gesicht, um den Sand des Reithallenbodens und den Schweiß abzuwaschen.

»Brr!« Das Wasser, das aus einem tiefen Brunnen kam, war immer noch eiskalt. Linden strich sich das nasse Haar aus dem Gesicht und tastete mit fest zugedrückten Augen nach dem Handtuch. Als seine Hand über die Bank fuhr, wo es eigentlich liegen sollte, rutschte ihm sein Clanzopf über die Schulter und kitzelte ihn.

Verflucht sollte dieses Handtuch sein, wo war es nur? Er hätte schwören können ...

Er bemerkte die raschen, heimlichen Schritte, die hinter ihm erklangen. Ein plötzliches Kribbeln am Rücken ließ ihn innehalten, die Hand immer noch ausgestreckt. Die Schritte hörten auf, und genau im richtigen Abstand: zu weit entfernt, als daß er hätte zugreifen können, aber nahe genug ...

Langsam und entschlossen richtete Linden sich auf, wischte sich die Augen mit den Knöcheln und drehte sich um. Er sah ein Schwert, das auf seine Brust gerichtet war, dann begegnete er Ravens Blick. Zorn glühte ihm entgegen.

Zitternd entkleidete sich Liasuhn und zog sich so rasch wie möglich die Priestergewänder an. Als er fertig war, zog ihm Kwahsiu die Kapuze über.

Nalorih griff nach dem Seidenschal, den Liasuhn in seinem Schrecken hatte fallen lassen. Er warf ihn in die Luft. Als der Schal abwärts sank, schoß das Messer vor wie ein lebendiges Wesen und schlug zu.

Einen Augenblick lang glaubte Liasuhn, Nalorih hätte den Schal verfehlt. Aber dann flatterten zwei Stück blauer Seide und nicht eines zu Boden. Der Gedanke an ein so scharfes Messer zog Liasuhn den Magen zusammen.

»Sobald Nalorih und ich uns umgezogen haben, machen wir uns auf eine kleine Reise«, sagte Kwahsiu. »Bleib zwischen uns, verbirg dein Gesicht, mach keinen Ärger, und es wird dir nichts geschehen. Verstanden?«

Liasuhn nickte; seine Zähne klapperten nun so heftig, daß

er nicht sprechen konnte. Aber zu seiner Erleichterung war Kwahsiu mit dieser Antwort zufrieden.

»Gut. Sehr gut.«

Zorn auf ihn, ja, aber noch mehr auf Raven selbst, als die tödliche Schwertspitze zu Boden sank.

Raven beobachtete ihn, halb trotzig, halb erschrocken über das, was er beinahe getan hätte. »Dafür könntest du mich hängen lassen«, sagte Raven, seine Stimme so heiser wie die einer Krähe. Aber er stand aufrecht und stolz.

»Warum? Ich war nicht wirklich in Gefahr, oder?«

Raven warf das Schwert weg. »Du weißt, daß ich es wollte! Oder glaubst du, ich hätte zuviel Angst, einen Mann zu töten?« Ravens Miene nach zu schließen, kämpfte der Zorn in ihm mit Schuldgefühlen. Die Schuld siegte, gefolgt von Scham, daß er auch nur daran gedacht hatte, es zu versuchen. Tiefe, seelenerschütternde Scham.

»Nein, ich glaube, wenn es notwendig würde, könntest du töten, um dich und Maurynna zu verteidigen. Aber du bist kein Mörder«, sagte Linden leise, »und auch kein Feigling, der einem Mann einen Dolch in den Rücken stößt.« Er sah sich um und griff nach dem Handtuch. Nachdem er sich das Gesicht abgewischt hatte, sagte er: »Und was den Willen angeht, glaube ich dir gern, daß du es wolltest. Genau wie ich eine Weile geglaubt habe, ich wollte meinen Vater töten. Aber wir wußten beide, daß es nichts nützen würde, du heute und ich selbst vor so langer Zeit.«

Raven starrte ihn schockiert an. Und das war nicht verwunderlich, dachte Linden; Vatermord war für einen Yerrin-Clansmann eine der größten Sünden. Die Bedrohung eines Verwandten mit einer Waffe konnte zu Ausstoßung aus dem Clan führen, wenn die Ältesten das beschlossen. Linden lächelte grimmig, als er sah, wie Ravens Blick zu dem Clanzopf wanderte, der ihm über die Schulter hing.

»Nein, ich habe die Klinge nicht erhoben, also hat man mich nicht ausgestoßen; ich trage meinen Zopf zu Recht, Raven.«

Linden leckte sich über die Lippen, bevor er fortfuhr. Das hier war nichts, worauf er stolz sein konnte, und er hatte es niemand anderem gesagt als seiner Schwester, vor vielen hundert Jahren.

Warum erzählte er es also nun diesem Jungen? Um dem Idioten etwas gegen ihn in die Hand zu geben? Nein. Er sagte es Raven, weil Raven es hören mußte.

»Mein Vater hat mich keinen Augenblick in Ruhe gelassen, hat immer versucht, einen Streit anzufangen, damit er gewinnen konnte – wie er es betrachtete. Und da er immer die Gegenposition zu mir einnahm, ganz gleich, um was es ging, hat er natürlich nie gewonnen, indem er mich überzeugte. Die Götter mögen mir helfen, ich glaube wirklich, wäre es zu einem Streit gekommen, wo die Sonne am nächsten Morgen aufginge, hätte er auf mein ›im Osten‹ mit ›im Westen‹ geantwortet, nur damit er seinen Kampf bekam. Und die Streitereien endeten immer damit, daß er mich gegen die nächste Mauer stieß, wenn ich nicht nachgab. Wenn man ein Kind ist, ist es schwer zu streiten, wenn man so sehr weint, daß man kaum sprechen kann. So hat er ›gewonnen‹ – bis ich groß genug war, um zurückzuschlagen. Und wenn ich mich geweigert habe, diese Spielchen mitzuspielen, hat er nicht aufgegeben, bis ich mich schließlich doch mit ihm stritt. Aber eines Tages ... eines Tages hatte ich ein Messer, das meine kleinen Vettern beinahe hoffnungslos stumpf gemacht hatten, indem sie in steinigem Boden gegraben hatten. Dieses Messer hatte meinem ältesten Bruder gehört, und ich wußte, daß meine Vettern ordentlich Prügel dafür bekommen würden, daß sie es beinahe ruiniert hatten. Also hatte ich es übernommen, es zu schleifen, bevor ihr Vater es herausfand. Aber mein Vater fand mich zuerst, und er begann mich zu beschuldigen, ich weiß nicht einmal mehr, um was es ging. Was immer es sein mochte, er hörte nicht auf.«

Linden schloß einen Augenblick lang die Augen, gefangen im alten Zorn, in dem nur zu gut erinnerten Gefühl, wie sein Magen vor Wut und Enttäuschung gebrannt hatte. Er vergaß beinahe Ravens Anwesenheit. Seine Stimme klang selbst für ihn weit entfernt, als er fortfuhr: »Ich weiß nicht, warum es an diesem Tag anders war, warum es nicht so verlief wie so oft zuvor, aber es war einfach zuviel. Die Götter mögen mir helfen, ich wollte ihn angreifen, ich wollte ihn ein und für allemal loswerden. Selbst wenn das bedeutet hätte, ihn zu töten. Stattdessen drückte ich die Klinge gegen mein eigenes Handgelenk, fester und fester. Ich wollte ihn verletzen – aber ich konnte nicht. Er war mein Vater, ganz gleich, wie zornig er mich machte. Also zeigte ich mir selbst ein wenig, wie sehr das weh tun würde, und ich sagte mir, daß ich meinem Vater das nicht antun könnte.«

Linden lachte und schüttelte den Kopf. »Es war nur gut, daß die Jungs so erfolgreich dabei gewesen waren, die Klinge zu verderben. Sonst hätte ich mir die Adern aufgeschnitten und mein Lebensblut vergossen – und wofür? Für irgendeine Dummheit, an die ich mich nicht einmal mehr erinnern kann.«

»Er hat dich nicht vor die Clanältesten gebracht?«

Linden schnaubte vor Lachen. »Ich glaube nicht, daß ihm je klargeworfen ist, *wieso* ich tat, was ich tat. War er zu eingebildet, um zu glauben, daß jemand ihm Böses wünschte? War er zu dumm? Oder hat er es einfach nur nicht sehen wollen, weil es bedeutete, daß er mich bei der nächsten Clanversammlung vor die Ältesten bringen müßte? Er sah nur, daß ich offenbar versuchte, mich selbst zu töten, und das erschreckte ihn, denn ich glaube, tief drinnen liebte er mich, obwohl ich eine Enttäuschung für ihn gewesen sein muß, kränkliches kleines Ding, das ich damals war. Aber Ihr Götter, wie sehr ich mich in diesem Augenblick danach sehnte, ihn umzubringen!« Linden betrachtete Raven mit einem Hauch von Neid, als er das Handtuch, das er immer noch in der Hand hielt, über die Schultern warf. »Zumindest diese Bürde mußt du nicht tragen.«

»Einige würden behaupten, was ich wollte, war ebenso schlecht«, entgegnete Raven.

Linden zog eine Braue hoch. Raven wollte sich also nicht leicht davonkommen lassen. »Wolltest du einen Drachenlord töten – oder einen Rivalen?« Was er in der Miene des jungen Yerrin las, bestätigte ihm, was er schon angenommen hatte. »Du hast mir gegenüber also ebenso empfunden wie zehntausend andere enttäuschte junge Männer gegenüber ihren Rivalen. Und solange es nichts Schlimmeres ist als das, schadet es nichts. Hör auf, Asche auf dein Haupt zu häufen, Raven. Es ist vorbei, und ich werde es nicht erwähnen, wenn du es auch nicht tust, in Ordnung? Gut. Und das ist keine Art, mit einer Waffe umzugehen, also solltest du sie jetzt säubern und weglegen, und wir arbeiten noch ein wenig mit den Holzschwertern.«

Raven nickte und bückte sich nach der Waffe, die er weggeworfen hatte. Er hob sie auf und starrte sie einen Augenblick lang an, als wäre sie besudelt; dann, den Blick immer noch auf die Klinge in seiner Hand gerichtet, sagte er: »Glaubst du ... glaubst du, wenn ...« Röte breitete sich auf seinen blassen Wangen aus.

»Wenn Maurynna kein Drachenlord gewesen wäre, hättet ihr beide dann vielleicht geheiratet? Ja, das ist möglich; dann wäre ihr Herz frei gewesen.« Auf Ravens raschen Blick hin sagte Linden sanft: »Sie hatte keine Wahl, ebensowenig wie ich.«

»Was, wenn ... wenn ich ...« Die Klinge blitzte, als der junge Mann sie hin und her wendete.

»Du hättest sie damit ebenfalls vernichtet.«

Raven sah Linden wieder an, die Schwertspitze sorgfältig gesenkt und abgewandt.

»Ich kann nicht einfach aufhören, sie zu lieben«, sagte er mit einem letzten Ausbruch von Sturheit.

»Das erwarte ich auch nicht«, erwiderte Linden. »Und nur, *weil* du sie so sehr liebst, bin ich bereit zuzulassen, daß du ihr Leibwächter wirst.«

Und wenn du nur wüßtest, wie sehr mich das schmerzt und verängstigt, hätte er beinahe hinzugefügt. Statt dessen sagte er so ruhig wie möglich: »Ich will auch nicht, daß ihr keine Freunde mehr seid. Das würde Maurynna unendlich traurig machen. Und jetzt möchte ich, daß du weiter an deinen Paraden arbeitest ...«

Taren lehnte sich an die Wand. Seine Knie waren weich geworden. Beim Phönix, er hatte schon befürchtet, der verfluchte junge Narr würde den Drachenlord töten! Das war wirklich nicht gut. Taren hatte nichts für die Drachenlords übrig, aber diese vier mußten Jehanglan erreichen, so daß die Worte des Orakels erfüllt wurden.

Zum Glück hatte keiner der beiden Männer gesehen, daß er sich im Schatten verbarg. Sie waren so bewegt von ihrem eigenen Drama, daß er imstande war, sich unbemerkt zurückzuziehen. Taren ging so lautlos, wie er gekommen war. Es war zwar amüsant, Unruhe zwischen dem Jungen und den Drachenlords zu stiften, aber Taren wußte auch, daß dies ein Ende haben mußte. Er wußte nicht, warum Raven dem Drachenlord nicht das Schwert in den ungeschützten Rücken gestoßen hatte, als sich die Gelegenheit bot, oder wovon die beiden Männer mit solcher Leidenschaft gesprochen hatten, aber er konnte das Risiko nicht eingehen, daß weitere verdeckte Anmerkungen und falsches Mitgefühl den jungen Yerrin noch tiefer in diese mörderische Narretei stießen, die gerade eben so knapp vermieden worden war.

Obwohl es ausgesprochen ironisch gewesen wäre, dachte Taren mit einem dünnen Lächeln, wenn er einen Warnschrei ausgestoßen und sich auf diese Weise Linden Rathans – und Maurynna Kyrissaeans – unendliche Dankbarkeit verdient hätte.

Verflucht. Das hätte er gut nutzen können.

Der Weg zur kaiserlichen Stadt war lang und staubig. Liasuhn hätte gerne etwas getrunken, aber er wagte nicht zu fragen, ob sie einen Bach oder eine Quelle suchen könnten. Seine Welt hatte sich so rasch verändert, daß er kaum mehr wußte, wo oben und unten war. Also leckte er sich die trockenen Lippen und litt schweigend.

Nur einmal wurden kurz Worte gewechselt. Nalorih sagte: »Glaubst du, es wird dunkel genug sein, wenn wir ankommen, Bruder?«

Kwahsiu schaute zur Sonne und erklärte: »Wahrscheinlich. Aber wir nehmen den längeren Weg, um sicherzugehen. Das wird uns auch die Möglichkeit geben, zu bemerken, ob uns jemand folgt.«

Dunkel genug wofür, hätte Liasuhn beinahe gerufen. Und warum sollte uns jemand folgen?

Er war aber nicht sicher, ob er die Antworten wirklich wissen wollte.

Die Sonne ging unter, als sie die Stadt betraten, die er so lange schon hatte sehen wollen. Aber er erblickte nichts von ihrer Schönheit; Kwahsiu und Nalorih führten ihn durch die ärmsten Viertel. Sie bewegten sich rasch, wie Männer, die ihr Ziel gut kennen, aber der eine oder der andere war immer an seiner Seite oder immer in seinem Rücken. Einmal, als Liasuhn am Beginn einer dunklen, schmalen Gasse zögerte, die nach Urin und Erbrochenem stank, ritzte eine Messerspitze seinen Rücken. Liasuhn huschte vorwärts und kümmerte sich nicht mehr um den Dreck. Zumindest hielt niemand sie auf; es war wohlbekannt, wie gut die Wanderpriester mit ihren Stöcken kämpfen konnten.

Es war beinahe vollständig dunkel, als sie eine Straße mit ärmlichen Läden erreichten. Nun gingen sie noch schneller. Jede neue Straße war besser als die zuvor, die Läden wurden größer und wohlhabender. Viele wurden gerade für die Nacht geschlossen, als sie vorbeikamen. Einmal, als sie an einem Laden vorbeikamen, wo gebackene Bohnenkuchen verkauft wurden, knurrte Liasuhns Magen laut.

Kwahsiu lachte und sagte: »Warte nur noch ein wenig. Du wirst bald schon Besseres als diesen Fraß bekommen. *Viel* Besseres.«

Liasuhn verstand immer noch nicht, was geschah. Warum die Verkleidung? Warum durfte niemand ihn sehen? Wohin brachten sie ihn – und aus welchem Grund? Und warum drohten sie ihm einen Augenblick und versprachen ihm im nächsten gute Dinge? Aber die Angst ritt ihn wie ein Dämon, und er verstand nicht, was geschah.

So getrübt war sein Geist, daß sie schon mitten in einem Viertel mit ummauerten Anwesen waren, bevor Liasuhn die Veränderung bemerkte. Die beiden anderen hielten sich an die Gassen, die die Kaufleute und die Lieferanten benutzten, aber selbst diese »Gassen« wären zu Hause in seinem Dorf eine gute Straße gewesen. Daran, wie Kwahsiu und Nalorih ihren Schritt nochmals beschleunigten, erkannte er, daß sie ihrem Ziel nahe waren. Der Gedanke erschreckte ihn so, daß er beinahe versucht hätte, davonzulaufen. Besser das Messer als die Schrekken, die dort auf ihn warten mochten.

Irgendwie spürten sie das. Bevor er etwas tun konnte, packten seine Begleiter ihn an den Armen und zerrten ihn zu einem Tor in der Mauer. Das Tor öffnete sich; jemand hatte auf sie gewartet. Liasuhn erinnerte sich an den Mann von dem Unterschlupf für Reisende. Kwahsiu schubste ihn, und er fiel durch das Tor.

Hände fingen ihn auf, zerrten ihn über einen von Papierlaternen beleuchteten Weg. Sie begegneten niemandem sonst.

Dann waren sie an einem zweiten Tor, dieses in einem Bambuszaun. Liasuhn kämpfte sich durch die überwältigende Verwirrung in seinem Kopf und bemerkte, daß es sich offenbar um ein Gästehaus innerhalb dieses Anwesens handelte. Er hatte von solchen Dingen gehört; der Besitzer dieses Anwesens mußte ein wirklich reicher Kaufmann sein, wenn nicht sogar ein Adliger.

Dann hatten sie auch dieses Tor durchquert. Der Duft von Jasmin hing in der Luft; Liasuhn hatte einen schwachen Eindruck von einem dunklen Garten und hörte irgendwo Wasser rauschen. Das Tor schloß sich hinter ihm, und Kwahsiu und Nalorih ließen endlich seine Arme los.

»Warum?« fand Liasuhn endlich den Mut zu fragen. Er rieb sich die schmerzenden Arme.

»Du wirst unserem Herrn einen großen Dienst erweisen. Komm«, sagte Nalorih und führte ihn tiefer in den Garten. Liasuhn hatte keine Wahl. Er folgte, und Kwahsiu blieb dicht hinter ihnen.

Ihre Schritte hallten hohl wider, als sie über die kleine Brükke gingen. Liasuhn konnte den dunkleren Umriß eines Hauses erkennen. Dann ging eine Tür auf, und Licht fiel auf den Rasen.

Seine Angst war fast nicht mehr zu beschreiben, als sie durch die Tür gingen. Drinnen blieb er verwirrt stehen. War dies ein Alptraum oder ein Traum? Das Zimmer war so schön, es hätte sich um die Laube der Blütenprinzessin aus der Legende handeln können. Überwältigt bemerkte er nicht, daß jemand anwesend war, bis Kwahsiu ihm die Kapuze zurückriß und eine Stimme sagte: »Unglaublich. Wäre er älter, könnte er beinahe als Xiane durchgehen. Das habt ihr gut gemacht.«

Liasuhn starrte den Sprecher verwirrt an, während Kwahsiu und Nalorih sich tief vor dem Mann verbeugten. Der Mann starrte zurück und lächelte kühl. Mit einer Hand spielte er mit seinem langen Schnurrbart. Er trug die Brokatgewänder eines

Adligen; wenn er sich bewegte, spielte das Licht auf der schweren Seide.

»Man hat dich hierhergebracht, damit du etwas für mich tust«, sagte der Adlige. »Ich denke, es wird dir nicht zu schwer fallen. Gehorche, und man wird dich wie einen Prinzen behandeln.« Er drehte leicht den Kopf und rief: »Zuia!« Aus einem benachbarten Zimmer kamen zwei Frauen, und die eine scheuchte die andere, jüngere vor sich her. Liasuhns Herz klopfte vor Schreck, als er die zweite sah. Brokatgewänder, bleiche Haut und weiche Hände, die niemals schwere Arbeit in der Sonne gekannt hatten, kennzeichneten sie als Adlige – und ihr Gesicht war nicht verschleiert. Er, Liasuhn, ein Gemeiner, hatte sie angesehen. Dafür konnte er sterben.

Oder noch schlimmer, seine Hoden verlieren. Liasuhn stöhnte entsetzt.

Aber der Adlige forderte weder seinen Tod noch seine Kastration. Statt dessen winkte er der ersten Frau – sie war wie eine Dienerin gekleidet –, ihre Schutzbefohlene vorwärts zu bringen. Die Frau schob die junge Adlige bis auf ein paar Fuß auf Liasuhn zu. Als das Mädchen versuchte, ihr Gesicht vor seinem Blick zu schützen, schlug die Dienerin ihr auf die Hand. Tränen liefen über das bleiche, hübsche Gesicht.

Der Adlige stand nun an seiner Seite. »Das hier ist meine Nichte«, sagte er. »Wie du siehst, ist sie recht hübsch, also wird deine Pflicht angenehm sein. Du wirst sie schwängern.«

Das Mädchen schrie entsetzt auf.

Auf das Nicken des Adligen hin packte die Dienerin die Schultern des Mädchens und riß ihr das Gewand vom Leib. Nur ein seidener Lendenschurz bedeckte sie jetzt noch. Sie schluchzte jämmerlich und versuchte, sich mit den Händen zu bedecken.

Liasuhn riß erstaunt den Mund auf. »Was ...«

»Du hast mich verstanden.« Mit diesen Worten ging der Adlige zur Tür. Die anderen folgten ihm. »Schwängere sie. Du weißt selbstverständlich, wie das geht, denn sonst hätten meine Männer dich nicht hergebracht. Und versuch nicht, den Helden zu spielen. Sie ist Jungfrau. Wenn sie das immer noch ist, wenn Zuia am Morgen zurückkehrt, wirst du es bereuen.« Die leise Drohung in seiner Stimme ließ Liasuhn schaudern.

Mit dieser Warnung verließ der Adlige das Haus. Die anderen folgten ihm.

Die Tür wurde geschlossen, Liasuhn hörte, wie der Schlüssel umgedreht wurde. Das Mädchen starrte ihn mit großen, verängstigten Augen an, das Gewand immer noch zu ihren Füßen. Einen Augenblick lang dachte er daran, nicht zu gehorchen; sie sah so jämmerlich aus.

Aber dann erinnerte er sich an die stählerne, kalte Stimme ihres Onkels, und er wußte, was er tun mußte. Er zog sein Gewand über den Kopf und ließ es auf den Boden fallen. Dann löste er die Schnur an seinen Kniehosen. Sie folgten dem Gewand.

Mit einem leisen Aufschrei wich sie zurück, eine Hand erhoben, um ihn abzuwehren.

»Es tut mir leid«, sagte er, dann packte er sie.

Die folgenden Monate vergingen mit hektischen Aktivitäten. Beinahe jeden Tag übte die Truppe; wenn das Wetter es zuließ, auf der Wiese, ansonsten in der Reithalle. Manchmal gestattete Lleld ihnen einen freien Tag, aber von denen gab es nur wenige. Sie wußten alle, daß sie nicht viel Zeit hatten.

»Wie schluckt ein Feuerschlucker überhaupt Feuer, Lady Unruh?« fragte Linden eines Tages, nachdem Lleld und Jekkanadar müde von all den akrobatischen Übungen und dem Seiltanzen am Boden lagen. »Gab es in der Truppe deiner Familie welche?«

»Wie? Ja, das stimmt – wir müssen dich ja zu einem Feuerschlucker machen. Es ist eine Schande, daß du dich nicht einfach verwandeln kannst ... ja, wir hatten einige Zeit lang einen. Er hat uns nie erzählt, was er benutzte; er erklärte, es sei ein Geheimnis seiner Bruderschaft. Aber er hat so angefangen.« Lleld nahm den Wasserschlauch, trank einen kleinen Schluck, ging von den anderen weg, schürzte die Lippen und spuckte das Wasser mit einem Sprühen aus. Sie tat so, als stecke sie eine Fackel in den Wassernebel. Als das Wasser weg war, wischte sie sich das Kinn – denn einiges war auch über Kinn und Hemd gelaufen – und sagte: »Es war irgendwie so. Und selbst wenn Linden das nicht richtig hinkriegt, ist es gleich. Das Feuer wird ihm nicht weh tun.«

»Aber wenn wir nicht wissen, was die Feuerschlucker für den Nebel genommen haben, dann ...«, meinte Taren.

Linden lachte. »Ich bin ein Drachenlord, habt Ihr das vergessen? Falls es überhaupt brennen kann, wird es bei mir nur heißer und schneller brennen.«

»Bratöl?« schlug Maurynna vor.

»Bah«, sagte Linden und zog eine Grimasse. Der Gedanke an einen Mund voll Öl gefiel ihm überhaupt nicht. Schade, daß er kein Wasser zum Brennen bringen konnte, aber das gelang nicht einmal der Magie eines Echtdrachen.

Raven sprang auf. »Ich hole welches aus der Küche«, sagte er und pfiff Sturmwind zu sich. Er sprang auf den nackten Rücken des Llysanyaners und galoppierte davon. »Ein verdammt guter Reiter«, sagte Linden bewundernd und blickte ihm nach.

»Wenn er, nachdem all das hier vorüber ist, nicht zu seiner Tante geht, dann prügele ich ihn hin«, sagte Otter, der an einem Grashalm kaute.

Als Raven zurückkehrte, nahm Linden die kleine Flasche mit Öl, hob einen Zweig vom Boden auf und trat ein paar Schritte beiseite. Er nahm einen Schluck Öl in den Mund und entfachte dann mit einem lautlosen Befehl ein Ende des Zweigs. Er tat es Lleld nach, spuckte Öl und Luft so fein aus, wie er konnte, und in dem Augenblick, wo er die winzigen Tropfen mit dem Zweig berührte, befahl er dem öligen Nebel zu brennen.

Das Ergebnis war spektakulär, selbst von seiner Warte aus betrachtet. Dem entzückten Schrei nach zu schließen, sah es für die Zuschauer noch besser aus. Ein wenig Öl lief ihm übers Kinn, aber das schadete nichts.

Dann wendete sich der Wind, und das Feuer wurde ihm ins Gesicht geblasen.

Einen Augenblick später fing das Öl an seinem Kinn Feuer, tröpfelte aufs Hemd und setzte den Stoff in Brand.

Er befahl dem Feuer zu verlöschen, aber es war zu spät. Bedauernd betrachtete er sein verdorbenes Hemd, beim nächsten Mal würde er es ohne Hemd versuchen.

Lleld meinte nur nachdenklich: »Ich denke, daran solltest du noch arbeiten, Linden.«

Der Winter war schon beinahe zu Ende, als Maurynna ihren Platz am Rand der Reithalle neben Taren, Lleld, Jekkanadar und Linden einnahm. Endlich würden Linden, Otter, Raven und die Llysanyaner ihnen vorführen, woran sie die ganze Zeit so schwer gearbeitet hatten. »Wo sind Otter und Raven?« fragte sie.

»Da unten«, sagte Linden und zeigte auf des andere Ende der Halle.

Tatsächlich standen dort beide Männer auf den Seiten der offenen Tore zum Stall, Otter mit einem yerrinischen *Taerasan* und Raven mit einer assantikkanischen *Zamla*, deren bunten Gurt er über die Brust geschlungen hatte.

Otter begann mit einem Rhythmus. Maurynna hatte den Eindruck, etwas vage Vertrautes zu hören, und als Raven mit dem komplizierten Kontrarhythmus begann, erkannte sie ihn.

»Der Tanz des roten Geistes!« sagte sie im selben Augenblick, als Jekkanadar rief: »*Takka nih Bahari!* Das habe ich schon viel zu lange nicht mehr gehört!« Dann vergaß sie alles andere, als Nachtlied, Shan, Hillel und Jhem in langsamem, beherrschtem Kanter in die Halle kamen. Sie umkreisten die Halle, und als der Rhythmus sich änderte, drehten sie sich in den Kreis, begegneten sich in der Mitte, bäumten sich auf und wendeten.

Maurynna sah bewundernd zu, wie die Llysanyaner tanzten und dabei keinem anderen Befehl gehorchten als dem Schlag der Trommeln. Von Zeit zu Zeit bemerkte sie, daß Linden ihr etwas zuflüsterte.

Dieser langsame Trab mit den Pausen zwischen jedem Schritt heißt Shallinn; *würden sie sich dabei nicht von der Stelle bewegen, hieße es* Verallinn.

An einem Punkt fädelten sich die Llysanyaner aneinander vorbei, alles in langsamem Kanter. »Sieh nur! Sie kommen aus dem Tritt, aber irgendwie regelmäßig!« sagte Maurynna.

Linden erwiderte mit unterdrücktem Lachen: »Sie verändern ihren Schritt jedesmal.«

»Es ist gleich, es sieht wunderschön aus. Alles ist wunderschön.«

»Hoffen wir nur, daß die Jehangli derselben Ansicht sind.«

Nur zu bald kam das Spektakel zu einem Ende. Die vier Llysanyaner stellten sich in einer Reihe den Zuschauern gegenüber, und als ein Trommelwirbel das Ende des Liedes anzeigte, sanken sie auf die Hinterbeine und hoben die Vorderbeine. Maurynna erkannte das als die bedrohliche Pose, die Shan letztes Jahr angenommen hatte, als ein cassorinischer Adliger Otter bedroht hatte. Sie hielten diese Pose des Nicht-ganz-Aufbäumens (*Nilurn*, flüsterte Linden), und als der Tanz des roten Geistes dann mit den traditionellen vier Trommelschlägen schloß, sprangen die Llysanyaner bei jedem Schlag vorwärts, die Vorderbeine traten aus, berührten aber nicht den Boden.

Dann war es vorbei, und sie waren wieder Pferde. Shan kam zu den Zuschauern. Linden warf ihm einen Apfel zu.

»Ausnahmsweise hast du es verdient. Das war wunderbar.« Er wandte sich Taren zu. »Wie, glaubt ihr, werden die Jehangli es aufnehmen?«

Taren schüttelte den Kopf, die Augen immer noch staunend aufgerissen. »So etwas habe ich noch nie gesehen. Herr, rechnet damit, daß man Euch ganze Wagenladungen von Gold für sie anbietet.«

Linden lachte. »Wir werden die Angebote abwehren, wenn das geschieht; solange es uns die Türen öffnet, wird alles gutgehen.«

Maurynna sah, wie Lleld über das Geländer kletterte und heruntersprang. »Wo willst du hin?« rief sie, als der kleine Drachenlord zum Stall trabte.

»Ich bin dran«, rief Lleld zurück. »Ich und Miki. Paßt auf.«

Maurynna lehnte sich zurück und griff nach Lindens Hand.

»Das wird Spaß machen«, sagte sie.

»Vermutlich macht es eher angst«, grunzte Linden. »Du hast Lady Unruhs Vorstellung noch nie gesehen, oder? Sollte sie jemals stürzen ...« Er schüttelte den Kopf.

Und er hatte, wie Maurynna kurz darauf entschied, nicht übertrieben. Sie hoffte, daß die Jehangli nicht zu empfindlich waren. Dann schloß sie die Augen wieder.

Der Frühling hing in der Luft, und an dem Ahornbaum vor der Reithalle wuchsen rötliche Knospen. Es war Zeit, nach Assantikk zu reisen. Maurynna würde ihren Verwandten in Tanlyton Bescheid geben, daß dort ein Schiff für sie bereitgehalten werden sollte. Als dies geschehen war, verwandelte sich Jekkanadar und flog nach Assantikk, um den Kaiser der Dämmerung an die Übereinkunft zu erinnern, die er mit den Drachenlords abgeschlossen hatte.

Als er zurückkehrte, rief er Lleld im Geist. Sie versammelten sich zum letzten Mal auf dem Feld, um auf ihn zu warten.

»Was ist?« fragte Lleld, sobald ihr Seelengefährte gelandet war und wieder menschliche Gestalt angenommen hatte.

»Alles ist bereit«, erwiderte Jekkanadar ruhig. »Sobald wir Nen dra Kove erreichen, wird das Schiff nach Jehanglan auslaufen.«

27. KAPITEL

»Gilla!«

Der Ruf riß Gilliad al zefa'Mimdallek aus den Berechnungen, die sie im Kopf angestellt hatte. Verblüfft stellte sie fest, daß sie schon an der Teeverkäuferbude vorbeigekommen war. Sie mußte wirklich mehr aufpassen, wenn sie unterwegs war.

Dann fiel ihr wieder ein, daß sie ihren Namen gehört hatte. Sie hielt inne, überzeugt, es sich eingebildet zu haben, als die Menschenmengen von Nen dra Kove weiter an ihr vorbeidrängten. Dann erklang es lauter und diesmal verzweifelt: »Gilliad!«

Sie drehte sich um. Einer ihrer Vettern, Mossuran al zef Mimdallek, drängte sich durch die Straße und folgte ihr, ungeachtet, wen er dabei beiseite schubsen mußte. Sie blinzelte überrascht; das paßt überhaupt nicht zu ihm. Ebensowenig wie die finstere Miene auf seinem rötlichen Gesicht.

Er sollte auch eigentlich nicht in Nen dra Kove sein; sie war davon ausgegangen, daß er als Dritter des Hauses in der Hauptstadt Zarkorum arbeitete. Seiner offensichtlichen Erschöpfung und seinen staubigen Kleidern nach zu gehen, mußte Mossuran beinahe ohne Pause hierher geritten sein. Irgend etwas stimmte nicht.

Ihre gute Laune verschwand auf der Stelle. Gilliad kämpfte gegen den Menschenstrom an, der in die entgegengesetzte Richtung floß. »Mossuran, was ist los?« rief sie.

Er sagte nichts, als er sie einholte, packte sie nur am Ellbogen und zog sie beiseite. Sie sah, daß er auf ein *Tekeral* zuging, auf eine der kleinen Parkflächen, die es überall in Nen dra Kove gab, eine Oase von Grün in der überwältigenden Hitze.

Dieser kleine Park war leer bis auf zwei alte Männer, die auf einer Bank unter einem riesigen Jasminstrauch saßen. Ein abgenutztes Spielbrett lag zwischen ihnen. Sie blickten von ihrem Ziegen-und-Schakale-Spiel nicht einmal auf, als Gilliads und Mossurans Schatten auf das Brett fielen.

Mossuran führte Gilliad zu einer anderen Bank unter einer hoch aufragenden Dattelpalme. Er brach eher zusammen, als daß er sich hinsetzte, und er atmete schwer. Seine dunkle Haut hatte eine kränkliche Graufärbung angenommen. »Dieser verdammte Verrückte ist wieder da«, sagte er ohne Einleitung. »Er ist in Zarkorum.«

Gilliad brauchte einige Herzschläge lang, um ihn zu verstehen. Dann erstarrte sie bis in die Seele.

»Was!« Ihr wurde übel. Was, bei den neunzig Höllen von Udasah, machte dieser Kelnethi-Verrückte wieder in Assantikk? Besonders in Zarkorum? War er gekommen, um dem Haus Mhakkan mitzuteilen, daß sie entgegen dem ausdrücklichen Befehl des Dekrets des Kaisers mit Jehanglan Handel trieb?

Falls er das tat, wäre das das Ende des Hauses Mimdallek. Und das würde sie nicht zulassen, selbst wenn sie den Rest der Ewigkeit in den vergifteten Klauen Danashkars verbringen müßte.

In ihrem Schrecken mußte sie das letzte laut ausgesprochen haben, denn Mossuran schüttelte den Kopf.

»Ich glaube, du brauchst dir keine Gedanken mehr wegen Danashkar zu machen, Gilliad – falls das überhaupt je der Fall war. Ich habe diesen Taren Olmeins selbst gesehen, und er wirkte ebenso vernünftig wie jeder andere.«

»Du glaubst also ...« Sie konnte den Satz nicht beenden.

Er sah sie an und nickte. »Er hat sich verstellt. Er wußte es – er *wußte,* welche Fäden er ziehen mußte, als wären wir Marionetten und er der Puppenspieler. Ich weiß nicht, wie er dieses Schäumen und die blutunterlaufenen Augen hingekriegt hat, aber ich bin jetzt sicher, daß es Schauspielerei war. Der Mann ist nicht verrückter als du oder ich.« Mossuran holte tief Luft. Er wandte ihr seinen flehentlichen Blick zu; seine Stimme bebte, als er fragte: »Was machen wir jetzt?«

Sie hätte sich einen Partner mit etwas mehr Rückgrat als Mossuran gewünscht, aber er war alles, was sie hatte. Sie erklärte mit einer Geduld, die ihre eigene Angst kaum verbarg: »Wenn er hier ist, um uns zu verraten, werden wir die nächste Ladung so schnell wie möglich abschicken müssen. Damit werden wir zweierlei erreichen: Wir sind den Beweis los, und Afrani und seine Mannschaft sind außer Reichweite der Folterer des Kaisers. Sag ihnen Bescheid; sag ihnen, sie sollen nach der Ablieferung dieser Fracht nach Norden, nach Thalnia, segeln und dort eine Weile warten.«

Sie fürchtete nicht, daß die Folterer des Kaisers ihr oder Mossuran etwas antun könnten; ihre Stellung im Haus Mimdallek würde sie gegen das Wort eines Fremden schützen, wenn es keine anderen Beweise gäbe. Aber die Seeleute und Bauern waren etwas anderes ... Sie verriet nicht, wie rasch ihre Angst anwuchs, das würde Mossuran nur noch mehr verschrecken. Es war besser, so zu tun, als wäre sie vorbereitet.

»Aber der Frachtraum ist noch nicht voll«, wandte Mossuran ein, »und es ist noch mehr auf dem Weg; das Schiff sollte einen weiteren Zehntag lang nicht in See stechen.« Er klang jetzt entschlossener; das hatte sie vorausgesehen. Mossuran bezog Kraft aus ihrer Ruhe.

Gilliad seufzte und spielte ihre Rolle weiter. »Mossuran, es ist nicht so, als ob es nie wieder Seidenraupen und Maulbeerbäume gäbe. Die Tah'nehsieh werden es schon verstehen. Ich werde mich selbst darum kümmern, daß die Lieferungen abgefangen werden. Ich werde alles selbst verbrennen, wenn es notwendig ist, und den Bauern Bescheid sagen, daß sie sich in den Hügeln verstecken sollen. Wenn wir das hier überstehen, ist es nur ein kleiner Rückschlag; wir können immer noch die Vorherrschaft des Hauses Mhakkan in Jehanglan brechen.«

Mossuran nickte. »Also gut. Aber was ist mit Taren Olmeins?«

Das überraschte sie. »Mußt du noch fragen?« wollte sie wissen. »Er wird sterben.«

Ihr Vetter riß die Hände in die Luft. »Das ist es ja, Gilly – es gibt keine Möglichkeit, ihn zu erreichen! Ich habe selbst gesehen, wie er ein thalnisches Schiff verließ, eins des Hauses Erdon. Er wurde von einer Gruppe Menschen begleitet. Drei Yerrinmänner, zwei jünger, einer sehr viel älter, eine kleine Frau oder ein Mädchen, das konnte ich aus der Entfernung nicht gut sehen, ein assantikkanischer Mann und eine andere Frau, die aussah, als wäre sie eine Erdon – hochgewachsen, dunkelhaarig, mit diesem herzförmigen Gesicht, das so viele von ihnen haben.

Ein paar Männer haben sie im Hafen begrüßt und weggeführt. Ich erkannte einen der Männer in dieser Gruppe, obwohl er seine Uniform nicht trug, es war Barduun al zef Kisharrek, ein Hauptmann in Chakkarins persönlicher Leibwache!«

Gilliad wurde schwindlig. Taren Olmeins unter dem Schutz des Kaisers der Dämmerung? Das Haus Mimdallek war tatsächlich zum Untergang verdammt! Sie riß sich zusammen, sie wußte, daß sie kurz vor einer Ohnmacht stand, und grub sich die Fingernägel in die Oberschenkel, um die Schwäche abzuwehren.

Soviel zu den Versicherungen des Tah'nehsieh-Schamanen, dachte sie, *daß meinem Haus aus dieser Geschichte kein Schaden erwachsen würde. Was würde Zhantse nun voraussagen? Dasselbe?* Bitterkeit erfüllte sie und schmeckte wie Galle auf ihrer Zunge.

Sie starrte die Muster an, die mit Henna auf ihre Handrücken gezeichnet waren, ohne sie wirklich zu sehen. Einen Augenblick lang waren sie verschwommen vor ihren Augen. Im nächsten Augenblick sah sie sie wieder scharf. Wenn dem

Haus Mimdallek das Schlimmste zustoßen würde, blieb nur noch Rache.

Und sie konnte es nicht zulassen. Aber sie würde alles tun, um ihr Haus zu retten. Sie erhob sich.

»Komm. Es gibt viel zu tun, und wir haben nicht viel Zeit.«

An diesem Tag ging der Erlauchte Phönixherrscher auf die Jagd.

Xiane ma Jhi zog den Bogen und zielte. Einen Augenblick später glitt die Sehne von dem Daumenring, den er trug, und flog aufs Ziel zu. Er zügelte sein Pferd.

Der Pfeil traf den Rehbock direkt hinter dem linken Vorderbein. Das Tier sprang in die Luft, dann brach es zusammen.

Die anderen Jäger umkreisten Xiane und johlten; Xiane lächelte über das ehrliche Lob. Wenn er nur seine ganze Zeit damit verbringen könnte, in den Kiefernwäldern zu jagen wie jetzt! Bei der Jagd gab es keine Lügen. »Gut gemacht, Majestät!« rief Yesuin. Er ritt zu ihm, den Weinschlauch in der Hand, und hielt ihn Xiane grinsend hin. »Ich habe kaum jemals einen besseren Schuß gesehen.«

Die anderen nickten, vom grauhaarigen General bis zum Schüler des Fährtensuchers. Ihr Gemurmel wiederholte Yesuins Worte: »Wirklich gut gemacht!« – »Verdammt guter Schuß!« – »Ein schöner Bock!«

Xiane nahm den Weinschlauch und ließ sich den Kirschwein in einem langen, blutroten Strom in die Kehle fließen. Er wischte sich das Kinn und reichte den Schlauch zurück. »Danke, Vetter«, sagte er. »Dieses Kunststück, das du mir gezeigt hast, hat funktioniert. Diesmal ist die Sehne glatt vom Daumenring gerutscht. Der Pfeil hat nicht nach oben gezuckt wie sonst.«

Der alte General V'Choun zupfte sich an seinem langen, weißen Schnurrbart. »Kümmert euch lieber darum«, sagte er und winkte den Fährtenleser und seinen jungen Schüler. Sie verbeugten sich und trabten über die Lichtung, sprangen über umgestürzte Bäume. Xiane folgte ihnen; die anderen folgten dem Kaiser.

Plötzlich, als die beiden Diener nur noch ein paar Vri von dem toten Rehbock entfernt waren, riß der Fährtenleser den Kopf nach links. Einen langen Augenblick starrte er in das dichte Unterholz dort. Dann schrie er entsetzt auf, packte seinen Schüler und rannte zurück. Xiane blieb erstaunt stehen.

»Der Phönix möge uns helfen! Zurück, Euer Majestät, zurück!« rief der Fährtenleser.

Xiane war starr vor Überraschung. »Was ...«, begann er.

Dann sah er es.

Eine riesige grüne Schlange glitt aus dem dichten Unterholz und über den Boden auf den Rehbock zu. Sie war beinahe zwanzig *Vri* lang, und ihr Körper war so dick wie die Taille eines Mannes; Xiane hatte noch nie von so großen Schlangen gehört. Einmal, zweimal, dreimal wand sie sich um das tote Tier. Der Rehbock glühte in einem goldenen Licht; das Licht glühte noch heller auf, so daß Xianes Augen schmerzten, dann erstarb es. Die Schlange glitt über den Kadaver, rollte sich zusammen und ruhte dort wie auf einem Thron. Sie starrte die Männer an. Ihre gespaltene Zunge glitt zwischen den schuppigen Kiefern hervor, und Blut tropfte auf den Rehbock.

Ein Pfeil schoß vorbei. In dem Augenblick, als er an ihm vorbeisauste, erkannte Xiane die Farben der Federung. Natürlich war es V'Choun, der auch in dieser Situation einen klaren Kopf bewahrt hatte; der alte Armeegeneral hatte schon viel Schlimmerem gegenübergestanden, dachte Xiane beinahe hysterisch und erinnerte sich an V'Chouns verstorbene Frau.

Der Pfeil traf direkt in die schuppige Kehle – und ging hindurch wie durch Luft. Die Schlange reckte und reckte sich, riß das Maul auf und enthüllte gifttriefende Zähne, als wollte sie die gesamte Jagdgesellschaft verschlingen, Pferde ebenso wie Menschen.

Während der Mann, den sie insgeheim als den »Dämon« bezeichnete, im Bad vor sich hin planschte und sang, zufrieden mit der Arbeit der vergangenen Nacht, erhob sich Nama mühsam vom Bett und zog ihr Gewand über. Dann ging sie zum Schreibtisch und setzte sich hin. So leise sie konnte, öffnete sie eine Schublade und zog ein Blatt Reispapier unter der Sandelholzmatte hervor, die den Schubladenboden bedeckte.

Nama zählte die Tage seit dem letzten Mond, zählte sie wieder und wieder. Wie betäubt legte sie das Papier beiseite, auf dem sie die Tage und Phasen des Mondes verzeichnet hatte.

Nein, sie hatte keinen Fehler gemacht. Es war wahr. Galle stieg ihr in die Kehle, und sie schlug die Hände vors Gesicht.

»Was ist?« fragte Zuia hinter ihr.

Nama zuckte zusammen. Sie hatte nicht gehört, daß die Zofe das Schlafzimmer betreten hatte. Sie griff nach dem Papier und versuchte, es wieder in die Schublade zu stecken.

Grobe Hände entrissen es ihrem Griff. Nama biß sich auf die Lippen, während Zuia das Blatt betrachtete. Endlich lachte die Zofe leise: »Ihr habt noch nicht geblutet, nicht wahr?« fragte Zuia.

»Ja«, flüsterte Nama.

»Also seid Ihr endlich schwanger?«

»Ja.« Sie drückte die Augen fest zu und versuchte, nicht zu weinen. Der Gedanke, das Kind ihres Vergewaltigers zu tragen, bewirkte, daß ihr übel wurde.

Der Schlag ins Gesicht war heftig genug, um ihr den Kopf zurückzureißen. Sie schrie auf. Tränen liefen ihr über die Wangen. »Närrin!« fauchte Zuia. Sie fuchtelte mit dem Blatt vor Namas Gesicht herum. »Ihr hättet es mir sofort erzählen müssen. Nun wird Fürst Jhanun sich mit seinen Plänen beeilen müssen.«

Nama legte die Hand auf die brennende Wange, als Zuia aus dem Schlafzimmer eilte. Sie hörte, wie die Zofe das Haus verließ, zweifellos um ihren Herrn über das lang erwartete Ereignis zu informieren. Nama sackte auf dem Stuhl zusammen.

Wenn sie sich nur die Pulsadern oder die Kehle durchschneiden könnte! Aber Zuia hatte nach Namas erstem Versuch, ihre Qualen zu beenden, alle scharfen Gegenstände aus dem kleinen Haus entfernt. Nama hatte versagt; sie hatte geglaubt, sie müsse sich nur mit der Klinge über die Handgelenke ritzen. Nun wußte sie, daß sie tiefer, viel tiefer schneiden mußte, wo das hellrote Herzblut floß.

Am selben Tag waren alle Schnüre und Schärpen aus dem Haus entfernt worden, damit sie sich nicht aufhängen konnte. Nama dachte daran, die seidenen Bettlaken in Streifen zu reißen und zu einem Seil zu flechten. Aber sie würde nie damit fertig sein, bevor Zuia zurückkehrte. Und außerdem, womit sollte sie die Seide schneiden? Sie war nicht stark genug, sie zu zerreißen. Und schon die Tücher zu berühren, die nach dem Schweiß des Dämons stanken und nach ... nach ....

Sie krümmte sich und übergab sich. Als sie fertig war, wischte sie sich den Mund und setzte sich wieder aufrecht hin.

Wenn ich nur eine Freundin hätte, die mir hilft, diese Schande zu beenden – eine Freundin, die mir ein Messer bringt, ein Seil, Gift ...

Sie hörte Schritte – viele Schritte – und Stimmen. Sie erkannte Zuias Stimme und auch die ihres Onkels.

Sie kamen, wie sie erwartet hatte, in ihr Schlafzimmer. Hinter ihr waren die beiden Männer, die den Dämon in ihr Leben gebracht hatten. Einer hatte ein Schwert auf den Rücken geschnallt.

Auf eine Geste von Jhanun gingen die Männer weiter ins Badezimmer. Das Lied endete in einem erschrockenen Quäken. Dann folgten Kampfgeräusche, und man hörte den Dämon die Männer verfluchen.

Nama lauschte, als die Flüche ebenso plötzlich abbrachen wie die Kampfgeräusche. Die Männer zerrten den Dämon, der nun gefesselt und geknebelt war, aus dem Badezimmer, aber Nama war selbst viel zu betäubt, um sich am Anblick seines Entsetzens und seiner hervorquellenden Augen zu erfreuen, als er hilflos in den starken Händen zuckte, die ihn an den Armen packten.

Nun würde er wissen, wie sie sich die ganze Zeit gefühlt hatte. Aber das war nicht mehr wichtig. Sie wußte, daß ihre Qualen noch nicht zu Ende waren. Sie würden nur ihre Gestalt verändern, wie eine Seidenmotte von der Raupe zur Motte wurde.

Ihr Onkel hob ihr Kinn. »Nun«, sagte er, »bist du bereit, Xianes Konkubine zu werden.«

Die riesige Schlange schwankte und zischte. Sie richtete ihren kalten Blick auf die Männer, als wollte sie sie hypnotisieren, wie es angeblich kleinere Schlangen mit Vögeln machten.

Xiane starrte entsetzt zurück. Selbst sein Pferd stand starr, als wäre es von derselben Lähmung befallen.

Die Schlange beugte sich zurück, um zuzuschlagen. Und bevor Xiane noch blinzeln konnte, verblaßte sie. Einen Augenblick lang noch hing ein geisterhaftes Bild in der Luft, dann war nichts mehr zu sehen.

Aber der Rehbock, den er geschossen hatte, war nun schwarz und aufgebläht, und übelriechende Flüssigkeit drang aus dem Kadaver. Der Wind änderte die Richtung; der Gestank, der auf Xiane und die anderen eindrang, ließ sie alle würgen. Die Pferde wieherten verängstigt und bockten. Die Männer wendeten die Pferde und flohen.

Als sie näher zum Lager kamen, sagte Xiane plötzlich: »Darüber darf nicht gesprochen werden.«

»Habt ihr das gehört, Hunde?« sagte V'Choun zu den Spurenlesern. »Gehorcht dem Auserwählten des Phönix. Wenn eure Zungen übermütig werden, werdet ihr sie verlieren.«

Die Spurenleser warfen sich zu Boden und drückten wieder

und wieder die Stirn auf die Erde. »Wir werden nichts sagen«, versprachen sie. »Mögen unsere wertlosen Leben enden, bevor wir je den Mund öffnen.«

»Redet«, meinte der General trocken, »und sie werden zweifellos zu Ende gebracht werden. Und zwar auf ziemlich unangenehme Art.«

An diesem Abend war es still im Lager. Hin und wieder hörte man Unterhaltungen, sogar Lachen. Aber es klang gezwungen und unnatürlich und erstarb schnell wieder. Statt dessen starrten die Männer lange Zeit ins Feuer, blickten hier und da verängstigt über die Schulter und rückten nahe zusammen, um in der Gegenwart ihrer Freunde Trost gegen die Dunkelheit zu finden, die außerhalb der Feuerkreise der Lagerfeuer lauerte. Als Xiane und Yesuin sich in das Zelt zurückgezogen hatten, das sie teilten, mißachtete der Kaiser seinen eigenen Befehl und flüsterte: »Was war das? Verstehst du, was diese Schlange zu bedeuten hat?«

»Nein«, erwiderte Yesuin, »außer, daß eine Schlange etwas Gepanzertes ist; sie könnte Krieg bedeuten, Soldaten – Xiane, wenn Ihr wissen wollt, was das und die anderen Vorzeichen, von denen wir gehört haben, bedeuten, müßt Ihr mit einem sprechen, der weiser ist als ich; ich weiß so wenig über diese Dinge.«

»Meinst du etwa, ich sollte mich an den Ketzer wenden?« fragte Xiane entsetzt.

Yesuin betrachtete ihn. »Wollt Ihr das?« fragte die zharmatianische Geisel leise. »Xiane, tief in Eurem Herzen, wollt Ihr das wirklich?«

Nama starrte aufs Bett hinab.

Wie immer waren die Laken einladend ausgebreitet – eine Einladung, die der Dämon zu jeder Tages- und Nachtzeit nur zu gerne angenommen hatte.

Aber nun war er verschwunden. Sie wußte nicht wohin, und

es war ihr auch gleich. Sie hoffte nur, daß er weit, weit weg war.

Aber das Bett war immer noch da; dieses Bett und all die schrecklichen Erinnerungen, die es barg. Es verspottete sie, dieses Bett mit seinem Willkommen.

Sie streckte die Hand aus, um die Laken zu berühren, und wich zurück, als die Erinnerung sie wie ein Dolchstoß traf. Vielleicht sollte sie auf dem Boden schlafen ...

Und um sich am Morgen von Zuia finden zu lassen, die sofort ihrem Onkel alles erzählen würde? Um zu hören, wie ihr Onkel sie ausschimpfte, weil sie die Sicherheit des Kindes gefährdete – dieses *Eindringlings* in ihrem Leib? Und um sich von einem Möbelstück besiegen zu lassen?

Tausendmal, tausendmal nein. Sie kroch mit pochendem Herzen ins Bett und erinnerte sich an all die alptraumhaften Tage und Nächte. Trotzig blies sie die Öllampe aus, lag im Dunkeln und starrte an die Decke.

Als ihre Augen sich an die Nacht gewöhnt hatten, als ihr verschreckter Körper begriff, daß sie tatsächlich allein war, endlich allein in diesem Bett, streckte Nama die Arme so weit wie möglich aus. Sie berührten niemanden.

Sie legte sich auf die Seite. Nachdem sie noch lange bei jedem kleinen Geräusch zusammengezuckt war, schlief sie endlich ein und fragte sich, wie lange diese Atempause dauern würde.

Sie stritten so lange darüber, daß es Xiane wie ein ganzes Leben vorkam, aber endlich gab er nach. Yesuin schlug die Hände vors Gesicht, als der Phönixherrscher einem Diener befahl, General V'Choun zu ihm zu bringen.

Shei-Luin würde wütend sein, dachte Yesuin verzweifelt. Denn wenn irgend jemand von Fürst Kirano die Wahrheit erfuhr, eine Wahrheit, die er jedem sagen würde, der ihn fragte ...

Ach, Phönix, warum muß es für uns sowohl Gefahr als auch Rettung sein, daß Kirano dem Weg des Kranicheremiten folgt? Wenn er Xiane von diesem Wahnsinn, den Phönix gefangenzuhalten, abbringen kann, wird es das Land retten. Aber Kirano wird nicht lügen. Wenn ihn irgend jemand fragt, ob Shei-Luin ...

Yesuin schüttelte heftig den Kopf, um diese Gedanken beiseite zu schieben. So etwas zu denken beschwor es nur herbei.

Nur ein Gedanke tröstete ihn. Ganz gleich, was er erfahren würde, Xiane würde Shei-Luin niemals verstoßen; der Kaiser liebte sie zu sehr.

Er liebte sie so sehr, wie Yesuin sie liebte. Yesuin biß sich auf die Lippe, um einen Schmerz zurückzuhalten, dem er niemals nachgeben durfte.

28. KAPITEL

Yesuin wünschte sich, daß Xiane Shei-Luin nichts von ihrem Vater sagen würde. Aber niemand sagte »nein«, wenn der Kaiser von Jehanglan seine Absicht verkündete, seiner »kostbaren Blüte« zu erzählen, daß er nach ihrem Vater geschickt hatte, weil es sie »zweifellos erfreuen würde«.

Wie konnte man demselben Kaiser erklären, daß seine »kostbare Blüte« schon den Namen ihres »Vaters« haßte. Daß seine Lieblingskonkubine nur zu ihm gekommen war, weil der Mann, den die Welt für ihren Vater hielt, sie nicht mehr um sich haben wollte, nachdem man nach seiner wahren Tochter geschickt hatte?

Kurz gesagt, man tat es nicht. Man versuchte es auf andere Weise.

»Wollt Ihr es ihr wirklich sagen?« wollte Yesuin wissen.

»Selbstverständlich«, meinte Xiane überrascht. »Sie sollte sich doch sehr freuen, nicht wahr?«

Yesuin meinte vage: »Es wäre sicher auch eine nette Überraschung ...«

Xiane lachte sein lautes, zügelloses Lachen. »Vetter – das ist eine wunderbare Idee! Wir werden sie überraschen.«

Großzügiger, nervtötender, nachlässiger Xiane; selbst danach rutschte es ihm irgendwie heraus, daß er daran dachte, nach Fürst Kirano zu schicken, und selbstverständlich erfuhr Shei-Luin es sofort. Daß er auch angedeutet hatte, *wer* den Vorschlag gemacht hatte, war vollkommen klar, sobald Yesuin aus dem Geheimgang in Shei-Luins Zimmer schlüpfte. Er wußte, daß Xiane nicht in dieser Nacht hier sein würde; Shei-Luins Schwangerschaft war viel zu fortgeschritten, daß ein Mann, der sich an die Bräuche hielt, noch mit ihr geschlafen hätte. Sie waren sicher.

Aber er war nicht sicher vor Shei-Luin. Sie brach über ihn herein wie ein Gewitter, sobald er die Geheimgangtür geschlossen hatte.

»Hast du den Verstand verloren?« fauchte sie. »Du mußt diesem Wahnsinn sofort ein Ende machen.« Obwohl sie leise sprach, versengte ihn der Zorn.

Yesuin streckte die Arme nach ihr aus. »Geliebte, versteh mich doch! Der Weg des Phönix ist besudelt; es kann nicht mehr so weitergehen. Du hast die Nachrichten von den Katastrophen, die das Land ereilen, gehört. Wenn der Phönix nicht befreit wird, wird er uns zerstören, genau wie dein Vater ...«

»Er ist nicht mein Vater, und das weißt du genau!«

Scharlachrote Seide blitzte auf, als sie sich ihm entzog. Selbst hochschwanger war sie die Anmut selbst. Shei-Luin ging auf und ab wie eine Tigerin, und ihre dunklen Augen blitzten. Würde er sie jetzt berühren, würde sie vermutlich Funken sprühen wie eine Katze.

»Du hast also vor, das Kaiserreich meines Sohnes zu vernichten.« Hin und her, hin und her. »Du sprichst von Katastrophen! Diese Katastrophen ereignen sich nur, weil der Mann, der auf dem Phönixthron sitzt, schwach und sündig ist. Er hält sich nicht an die Bräuche, und das ist der einzige Grund, wieso der Weg uns in die Irre geführt hat! Dieser Unsinn über die Befreiung des Phönix ist nichts weiter als ... *Unsinn!* Wenn Xahnu erst Kaiser ist, wird es keine Katastrophen mehr geben. Jehanglan wird Kraft aus ihm schöpfen.«

Ihre Stimme bebte vor Zorn. Und noch mehr: vor Haß. Es war wie ein Messer in Yesuins Herz. Sie fuhr zu ihm herum.

»Du willst zerstören, was meinem Sohn – unserem Sohn – gehören soll«, sagte sie. Verächtlich verzog sie den Mund. »Oder bist du so zornig auf Jehanglan, daß du zusehen würdest, wie das Land in Stücke gerissen wird, nur damit deine Stammesgenossen sich auf die Überreste stürzen können wie die räudigen Schakale, die sie nun einmal sind? Beneidest du deinen Sohn so um seine Zukunft ...«

Er schnitt ihr das Wort ab. »Du weißt, daß das nicht stimmt. Was sollen diese Lügen? Und was die räudigen Schakale angeht ... du hast in unseren Zelten gewohnt, Shei-Luin. Du bist mit mir aufgewachsen. Du glaubst doch sicher nicht, was du da sagst.«

Wie diese Worte ihn schmerzten! Einmal hatte man ihm einen Pfeil ins Bein geschossen; die Spitze mit dem Widerhaken herauszuziehen hatte weniger weh getan als Shei-Luins bittere Anklagen. Was war aus dem kleinen Mädchen geworden, an das er sich noch erinnern konnte? Hatte der kaiserliche Hof sie so sehr korrumpiert? Bei der Mutter der Herden, hätte er in diesem Augenblick ein Pferd zwischen den Knien gehabt, wäre er davongeritten und nie wiedergekehrt – genau, wie er und Shei-Luin es sich immer erträumt hatten. Aber nun wußte er, daß sie diesen Traum nicht mehr mit ihm teilte. Und ohne sie war dieser Traum tot ... Asche im Wind.

»Liebst du mich?« wollte sie plötzlich wissen.

Kannst du das denn nicht in meinem Herzen, in meinen Augen sehen? dachte Yesuin bedrückt. *Früher einmal konntest du es.* »Das weißt du doch«, sagte er, und sein ganzer Schmerz lag in diesen Worten. »Wie kannst du es bezweifeln?«

»Und du würdest alles für mich tun?«

Die Ehre ließ ihn schweigen. Die Frage kam nicht unerwartet, aber er konnte sie nicht so beantworten, wie Shei-Luin es wollte. Sie betrachtete ihn, wartete ab. »Dann hör auf, Xiane diesen Unsinn über die Befreiung des Phönix einzureden. Sag ihm, du und mein Vater, ihr hättet euch geirrt – *bring ihn dazu, daß er dir glaubt!*«

»Geliebte«, sagte er, »verlang das nicht von mir. Ich will alles für dich tun – alles, aber das nicht. Ich muß dem Weg folgen.«

Nun schwieg sie, und ihr Schweigen war so hart wie Stein

und kälter als ein Eisberg. Endlich ergriff sie das Wort wieder. »Ich bin nicht deine Geliebte«, sagte sie mit einer Stimme wie Stahl. Sie legte die Hände auf den Bauch. »Sag das nie wieder zu mir. Niemals. Ich bin eine Mutter, und ich werde meine Kinder schützen – selbst vor dir, ihrem ... *Vater.*« Sie spuckte das Wort wie einen Fluch aus. »Verschwinde. Ich will dich nie wiedersehen.«

Er wußte, daß sie das ernst meinte. Selbst als Kind hatte Shei-Luin gut hassen können. Es gab keine andere Möglichkeit; sie würde ihm nicht verzeihen.

Yesuin drehte sich um und taumelte auf die Tür des Geheimgangs zu wie ein Mann, der einen tödlichen Schlag erhalten hat, es aber noch nicht begreift. Irgendwie gelang es ihm, die Tür zu öffnen und hinter sich wieder zu schließen, obwohl er sich nicht daran erinnern konnte. Er lehnte sich voller Qual gegen die Wand des Geheimgangs. Er hatte gehört, wie die Tür zum Schlafzimmer sich geöffnet hatte, und er wußte, daß Murohshei versuchen würde, seine Herrin zu trösten.

Und wo soll ich Trost finden? dachte er verbittert, als er nach der kleinen Lampe griff und weiter durch den Tunnel ging.

Plötzlich wußte Yesuin, daß er nicht mehr im Palast bleiben konnte. Er drosch die Faust in das uralte Holz der Wand und biß sich auf die Lippen, um etwas, das ein Fluch und ein Schluchzen war, herunterzuschlucken. Er mußte noch einmal über die Ebenen reiten, oder er würde sterben.

»Verflucht«, schnaubte Lleld und hielt mit dem Bürsten ihrer dichten, roten Locken inne.

»Was ist denn?« fragte Jekkanadar vom Bett her.

Lleld drehte sich zu ihm um. »Linden hat gerade mit mir gesprochen. Er ist noch einmal hinuntergegangen, um nachzusehen, ob mit den Pferden alles in Ordnung ist, und hat bemerkt, daß ein Hinterbein von Tarens Wallach geschwollen ist.

Er nimmt an, der Wallach hat ausgetreten, als man ihn aus dem Frachtraum zog, und sich am Rand der Luke verletzt.«

»Und da weder er noch Raven dabei waren ...«, sagte Jekkanadar und fuhr sich mit dem Finger über die Narbe auf seinem Gesicht.

»Chakkarins Leute haben uns sofort in dieses Gasthaus gebracht, und da niemand weiß, daß wir Drachenlords sind ...«, fügte Lleld hinzu und fuchtelte mit der Bürste.

»Waren die Hafenarbeiter nicht so vorsichtig, wie sie sein sollten, und jemand hat vergessen, dieses kleine Mißgeschick zu erwähnen«, vollendete Jekkanadar den Satz für sie. Er setzte sich aufrecht hin. »Verflucht, da hast du recht. Wie lange wird uns das aufhalten?«

»Mindestens ein paar Tage. Linden will sicher sein, daß die Wunde richtig heilt. Das letzte, was wir brauchen, ist, daß eines unserer Pferde krank wird.« Sie begann wieder ihr Haar zu kämmen und schnaubte weiter.

Jekkanadar sagte nach kurzem Schweigen: »Hast du jemals daran gedacht, was die Befreiung von Pirakos für die Jehangli bedeuten wird?«

Sie legte die Bürste auf den kleinen Tisch. Sie hatte immer gewußt, daß einer ihrer Begleiter diese Frage eines Tages stellen würde. Es überraschte sie nicht, daß es ihr Seelengefährte war. »Ja«, sagte sie, »das habe ich.«

»Sie sind abhängig von der Macht des Phönix, um ihr Land zu beherrschen.«

»Einer Macht, die sie gestohlen haben«, erklärte sie, »und zwar von zwei Geschöpfen, die beide unschuldige Opfer sind.«

»Und wenn diese Macht gebrochen wird, wird das Chaos über Jehanglan hereinbrechen.«

»Ich weiß«, sagte sie leise, »und ich wünschte, es gäbe eine Möglichkeit, das zu verhindern. Aber die Jehangli hatten kein Recht, zu tun, was sie vor all diesen Jahren getan haben, und kein Recht, damit weiterzumachen. Ich fürchte, sie werden eben mit den Folgen leben müssen, wie alle anderen auch.«

Jekkanadar streckte die Hände aus, als wolle er eins gegen das andere abwägen. »Sich einmischen oder sich nicht einmischen – was ist der richtige Weg?« fragte er mit einem dünnen Lächeln.

Sie schüttelte traurig den Kopf. »Wäre dies die Geschichte eines Barden, könnte ich es dir sagen. Aber wie so häufig, gibt es hier kein Schwarz oder Weiß. Wir werden versuchen, etwas gegen das Unrecht zu unternehmen und unser Bestes zu tun. Das ist alles, was irgendwer – sei es ein Echtmensch oder ein Drachenlord – je tun könnte.«

Damit blies sie die Öllampe aus und stieg ins Bett. Jekkanadar nahm sie in die Arme, und sie schlief ein, immer noch darüber grübelnd, was wohl das Richtige sein mochte. In wenigen Tagen würden sie aufbrechen, und mit ihrem letzten Gedanken an diesem Abend vermutete sie, daß sie es sehr bald herausfinden würde.

Die Saga der Drachenlords
wird fortgesetzt im Folgeband
»Das Lied des Phönix« (Knaur 70188)

JOANNE BERTIN

DIE SAGA VON DEN
LETZTEN DRACHENLORDS

Band 1: Der letzte Drachenlord

Band 2: Drachenherz

Band 3: Das Lied des Phönix

Weitere Bände in Vorbereitung.